Das Buch

Wer hätte sich, tagträumend vielleicht in der Schule, nicht schon manchmal gewünscht, mit dem ganzen Wissen der Neuzeit in die historischen Verhältnisse früherer Jahrhunderte eingreifen zu können? Dem Amerikaner Hank Morgan ist genau dies gelungen: Ein Zeitsprung hat ihn ins 6. Jahrhundert, ins finsterste Mittelalter versetzt. Seine naturwissenschaftlichen Kenntnisse erlauben es ihm, den Zauberer Merlin zu verdrängen und Premierminister bei König Artus zu werden. Seine Versuche zur Sklavenbefreiung werden zum kritischen Test der politischen Ideen der Neuzeit ... Ein klassisches Werk der utopischen Literatur, das man heute wohl einen Fantasy-Roman nennen würde.

Der Autor

Mark Twain (eigentlich Samuel Langhorne Clemens), geboren am 30. November 1835 in Florida (Missouri), gestorben 1910 in Redding (Connecticut). Nach einem abenteuerlichen Leben als Setzerlehrling, Lotse auf dem Mississippi, Goldgräber in Kalifornien, Journalist in Virginia City, San Francisco und Hawaii erster literarischer Ruhm durch die grotesken Skizzen ›Der berühmte springende Frosch von Calaveras County‹ (1867). Wichtige Werke: ›Die Arglosen im Ausland‹ (1869), ›Tom Sawyers Abenteuer‹ (1876), ›Bummel durch Europa‹ (1880), ›Leben auf dem Mississippi‹ (1883), ›Huckleberry Finns Abenteuer‹ (1884), ›Briefe von der Erde‹ (dt. 1967).

Mark Twain:
Ein Yankee aus Connecticut an König Artus' Hof
Roman

Deutsch von Lore Krüger

Deutscher
Taschenbuch
Verlag

dtv

Von Mark Twain
sind im Deutschen Taschenbuch Verlag erschienen:
Mark Twain bummelt durch Europa (421)
Tom Sawyer/Huckleberry Finn (2015)
Leben auf dem Mississippi (2080)
Durch Dick und Dünn (2102)
Prinz und Bettelknabe (7167)
Six Odd Short Stories (9035)

Ungekürzte Ausgabe
Juni 1982
Deutscher Taschenbuch Verlag GmbH & Co. KG,
München
Lizenzausgabe mit freundlicher Genehmigung des
Carl Hanser Verlags, München
Titel der Originalausgabe:
›A Connecticut Yankee in King Arthur's Court‹
Erstveröffentlichung 1889

ISBN 3-446-12447-0
Umschlaggestaltung: Celestino Piatti
Gesamtherstellung: Ebner Ulm
Printed in Germany · ISBN 3-423-01880-1

INHALT

VORWORT

Die harten Gesetze und Gebräuche, von denen in dieser Geschichte die Rede ist, sind historisch; ebenso auch die Episoden, die dazu dienen, sie zu veranschaulichen. Es soll nicht behauptet werden, daß diese Gesetze und Gebräuche im England des 6. Jahrhunderts existiert hätten, nein, es wird nur behauptet, daß es wohl kaum eine Verleumdung des 6. Jahrhunderts ist, wenn man voraussetzt, sie hätten auch zu jener Zeit bestanden, da sie ja im England und den anderen Kulturländern viel späterer Zeiten noch existierten. Wir sind durchaus zu der Annahme berechtigt, daß, falls zu jener frühen Zeit etwa der eine oder andere Rechtssatz oder Brauch noch nicht bestand, ein anderer, schlimmerer, ihn voll und ganz ersetzte.

Die Frage, ob es so etwas wie ein von Gott verliehenes Recht der Könige gibt, wird in diesem Buch nicht entschieden. Sie erwies sich als allzu schwierig. Es war offensichtlich und unbestreitbar, daß das die Regierungsgewalt ausübende Oberhaupt eines Volkes ein Mensch von makellosem Charakter und außerordentlichen Fähigkeiten sein sollte; daß niemand außer der Gottheit dieses Oberhaupt mit unfehlbarer Sicherheit auszusuchen imstande ist, war gleichfalls offensichtlich und unbestreitbar, daß daher also die Gottheit diese Auswahl auch treffen sollte, war ebenso augenscheinlich und unbestreitbar; daß der Höchste sie demnach, wie behauptet wird, tatsächlich trifft, war eine Folgerung, die sich unvermeidlich ergab. Das heißt, sie ergab sich, bis der Autor dieses Buches auf die Pompadour, Lady Castlemaine und einige andere die Regierungsgewalt ausübende Oberhäupter dieser Art stieß; es erwies sich jedoch als so schwer, sie in dieses Schema einzuordnen, daß er es für besser hielt, in diesem Buch den anderen Weg einzuschlagen (denn es soll im Herbst herauskommen), danach aber zu trainieren und das Problem in einem neuen Buch zu lösen. Natürlich ist dies eine Frage, die entschieden werden sollte, und nächsten Winter habe ich ohnedies nichts Besonderes zu tun.

Mark Twain

EINIGE WORTE ZUR ERKLÄRUNG

Der seltsame Fremde, von dem ich erzählen will, begegnete mir im Schloß Warwick. Dreierlei an ihm zog mich an: aufrichtige Einfachheit, seine außerordentliche Kenntnis altertümlicher Rüstungen und die Tatsache, daß man in seiner Gesellschaft ausruhen konnte – denn er bestritt die Unterhaltung allein. Wie es bescheidenen Leuten geht, gerieten wir am Ende eines Schwarms von Besuchern, die durch das Schloß geführt wurden, zusammen, und sogleich begann er Dinge zu sagen, die mich interessierten. Während er – leise, gefällig, fließend – weitersprach, schien er unmerklich aus der gegenwärtigen Welt und Zeit davonzutreiben in irgendein fernes Zeitalter und ein längst vergessenes Land; und so umspann er mich unversehens mit einem Zauber, daß mir schien, ich bewege mich inmitten der Geister und Schatten, des Staubs und Moders des grauen Altertums und unterhalte mich mit einer Reliquie aus jener Zeit! So, wie ich von meinen nächsten persönlichen Freunden oder Feinden oder den mir vertrautesten Nachbarn spräche, so sprach er von Sir Bedivere, Sir Bors de Ganis, Sir Lanzelot vom See, Sir Galahad und allen anderen Trägern großer Namen der Tafelrunde, und wie alt, uralt, unsagbar alt, verwelkt und vertrocknet, muffig und verschollen sah er schließlich aus, als er fortfuhr zu erzählen! Endlich wandte er sich mir zu und sagte, wie man vom Wetter oder über irgendeine ganz gewöhnliche Sache spricht:

»Sie wissen doch von der Seelenwanderung; wissen Sie auch etwas über die Versetzung von Zeitaltern oder Personen in andere Epochen?«

Ich erwiderte, davon hätte ich noch nichts gehört. Er war so wenig interessiert – gerade wie jemand, der vom Wetter spricht –, daß er gar nicht bemerkte, ob ich ihm antwortete oder nicht. Einen kurzen Augenblick herrschte Schweigen, das sogleich von der eintönigen Stimme des gemieteten Ciceronen unterbrochen wurde:

»Altertümlicher Brustharnisch, aus dem 6. Jahrhundert, der Zeit König Artus' und der Tafelrunde, soll dem Ritter Sir Sagramor dem Begehrlichen gehört haben; beachten Sie bitte das runde Loch an der linken Brustseite des Kettenpanzers; eine Erklärung dafür gibt es nicht, ist vermutlich durch eine Kugel nach Erfindung der Feuerwaffen hervorgerufen worden – vielleicht mutwillig durch Cromwells Soldaten.«

Mein Bekannter lächelte – es war kein modernes Lächeln, sondern eines, das vor vielen, vielen Jahrhunderten außer Brauch gekommen sein mußte – und murmelte, anscheinend im Selbstgespräch: »So wisse denn, ich *habe gesehen, wie es geschah!«* Nach einer Pause setzte er hinzu: »Ich selbst habe es getan.«

Als ich mich von der Überraschung erholt hatte, die mich wie ein elektrischer Schlag bei dieser Bemerkung durchzuckte, war er fort.

Den ganzen Abend über saß ich an meinem Kaminfeuer im Gasthaus von Warwick, versunken in einen Traum von alten Zeiten, während der Regen an mein Fenster schlug und der Wind um die Erker und Ecken heulte. Von Zeit zu Zeit versenkte ich mich in Sir Thomas Malorys bezauberndes Buch und tat mich an seinem reichgedeckten Tisch an Wundern und Abenteuern gütlich, atmete den Duft seiner altertümlichen Namen und träumte dann von neuem. Als es endlich Mitternacht war, las ich als Schlaftrunk noch eine Erzählung, nämlich die folgende:

Wie Sir Lanzelot zwei Riesen schlug und eine Burg befreite

Alsogleich kamen zwei gewaltige Riesen auf ihn zu, die mit Ausnahme der Köpfe wohl gepanzert waren und zwei schreckliche Keulen in den Händen hatten. Sir Lanzelot hielt seinen Schild vor sich hin, lenkte den Streich des einen Riesen von sich ab und spaltete ihm mit seinem Schwert das Haupt. Als sein Gefährte das sah, floh er von dannen, als sei er von Sinnen, aus Furcht vor den schrecklichen Hieben, und Sir Lanzelot lief, so schnell er konnte, hinter ihm her; er schlug ihn auf die Schulter und spaltete ihn bis zur Mitte. Darauf ging Sir Lanzelot in den Saal, und siehe, hier traten drei mal zwanzig Edeldamen und Jungfrauen vor ihn hin; alle knieten vor ihm nieder und dankten Gott und ihm für ihre Befreiung. Denn, Herr, also sprachen sie, die meisten unter uns sind seit sieben Jahren als Gefangene hier, und wir haben für unsere Nahrung gar viel Seidenwerk hergestellt, und wir alle sind hochgeborene Edelfrauen, und gesegnet sei die Zeit, Ritter, da Ihr geboren, denn Ihr habt den höchsten Minnedienst geleistet, den je ein Ritter in der Welt vollbracht, des werden wir gedenken, und wir bitten Euch alle, nennt uns Euren Namen, damit wir unseren Freunden sagen können, wer uns aus der Gefangenschaft befreite. Holde Jungfrauen, erwiderte er, ich werde Sir Lanzelot vom See geheißen. Und so trennte er sich von ihnen und empfahl sie Gott. Darauf bestieg er sein Pferd und ritt in viele gar seltsame und wilde Länder, durch mancherlei Gewässer und Täler und war übel daran. Endlich, eines Nachts, kam er durch glücklichen Zufall an einen schönen kleinen Garten, und darinnen fand er eine alte Edelfrau, die ihn bereitwillig aufnahm, und dort erging es ihm und seinem Pferde wohl. Und als es Zeit war, geleitete ihn seine Gastgeberin auf einen geräumigen Boden über dem Tor zu seinem Bett. Darauf tat Sir Lanzelot seine Waffen ab, legte seine Rüstung neben sich und ging zu Bett; bald danach sank er in Schlaf. Kurze Zeit später kam einer zu Pferde an und pochte in großer Hast ans Tor. Da aber Sir Lanzelot das hörte, erhob er sich, sah aus dem Fenster und erblickte im Mondlicht drei Ritter, die dem ersten nachgeritten kamen; alle drei hieben auf einmal mit ihren Schwertern auf ihn ein, und der erste wandte sich gar ritterlich wider sie und verteidigte sich. Wirklich, sprach Sir Lanzelot, jenem einzelnen Ritter dort werde ich beistehen, denn es wäre eine Schande für mich, wenn ich zusehen wollte, wie drei Ritter über einen herfallen, und wenn er erschlagen werden sollte, werde auch ich sterben. Mit diesen Worten legte er seinen Harnisch an und ließ sich an einem Haken aus dem Fenster hinab zu den vier Rittern; danach sprach Sir Lanzelot mit gar lauter Stimme: Ihr Ritter, wendet Euch wider mich und lasset ab von jenem Ritter. Da ließen alle drei Sir Kay und wandten sich wider Sir Lanzelot, und ein gewaltiger Kampf hub an, denn alle drei stiegen vom Pferd, führten gar viele Schwerthiebe wider Sir Lanzelot und bedrängten ihn von allen Seiten. Da bezog Sir Kay Stellung, um Sir Lanzelot beizustehen. Nein, Herr, sagte der, ich will Eure Hilfe nicht; da ich Euch solche geben will, laßt mich mit jenen allein. Dem Ritter zu Gefallen ließ Sir Kay ihm seinen Willen und stand beiseite. Alsbald hatte Sir Lanzelot sie mit sechs Schwerthieben zu Boden gestreckt.

Darauf riefen alle drei: Herr Ritter, wir ergeben uns Euch als einem Mann von gewaltiger Stärke. Was das betrifft, sprach Sir Lanzelot, so nehme ich es nicht an, daß Ihr Euch mir ergebt, sondern Sir Kay, dem Seneschall, sollt Ihr Euch ergeben, unter der Bedingung und unter keiner anderen will ich Euch das Leben schenken. Edler Ritter, sprachen sie, das zu tun, erfüllt uns mit Abscheu, da wir Sir Kay bis hierher gejagt haben, und ihn überwältigt hätten, wenn Ihr nicht gewesen wäret, darum besteht kein Grund, daß wir uns ihm ergeben. Nun, sprach Sir Lanzelot, denkt gut darüber nach, denn Ihr könnt wählen, ob Ihr leben oder sterben wollt; wenn Ihr Euch ergeben wollt, soll es Sir Kay gegenüber sein. Edler Ritter, antworteten sie nun, um unser Leben zu retten, werden wir Eurem Befehl Folge leisten. Dann sollt Ihr, sprach Sir Lanzelot, am kommenden Pfingstsonntag an König Artus' Hof gehen, Euch dort alle drei der Königin Ginevra auf Gnade oder Ungnade ergeben und sagen, Sir Kay sende Euch dorthin als ihre Gefangenen. Am Morgen erhob sich Sir Lanzelot früh und ließ Sir Kay schlafen; er legte Sir Kays Rüstung an, nahm dessen Schild und wappnete sich; so ging er zum Stall, holte sein Pferd, nahm Abschied von seiner Gastgeberin und zog von dannen. Bald darauf erhob sich Sir Kay und vermißte Sir Lanzelot; dann bemerkte er, daß der seine Rüstung und sein Pferd hatte. Bei meiner Treu, ich weiß, daß er einigen vom Hofe König Artus' Schaden zufügen wird, denn die Ritter werden wider ihn voller Kühnheit sein; sie werden glauben, ich sei's, und das wird sie irreführen; und ich bin sicher, mit seiner Rüstung und seinem Schild werde ich in Frieden reiten. Bald darauf schied Sir Kay von dannen und dankte seiner Gastgeberin.

Als ich das Buch niederlegte, klopfte es an die Tür, und mein Fremder trat ein. Ich bot ihm eine Pfeife und einen Sessel an und machte es ihm bequem. Ich stärkte ihn auch mit einem heißen schottischen Whisky, schenkte ihm noch einmal und dann noch einmal ein – immer in der Hoffnung auf seine Geschichte. Nach einem vierten Überredungstrunk kam er auf ganz einfache und natürliche Weise selbst ins Erzählen:

Die Geschichte des Fremden

Ich bin Amerikaner. Geboren und erzogen wurde ich in Hartford im Staate Connecticut – das heißt, auf der gegenüberliegenden Seite des Flusses, auf dem Lande. Ich bin also ein waschechter Yankee, praktisch veranlagt, jawohl, und ziemlich unsentimental, nehme ich an – oder unpoetisch, in anderen Worten ausgedrückt. Mein Vater war Schmied, mein Onkel Roßarzt, und ich war zuerst beides. Dann ging ich zur großen Waffenfabrik hinüber und erlernte mein eigentliches Handwerk, erlernte es von Grund auf; ich lernte alles machen: Gewehre, Revolver, Kanonen, Kessel, Maschinen, alle Arten arbeitssparender Apparate. Ich konnte alles herstellen, was irgendwie verlangt wurde – alles, was es nur gibt, gleichgültig, was; und gab es kein schnelles, neumodisches Herstellungsverfahren, dann war ich in der Lage, eins zu erfinden – und das mit ebensolcher Leichtigkeit, als rollte ich einen Baumstamm davon. Ich wurde Oberaufseher und hatte zweitausend Mann unter mir.

Nun, ein Mann in dieser Stellung ist ein rauflustiger Mensch, das braucht man nicht besonders zu erwähnen. Wenn man zweitausend rauhe Männer unter sich hat, dann gibt es reichlich Gelegenheit zu dieser Art Belustigung. Ich jedenfalls hatte sie. Endlich aber traf ich auf einen, der mir gewachsen war, und erhielt mein Teil. Das geschah, als ich mit einem Kerl, den wir Herkules nannten, mittels Brechstangen ein Mißverständnis austrug. Er legte mich mit einem gewaltigen Hieb gegen den Kopf um, bei dem alles krachte und jede Nahtstelle in meinem Schädel zu bersten und sich jeder Knochen über seinen Nachbarn zu schieben schien. Dann versank die Welt in Dunkelheit, ich spürte nichts mehr und wußte von nichts – wenigstens für eine Weile.

Als ich wieder zu mir kam, saß ich unter einem Eichenbaum im Grase und hatte eine wunderschöne, weite Landschaft ganz für mich allein, wenigstens beinahe. Ganz allein jedoch nicht, denn ein Kerl auf einem Pferd blickte auf mich herab – ein Kerl, der eben aus einem Bilderbuch entsprungen zu sein schien. Er war von Kopf bis Fuß in eine altertümliche Eisenrüstung gekleidet, und auf dem Kopf trug er einen Helm, der aussah wie ein Nagelfäßchen mit Schlitzen darin; er trug einen Schild, ein Schwert und eine ungeheure Lanze; auch sein Pferd hatte einen Panzer an; von der Stirn des Tieres sprang ein Stahlhorn vor, und prächtige rote und grüne Seidenschabracken hingen wie eine Steppdecke ringsum bis fast auf den Boden.

»Edler Herr, wollt Ihr turnieren?« fragte der Kerl.

»Ob ich was will?«

»Wollt Ihr einen Waffengang wagen für Euer Land oder Eure Dame oder für ...«

»Was verzapfen Sie da? Machen Sie, daß Sie zu Ihrem Zirkus zurückkommen, sonst zeige ich Sie an.«

Aber, was tut da der Mensch? Er reitet zweihundert Yard weit zurück und stürmt dann, so rasch er nur sausen kann, in vollem Galopp auf mich zu, hält sein Nagelfäßchen fast bis zum Halse des Pferdes hinuntergebeugt und seinen langen Speer gerade vor sich hin. Ich sah, daß er es ernst meinte und saß deshalb, als er ankam, oben auf dem Baum.

Er behauptete, ich sei sein Eigentum, der Gefangene seines Speers. Er hatte gewichtige Argumente – und fast alle Vorteile – für sich; so hielt ich es für das beste, ihm entgegenzukommen. Wir trafen eine Übereinkunft, nach der ich mit ihm gehen sollte und er mir nichts tun dürfte. Ich stieg hinab, und wir machten uns auf den Weg; ich lief neben seinem Pferd her. Wir wanderten gemächlich weiter, über Lichtungen und Bäche, an die ich mich nicht erinnern konnte – was mir rätselhaft schien und mir Kopfzerbrechen machte – und immer noch gelangten wir zu keinem Zirkus, und es gab auch keinerlei Anzeichen für einen. Deshalb gab ich den Gedanken an einen Zirkus auf und schloß, er müsse aus einem Irrenhaus sein. Aber wir kamen auch zu keinem Irrenhaus – und so saß ich sozusagen auf dem trockenen. Ich fragte ihn, wie weit es noch bis Hartford sei. Er antwortete, von dem Ort habe er noch nie gehört, was ich für eine Lüge hielt, aber ich ließ sie durchgehen. Nachdem eine Stunde vergangen war, sahen wir in der Ferne an einem sich schlängelnden Fluß eine Stadt, die in einem Tal schlummerte; dahinter lag auf einem Hügel eine große graue Burg mit Türmen und Türmchen, die erste, die ich, außer auf Bildern, je gesehen hatte.

»Bridgeport?« fragte ich und deutete dorthin.

»Camelot«, antwortete er.

Mein fremder Gast hatte bereits Anzeichen von Schläfrigkeit gezeigt. Jetzt ertappte er sich beim Einnicken und lächelte auf seine rührende, aus der Mode gekommene Weise; dann sagte er:

»Ich merke, ich kann nicht mehr weiter; aber kommen Sie mit mir, ich habe alles aufgeschrieben, und wenn Sie wollen, können Sie es lesen.«

In seinem Zimmer sagte er: »Zuerst führte ich Tagebuch; mit der Zeit, nach Jahren, nahm ich dann das Tagebuch und machte eine Erzählung daraus. Wie lange ist das schon her!«

Er gab mir das Manuskript und zeigte mir die Stelle, an der ich beginnen sollte:

»Fangen Sie hier an – was vorher kommt, habe ich Ihnen bereits mitgeteilt.« Unterdessen hatte ihn die Müdigkeit fast überwältigt. Als ich zu seiner Tür hinausging, hörte ich ihn schläfrig murmeln: »Möget Ihr einen guten Abend haben, edler Herr.«

Ich setzte mich an meinem Kaminfeuer nieder und prüfte meinen Schatz. Dessen erster Teil – der weitaus größere – war auf Pergament geschrieben und vom Alter vergilbt. Ich betrachtete ein Blatt genauer und stellte fest, daß es ein Palimpsest war. Unter der alten, verblaßten Schrift des amerikanischen Chronisten erschienen Spuren eines Textes, der noch älter und verblaßter war – lateinische Worte und Sätze, augenscheinlich Fragmente alter Mönchslegenden. Ich blätterte zu der Stelle um, die der Fremde mir bezeichnet hatte, und begann folgendes zu lesen:

DIE GESCHICHTE VOM VERLORENEN LAND

ERSTES KAPITEL

Camelot

»Camelot – Camelot«, sagte ich vor mich hin. »Ich erinnere mich nicht, schon mal davon gehört zu haben. Wahrscheinlich der Name der Irrenanstalt.«

Die sommerliche Landschaft war sanft und ruhevoll, so lieblich wie ein Traum und so einsam wie ein Sonntag. Die Luft war von Blumenduft erfüllt, ringsum summten Insekten und zwitscherten Vögel, kein Mensch war zu sehen, keine Wagen, nichts rührte sich, nichts geschah. Die Straße war größtenteils nur ein sich windender Pfad mit Hufspuren darauf und gelegentlichen schwachen Furchen zu beiden Seiten im Gras, von Rädern, die anscheinend mit handbreiten Reifen versehen waren.

Jetzt kam ein hübsches, zartes, etwa zehnjähriges Mädchen daher; eine Flut von goldenem Haar strömte über ihre Schultern hinab. Um den Kopf trug sie einen Kranz flammendroter Mohnblüten. Es war ein so reizendes Kostüm, wie ich noch keines gesehen hatte – soweit es überhaupt eins war. Sie spazierte gemächlich dahin, ruhevollen Gemüts, das sich in ihrem unschuldigen Gesicht widerspiegelte. Der Zirkusmann beachtete sie nicht, er schien sie gar nicht zu sehen. Und sie – sie war von seiner phantastischen Aufmachung so wenig überrascht, als wäre sie gewohnt, seinesgleichen täglich zu sehen. Sie ging so gleichgültig vorbei, wie sie wohl an zwei Kühen vorübergeschritten wäre; als sie mich jedoch zufällig bemerkte, da ging vielleicht eine Veränderung mit ihr vor! Sie warf die Hände in die Höhe und erstarrte gleichsam zu Stein, sie stand mit geöffnetem Mund und ängstlich aufgerissenen Augen da – ein Bild der erstaunten Neugier, gemischt mit Furcht. So blieb sie in einer Art verblüffter Faszination gaffend dort stehen, bis wir um die Ecke des Waldes bogen und ihren

Blicken entschwanden. Daß ich und nicht der andere sie verblüffte, war mir unerklärlich; ich konnte es nicht begreifen. Und daß sie mich für bestaunenswert hielt und ihren eigenen Anspruch in dieser Hinsicht völlig außer acht ließ, war gleichfalls rätselhaft und Beweis einer Großherzigkeit, die bei einem so jungen Menschen überraschend war. Hier gab es genügend Stoff zum Nachdenken, und ich zog wie im Traum weiter.

Als wir uns der Stadt näherten, machten sich Anzeichen von Leben bemerkbar. Hin und wieder kamen wir an einer elenden, strohgedeckten Hütte vorbei, die inmitten von schlecht bearbeiteten kleinen Feldern und Gartengrundstücken lag. Menschen gab es auch: sehnige Männer mit langem, struppigem, ungekämmtem Haar, das bis ins Gesicht hing und ihnen das Aussehen von Tieren gab. Sie und die Frauen trugen in der Regel einen langen, groben Kittel aus Wergleinwand, der ihnen bis unter die Knie reichte, und eine Art grober Sandalen; viele trugen einen eisernen Reifen um den Hals. Die kleinen Knaben und Mädchen waren sämtlich nackt, doch niemand schien es zu bemerken. All diese Menschen starrten mich an, sprachen über mich, rannten in die Hütten und holten ihre Angehörigen heraus, damit sie mich angafften, keiner aber bemerkte den anderen Kerl, außer, um ihn demütig zu grüßen, ohne für ihre Mühe eine Antwort zu erhalten.

In der Stadt standen einige ansehnliche fensterlose Steinhäuser verstreut inmitten eines Gewirrs von strohgedeckten Hütten; die Straßen waren weiter nichts als krumme, ungepflasterte Gassen; Scharen von Hunden und nackten Kindern spielten in der Sonne, waren voller Leben und machten Lärm; Schweine streunten umher und wühlten voller Zufriedenheit im Boden; eine Sau lag mitten auf der Hauptstraße in einer dampfenden Kotlache und säugte ihre Jungen. Kurz darauf erklang in der Ferne Militärmusik; sie kam immer näher, und bald wand sich ein glänzender Reiterzug in Sicht; er war prächtig anzusehen mit seinen federgeschmückten Helmen, blitzenden Kettenpanzern, flatternden Bannern, kostbaren Wämsern, Schabracken und vergoldeten Speerspitzen; stolz zog er seines Weges durch

Schmutz und Schweine, nackte Gören, muntere Hunde und schäbige Hütten, und wir folgten in seinem Kielwasser. Folgten ihm zuerst durch eine gewundene Gasse und dann durch eine zweite, bergauf, immer weiter bergauf, bis wir endlich die luftige Höhe erreichten, auf der die riesige Burg stand. Trompetenstöße wurden ausgetauscht, dann gab es eine Verhandlung von den Mauern herunter, wo mit Brustharnisch und Sturmhaube gepanzerte Bewaffnete hin und her marschierten, mit geschulterter Hellebarde, unter flatternden Bannern, auf denen die rohe Gestalt eines Drachens abgebildet war; hierauf sprangen die großen Tore auf, die Zugbrücke senkte sich herab, und die Spitze des Reiterzugs galoppierte durch die düsteren Torbogen hindurch; wir folgten und befanden uns gleich darauf in einem großen gepflasterten Hof; auf allen vier Seiten ragten Türme und Türmchen in den blauen Himmel empor; rings um uns fand ein allgemeines Absteigen statt mit vielen Begrüßungen, mit Zeremonien und Hinundhergerenne; es war ein fröhliches Schauspiel sich bewegender und sich miteinander vermischender Farben, ein sehr heiteres Getümmel, Lärmen und Durcheinander.

ZWEITES KAPITEL

König Artus' Hof

Sobald sich eine Gelegenheit bot, schlüpfte ich heimlich beiseite, tippte einem alten, einfach aussehenden Mann auf die Schulter und sagte auf einschmeichelnd vertrauliche Weise:

»Freund, tun Sie mir einen Gefallen. Gehören Sie zur Irrenanstalt oder sind Sie nur zu Besuch oder aus einem ähnlichen Grunde hier?«

Er musterte mich mit törichtem Ausdruck und antwortete:

»Wahrlich, edler Herr, mich däucht...«

»Das genügt«, sagte ich, »ich schatze, Sie sind Patient.«

Ich entfernte mich, dachte nach und hielt gleichzeitig Ausschau nach einem zufällig Daherkommenden, der bei Verstand wäre und mir Aufklärung geben könnte. Kurz darauf glaubte ich, einen gefunden zu haben; ich zog ihn also beiseite und flüsterte ihm ins Ohr:

»Ob ich wohl den Oberwärter einen Augenblick sprechen könnte – nur einen Augenblick…«

»Ich bitte Euch, laßt mich.«

»Was soll ich Sie lassen?«

»Haltet mich nicht auf, falls Euch das Wort besser behagt.«

Dann sagte er, er sei Unterkoch und könne nicht stehenbleiben, um zu schwatzen, obgleich er es ein andermal mit Vergnügen täte, denn er wüßte brennend gern, woher ich meine Kleidung habe. Als er fortging, zeigte er auf jemanden und sagte, dort stehe einer, der müßig genug für meinen Zweck sei und der mich außerdem zweifellos selber suche. Es war ein graziöser, schlanker Junge, der eine garnelenfarbene Strumpfhose trug, die ihm das Aussehen einer gegabelten Mohrrübe verlieh; seine übrige Kleidung bestand aus blauer Seide, zarten Spitzen und Rüschen; er hatte lange, gelbe Locken und trug eine federngeschmückte, rosafarbene Satinkappe gefällig schräg über das Ohr gesetzt. Seinem Aussehen nach war er gutherzig und, seinem Gang nach zu urteilen, recht selbstzufrieden. Er war zum Malen hübsch. Er kam herbei, betrachtete mich lächelnd mit frecher Neugier, sagte, er sei gekommen, mich zu holen, und teilte mir mit, er sei Knappe.

»Ach, geh«, erwiderte ich, »du bist mehr als knapp.«

Das war ziemlich streng, aber ich war ärgerlich. Es störte ihn jedoch nicht, er schien gar nicht zu merken, daß er beleidigt worden war. Während wir davongingen, schwatzte und lachte er auf fröhliche, jungenhafte Weise und schloß gleich Freundschaft mit mir; er stellte mir alle möglichen Fragen über mich und meine Kleidung, wartete jedoch nie auf eine Antwort – er schwatzte immer sogleich weiter, als wüßte er nicht, daß er etwas gefragt hatte, und als erwarte er keine Antwort, bis er endlich zufällig erwähnte, er sei zu Beginn des Jahres 513 geboren worden.

Mich überlief es kalt. Ich blieb stehen und fragte mit ein wenig schwacher Stimme:

»Vielleicht habe ich dich nicht ganz richtig verstanden. Sag es noch einmal – aber langsam. In welchem Jahr war es?«

»513.«

»513! Man sieht es dir gar nicht an! Hör mal, mein Junge, ich bin fremd hier und habe keine Freunde, sei ehrlich und anständig zu mir. Bist du ganz richtig im Kopf?«

Er sagte, das sei der Fall.

»Sind die anderen Leute hier ganz richtig im Kopf?«

Er bejahte es.

»Und das hier ist kein Irrenhaus? Ich meine, es ist keine Anstalt, in der Verrückte geheilt werden?«

Er sagte, nein, das sei es nicht.

»Nun«, fuhr ich fort, »dann bin entweder ich irre, oder etwas ebenso Schreckliches ist passiert. Jetzt sage mir ehrlich und aufrichtig: wo bin ich?«

»An König Artus' Hof.«

Ich schwieg einen Augenblick, bis ich diesen Gedanken schaudernd ganz ins Bewußtsein aufgenommen hatte, und sagte dann: »Und welches Jahr haben wir deiner Meinung nach gegenwärtig?«

»Das Jahr 528 – den 19. Juni.«

Ich spürte, wie mir vor Kummer das Herz in die Hose rutschte, und ich murmelte: »Ich werde meine Freunde nie wiedersehen – niemals, niemals wieder. Sie werden erst in mehr als dreizehnhundert Jahren geboren werden.«

Ich schien dem Jungen zu glauben, ich wußte nicht, weshalb. Irgend etwas in mir schien ihm zu glauben – mein Unterbewußtsein, könnte man sagen; mein Verstand aber glaubte ihm nicht. Mein Verstand begann sich sogleich zu widersetzen, das war nur natürlich. Ich wußte nicht, wie ich es anstellen sollte, ihn zu befriedigen, denn mir war klar, daß das Zeugnis von Menschen nichts nützte – mein Verstand würde sagen, sie seien verrückt, und ihr Zeugnis verwerfen. Plötzlich aber kam ich durch einen glücklichen Zufall auf das Richtige. Ich wußte, daß die einzige totale Sonnenfinsternis der ersten Hälfte des sechsten Jahrhunderts auf den 21. Juni A. D. 528 gefallen war und mittags drei Minuten nach zwölf Uhr begonnen hatte. Ich wußte auch, daß in dem für mich gegenwärtigen Jahr, nämlich 1879, keine totale Sonnenfinsternis fällig war. Wenn ich also meine Sorge und meine Neugier achtundvierzig Stunden lang daran hindern konnte, mich zu zernagen, würde ich mit Gewißheit feststellen können, ob mir der Junge die Wahrheit gesagt hatte oder nicht.

Da ich ein praktisch veranlagter Mensch aus Connecticut bin, schlug ich mir nun das ganze Problem völlig aus dem Sinn, bis der festgelegte Tag und die Stunde dafür gekommen wären, damit ich meine ganze Aufmerksamkeit den Umständen des gegenwärtigen Augenblicks zuwenden konnte und auf der Hut und bereit wäre, das Bestmögliche daraus zu machen. Immer hübsch eins nach dem anderen, ist mein Wahlspruch, das aber spiel aus, so gut es nur geht, und wenn es auch nur zwei Paare und ein Bube sind. Ich beschloß zweierlei: war dies noch immer das 19. Jahrhundert und befand ich mich unter Irren, ohne entkommen zu können, dann wollte ich bald die Anstalt befehligen, oder es müßte mit dem Teufel zugehen; war dies aber tatsächlich das 6. Jahrhundert, nun gut, billiger tat ich's nicht: dann wollte ich innerhalb von drei Monaten das ganze Land befehligen, denn ich war der Meinung, ich sei dem gebildetsten Mann des Königreichs um dreizehn Jahrhunderte und noch mehr voraus. Ich bin kein Mensch, der Zeit verliert, wenn er mal einen Entschluß gefaßt hat und wenn Arbeit vorhanden ist, deshalb sagte ich zu dem Edelknaben:

»Jetzt, Clarence, mein Junge, – falls du zufällig so heißt –, möchte ich dich bitten, mich ein bißchen aufs laufende zu bringen. Wie heißt das Gespenst, das mich hergeführt hat?«

»Mein und dein Herr? Das ist der edle Ritter und große Lord Sir Kay, der Seneschall, Ziehbruder unseres Lehnsherrn, des Königs.«

»Sehr gut, weiter, erzähle mir alles.«

Er machte eine lange Geschichte daraus, aber von unmittelbarem Interesse für mich war folgender Teil: er sagte, ich sei Sir Kays Gefangener, und dem Brauch gemäß würde ich alsbald in ein Verlies geworfen und dort bei spärlicher Kost belassen, bis meine Freunde Lösegeld zahlten – es sei denn, ich verfaulte vielleicht schon vorher. Ich sah, daß die letzte Aussicht am wahrscheinlichsten war, verschwendete jedoch keine Sorge darauf, die Zeit war allzu kostbar. Der Edelknabe berichtete weiter, im großen Saal müsse das Mahl um diese Zeit ungefähr beendet sein, und sobald der gesellschaftliche Teil und das Trinkgelage begännen, werde Sir Kay mich hereinholen lassen und mich vor König Artus und dessen erlauchten Rittern von der Tafelrunde zur Schau stellen; er werde über seine Heldentat bei meiner Gefangennahme prahlen und wahrscheinlich die Tatsachen ein bißchen übertreiben, aber es gehöre sich für mich nicht, ihn zu berichtigen, das wäre auch für meine Sicherheit nicht allzu ratsam; sobald ich zur Schau gestellt worden sei, ginge es ab ins Verlies; er, Clarence, aber werde einen Weg finden, mich hin und wieder mal zu besuchen, mich aufzumuntern und mir zu helfen, sowie meinen Freunden Nachricht zukommen zu lassen.

Meinen Freunden Nachricht zukommen zu lassen! Ich dankte ihm, anders ging es nicht, und jetzt erschien ein Lakai, der meldete, ich werde gewünscht; so führte mich Clarence hinein, ging mit mir zur Seite und setzte sich neben mich.

Nun, es war ein seltsames Schauspiel und sehr interessant. Der Saal war riesengroß und ziemlich kahl – jawohl, und dabei voll schreiender Kontraste. Er war sehr, sehr hoch, so hoch, daß die Banner, die von den gebogenen Haupt- und Tragbalken herabhingen, dort oben in eine Art Dämmerlicht getaucht waren; in großer Höhe befand sich an jedem Ende des Saals eine Galerie, die mit einer Steinbrüstung eingefaßt war; auf der einen saßen Musiker und auf der anderen in blendende Farben gekleidete Frauen. Der Fußboden bestand aus großen, in schwarzen und weißen Vierecken gelegten Steinplatten, die vom Alter und der Benutzung ziemlich ramponiert und ausbesserungsbedürftig waren. Was die Ausschmückung betraf, so gab es genau genommen keine, wenn auch an den Wänden einige riesige Teppiche hingen, die wahrscheinlich als Kunstwerke geführt wurden; darauf waren Schlachtenszenen abgebildet, mit Pferden, die denen glichen, die Kinder aus Papier schneiden oder aus Lebkuchen formen; darauf saßen Männer in Schuppenpanzern, deren Schuppen von runden Löchern dargestellt wurden, so daß die Mäntel der Männer aussahen, als seien sie mit einer Plätzchenform ausgestochen worden. Einen Kamin gab es, der groß genug war, daß man darin lagern konnte, und dessen mit ziselierten Steinen und Säulen verzierte vorspringende Seiten und Haube aussahen wie das Portal einer Kathedrale. Die Wände entlang standen Bewaffnete in Brustharnisch und Sturmhaube, die als einzige Waffe Hellebarden trugen – starr wie Statuen, und so sahen sie auch aus.

Inmitten dieses von einem Bogengewölbe überdachten öffentlichen Platzes stand ein Eichentisch, den sie die Tafelrunde nannten. Er war so groß wie eine Zirkusmanege, und ringsum saß eine zahlreiche Gesellschaft von Männern, die in so mannigfaltige und prächtige Farben gekleidet waren, daß einem beim Hinsehen die Augen weh taten. Ihre Federhüte behielten sie die ganze Zeit über auf dem Kopf; nur wenn jemand sich direkt an den König wandte, lüftete er zu Beginn seiner Bemerkung ein wenig den Hut.

Vor allem tranken sie – aus großen Ochsenhörnern; einige kauten aber noch immer Brot oder nagten Rinderknochen ab. Im Durchschnitt kamen auf jeden Mann etwa zwei Hunde, und die saßen in erwartungsvoller Haltung da, bis ihnen ein abgenagter Knochen zugeworfen wurde; dann stürzten sie sich brigaden- und divisionsweise im Sturm darauf, und ein Kampf entbrannte, der das Panorama mit einem tumultartigen Chaos niedertauchender Köpfe und Körper sowie vorbeiflitzender Schwänze erfüllte, und das tosende Geheul und Gebell übertönte für den Augenblick jedes Gespräch, aber das schadete nichts, denn der Hundekampf war sowieso immer das Interessantere; die Männer erhoben sich zuweilen, um ihn besser beobachten und Wetten abschließen zu können; die Damen und die Musiker beugten sich zum gleichen Zweck über ihre Balustraden vor, und alle brachen von Zeit zu Zeit in begeisterte Zurufe aus. Zum Schluß streckte sich der Hund, der Sieger geblieben war, mit seinem Knochen zwischen den Pfoten behaglich aus, wachte knurrend darüber, zernagte ihn und machte den Fußboden damit fettig, genau wie fünfzig andere Hunde es bereits taten; die übrige Hofgesellschaft nahm ihre vorangegangene Beschäftigung und Unterhaltung wieder auf.

In der Regel waren Redeweise und Verhalten dieser Leute zuvorkommend und höflich, und ich bemerkte, daß sie gute, ernsthafte Zuhörer waren, wenn jemand etwas erzählte – ich meine, in den Pausen zwischen den Hundekämpfen. Ganz offensichtlich war es auch eine kindliche, unschuldige Sippschaft; sie erzählten mit sehr freundlicher und gewinnender Naivität Lügen vom beachtlichsten Kaliber und waren willens und bereit, den Lügen aller übrigen zuzuhören und ihnen auch zu glauben. Es war schwer, ihnen grausame und schreckliche Dinge zuzutrauen, und doch schwelgten sie mit einem so arglosen Behagen in Geschichten voller Blut und Leiden, daß ich beinahe zu schaudern vergaß.

Ich war nicht der einzige Gefangene, der sich dort befand. Es waren zwanzig oder mehr. Arme Teufel, viele waren verstümmelt, zerhackt, entsetzlich zusammengehauen, und ihr Haar, ihr Gesicht, ihre Kleidung waren mit schwarzen, steif gewordenen Blutstellen verkrustet. Natürlich hatten sie heftige körperliche Schmerzen und litten darüber hinaus zweifellos auch unter Erschöpfung, Hunger und Durst, zumindest hatte ihnen niemand die Wohltat des Waschens erwiesen noch auch nur die kleine Barmherzigkeit, ihre Wunden zu kühlen; trotzdem aber hörte man sie nicht ein einziges Mal ächzen oder stöhnen und sah keinerlei Anzeichen der Ungeduld oder der Absicht, sich zu beklagen. Mir drängte sich der Gedanke auf: ›Die Schufte – zu ihrer Zeit haben sie andere ebenso bedient, und nun, da sie an der Reihe sind, haben sie keine bessere Behandlung erwartet; demnach ist ihr philosophisches Verhalten also nicht das Ergebnis geistiger Bildung, intellektueller Stärke oder der Vernunft – sondern einfach nur eine Folge der Abrichtung, wie bei Tieren; es sind weiße Indianer.‹

DRITTES KAPITEL

Die Ritter der Tafelrunde

Die Gespräche der Tafelrunde waren zumeist Monologe – Berichte über die Abenteuer, bei denen die Gefangenen erbeutet und ihre Freunde und Anhänger getötet sowie um Roß und Rüstung erleichtert worden waren. Im allgemeinen – soweit ich feststellen konnte – waren diese Abenteuer voll Mord und Totschlag keine räuberischen Überfälle, die unternommen wurden, um Beleidigungen zu rächen oder um alte Streitfälle oder plötzliche Zerwürfnisse auszutragen, nein, in der Regel waren es einfach Duelle zwischen Fremden – Duelle zwischen Leuten, die einander nicht einmal vorgestellt worden waren und die keinerlei Grund hatten, beleidigt zu sein. Wie oft hatte ich doch schon gesehen, daß zwei Knaben, die einander nicht kannten und sich zufällig begegneten, beide gleichzeitig riefen: »Ich kann dich unterkriegen«, und sich auch sogleich ans Werk machten; bisher aber hätte ich immer angenommen, so etwas komme nur bei Kindern vor und sei ein typisches Zeichen der Knabenzeit, aber da saßen nun diese großen Tölpel, die daran festhielten und bis zum Mannesalter und länger stolz auf dieses Verhalten waren. Trotzdem aber hatten diese großen, einfältigen Geschöpfe etwas sehr Gewinnendes, etwas Reizvolles und Liebenswertes an sich. In diesem ganzen Kindergarten schien es nicht so viel Verstand zu geben, daß es sozusagen als Köder für einen Angelhaken ausgereicht hätte, aber nach einer Weile machte einem das nichts mehr aus, weil man bald feststellte, daß in einer solchen Gesellschaftsform Verstand unnötig war und sie sogar zersetzt, behindert, ihre Symmetrie verdorben – sie vielleicht unmöglich gemacht hätte.

Auf beinahe jedem Gesicht war prachtvolle Männlichkeit und auf einigen Gesichtern sogar eine gewisse Erhabenheit und Sanftheit zu beobachten, die alle Krittelei scharf zurückwies und zum Verstummen brachte. Aus dem Antlitz dessen, den sie Sir Galahad nannten, sprachen edles Wohlwollen und Reinheit, wie auch aus dem des Königs, und die riesige Gestalt und stolze Haltung Sir Lanzelots vom See strahlten Majestät und Größe aus.

Nun geschah etwas, was diesen Lanzelot zum Mittelpunkt der allgemeinen Aufmerksamkeit machte. Eine Art Zeremonienmeister gab ein Zeichen, sechs bis acht Gefangene erhoben sich, traten gemeinsam vor, knieten nieder, erhoben die Hände zur Galerie der Damen und baten um die Gnade, ein paar Worte zur Königin sprechen zu dürfen. Die Dame, die den auffälligsten Platz inmitten dieses vollbesetzten Blumenbeets weiblichen Prunks und Gepränges einnahm, neigte zustimmend den Kopf, und darauf gab der Sprecher der Gefangenen sich und seine Gefährten zur Begnadigung, Auslösung, Gefangenschaft oder zum Tod, wie sie zu wählen beliebte, in ihre Hand, und dies tat er, wie er sagte, auf Befehl Sir Kays, des Seneschalls, dessen Gefangene sie seien, da er sie allein durch seine Stärke und Tapferkeit in hartem Kampf auf offenem Felde besiegt habe.

Überraschung und Staunen malte sich ringsum im Saal auf den Gesichtern; als der Name Sir Kays genannt wurde, erlosch das frohe Lächeln der Königin; sie sah enttäuscht aus, und der Edelknabe flüsterte mir mit einer Betonung und auf eine Weise, die höchsten Spott ausdrückten, ins Ohr:

»Sir *Kay*, wahrlich! Da will ich doch gleich ein Seemann genannt werden! Zweimal tausend Jahre lang wird sich die verderbte Phantasie der Menschheit vergeblich gar gewaltiglich mühen, einen Zwillingsbruder dieser Lüge zu zeugen!«

Aller Blicke waren mit streng-fragendem Ausdruck auf Sir Kay gerichtet. Aber er war der Situation gewachsen. Er erhob sich, spielte seine Karte wie ein alter Routinier aus und stach jedesmal. Er erklärte, er werde genau den Tatsachen entsprechend berichten, ohne eigenen Kommentar einfach und gerade die Ereignisse wiedergeben, »und falls Ihr dann feststellt, daß Glanz und Ehre jemandem gebühren«, fuhr er fort, »dann werdet Ihr sie ihm geben, der durch seinen Arm der mächtigste Mann ist, der jemals einen Schild getragen oder ein Schwert in christlicher Schlacht geschwungen hat – ihm, der dort sitzt«! Er deutete auf Sir Lanzelot. Oh, er machte sich Liebkind bei ihnen, es war ein großartiger Zug. Dann fuhr er fort und berichtete, wie Sir Lanzelot auf der Suche nach Abenteuern vor kurzem sieben Riesen mit einem Schwertstreich getötet und hundertzweiundvierzig gefangene Jungfrauen befreit habe, dann weiter gezogen sei, noch immer auf Abenteuersuche, und ihn (Sir Kay) dabei angetroffen habe, wie er einen verzweifelten Kampf gegen neun fremde Ritter ausfocht; wie er sogleich allein den Kampf mit ihnen aufgenommen und die neun besiegt habe; wie Sir Lanzelot in der Nacht leise aufgestanden sei, Sir Kays Rüstung angelegt und dessen Pferd genommen habe, in ferne Länder gezogen sei, in einer ordentlichen Schlacht sechzehn und in einer zweiten vierunddreißig Ritter besiegt habe; diese und die ersten neun habe er schwören lassen, daß sie um Pfingsten an König Artus' Hof reiten und sich als Gefangene Sir Kays, des Seneschalls, und als Beute seiner ritterlichen Tapferkeit der Königin Ginevra in die Hand geben sollten, und hier sei nun dieses halbe Dutzend; die übrigen folgten, sobald sie von ihren schrecklichen Wunden genesen seien.

Nun, es war rührend zu beobachten, wie die Königin errötete und lächelte, verlegen und glücklich aussah und Sir Lanzelot verstohlene Blicke zuwarf, für die man ihn in Arkansas todsicher niedergeknallt hätte.

Alle priesen den Mut und die Großherzigkeit Sir Lanzelots, und was mich betraf, so war ich höchst erstaunt, daß ein einzelner Mann in der Lage gewesen war, ganz allein solche Bataillone erfahrener Kämpfer zu besiegen und gefangenzunehmen. Das sagte ich auch zu Clarence, aber dieser spottliebende Flederwisch erwiderte nur:

»Wenn Sir Kay Zeit gehabt hätte, noch einen Schlauch sauren Weines mehr in sich hineinzugießen, hättet Ihr die doppelte Zahl gehört.«

Bekümmert sah ich den Jungen an, und während ich ihn anblickte, bemerkte ich, wie sich sein Gesicht umwölkte und tiefe Verzweiflung ausdrückte. Ich folgte seinen Blikken und stellte fest, daß sich ein sehr alter, weißbärtiger Mann, der ein wallendes schwarzes Gewand trug, erhoben hatte und auf unsicheren Beinen am Tisch stand, schwächlich mit dem Greisenhaupt wackelte und die Versammlung mit seinen wäßrigen, unsteten Augen musterte. Ringsum hatten alle die gleiche Leidensmiene aufgesetzt wie der Edelknabe – es war der Blick der stummen Kreatur, die weiß, daß sie leiden muß, ohne zu klagen.

»Wahrlich, jetzt werden wir sie wieder zu Gehör bekommen«, seufzte der Knabe, »diese alte, ermüdende Geschichte, die er mit den gleichen Worten schon tausendmal erzählt hat und bis zu seinem Tode jedesmal erzählen wird, wenn er sich hat vollaufen lassen und seine Übertreibungsmühle anlaufen spürt. Wollte Gott, ich wäre des Tods gestorben, ehe ich diesen Tag erblickte!«

»Wer ist das?«

»Merlin, der mächtige Lügner und Zauberer; möge er in der Hölle braten für die Langeweile, die er mit seiner einzigen Geschichte verbreitet! Wenn die Menschen sich nicht vor ihm fürchteten, denn seinem Ruf und Wink gehorchen die Stürme und Blitze und alle Teufel der Hölle, hätten sie ihm schon vor Jahren die Eingeweide aus dem Leib gerissen, um zu dieser Erzählung zu gelangen und sie zu zerquetschen. Er erzählt sie stets in der dritten Person, damit es aussieht, als sei er zu bescheiden, sich selbst zu rühmen – verflucht sei er, die Pest soll ihn holen! Guter Freund, bitte wecke mich zum Abendgottesdienst.«

Der Knabe schmiegte sich an meine Schulter und tat, als wolle er einschlafen. Der Greis begann seine Erzählung, und bald schlief der Junge wirklich; ebenso erging es auch den Hunden, dem Hof, den Lakaien und den Reihen von Bewaffneten. Die eintönig summende Stimme summte eintönig weiter; von allen Seiten erklang sanftes Schnarchen und untermalte sie, als sei es die tiefe, gedämpfte Begleitung eines Blasorchesters. Einige hielten den Kopf auf die gekreuzten Arme gesenkt, andere hatten sich zurückgelehnt, offenen Mundes, aus dem unfreiwillige Musik erklang; ungestört schwirrten die Fliegen umher und stachen, leise schwärmten die Ratten aus hundert Löchern, trappelten hin und her und fühlten sich überall zu Hause; eine setzte sich wie ein Eichhörnchen auf des Königs Kopf, hielt ein Stück Käse in den Pfoten, knabberte daran und ließ mit naiver, unverschämter Respektlosigkeit die Krümel ins Gesicht des Fürsten fallen. Es war eine friedliche Szene, erholsam für das müde Auge und den abgespannten Geist.

Dies war die Geschichte des alten Mannes:

»Also begaben sich der König und Merlin auf den Weg und zogen fürbaß, bis sie zu einem Einsiedler kamen, der ein guter Mensch und großer Heilkünstler war. Der Einsiedler untersuchte alle seine Wunden und gab ihm gar wirksame Salben; der König hielt sich drei Tage auf, dann waren seine Wunden geheilt, so daß er reiten und gehen konnte, und er zog von dannen. Und da sie ritten, sprach Artus: Ich habe kein Schwert! Das macht nichts, sprach Merlin, hier in der Nähe ist ein Schwert, das soll Eures sein, wenn ich es vermag. Sie ritten nun, bis sie zu einem See kamen, ein schönes, großes Gewässer, und siehe, Artus gewahrte in seiner Mitte einen Arm, der war in weißen Seidenbrokat gekleidet und hielt ein prächtiges Schwert in der Hand. Siehe, sprach Merlin, dort ist das Schwert, von dem ich gesprochen habe. Da sahen sie eine Jungfrau über den See schreiten. Was ist das für eine Jungfrau? sprach Artus. Das ist die Gebieterin des Sees, sprach Merlin, und in dem See ist ein Felsen, dessen Inneres so schön wie nur irgendetwas auf der Welt ist und reich ausgestattet; die Jungfrau wird jetzt auf Euch zukommen; sprecht sie huldvoll an, damit sie Euch das Schwert gebe. Siehe, nun kam die Maid auf Artus zu und grüßte ihn; er grüßte sie wieder. Jungfrau, sprach Artus, was ist das für ein Schwert, das jener Arm dort über das Wasser hält? Ich wünschte, es wäre mein, zumal ich kein Schwert habe. Herr Artus, König, sprach die Jungfrau, jenes Schwert ist mein, und wenn Ihr mir eine Gabe geben wollt, um die ich Euch bitte, sollt Ihr es haben. Bei meiner Treu, sprach Artus, ich will Euch jede Gabe geben um die Ihr mich bittet. Nun, sprach die

Jungfrau, so nehmt dort jenen Nachen, rudert zu dem Schwert hin und nehmt es samt der Scheide mit Euch; ich aber werde meine Gabe fordern, sobald meine Zeit gekommen ist. Da stiegen Sir Artus und Merlin vom Pferd, banden ihre Tiere an zwei Bäume und betraten das Schiff; und als sie zu dem Schwert kamen, das von der Hand gehalten wurde, faßte Sir Artus es am Griff und nahm es mit sich. Da sanken Arm und Hand unter Wasser; sie aber kehrten an Land zurück und ritten von dannen. Nun sah Sir Artus ein reich verziertes Zelt. Was bedeutet jenes Zelt? Es ist das Zelt des Ritters, sprach Merlin, mit dem Ihr zuletzt gefochten habt: Sir Pellinores; aber er ist von hinnen geritten, er ist nicht hier, er hat Streit mit einem Eurer Ritter, dem edlen Egglame, und sie haben miteinander gekämpft; endlich aber ist Egglame geflohen, sonst wäre er tot, und Sir Pellinore hat ihn bis nach Carlion verfolgt; wir werden ihm gleich auf der Landstraße begegnen. Gut gesprochen, sprach Artus, jetzt, da ich ein Schwert habe, will ich den Kampf mit ihm aufnehmen und mich an ihm rächen. Herr, das sollt Ihr nicht, sprach Merlin, zumal der Ritter müde ist vom Kampf und vom Jagen, so daß für Euch kein Verdienst darin läge, mit ihm zu streiten; auch gibt es unter den lebenden Rittern wohl kaum seinesgleichen; deshalb rate ich Euch: lasset ihn vorbeiziehen, denn er wird Euch bald gute Dienste leisten, und nach ihm seine Söhne. Ihr werdet auch in kurzer Zeit den Tag erleben, an dem Ihr ihm mit Freuden Eure Schwester zur Gattin geben werdet. Wenn ich ihn sehe, will ich tun, wie du mir geraten, sprach Artus. Dann sah Sir Artus sein Schwert an, und es gefiel ihm gar wohl. Wem meßt Ihr höheren Wert bei, sprach Merlin, dem Schwert oder der Scheide? Ich messe dem Schwert höheren Wert bei, sprach Artus. Das ist nicht weise von Euch, sprach Merlin, wo doch die Scheide zehnmal soviel wert ist wie das Schwert, denn wenn Ihr die Scheide bei Euch tragt, werdet Ihr kein Blut verlieren, so schwer Ihr auch verwundet sein mögt; darum führt die Scheide immer mit Euch! Da sie nun in Carlion einritten, trafen sie auf dem Wege Sir Pellinore; Merlin aber hatte einen Zauber bewirkt, so daß Pellinore Artus nicht sah, und ohne ein Wort zu sprechen zog er vorbei. Ich wundere mich, sprach Artus, daß der Ritter nicht gesprochen hat. Herr, sprach Merlin, er hat Euch nicht gesehen, denn hätte er Euch erblickt, wäre er nicht so leicht von dannen gezogen. Nun kamen sie nach Carlion, und seine Ritter waren gar mächtiglich froh. Und als sie von seinen Abenteuern hörten, da wunderten sie sich, daß er so allein seine Person dem Tode ausgesetzt hatte. Aber alle Männer von Ehre sprachen: es ist angenehm, unter einem solchen Anführer zu kämpfen, der sich selbst in Abenteuer begibt, wie es andere, arme Ritter tun.«

VIERTES KAPITEL

Sir Dinadan, der Spaßvogel

Mir schien, diese reizende Lüge sei sehr einfach und hübsch erzählt worden; ich hatte sie allerdings nur einmal gehört, und das ist etwas anderes; gewiß hatte sie den anderen auch gefallen, als sie noch neu war.

Sir Dinadan, der Spaßvogel, erwachte als erster, und er weckte die anderen bald mit einem recht armseligen Scherz. Er band einem Hund ein paar Metallbecher an den Schwanz und ließ ihn laufen; in wahnsinniger Angst raste das Tier immerfort rund um den Saal; alle anderen Hunde liefen bellend hinterdrein, stießen dröhnend und krachend gegen alles, was ihnen in den Weg kam; es war ein tolles Durcheinander und ein ohrenbetäubender Lärm und Trubel; darüber lachten Männer und Frauen in der Menge sämtlich Tränen; einige fielen sogar vom Stuhl und wälzten sich in höchstem Entzücken auf dem Fußboden. Es war, als befände ich mich unter lauter Kindern. Sir Dinadan war so stolz auf seine Tat, daß er sich nicht enthalten konnte, bis zum Überdruß immer wieder zu erzählen, wie ihm der glorreiche Gedanke gekommen sei, und wie das so bei Spaßvögeln seiner Art üblich ist: er lachte noch immer darüber, als sich alle anderen schon längst beruhigt hatten.

Er war so aufgekratzt, daß er beschloß, eine Rede zu halten – natürlich eine humoristische Rede. Ich glaube, in meinem ganzen Leben habe ich noch nicht so viele alte, abgestandene Witze nacheinander gehört. Er war schlimmer als ein Minstrel, schlimmer als ein Zirkusclown. Es schien mir besonders traurig, dreizehnhundert Jahre vor meiner Geburt dazusitzen und wieder diese armseligen, flachen, wurmstichigen Witze anhören zu müssen, die mir schon dreizehnhundert Jahre später als Junge Bauchkrämpfe verursacht hatten. Ich kam so ziemlich zu der Überzeugung, daß es überhaupt gar keine neuen Witze geben kann. Alle lachten über diese Altertümer, aber so machen es die Leute ja immer, das hatte ich bereits Jahrhunderte später bemerkt. Der Spötter aber lachte natürlich nicht – ich meine den Jungen. Nein, er spottete – es gab nichts, worüber er nicht gespottet hätte. Er sagte, der größte Teil von Sir Dinadans Witzen sei vermodert, und die restlichen seien versteinert. Ich antwortete »versteinert« sei gut gesagt, denn ich war selbst der Meinung, die einzig richtige Methode, das majestätische Alter einiger dieser Witze zu klassifizieren, sei, sie in geologische Epochen einzuordnen. Dieser gute Gedanke aber traf bei dem Jungen auf einen weißen Fleck, denn die Geologie war noch nicht erfunden worden. Ich notierte mir jedoch die Bemerkung und rechnete damit, die Bevölkerung zu ihrem Verständnis zu erziehen, falls ich am Leben bliebe. Man soll eine gute Sache nicht fortwerfen, nur weil der Markt noch nicht reif dafür ist.

Jetzt erhob sich Sir Kay und begann, seine Geschichtenfabrik mit mir als Brennmaterial anzuheizen. Nun war es Zeit für mich, ernst zu werden, und ich wurde ernst. Sir Kay berichtete, er habe mich in einem fernen Barbarenland getroffen, wo alle die gleiche lächerliche Kleidung trügen wie ich – eine Kleidung, die Zauberwerk sei und den Träger vor jeder Verletzung durch Menschenhand sichern sollte. Er habe den Zauber jedoch mittels eines Gebets unwirksam gemacht, meine dreizehn Ritter in einer dreistündigen Schlacht getötet und mich gefangengenommen; mein Leben habe er geschont, um eine solche Sehenswürdigkeit wie mich vor dem König und dem Hof zu ihrem Staunen und ihrer Bewunderung ausstellen zu können. Er sprach immerzu auf die einschmeichelndste Weise von mir als von »jenem ungeheuren Riesen«, »jenem entsetzlichen, turmhohen Ungeheuer«, »jenem mit Hauern und Klauen versehenen, menschenfressenden Scheusal«, und alle schluckten auf höchst naive Weise diesen ganzen Unsinn, lächelten nicht ein einziges Mal und schienen gar nicht zu bemerken, daß zwischen seiner frisierten Statistik und mir ein Widerspruch bestand. Er erzählte, bei dem Versuch, ihm zu entfliehen, sei ich mit einem einzigen Satz in den Wipfel eines zweihundert Ellen hohen Baumes gesprungen; er aber habe mich mit einem Stein, der so groß gewesen sei wie eine Kuh, heruntergeholt, und mir dabei »um ein weniges sämtliche« Knochen zerschmettert; dann habe er mich schwören lassen, an König Artus' Hof zu erscheinen, um mein Urteil zu vernehmen; zum Schluß verdammte er mich, mittags am 21. zu sterben; und es machte ihm so wenig aus, daß er sich unterbrach und gähnte, bevor er den Tag nannte.

Jetzt war ich in einer ziemlich melancholischen Verfassung, und mir blieb kaum genügend normales Denkvermögen, um bei einem Streit auf dem laufenden zu bleiben, der darüber entbrannt war, auf welche Art ich am besten umgebracht werden sollte, denn einige zweifelten an der Möglichkeit, mich überhaupt töten zu können, wegen der Zauberwirkung meiner Kleidung. Dabei war es nur ein gewöhnlicher billiger Konfektionsanzug aus einem Fünfzehn-Dollar-Laden. Ich war jedoch noch genügend bei Verstand, um folgende Einzelheit zu bemerken: viele der von dieser erlauchten Versammlung der ersten Damen und Herren des Landes auf ganz selbstverständliche Weise gebrauchten Ausdrücke hätten sogar einen Comanchen zum Erröten gebracht. Das Wort »anstößig« ist viel zu milde, um die Sache zu beschreiben. Ich hatte jedoch »Tom Jones«, »Roderick Random« und andere Bücher dieser Art gelesen und wußte daher, daß die höchsten und allerersten Damen und Herren Englands bis vor hundert Jahren in ihrer Ausdrucksweise und auch in ihrer Moral und dem Verhalten, auf das sie schließen läßt, kaum oder überhaupt nicht anständiger gewesen sind, ja, sogar bis in unser gegenwärtiges 19. Jahrhundert hinein, von dem man im großen und ganzen sagen kann, daß in ihm die ersten Exemplare der wirklichen Dame und des wirklichen Gentleman, die in der Geschichte Englands – und überhaupt in der Geschichte Europas – festzustellen sind, aufgetreten seien. Wollen wir einmal annehmen, Sir Walter habe seine Personen selbst sprechen lassen, anstatt ihnen die Unterhaltung in den Mund zu legen? Dann hätten wir von Rebecca, Ivanhoe und der sanften Lady Rowena Äußerungen zu hören bekommen, die heutzutage sogar einen Landstreicher in Verlegenheit brächten. Demjenigen aber, der sich seiner Unfeinheit nicht bewußt ist, ist alles fein. Die Leute König Artus' waren sich ihrer Unanständigkeit nicht bewußt, und ich war geistesgegenwärtig genug, die Sache nicht zu erwähnen.

Meine verzauberte Kleidung beunruhigte sie so sehr, daß sie heilfroh waren, als der alte Merlin ihnen endlich mit einem Wink voll gesunden Menschenverstandes die Schwierigkeiten aus dem Weg räumte. Er fragte, weshalb sie so blöde seien – weshalb sie nicht auf den Gedanken kämen, mich zu entkleiden. Eine halbe Minute später war ich nackt wie ein Frosch. Und, nein, sowas: ich war der einzige, den das in Verlegenheit brachte! Alle diskutierten über meine Person und das so ungeniert, als sei ich ein Kohlkopf. Königin Ginevra war auf eine ebenso naive Weise interessiert wie die übrigen und sagte, jemand mit solchen Beinen wie meinen habe sie noch nie gesehen. Das war das einzige Kompliment, das ich erhielt – falls es eins war.

Zum Schluß wurde ich in eine, und meine gefährliche Kleidung in die andere Richtung hinausgeschafft. Man stieß mich in eine dunkle, enge Zelle eines Burgverlieses, wo es spärliche Essensreste zum Mittagbrot, etwas verfaultes Stroh als Bett und unzählige Ratten zur Gesellschaft gab.

FÜNFTES KAPITEL

Eine Eingebung

Ich war so müde, daß mich selbst meine Befürchtungen nicht lange wachzuhalten vermochten.

Als ich wieder zu mir kam, schien ich sehr lange geschlafen zu haben. Mein erster Gedanke war: ›Na, was habe ich da bloß für einen merkwürdigen Traum gehabt. Ich schätze, ich bin gerade noch rechtzeitig aufgewacht, um nicht gehängt, ertränkt, verbrannt oder sonstwie umgebracht zu werden... Ich mache noch ein Nickerchen, bis die Sirene losgeht; dann gehe ich in die Waffenfabrik hinunter und rechne mit Herkules ab.‹

Im gleichen Augenblick aber hörte ich die barsche Musik rostiger Ketten und Riegel, ein Licht schien mir in die Augen, und Clarence, dieser Schmetterling, stand vor mir. Ich sperrte vor Überraschung den Mund auf; fast blieb mir der Atem weg.

»Was!« sagte ich, »du bist noch hier? Verschwinde mit dem übrigen Traum, pack dich!«

Er lachte aber nur auf seine leichtfertige Art und begann sich über meine traurige Lage lustig zu machen.

»Na gut«, sagte ich ergeben, »soll der Traum weitergehen; ich habe es ja nicht eilig.«

»Ich bitte dich, was für ein Traum?«

»Was für ein Traum? Na, der, daß ich an König Artus' Hofe bin – eines Menschen, der nie existiert hat, und daß ich mit dir spreche, der du doch weiter nichts bist als ein Produkt meiner Einbildung.«

»Potzblitz, fürwahr, und ist es dann auch ein Traum, daß du morgen verbrannt werden sollst? He, he, antworte mir darauf!«

Der Schreck, der mich durchfuhr, war schlimm. Jetzt begann ich mir zu sagen, meine Lage sei im höchsten Grade ernst, ob sie nun ein Traum war oder nicht, denn ich wußte aus vergangener Erfahrung mit Träumen von lebensechter Intensität, daß es alles andere als ein Spaß wäre, verbrannt zu werden, und sei es auch nur im Traum, und daß es eine Sache war, die ich mit allen Mitteln, anständigen oder unanständigen, die ich nur erdenken konnte, vermeiden mußte. Darum sagte ich beschwörend:

»Ach, Clarence, guter Junge, mein einziger Freund – denn du bist doch mein Freund, nicht wahr? Laß mich nicht im Stich, hilf mir, eine Methode auszutüfteln, wie ich von hier entkommen kann.«

»Nun höre dir das bloß an! Entkommen? Aber Mann, die Gänge werden doch von Bewaffneten behütet und bewacht!«

»Zweifellos, zweifellos. Aber wie viele sind es denn, Clarence? Nicht viele, hoffe ich.«

»Volle zwanzig. Hoffnung zu entkommen besteht nicht.« Nach einer Pause setzte er zögernd hinzu: »Es gibt auch noch andere Gründe dafür, schwerwiegendere.«

»Andere Gründe? Was für welche denn?«

»Nun, man sagt – ach, ich wage es nicht, nein ich wage es nicht!«

»Aber, du armer Junge, was ist denn los? Warum wirst du so blaß? Weshalb zitterst du so?«

»Oh, wahrlich, es besteht Grund dafür. Ich möchte es dir ja gern sagen, aber...«

»Komm, komm, sei tapfer, sei ein Mann – heraus mit der Sprache, sei brav!«

Er zögerte, zwischen Wunsch und Angst hin- und hergerissen; dann stahl er sich zur Tür, lugte hinaus und lauschte; endlich schlich er sich dicht zu mir heran, hielt den Mund an mein Ohr und teilte mir flüsternd und mit dem zitternden Argwohn eines Menschen, der sich auf schwankenden Boden wagt und von Dingen spricht, deren bloße Erwähnung den Tod bringen kann, seine schreckliche Nachricht mit: »Merlin hat in seiner Bosheit einen Zauber um dieses Verlies hier gewoben, und im ganzen Königreich existiert nicht ein Mensch, der verzweifelt genug wäre zu versuchen, die Bannlinie mit dir zu überschreiten! Nun stehe mir Gott bei, ich habe es ausgesprochen! Ach, sei gut zu mir, hab Mitleid mit einem armen Knaben, der es gut mit dir meint; denn wenn du mich verrätst, bin ich verloren!«

Ich lachte zum erstenmal seit längerer Zeit wieder wirklich

herzerfrischend und rief: »Gezaubert hat Merlin! *Merlin*, wahrlich! Dieser billige alte Schwindler, dieser mummelnde alte Esel? Quatsch, nichts als Quatsch, der blödsinnigste Quatsch, den es nur geben kann! Du lieber Himmel, mir scheint, von all dem kindischsten, idiotischsten, hohlköpfigsten, hasenherzigsten Aberglauben, der je... Ach, Merlin soll sich zum Teufel scheren!«

Clarence aber war auf die Knie gesunken, bevor ich noch halb zu Ende gesprochen hatte, und es sah aus, als werde er vor Angst den Verstand verlieren.

»Oh, nimm dich in acht! Das sind schreckliche Worte! Die Mauern hier können jeden Augenblick auf uns herniederstürzen, wenn du so etwas sagst! Oh, nimm es zurück, ehe es zu spät ist!«

Dieser seltsame Auftritt brachte mich auf einen guten Gedanken und veranlaßte mich zu überlegen. Wenn hier alle so ehrlich und aufrichtig Angst vor Merlins angeblicher Zauberkunst hatten wie Clarence, dann mußte ein höherstehender Mensch wie ich ganz gewiß schlau genug sein, aus solchen Zuständen Vorteil zu ziehen. Ich dachte weiter nach und machte mir einen Plan.

Dann sagte ich: »Steh auf. Nimm dich zusammen; sieh mir in die Augen. Weißt du, weshalb ich gelacht habe?«

»Nein, aber um der heiligen Jungfrau willen, tue es nicht wieder!«

»Nun, ich will dir sagen, warum ich gelacht habe. Weil ich selbst ein Zauberer bin.«

»Du!« Der Junge wich einen Schritt zurück und schnappte nach Luft, denn dieser Schlag kam ziemlich plötzlich; aber sein Ausdruck war jetzt sehr, sehr respektvoll. Ich nahm es rasch zur Kenntnis, es zeigte, daß ein Schwindler in diesem Irrenhaus keinen Ruf zu haben brauchte; die Leute waren durchaus bereit, ihm auch ohne das aufs Wort zu glauben.

Ich sprach weiter: »Ich kenne Merlin schon seit siebenhundert Jahren, und er...«

»Siebenhund...«

»Unterbrich mich nicht! Er ist dreizehnmal gestorben und wieder zum Leben erwacht, und jedesmal ist er unter anderem Namen gereist: Smith, Jones, Robinson, Jackson, Peters, Haskins, Merlin – jedesmal, wenn er auftaucht, hat er einen anderen Decknamen. Schon vor dreihundert Jahren habe ich ihn in Ägypten getroffen, vor fünfhundert Jahren habe ich ihn in Indien getroffen – immer kommt er mir in den Weg und quatscht rum, wohin ich auch gehe; er fällt mir langsam auf die Nerven. Als Zauberer taugt er keinen Pfifferling, er kennt ein paar alte, ganz gewöhnliche Tricks, aber über die Anfangsgründe ist er nie hinausgekommen und wird auch nie darüber hinauskommen. Für die Provinz geht es ja an – einmalige Schaubudenvorstellung oder ähnliches, verstehst du, aber, du liebe Güte, der sollte sich doch wahrhaftig nicht als Experte ausgeben – zumindest nicht, wenn ein echter Künstler da ist. Nun hör mal zu, Clarence: ich werde dein Freund sein und bleiben, aber du mußt dich auch als meiner erweisen. Tu mir mal einen Gefallen. Teile bitte dem König mit, daß ich selbst ein Zauberer bin, und zwar der Große Oberste Hoch-Muckamuck und noch dazu Häuptling der Zunft, und mach ihm unbedingt begreiflich, daß ich hier so ganz in der Stille ein kleines Unheil vorbereite, bei dem im Reich die Fetzen fliegen sollen, wenn Sir Kays Plan ausgeführt wird und ich irgendwie zu Schaden komme. Willst du das dem König von mir bestellen?«

Der arme Junge befand sich in einem solchen Zustand, daß er kaum antworten konnte. Es war mitleiderregend, ein Geschöpf so verängstigt, so jeder Selbstbeherrschung, jedes Halts beraubt zu sehen. Er versprach jedoch alles und bat mich immer wieder, ihm auch meinerseits zu versprechen, daß ich sein Freund bleiben, mich niemals gegen ihn wenden oder ihn verzaubern werde. Dann schleppte er sich hinaus und stützte sich dabei wie ein Kranker gegen die Wand.

Bald danach fiel mir folgendes ein: ›Wie unbesonnen bin ich doch gewesen! Sobald der Junge sich beruhigt, muß er sich ja fragen, weshalb ein großer Zauberer wie ich einen Knaben wie ihn darum gebeten hat, ihm hier herauszuhelfen; er wird sich dies und jenes zusammenreimen und herausbekommen, daß ich ein Schwindler bin.‹

Eine Stunde lang machte ich mir wegen meines unüberlegten Schnitzers Sorgen und gab mir während der Zeit allerlei unfreundliche Bezeichnungen. Endlich aber fiel mir ganz plötzlich ein, daß diese Kreaturen ja überhaupt nicht vernunftgemäß dachten, daß sie sich ja niemals dies und jenes zusammenreimten und durch ihre Gespräche ihre Unfähigkeit bewiesen, einen Widerspruch zu erkennen, selbst wenn sie ihn vor der Nase hatten; von da ab war ich beruhigt.

Kaum aber ist man in dieser Welt beruhigt, schon hat man wieder etwas Neues beim Wickel, über das man sich Sorgen macht. Mir fiel ein, daß mir noch ein Fehler unterlaufen war: ich hatte den Jungen fortgeschickt, seine Vorgesetzten mit einer Drohung aufzuschrecken – ich hatte die Absicht gehabt, mir in aller Ruhe ein Unheil auszudenken; nun sind aber gerade die Leute, die mit der größten Bereitschaft, Willigkeit und Beflissenheit an Wunder glauben, auch am allermeisten darauf erpicht, sie einen vollbringen zu sehen; was dann, wenn man nun eine Probe von mir verlangte? Was dann, wenn man mich aufforderte, mein Unheil zu nennen? Jawohl, ich hatte einen Fehler begangen, zuerst hätte ich mein Unheil erfinden sollen. ›Was soll ich nur tun? Was kann ich sagen, um ein bißchen Zeit zu gewinnen?‹ Wieder saß ich in der Klemme, in der schlimmsten Klemme... ›Da, Schritte! Sie kommen! Wenn ich doch bloß noch einen Augenblick zum Nachdenken hätte... Gottlob, ich hab's. Jetzt ist alles in Ordnung.‹

Versteht ihr, es war die Sonnenfinsternis. Mir fiel gerade noch zur rechten Zeit ein, wie Kolumbus oder Cortes oder sonst einer von diesen Leuten einmal eine Sonnenfinsternis als rettenden Trumpf gegen irgendwelche Wilde ausgespielt hatte, und ich sah meine Chance. Jetzt konnte ich selbst sie ausspielen, und ein Plagiat war es auch nicht, denn ich brachte sie ja fast tausend Jahre vor diesen Leuten an den Mann.

Da kam Clarence kleinlaut und bekümmert herein; er sagte:

»Ich eilte, unserem Herrn, dem König, die Botschaft zu bringen, und er ließ mich sogleich vor. Er war bis ins Mark erschrocken und wollte schon Befehl geben, Euch sofort zu erhöhen, Euch in feine Gewänder zu kleiden und also unterzubringen, wie es einem so großen Manne geziemt, da aber kam Merlin und verdarb alles, dieweil er dem König einredete, Ihr seiet wahnsinnig und wüßtet nicht, wovon Ihr sprächet; er sagte, Eure Drohung sei nichts weiter als Narrheit und eitel Prahlerei. Sie redeten gar lange darüber hin und her; schließlich sagte aber Merlin voller Hohn: ›Weshalb hat er sein großes Unheil denn nicht genannt? Wahrlich, weil er es nicht kann.‹ Dieser Hieb schloß dem König augenblicklich den Mund, und er konnte nichts dagegen sagen; widerstrebend und äußerst abgeneigt, Euch solche Unhöflichkeit zu erweisen, bitte er Euch dennoch, ihm seine verzwickte Lage zugute zu halten und in anbetracht des Standes der Dinge das Unheil zu nennen – so Ihr die Natur und den Zeitpunkt seines Eintreffens bereits festgelegt habt. Oh, ich bitte Euch, zögert nicht, denn in einem solchen Augenblick bedeutet jedes Zögern, die Gefahren, die Euch bereits umgeben, zu verdoppeln und zu verdreifachen. Oh, seid weise – nennt das Unheil!«

Ich bewahrte erst einmal Schweigen, um möglichst eindrucksvoll zu wirken, und sagte dann: »Wie lange bin ich denn schon in diesem Loch hier eingesperrt?«

»Ihr seid eingesperrt worden, als der gestrige Tag schon weit vorgeschritten war. Jetzt ist es neun Uhr morgens.«

»Tatsächlich? Dann habe ich aber gut geschlafen... Schon neun Uhr morgens! Und dabei sieht es ganz genau aus wie um Mitternacht. Dann haben wir also heute den zwanzigsten?«

»Jawohl, den zwanzigsten.«

»Und morgen soll ich bei lebendigem Leibe verbrannt werden.« Der Junge schauderte. »Um welche Zeit?«

»Zur Mittagsstunde.«

»Nun, dann will ich dir sagen, was du bestellen sollst.« Ich machte eine Pause und stand eine ganze Minute lang in furchterweckendem Schweigen über dem zusammengekauerten Knaben; dann begann ich mit tiefer Stimme gemessen, schicksalhaft zu sprechen und steigerte mich auf eine dramatisch abgestufte Weise bis zu meinem gewaltigen

Höhepunkt, den ich auf eine so erhaben-edle Weise verkündete, wie ich so etwas nur einmal im Leben bewerkstelligen werde: »Geh zurück und teile dem König mit, daß ich um jene Stunde die ganze Welt in der tiefen Schwärze der Mitternacht ersticken lassen werde, ich will die Sonne auslöschen, und nie wieder soll sie scheinen; aus Mangel an Licht und Wärme sollen die Früchte der Erde verfaulen, und bis auf den letzten Mann sollen die Völker der Erde Hungers sterben!«

Ich mußte den Jungen selbst hinaustragen, so vollständig war er zusammengebrochen. Ich übergab ihn den Wachsoldaten und ging wieder hinein.

SECHSTES KAPITEL

Die Sonnenfinsternis

Inmitten der Stille und der Dunkelheit begann das Bewußtsein der Wirklichkeit bald mein Wissen zu ergänzen. Das bloße Wissen um eine Tatsache ist blaß; wird sie einem aber erst mal richtig bewußt, dann nimmt sie Farbe an. Der Unterschied ist ebenso groß, als hörte man sagen, ein Mensch sei erstochen worden oder als sähe man dabei zu. Inmitten der Stille und der Dunkelheit bekam mein Wissen, daß ich in Todesgefahr schwebte, eine immer tiefgründigere Bedeutung; ein Etwas, das das Bewußtsein der Tatsache war, kroch mir Zoll um Zoll durch die Adern und ließ mein Blut erstarren.

Es ist jedoch eine segensreiche Einrichtung der Natur, daß in solchen Momenten, sobald der Zeiger des Stimmungsbarometers eines Menschen bis auf einen bestimmten Punkt hinabgesunken ist, ein Umschwung eintritt und man sich wieder erholt. Hoffnung erwacht und mit ihr froher Mut; daraufhin ist der Mensch in guter Verfassung, etwas zu seinen Gunsten zu unternehmen, wenn das nur irgend möglich ist. Als mein Umschwung kam, geschah es mit einem ordentlichen Satz. Ich sagte mir, meine Sonnenfinsternis müsse mich mit Gewißheit retten und mich darüber hinaus zum größten Mann im Königreich machen; sogleich stieg der Zeiger meines Stimmungsbarometers bis zum oberen Ende der Skala, und all meine Besorgnisse verschwanden. Ich war so froh wie nur irgend jemand auf der Welt. Ich wartete sogar mit Ungeduld auf den nächsten Tag, so sehr wünschte ich mir, diesen großen Triumph einzuheimsen und der Mittelpunkt des Staunens und der Ehrfurcht des ganzen Volkes zu sein. Auch in geschäftlicher Hinsicht wäre ich ein gemachter Mann, das wußte ich.

Etwas war in meinen Gedanken inzwischen ziemlich in den Hintergrund gedrängt worden. Es war die Tatsache, daß ich so halb und halb überzeugt war, diese abergläubischen Leute würden, sobald sie nur erführen, welcher Art das von mir geplante Unheil war, davon so beeindruckt sein, daß sie willens wären, einen Kompromiß zu schließen. Deshalb fiel mir, als ich Schritte hörte, diese Vermutung wieder ein, und ich sagte mir: ›Ganz bestimmt, da kommt der Kompromiß. Nun, wenn er gut ist, schön, dann nehme ich ihn an, aber wenn er nichts taugt, dann bleibe ich auf meiner Forderung bestehen und spiele meine Karten aus.‹

Die Tür öffnete sich, und einige Bewaffnete erschienen. Ihr Anführer sagte: »Der Scheiterhaufen ist bereit, kommt mit!«

Der Scheiterhaufen! Meine Kräfte verließen mich, fast wäre ich hingefallen. In einem solchen Augenblick wird es einem schwer, Luft zu holen, so eng ist die Kehle, und man ringt nach Atem; sobald ich jedoch wieder sprechen konnte, sagte ich: »Aber das ist doch ein Irrtum – die Hinrichtung soll ja erst morgen stattfinden.«

»Befehl verändert, Vorverlegung um einen Tag. Beeilt Euch!«

Ich war verloren. Nichts konnte mich retten. Ich war wie betäubt, war fassungslos, hatte keine Gewalt mehr über mich; wie ein Irrer lief ich ziellos umher; da packten mich die Soldaten und zogen mich mit sich, aus der Zelle hinaus, durch das Labyrinth von unterirdischen Gängen und schließlich in den grellen Glanz des Tageslichts und der Oberwelt. Als wir den großen, geschlossenen Burghof betraten, durchfuhr mich ein Schreck, denn das erste, was ich sah, war der Scheiterhaufen; er befand sich in der Hofmitte, und daneben waren Reisigbündel aufgeschichtet, und ein Mönch stand da. An allen vier Hofseiten saßen terrassenförmig ansteigend Reihen über Reihen von Zuschauern und boten ein farbenfrohes Bild. Der König und die Königin saßen auf ihren Thronsesseln und waren natürlich die auffallendsten Erscheinungen.

Um all das festzustellen, brauchte ich nur eine Sekunde. In der nächsten war Clarence aus irgendeinem Versteck hervorgeschlüpft und flüsterte mir die neuesten Nachrichten ins Ohr; seine Augen strahlten triumphierend und froh. Er sagte:

»Die Vorverlegung habe ich bewirkt! Und wie schwer ist es mir gefallen! Aber als ich ihnen enthüllte, was für ein Unheil zu erwarten ist, und sah, wie groß das Entsetzen war, das es hervorrief, da sah ich auch, daß jetzt die Zeit gekommen war zuzuschlagen! Deshalb behauptete ich emsig diesem und jenem und einem dritten gegenüber, Eure Macht könne sich erst morgen voll entfalten; wo man also die Sonne und die Welt retten wolle, müsse man Euch heute umbringen, dieweil Euer Zauber noch nicht voll ausgewoben und noch kraftlos sei. Potzblitz, es war eine gar armselige Lüge und nicht besonders gut ausgedacht, aber Ihr hättet mal sehen sollen, wie sie sich in ihrer wahnsinnigen Angst darauf stürzten und sie schluckten, als wäre es die vom Himmel gesandte Rettung; und die ganze Zeit über lachte ich mir in einem Augenblick ins Fäustchen, da ich sie auf so billige Art betrogen sah, und pries im nächsten Gott, dieweil er die Güte hatte, das geringste seiner Geschöpfe zum Werkzeug Eurer Lebensrettung zu erküren. Ach, wie glücklich sich die Dinge doch gefügt haben! Ihr braucht der Sonne nicht wirklich zu schaden – ah, vergeßt das nicht, bei Eurer Seele, vergeßt es nicht! Macht nur ein bißchen Finsternis – nur das kleinste bißchen Finsternis, hört Ihr, und dann haltet inne. Das genügt. Dann sehen sie, daß ich die Unwahrheit gesprochen habe – aus Unwissenheit, werden sie glauben –, und sobald sich die ersten Schatten der Dunkelheit herabsenken, sollt Ihr sehen, wie sie vor Angst verrückt werden; dann lassen sie Euch frei und machen Euch zum großen Manne! Geht jetzt, Eurem Triumph entgegen! Aber denkt daran – ach, guter Freund, ich beschwöre Euch, denkt an mein Flehen und tut der gesegneten Sonne nichts. Um meinetwillen, der ich Euer wahrer Freund bin!«

In meinem Kummer und meinem Elend würgte ich ein paar Worte hervor, etwa in dem Sinne, ich wolle die Sonne verschonen; dafür schenkte mir der Knabe Blicke voll tiefer und liebevoller Dankbarkeit, und ich hatte nicht das Herz, ihm zu sagen, daß mich seine gutgemeinte Torheit ins Unglück stürzte und in den Tod jagte.

Als mich die Soldaten über den Hof führten, herrschte eine solche Stille, daß ich, wären mir die Augen verbunden gewesen, angenommen hätte, ich befände mich an einem einsamen Ort, anstatt durch eine Wand von viertausend Leuten eingeschlossen zu sein. In dieser ganzen Menschenmenge war nicht die geringste Bewegung festzustellen; alle waren so starr wie Steinbilder und auch ebenso blaß; auf jedem Gesicht war Furcht zu lesen. Diese Stille hielt an, während ich an den Pfahl gekettet wurde, sie hielt auch weiter an, während die Reisigbündel ordentlich und mit peinlicher Sorgfalt um meine Knöchel, meine Knie, meine Hüften, meinen ganzen Körper geschichtet wurden. Dann trat eine Pause ein und womöglich noch tiefere Stille; ein Mann mit einer flammenden Fackel kniete zu meinen Füßen nieder; die Menge beugte sich vor, um mich anzustarren, und erhob sich dabei unbewußt ein wenig von den Sitzen; der Mönch reckte die Hände über meinen Kopf, hielt den Blick zum blauen Himmel emporgerichtet und begann lateinische Worte zu murmeln; in dieser Haltung brummelte er eine Weile weiter, und dann unterbrach er sich. Ich wartete einige Augenblicke und sah dann auf: wie versteinert stand er da. Als wäre die Menge durch einen gemeinsamen Impuls getrieben, erhob sie sich langsam von den Plätzen und starrte in den Himmel. Ich folgte ihren Blicken und, ei der Kuckuck, da begann ja meine Sonnenfinsternis! Heiß durchbrauste das Leben meine Adern; ich war wie neu geboren! Langsam drang der schwarze Rand in die Sonnenscheibe vor, mein Herz schlug immer höher; die Versammelten und der Priester starrten noch immer bewegungslos zum Himmel auf. Ich wußte, daß ihre Blicke als nächstes auf mich fallen würden. Als das geschah, war ich bereit. Ich stand in einer der großartigsten Posen da, die ich je zustande gebracht habe, und mein ausgestreckter Arm deutete auf die Sonne. Es war ein hervorragender Effekt. Man konnte geradezu sehen, wie der Schauder gleich einer Welle durch die Menschenmenge lief. Zwei Rufe ertönten, der eine gleich nach dem anderen:

»Legt die Fackel an!«

»Ich untersage es!«

Der erste kam von Merlin, der zweite vom König. Merlin sprang von seinem Platz auf – um selbst die Fackel anzulegen, nahm ich an.

Ich rief: »Bleib, wo du bist! Falls jemand sich rührt, sogar der König, bevor ich es ihm erlaube, werde ich ihn mit Donnerschlägen zerschmettern, mit Blitzen verzehren!«

Kleinlaut sank die Menge auf ihre Sitze zurück, und eben das hatte ich erwartet. Merlin zögerte einen Augenblick oder zwei, und ich stand während der kurzen Zeit wie auf Kohlen. Dann setzte er sich nieder, und ich holte tief Atem, denn ich wußte, jetzt hatte ich die Situation in der Hand.

Der König sagte: »Laßt Mitleid walten, edler Herr, und treibt dieses gefahrvolle Beginnen nicht weiter, damit nicht ein Unglück folge. Uns wurde berichtet, Eure Macht werde erst morgen ihre volle Stärke erreichen, aber...«

»Eure Majestät glauben, der Bericht sei vielleicht erlogen gewesen? Jawohl, er war erlogen.«

Das hatte eine gewaltige Wirkung; ringsum hob alles flehend die Hände und bestürmte den König mit Bitten, mir jeden Preis zu bieten, um das Unheil aufzuhalten.

Der König war begierig, den Bitten nachzukommen; er sagte: »Nennt Eure Bedingungen, ehrwürdiger Herr, gleichgültig welche – und wenn es die Hälfte meines Königreichs wäre; aber bannt dieses Unheil, verschont die Sonne!«

Ich war ein gemachter Mann; ich hätte ihn gern augenblicklich beim Wort genommen, aber eine Sonnenfinsternis konnte ich nicht aufhalten; das stand ganz außer Frage. So bat ich um Bedenkzeit.

Der König sagte: »Wie lange, ach, wie lange denn, bester Herr! Habt Erbarmen, seht, es wird dunkler mit jedem Augenblick. Ich bitte Euch, wie lange?«

»Nicht lange. Eine halbe Stunde – vielleicht eine Stunde.«

Tausend jammervolle Protestrufe erhoben sich, aber ich konnte die Sache nicht kürzer machen, denn ich wußte nicht mehr, wie lange eine totale Sonnenfinsternis dauert. Die Angelegenheit war mir sowieso ein Rätsel, und ich wollte darüber nachdenken. Irgendwas an dieser Sonnenfinsternis stimmte nicht, und die Tatsache war sehr beunruhigend. Wenn es sich um die handelte, auf die ich aus war, wie sollte ich dann feststellen, ob dies das 6. Jahrhundert oder bloß ein Traum war? Du liebe Güte, könnte ich nur beweisen, daß das zweite zutraf! Hier bot sich neue, frohe Hoffnung. Wenn der Junge in bezug auf das Datum recht hatte und heute tatsächlich der 20. war, dann war dies nicht das 6. Jahrhundert. Ich faßte den Mönch in ziemlich heftiger Erregung am Ärmel und fragte ihn, der wievielte heute sei.

Der Teufel soll ihn holen, er antwortete, wir hätten den 21.! Mich überlief es kalt, als ich das hörte. Ich fragte ihn, ob ein Irrtum ausgeschlossen sei, aber er war sicher, er wußte bestimmt, daß es der 21. war. Dieser leichtsinnige Junge hatte also wieder alles durcheinandergebracht! Die Tageszeit war die für die Sonnenfinsternis richtige, das hatte ich selbst zu Beginn auf der Sonnenuhr gesehen, die sich in der Nähe befand. Jawohl, ich war wirklich an König Artus' Hof und mochte nun eben das beste daraus machen.

Die Dunkelheit nahm immer weiter zu, und die Menschen wurden immer bestürzter. Nun sagte ich:

»Ich habe nachgedacht, Herr König. Damit sie als Lehre dient, werde ich diese Dunkelheit noch tiefer werden lassen und Nacht über die Welt breiten; an Ihnen aber liegt es, ob ich die Sonne für immer auslösche oder sie wiederherstelle. Meine Bedingungen sind folgende: Sie sollen König über all Ihre Gebiete bleiben und allen Ruhm und alle Ehre, die dem Königtum zustehen, empfangen, aber

Sie sollen mich auf Lebenszeit zu Ihrem Minister und Bevollmächtigten ernennen und mir für meine Verdienste ein Prozent des Mehreinkommens geben, das ich über die gegenwärtigen Einkünfte hinaus für den Staat erzielen kann. Wenn ich damit nicht auskomme, werde ich niemanden bitten, mir unter die Arme zu greifen. Sind Sie einverstanden?«

Tosender Beifall erklang, und daraus erhob sich die Stimme des Königs: »Fort mit seinen Banden, laßt ihn frei! Ehrt ihn alle, hoch und niedrig, reich und arm, denn er ist des Königs rechte Hand geworden und mit Macht und maßgeblichem Ansehen bekleidet, und sein Platz ist auf der höchsten Stufe des Thrones! Nun aber fegt Ihr diese schleichende Nacht davon und bringt das Licht und die Freude zurück, damit Euch alle Welt segnen möge!«

Ich sagte jedoch: »Daß ein gemeiner Mann vor aller Welt beschämt wird, bedeutet nichts; es würde aber den König entehren, wenn alle, die seinen Minister nackt sahen, nicht auch sähen, wie er von seiner Schande befreit wird. Ich möchte darum bitten, daß mir meine Kleidung zurückgebracht wird...«

»Sie schickt sich nicht für Euch«, unterbrach mich der König. »Holt andere Gewänder; kleidet ihn wie einen Prinzen!«

Meine Absicht gelang. Ich wollte die Dinge lassen wie sie waren, bis die Sonnenfinsternis total wäre, sonst versuchten sie wieder, mich zu bereden, die Dunkelheit zu vertreiben, und das konnte ich natürlich nicht. Daß ich Kleidung holen ließ, gab mir etwas Aufschub, aber nicht genug. So mußte ich eine neue Ausrede benutzen. Ich sagte, es wäre durchaus natürlich, daß der König vielleicht seine Meinung änderte und bis zu einem gewissen Grade bereute, was er in der Aufregung getan hatte; deshalb wollte ich die Dunkelheit noch eine Weile zunehmen lassen, und wenn der König nach einer angemessen langen Frist noch immer derselben Meinung sei, dann wollte ich die Dunkelheit vertreiben. Weder der König noch sonst jemand war mit dieser Anordnung zufrieden, aber ich mußte ja auf meinem Willen bestehen.

Es wurde dunkler und immer dunkler, schwärzer und immer schwärzer, während ich mich mit dieser unbequemen Kleidung aus dem 6. Jahrhundert herumplagte. Endlich wurde es stockfinster, und die Menschenmenge stöhnte vor Angst, als sie spürte, wie die unheimlichen kalten Nachtwinde durch den Hof wehten, und sah, wie die Sterne aufgingen und am Himmel funkelten. Endlich war die Sonnenfinsternis total, und ich freute mich darüber sehr, aber alle übrigen waren tief unglücklich, und das war ganz natürlich.

Ich sagte: »Durch sein Schweigen bekennt sich der König auch weiterhin zu den Bedingungen.« Dann hob ich die Hand – blieb einen Augenblick so stehen und rief dann mit ganz schreckenerregender Feierlichkeit: »Der Zauber löse sich und vergehe, ohne Schaden anzurichten!«

Für einen Moment kam aus jener tiefen Dunkelheit und Grabesstille keine Antwort. Als aber einige Augenblicke darauf der silberne Rand der Sonne hervortrat, brach die riesige Versammlung in lauten Jubel aus und strömte wie eine Sturzwelle herab, um mich mit Segenswünschen und Dankbarkeitsbezeigungen fast zu ersticken, und Clarence war in dieser Brandung ganz gewiß nicht der letzte!

SIEBENTES KAPITEL

Merlins Turm

Da ich nun, was politische Macht und maßgebliches Ansehen betraf, die zweithöchste Persönlichkeit im Königreich war, wurde viel mit mir hergemacht. Meine Kleidung war aus Samt, Seide und Goldbrokat und daher sehr protzig und auch unbequem. Die Gewohnheit würde mich jedoch bald mit meiner Kleidung aussöhnen, das war mir klar. In der Burg erhielt ich die beste Flucht von Gemächern, nach denen des Königs. Sie leuchteten geradezu von Wandbehängen in grellen Farben, aber auf den Steinfußböden lag an Stelle von Teppichen nichts weiter als Binsen und noch dazu nicht zueinander passende Binsen, da sie nicht alle von einer Sorte waren. Was den Komfort angeht, so gab es praktisch überhaupt keinen. Ich meine die *kleinen* Dinge des Komforts; sie machen ja das Leben erst wirklich angenehm. Die großen, mit rohen Schnitzereien verzierten Eichenstühle waren zwar ganz ordentlich, aber das war auch alles. Es gab keine Seife, keine Streichhölzer, keinen Spiegel – außer einem aus Metall, der ungefähr so gut war wie ein Eimer Wasser. Und keinen einzigen Farbdruck gab es. Seit Jahren war ich an Farbdrucke gewöhnt, und ich sah jetzt, daß eine Kunstleidenschaft jede Faser von mir durchdrungen hatte, und, ohne daß ich es ahnte, zu einem Teil meines Wesens geworden war. Ich bekam Heimweh, wenn ich mich in dieser stolzen und prunkvollen, aber herzlosen Öde umsah und daran dachte, daß man in unserem Haus in East Hartford, so anspruchslos es auch gewesen war, kein Zimmer hatte betreten können, ohne den Reklamefarbdruck einer Versicherungsgesellschaft zu finden oder doch wenigstens den dreifarbigen Spruch »Gott segne unser Heim« über der Tür; und im Salon hatten wir sogar neun. Aber hier gab es nicht einmal in meinem großartigen Staatsgemach etwas Bildähnliches, außer einem Ding, das so groß wie eine Steppdecke und entweder gewebt oder geknüpft war (es hatte gestopfte Stellen); nichts darauf war von der richtigen Farbe oder Gestalt, und was die Proportionen betraf, so hätte selbst Raffael sie nicht toller verpfuschen können, auch nicht nach so viel Übung an den schrecklichen Machwerken, die seine »berühmten Zeichnungen von Hampton Court« genannt werden. Raffael war vielleicht einer! Wir hatten mehrere Farbdrucke von ihm; einer davon war sein »Wunderbarer Fischzug«, auf dem er selbst ein eigenes Wunder bewerkstelligt, nämlich drei Mann in ein Kanu setzt, das noch nicht einmal einen Hund getragen hätte, ohne zu kentern. Ich hatte Raffaels Kunst schon immer gern betrachtet, sie war so frisch und unkonventionell.

Noch nicht mal eine Klingel oder ein Sprachrohr gab es in der Burg. Ich hatte einen Haufen Diener, und die gerade Dienst hatten, lungerten im Vorzimmer herum; wenn ich einen brauchte, mußte ich hingehen und ihn holen. Es gab kein Gas, keine Kerzen; eine Bronzeschale halbvoll Butter – ranzig wie in einer Fremdenpension –, in der ein brennender Lappen schwamm, war die Vorrichtung, die das verbreitete, was als Licht betrachtet wurde. Von diesen Lampen hingen viele ringsum an den Wänden und milderten die Dunkelheit; sie dämpften sie gerade so viel, daß sie trübselig wirkte. Ging man nachts aus, dann begleiteten einen die Diener mit Fackeln. Es gab keine Bücher, keine Federn, weder Papier noch Tinte, und in den Öffnungen, die sie dort für Fenster hielten, war kein Glas. Das Glas ist etwas ganz Unscheinbares, bis es einmal nicht vorhanden ist; dann wird es zu einer großen Sache. Das Schlimmste vor allem aber war wohl, daß es keinen Zucker, keinen Kaffee, keinen Tee, keinen Tabak gab. Ich erkannte, daß ich ein neuer Robinson Crusoe war, auf einer unbewohnten Insel ausgesetzt, ohne andere Gesellschaft als die einiger mehr oder minder zahmer Tiere; und wenn ich mein Leben erträglich machen wollte, dann mußte ich es ihm gleichtun: erfinden, entwerfen, erschaffen, alles neu ordnen, Hirn und Hände ans Werk gehen lassen und sie in Schwung halten. Nun, das lag mir.

Noch etwas mißfiel mir in der ersten Zeit – das gewaltige Interesse, das die Leute mir entgegenbrachten. Anscheinend wollte mich das ganze Volk betrachten. Es wurde bald bekannt, daß die Sonnenfinsternis ganz England fast zu Tode geängstigt und daß das ganze Land sich während ihrer Dauer von einem Ende bis zum anderen in einem bejammernswerten Zustand der Panik befunden hatte; die Kirchen, die Einsiedeleien und die Klöster waren überfüllt gewesen von armen betenden und weinenden Geschöpfen, die glaubten, das Ende der Welt sei gekommen. Dann hatte sich die Nachricht verbreitet, der Urheber dieses schrecklichen Ereignisses sei ein Fremder, ein mächtiger Zauberer an Artus' Hof, der die Sonne wie eine Kerze hätte ausblasen können und es auch gerade habe tun wollen, als seine Gnade erkauft wurde; da habe er den Zauber gelöst und werde jetzt als der Mensch anerkannt und geehrt, der allein durch seine Macht die Erde vor der

Zerstörung und ihre Völker vor der Ausrottung bewahrt habe. Wenn man bedenkt, daß alle das glaubten und es nicht nur glaubten, sondern auch nicht im Traum daran dachten, es zu bezweifeln, wird man ohne weiteres verstehen, daß es in ganz Britannien keinen Menschen gab, der nicht fünfzig Meilen weit zu Fuß gegangen wäre, um mich zu Gesicht zu bekommen. Ich war natürlich das einzige Gesprächsthema – alle anderen waren erledigt; selbst der König wurde plötzlich zu einer weniger interessanten und weniger berühmten Persönlichkeit. Innerhalb von vierundzwanzig Stunden begannen die Delegationen einzutreffen, und von diesem Augenblick an hielt ihr Zustrom vierzehn Tage lang an. Der Ort und das umliegende Land waren überfüllt. Ein dutzendmal am Tag mußte ich hinausgehen und mich der ehrerbietigen, von achtungsvoller Scheu ergriffenen Menge zeigen. Das wurde schließlich zu einer großen Last, denn es kostete Zeit und Mühe, aber natürlich war es zum Ausgleich auch wiederum angenehm, so gefeiert zu werden und das Ziel der allgemeinen Verehrung zu sein. Kollege Merlin wurde gelb von Neid und Gehässigkeit, was mir große Genugtuung bereitete. Eins aber konnte ich nicht verstehen – niemand bat mich um ein Autogramm. Ich sprach darüber mit Clarence. Hol es der Kuckuck, ich mußte ihm erklären, was das ist! Dann sagte er, außer ein paar Dutzend Priestern könne niemand im Lande lesen oder schreiben. Du meine Güte! Man stelle sich das vor.

Noch etwas anderes beunruhigte mich ein bißchen. Die Menge begann bald, auf ein zweites Wunder zu drängen. Das war ganz natürlich. Wenn die Leute in ihrer fernen Heimat damit prahlen konnten, sie hätten den Mann gesehen, welcher der Sonne auf ihrer Himmelsbahn befehlen könne und dem sie gehorche, dann erhöhte sie das in den Augen ihrer Nachbarn, und sie würden von allen beneidet; wenn sie dazu aber auch noch sagen könnten, sie hätten mit eigenen Augen gesehen, wie er ein Wunder vollbrachte – na, dann käme man von weither, um sie selbst zu bestaunen. Das Drängen wurde ziemlich heftig. Eine Mondfinsternis war im Anzug und ich kannte Tag und Stunde, aber es war noch zu lange hin. Zwei Jahre. Ich hätte viel darum gegeben, wenn ich befugt gewesen wäre, sie zu beschleunigen, um sie jetzt, wo der Markt so aufnahmefähig dafür war, benutzen zu können. Schade, daß sie so verschwendet wurde und zu einer Zeit hinterhergehinkt kam, wo man sie wahrscheinlich gar nicht mehr verwenden konnte. Wäre sie für den nächsten Monat bestellt gewesen, dann hätte ich sie mit kurzem Fälligkeitstermin losschlagen können, aber wie die Dinge nun einmal standen, gelang es mir nicht, einen Weg auszuknobeln, wie dabei etwas für mich herausspränge, und so gab ich den Versuch auf. Als nächstes stellte Clarence fest, daß der alte Merlin heimlich die Leute bearbeitete. Er verbreitete das Gerücht, ich sei ein Schwindler, und der Grund, weshalb ich den Menschen nicht den Gefallen täte und ein Wunder lieferte, sei, daß ich es nicht könne. Ich sah, daß ich etwas unternehmen mußte. Ich tüftelte mir bald einen Plan aus.

Kraft meiner Exekutivgewalt warf ich Merlin ins Gefängnis – in dieselbe Zelle, in der ich gelegen hatte. Dann gab ich durch Herold und Trompete öffentlich bekannt, vierzehn Tage lang hätte ich mit Staatsgeschäften zu tun, dann aber wolle ich mir einen Augenblick Zeit nehmen und Merlins steinernen Turm durch ein vom Himmel herabfallendes Feuer in die Luft jagen; in der Zwischenzeit sollten sich diejenigen, die bösen Reden über mich Gehör schenkten, in acht nehmen. Im übrigen wolle ich zur gegenwärtigen Zeit nur dieses eine Wunder vollbringen und nicht mehr; falls es die Leute nicht zufriedenstelle und irgend jemand murre, würde ich die Murrenden in Pferde verwandeln, um aus ihnen etwas Nützliches zu machen. Darauf wurde es still.

Bis zu einem gewissen Grad zog ich Clarence ins Vertrauen, und wir machten uns ganz in der Stille ans Werk. Ich sagte ihm, dies sei eine Sorte Wunder, für die ein paar Vorbereitungen nötig seien, es brächte aber plötzlichen Tod, spräche man zu irgend jemandem darüber. Das schloß ihm mit Sicherheit den Mund. Heimlich stellten wir ein paar Scheffel erstklassiges Sprengpulver her, und ich überwachte die Waffenschmiede bei der Herstellung eines

Blitzableiters und einiger Drähte. Der alte steinerne Turm war sehr massiv und in ziemlich verfallenem Zustand, denn er stammte aus der Römerzeit und war vierhundert Jahre alt. Jawohl, und schön war er auf seine rauhe Art auch und vom Sockel bis zu den Zinnen mit Efeu bewachsen, als habe er einen Schuppenpanzer an. Er stand auf einer einsamen Anhöhe, von der Burg gut sichtbar, etwa eine halbe Meile von ihr entfernt.

Wir arbeiteten nachts, lagerten das Pulver im Turm, entfernten auf der Innenseite ein paar Steine und brachten das Pulver in den Mauern selbst unter, die an der Basis fünfzehn Fuß dick waren. Wir taten an zwölf Stellen jeweils ein sechstel Scheffel hinein. Mit der Ladung hätten wir den Tower von London in die Luft sprengen können. Als die dreizehnte Nacht gekommen war, stellten wir unseren Blitzableiter auf, pflanzten ihn in eine der Pulverladungen und zogen Drähte zu den übrigen. Seit dem Tage meiner Proklamation hatten alle den Ort gemieden, aber ich hielt es doch für das beste, den Menschen am Morgen des vierzehnten Tages durch die Herolde warnend mitteilen zu lassen, sie sollten sich von dem Turm fernhalten – mindestens eine Viertelmeile weit. Dazu gab ich durch Befehl bekannt, ich werde im Laufe der nächsten vierundzwanzig Stunden das Wunder vollbringen, es vorher aber noch kurzfristig anzeigen, bei Tage durch Flaggen auf den Türmen der Burg und bei Nacht durch Fackelbündel an derselben Stelle.

In der letzten Zeit hatte es ziemlich häufig Gewitterschauer gegeben, und ich fürchtete ein Mißlingen kaum; trotzdem aber hätte mir ein Aufschub von einem oder zwei Tagen nichts ausgemacht; ich hätte dann erklärt, mich hielten noch Staatsgeschäfte auf, und die Leute müßten warten.

Natürlich hatten wir einen strahlenden Sonnentag – der Himmel war seit drei Wochen fast zum erstenmal wolkenlos, so geht das ja immer. Ich zog mich zurück und beobachtete das Wetter. Clarence ließ sich von Zeit zu Zeit sehen und berichtete, die Erregung des Publikums wachse immer mehr, und so weit man von den Burgzinnen blicken könne, fülle sich ringsum das Land mit Menschenmassen. Endlich kam Wind auf, und eine Wolke erschien, dazu an der richtigen Stelle und gerade bei Einbruch der Nacht. Eine Weile sah ich zu, wie diese ferne Wolke wuchs und schwärzer wurde; dann hielt ich es für an der Zeit, mich zu zeigen. Ich befahl, die Fackelbündel anzuzünden, Merlin freizulassen und ihn zu mir zu schicken. Eine Viertelstunde darauf stieg ich zur Brustwehr hinauf und fand dort König und Hof versammelt, die angestrengt in die Dunkelheit zu Merlins Turm hinüberstarrten. Es war bereits so finster, daß man nicht weit sehen konnte; die Menschen und die alten Türme, die teils in tiefe Schatten und teils in die rote Glut der großen Fackelbündel, die über unseren Köpfen brannten, getaucht waren, boten einen malerischen Anblick.

Merlin erschien in düsterer Stimmung. Ich sagte:

»Du wolltest mich bei lebendigem Leibe verbrennen, wo ich dir doch nichts zuleide getan hatte, und in der letzten Zeit hast du versucht, mein berufliches Ansehen zu schädigen. Deshalb werde ich Feuer herabrufen und deinen Turm in die Luft sprengen; aber es ist nur recht und billig, dir noch eine Chance zu geben; wenn du glaubst, du kannst meinen Zauber brechen und das Feuer abhalten, dann los – du bist an der Reihe.«

»Ich kann es, edler Herr, und ich werde es tun. Zweifelt nicht daran.«

Er zog einen nur in der Einbildung bestehenden Kreis auf den Steinen des Daches und verbrannte darin eine Prise Pulver, von dem eine kleine Wolke aromatischen Rauchs aufstieg; darauf wichen alle zurück, bekreuzigten sich und fingen an, sich unbehaglich zu fühlen. Dann begann er vor sich hin zu murmeln und mit den Händen in der Luft herumzufuchteln. Langsam und allmählich arbeitete er sich in Wut und fuhr mit den Armen herum, als seien es Windmühlenflügel. Inzwischen hatte das Gewitter uns fast erreicht, die Windstöße brachten die Fackeln zum Flackern und ließen die Schatten hin und her schwanken; die ersten Regentropfen fielen, ringsum war alles pechschwarz, Blitze begannen hin und her zu zucken. Jetzt mußte sich mein Blitzableiter natürlich laden. Die Ereignisse standen unmittelbar bevor. Deshalb sagte ich:

»Du hast Zeit genug gehabt. Ich habe dir jede Möglichkeit gegeben und mich nicht eingemischt. Ganz offensichtlich ist dein Zauber schwach. Es ist nur recht und billig, daß ich jetzt beginne.«

Ich machte ungefähr drei Armbewegungen in die Luft, da erfolgte ein furchtbares Krachen, und die Stücke des alten Turms flogen in den Himmel, während gleichzeitig eine große, vulkanische Feuersäule aufstieg, die Nacht zum hellen Mittag machte und Tausende Morgen voll von menschlichen Wesen beleuchtete, die vor Bestürzung einen Kollaps erlitten und sich am Boden wanden. Nun, Mörtel und Mauerwerk regneten noch bis zum Ende der Woche hernieder. So hieß es jedenfalls im Bericht; wahrscheinlich hätten ihn die Tatsachen ein bißchen eingeschränkt.

Das Wunder war sehr wirksam. Die große, lästige Menge der nur vorübergehend anwesenden Bevölkerung verschwand. Am nächsten Morgen waren Tausende von Fußspuren im Schlamm zu sehen, aber alle zeigten nach außen. Wenn ich ein zweites Wunder angekündigt hätte, dann wäre es mir nicht mal durch den Sheriff gelungen, ein Publikum zusammenzubringen.

Merlins Aktien standen flau. Der König wollte ihm das Gehalt sperren, sogar verbannen wollte er ihn, aber ich legte mich ins Mittel. Ich erklärte, er sei nützlich, um das Wetter zu machen und ähnlichen Kleinkram zu besorgen; hin und wieder, wenn er mit seiner armseligen kleinen Salonzauberei nicht weiterkomme, wolle ich ihm unter die Arme greifen. Von seinem Turm war kein Fetzen geblieben, aber ich veranlaßte die Regierung, ihn wieder für ihn aufzubauen; ich riet ihm, Logiergäste darin aufzunehmen, aber darüber war er erhaben. Und was die Erkenntlichkeit betrifft, nicht mal Dankeschön sagte er. Er war ein ziemlich unleidlicher Kerl, man mochte ihn nehmen wie man wollte, aber schließlich konnte man ja auch von einem Menschen, der solche Rückschläge erlitten hatte, kaum erwarten, daß er sich besonders liebenswürdig benahm.

ACHTES KAPITEL

Der Boss

Mit ungeheuren Machtbefugnissen ausgestattet zu sein ist eine feine Sache; hat man dabei aber auch die Billigung seiner Mitwelt, dann ist das eine noch feinere. Die Geschichte mit dem Turm festigte mein Ansehen und machte es unerschütterlich. Wenn jemand vorher vielleicht geneigt gewesen war, mir gegenüber eifersüchtig und kritisch zu sein, dann änderte er jetzt seine Meinung. Es gab niemanden im Königreich, der es für klug gehalten hätte, sich in meine Angelegenheiten einzumischen.

Ich paßte mich rasch an meine Lage und die Umstände an. Eine Zeitlang wachte ich morgens auf, lächelte über meinen »Traum« und wartete auf die Sirene der Waffenfabrik, aber das hörte nach und nach auf, und schließlich war ich mir dessen, daß ich tatsächlich im 6. Jahrhundert und an Artus' Hof, nicht aber in einer Irrenanstalt lebte, voll bewußt. Danach fühlte ich mich in jenem Jahrhundert ebenso heimisch, wie ich es nur in irgendeinem gekonnt hätte, und was die Frage betrifft, welchem ich den Vorrang gab, so hätte ich es nicht gegen das 20. eintauschen mögen. Man bedenke die Möglichkeiten, die ein Mann von Wissen, Verstand, Schneid und Unternehmungsgeist hier hatte, einzusteigen und zusammen mit dem Lande groß zu werden. Vor mir lag das großartigste Betätigungsfeld, das es jemals gegeben hat, und ich hatte es ganz für mich allein; nicht ein Konkurrent war vorhanden, kein einziger Mensch, der in bezug auf Kenntnisse und Fähigkeiten im Vergleich zu mir nicht ein Säugling gewesen wäre; was wäre ich dagegen im 20. Jahrhundert? Vorarbeiter in einer Fabrik, das wäre so ziemlich alles, und wenn ich ein Schleppnetz die Straßen hinunter zöge, dann könnte ich jeden Tag hundert Menschen fangen, die mir überlegen wären.

Was für einen Sprung hatte ich doch gemacht! Ich mußte immerfort daran denken und es mir vor Augen führen, genau wie jemand, der beim Bohren auf Erdöl gestoßen ist. Nichts, was vor mir gewesen war, konnte sich damit messen, es sei denn vielleicht der Fall Joseph, und der kam meinem nur annähernd nahe – ganz gleichwertig war er nicht. Denn, da Josephs glänzende finanzielle Fähigkeiten niemandem als nur dem König zum Vorteil gereichten, ist anzunehmen, daß ihn das breite Publikum mit ziemlich großem Mißfallen betrachtet hat, während ich meinem gesamten Publikum einen Gefallen getan hatte, indem ich die Sonne verschonte, und infolgedessen allgemein beliebt war.

Ich war nicht etwa nur der Schatten eines Königs, sondern ich war die Substanz; der König selbst war der Schatten. Meine Macht war gewaltig, und nicht bloß dem Namen nach, wie es in solchen Fällen meistens ist, sondern sie war echte, gediegene Ware. Hier stand ich am Ursprung und an der Quelle der zweiten großen Epoche der Weltgeschichte und konnte sehen, wie das rieselnde Bächlein andere Wasserläufe aufnahm, tiefer und breiter wurde und sich seine mächtigen Fluten in ferne Jahrhunderte ergossen; ich konnte beobachten, wie Abenteurer gleich mir im Schutze der langen Reihe von Thronen aufstiegen: die de Montforts, Gavestons, Mortimers, Villierses, die Kriege anzettelnden, Feldzüge anführenden Lüstlinge von Frankreich und Karls II. szepterschwingende Huren; nirgends aber in dieser Prozession war jemand zu sehen, der meinem Format entsprach. Ich war *einzigartig* und freute mich, daß an dieser Tatsache dreizehneinhalb Jahrhunderte lang ganz gewiß nicht zu rühren und zu rütteln wäre.

Ja, an Macht kam ich dem König gleich. Eine Macht aber gab es, die noch ein wenig stärker war als wir beide zusammengenommen. Das war die Kirche. Diese Tatsache möchte ich nicht verheimlichen. Ich könnte es auch gar nicht, selbst wenn ich wollte. Aber lassen wir das jetzt; es wird sich später an passender Stelle erweisen. Zu Beginn bereitete sie mir keine Schwierigkeiten – wenigstens keine bedeutenden.

Nun, das Land war merkwürdig und recht interessant. Und erst die Leute! Sie waren das drolligste, argloseste und vertrauensseligste Volk, das man sich nur vorstellen kann; es waren tatsächlich die reinsten Lämmer. Für einen

Menschen, der in einer gesunden, freien Atmosphäre geboren worden ist, war es jammervoll, ihre demütigen, von Herzen kommenden Loyalitätsergüsse gegenüber ihrem König, ihrer Kirche und ihrem Adel anzuhören, als ob sie mehr Anlaß hätten, König, Kirche und Adel inniger zu lieben und zu verehren, als ein Sklave Anlaß hat, die Peitsche zu lieben und zu verehren, oder ein Hund, den Fremden zu lieben und zu verehren, der ihn mit Fußtritten bedenkt! Du meine Güte – *jede* Art von Monarchie, wie gemäßigt auch immer, *jede* Art von Aristokratie, so sehr ihre Vorrechte auch beschnitten sein mögen, ist rechtlich eine Beleidigung; wer aber unter einem solchen System geboren und erzogen worden ist, der kommt wahrscheinlich von selbst nie darauf und glaubt es nicht, wenn ein anderer es ihm sagt. Man könnte sich der Menschheit schämen, wenn man bedenkt, was für ein Kroppzeug stets ohne einen Schatten des Rechts oder der Vernunft auf ihren Thronen gesessen hat und was für Leute von siebenter Qualität immer die Rolle ihrer Aristokratie gespielt haben, eine Kumpanei von Monarchen und Adligen, die es in der Regel nicht weiter als nur zu Armut und Namenlosigkeit gebracht hätten, wenn man sie wie die anständigeren Leute ausschließlich ihren eigenen Anstrengungen überlassen hätte.

Der größte Teil des britischen Volkes König Artus' waren schlicht und einfach Sklaven; sie wurden auch so genannt und trugen den eisernen Ring um den Hals; die übrigen waren der Tatsache nach ebenfalls Sklaven, ohne jedoch so genannt zu werden; sie bildeten sich ein, Mannen und Freie zu sein, und nannten sich auch so. In Wirklichkeit war die ganze Nation nur zu einem einzigen Zweck auf der Welt; nämlich vor dem König, der Kirche und dem Adel zu kriechen, für sie zu schuften, Blut für sie zu schwitzen, Hunger zu leiden, damit jene schmausen, zu arbeiten, damit jene sich vergnügen, den Kelch des Leidens bis zur Neige zu leeren, damit jene in Fröhlichkeit leben, nackt zu gehen, damit jene Seide und Juwelen tragen konnten, Steuern zu zahlen, damit jene davon verschont blieben, ihr ganzes Leben lang sich der erniedrigenden Sprache und

Haltung der Anbetung zu bedienen, damit jene stolz daherschreiten und sich für die Götter dieser Welt halten konnten. Der Dank, den sie für all das erhielten, waren Schläge und Verachtung, und sie waren so feige, daß sie selbst diese Art von Aufmerksamkeit als Ehre betrachteten.

Überlieferte Vorstellungen sind eine merkwürdige Sache, und es ist interessant, sie zu beobachten und zu untersuchen. Ich hatte die meinen, der König und seine Leute hatten die ihren. In beiden Fällen bewegten sie sich in Gleisen, die durch Zeit und Gewohnheit tief ausgefahren waren, und derjenige, der sich vorgenommen hätte, sie durch Vernunft und gute Argumente umzuleiten, hätte sich eine langwierige Arbeit aufgehalst. Zum Beispiel war diesen Leuten die Vorstellung überliefert worden, daß alle Menschen, die weder Titel noch Stammbaum besaßen, ob sie nun große Gaben und Kenntnisse hatten oder nicht, keine beachtenswerteren Geschöpfe seien als Tiere, Ungeziefer, Insekten, während mir die Ansicht überliefert worden war, daß menschliche Krähen, die sich dazu bereit finden, in den trügerischen Pfauenfedern ererbter Würden und unverdienter Titel herumzustolzieren, zu nichts taugen als nur dazu, ausgelacht zu werden. Die Art, auf die man mich ansah, war seltsam, aber natürlich. Ihr wißt doch, wie Wärter und Publikum den Elefanten in einer Menagerie ansehen; nun, genauso war es. Sie bewundern seine gewaltige Körpergröße und seine fabelhafte Stärke, sie sprechen voller Stolz davon, daß er hundert Wunderdinge zu tun imstande ist, die ihre eigene Kraft bei weitem übersteigen, und mit dem gleichen Stolz sprechen sie auch davon, daß er im Zorn tausend Mann vor sich hertreiben kann. Macht ihn das jedoch zu ihresgleichen? Nein, der allerletzte Vagabund im Loch würde über den Gedanken lächeln. Er könnte ihn nicht begreifen, könnte ihn nicht verstehen, könnte nicht im entferntesten auch nur daran denken. Nun, für den König, den Adel und für das gesamte Volk bis hinab zum Sklaven und Vagabunden war ich genau so eine Art Elefant und weiter nichts. Man bewunderte und fürchtete mich, aber ebenso, wie man ein

Tier bewundert und fürchtet. Das Tier wird nicht verehrt, und ich wurde es auch nicht, nicht einmal geachtet wurde ich, denn ich hatte keinen Stammbaum, keinen ererbten Titel; deshalb war ich in den Augen des Königs und der Adligen Dreck, und das Volk betrachtete mich mit Staunen und Schrecken, aber Ehrfurcht war nicht damit verbunden; infolge der Kraft ererbter Auffassungen waren sie nicht in der Lage, sich vorzustellen, daß irgendetwas anderes als nur Stammbaum und Lordstitel Anspruch darauf habe. Hier könnt ihr die Hand der furchtbaren Macht der römisch-katholischen Kirche erkennen. In nur zwei oder drei kurzen Jahrhunderten hatte sie ein Volk von Männern in ein Volk von Würmern verwandelt. Bevor die Kirche die Vorherrschaft in der Welt errungen hatte, waren Männer eben Männer gewesen, hatten den Kopf oben getragen und männlichen Stolz, Mut und Unabhängigkeit gehabt, und was einer an Größe und Ansehen besaß, war vor allem ein Ergebnis eigener Leistung und nicht der Geburt. Dann aber rückte die Kirche in die Frontlinie mit einer Beschwerde, die sie anzubringen wünschte; sie war weise, listig und kannte mehr als eine Methode, wie man der Katze – oder einem Volk – das Fell über die Ohren zieht; sie erfand »das von Gott verliehene Recht der Dinge« und mauerte es ringsum auf, Stein auf Stein, mit Seligsprechungen aus der Bergpredigt – die sie ihrem guten Zweck entriß, um einen schlechten damit zu erfüllen; sie predigte (dem gemeinen Manne) Unterwürfigkeit, Gehorsam gegenüber Höhergestellten, die Schönheit der Selbstaufopferung, sie predigte (dem gemeinen Manne) Sanftmut bei Beleidigung, predigte (wieder dem gemeinen Mann, immer dem gemeinen Mann) Geduld, Demut, Ergebenheit bei Unterdrückung; und sie führte erbliche Ränge und Adelstitel ein, lehrte alle christlichen Völker der Erde, sich vor ihnen zu beugen und sie zu verehren. Sogar im Jahrhundert meiner Geburt befand sich dieses Gift noch immer im Blut der Christenheit, und der beste englische Mann aus dem Volk sah noch immer zufrieden mit an, wie schlechtere Leute als er auch weiterhin frech eine Reihe von Positionen besetzten, wie die von Lords sowie auch den Thron, nach denen zu streben ihm die grotesken Gesetze seines Landes nicht gestatteten; er gab sich sogar mit diesen seltsamen Zuständen nicht nur zufrieden, sondern es gelang ihm auch noch, sich einzureden, er sei stolz darauf. Dies beweist anscheinend, daß es nichts gibt, was man nicht aushalten könnte, solange man nur dazu geboren und erzogen worden ist. Natürlich war dieser Giftstoff, diese Ehrfurcht vor Rang und Titel, früher auch in unserem amerikanischen Blut vorhanden gewesen – das weiß ich, als ich aber Amerika verließ, war es bereits verschwunden, jedenfalls so gut wie verschwunden. Seine Reste waren nur noch bei den Gecken männlichen und weiblichen Geschlechts vorhanden. Wenn eine Krankheit erst mal auf diesen Stand gekommen ist, dann kann man ruhig sagen, daß der Körper sie überwunden hat.

Kehren wir aber zu meiner anomalen Stellung an König Artus' Hof zurück. Hier war ich nun, ein Riese unter Zwergen, ein Erwachsener unter Kindern, ein hoher Intellekt unter geistigen Maulwürfen, allen vernunftgemäßen Maßstäben nach der einzige wirklich große Mann im ganzen britischen Reich, und doch war damals und dort, genau wie im fernen England zur Zeit meiner Geburt, ein schafsköpfiger Graf, der sich darauf berufen konnte, in langer Ahnenreihe von der Mätresse eines Königs abzustammen, die dieser zweiter Hand aus dem Elendsviertel von London erworben hatte, ein angesehenerer Mann als ich. Einen solchen Menschen umschmeichelte man in Artus' Reich, und alle blickten ehrerbietig zu ihm auf, auch dann, wenn sein Charakter ebenso minderwertig war wie seine Intelligenz und seine Moral so niedrig wie seine Abkunft. Es gab Augenblicke, wo er sich in Gegenwart des Königs setzen durfte, ich aber durfte es nicht. Mit Leichtigkeit hätte ich einen Adelstitel erwerben können, und das hätte mich in aller Augen ein gutes Stück gehoben, sogar in denen des Königs, der ihn verlieh. Aber ich bat nicht darum, und ich lehnte es ab, als man ihn mir anbot. Bei meinen Ansichten hätte mir so etwas keine Freude gemacht, und es wäre sowieso nicht recht gewesen, denn soweit ich meine Sippe zurückverfolgen kann, ist sie dem Schrägbalken immer ausgewichen. Wirklich auf befriedigende Weise erfreut, stolz und gehoben durch einen Titel hätte ich mich nur dann gefühlt, wenn er vom Volke selbst, der einzig legitimen Quelle, verliehen worden wäre; einen solchen hoffte ich zu gewinnen, und im Laufe von jahrelangen ehrlichen und ehrenhaften Bemühungen gewann ich ihn auch tatsächlich und trug ihn mit großem und reinem Stolz. Dieser Titel kam eines Tages in einem Dorf ganz nebenbei von den Lippen eines Schmiedes, wurde als glücklicher Gedanke aufgegriffen und mit Lachen und Zustimmung von Mund zu Mund weitergetragen; innerhalb von zehn Tagen hatte er sich über das ganze Königreich verbreitet und war den Menschen ebenso vertraut wie der Name des Königs. Danach wurde ich nie mehr mit einer anderen Bezeichnung genannt, weder in den Gesprächen des Volkes noch bei ernsten Staatsdebatten im Rate des Herrschers. In moderne Sprechweise übersetzt, lautete dieser Titel »Der Boss«. Vom Volke gewählt. Das war mir recht. Und es war ein ziemlich hoher Titel. Es gab nur wenige, die man mit »der« bezeichnete, und ich war einer davon. Sprach man von dem Herzog, dem Grafen, dem Bischof, wie sollte man dann feststellen, welcher gemeint war? Sagte man aber »der König«, »die Königin« oder »der Boss«, dann war das etwas ganz anderes.

Nun, ich mochte den König gern, und als König respektierte ich ihn – respektierte sein Amt, zumindest, soweit ich überhaupt imstande war, einen unverdienten Vorrang zu respektieren, aber als Menschen sah ich – insgeheim – auf ihn und seine Adligen hinab. Er und sie mochten mich gern und respektierten mein Amt, aber sie blickten auf mich hinab wie auf ein Tier, da ich weder von vornehmer Geburt war noch einen Scheintitel hatte, und sie taten es durchaus nicht insgeheim. Ich erhob für meine Meinung über sie keine Spesen, und sie erhoben für die ihre über mich ebenfalls keine, und so waren wir miteinander quitt. Soll und Haben glichen sich aus, jedermann war zufrieden.

NEUNTES KAPITEL

Das Turnier

Dort in Camelot fanden laufend großartige Turniere statt, und das waren sehr aufregende, malerische und dabei lächerliche menschliche Stierkämpfe, für einen praktisch veranlagten Menschen jedoch ein bißchen ermüdend. Trotzdem war ich meistens zur Stelle – aus zwei Gründen: wer beliebt sein will, darf sich nicht von den Dingen fernhalten, die seinen Freunden und seiner Umwelt am Herzen liegen, besonders aber nicht ein Staatsmann; als Geschäftsmann wie auch als Staatsmann wollte ich ferner das Turnier studieren, um festzustellen, ob ich nicht Verbesserungen dafür erfinden könne. Dabei fällt mir ein, ich muß nebenbei auch erwähnen, daß die erste offizielle Handlung, die ich in meiner Regierungstätigkeit unternahm – und zwar am allerersten Tag – die war, ein Patentamt einzurichten, denn ich wußte: ein Land ohne Patentamt und ohne gute Patentgesetze war wie ein Krebs und konnte sich nur seitwärts oder rückwärts bewegen.

So ging die Sache weiter; fast jede Woche fand ein Turnier statt, und hin und wieder forderten mich die Jungens auf, auch Hand anzulegen – ich meine Sir Lanzelot und die übrigen –, aber ich sagte, mit der Zeit würde ich das schon tun, die Sache habe ja keine Eile, vorläufig sei ich noch zu sehr damit beschäftigt, die Regierungsmaschinerie zu ölen, zu überholen und in Gang zu setzen.

Ein Turnier hatten wir, das eine ganze Woche lang von einem Tag zum anderen fortgesetzt wurde, und von Anfang bis Ende nahmen fünfhundert Ritter daran teil. Es dauerte Wochen, bis sie alle versammelt waren. Sie kamen von überallher angeritten, aus den fernsten Ecken des Landes und sogar von fernen Küsten; viele brachten Damen und alle führten Schildknappen sowie ganze Scharen von Dienern mit. Es war eine höchst prunkhafte, glanzvolle Gesellschaft, was die Kostüme anbetrifft, und sehr charakteristisch für Land und Zeit mit ihrem primitiven Mut, ihrer unschuldig-unanständigen Sprache und ihrer fröhlichen Unbekümmertheit um die Moral. Tag für Tag wurde von morgens bis abends gekämpft oder dabei zugesehen, und jeden Abend wurde bis spät in die Nacht gesungen, gewürfelt, getanzt und gezecht. Sie amüsierten sich großartig. Solche Menschen habt ihr noch nicht gesehen. Diese Trauben von schönen Damen im Glanze ihrer barbarischen Tracht zu sehen, wie im Turnierring ein Ritter, von einem armdicken Lanzenschaft ganz und gar durchbohrt, vom Pferde fiel, während sein Blut hervorsprudelte, und anstatt ohnmächtig zu werden, klatschten sie in die Hände und drängten einander beiseite, um besser sehen zu können; nur hin und wieder verkroch sich eine in ihrem Schnupftuch, sah auffällig schmerzbewegt aus, und dann konnte man zwei zu eins wetten, daß es da irgendeinen Skandal gab und sie befürchtete, die Öffentlichkeit habe ihn noch nicht entdeckt.

Normalerweise hätte mich der nächtliche Lärm geärgert, unter den gegenwärtigen Umständen aber störte er mich nicht, denn er hinderte mich daran, zu hören, wie die Quacksalber den Versehrten des Tages Beine und Arme abschnitten. Sie ruinierten mir eine ungewöhnlich gute alte Schrotsäge und zerbrachen auch noch den Sägebock, aber ich ließ es durchgehen. Und was meine Axt betraf – nun, ich beschloß, wenn ich wieder mal einem Chirurgen eine Axt leihen sollte, mir dazu das Jahrhundert aber genau auszusuchen.

Ich sah bei diesem Turnier nicht nur täglich zu, sondern sandte auch einen intelligenten Priester aus meinem Ministerium für Öffentliche Moral und Landwirtschaft dorthin und befahl ihm, darüber zu berichten, denn ich beabsichtige, später, sobald ich die Menschen soweit hatte, eine Zeitung herauszugeben. Das erste, was man in einem neuen Lande braucht, ist ein Patentamt, danach muß man ein Schulsystem aufbauen und dann: heraus mit der Zeitung! Eine Zeitung hat ihre Fehler und zwar recht viele, aber das macht nichts, sie scheucht euch ein Volk von Toten aus der Grabesruhe auf, das soll man nicht vergessen. Ohne Zeitung kann man ein Volk von Toten nicht wiederauferstehen lassen; ein anderes Mittel gibt es nicht. Deshalb wollte ich Stichproben machen, um festzustellen, welches Material an Reportern ich aus dem 6. Jahrhundert zusammenharken könnte, wenn ich sie brauchte.

Nun, der Priester machte seine Sache alles in allem genommen sehr gut. Er brachte sämtliche Einzelheiten, und das ist bei Lokalnachrichten zweckmäßig; er hatte nämlich, als er jünger war, für die Bestattungsabteilung seiner Kirche Buch geführt, und dort bringen die Einzelheiten das Geld, versteht ihr: je mehr Einzelheiten, um so mehr Zaster; Leichenträger, Leichenwächter, Kerzen, Gebete – alles zählt; und wenn die Hinterbliebenen nicht genug Gebete kaufen, dann berechnet man die Kerzen mit einem gegabelten Bleistift, und die Rechnung stimmt wieder. Darüber hinaus hatte er auch viel Geschick, hier und dort die nötigen Komplimente für einen Ritter einzuflechten, der als Inserent in Betracht kam – nein, ich meine, einen Ritter, der Einfluß hatte; er verfügte auch über ein beachtliches Talent zur Übertreibung, denn er war seinerzeit Türhüter bei einem frommen Eremiten gewesen, der in einem Stall lebte und Wunder tat.

Natürlich mangelte es der Reportage dieses Neulings an Tempo, Tamtam und schaurigen Einzelheiten, und sie traf deshalb nicht den richtigen Ton, aber die altertümliche Ausdrucksweise war drollig, rührend und einfach; sie war auch von der Atmosphäre der Zeit erfüllt, und diese kleinen Vorzüge machten zu einem gewissen Teil die größeren Mängel wett. Hier ein Auszug aus dem Bericht:

»Dann traten Sir Brian von den Inseln und Grummore Grummorsoum, Ritter aus der Burg, zum Gefecht mit Sir Aglovale und Sir Tor an, und Sir Tor warf Sir Grummore Grummorsoum zur Erde nieder. Dann kamen Sir Carados vom Schmerzensturm und Sir Turquine, beide Ritter aus der Burg, und wider sie traten Sir Percivale von Galis und Sir Lamorak von Galis an, die Brüder waren, und Sir Percivale kämpfte wider Sir Carados, und ein jeglicher von ihnen zerbrach seine Lanze bis zum Griff; danach kämpfte Sir Turquine wider Sir Lamorak, und ein jeglicher warf den anderen samt seinem Pferd zur Erden, und ein jeglicher half dem anderen wieder in den Sattel. Und Sir Arnold und Sir Gauter, Ritter aus der Burg, traten zum Gefecht wider Sir Brandiles und Sir Kay an, und diese vier Ritter kämpften gewaltiglich und brachen ihre Lanzen bis zum Griff. Dann kam Sir Pertolope aus der Burg, und wider ihn trat Sir Lionel an, und daselbst warf Sir Pertolope, der grüne Ritter, Sir Lionel, den Bruder Sir Lanzelots, nieder. All dies wurde von edlen Herolden angemerkt, wer sich am besten schlug und ihre Namen. Dann zerbrach Sir Bleobaris seine Lanze wider Sir Gareth, aber von diesem Stoß stürzte Sir Bleobaris zur Erden. Als Sir Galihodin solches sah, forderte er Sir Gareth auf, sich zu verteidigen, und Sir Gareth warf ihn zur Erde. Dann nahm Sir Galihud eine Lanze, um seinen Bruder zu rächen, und Sir Gareth bediente ihn auf die gleiche Art und auch Sir Dinadan und seinen Bruder La Cote Male Taile und Sir Sagramor den Begierigen und Sir Dodinas den Wilden, alle diese warf er mit seiner Lanze zur Erde. Da König Agwisance von Irland Sir Gareth also verfahren sah, wunderte er sich, wer er sein möge, da er einmal grün und ein andermal, da er wiederkehrte, blau erschien. Also wechselte er bei jedem Waffengang, dieweil er hin und her ritt, die Farbe, daß weder König noch Ritter ihn bald erkannten. Dann trat Sir Agwisance, der König von Irland, zum Gefecht wider Sir Gareth an, und Sir Gareth warf ihn samt Sattel vom Pferd. Dann kam König Carados von Schottland, und Sir Gareth warf ihn nieder samt seinem Pferd. Auf die gleiche Art bediente er König Uriens vom Lande Gore. Dann kam Sir Bagdemagus herein, und Sir Gareth warf ihn samt seinem Pferd zur Erden. Und Bagdemagus' Sohn Meliganus brach wuchtiglich und ritterlich eine Lanze wider Sir Gareth.

Da rief Sir Galahad, der edle Fürst, mit lauter Stimme: Ritter mit den vielen Farben, gut habt Ihr turnieret, nun machet Euch bereit, daß ich mit Euch turniere. Sir Gareth hörte ihn, und er nahm eine lange Lanze, und also begannen sie den Zweikampf wider einander, und der Fürst zerbrach seine Lanze; Sir Gareth aber schlug ihn auf die linke Seite des Helms, also daß er hin und her schwankte und gestürzt wäre, wenn seine Mannen ihn nicht gehalten hätten. Wahrlich, sagte König Artus, jener Ritter mit den vielen Farben ist ein guter Ritter. Darum rief der König Sir Lanzelot zu sich und bat ihn, wider jenen Ritter zu kämpfen. Sir, sprach Lanzelot, mein Herz gebietet mir, ihn für dieses Mal zu meiden, denn er hat des Tags genug der Anstrengung gehabt, und wenn ein guter Ritter an einem Tage so viel leistet, geziemt es einem guten Ritter nicht, ihm die Ehre streitig zu machen, namentlich da er sieht, daß jener Ritter so große Arbeit geleistet, denn, sprach Sir Lanzelot, vielleicht ist's des Tags sein Streit, und vielleicht wird er geliebt von einer Dame unter allen, die sich hier befinden, denn ich sehe, daß er sich anstrengt und sich zwingt, große Taten zu vollbringen, und deshalb, sprach Sir Lanzelot, was mich betrifft, soll er des Tags die Ehre behalten, und selbst wenn es in meiner Macht läge, sie ihm zu nehmen, ich täte es nicht.«

An jenem Tage passierte ein unangenehmer kleiner Zwischenfall, den ich aus Gründen der Staatsräson in dem Bericht meines Priesters strich. Ihr werdet festgestellt haben, daß Garry in diesem Gefecht großartig kämpfte. Mit Garry meine ich Sir Gareth. Garry war mein privater Kosename für ihn; er deutet an, daß ich ihn sehr gern hatte, und so war es auch. Es war jedoch nur ein heimlicher Kosename und er wurde niemals und zu niemanden laut ausgesprochen, am wenigsten ihm gegenüber; als Adliger hätte er eine solche Vertraulichkeit meinerseits nicht gelitten. Nun, um weiterzuerzählen: ich saß in der Privatloge, die für mich als Minister des Königs reserviert war. Während Sir Dinadan darauf wartete, daß er an die Reihe käme, in die Schranken zu reiten, trat er zu mir herein, setzte sich und fing an zu schwatzen, denn er war dauernd hinter mir her, weil ich ein Fremder war und er gern einen neuen Markt für seine Witze haben wollte, da die meisten von ihnen schon jenes Stadium der Abnutzung erreicht hatten, wo der Erzähler selbst das Lachen besorgen muß, während der Zuhörer aussieht, als sei ihm übel. Ich war auf seine Bemühungen immer, so gut ich konnte, eingegangen und empfand ihm gegenüber auch eine tiefe und ehrliche Zuneigung, denn wenn er durch die Bosheit des Schicksals vielleicht auch eben die Anekdote kannte, die ich am häufigsten gehört und mein ganzes Leben lang am bittersten gehaßt und verabscheut hatte, so hatte er mich doch zumindest damit verschont. Es war eine Geschichte, die man jedem einzelnen humorvollen Menschen, der jemals amerikanischen Boden betrat, zugeschrieben hatte – von Kolumbus bis Artemus Ward. Sie handelte von einem humoristischen Vortragskünstler, der ein unwissendes Publikum eine Stunde lang mit den glänzendsten Witzen überschüttet und nicht ein einziges Mal Gelächter geerntet hatte; als er fortging, schüttelten ihm einige fröhliche Einfaltspinsel dankbar die Hand und sagten, es sei das Komischste gewesen, was sie je gehört hätten, und sie hätten zu tun gehabt, »nicht mitten in der Versammlung laut herauszulachen«. Den Tag, an dem es der Mühe wert gewesen wäre, diese Anekdote zu erzählen, hat es nie gegeben, und doch hätte ich sie Hunderte, Tausende, Millionen Male über mich ergehen lassen müssen und dabei ununterbrochen geweint und geflucht. Wer kann also auch nur hoffen, meine Gefühle zu ermessen, als jetzt dieser gepanzerte Esel wieder damit anfing – im undeutlichen Zwielicht der Überlieferung, noch vor der Morgendämmerung der Geschichte, als man selbst Lactantius als »den jüngst verstorbenen Lactantius« bezeichnen konnte und die Kreuzzüge erst in fünfhundert Jahren das Licht der Welt erblicken sollten! Als er eben damit zu Ende war, kam der Botenjunge, und so ging er, wiehernd wie ein Dämon, rasselnd und klappernd wie eine Kiste voll loser Gußstücke, hinaus, und ich wurde ohnmächtig. Es dauerte einige Minuten, bis ich wieder zu mir kam, und ich öffnete die Augen gerade rechtzeitig, um zu sehen, wie ihm Sir Gareth einen fürchterlichen Bums versetzte, und unbewußt entfuhr mir der Stoßseufzer: »Gebe der Himmel, daß es ihn umgebracht hat!« Das Pech wollte aber, daß Sir Gareth, bevor ich den Satz noch zu Ende gesprochen hatte, Sir Sagramor den Begierigen rammte und ihn krachend über die Kruppe seines Pferdes warf, und Sir Sagramor fing meinen Ausspruch auf und glaubte, ich habe ihn gemeint.

Nun wenn einer von diesen Leuten sich mal was in den Kopf gesetzt hatte, dann war es ihm nicht mehr auszureden. Das wußte ich, und so sparte ich mir die Mühe und gab ihm keine Erklärung. Sobald sich Sir Sagramor erholt hatte, teilte er mir mit, es gebe zwischen uns eine kleine Rechnung zu begleichen, und er nannte einen Tag in drei oder vier Jahren; Ort der Abrechnung: der Turnierring, wo die Beleidigung ausgesprochen war. Ich erklärte, ich werde bereit sein, sobald er wiederkehre. Er wollte nämlich den heiligen Gral suchen. Die Jungens versuchten alle mal hin und wieder ihr Glück mit dem heiligen Gral. Das war eine mehrjährige Fahrt ins Blaue. Sie verbrachten ihre lange Abwesenheit immer damit, höchst gewissenhaft herumzuschnüffeln, obwohl keiner von ihnen eine Ahnung hatte, wo sich der heilige Gral eigentlich befand, und ich glaube auch nicht, daß einer von ihnen wirklich erwartete, ihn je zu finden, oder daß er gewußt hätte, was er damit anstellen sollte, wenn er tatsächlich zufällig darauf gestoßen wäre. Versteht ihr, es war einfach die Nord-West-Passage jener Zeit, sozusagen, das war alles. Jedes Jahr zogen Expeditionen aus, um zu heiliggralen, und im nächsten Jahr zogen dann Rettungsexpeditionen aus, um sie zu suchen. Enorm viel Ruhm war dabei zu gewinnen, aber kein Geld. Sie wollten sogar, ich solle mitmachen! Na, daß ich nicht lache.

ZEHNTES KAPITEL

Die Anfänge der Zivilisation

Die Tafelrunde hörte bald von der Forderung, und natürlich fand ein lebhafter Meinungsaustausch darüber statt, denn solche Dinge interessierten die Jungens. Der König war der Ansicht, ich sollte mich jetzt auf die Abenteuersuche begeben, damit ich Ruhm gewänne und um so würdiger wäre, Sir Sagramor gegenüberzutreten, nachdem die Jahre vergangen waren. Für den Augenblick entschuldigte ich mich; ich sagte, ich brauchte noch drei oder vier Jahre, um alles so einzurichten, daß die Dinge glatt liefen, dann aber wäre ich bereit; es war anzunehmen, daß Sir Sagramor am Ende dieser Zeit noch immer unterwegs wäre, um zu heiliggralen, deshalb ging wohl durch den Aufschub keine wertvolle Zeit verloren; ich wäre dann sechs bis sieben Jahre im Amt und durfte annehmen, daß mein System und mein Apparat bis dahin so gut entwickelt seien, daß ich ohne Schaden Urlaub nehmen könnte.

Ich war mit dem, was ich schon erreicht hatte, recht zufrieden. In etlichen stillen Winkeln und Ecken des Landes hatte ich die Anfänge aller möglichen Industrien in Gang gebracht – die Kernzellen künftiger großer Fabriken, die Sendboten des Eisens und des Stahls einer kommenden Zivilisation. Dort hatte ich die aufgewecktesten Köpfe unter der Jugend, die ich nur auftreiben konnte, gesammelt, und hatte Agenten ausgesandt, die ständig das Land durchkämmten, um noch weitere zu finden. Ich bildete einen Haufen von unwissenden Menschen zu Fachleuten aus – Fachleuten in jeder Art von Handwerk und wissenschaftlichen Berufen. Diese meine Ausbildungsstätten arbeiteten reibungslos und in aller Stille, ungestört an ihren verborgenen ländlichen Zufluchtsorten, denn niemand durfte ohne Sondergenehmigung ihr Gelände betreten – ich fürchtete die Kirche.

Als erstes hatte ich eine Lehrerfabrik und eine Menge Sonntagsschulen eröffnet; als Ergebnis hatte ich dort jetzt ein großartiges System von Schulen verschiedener Stufen auf vollen Touren laufen und dazu auch eine komplette Auswahl protestantischer Gemeinden, die alle blühten und gediehen. Jeder durfte jede Art von Christ sein, die er nur wollte; darin herrschte völlige Freiheit. Ich beschränkte den öffentlichen Religionsunterricht jedoch auf die Kirchen und die Sonntagsschulen und ließ ihn in meinen anderen Erziehungsanstalten nicht zu. Ich hätte ja meiner eigenen Sekte den Vorzug geben und ohne jede Schwierigkeit alle zu Presbyterianern machen können; das hätte jedoch ein Gesetz der menschlichen Natur verletzt: die geistigen Bedürfnisse und Instinkte der menschlichen Familie sind ebenso unterschiedlich wie ihre physischen Begierden, ihr Teint oder ihr Gesichtsschnitt, und ein Mensch fühlt sich moralisch nur dann richtig wohl, wenn er mit dem religiösen Gewand ausgestattet ist, dessen Farbe, Schnitt und Größe am besten zur geistigen Beschaffenheit, den Ecken und Kanten und der Statur des Individuums paßt, das es trägt; außerdem fürchtete ich eine geeinte Kirche; sie ist eine gewaltige Macht, die gewaltigste, die man sich vorstellen kann, und wenn sie dann nach und nach in eigensüchtige Hände gerät, wie es ja immer der Fall sein muß, dann bedeutet das den Tod der Freiheit der Menschen und die Lähmung ihrer Gedanken.

Alle Bergwerke waren königliches Eigentum, und es gab sehr viele. Früher waren sie so ausgebeutet worden, wie Wilde Bergwerke eben stets ausbeuten – man hatte Löcher in den Boden gescharrt und das Erz mit der Hand in Ledersäcken hinaufgeschleppt, eine Tonne pro Tag; ich hatte jedoch so bald wie möglich begonnen, den Bergbau auf eine wissenschaftliche Grundlage zu stellen.

Jawohl, ich hatte recht schöne Fortschritte gemacht, als mich Sir Sagramors Forderung traf.

Vier Jahre vergingen – und dann erst! Nun, ihr haltet es nicht für möglich. Unbeschränkte Macht ist tatsächlich das Ideale, wenn sie in verläßlichen Händen liegt. Die Despotie des Himmels ist die einzige absolut vollkommene Regierungsform. Ein irdischer Despotismus wäre die absolut vollkommenste irdische Regierungsform, wenn die Bedingungen die gleichen wären, wenn nämlich der Despot das vollkommenste Individuum des menschlichen Geschlechts wäre und ewig lebte. Da aber ein vergänglicher vollkommener Mensch sterben und seine despotische Macht in den Händen eines unvollkommenen Nachfolgers lassen muß, ist ein irdischer Despotismus nicht nur eine schlechte Regierungsform, sondern sogar die allerschlechteste, die überhaupt möglich ist.

Meine Arbeit bewies, was ein Despot zu erreichen vermochte, wenn er über die Hilfsquellen eines Königreiches befehlen konnte. Ohne daß dieses unaufgeklärte Land es ahnte, ließ ich direkt vor seiner Nase die Zivilisation des 19. Jahrhunderts in die Höhe schießen! Zwar war sie gegen die Augen der Öffentlichkeit abgeschirmt, aber sie war doch da – eine gigantische, unbestreitbare Tatsache –, und man sollte noch von ihr hören, falls ich am Leben bliebe und Glück hätte. Sie war vorhanden, eine Tatsache, die so gewiß und so gewichtig war wie nur irgendein Vulkan, der ruhig und unschuldig dasteht und seinen rauchlosen Gipfel in den blauen Himmel ragen läßt, ohne ein Anzeichen der aufsteigenden Hölle in seinen Eingeweiden zu geben. Vor Jahren waren meine Schulen und Kirchen Kinder gewesen; jetzt waren sie erwachsen; meine Werkstätten jener Zeit waren nun große Fabriken geworden; wo ich damals ein Dutzend ausgebildete Leute hatte, standen mir jetzt tausend zur Verfügung, wo ich damals einen glänzenden Fachmann hatte, waren es jetzt fünfzig; ich stand sozusagen mit meiner Hand am Schalter und war jederzeit bereit, die mitternächtliche Welt mit Licht zu überfluten. Ich wollte die Sache jedoch nicht so plötzlich besorgen. Das entsprach nicht meiner Politik. Das hätten die Leute nicht ertragen, und darüber hinaus hätte ich dann die katholische Staatskirche augenblicklich auf dem Hals gehabt.

Nein, ich war die ganze Zeit über vorsichtig verfahren. Ich hatte schon seit einer geraumen Weile hier und da Geheimagenten durch das Land gesandt; ihr Auftrag war, unmerklich nach und nach das Rittertum zu untergraben, den einen und den anderen Aberglauben ein bißchen anzunagen und auf diese Weise sachte einer besseren Ordnung der Dinge den Weg zu bereiten. Ich schaltete mein Licht allmählich, eine Kerzenstärke nach der anderen, ein und wollte auch weiter so vorgehen.

Insgeheim hatte ich einige Zweigschulen über das Königreich verstreut eingerichtet, und sie entwickelten sich recht gut. Ich wollte mich im Laufe der Zeit immer mehr auf diese Branche werfen, wenn nichts geschah, was mich davor zurückschrecken ließ. Eines meiner tiefsten Geheimnisse war mein West Point – meine Militärakademie. Ich hielt sie eifersüchtig verborgen, und ebenso auch meine Marineakademie, die ich in einem entfernt liegenden Hafen eingerichtet hatte. Beide gediehen zu meiner Zufriedenheit.

Clarence war jetzt zweiundzwanzig Jahre alt und mein

Hauptdirektor, meine rechte Hand. Er war ein Prachtkerl, jeder Aufgabe gewachsen; es gab nichts, was er nicht hätte anpacken können. Kürzlich hatte ich ihn im Journalismus ausgebildet, denn die Zeit schien jetzt ungefähr reif, um mit der Presse zu beginnen; nichts Großes sollte es sein, nur eine kleine Wochenzeitung, die ich versuchsweise in meinen Zivilisations-Ausbildungsstätten in Umlauf bringen wollte. Er lernte es, als sei er dafür geboren – bestimmt steckte ein Chefredakteur in ihm. In einer Hinsicht hatte er sich bereits verdoppelt: er sprach 6. Jahrhundert und schrieb 19. Sein journalistischer Stil erreichte ständig größere Höhen, er war schon auf dem Niveau der Hinterwaldsiedlungen von Alabama angelangt, und man konnte seine Erzeugnisse von denen der Redaktionen jener Gegend weder dem Inhalt noch dem Ton nach unterscheiden.

Wir hatten noch eine große Neuerung in Bereitschaft. Es handelte sich dabei um Telegraf und Telefon, unser erster Versuch auf diesem Gebiet. Die Drähte waren vorläufig nur für den Geheimdienst bestimmt und mußten auch geheimgehalten werden, bis die Zeit reifer war. Wir hatten eine Kolonne von Leuten auf den Straßen, die vor allem nachts arbeiteten. Sie zogen Erdkabel, denn wir wagten nicht, Masten aufzustellen; sie hätten Anlaß zu allzuvielen Fragen gegeben. Erdkabel genügten in beiden Fällen, denn meine Drähte waren durch eine Isolierung geschützt, die ich erfunden hatte und die vollkommen war. Meine Leute hatten Befehl, quer über Land zu gehen, Straßen zu vermeiden und Verbindung mit jeder größeren Stadt herzustellen, deren nächtliche Lichter ihr Dasein verrieten, und dann zur Betreuung Fachleute zurückzulassen. Niemand konnte einem sagen, wie man zu irgendeinem bestimmten Ort im Königreich gelangte, denn keiner ging jemals absichtlich irgendwohin, sondern sie trafen jeweils bei ihren Wanderungen nur zufällig auf eine Ortschaft und verließen sie im allgemeinen wieder, ohne zu fragen, wie sie hieß. Wir hatten mehrmals topographische Expeditionen ausgesandt, um das Königreich zu vermessen und es kartographisch aufzunehmen, aber jedesmal hatten sich die Priester eingemischt und Schwierigkeiten gemacht. So hatten wir die

Sache für den Augenblick aufgegeben; es wäre nicht weise gewesen, die Kirche zu verärgern.

Was den allgemeinen Zustand des Landes betrifft, so war er im großen und ganzen noch immer so, wie er bei meiner Ankunft gewesen war. Ich hatte zwar Veränderungen bewirkt, aber sie waren notgedrungen gering und fielen nicht auf. Bisher hatte ich mich noch nicht einmal in die Steuerangelegenheit eingemischt, abgesehen von den Abgaben, aus denen das königliche Einkommen stammte. Die hatte ich in ein System gebracht und die Leistungen auf eine wirksame und gerechte Basis gestellt. Im Ergebnis hatten sich die Einnahmen bereits vervierfacht, und dabei waren die Lasten viel gleichmäßiger verteilt als zuvor, so daß das ganze Königreich Erleichterung empfand und meine Regierungstätigkeit allgemein von Herzen gelobt wurde.

In meiner persönlichen Tätigkeit erlebte ich nun eine Unterbrechung, aber das machte mir nichts aus, denn sie hätte zu keiner gelegeneren Frist kommen können. Zu einem früheren Zeitpunkt wäre sie mir vielleicht unangenehm gewesen, jetzt aber war alles in guten Händen und lief wie geschmiert. Der König hatte mich in letzter Zeit mehrmals daran erinnert, daß der Aufschub, um den ich vor vier Jahren gebeten hatte, nun fast um sei. Es war ein Wink, jetzt auszuziehen und Abenteuer zu suchen, um mir einen Ruf von einem Format zu schaffen, das mich der Ehre wert machte, eine Lanze mit Sir Sagramor zu brechen, der noch immer draußen steckte und gralte; mehrere Hilfsexpeditionen fahndeten jedoch nach ihm, und er konnte jetzt jedes Jahr gefunden werden. Ihr seht also, daß ich diese Unterbrechung erwartet hatte und sie nicht überraschend kam.

ELFTES KAPITEL

Der Yankee auf Abenteuersuche

Soviel wandernde Lügner wie in diesem Land, und zwar beiderlei Geschlechts, hat die Welt noch nicht gesehen. Kaum ein Monat verging, ohne daß sich einer dieser Vagabunden einstellte; gewöhnlich war er geladen mit einer Geschichte von irgendeiner Prinzessin, die Hilfe brauchte, um aus einer fernen Burg zu entkommen, in der sie durch einen verbrecherischen Schurken, meistens einen Riesen, gefangengehalten wurde. Nun sollte man annehmen, das erste, was der König getan hätte, nachdem er von einem gänzlich Fremden einen solchen Roman gehört hatte, wäre gewesen, nach einem Beglaubigungsschreiben zu fragen, jawohl, und auch nach dem einen oder dem anderen Hinweis, wo sich die Burg befinde, welches der beste Weg dahin sei und so weiter. Aber niemand kam jemals auf einen so einfachen und dem gesunden Menschenverstand entsprechenden Gedanken. Nein, alle schluckten die Lügen dieser Leute, ohne mit der Wimper zu zucken, und stellten nicht eine einzige Frage nach irgendwas. Nun, eines Tages, als ich nicht anwesend war, kam wieder jemand von diesen Leuten an – diesmal weiblichen Geschlechts – und erzählte eine Geschichte von der üblichen Art. Ihre Herrin werde in einer großen, düsteren Burg gefangengehalten, zusammen mit vierundvierzig anderen jungen, schönen Mädchen, die so ziemlich alle Prinzessinnen seien; sie schmachteten bereits seit sechsundzwanzig Jahren in grausamer Gefangenschaft; die Burgherren seien drei staunenerregende Brüder, von denen jeder vier Arme und ein Auge habe – das Auge in der Mitte der Stirn, so groß wie eine Frucht. Die Fruchtart blieb ungenannt: die übliche Schlampigkeit dieser Leute in bezug auf statistisches Tatsachenmaterial!

Sollte man es für möglich halten? Der König und die gesamte Tafelrunde waren ganz begeistert von dieser absurden Gelegenheit für ein Abenteuer. Alle Ritter der Tafelrunde drängten sich nach der Chance und bettelten darum; zu ihrem Ärger und ihrem Kummer sprach sie der

König jedoch mir zu, der ich überhaupt nicht darum gebeten hatte.

Mit Anstrengung gelang es mir, meine Freude zu beherrschen, als mir Clarence die Nachricht davon überbrachte. Aber er – er konnte die seine nicht meistern. Ein ununterbrochener Schwall von Worten der Freude und der Dankbarkeit entströmte seinem Munde – der Freude über mein Glück und der Dankbarkeit gegenüber dem König für seinen außerordentlichen Gunstbeweis. Er vermochte weder seine Beine noch seinen Körper stillzuhalten und wirbelte in seliger Ekstase durch den Raum.

Was mich betraf, so hätte ich die Güte verfluchen mögen, die mir diese Wohltat erwiesen hatte, aber um der Klugheit willen verbarg ich meinen Ärger und tat mein Bestes, um Freude zu heucheln. Ich sagte sogar ausdrücklich, ich freute mich. In gewisser Hinsicht stimmte das auch! Ich freute mich, wie sich jemand freut, der skalpiert wird.

Nun, man muß die Dinge von der besten Seite nehmen und keine Zeit damit vertrödeln, sich unnütz zu ärgern, sondern sich ans Werk machen und sehen, was sich tun läßt. Bei allen Lügen gibt es auch Weizen unter der Spreu; ich mußte den Weizen in diesem Fall herauslesen; deshalb schickte ich nach dem Mädchen, und sie kam. Sie war ein recht anmutiges Geschöpf, sanft und bescheiden, aber wenn Anzeichen überhaupt etwas bedeuten, dann war sie noch unzuverlässiger als eine Damenuhr. Ich sagte:

»Liebes Kind, hat man dich nach Einzelheiten gefragt?«

Sie antwortete, das sei nicht der Fall.

»Nun, ich habe es mir schon gedacht, aber ich wollte sicher gehen und dich fragen; so bin ich erzogen worden. Du darfst es mir nicht übelnehmen, wenn ich dich daran erinnere, daß wir ein bißchen vorsichtig sein müssen, denn wir kennen dich doch gar nicht. Es mag ja bei dir alles in Ordnung sein, und wir wollen hoffen, daß es so ist – aber, es als selbstverständlich vorauszusetzen, wäre eine schlechte Geschäftsmethode. Das verstehst du gewiß. Ich bin verpflichtet, dir ein paar Fragen zu stellen; antworte mir nur frank und frei und hab keine Angst. Wo bist du zu Hause?«

»Im Lande Moder, edler Herr.«

»Im Lande Moder. Ich erinnere mich nicht, schon mal davon gehört zu haben. Eltern noch am Leben?«

»Darüber, ob sie noch am Leben, weiß ich nichts, zumal ich viele Jahre in der Burg gefangen lag.«

»Dein Name, bitte?«

»Ich heiße Demoiselle Alisande la Carteloise, so es Euch beliebt.«

»Kennst du hier jemanden, der deine Identität bezeugen kann?«

»Das ist nicht wahrscheinlich, edler Lord, weil ich jetzt zum erstenmal hier bin.«

»Hast du irgendwelche Briefe – irgendwelche Dokumente – irgendwelche Beweise dafür mitgebracht, daß du vertrauenswürdig bist und die Wahrheit sagst?«

»Aber nein, weshalb sollte ich auch? Habe ich denn nicht eine Zunge und kann ich nicht alles selbst berichten?«

»Aber siehst du, es bedeutet doch einen Unterschied, ob du es sagst oder ob jemand anders es sagt.«

»Einen Unterschied? Wie kann das sein? Ich fürchte, ich verstehe Euch nicht.«

»Das verstehst du nicht? Himmeldon – na, siehst du – siehst du – ja, du heiliger Bimbam, kannst du denn etwas so Selbstverständliches nicht begreifen? Kannst du nicht begreifen, was der Unterschied zwischen deiner – warum siehst du nur so unschuldig und idiotisch drein!«

»Ich? Wahrlich, ich weiß es nicht, wenn es nicht der Wille Gottes ist.«

»Ja, ja, ich schätze, so ungefähr wird's wohl sein. Mach dir nichts draus, wenn es scheint, als sei ich aufgeregt; ich bin's gar nicht. Sprechen wir von etwas anderem. Was nun diese Burg mit den fünfundvierzig Prinzessinnen und den drei Unholden, die ihr vorstehen, betrifft – sag mal, wo ist denn dieser Harem?«

»Harem?«

»Die Burg, verstehst du; wo ist die Burg?«

»Oh, was das betrifft, so ist sie groß und stark und gut ausgerüstet und liegt in einem fernen Lande. Ja, viele Meilen von hier.«

»Wie viele denn?«

»Ach, edler Herr, es wäre wahrlich schwer zu sagen, zumal es gar so viele sind und die eine so über die andere greift, und weil alle gleich aussehen und von nämlicher Farbe sind, weiß man die eine Meile nicht von ihrer Gefährtin zu unterscheiden und auch nicht alle zu zählen, falls man sie nicht auseinandernimmt, und Ihr wißt gar wohl, daß es Gottes Werk wäre, das zu tun, weil es nicht in der Macht der Menschen liegt, denn Ihr werdet bemerken...«

»Hör auf, hör auf, lassen wir die Entfernung; wo ungefähr liegt die Burg? In welcher Richtung von hier?«

»Ach, ich bitte Euch, Herr, in gar keiner Richtung von hier, weil die Straße nicht gerade verläuft, sondern sich überallhin windet; deshalb dauert die Richtung jenes Ortes nicht an und liegt einmal unter dem einen Himmel und ein andermal unter einem anderen, so daß, wenn Ihr meint, sie ginge gen Osten, und Euch daselbst hinbegebt, Ihr feststellt, daß der Weg der Straße wieder umkehrt in einem halben Kreise, und weil dieses Wunder wieder und immer wieder geschieht, wird es Euch betrüben, daß Ihr in der Eitelkeit Eures Geistes vermeint habt, den Willen Dessen zu durchkreuzen und zunichte zu machen, der keiner Burg von einem bestimmten Punkte aus eine Richtung gibt, es sei denn, daß es Ihm gefällt, und wenn es Ihm nicht gefällt, ist es eher Sein Wille, daß alle Burgen und alle Richtungen, in denen sie liegen, von der Erde verschwinden und den Platz, auf dem sie gewesen, öde und leer lassen, und Er also Seine Geschöpfe warnt, daß, wo Er will, dort will Er, und wo Er nicht will, dort...«

»Schon gut, schon gut, gönn uns ein bißchen Ruhe; die Richtung spielt keine Rolle, soll die gottverfluchte Richtung bleiben, wo der Pfeffer wächst – ich bitte um Verzeihung, ich bitte tausendmal um Verzeihung, ich fühle mich heute nicht wohl, achte nicht darauf, wenn ich Selbstgespräche halte; das ist bei mir eine alte Angewohnheit, eine alte, schlechte Angewohnheit, und es ist schwer, sie wieder loszuwerden, wenn einem die Verdauung ganz durcheinandergeraten ist von Nahrungsmitteln, die ewig und drei

Tage bevor man geboren wurde gewachsen sind; du meine Güte! Man kann ja seine Verdauung auch gar nicht in Ordnung halten mit jungen Hühnern, die dreizehnhundert Jahre alt sind. Aber, laß nur, sprechen wir nicht davon, sondern – hast du so etwas Ähnliches wie eine Landkarte von der Gegend bei dir? Denn eine gute Karte...«

»Ist das vielleicht jenes Ding, das kürzlich die Ungläubigen über das große Meer gebracht haben und das, wenn man es in Öl siedet und eine Zwiebel und Salz dazutut...«

»Was, eine Landkarte? Wovon redest du denn? Weißt du nicht, was eine Landkarte ist? Schon gut, schon gut, laß nur, erkläre es nicht erst, ich hasse Erklärungen; sie vernebeln eine Sache dermaßen, daß man gar nichts mehr darüber weiß. Geh nur, mein Kind, auf Wiedersehen; führ sie hinaus, Clarence.«

Freilich, nun war ziemlich klar, weshalb diese Esel nicht versuchten, die Lügner nach Einzelheiten auszuholen. Möglich, daß irgendwo in der Brust des Mädchens eine Tatsache verborgen lag, aber ich glaube, auch mit einer hydraulischen Presse hätte man sie nicht hervorquetschen können, ebensowenig mit den älteren Sprengmethoden; hier half nur Dynamit. Sie war wirklich ein richtiges Schaf, und doch hatten ihr der König und die Ritter zugehört, als sei sie ein Blatt aus dem Evangelium. Das kennzeichnet die ganze Gesellschaft. Und denkt nur, wie einfach die Sitten an diesem Hof waren: dieses wandernde Frauenzimmer hatte es nicht schwerer, Zutritt zum König in seinem Schloß zu erhalten, als sie es zu meiner Zeit und in meinem Lande gehabt hätte, ins Armenhaus zu kommen. Er freute sich sogar, sie zu sehen und ihr zuzuhören; mit dem Abenteuer, das sie zu bieten hatte, war sie ihm so willkommen wie dem Leichenbeschauer eine Leiche.

Als ich mit diesen Überlegungen eben zu Ende war, kehrte Clarence zurück. Ich machte eine Bemerkung über das magere Ergebnis meiner Bemühungen mit dem Mädchen; nicht einen einzigen Punkt hatte ich zu fassen bekommen, an den ich mich halten konnte, um die Burg zu finden. Der Junge sah mich an, als sei er ein bißchen erstaunt, verwirrt oder so etwas Ähnliches und deutete an, er habe sich die ganze Zeit über gefragt, wozu ich dem Mädchen all diese Fragen stellte.

»Ja, du lieber Himmel«, sagte ich, »schließlich will ich doch die Burg finden! Wie soll ich es denn sonst anstellen?«

»Ach, Euer Gnaden, das ist leicht zu beantworten, glaube ich. Sie geht mit dir. Das tun sie immer. Sie wird mit dir reiten ...«

»Mit mir reiten? Unsinn!«

»Aber gewiß doch. Sie wird mit dir reiten. Du wirst sehen.«

»Was? Allein mit mir über die Hügel und durch die Wälder ziehen, wo ich doch so gut wie verlobt bin. Das ist ja skandalös. Denk doch nur, was die Leute sagen würden.«

Ach, wie lieb war doch das Gesicht, das ich nun deutlich vor mir sah! Der Junge wollte unbedingt Näheres über diese meine Herzensangelegenheit wissen. Ich nahm ihm das Versprechen ab, mein Geheimnis zu wahren und flüsterte dann ihren Namen: »Mieze Flanagan«. Er sah enttäuscht aus und sagte, er erinnere sich nicht an die Gräfin. Wie natürlich war es doch für diesen kleinen Höfling, ihr einen Adelstitel zu geben. Er fragte mich, wo sie wohnte.

»In East Har ...« Ich kam zu mir und hielt ein wenig verwirrt inne; dann sagte ich: »Laß das jetzt nur, ich sage dir das später mal.«

Ob er sie sehen dürfe? Ob ich ihm eines Tages erlauben werde, sie zu sehen?

Das zu versprechen, war eine Kleinigkeit – es ging ja nur um etwa dreizehnhundert Jahre –, und er war so darauf versessen; ich sagte also ja. Dabei seufzte ich jedoch, ich konnte nicht anders. Es hatte aber keinen Sinn zu seufzen, denn sie war doch noch gar nicht geboren. So sind wir aber nun einmal: wenn es um das Gefühl geht, dann richten wir uns nicht nach dem Verstand, sondern fühlen eben nur.

Meine Expedition beherrschte an diesem Tag und diesem Abend alle Gespräche, und die Jungens waren sehr nett zu mir; sie machten viel Aufhebens von mir, schienen ihren Ärger und ihre Enttäuschung vergessen zu haben und waren jetzt ebenso darauf erpicht, daß ich die Unholde aufstöberte und dafür sorgte, daß jene alten Jungfern reiferen Alters losgelassen würden, als hätten sie selbst den Vertrag dazu in der Tasche. Nun, es waren gutmütige Kinder, aber eben weiter nichts als Kinder. Sie gaben mir zahllose Tips, wie man Riesen auflauert und wie man sie einsackt, dann teilten sie mir allerlei Zaubermittel gegen Verhexung mit und gaben mir Salben und anderen Kram, den ich mir auf meine Wunden schmieren sollte. Keiner kam auf den Gedanken zu bemerken, daß ich, wenn ich tatsächlich ein so großartiger Schwarzkünstler war, wie ich behauptete, ja auf keinem Feldzug irgendwelche Salben, Ratschläge oder Zaubermittel gegen Verhexung und am wenigsten Waffen und eine Rüstung brauchte – selbst dann nicht, wenn es gegen feuerspeiende Drachen und soeben der Hölle entstiegene Teufel gegangen wäre, viel weniger noch gegen so armselige Gegner wie die, auf die ich es abgesehen hatte – so ganz alltägliche hinterwäldlerische Unholde.

Ich mußte beizeiten frühstücken und mich beim Morgengrauen auf den Weg machen, denn so war es üblich; aber ich hatte verteufelte Schwierigkeiten mit dem Anlegen der Rüstung, und das verzögerte meinen Start etwas. Es ist äußerst beschwerlich hineinzukommen, und es gibt dabei soviel Kleinkram zu bewerkstelligen. Zuerst wickelt man sich ein bis zwei Lagen Wolldecken um den Leib, als eine Art Polster, und um die Kälte des Eisens von sich abzuhalten; dann zieht man sich die Ärmel und das Kettenhemd an – alles aus kleinen Stahlgliedern, die miteinander verflochten sind und ein so biegsames Material abgeben, daß das Hemd, wenn man es auf den Boden wirft, zusammensackt wie ein Haufen nasser Fischnetze; es ist sehr schwer und so ziemlich das unbequemste Zeug auf der Welt, um es als Nachthemd zu gebrauchen; trotzdem aber benutzten es viele dazu – Steuereinnehmer, Reformatoren, Zaunkönige mit schadhaften Thronansprüchen und ähnliche Leute; dann zieht man sich die Schuhe an – Kähne, die von gekreuzten Stahlbändern überdacht sind – und schraubt sich die plumpen Sporen an die Fersen. Dann werden die Beinröhren an die Unter- und die Schenkelstücke an die Oberschenkel geschnallt, danach kommen Rückenstück und Bruststück an die Reihe, und man fängt an, sich beengt zu fühlen; nun hakt man an das Bruststück den Panzerschurz aus breiten, übereinandergreifenden Stahlbändern, der vorn hinunterhängt, aber hinten so ausgespart ist, daß man sich setzen kann, und der in Wirklichkeit nicht mehr taugt als eine umgekehrte Kohlenschütte, sowohl was das Aussehen als auch was das Tragen sowie die Möglichkeit betrifft, sich die Hände daran abzuwischen; darauf gürtet man sein Schwert und stülpt sich die Ofenrohrglieder über die Arme, die eisernen Handschuhe über die Hände und die eiserne Rattenfalle über den Kopf, an der ein Lappen aus Stahlgewebe befestigt ist, der einem hinten über den Nacken hängt – und fertig ist man, so geborgen wie eine Kerze in der Kerzengußform. Zum Tanzen ist dies nicht der geeignete Augenblick. Nun, ein Mann, der so verpackt ist, gleicht einer Nuß, die das Knacken nicht lohnt, weil im Vergleich zur Schale so wenig Fleisch daran ist.

Die Jungens halfen mir, sonst wäre ich nie hineingekommen. Als wir gerade fertig waren, ließ sich zufällig Sir Bedivere bei uns blicken, und ich sah, daß ich höchstwahrscheinlich für eine lange Reise nicht den praktischsten Anzug gewählt hatte. Wie stattlich sah er doch aus – hochgewachsen, breitschultrig und großartig. Auf dem Kopf trug er einen konisch geformten Stahlhelm, der ihm nur bis an die Ohren reichte, und sein Visier war bloß ein schmales Stahlband, das ihm bis zur Oberlippe ging und seine Nase schützte; der übrige Körper, vom Hals bis zu den Fersen, war mit einem biegsamen Kettenpanzer bedeckt, mit Hose und allem. Sein Obergewand, wie gesagt, natürlich aus Kettenpanzer, verbarg ihn jedoch fast ganz und hing ihm von den Schultern bis zu den Knöcheln gerade herunter; vorn und hinten war es von der Mitte ab bis unten hin geteilt, so daß er reiten und die Rockschöße an beiden Seiten herabhängen lassen konnte. Er ging auf die Gralssuche, und dazu war es gerade die richtige Kluft.

Ich hätte viel für diesen Überzieher gegeben, aber jetzt war es zu spät, um herumzutrödeln. Die Sonne war soeben aufgegangen, der König und der ganze Hof waren erschienen, um sich von mir zu verabschieden und mir Glück zu wünschen; es hätte also gegen die Etikette verstoßen, wenn ich noch länger gezögert hätte. Auf das Pferd gelangt man nicht selbst, keineswegs, und wollte man es versuchen, dann gäbe es eine Enttäuschung. Sie tragen dich hinaus, genau, wie man einen vom Hitzschlag Getroffenen in eine Ladenkneipe trägt, heben dich in den Sattel, helfen dir, das Gleichgewicht zu finden und stecken deine Füße in die Steigbügel, und die ganze Zeit über fühlt man sich so sonderbar und so eingezwängt, als sei man jemand anders – wie ein Mensch, der ganz plötzlich verheiratet worden ist, den der Blitz getroffen hat oder so etwas Ähnliches, und der noch nicht ganz wieder zu sich gekommen ist, ziemlich betäubt dasitzt und nicht so recht weiß, wie ihm geschieht. Dann pflanzten sie den Mast, den sie Speer nannten, im Lanzenschuh neben meinem linken Fuß auf, und ich packte ihn mit den Händen; endlich hängten sie mir den Schild um den Hals, und nun war ich fix und fertig ausgerüstet und bereit, den Anker zu lichten und in See zu stechen. Alle waren so nett zu mir wie nur möglich, und eine Ehrenjungfrau reichte mir eigenhändig den Satteltrunk. Jetzt brauchte bloß noch jene Jungfer auf dem Sattelkissen hinter mir aufzusitzen, was sie auch tat; sie legte den Arm um mich und hielt sich fest.

So machten wir uns also auf den Weg, und alle riefen uns Abschiedsworte nach und winkten mit Taschentüchern oder Helmen. Jedermann, den wir auf dem Ritt den Hügel hinab und durch den Ort trafen, begegnete uns voller Respekt, mit Ausnahme einiger schäbig aussehender kleiner Knaben am Rande des Ortes. Sie riefen:

»Ach, der Kerl sieht aus!« und warfen uns Erdklumpen nach.

Meiner Erfahrung nach sind die Jungen aller Zeitalter einander gleich. Sie haben vor nichts Respekt und scheren sich den Teufel um irgend etwas und irgend jemanden. Sie sagen »Zieh los, Glatzkopf« zu dem Propheten, der im

Grau des Altertums harmlos seines Weges einherwandelt; sie sind frech zu mir im heiligen Dämmerlicht des Mittelalters, und ich habe erlebt, wie sie sich während Buchanans Präsidentschaft ebenso benahmen; ich erinnere mich genau daran, weil ich selbst zur Stelle war und dabei half. Der Prophet hatte seine Bären und rechnete mit seinen Jungen ab; ich wäre gern abgestiegen, um auch mit meinen abzurechnen, das ging aber nicht, denn ich wäre nicht wieder aufs Pferd gekommen. Länder ohne Kran sind etwas Scheußliches.

ZWÖLFTES KAPITEL

Langsame Folter

Sofort befanden wir uns auf dem Lande. Wunderschön und angenehm war diese waldige Einsamkeit in der kühlen Morgenfrühe eines der ersten frischen Herbsttage. Von den Hügelkuppen sahen wir unter uns liebliche grüne Täler ausgebreitet liegen, durch die sich Bäche wanden; hier und dort fiel unser Blick auf Waldinseln, auf riesige vereinzelt stehende Eichen, die schwarze Schatten warfen, und jenseits der Täler zeichneten sich dunstig-blaue Höhenzüge ab; in wogendem Auf und Nieder zogen sie sich zum Horizont, und in großen Abständen war auf einem Wellenkamm zuweilen ein schwacher weißer oder grauer Punkt zu erkennen, von dem wir wußten, daß es eine Burg war. Wir überquerten ausgedehnte Wiesenflächen, die vom Tau funkelten, und zogen lautlos wie Geister dahin, denn das Graspolster verschluckte jeden Huftritt; träumend ritten wir durch die grüngoldene Dämmerung von Lichtungen, denen das sonnendurchtränkte Blätterdach über uns ihre Färbung verlieh, und zu unseren Füßen sprudelten die klarsten und kühlsten Bäche munter schwatzend über die Steine und ließen dabei eine leise flüsternde Melodie ertönen, die dem Ohr angenehm klang; zuweilen blieb die Welt hinter uns, und wir betraten die feierliche Tiefe und das üppige Dunkel des Waldes, wo scheues Getier vorbeihuschte, davonfegte und bereits verschwunden war, bevor man noch auf die Stelle blicken konnte, wo man das Rascheln vernommen hatte; nur die am frühesten erwachenden Vögel waren am Werk, hier mit einem Lied und dort mit Gezänk oder mit einem geheimnisvollen fernen Hämmern und Trommeln nach Würmern an einem Baumstamm irgendwo in der undurchdringlichen Weite der Wälder. Nach einer Weile bogen wir dann plötzlich wieder hinaus in das blendende Tageslicht.

Als wir ungefähr das dritte, vierte oder fünfte Mal in das blendende Tageslicht hinausbogen – irgendwo auf dem Wege, etwa zwei Stunden nach Sonnenaufgang –, war es nicht mehr ganz so reizvoll wie zuvor. Es begann heiß zu werden. Das machte sich recht bemerkbar. Danach kam eine sehr lange Strecke ohne jeden Schatten. Nun ist es sonderbar, wie kleine Verdrießlichkeiten mit der Zeit wachsen und sich vervielfachen, wenn sie erst einmal zum Zuge gekommen sind. Dinge, die mir vorher gar nichts ausgemacht hatten, begannen mich jetzt sehr zu stören – und sie störten mich immer heftiger. Als ich mein Taschentuch die ersten zehn, fünfzehn Male gern gebraucht hätte, schien es mir nicht so wichtig; ich behalf mich ohne und sagte mir: ›Schadet nicht, es hat keine Bedeutung‹, und vergaß es wieder. Jetzt aber war das anders; ich benötigte es fortwährend, immerzu nagte und bohrte das Bedürfnis in mir und gab keine Ruhe; ich konnte an nichts anderes mehr denken, und so wurde ich schließlich wütend und fluchte los, der Henker solle den Kerl holen, der Rüstungen ohne Taschen fabrizierte. Ich hatte nämlich nebst einigen anderen Dingen auch mein Taschentuch im Helm, aber es war einer, den man nicht allein abnehmen konnte. Daran hatte ich beim Hineinlegen nicht gedacht, ich hatte es auch gar nicht gewußt. Ich war der Meinung gewesen, dort hätte ich es besonders bequem zur Hand. Und so machte jetzt der Gedanke, daß es da so griffbereit und nahe und doch unerreichbar steckte, alles noch schlimmer und unerträglicher. Meistens ist ja das, was man nicht bekommen kann, gerade das, was man haben will; diese Erfahrung hat schon jeder gemacht. Nun, ich konnte keinen anderen Gedanken mehr fassen, nicht einen einzigen, alle konzentrierten sich auf meinen Helm, und dabei blieben sie, Meile auf Meile, malten mir mein Taschentuch aus, gaukelten mir mein Taschentuch vor, und es war bitter und ärgerlich, wie mir der salzige Schweiß fortwährend in die Augen herabrann und ich es nicht erreichen konnte. Auf dem Papier sieht das wie eine Kleinigkeit aus, aber es war durchaus keine, sondern eine wirkliche Qual. Ich würde es nicht sagen, wenn dem nicht so wäre. Ich beschloß, das nächste Mal einen Damenbeutel mitzunehmen, egal, wie es aussah, mochten die Leute doch sagen, was sie wollten! Natürlich wären diese eisernen Gecken von der Tafelrunde der Ansicht, es sei skandalös, und sie zerrissen sich vielleicht die Mäuler darüber, aber was mich betrifft, so kommt bei mir erst die Bequemlichkeit, dann die modische Eleganz. So trotteten wir weiter; hin und wieder kamen wir über eine staubige Strecke, und dann wirbelten wir Wolken von Staub auf; er drang mir in die Nase, brachte mich zum Niesen und zum Weinen, und natürlich sagte ich Dinge, die ich nicht hätte sagen sollen, das leugne ich gar nicht. Ich bin ja nicht besser als andere.

Es schien, als sollten wir in diesem einsamen Britannien überhaupt niemanden treffen, noch nicht mal einen Unhold; und das war in der Stimmung, in der ich mich befand, für den Unhold auch besser, das heißt, zumindest für einen mit Taschentuch. Die meisten Ritter hätten nur daran gedacht, seine Rüstung zu erbeuten; aber wenn ich bloß sein Schnupftuch bekam, konnte er meinetwegen seinen Eisenkram behalten.

Inzwischen wurde es dort drinnen immer heißer. Versteht ihr, die Sonne brannte herab und erhitzte das Metall immer mehr. Nun, wenn einem derartig heiß ist, dann reizt einen jede Kleinigkeit. Wenn ich im Trab ritt, dann klapperte ich wie eine Kiste mit Geschirr, und das fiel mir auf die Nerven; dazu machte es mich auch rasend, wie mir dabei der Schild mal auf der Brust, mal wieder auf dem Rücken herumdrosch und -hämmerte; wenn ich aber im Schritt ritt, dann knarrten und quietschten meine Gelenke auf eine so einförmige ermüdende Weise wie eine Schubkarre, und da wir in diesem Tempo keine Luftbewegung verursachten, lief ich Gefahr, in meinem Ofen gebraten zu werden; außerdem drückte das Eisen um so schwerer, je langsamer man sich vorwärtsbewegte, und um so mehr schien das Gewicht auch von Minute zu Minute um einige Tonnen zuzunehmen. Dazu mußte man immer wieder die Hand umwechseln und den Speer zum anderen Fuß hinübersetzen, denn es war zu beschwerlich, ihn lange in derselben Hand zu halten.

Nun, ihr wißt ja, wenn man lange so schwitzt, daß einem das Wasser in Strömen herabläuft, dann kommt der Augenblick, wo es – wo es – nun eben, wo es einen juckt. Du bist drinnen, und deine Hände sind draußen, und da sitzt du nun: nichts als Eisen dazwischen. Das ist keine Kleinigkeit, mag es klingen, wie es will. Zuerst juckt es dich an einer Stelle, dann an einer anderen, dann wieder an einer dritten, danach an noch ein paar Stellen, und die Sache dehnt sich immer weiter aus, bis schließlich das ganze Gebiet erfaßt ist; und niemand kann sich vorstellen, wie dir dann zumute und wie unangenehm das ist. Und als es am schlimmsten war und ich dachte, mehr könnte ich nicht aushalten, kam eine Fliege durch das Gitter und setzte sich mir auf die Nase; und das Gitter war verklemmt und ließ sich nicht bewegen, so daß ich das Visier nicht öffnen konnte; nur meinen Kopf, der inzwischen vor Hitze glühte, konnte ich schütteln, und die Fliege – nun, ihr wißt ja, wie sich eine Fliege benimmt, wenn sie sich sicher fühlt –, sie machte sich aus dem Schütteln nur gerade so viel, daß sie von der Nase zur Lippe und von der Lippe zum Ohr hinüberwechselte, und immerzu summte und brummte sie dort drinnen herum, ließ sich nieder und stach, so daß jemand, der bereits so verzweifelt war wie ich, es einfach nicht aushalten konnte. So ergab ich mich also und ließ Alisande den Helm demontieren und mich von ihm befreien. Dann kippte sie die dort aufbewahrten Gegenstände des Komforts aus und benutzte ihn zum Wasserholen; ich trank, stand auf, und sie goß mir den Rest in die Rüstung. Man kann sich gar nicht vorstellen, wie erfrischend das war. Sie schöpfte und goß so lange weiter, bis ich gründlich durchweicht war und mich ganz und gar behaglich fühlte.

Es tat gut, sich mal in Frieden auszuruhen. Aber nichts ist je in diesem Leben vollkommen. Ich hatte mir vor einiger Zeit eine Pfeife gemacht und auch ganz guten Tabak – keinen echten, sondern solchen, wie ihn die Indianer zuweilen rauchen; er wird aus dem getrockneten inneren Teil der Weidenrinde hergestellt. Diese Trostspender waren im Helm gewesen, und jetzt hatte ich sie wieder, jedoch keine Streichhölzer.

Während die Zeit verging, dämmerte mir langsam eine unangenehme Wahrheit: wir saßen fest. Ein Neuling kann in der Rüstung nicht ohne fremde Hilfe, und zwar viel Hilfe, aufs Pferd steigen; Sandy genügte da nicht, für mich jedenfalls nicht. Wir mußten warten, bis zufällig jemand vorbeikam. Schweigend zu warten wäre mir sehr angenehm gewesen, denn es gab viel, was meine Gedanken beschäftigte, und ich hätte ihnen gern die Möglichkeit gegeben, sich zu tummeln. Ich wollte versuchen, zu ergründen, was vernünftige oder auch nur halbwegs vernünftige Wesen jemals dazu gebracht hatte, Rüstungen zu tragen, wo die doch so unbequem waren, und wie sie es bewerkstelligt hatten, diese Mode Generationen lang am Leben zu erhalten, während sie doch offensichtlich das, was ich heute durchgemacht hatte, ihr Leben lang täglich zu ertragen gehabt hatten. Das wollte ich herausbekommen und mir außerdem eine Methode ausdenken, wie ich dieses Übel beseitigen und die Menschen dafür gewinnen konnte, diese törichte Mode aussterben zu lassen; aber unter den gegenwärtigen Umständen nachzudenken, war ganz ausgeschlossen. Wo Sandy war, konnte man nicht denken.

Sie war ein recht folgsames und gutherziges Geschöpf, aber sie verfügte über einen Redefluß, der so beständig wie eine Mühle lief und einem genau wie die Wagen und Lastkarren in einer Stadt Kopfschmerzen verursachte. Wäre sie mit einem Korken versehen gewesen, dann hätte man sie gern um sich gehabt. Aber solche Menschen kann man nicht zukorken, daran würden sie zugrunde gehen. Ihr Mundwerk lief den ganzen Tag, und man hätte meinen sollen, mit der Zeit müsse dem Getriebe bestimmt etwas passieren, aber nein, es geriet nie in Unordnung, und sie brauchte kein einziges Mal das Tempo zu verlangsamen, um nach Worten zu suchen. Wochenlang konnte sie mahlen und pumpen und stampfen und summen, ohne jemals innezuhalten, um Öl nachzugießen oder ein Rohr auszublasen. Das Ergebnis aber war weiter nichts als Wind. Nie hatte sie mehr Gedanken als ein Nebel. Sie war der vollendete Quasselkopf, ich meine in bezug auf ihr pausenloses Gerede, Geklapper und Geschnatter, aber sie war so gutherzig, wie man es sich nur vorstellen kann. Am Morgen hatte mich ihre Plappermühle nicht gestört, weil ich jenes Hornissennest von anderen Ärgernissen hatte, aber im Laufe des Nachmittags mußte ich mehr als einmal sagen:

»Ruh dich ein bißchen aus, mein Kind; wenn du weiterhin die ganze einheimische Luft so aufbrauchst, dann wird das Königreich sie ab morgen importieren müssen; und die Schatzkammer ist sowieso schon leer genug.«

DREIZEHNTES KAPITEL

Freisassen

Ja, es ist merkwürdig, wie der Mensch immer nur für kurze Zeit zufrieden sein kann. Wie paradiesisch wäre mir doch noch vor einem Augenblick, als ich ritt und litt, der Frieden, die Ruhe, die heitere Unberührtheit dieses verborgenen, schattigen Winkels am rieselnden Bach erschienen, wo ich es mir ständig von neuem ganz behaglich machen konnte, indem ich mir hin und wieder eine Schöpfkelle voll Wasser in die Rüstung goß; aber schon begann ich unzufrieden zu werden, teils, weil ich meine Pfeife nicht anzünden konnte – denn ich hatte zwar schon lange eine Streichholzfabrik gegründet, aber vergessen, Zündhölzer mitzunehmen –, und teils, weil wir nichts zu essen hatten. Das war wieder einmal ein Beispiel für die kindliche Unbekümmertheit dieses Zeitalters und seiner Menschen. Ein Mann, der eine Rüstung trug, vertraute auf einer Reise stets dem Glück, was das Essen betraf, und der Gedanke, einen Korb mit belegten Broten an seinen Speer zu hängen, hätte ihn entrüstet. Wahrscheinlich gab es nicht einen einzigen Ritter in der ganzen Tafelrundengesellschaft, der nicht lieber gestorben wäre, als sich mit so einem Ding an der Fahnenstange erwischen zu lassen. Und dabei konnte es gar nichts Vernünftigeres geben. Ich hatte die Absicht gehabt, zwei belegte Schnitten in meinen Helm zu schmuggeln, war aber dabei überrascht worden und hatte eine Ausrede finden und die Schnitten beiseite legen müssen; ein Hund hatte sie bekommen.

Nun begann es Nacht zu werden, und mit ihr zog ein Sturm herauf. Es dunkelte schnell. Natürlich mußten wir hier lagern; für die Dame fand ich einen guten Unterschlupf unter einem Felsen, ging dann weiter und fand auch einen für mich. Ich war jedoch gezwungen, die Rüstung anzubehalten, weil ich sie nicht allein ablegen und doch Alisande nicht erlauben konnte, mir zu helfen, denn das hätte so ausgesehen, als entkleidete ich mich vor Leuten. In Wirklichkeit wäre es nicht so gewesen, weil ich darunter ja einen Anzug trug, aber die Vorurteile, mit denen man erzogen worden ist, wird man nicht so auf einen Schlag los, und ich wußte, daß ich verlegen sein würde, wenn ich diesen stutzschwänzigen eisernen Schutz abzustreifen hätte.

Durch den Sturm schlug das Wetter um; je stärker der Wind blies, und je wilder der Regen herniederpeitschte, um so kälter wurde es. Schon bald begannen die verschiedensten Arten von Käfern, Ameisen, Würmern und anderem Getier in Scharen aus der Feuchtigkeit herbei- und zu mir in meine Rüstung zu kriechen, um sich zu wärmen, und während sich einige ganz anständig benahmen, sich in meine Kleider schmiegten und dort friedlich wurden, war die Mehrzahl von einer ruhelosen, ungemütlichen Art und verhielt sich keinen Augenblick still, sondern streifte auch weiterhin herum und jagte – sie wußten wohl selbst nicht, wonach; besonders die Ameisen krabbelten stundenlang in ermüdenden Prozessionen kitzelnd von einem Ende meiner Person zum anderen, und es sind Geschöpfe, mit denen ich nie wieder schlafen möchte. Ich rate Leuten in solcher Lage, sich nicht herumzuwälzen und um sich zu schlagen, weil das das Interesse der verschiedenen Sorten von Tieren weckt und jedem einzelnen von ihnen den Wunsch eingibt, hervorzukommen und nachzusehen, was los ist, und das macht die Sache noch schlimmer und veranlaßt dich natürlich auch, noch mehr zu schimpfen, wenn du kannst. Freilich, wenn man sich nicht herumwälzen würde und nicht um sich schlüge, dann käme man um, und so ist es also wohl gleichgültig, ob man sich so verhält oder so; eine wirkliche Wahl hat man nicht. Selbst nachdem ich steifgefroren war, konnte ich noch immer das Gekribbel spüren, so wie eine Leiche es spürt, wenn sie sich einer elektrischen Behandlung unterzieht. Ich beschloß, nach dieser Reise nie wieder eine Rüstung zu tragen.

In all diesen anstrengenden Stunden, während mir eiskalt war und mich doch wegen der herumkriechenden Schwärme sozusagen lebendes Feuer brannte, ging mir immer wieder nur die eine nicht zu beantwortende Frage im müden Kopf herum: wie halten die Leute es nur in so einer elenden Rüstung aus? Wie haben sie es nur so viele Generationen lang ertragen können? Wie bringen sie es fertig, nachts zu schlafen, wo doch die Angst vor den Qualen des nächsten Tages ihnen zusetzen muß?

Als endlich der Morgen kam, ging es mir ziemlich schlecht: ich war verkatert, benommen, wie zerschlagen vom fehlenden Schlaf, abgekämpft vom Um-mich-Schlagen und ausgehungert vom langen Fasten, voll sehnlichem Verlangen nach einem Bad sowie danach, die Tiere loszuwerden, und steif vom Rheumatismus. Wie aber war es der Hochgeborenen, der adligen Aristokratin, der Dame Alisande la Carteloise ergangen? Nun, sie fühlte sich munter wie ein Eichhörnchen, hatte geschlafen wie eine Tote, und was ein Bad betraf, so hatte vermutlich weder sie noch irgendein anderer Adliger des Landes jemals eines genommen, und deshalb fehlte es ihr nicht. An modernen Maßstäben gemessen, waren diese Leute kaum mehr als

Wilde. Die adlige Dame zeigte keinerlei Ungeduld, zu einem Frühstück zu gelangen – und auch das verrät den Wilden. Diese Briten waren gewöhnt, auf ihren Reisen lange zu fasten, und konnten das ertragen; konnten aber auch, für den Fall, daß sie fasten mußten, vor dem Aufbruch Fracht an Bord nehmen, nach Art der Indianer und der Anaconda-Riesenschlangen. Höchstwahrscheinlich hatte Sandy für eine Dreitagetour geladen.

Wir zogen weiter, bevor noch die Sonne aufging; Sandy ritt, und ich humpelte hinterdrein. Nach einer halben Stunde trafen wir auf eine Gruppe von armen, zerlumpten Geschöpfen, die zusammengekommen waren, um das Ding, das als Straße betrachtet wurde, zu reparieren. Sie verhielten sich demütig wie Tiere zu mir, und als ich vorschlug, mit ihnen zu frühstücken, waren sie so geschmeichelt, so überwältigt von dieser meiner außerordentlichen Herablassung, daß sie zuerst gar nicht glauben konnten, es sei ernst gemeint. Meine Dame warf verächtlich die Lippen auf und zog sich zur Seite zurück; noch in Hörweite sagte sie, ebenso gut könne es ihr ja auch einfallen, mit dem übrigen Vieh zusammen zu essen – eine Bemerkung, die diese armen Teufel nur deshalb in Verlegenheit brachte, weil sie sich überhaupt mit ihnen beschäftigte, und nicht etwa, weil sie darüber beleidigt oder gekränkt gewesen wären, denn das waren sie nicht. Dabei hatten wir keine Sklaven und keine Leibeigenen vor uns. Dem Gesetz und der Bezeichnung nach, so sarkastisch es auch klingt, waren es Freisassen. Sieben Zehntel der freien Bevölkerung des Landes gehörten zur selben Klasse und zum selben Stand wie sie, nämlich zu dem der kleinen »unabhängigen« Bauern, Handwerker und so weiter; das heißt, sie waren die Nation, die wirkliche Nation; sie waren so ziemlich alles, was davon nützlich oder erhaltenswert und wahrhaft achtungswürdig war; sie abschreiben hieße, die Nation abschreiben und ein wenig Bodensatz, etwas Abfall in Form eines Königs, des hohen und des niederen Adels übriglassen, die faul, unproduktiv und vorwiegend in der Kunst des Verschwendens und Zerstörens bewandert waren; in jeder vernunftgemäß eingerichteten Welt hätte man sie als nutz- und wertlos erachtet. Und doch marschierte diese vergoldete Minderheit infolge geschickten Kniffes nicht etwa am Schwanz der Prozession, wohin sie gehörte, sondern mit erhobenem Kopf und fliegenden Fahnen an ihrer Spitze; sie hatte sich selbst zur Nation ernannt, und die zahllosen Stummen hatten dies so lange zugelassen, daß sie es schließlich für wahr hielten, und nicht nur das, sondern auch glaubten, es sei recht so und wie es sein sollte. Die Priester hatten ihren Vätern und ihnen erzählt, dieser widersinnige Zustand sei von Gott geboten, und so hatten sie, da sie nicht darüber nachdachten, wie wenig es Gott ähnlich sähe, sich mit solchen sarkastischen Späßen zu belustigen, und noch dazu mit so jämmerlich durchsichtigen wie diesen, die Sache auf sich beruhen lassen und waren in stille Ehrfurcht versunken.

Die Unterhaltung dieser demütigen Leute klang in ehemals amerikanischen Ohren mehr als sonderbar. Sie waren Freisassen, durften aber die Güter ihres Grundherren oder ihres Bischofs nicht ohne seine Erlaubnis verlassen, durften ihr Brot nicht selbst bereiten, sondern mußten ihr Korn in seiner Mühle mahlen, ihr Brot in seiner Bäckerei backen lassen und ordentlich dafür zahlen; sie durften kein Stück ihres Grund und Bodens verkaufen, ohne ihm hübsch Prozente vom Erlös zu entrichten, noch von jemand anders ein Stück kaufen, ohne seiner zum Dank für dieses Vorrecht in barer Münze zu gedenken; sie mußten unentgeltlich sein Korn einbringen und jederzeit bereit sein, auf seinen Ruf herbeizueilen, ihre eigene Ernte aber der Vernichtung durch den drohenden Hagelsturm preiszugeben; sie mußten zulassen, daß er auf ihren Äckern Obstbäume anpflanzte und dann ihre Empörung für sich behalten, wenn ihnen seine achtlosen Obstpflücker das Korn rings um die Bäume niedertrampelten, sie mußten ihren Zorn hinunterschlucken, wenn seine Jagdgesellschaften über ihre Felder galoppierten und das Ergebnis ihrer mühseligen Arbeit vernichteten; ihnen selbst war nicht gestattet, Tauben zu halten, und wenn die Schwärme aus dem herrschaftlichen Taubenschlag auf ihren Getreidefeldern einfielen, dann durften sie die Selbstbeherrschung nicht verlieren und etwa einen Vogel töten, denn die Strafe wäre fürchterlich gewesen; wenn dann die Ernte endlich eingebracht war, stellte sich der Zug der Räuber ein, um die freien Bauern zu erpressen und ihr Teil einzuheimsen: zuerst schaffte die Kirche ihren fetten Zehnten fort, dann nahm der Beauftragte des Königs seinen Zwanzigsten, danach holten sich die Leute des Grundherrn tüchtig etwas von dem, was übrigblieb, wonach der geschundene Freie die Freiheit hatte, den Rest in seine Scheune einzubringen, falls sich die Mühe dann noch lohnte; es gab Steuern, Steuern und nochmals Steuern, zusätzliche Steuern, wieder Steuern und darüber hinaus noch andere Steuern, die alle auf diesem freien, unabhängigen Bettler lasteten, keine jedoch auf dem Herrn Baron oder dem Herrn Bischof, keine auf dem verschwenderischen Adel oder der alles verschlingenden Kirche; wenn der Baron ungestört schlafen wollte, dann mußte der Freisasse nach der Arbeit des Tages die ganze Nacht wachsitzen und die Teiche peitschen, um die Frösche zum Schweigen zu bringen; wenn die Tochter des Freisassen – aber nein, diese letzte Infamie der monarchistischen Regierung kann nicht gedruckt werden; und wenn dann schließlich der infolge seiner Qualen verzweifelte Freisasse sein Leben unter solchen Umständen unerträglich fand, es opferte und in den Tod flüchtete, um Erbarmen und Zuflucht zu finden, dann verurteilte ihn die milde Kirche zum ewigen Feuer; das milde Gesetz ließ ihn um Mitternacht, einen Pfahl durch den Rücken, an einem Kreuzweg begraben, und der Herr Baron oder der Herr Bischof beschlagnahmte seinen ganzen Besitz und warf Witwe und Waisen auf die Straße.

Hier hatten sich nun diese Freisassen am frühen Morgen versammelt, um jeder drei Tage lang an der Straße ihres Herrn, des Bischofs, zu arbeiten – und zwar unentgeltlich; jeder Familienvater und jeder Sohn einer Familie, drei Tage lang unentgeltlich, und dazu kam noch ein Tag oder mehr für die Knechte. Ja, es war, als lese man über Frankreich und die Franzosen vor der ewig denkwürdigen und gesegneten Revolution, die tausend Jahre solcher Niedertracht mit einer raschen Flutwelle von Blut – einer einzigen – hinwegfegte, womit jene uralte Schuld im Verhältnis von einem halben Tropfen auf jedes Faß voll Blut beglichen wurde, das in langsamer Qual endlose zehn Jahrhunderte lang des Unrechts, der Schande und des Elends, die nur in der Hölle ihresgleichen fänden, aus diesem Volk herausgepreßt worden war. Zwei Schreckensherrschaften hat es gegeben, wenn wir uns nur darauf besinnen und darüber nachdenken wollten: während der einen wurde in heißer Leidenschaft gemordet und während der anderen in herzloser Kaltblütigkeit; die eine dauerte nur Monate, die andere hatte bereits tausend Jahre gedauert; die eine brachte zehntausend Menschen den Tod, die andere Hunderten Millionen: wir aber schaudern immer nur vor den »Schrecken« der geringeren Terrorherrschaft, des vorübergehenden Terrors, sozusagen; was aber bedeutet der Schrecken eines schnellen Todes durch das Beil im Vergleich zum lebenslänglichen Sterben durch Hunger, Kälte, Demütigung, Grausamkeit und Leid? Was ist ein schneller Tod durch Blitzschlag im Vergleich zum Tod auf einem langsam brennenden Scheiterhaufen? Ein Stadtfriedhof könnte die Särge fassen, die jene kurze Schreckensherrschaft gefüllt hat und über die zu schaudern und zu trauern wir alle so eifrig gelehrt worden sind, aber ganz Frankreich könnte kaum die von jener älteren und echten Schreckensherrschaft gefüllten Särge fassen – jener unaussprechlich bitteren und entsetzlichen Schreckensherrschaft, die in ihrer ganzen Größe zu erkennen und mit dem Mitleid, das sie verdient, zu betrachten keiner von uns gelehrt worden ist.

Die armen Scheinfreien, die mich an ihrem Frühstück und ihrer Unterhaltung teilnehmen ließen, waren so voll demütiger Ehrerbietung für ihren König, ihre Kirche und den Adel, wie es ihre schlimmsten Feinde nur wünschen konnten. Darin lag etwas mitleiderregend Lächerliches. Ich fragte sie, ob sie der Meinung seien, es habe jemals ein Volk gegeben, das sich, wenn ein jeder freies Wahlrecht besitze, dafür entschieden habe, eine einzige Familie und deren Nachkommen, ob nun begabt oder hohlköpfig, sollte für immer über das Volk herrschen, und alle übrigen Familien – inbegriffen die des Wählers – sollten von der Regierung ausgeschlossen sein, und das sich ebenfalls dafür entschieden habe, daß gewisse hundert Familien zu schwindelnd hohem Stand erhoben und mit empörenden erblichen Würden und Vorrechten ausgestattet werden sollten, von denen alle übrigen Familien des Landes ausgeschlossen seien – *inbegriffen seine eigene.*

Keiner schien betroffen zu sein; sie antworteten, sie wüßten es nicht, sie hätten noch nie darüber nachgedacht, und es sei ihnen auch noch niemals in den Sinn gekommen, daß ein Volk sich in einer Lage befinden *könne,* wo jedermann bei der Regierung mitzusprechen habe. Ich erwiderte, ich hätte ein solches Volk kennengelernt – und dort werde es so lange so weitergehen, bis dieses Volk eine Staatskirche habe. Wieder war – zuerst – niemand betroffen. Dann aber blickte ein Mann auf und sagte, ich solle das noch einmal wiederholen, und zwar langsam, so daß er es ganz verstehen könne. Das tat ich, und nach einer Weile hatte er den Gedanken erfaßt, schlug mit der Faust auf und sagte, er glaube nicht, ein Volk, wo jeder das Wahlrecht habe, werde sich freiwillig so in den Schlamm und den Schmutz hinabbegeben; und einem Volk den Willen und die eigene Entscheidung zu rauben, müsse ein Verbrechen sein, und zwar das allergrößte.

Ich dachte bei mir: ›Der hier ist mein Mann. Wenn ich genügend seiner Art hinter mir hätte, dann wollte ich den Kampf für das Wohl dieses Landes aufnehmen und mich bemühen zu beweisen, daß ich sein treuester Bürger bin, indem ich eine gesunde Veränderung seines Regierungssystems herbeiführte.‹

Für mich bedeutete Treue nämlich Treue gegenüber meinem Lande und nicht gegenüber seinen Einrichtungen oder seinen Amtspersonen. Das Land ist das Wirkliche, das Wesentliche, das Ewige, das, worüber man wachen, für das man sorgen muß und dem man Treue zu wahren hat; Einrichtungen sind etwas Äußerliches, sein bloßes Gewand, und das kann abgetragen, zerlumpt werden, kann aufhören, bequem zu sein, aufhören, den Körper vor dem Winter, vor Krankheit und Tod zu schützen. Lumpen die Treue zu wahren, Lumpen zuzujubeln, Lumpen zu verehren, für Lumpen zu sterben – das ist die Treue der Unvernunft, eine

Treue, wie sie Tiere ausüben; sie gehört zur Monarchie, wurde von der Monarchie erfunden; mag die Monarchie sie doch behalten. Ich war aus Connecticut, wo es in der Verfassung heißt: »... daß alle politische Macht dem Volke gehört und alle freien Regierungen auf seine Autorität gegründet und zu seinem Wohl eingesetzt worden sind und daß es *jederzeit* sein unbestreitbares und unabdingbares Recht ist, seine *Regierungsform* auf eine Weise zu *verändern*, die ihm zweckmäßig erscheint.«

Unter diesem Evangelium ist derjenige Bürger treulos, der zu sehen glaubt, daß die politische Kleidung der Gemeinschaft abgetragen ist, darüber aber den Mund hält und sich nicht für einen neuen Anzug einsetzt; der ist ein Verräter. Die Tatsache, daß er vielleicht der einzige ist, der diesen Verfall zu sehen meint, entschuldigt ihn nicht; es ist trotzdem seine Pflicht zu agitieren, und es ist die Pflicht der anderen, gegen ihn zu stimmen, wenn sie die Dinge anders ansehen als er.

Hier befand ich mich nun in einem Lande, in dem nur sechs von je tausend Menschen der Bevölkerung das Recht hatten, zu bestimmen, wie es regiert werden sollte. Wenn die neunhundertvierundneunzig übrigen Unzufriedenheit mit dem herrschenden System zum Ausdruck gebracht und vorgeschlagen hätten, es zu verändern, dann hätten alle sechs wie ein Mann geschaudert, denn es wäre ja so unloyal, so unehrenhaft, solch schimpflicher schwarzer Verrat gewesen.

Ich war sozusagen Aktionär in einer Aktiengesellschaft geworden, in der neunhundertvierundneunzig Mitglieder das ganze Geld lieferten und die ganze Arbeit leisteten, während sich die übrigen sechs zum ständigen Direktorium gewählt hatten und sämtliche Dividenden einsteckten. Mir schien, was die neunhundertvierundneunzig Geprellten brauchten, war eine Neuverteilung der Karten. Der Seite meiner Natur, die sich für Zirkusvorstellungen begeistert, hätte es am besten behagt, die Stellung als Boss aufzugeben, einen Aufstand zu entfachen und eine Revolution daraus zu entwickeln; aber ich wußte, daß der Jack Cade oder der Wat Tyler, der so etwas versucht, ohne zuerst sein Menschenmaterial zur Revolutionsreife zu erziehen, mit fast absoluter Sicherheit im Stich gelassen wird. Ich war nicht gewöhnt, im Stich gelassen zu werden, wenn ich das auch selbst sage. Deshalb war die »Neuverteilung«, die seit einiger Zeit in meinem Kopf Gestalt annahm, von ganz anderer Art als die Cade-Tylersche Variante.

Ich sprach darum zu diesem Mann, der dort bei jener mißbrauchten und irregeführten menschlichen Schafherde saß und Schwarzbrot kaute, nicht von Blut und Aufruhr, sondern nahm ihn beiseite und redete mit ihm über andere Dinge. Nachdem ich zu Ende gesprochen hatte, veranlaßte ich ihn, mir ein bißchen Tinte aus seinen Adern zu leihen; damit und mit einem Holzsplitter schrieb ich auf ein Stück Rinde: *»Schick ihn in die Menschenfabrik!«*, gab es ihm und sagte:

»Bring dies zum Palast nach Camelot und übergib es Amyas le Poulet, den ich Clarence nenne; er wird es verstehen.«

»Dann ist er also ein Priester«, antwortete der Mann, und die Begeisterung, die auf seinem Gesicht zu lesen war, ließ nach.

»Wieso denn ein Priester? Habe ich dir nicht gesagt, daß kein Leibeigener der Kirche, kein Sklave eines Papstes oder Bischofs meine Menschenfabrik betreten darf? Habe ich dir nicht gesagt, daß auch du nicht hineinkannst, wenn nicht deine Religion, welche sie auch immer sein mag, deine eigene Angelegenheit ist, über die du frei verfügst?«

»Wahrlich, so ist es, und darüber war ich froh, deshalb gefiel es mir auch nicht und erweckte kalte Zweifel in mir, als ich hörte, daß dieser Priester ist.«

»Aber ich sage dir doch, er ist kein Priester.«

Der Mann sah keineswegs beruhigt aus. Er antwortete: »Er ist kein Priester und kann doch lesen?«

»Er ist kein Priester und kann doch lesen – jawohl, und schreiben kann er ebenfalls. Ich habe es ihm selbst beigebracht.« Das Gesicht des Mannes erhellte sich. »Und das wird das erste sein, was man auch dich dort in der Fabrik lehren wird.«

»Mich? Mein Herzblut würde ich geben, um diese Kunst

zu beherrschen. Ach, ich will Euer Sklave sein, Euer...«

»Nein, das wirst du nicht, du wirst niemandes Sklave sein. Nimm deine Familie und zieh dorthin. Dein Herr, der Bischof, wird dein bißchen Besitz beschlagnahmen, aber das macht nichts. Clarence wird dich schon gut unterbringen.«

VIERZEHNTES KAPITEL

»Verteidigt Euch, Herr!«

Ich gab ihnen drei Pennies für mein Frühstück, und das war eine höchst verschwenderische Bezahlung, denn für den Betrag hätte ein Dutzend Menschen frühstücken können; aber ich fühlte mich jetzt wohl und bin sowieso immer ein Verschwender gewesen; außerdem hatten mir diese Leute das Frühstück umsonst geben wollen, wie mager ihr eigener Vorrat auch war, und so bereitete es mir Vergnügen, meine Anerkennung und ehrliche Dankbarkeit durch eine ansehnliche finanzielle Hilfe auszudrücken, besonders da das Geld hier viel besser am Platz war als in meinem Helm, wo diese Summe im Werte von einem halben Dollar eine beträchtliche Bürde für mich bedeutete, denn die Münzen waren aus Eisen und im Gewicht nicht zu knapp bemessen. Ich war damals im Geldausgeben ziemlich leichtfertig, das stimmt, aber einer der Gründe dafür war, daß ich mich auch jetzt, nach so langem Aufenthalt in England, noch immer nicht an die dortigen Maßstäbe gewöhnt hatte – mir war noch nicht so richtig bewußt, daß ein Penny in Artus' Land und zwei Dollar in Connecticut so ziemlich ein und dasselbe waren, sozusagen Zwillinge, was die Kaufkraft betraf. Hätte ich meinen Aufbruch von Camelot nur um ein paar Tage verschieben können, dann wäre ich in der Lage gewesen, diese Leute mit schönen neuen Geldstücken aus unserer eigenen Münze zu bezahlen; das hätte mir Freude gemacht und ihnen nicht weniger. Ich hatte ausschließlich die amerikanischen Wertbezeichnungen übernommen. In ein oder zwei Wochen würden nun Cents, Fünfcent- und Zehncentstücke, Viertel- und Halbdollars sowie auch einige Goldmünzen in dünnem aber stetigem Fluß durch alle Handelsadern des Königreichs rieseln, und ich erwartete, daß dieses frische Blut es neu beleben werde.

Die Bauern wollten sich nicht lumpen lassen und meine Freigebigkeit durchaus wettmachen, ob ich damit einverstanden war oder nicht; so ließ ich sie mir einen Feuerstein und Stahl geben, und sobald sie Sandy und mich bequem auf unserem Gaul verstaut hatten, zündete ich mir die Pfeife an. Als ich aber die erste Rauchwolke durch das Visier meines Helms blies, rannten die Männer dem Walde zu; Sandy kippte nach rückwärts über und fiel mit dumpfem Plumps auf den Boden. Sie dachten, ich sei einer jener feuerspeienden Drachen, über die sie von Rittern und anderen berufsmäßigen Lügnern soviel gehört hatten. Es kostete mich unendliche Mühe, bis ich die Leute überredet hatte, sich wieder auf Hörweite heranzuwagen, damit ich es ihnen erklären konnte. Ich erzählte ihnen, dies sei nur ein kleines Zauberkunststück, das ausschließlich meinen Feinden Schaden bringe. Mit der Hand auf dem Herzen versicherte ich ihnen, alle, die keine Feindschaft gegen mich empfänden, sollten herbeikommen und an mir vorübergehen; dann könnten sie sehen, daß nur die Zurückbleibenden tot umfielen. Die Prozession zog mit beträchtlicher Eile vorbei. Verluste waren keine zu melden, denn niemand war so neugierig zurückzubleiben, um zu sehen, was dann passierte.

Jetzt verlor ich etwas Zeit, denn als diese großen Kinder keine Angst mehr hatten, waren sie von der Bewunderung für mein ehrfurchtgebietendes Feuerwerk so hingerissen, daß ich dort bleiben und zwei Pfeifen ausrauchen mußte, bevor sie mich ziehen ließen. Die Verzögerung war jedoch nicht gänzlich unproduktiv, denn so lange dauerte es, bis sich Sandy ganz und gar an diese neue Sache gewöhnt hatte, wo sie doch so nahe dabeisaß, nicht wahr. Es stöpselte ihre Plappermühle für eine gute Weile zu, und das war ein Gewinn. Der größte Vorteil aber war, daß ich etwas gelernt hatte. Ich war jetzt auf jeden Riesen und jeden Unhold vorbereitet, der des Weges kommen mochte.

Die Nacht verbrachten wir bei einem heiligen Eremiten, und um die Mitte des nächsten Nachmittags kam meine Gelegenheit. Wir ritten eben über eine große Wiese, um den Weg abzukürzen; ich war in Gedanken versunken, hörte und sah nichts, als Sandy plötzlich eine Bemerkung unterbrach, die sie am frühen Morgen begonnen hatte, und rief: »Verteidigt Euch, Herr! Eurem Leben droht Gefahr!« Sie glitt vom Pferd, rannte ein Stück weiter und blieb dann stehen. Ich sah auf und erblickte weit fort im Schatten eines Baumes ein halbes Dutzend bewaffneter Ritter und ihre Schildknappen; sogleich kamen sie in Bewegung und zogen die Sattelgurte fest, um aufzusteigen. Meine Pfeife war bereit und wäre schon entzündet gewesen, wenn ich nicht so in Gedanken verloren gewesen wäre, um zu ergründen, wie ich die Unterdrückung in diesem Lande abschaffen und dem ganzen Volk seine gestohlenen Rechte und seine Männlichkeit zurückgeben konnte, ohne jemanden zu kränken. Ich zündete mir sofort die Pfeife an, und als ich einen ordentlichen Zug Rauch in Reserve hatte, kamen sie auch schon. Und alle auf einmal; keine Spur von jener ritterlichen Großmut, von der man soviel liest – daß jeweils immer nur ein höflicher Schurke herbeireite und die übrigen abseits warteten, um auf ehrliches Spiel zu achten. Nein, sie kamen alle auf einmal angebraust und angestürmt, als seien sie eine Salve aus einer Batterie, kamen mit gesenktem Kopf, mit nach hinten wehenden Federbüschen und in gleicher Höhe ausgelegten Lanzen. Es war ein hübscher Anblick, ein wunderschöner Anblick – für einen Menschen, der auf einem Baum saß. Ich legte meine Lanze in Ruhestellung und wartete mit klopfendem Herzen, bis die eiserne Woge schon fast über mir zusammenschlug; dann paffte ich eine Wolke weißen Rauchs durchs Visier. Ihr hättet mal sehen sollen, wie sich die Welle da zerteilte und wie sie zerstob! Diesen Anblick fand ich noch schöner als den vorigen.

Die Leute machten jedoch in zwei- bis dreihundert Yard Entfernung Halt, und das beunruhigte mich. Meine Befriedigung welkte dahin, und Furcht ergriff mich; ich dachte, ich sei verloren. Sandy aber strahlte und wollte schon in einen Redestrom ausbrechen; ich fiel ihr jedoch ins Wort und sagte, mein Zauber sei aus irgendeinem Grunde mißglückt; sie solle schleunigst aufsteigen, und wir müßten reiten, um unser Leben zu retten. Nein, sie wollte nicht. Sie erklärte, mein Zauber habe die Ritter kampfunfähig gemacht; sie ritten nicht weiter, weil sie nicht könnten; ich solle nur warten, gleich würden sie aus dem Sattel fallen, dann bekämen wir ihre Pferde und ihre Rüstungen. Ich konnte solch vertrauensvolle Einfalt nicht täuschen und erwiderte, das sei ein Irrtum; wenn mein Feuerwerk überhaupt töte, dann sofort; nein, die Leute würden nicht sterben, irgend etwas sei mit meinem Apparat nicht in Ordnung, was, wisse ich nicht; wir müßten uns jedenfalls beeilen und uns aus dem Staub machen, denn gleich griffen sie uns wieder an. Sandy lachte und sagte:

»Wie denn, Herr, von solcher Art sind sie nicht! Sir Lanzelot bekämpft Drachen und läßt nicht nach, sondern er greift sie an, immer wieder und immer wieder, bis er sie besiegt und vernichtet hat; auch Sir Pellinore, Sir Aglovale und Sir Carados und vielleicht noch andere handeln so; außer ihnen aber wagt es keiner, mögen die Schwätzer sagen was sie wollen. Und seht, was diese ordinären Angeber dort betrifft, glaubt Ihr etwa, sie hätten nicht genug, sondern sehnten sich nach mehr?«

»Na, worauf warten sie dann? Warum ziehen sie nicht ab? Niemand hindert sie ja. Du meine Güte, ich bin doch gewiß durchaus bereit, an Vergangenes nicht mehr zu rühren.«

»Abziehen? Oh, deswegen beruhigt Euch. Daran denken sie nicht, die nicht. Sie warten darauf, sich zu ergeben.«

»Was du nicht sagst – ›wahrlich‹, wie ihr euch ausdrückt? Wenn sie das wollen, warum tun sie es dann nicht?«

»Es gelüstet sie sehr; wenn Ihr aber wüßtet, wie Drachen geachtet werden, wolltet Ihr's ihnen nicht verdenken. Sie fürchten sich, zu kommen.«

»Nun, dann, gesetzt, ich gehe statt dessen zu ihnen und ...«

»Ach, Ihr wißt doch, daß sie Eurem Kommen nicht standhielten. Ich werde hingehen.«

Und das tat sie. Es war nützlich, sie auf Kriegszügen bei sich zu haben. Ich selbst hätte diesen Botengang als zweifelhaftes Unternehmen betrachtet. Kurz darauf sah ich die Ritter fortreiten und Sandy zurückkommen. Ich atmete auf. Ich dachte, es sei ihr aus irgendeinem Grunde nicht gelungen, als erste zum Zug zu kommen, ich meine in der Unterhaltung; sonst wäre das Interview wohl nicht so kurz gewesen. Es stellte sich jedoch heraus, daß sie das Geschäft gut, sogar bewundernswert abgewickelt hatte. Sie berichtete, es habe diese Leute bis ins Mark getroffen, als sie ihnen sagte, ich sei der Boss; »es schlug sie wund in Furcht und Grausen«, wie sie sich ausdrückte, und nun waren sie bereit zu allem, was sie verlangen mochte. Sie ließ sie schwören, innerhalb von zwei Tagen an König Artus' Hof zu erscheinen, sich mit Roß und Rüstung zu ergeben und von nun an meine Ritter zu sein, die meinen Befehlen zu gehorchen hätten. Um wieviel besser hatte sie doch diese Sache gedeichselt, als ich es getan hätte! Sie war ein Juwel.

FÜNFZEHNTES KAPITEL

Sandys Erzählung

»So bin ich also Eigentümer von ein paar Rittern«, sagte ich, während wir davonritten. »Wer hätte je gedacht, daß ich in meinem Leben noch mal Kapital dieser Art zu registrieren hätte. Ich kann eigentlich gar nichts mit ihnen anfangen, es sei denn, ich verlose sie. Wie viele sind es denn, Sandy?«

»Sieben, so es Euch beliebt, Herr, und dazu noch ihre Schildknappen.«

»Ein guter Fang ist das. Wer sind sie? Wo haben sie ihre Bude?«

»Wo haben sie ihre Bude?«

»Ja, wo wohnen sie?«

»Oh, ich habe Euch nicht verstanden. Gleich will ich es Euch künden.«

Dann sagte sie leise und nachdenklich, wobei sie das Wort mit genießerischer Anmut über die Zunge brachte: »Wo ihre Bu... wo ihre Bu... wo haben sie ihre Bude, wo haben sie ihre Bude; ja, so ist's richtig, wo haben sie ihre Bude. Das ist wahrlich ein Ausdruck, der gewinnend und zierlich klingt, und die Worte sind gar hübsch gesetzt. Ich will ihn in meinen Mußestunden immer wieder und wieder sagen, solchermaßen kann ich ihn vielleicht erlernen. Wo haben sie ihre Bude. Recht so! Schon geht es mir leicht von der Zunge, und so...«

»Vergiß die Cowboys nicht, Sandy.«

»Cowboys?«

»Na, die Ritter; du weißt doch, du wolltest mir von ihnen erzählen. Vor einer Weile, du erinnerst dich sicher. Bildlich gesprochen: das Match ist eröffnet.«

»Das Match...«

»Ja doch, ja doch. Nimm den Schläger auf. Ich meine, rück doch endlich mit deinen Fakten raus und verbrauch nicht soviel Späne, um dein Feuer anzuzünden. Berichte mir über die Ritter.«

»Das will ich gern, und ich beginne also gleich damit. Also zogen die beiden von dannen und ritten in einen großen Wald. Und...«

»Ach du heiliger Bimbam!«

Versteht ihr, ich erkannte meinen Fehler sofort. Ich hatte ihre Maschinerie angekurbelt, ich hatte selbst schuld; nun brauchte sie dreißig Tage, um zu den Tatsachen vorzudringen. Gewöhnlich begann sie ohne Einleitung und endete ohne Ergebnis. Unterbrach man sie, dann sprach sie entweder ruhig weiter, ohne es überhaupt zu bemerken, oder sie antwortete mit zwei Worten, fing dann ihren Satz von vorn an und sagte ihn noch einmal her. Unterbrechungen schadeten also nur, und trotzdem mußte ich sie unterbrechen, und das ziemlich oft, einfach um mein Leben zu retten, denn ein Mensch, der ihre monotonen Worte den ganzen Tag ununterbrochen auf sich herniedertröpfeln ließe, käme um.

»Ach du heiliger Bimbam!« sagte ich in meiner Verzweiflung. Sie begann sogleich wieder von vorn:

»Also zogen die beiden von dannen und ritten in einen großen Wald. Und...«

»Welche beiden denn?«

»Sir Gawein und Sir Owein. Und sie kamen zu einem Mönchskloster und dort wurden sie wohl untergebracht. Am Morgen wohnten sie der Messe im Kloster bei, und dann ritten sie vondannen, bis sie zu einem großen Wald kamen; dort gewahrte Sir Gawein in einem Tal bei einem Turme zwölf gar liebliche Jungfrauen und zwei bewaffnete Ritter auf hohen Rossen, und die Jungfrauen schritten in der Nähe eines Baumes hin und her. Da gewahrte Sir Gawein einen weißen Schild, der an dem Baum hing, und immer, wenn die Jungfrauen an ihm vorbeigingen, spien sie es an und warfen Schmutz nach ihm...«

»Ja, wenn ich so was hierzulande nicht schon selbst gesehen hätte, Sandy, dann würde ich es nicht glauben. Ich habe es aber gesehen, und ich kann mir diese Geschöpfe gut vorstellen, wie sie vor dem Schild im Parademarsch auf und ab ziehen und sich auf diese Weise benehmen. Die Frauen betragen sich hier tatsächlich, als ob der Teufel sie ritte. Jawohl, und eure besten meine ich, die erlesenste Güteklasse der Gesellschaft. Das bescheidenste Fräulein vom Amt am anderen Ende von zehntausend Meilen Strippe könnte die höchstgeborene Herzogin in Artus' Land Freundlichkeit, Geduld, Bescheidenheit und gute Manieren lehren.«

»Fräulein vom Amt?«

»Ja, aber verlang nicht von mir, daß ich es dir erkläre; es ist eine neue Art von Fräulein; hier gibt es so was nicht; man schnauzt sie oft an, wenn sie gar keine Schuld haben, und dann tut es einem leid, und man schämt sich noch dreizehnhundert Jahre später, weil es so schäbig und gemein und unrecht ist; Tatsache ist, daß ein gut erzogener Mensch es auch nicht tut ... obwohl ich ... nun, ich selbst, ich muß gestehen...«

»Wenn nicht vielleicht sie...«

»Ach, laß sie nur, laß sie nur; ich sage dir doch, daß ich

nicht imstande bin, es dir so zu erklären, daß du es begreifst.«

»Sei es also, wenn Ihr es so wollt. Alsdann gingen Sir Gawein und Sir Owein dorthin, grüßten und frugen, weshalb sie dem Schild solchen Schimpf antäten. Ihr Herren, sprachen die Jungfrauen, wir werden es euch berichten. In diesem Lande wohnt ein Ritter, dem dieser weiße Schild gehört; er ist ein fürtrefflich starker Mann, aber er haßt alle Damen und Edelfrauen, und deshalb tun wir seinem Schild diesen Schimpf an. Mich däucht, sprach da Sir Gawein, es steht einem guten Ritter übel an, alle Damen und Edelfrauen zu verabscheuen; vielleicht aber hat er einen Grund, warum er euch haßt, und vielleicht liebt er Damen und Edelfrauen andernorts und wird wiedergeliebt, da er ein so kühner Recke ist, wie Ihr sagt...«

»Kühner Recke, freilich, Sandy, das ist das richtige, um denen zu gefallen. Ein Mann mit Gehirn – daran denken sie überhaupt nicht. Tom Sayers – John Heenan – John L. Sullivan – schade, daß ihr nicht hier sein könnt. Innerhalb von vierundzwanzig Stunden strecktet ihr die Beine unter den runden Tisch und hättet ein »Sir« vor eurem Namen, und in den nächsten vierundzwanzig Stunden könntet ihr eine Neuverteilung der verheirateten Prinzessinnen und Herzoginnen des Hofes zuwege bringen. Es ist nämlich tatsächlich bloß ein auf Glanz polierter Hofstaat von Comanchen, und nicht eine Squaw ist darunter, die nicht bereit wäre, auf den ersten Wink zu dem Hengst mit den meisten Skalps am Gürtel überzulaufen.«

»Da er ein kühner Recke ist, wie Ihr sagt, fuhr Sir Gawein fort: Wie heißt er? Sir, antworteten sie, er heißt Sir Marhaus, des Königs Sohn von Irland.«

»Sohn des Königs von Irland meinst du, die andere Form hat gar keinen Sinn. Paß jetzt auf und halt dich fest, wir müssen über den Graben springen... So, jetzt ist alles gut. Das Pferd gehört in einen Zirkus, es ist vor seiner Zeit geboren.«

»Ich kenne ihn wohl, sprach Sir Owein, er ist ein so fürtrefflicher Ritter wie nur irgendeiner so am Leben.«

»So am Leben! Wenn du einen Fehler hast, Sandy, dann

ist es der, daß du eine Spur zu altertümlich redest. Aber das macht nichts.«

»...denn ich sah ihn einstmals sich bei einem Turnier erproben, wo gar viele Ritter versammelt waren, und damals vermochte ihm niemand zu widerstehen. Ihr Jungfrauen, sprach Sir Gawein, mich däucht, ihr seid zu tadeln, denn es ist anzunehmen, daß der, der jenen Schild dorthin gehängt hat, nicht lange fortbleiben wird; mögen jene Ritter zu Pferde sich mit ihm messen, das gereicht euch eher zur Ehre; ich will nicht länger hier säumen und zusehen, wie der Schild eines Ritters entehrt wird. – Mit diesen Worten entfernten sich Sir Owein und Sir Gawein ein wenig, und sie gewahrten, daß Sir Marhaus auf einem mächtigen Roß direkt auf sie zu geritten kam. Als die zwölf Jungfrauen Sir Marhaus sahen, flohen sie wie von Sinnen in den Turm, so daß einige von ihnen auf dem Weg niederfielen. Da hob der eine Ritter vom Turm seinen Schild und rief laut: Sir Marhaus, verteidigt Euch! Da prallten sie so zusammen, daß der Ritter seinen Speer an Marhaus brach, und Sir Marhaus hieb so mächtiglich auf ihn ein, daß er ihm das Genick und dem Pferde das Rückgrat brach...«

»Das ist ja gerade das Schlimme bei diesen Zuständen, daß so viele Pferde dabei zugrunde gerichtet werden.«

»Dieses sah der andere Ritter vom Turm, und er wandte sich wider Sir Marhaus, und sie prallten so stürmisch zusammen, daß der Ritter vom Turm bald niedergestreckt ward, und Roß und Mann waren gänzlich tot...«

»Schon wieder ein Pferd hin; ich sage dir, das ist ein Brauch, der abgeschafft werden muß. Ich kann nicht begreifen, wie Leute mit auch nur ein bißchen Herz so etwas befürworten und unterstützen können.«

»Also trafen diese beiden Ritter mit großem Ungestüm aufeinander...«

Ich merkte, daß ich geschlafen und ein Kapitel versäumt hatte, aber ich sagte nichts. Ich dachte mir, der irische Ritter sei wohl inzwischen mit den Besuchern in Unstimmigkeit geraten, und wie sich herausstellte, war das auch der Fall.

»...und Sir Owein hieb so mächtiglich auf Sir Marhaus

ein, daß sein Speer auf dem Schild in Stücke brach, und Sir Marhaus hieb so gewaltiglich auf ihn ein, daß er Roß und Mann zu Boden warf, und er verwundete Sir Owein an der linken Seite...«

»Um die Wahrheit zu sagen, Alisande, die altertümlichen Erzähler sind ein bißchen gar zu anspruchslos; ihr Wortschatz ist zu begrenzt, und infolgedessen leiden die Beschreibungen in Bezug auf Abwechslungsreichtum; sie bestehen aus zu vielen öden Tatsachen, die so kahl sind wie die Wüste Sahara, und zu wenig malerischen Einzelheiten; das gibt ihnen eine gewisse Monotonie; die Kämpfe sind in Wirklichkeit alle gleich: zwei Leute treffen mit großem Ungestüm aufeinander – ›Ungestüm‹ ist gewiß ein gutes Wort, aber das sind auch ›Bibelauslegung‹, wenn's darauf ankommt, ›Brandopfer‹, ›Unterschlagung‹ und ›Nutznießung‹ oder hundert andere, aber du meine Güte! Man muß doch unterscheiden können – sie treffen mit großem Ungestüm aufeinander, ein Speer bricht, eine Partei zerbricht den Schild und die andere geht zu Boden, Roß und Mann, hintenüber, und bricht sich das Genick; dann kommt der nächste Anwärter angestürmt, zerbricht nun seinerseits den Speer, und sein Gegner zerbricht seinen Schild, und dann geht der wieder zu Boden, Mann und Roß hintenüber, und bricht sich das Genick; nun wird der nächste ausgewählt, dann noch einer und wieder einer und immer noch einer, solange der Vorrat reicht, und will man die Ergebnisse zusammenrechnen, dann kann man einen Kampf überhaupt nicht vom anderen unterscheiden, noch wer nun eigentlich den anderen untergekriegt hat; und was das lebendige Bild einer blutvollen, tobenden, brausenden Schlacht betrifft, herrjemine! Bleich und stumm ist es – genau, als balgten sich Geister im Nebel. Du meine Güte, was würde dieser dürre Wortschatz selbst aus dem allergewaltigsten Schauspiel machen? Zum Beispiel aus dem Brand von Rom zur Zeit Neros? Da hieße es einfach: ›Stadt brannte nieder, nicht versichert, Knabe zerbrach ein Fenster, Feuerwehrmann brach sich das Genick!‹ Du lieber Himmel, das ist doch nicht bildhaft!«

Das war, wie mir schien, ein ziemlich langer Vortrag,

aber er störte Sandy nicht; sie zuckte nicht mit der Wimper, sondern stieß wieder pausenlos Dampf aus, sobald ich nur den Deckel lüftete:

»Dann wandte Sir Marhaus sein Pferd und ritt mit seiner Lanze auf Gawein zu. Als Sir Gawein solches sah, hob er den Schild, sie senkten die Lanzen und prallten mit der ganzen Kraft ihrer Rosse aufeinander, so daß ein jeglicher der zwei Ritter den anderen hart in der Mitte des Schildes traf, aber Sir Gaweins Speer brach...«

»Das habe ich ja gewußt.«

»...aber Sir Marhaus' Speer blieb heil, und so gingen Sir Gawein und sein Roß zu Boden...«

»Natürlich, und er brach sich das Rückgrat...«

»Schnell erhob sich Sir Gawein, zog sein Schwert und wandte sich zu Fuß wider Sir Marhaus, und so liefen sie voller Kampfbegier einer wider den anderen und hieben mit den Schwerter aufeinander ein, so daß ihre Schilde in Stücke flogen, und sie zerbeulten sich die Helme und die Brustharnische und verwundeten einer den anderen. Aber nachdem die neunte Stunde vorüber war, wuchsen Sir Gaweins Kräfte drei Stunden lang immer fort und verdreifachten sich. Sir Marhaus erspähte das, und er wunderte sich gar sehr, wie des anderen Kraft wuchs, und sie verwundeten einander gar schwer, und als der Mittag gekommen war...«

Der eintönige Singsang ließ meine Gedanken abschweifen und Szenen und Klänge aus meiner Jugendzeit vor mir erstehen:

»N-e-e-ew Haven! Zehn Minuten Aufenthalt, Zeit für Erfrischungen! Schaffner gongt zwei Minuten vor Abfahrt des Zuges! Reisende, die zur Küste fahren, bitte im letzten Wagen Platz nehmen, der Wagen wird abgehängt! Ä-ä-äpfl, Apflsi-i-n, Bna-a-n, blegte Bro-o-ote, Puffreis gefäl-li-ig!«

»...und der Mittag ging vorüber, und es wurde Zeit zur Abendmesse. Sir Gaweins Kräfte ließen nach und wurden immer schwächer, so daß er kaum noch standhalten konnte, und da wurde Sir Marhaus gewaltiger und immer gewaltiger...«

»Wodurch er natürlich seine Rüstung sprengte; aber eine solche Kleinigkeit kümmerte ja diese Leute nicht.«

»...und solcherweise, Herr Ritter, sagte Sir Marhaus, habe ich wohl gespürt, daß Ihr ein über alle Maßen tüchtiger Ritter seid und von so wunderbarer Kraft, wie ich nur je einen getroffen, solange sie währte, und unser Streit ist nicht groß, deshalb wäre es schade, Euch ein Leids anzutun, denn ich fühle, Ihr seid gar schwach. – Ach edler Ritter, antwortete Sir Gawein, Ihr sprecht die Worte, die ich hätte sagen sollen. Und damit nahmen sie die Helme ab, und ein jeglicher küßte den anderen, und sie schworen, einander wie Brüder zu lieben...«

Hier verlor ich den Faden und schlummerte ein, während ich darüber nachdachte, wie jammerschade es doch war, daß Männer von so großartiger Kraft, die sie befähigt, in grausam schwerem Eisen schweißdurchnäßt dazustehen und sechs Stunden lang ununterbrochen aufeinander einzuhacken, einzuhauen und einzuhämmern – daß solche Männer nicht in einer Zeit geboren wurden, wo sie diese Kraft zu einem nützlichen Zweck hätten verwenden können. Nehmt zum Beispiel einen Esel – ein Esel hat die gleiche Art Kraft und wendet sie zu einem nützlichen Zweck an; er ist wertvoll für die Menschheit, weil er eben ein Esel ist; ein Adliger aber ist deshalb nicht wertvoll, weil er ein Esel ist. Das ist eine Mischung, die immer wirkungslos bleiben muß und die erst gar nicht hätte versucht werden sollen. Macht man aber erst mal einen Fehler, dann ist der Schaden schon angerichtet, und keiner weiß, was sich daraus ergibt.

Als ich wieder aufwachte und zuzuhören begann, bemerkte ich, daß ich von neuem ein Kapitel verpaßt und Alisande währenddessen mit ihren Leuten einen weiten Weg zurückgelegt hatte.

»So ritten sie und kamen in ein tiefes Tal voller Steine, wo sie einen anmutigen Wasserlauf gewahrten; und darüber entsprang der Wasserlauf, eine gar liebliche Quelle, und drei Jungfrauen saßen daran. In dieses Land, sagte Sir Marhaus, ist noch nie ein Ritter gekommen, seit es christlich geworden ist, ohne gar seltsame Abenteuer zu erleben...«

»Die Form taugt nichts, Alisande. Sir Marhaus, des Königs Sohn von Irland, spricht ja wie die anderen auch; du solltest ihm eine irische Aussprache geben oder zumindest ein charakteristisches Kraftwort; auf diese Weise könnte man ihn gleich erkennen, wenn er spricht, ohne daß er je genannt wird. Das ist bei großen Schriftstellern ein sehr verbreiteter literarischer Trick. Du solltest ihn sagen lassen: ›In dieses Land, Dunnerschlag, ist noch nie ein Ritter gekommen, seit es christlich geworden ist, ohne seltsame Abenteuer zu erleben, Dunnerschlag.‹ Du siehst, es klingt gleich viel besser.«

»... ist noch nie ein Ritter gekommen, seit es christlich geworden ist, ohne seltsame Abenteuer zu erleben, Dunnerschlag. Wahrlich, es stimmt, edler Herr, obzwar es gar schwer zu sagen ist, doch vielleicht wird die Gewohnheit es nicht verzögern, sondern ihm bessere Geschwindigkeit verleihen. Nun ritten sie zu den Jungfrauen und ein jeglicher begrüßte den anderen, und die Älteste trug einen Kranz von Gold um das Haupt, und sie war dreimal zwanzig Winter alt oder mehr...«

»Die Jungfrau?«

»Doch, edler Herr, und ihr Haar war weiß unter dem Kranz...«

»Bestimmt hatte sie ein Zelluloidgebiß zu zehn Dollar das Stück gehabt – so ein lose sitzendes, das beim Sprechen wie ein Fallgitter auf und niederklappt und beim Lachen herausfällt.«

»Die zweite Jungfrau war dreißig Winter alt und trug einen güldenen Reif um das Haupt. Die dritte Jungfrau war erst fünfzehn Jahre alt...«

Eine Woge von Gedanken überflutete meine Seele, und die Stimme verebbte in meinen Ohren!

Fünfzehn Jahre alt! Brich, mein Herz; ach, mein verlorenes Lieb! Genau dieses Alter hatte sie, die so sanft, so lieblich war, die mir alles bedeutete und die ich nie wiedersehen sollte! Wie mich doch der Gedanke an sie über einen Ozean von Erinnerungen bis in eine ferne, verschwimmende Zeit zurücktrug – eine glückliche Zeit, die nun schon so viele, viele Jahrhunderte voraus lag, als ich an milden

Sommermorgen aus süßen Träumen von ihr erwachte und sagte: »Hallo, Amt!«, nur um ihre liebe Stimme zu hören, die voller Schmelz ein »Hallo, Hank!« erwiderte, das Sphärenmusik in meinen entzückten Ohren war. Sie erhielt drei Dollar die Woche, aber sie war es wert.

Ich konnte jetzt Alisandes weiteren Erklärungen, wer unsere gefangenen Ritter seien, nicht mehr folgen – ich meine, falls sie jemals so weit kam zu erläutern, wer sie waren. Mein Interesse war geschwunden, meine Gedanken waren weit fort und voller Trauer. Durch hier und da, hin und wieder aufgefangene, abgerissene Fetzen der dahintreibenden Geschichte nahm ich nur verschwommen zur Kenntnis, daß jeder der drei Ritter eine der drei Jungfrauen hinter sich aufsitzen ließ; einer ritt nach Norden, der zweite nach Osten und der dritte nach Süden, um Abenteuer zu suchen und sich nach Jahr und Tag wieder zu treffen und sich anzulügen. Jahr und Tag – und das ohne jedes Gepäck. Es paßte zur allgemeinen Anspruchslosigkeit des Landes.

Die Sonne ging jetzt unter. Es war ungefähr drei Uhr nachmittags gewesen, als Alisande begonnen hatte, mir zu erzählen, wer die Cowboys waren; sie war also – für ihre Verhältnisse – recht gut damit vorangekommen. Früher oder später mußte sie ohne Zweifel zum Ende gelangen, aber sie war kein Mensch, der sich hetzen ließ.

Wir näherten uns einer Burg, die auf einer Anhöhe stand; es war ein riesiger, fester, ehrwürdiger Bau, dessen graue Türme und Zinnen auf reizvolle Weise mit Efeu bewachsen waren. Das ganze majestätische massige Gebäude war von der Pracht der sinkenden Sonne übergossen. Es war die größte Burg, die wir bisher gesehen hatten, und deshalb dachte ich, vielleicht sei es die, hinter der wir her waren, aber Sandy verneinte das. Sie wußte nicht, wem sie gehörte; sie sagte, sie sei auf dem Wege nach Camelot daran vorbeigezogen, ohne dort einen Besuch abzustatten.

SECHZEHNTES KAPITEL

Morgan le Fay

Durfte man fahrenden Rittern Glauben schenken, dann waren nicht alle Burgen Stätten der erwünschten Gastfreundschaft. Allerdings durfte man fahrenden Rittern keinen Glauben schenken – gemessen an modernen Maßstäben der Wahrheitsliebe; mißt man sie jedoch mit denen ihrer eigenen Zeit und hatte man die Wertskala dementsprechend eingeteilt, dann gelangte man zur Wahrheit. Es war ganz einfach: von einer Behauptung zog man siebenundneunzig Prozent ab; was übrigblieb, entsprach den Tatsachen. Zog man das in Betracht, dann blieb doch Tatsache, daß es das Vernünftigste war, wenn ich mich über eine Burg informierte, bevor ich an der Tür klingelte – ich meine, bevor ich die Torwächter anrief. Deshalb freute ich mich, als ich in der Ferne einen Reiter sah, der um die letzte Kurve der sich von dieser Burg herabwindenden Straße bog. Als wir uns einander näherten, stellte ich fest, daß er einen federgeschmückten Helm trug und auch sonst in Stahl gekleidet zu sein schien; er war aber mit einem merkwürdigen Zusatz ausgerüstet – mit einem steifen, viereckigen Kleidungsstück, das aussah wie ein Heroldsrock. Ich mußte jedoch über meine Vergeßlichkeit lächeln, als ich näher kam und auf seinem Heroldsrock folgende Inschrift las:

Persimonen-Seife
Die Seife der Dame von Welt

Das war so eine nette kleine Idee von mir gewesen, die auf mehrfache Weise der gesunden Absicht diente, dieses Volk zu zivilisieren und emporzuheben. Erstens war sie ein versteckter, hinterlistiger Schlag gegen dieses unsinnige fahrende Rittertum, obgleich außer mir es niemand ahnte. Ich hatte eine Anzahl von solchen Leuten losgeschickt – die tapfersten Ritter, die ich bekommen konnte –, und jeder steckte zwischen zwei Plakattafeln, die irgendeinen Reklamespruch trugen; ich war der Meinung, mit der Zeit, wenn es genug davon gebe, müßten sie beginnen, lächerlich auszusehen, und dann finge auch der stahlgepanzerte Esel, der kein solches Brett trug, an, nun seinerseits lächerlich auszusehen, weil er nicht mit der Mode Schritt hielt.

Zweitens sollten diese Sendboten langsam, ohne Verdacht zu erwecken und Beunruhigung hervorzurufen, die ersten Anfänge der Reinlichkeit unter den Adligen einführen, und von ihnen würde sie sich dann gewiß auf das Volk ausbreiten, falls man die Priester ruhighalten konnte. Das untergrübe dann die Kirche – ich meine, es wäre ein Schritt dazu. Als nächstes käme die Bildung und wiederum als nächstes die Freiheit – darauf begänne sie zu zerbröckeln. Da nach meiner Überzeugung jede Staatskirche ein staatliches Verbrechen, ein staatlicher Sklavenpferch ist, hatte ich dabei keinerlei Skrupel, sondern war gewillt, sie auf jede Weise und mit jedem Mittel anzugreifen, das versprach, ihr zu schaden. Hatte es doch sogar in meinen eigenen früheren Tagen – in fernen Jahrhunderten, die sich im Schoß der Zeit noch nicht regten – alte Engländer gegeben, die sich einbildeten, sie seien in einem freien Lande geboren worden: einem »freien Lande«, in dem der Corporation Act und der Testeid noch immer in Kraft waren – Stützpfeiler, die zum Schutz gegen die Freiheit der Menschen und die vergewaltigten Gewissen errichtet worden waren, um einen staatlichen Anachronismus aufrechtzuerhalten.

Meine Sendboten waren gelehrt worden, die goldene Beschriftung ihrer Heroldsröcke zu entziffern – die protzige Vergoldung war ein ausgezeichneter Gedanke; ich hätte sogar den König gewinnen können, um dieses barbarischen Glanzes willen ein Reklameschild zu tragen; die Ritter sollten die Beschriftung vorlesen und den Lords und Ladys dann erklären, was Seife ist; und wenn sich die Lords und Ladys vor ihr fürchteten, dann sollten sie sie dazu bewegen, die Seife an einem Hund auszuprobieren. Als nächsten Schritt hatte der Sendbote die Familie zusammenzurufen und die Seife an sich selbst auszuprobieren; er durfte kein noch so verzweifeltes Experiment scheuen, das den Adel von ihrer Harmlosigkeit überzeugen konnte; blieben dann noch immer Zweifel, dann mußte er einen Eremiten einfangen – die Wälder wimmelten ja von ihnen; sie nannten sich Heilige, und man hielt sie auch dafür. Sie waren unaussprechlich heilig, vollbrachten Wunder und wurden von allen mit scheuer Ehrfurcht angesehen. Wenn ein Eremit eine Wäsche zu überleben vermochte und das einen Herzog nicht überzeugte, dann konnte man ihn aufgeben und in Ruhe lassen.

Jedesmal, wenn meine Sendboten unterwegs einen fahrenden Ritter besiegten, dann wuschen sie ihn, und wenn er sich danach wieder erholt hatte, ließen sie ihn schwören, sich ein Reklameschild zu holen und während seiner restlichen Tage Seife und Zivilisation zu verbreiten. Infolgedessen vermehrten sich die reisenden Werbeagenten allmählich, und die Reform verbreitete sich ständig immer weiter. Meine Seifenfabrik kam schon bald kaum noch nach. Zuerst hatte ich nur zwei Leute beschäftigt; bevor ich aber von zu Hause fortgezogen war, arbeiteten dort schon fünfzehn, und sie lief Tag und Nacht; die atmosphärischen Ergebnisse waren bereits so bemerkenswert, daß der König halb ohnmächtig und nach Luft schnappend umherging und erklärte, er könne es wohl nicht mehr länger aushalten, und Sir Lanzelot war in einem solchen Zustand, daß er fast nichts anderes mehr tat, als nur auf dem Dach hin und her zu spazieren und zu fluchen, obgleich ich ihm erklärte, dort sei es schlimmer als irgendwo sonst, aber er sagte, er brauche viel Luft, und immerfort klagte er, ein Schloß sei sowieso nicht der richtige Ort für eine Seifenfabrik; er erklärte, wenn in seinem Hause jemand eine aufmachte – verdammt wolle er sein, wenn er ihm dann nicht den Hals umdrehe. Das sagte er noch dazu in Anwesenheit von Damen, aber darum scherten sich diese Leute nicht; sogar vor Kindern fluchten sie, wenn der Wind in ihre Richtung blies und die Fabrik arbeitete.

Der Name des ritterlichen Sendboten vor uns war La Cote Male Taile, und er sagte, die Burg sei der Wohnsitz Morgan le Fays, der Schwester König Artus' und Gattin König Uriens', des Monarchen eines Reichs, das ungefähr so groß war wie der District of Columbia – von der Mitte aus konnte man Steine ins nächste Königreich werfen. »Könige« und »Königreiche« waren in Britannien so dicht gesät wie zu Josuas Zeiten im kleinen Palästina, wo die Leute mit angezogenen Knien schlafen mußten, weil sie sich ohne Paß nicht ausstrecken konnten.

La Cote war sehr deprimiert, denn er hatte hier den größten Fehlschlag seiner Kampagne erlitten. Nicht ein einziges Stück Seife war er los geworden, und dabei hatte er es mit sämtlichen Geschäftskniffen versucht, sogar mit der Waschung eines Eremiten; aber der Eremit war gestorben. Das war nun wirklich ein böser Fehlschlag, denn jetzt würde dieser Kerl zum Märtyrer erhoben und erhielte seinen Platz unter den Heiligen des römischen Kalenders. Also jammerte er, der arme Sir La Cote Male Taile, und grämte sich mit gewaltiger Bitternis. Und da blutete mir das Herz, und es trieb mich, ihn zu trösten und zu stützen. Deshalb sagte ich:

»Laßt ab von Eurer Klage, edler Ritter, denn dies ist keine Niederlage. Ihr und ich, wir haben doch Verstand, und für Leute mit Verstand gibt es keine Niederlagen, sondern nur Siege. Paßt auf, wie wir diese scheinbare Katastrophe in eine Reklame umwandeln werden, eine Reklame für unsere Seife, und zwar in eine mit der größten Anziehungskraft, die je erdacht wurde, in eine Reklame, die diesen Mount Washington von einer Niederlage in ein Matterhorn von Sieg verwandeln wird. Wir werden auf Eure Reklametafel

Von den Auserwählten bevorzugt

schreiben. Wie gefällt Euch das?«

»Wahrlich, es ist wunderbar erdacht.«

»Nun, man muß schon zugeben, für eine bescheidene kleine Einzeiler-Anzeige ist es einfach Klasse.«

So schwand der Kummer des armen Hausierers. Er war ein tapferer Bursche und hatte zu seiner Zeit gewaltige Waffentaten vollbracht. Die größte Berühmtheit hatten ihm die Ereignisse eines ähnlichen Ausfluges wie des meinen eingetragen, den er einst mit einer Jungfrau namens

Maledisant unternommen hatte; sie ging mit ihrer Zunge ebenso geschickt um wie Sandy, wenn auch auf andere Weise, denn ihre Zunge ratterte nur Spottreden und Beleidigungen hervor, während Sandy Musik von freundlicherer Art aussprühte. Ich kannte seine Geschichte gut, und so wußte ich, wie das Mitleid zu deuten war, das sich beim Abschied auf seinem Gesicht ausdrückte. Er nahm an, ich mache eine bitterschwere Zeit durch.

Sandy und ich sprachen über seine Geschichte, als wir weiterritten, und sie sagte, La Cotes Pech habe schon gleich am Anfang jener Reise begonnen, denn der Narr des Königs habe ihn am ersten Tage vom Pferde geworfen, und in solchen Fällen sei es üblich, daß das Mädchen zum Sieger überliefe; Maledisant aber habe das nicht getan und auch später darauf bestanden, nach allen seinen Niederlagen an ihm festzuhalten. Wenn der Sieger aber nun ablehnte, seine Beute anzunehmen? fragte ich. Sie antwortete, das ginge nicht – er müsse. Er könne sie nicht ablehnen, das wäre gegen die Vorschriften. Das merkte ich mir. Wenn Sandys Musik einmal allzu lästig werden sollte, dann wollte ich mich von einem Ritter besiegen lassen, um der Möglichkeit willen, daß sie zu ihm überliefe.

Nach einiger Zeit wurden wir durch die Wächter von den Mauern der Burg her angerufen, und nach einer Unterhandlung erhielten wir Einlaß. Von diesem Besuch habe ich nichts Angenehmes zu berichten. Eine Enttäuschung jedoch war er nicht, denn ich kannte bereits den Ruf der Frau le Fay und erwartete nichts Angenehmes. Das ganze Reich fürchtete sich vor ihr, denn sie hatte alle zu dem Glauben gebracht, sie sei eine große Zauberin. Alles, was sie unternahm, war schlecht, alle ihre Instinkte waren teuflisch. Sie war bis zum Rande mit kalter Bosheit angefüllt. Ihre gesamte Vergangenheit bestand aus schwarzen Missetaten, und unter diesen war Mord etwas ganz Gewöhnliches. Ich war sehr neugierig, sie zu sehen, so neugierig, wie ich auf den Satan gewesen wäre. Zu meiner Überraschung war sie schön; die schwarzen Gedanken hatten nicht vermocht, ihr Gesicht abstoßend zu machen, und das Alter nicht, die seidige Haut mit Runzeln zu durchziehen oder ihre Blütenfrische anzugreifen. Man hätte sie für die Enkelin des alten Uriens, die Schwester ihres eigenen Sohnes halten können.

Sobald wir das Burgtor durchschritten hatten, wurden wir zu ihr befohlen. König Uriens war anwesend, ein unterdrückt aussehender alter Mann mit freundlichem Gesicht, und auch der Sohn war da, Sir Owein le Blanchemains, für den ich mich natürlich interessierte, denn man erzählte sich, er habe einmal gegen dreißig Ritter gekämpft, und auch wegen seiner Reise mit Sir Gawein und Sir Marhaus, mit deren Bericht mich Sandy schwach gemacht hatte. Morgan aber war die Hauptattraktion, die prominenteste Persönlichkeit hier; sie war Oberhäuptling dieses Haushalts, das war offensichtlich. Sie ließ uns Platz nehmen und begann dann mit aller erdenklichen Freundlichkeit und Liebenswürdigkeit, mir Fragen zu stellen. Du meine Güte, es war, als singe ein Vogel, eine Flöte oder dergleichen. Ich war überzeugt, man müsse die Frau falsch dargestellt, sie verleumdet haben. Sie flötete und trillerte immer weiter, und dann kam ein hübscher junger Page herein, der in den Farben des Regenbogens gekleidet war und sich mit der wiegenden Anmut einer Welle bewegte; er brachte etwas auf einem goldenen Tablett an, und als er vor ihr niederkniete, um es ihr zu reichen, übertrieb er seine graziöse Geste und verlor das Gleichgewicht, so daß er leicht gegen ihr Knie fiel. Mit der gleichen Selbstverständlichkeit, mit der ein anderer eine Ratte aufspießt, stieß sie ihm einen Dolch in den Körper!

Armes Kind! Er sackte auf den Boden, seine seidenen Glieder wanden sich in einer einzigen großen krampfhaften Verrenkung des Schmerzes, und er war tot. Dem alten König entrang sich ein unwillkürliches »O-h!« des Mitleids. Der Blick, der ihn traf, ließ es ihn unverzüglich beenden, ohne es noch durch weitere Bindestriche zu verlängern. Sir Owein ging auf ein Zeichen seiner Mutter in den Vorraum und rief ein paar Diener, während Madame sanft plätschernd ihr Gespräch fortsetzte.

Ich sah, daß sie eine gute Hausfrau war, denn während sie plauderte, achtete sie aus den Augenwinkeln darauf, daß die Diener beim Aufheben und Fortschaffen der Leiche nichts falsch machten; als sie mit neuen, sauberen Tüchern kamen, schickte sie sie zurück, um andere zu holen, und als sie den Fußboden fertig aufgewischt hatten und gehen wollten, zeigte sie auf einen scharlachroten Fleck von der Größe einer Träne, den ihre stumpfen Augen übersehen hatten. Mir war klar, daß La Cote Male Taile nicht bis zur Dame des Hauses vorgedrungen war. Wieviel lauter und deutlicher als jede Zunge spricht doch oft der stumme Augenschein.

Morgan le Fay plapperte so melodisch weiter wie nur je. Eine erstaunliche Frau! Und was für einen Blick sie hatte; fiel er vorwurfsvoll auf die Diener, dann krochen sie zusammen und duckten sich wie furchtsame Leute, wenn der Blitz aus einer Wolke zuckt. Ich hätte fast selbst diese Gewohnheit annehmen können. Ebenso ging es dem armen alten Bruder Uriens; er saß dauernd wie auf Kohlen; sie konnte sich nicht einmal zu ihm umwenden, ohne daß er zusammenzuckte.

Mitten im Gespräch ließ ich ein paar schmeichelhafte Worte über König Artus fallen und vergaß für den Augenblick ganz, wie diese Frau ihren Bruder haßte. Das eine kleine Kompliment genügte. Sie wurde so finster wie ein Gewitterhimmel, rief die Wache und sagte: »Schafft mir diese Schurken ins Verlies.«

Das traf meine Ohren wie ein kalter Guß, denn ihre Verliese waren berühmt. Mir fiel nichts ein, was ich sagen oder tun konnte, nicht so aber Sandy. Als der Wächter die Hand auf mich legte, zwitscherte sie mit der zuversichtlichen Ruhe:

»Gottes Wunden, verlangt dich nach Vernichtung, du Wahnsinniger? Er ist doch der Boss!«

Das war mal eine glorreiche Idee! Und so einfach, aber ich wäre nicht darauf gekommen. Ich bin als bescheidener Mensch geboren – nicht von Kopf bis Fuß, aber doch stellenweise, und dies war eine der Stellen.

Die Wirkung auf Madame war geradezu elektrisch. Ihre Züge erhellten sich, ihr Lächeln und all ihre einschmeichelnden Artigkeiten und Lobhudeleien kehrten wieder;

sie konnte damit jedoch nicht ganz die Tatsache überdecken, daß sie gräßliche Angst hatte. Sie sagte:

»Je, nun hört einmal Eure Dienerin an! Als könnte eine, die meine Gaben besitzt, zu einem, der Merlin besiegt hat, ohne zu scherzen, die Worte sprechen, die ich soeben zu Euch gesprochen habe. Durch meinen Zauber habe ich Euer Kommen vorausgesehen und Euch gekannt, da Ihr hier eintratet. Ich habe diesen kleinen Spaß nur darum gemacht, weil ich hoffte, Euch zu überraschen, so daß Ihr Eure Kunst ein wenig zeigtet, denn ohne Zweifel hättet Ihr die Wachen mit magischen Feuern versengt und sie auf der Stelle zu Asche verbrannt – ein Wunder, das mein Können weit übertrifft und das zu betrachten ich mich schon lange in kindlicher Neugier sehne.«

Die Wachen waren weniger neugierig und verzogen sich, sobald sie Erlaubnis dazu erhielten.

SIEBZEHNTES KAPITEL

Ein königliches Bankett

Da Madame mich friedlich und nicht nachtragend sah, glaubte sie zweifellos, ihre Ausrede habe mich getäuscht, denn ihre Angst verging, und bald forderte sie auf so zudringliche Weise von mir, ich solle meine Kunst vorführen und jemanden töten, daß die Sache peinlich wurde. Zu meiner Erleichterung lenkte der Ruf zum Gottesdienst sie jedoch bald ab. Das muß ich dem Adel lassen: so tyrannisch, mordlustig, raubgierig und moralisch verkommen er auch war, so war er doch tief und begeistert religiös. Nichts vermochte ihn von der regelmäßigen und gewissenhaften Einhaltung der von der Kirche vorgeschriebenen frommen Übungen abzuhalten. Mehr als nur einmal hatte ich gesehen, wie ein Edelmann, der seinen Feind in eine schwierige Lage gebracht hatte, zum Gebet innehielt, bevor er ihm die Kehle durchschnitt; mehr als einmal hatte ich erlebt, wie ein Adliger, nachdem er seinen Feind in einen

Hinterhalt gelockt und ihn umgebracht hatte, sich zum nächsten Kruzifix am Wege begab und dort demütig Dank sagte, sogar ohne den Toten vorher erst noch zu berauben. Nichts Edleres und Ergreifenderes gab es selbst zehn Jahrhunderte später im Leben Benvenuto Cellinis, jenes rauhbeinigen Heiligen. Alle Adligen von England besuchten morgens und abends in ihren Privatkapellen mit ihren Angehörigen den Gottesdienst, und auch die Schlimmsten unter ihnen hielten außerdem fünf- bis sechsmal täglich Familienandacht. Das war einzig und allein das Verdienst der Kirche. Obgleich ich kein Freund der katholischen Kirche war, mußte ich dies doch zugeben. Und oft ertappte ich mich dabei, gegen meinen Willen zu äußern: »Was wäre dieses Land ohne die Kirche?«

Nach der Andacht aßen wir in einem großen Bankettsaal, den Hunderte von Talglampen erleuchteten, zu Abend, und alles war so prächtig und verschwenderisch und barbarisch-prunkvoll, wie es dem königlichen Rang der Gastgeber geziemte. Am oberen Ende des Saales stand auf einer Plattform die Tafel des Königs, der Königin und ihres Sohnes, des Prinzen Owein. Von ihr aus erstreckte sich auf ebener Erde die allgemeine Tafel den Saal hinunter. Oberhalb des Salzfasses saßen hier die adligen Gäste nebst ihren erwachsenen Familienmitgliedern beiderlei Geschlechts – praktisch der ständige Hofstaat, einundsechzig Personen; unterhalb des Salzfasses saßen die kleineren Beamten des Hofes mit ihren wichtigsten Untergebenen; im ganzen hatten hundertachtzehn Personen am Tisch Platz genommen, und ebenso viele livrierte Diener standen hinter ihren Stühlen oder bedienten sie auf die eine oder andere Weise. Es war ein prachtvolles Schauspiel. Auf einer Galerie eröffnete ein Orchester mit Zimbeln, Hörnern, Harfen und anderen scheußlichen Dingen das Verfahren mit einem Stück, das die erste rohe Fassung oder der schmerzliche Anlaß jenes Gejammers zu sein schien, das in späteren Jahrhunderten unter dem Titel »In the Sweet Bye and Bye« bekannt wurde. Es war neu und hätte noch ein wenig geprobt werden sollen. Aus irgendeinem Grunde ließ die Königin nach dem Mahl den Komponisten aufhängen.

Nach dieser Musik sprach der Priester, der hinter der königlichen Tafel stand, ein prächtiges langes Tischgebet in angeblichem Latein. Dann stürmte das Bataillon der Kellner von seinen Posten vor und sauste, rannte, flog, holte und trug herbei, und der mächtige Schmaus begann; nirgends fiel ein Wort, aller Aufmerksamkeit konzentrierte sich auf das Geschäft. Die Reihen der Kiefer öffneten und schlossen sich in gewaltiger Einmütigkeit, und das Geräusch glich dem gedämpften Rattern eines unterirdischen Maschinenparks.

Die Vernichtungskampagne dauerte anderthalb Stunden, und das Ausmaß der materiellen Zerstörung war unvorstellbar. Vom Hauptgericht des Festmahls – dem riesigen wilden Eber, der zu Beginn so stattlich und imponierend dagelegen hatte, war nichts übriggeblieben als ein Etwas, das aussah wie das Gestell eines Reifrocks, und der Eber war nur Vorbild und Symbol dessen, was aus den anderen Gerichten geworden war.

Mit dem Kuchen und ähnlichen Dingen begann das Zechgelage – und die Unterhaltung. Vierliterweise verschwanden Wein und Met, jedermann wurde gemütlich, dann glücklich, dann strahlend vergnügt – beide Geschlechter – und nach und nach recht lärmend. Die Männer erzählten Anekdoten, die furchtbar waren, aber niemand errötete, und wenn dann die Pointe kam, stieß die ganze Versammlung ein wieherndes Gelächter aus, so daß die Burg erzitterte. Die Damen antworteten mit kleinen Anekdoten, die gewiß die Königin Margarete von Navarra oder sogar die große Elisabeth von England beinahe veranlaßt hätten, sich hinter ihrem Taschentuch zu verbergen; niemand aber verbarg sich, sondern alle lachten nur – brüllten, kann man schon sagen. In fast allen diesen schrecklichen Geschichten waren Geistliche die handfesten Helden; das störte aber den Kaplan nicht, er lachte mit den übrigen, ja, mehr noch: als er aufgefordert wurde, grölte er ein Lied, das ebenso gewagt war wie jedes andere an diesem Abend.

Um Mitternacht waren alle erschöpft, vor Lachen fast krank und zumeist betrunken; einige wurden rührselig, andere zärtlich, manche fröhlich, manche streitsüchtig und andere wieder lagen bewußtlos unter dem Tisch. Unter den Damen bot eine reizende junge Herzogin das schlimmste Schauspiel; es war der Vorabend ihrer Hochzeit, und wahrhaftig, ein Schauspiel bot sie, das kann man wohl sagen. So, wie sie war, hätte sie im voraus Modell sitzen können zum Porträt der jungen Tochter des Regenten von Orleans bei jenem berühmten Diner, von dem die letztgenannte, Zoten reißend, total betrunken und unfähig, sich aufrecht zu halten, zu Bett getragen wurde in jenen entschwundenen und betrauerten Tagen des Ancien Régime.

Plötzlich, gerade als der Priester die Hände hob und alle Köpfe, die noch bei Bewußtsein waren, sich in ehrfürchtiger Erwartung des kommenden Segens gesenkt hielten, erschien unter dem Bogen der fernen Tür am unteren Ende des Saals eine alte, gebeugte, weißhaarige Dame, die sich auf einen Krückstock stützte; diesen hob sie, deutete damit auf die Königin und schrie:

»Gottes Zorn und Fluch falle auf dich, du mitleidsloses Weib, die du meinen unschuldigen Enkel ermordet und mein altes Herz, das auf der Welt nicht Kind noch Freund, nicht Stütze noch Trost hatte als nur ihn, zur Verzweiflung gebracht hast!«

Alle bekreuzigten sich in schrecklicher Furcht, denn ein Fluch war für diese Menschen etwas Entsetzliches; die Königin aber erhob sich majestätisch, funkelnde Mordlust in den Augen, und schleuderte den unbarmherzigen Befehl zurück: »Packt sie! Auf den Scheiterhaufen mit ihr!«

Die Wachen verließen ihre Posten, um zu gehorchen. Es war eine Schande, es war grausam anzusehen. Was konnte man nur tun? Sandy warf mir einen Blick zu; ich wußte, daß sie wieder eine Eingebung hatte, und sagte: »Tu, was du willst.«

Sofort stand sie da und sah die Königin an. Sie deutete auf mich und äußerte: »Madame, *er* sagt, dem soll nicht sein. Widerruft den Befehl, sonst wird er die Burg zum Verschwinden bringen, und sie wird sich auflösen wie das flüchtige Gespinst eines Traumes!«

Verflixt noch mal, einen an solch eine verrückte Bedingung zu binden! Wenn nun die Königin...

Hier schwand jedoch meine Bestürzung und meine Angst verflog, denn die Königin war ganz gebrochen und leistete keinerlei Widerstand, sondern gab durch einen Wink Gegenbefehl und sank in ihren Sessel. Als sie diesen erreicht hatte, war sie nüchtern. Viele andere waren es ebenfalls. Die Versammlung erhob sich, ließ das Zeremoniell Zeremoniell sein und stürzte wie eine wilde Horde zur Tür, wobei sie Stühle umwarf, Geschirr zerbrach, stieß, drängte, puffte und schob – alles war recht, wenn man nur hinauskam, bevor ich mich anders entschließen und die Burg sich in die unermeßliche neblige Weite des leeren Raums zerstäuben ließ. Nun ja, es war eben wirklich eine abergläubische Bande. Ein anderes Bild kann man sich beim besten Willen nicht davon machen.

Die arme Königin war so erschreckt und gedemütigt, daß sie sogar Angst hatte, den Komponisten zu hängen, ohne mich vorher zu fragen. Sie tat mir sehr leid – sie hätte jedem leid getan, denn sie litt tatsächlich; darum war ich bereit, alles zu tun, was in den Grenzen der Vernunft lag, und trug kein Verlangen, die Dinge bis zum Extrem zu übertreiben. Darum dachte ich sorgfältig über die Sache nach und befahl schließlich, die Musikanten sollten vor uns erscheinen, um dieses »Sweet Bye and Bye« noch einmal zu spielen; sie taten es. Da erkannte ich, daß die Königin recht hatte, und erlaubte ihr, das ganze Orchester aufzuhängen. Diese kleine Lockerung meiner strengen Haltung hatte eine gute Wirkung auf sie. Ein Staatsmann gewinnt nur wenig, wenn er despotisch bei jeder sich bietenden Gelegenheit eiserne Disziplin walten läßt, denn es verletzt den berechtigten Stolz seiner Untergebenen und trägt dazu bei, seine Stellung zu untergraben. Ein kleines Zugeständnis hier und dort, wo es keinen Schaden anrichten kann, ist eine weisere Politik.

Jetzt, wo die Königin wieder beruhigt und einigermaßen glücklich war, begann sich der Wein, den sie getrunken hatte, natürlich wieder bemerkbar zu machen, und er stieg ihr ein wenig zu Kopf. Ich meine, er setzte ihr Spielwerk in Gang – ihre Silberglockenzunge. Du liebe Güte, was für eine meisterhafte Rednerin sie war. Es schickte sich für mich nicht, anzudeuten, daß es bereits ziemlich spät und ich sehr müde war und gern geschlafen hätte. Ich wünschte, ich wäre zu Bett gegangen, solange ich noch Gelegenheit hatte. Jetzt mußte ich durchhalten, eine andere Möglichkeit gab es nicht. So ließ sie in der sonst tiefen und geisterhaften Stille der schlafenden Burg ihre Glocke immer weiter und weiter tönen, bis plötzlich unter uns ein ferner Laut erklang, als käme er von weither, ein erstickter Schrei; ein Ausdruck so entsetzlichen Schmerzes lag darin, daß mich kalte Schauer überliefen. Die Königin schwieg, ihre Augen glänzten vor Vergnügen, und sie hielt wie ein lauschender Vogel den Kopf schräg. Wieder bohrte sich der Laut durch die Stille zu uns herauf.

»Was ist das?« fragte ich.

»Er ist wahrlich eine verstockte Seele und hält lange aus. Es dauert nun schon viele Stunden.«

»Hält was aus?«

»Das Streckbett. Kommt, Ihr sollt einen gar unterhaltsamen Anblick erleben. Wenn er jetzt nicht sein Geheimnis preisgibt, werdet Ihr sehen, wie er auseinandergerissen wird.«

Was für eine seidenglatte Teufelin sie doch war und wie gelassen und heiter, während mir vor Mitleid mit den Qualen des jungen Mannes jeder Muskel die Beine hinab weh tat.

Geführt von Wachen, die in Kettenhemden gekleidet waren und lodernde Fackeln trugen, stapften wir widerhallende Gänge entlang, feuchte, schlüpfrige Steinstufen hinab, die nach Moder rochen und nach undenklichen Zeiten gefangener Nacht – ein unheimlicher und langer Weg, der einen zum Frösteln brachte; das Gerede der Zauberin ließ ihn auch nicht gerade kürzer oder angenehmer erscheinen, denn sie sprach über den Dulder und sein Verbrechen. Er war von einem ungenannten Denunzianten beschuldigt worden, im königlichen Forst einen Hirsch erlegt zu haben. Ich sagte:

»Anonyme Zeugenaussagen sind nicht gerade das Richtige, Eure Hoheit. Es wäre gerechter, den Angeklagten dem Ankläger gegenüberzustellen.«

»Daran habe ich nicht gedacht, dieweil es doch von geringer Bedeutung ist. Aber selbst wenn ich wollte, könnte ich es nicht tun, denn der Ankläger kam in der Nacht und maskiert, machte dem Förster Mitteilung und ging gleich danach wieder seines Wegs; deshalb kennt der Förster ihn nicht.«

»Dann ist wohl der Unbekannte der einzige, der gesehen hat, wie der Hirsch erlegt wurde?«

»Fürwahr, gesehen hat niemand, wie das Tier erlegt wurde, aber der Unbekannte hat diesen robusten Schurken in der Nähe der Stelle gesehen, wo es lag; voll getreuen Eifers kam er und verriet ihn dem Förster.«

»Da befand sich also der Unbekannte ebenfalls in der Nähe des getöteten Hirschs? Ist es nicht vielleicht möglich, daß er ihn selbst erlegt hat? Sein getreuer Eifer – unter dem Schutz einer Maske – sieht ein bißchen verdächtig aus. Aber was versprechen sich Eure Hoheit davon, den Gefangenen aufs Streckbett zu spannen? Welcher Vorteil springt dabei heraus?«

»Anders gesteht er nicht, und dann wäre seine Seele verloren. Für sein Verbrechen hat er nach dem Gesetz sein Leben verwirkt – und ich werde gewißlich dafür sorgen, daß er auch damit zahlt! Aber es brächte meine eigene Seele in Gefahr, wenn ich ihn ohne Geständnis und ohne Absolution sterben ließe. Nein, ich wäre ja närrisch, wenn ich mich um seiner Bequemlichkeit willen in den Höllenpfuhl stürzen wollte.«

»Aber, Eure Hoheit, wenn er nun gar nichts zu gestehen hat?«

»Was das betrifft, so werden wir gleich sehen. Und wenn ich ihn zu Tode strecken lasse und er nicht bekennt, dann wird es vielleicht beweisen, daß er tatsächlich nichts zu bekennen hatte – Ihr gebt doch zu, daß dem so ist? Dann werde ich nicht verdammt werden ob eines Menschen, der nichts bekannt hat, weil er nichts zu bekennen hatte – deshalb dräut mir keine Gefahr.«

Das war die verbohrte Unvernunft der Zeit. Es war zwecklos, mit ihr zu streiten. Argumente sind machtlos gegen eine Erziehung in versteinerten Überlieferungen;

sie wetzen sie so wenig ab wie die Wellen eine Klippe. Und so wie die Königin waren alle erzogen. Selbst der intelligenteste Mensch im Lande wäre nicht fähig gewesen, zu erkennen, daß ihr Standpunkt verkehrt war.

Als wir die Folterzelle betraten, erblickte ich ein Bild, das mich nicht mehr loslassen will – ich wünschte, ich könnte es vergessen. Ein einheimischer junger Riese von etwa dreißig Jahren lag rücklings auf dem Streckbett; Hand- und Fußgelenke waren mit Stricken gebunden, die an beiden Enden des Gestells über Rollwinden liefen. Alle Farbe war aus seinem Gesicht gewichen, seine Züge waren verzerrt und verkrampft, und Schweißtropfen standen ihm auf der Stirn. Von jeder Seite beugte sich ein Priester über ihn; der Henker hielt sich in der Nähe auf, Wachen standen auf ihren Posten, rauchende Fackeln steckten die Wände entlang in Haltern; in einer Ecke hockte mit angstentstelltem Gesicht ein armes junges Ding; in ihren Augen lag ein verstörter und gehetzter Ausdruck, und auf ihrem Schoß schlief ein kleines Kind. Als wir eben die Schwelle überschritten, drehte der Henker ein wenig an der Maschine, und sowohl dem Gefangenen wie auch der Frau entrang sich ein Schrei; aber ich stieß einen Ruf aus, und da lockerte der Henker die Spannung, ohne erst nachzusehen, wer gerufen hatte. Ich konnte nicht zulassen, daß das Grauenvolle weiterging; es hätte mich umgebracht, es mit anzusehen. Ich bat die Königin, die Zelle räumen und mich unter vier Augen mit dem Gefangenen sprechen zu lassen, und als sie wiedersprechen wollte, sagte ich leise, ich wolle ihr vor den Dienern keine Szene machen, aber meinen Willen müsse ich haben, denn ich sei der Vertreter König Artus' und spräche in seinem Namen. Da sah sie ein, daß sie nachgeben mußte. Ich forderte sie auf, den Leuten meine Vollmacht zu bestätigen und mich dann zu verlassen. Das war für sie nicht angenehm, aber sie schluckte die bittere Pille und ging sogar noch weiter, als ich eigentlich verlangt hatte. Ich hatte nur gewollt, daß sie sich mit ihrer eigenen Autorität hinter mich stellte, aber sie sagte:

»Ihr werdet in allem tun, was dieser Herr von Euch verlangt. Er ist der Boss.«

Das war gewiß ein wirksames Zauberwort; es war daran zu erkennen, wie sich diese Schufte duckten. Die Wachen der Königin traten an, sie marschierte mit ihnen und den Fackelträgern hinaus, und der rhytmische Klang ihrer sich entfernenden Schritte weckte ein Echo in den hohlen Gängen. Ich ließ den Gefangenen vom Streckbett nehmen und auf eine Pritsche legen, seine Wunden mit Medikamenten behandeln und ihm Wein zu trinken geben. Die Frau schlich sich näher und sah begierig, liebevoll, aber schüchtern zu, wie jemand, der fürchtet, zurückgewiesen zu werden; sie versuchte sogar, heimlich die Stirn des Mannes zu berühren und sprang zurück, ein Bild der Furcht, als ich mich ihr unwillkürlich zuwandte. Es war jammervoll anzusehen.

»Herr des Himmels, Mädchen, so streichle ihn doch, wenn du willst. Tu, was du möchtest, und kümmere dich nicht um mich.«

Tatsächlich, ihre Augen waren so voll Dankbarkeit wie die eines Tieres, wenn man ihm eine Freundlichkeit erweist, die es versteht. Im Nu hatte sie den Säugling beiseite und ihre Wange gegen die des Gefangenen gelegt; ihre Hände streichelten sein Haar, und sie vergoß Freudentränen. Der Mann belebte sich und liebkoste seine Frau mit Blicken; mehr zu tun vermochte er nicht. Ich dachte, nun könnte ich die Zelle wohl räumen lassen, und tat es. Ich schickte alle hinaus, nur die Familie und ich blieben. Dann sagte ich:

»Nun, mein Freund, berichte mir, was dein Standpunkt bei der Sache ist; den der anderen kenne ich bereits.«

Der Mann bewegte zum Zeichen seiner Weigerung den Kopf. Die Frau aber sah erfreut aus, so schien mir, erfreut über meine Aufforderung.

Ich sprach weiter: »Hast du von mir gehört?«

»Ja, alle in Artus' Reich haben von Euch gehört.«

»Wenn mein Ruf richtig und unverfälscht zu dir gedrungen ist, dann solltest du keine Angst haben zu sprechen.«

Die Frau fiel voller Eifer ein: »Ach, edler Herr, überredet Ihr ihn! Ihr könnt es tun, wenn Ihr wollt. Ach, er leidet so, und das für mich – für *mich*! Wie soll ich's denn ertragen? Ich wollte, ich sähe ihn sterben – eines sanften, schnellen Todes sterben; ach, mein Hugo, diesen Tod aber kann ich nicht ertragen!«

Sie begann zu schluchzen, rutschte auf den Knien zu meinen Füßen herum und flehte weiter. Worum flehte sie? Um den Tod des Mannes? Ich verstand die Zusammenhänge der Sache nicht recht.

Hugo aber unterbrach seine Frau und sagte: »Still! Du weißt nicht, was du erbittest. Soll ich die, die ich liebe, verhungern lassen, um einen sanften Tod zu erlangen? Ich denke, du kennst mich besser!«

»Nun«, sagte ich, »ich finde mich da nicht ganz zurecht. Es ist mir ein Rätsel. Jetzt...«

»Ach, lieber Herr, wenn Ihr ihn nur überreden wolltet! Bedenkt nur, wie mich seine Folter quält! Ach, und er will nicht sprechen! Wo doch Genesung und Trost in einem gesegneten schnellen Tod liegen...«

»Was murmelst du da bloß zusammen! Er wird als freier Mensch hier hinausgehen – er wird nicht sterben.«

Das bleiche Gesicht des Mannes leuchtete auf, und die Frau stürzte in einer höchst erstaunlichen Explosion der Freude auf mich zu und rief: »Er ist gerettet! Denn es ist das Wort des Königs durch den Mund seines Dieners – das Wort König Artus', das gleich Gold ist!«

»Nun, dann glaubt ihr also jetzt schließlich doch, daß man mir vertrauen kann. Warum nicht vorher?«

»Wer hat daran gezweifelt? Ich nicht und auch sie nicht.«

»Nun, warum hast du mir dann deine Geschichte nicht erzählen wollen?«

»Ihr hattet kein Versprechen gegeben, sonst wäre es anders gewesen.«

»Aha, ich verstehe ... Aber ich glaube, ganz verstehe ich doch noch immer nicht. Du hast der Folter standgehalten und dich geweigert zu gestehen, was selbst dem Dümmsten deutlich zeigt, daß du nichts zu gestehen hattest...«

»Ich, Herr? Wieso? Den Hirsch habe ich erlegt.«

»Tätsächlich? Ach, du liebe Güte, das ist die verzwickteste Sache, die ich je...«

»Lieber Herr, ich habe ihn auf den Knien angefleht, es zu bekennen, aber...«

»Tatsächlich! Die Sache wird immer unverständlicher. Weshalb sollte er es denn tun?«

»Weil es ihm einen schnellen Tod gebracht und ihm all diese grausamen Schmerzen erspart hätte.«

»Nun, freilich, daran ist etwas Vernünftiges. Er aber wollte den schnellen Tod nicht.«

»Er? Aber freilich wollte er ihn.«

»Ja, warum in aller Welt hat er dann nicht gestanden?«

»Ach, lieber Herr, hätte ich denn Frau und Kind ohne Brot und Obdach zurücklassen sollen?«

»O du goldenes Herz, jetzt verstehe ich! Das grausame Gesetz nimmt einem Mann, dessen Schuld erwiesen ist, den Besitz und macht seine Witwe und seine Waisen zu Bettlern. Sie hätten dich zwar zu Tode foltern, aber dein Weib und dein Kind ohne Beweis oder Geständnis nicht berauben können. Du hast zu den beiden gehalten, ein wahrer Mann, und du – als treue Gattin und echte Frau – hättest seine Befreiung von der Folter durch deinen eigenen langsamen Hungertod erkauft – nun, es beschämt einen, daran zu denken, wessen dein Geschlecht fähig ist, wenn es gilt, sich aufzuopfern. Ich werde euch beide für meine Kolonie einschreiben; dort wird es euch gefallen; es ist eine Fabrik, in der ich blinde, mühsam rackernde Automaten in *Menschen* verwandeln werde.«

ACHTZEHNTES KAPITEL

Im Burgverlies der Königin

Nun, ich leitete das alles in die Wege und ließ den Mann nach Hause schicken. Ich hatte große Lust, den Henker aufs Streckbrett zu spannen; nicht, weil er ein guter, peinlich gewissenhafter und hochnotpeinlich verhörender Beamter war – denn sicher war es für ihn keine Schande, daß er seine Tätigkeit gut ausübte –, sondern um ihm heimzuzahlen, daß er die junge Frau voll Bosheit geschlagen und auch auf andere Weise gequält hatte. Dies wurde mir von den Priestern berichtet; sie wünschten mit Feuereifer, daß er bestraft würde. Derartige unangenehme Dinge passierten hin und wieder; ich meine Zwischenfälle, die bewiesen, daß nicht alle Priester Betrüger und Egoisten waren, sondern daß viele, sogar die große Mehrzahl von denen, die unten mit dem gemeinen Volk lebten, ehrlich und rechtschaffen waren und sich der Linderung des Kummers und Leids der Menschen widmeten. Nun, dagegen war nichts zu machen, und so ärgerte ich mich darüber nur selten und stets bloß einige Minuten lang, denn es ist nie meine Art gewesen, mir über Dinge, die nicht zu ändern sind, den Kopf zu zerbrechen. Gern sah ich es freilich nicht, denn es war so recht geeignet, die Menschen mit einer Staatskirche zu versöhnen. Religion muß sein – das versteht sich von selbst –, aber meiner Meinung nach sollte sie in vierzig freie Sekten aufgeteilt werden, damit sie sich gegenseitig bewachen können, so, wie es zu meiner Zeit in den Vereinigten Staaten der Fall gewesen war. Jede Machtkonzentration in einem politischen Apparat ist etwas Schlechtes, und eine Staatskirche ist nichts weiter als ein politischer Apparat; dazu wurde sie erfunden, und dazu wird sie gehegt, gepflegt und am Leben erhalten; sie ist ein Feind der menschlichen Freiheit und schafft nichts Gutes, das sie nicht in zersplittertem Zustand viel besser schaffen könnte. Das ist nun kein Gesetz, kein Evangelium, sondern nur eine persönliche Meinung – die meine, und ich bin nur ein Mensch, ein einzelner; daher ist sie nicht mehr wert als die Meinung des Papstes – aber auch nicht weniger.

Nun, ich konnte den Henker nicht aufs Streckbett spannen, wollte aber die berechtigten Klagen der Priester auch nicht übergehen. Auf irgendeine Weise mußte der Mann bestraft werden, und so enthob ich ihn seinem Amtes und degradierte ihn zum Dirigenten der Musikkapelle – der neuen, die gegründet werden sollte. Er flehte inständig und sagte, er könne nicht spielen – ein scheinbar einleuchtender, aber nicht stichhaltiger Grund; im ganzen Lande gab es nicht einen Musikanten, der spielen konnte.

Die Königin war am nächsten Morgen sehr entrüstet, als

sie erfuhr, daß sie weder Hugos Leben, noch seinen Besitz erhalten sollte. Ich erzählte ihr jedoch, sie müsse ihr Kreuz tragen, denn wenn sie auch nach Gesetz und Sitte ein Anrecht sowohl auf sein Leben als auch auf seinen Besitz habe, so gebe es doch mildernde Umstände, und deshalb hätte ich den Mann im Namen Artus', des Königs, begnadigt. Der Hirsch habe sein Feld verwüstet; er habe im Affekt getötet und nicht um des Gewinnes willen; dann habe er ihn in den königlichen Forst getragen, in der Hoffnung, dadurch werde der Übeltäter unerkannt bleiben. Der Kuckuck soll sie holen – es gelang mir nicht, ihr begreiflich zu machen, daß der Affekt beim Totschlag eines Hirsches (oder eines Menschen) ein mildernder Umstand ist; so gab ich es also auf und ließ sie ausschmollen. Ich hatte tatsächlich geglaubt, ich könne es ihr durch die Bemerkung verständlich machen, ihr eigener Affekt im Falle des Pagen mildere dieses Verbrechen.

»Verbrechen!« rief sie. »Wie Ihr nur redet! Ein Verbrechen, wahrlich! Mann, ich werde ihn *bezahlen!*«

Ach, es war zwecklos, Vernunft auf sie zu verschwenden. Erziehung – Erziehung ist alles, Erziehung macht den Menschen aus. Wir sprechen von der Natur eines Menschen; das ist Torheit, so etwas gibt es nicht; was wir mit diesem irreführenden Wort bezeichnen, ist weiter nichts als nur ererbte Anlagen und Erziehung. Wir denken keinen eigenen Gedanken, haben keine eigene Meinung; alles wird uns übermittelt und anerzogen. Alles in uns, was ursprünglich und daher für uns einigermaßen ehrenvoll oder schimpflich ist, kann von der Spitze einer feinen Nähnadel verdeckt und verborgen werden; alles übrige sind Teilchen, die von einer langen Ahnenreihe beigesteuert und uns vererbt wurden; sie erstreckt sich über eine Milliarde Jahre bis zur Adamsmuschel, dem Grashüpfer oder dem Affen zurück, woraus unsere Rasse so mühselig, so prahlerisch und so nutzlos entwickelt wurde. Was mich betrifft, so bin ich bei dieser beschwerlichen, traurigen Pilgerreise, diesem erbarmenswerten Dahintreiben zwischen den Ewigkeiten nur darauf bedacht, bescheiden ein sauberes, anständiges und tadelfreies Leben zu leben und das eine mikroskopische

Atom in mir zu retten, das wirklich ich selbst bin, der Rest mag zur Hölle fahren – mir soll's recht sein.

Nein, zum Kuckuck mit ihr, intelligent war sie, Verstand hatte sie genug, aber ihre Erziehung machte sie zum Einfaltspinsel – das heißt, von einem viele Jahrhunderte später liegenden Standpunkt aus gesehen. Den Pagen zu töten, war kein Verbrechen – es war ihr gutes Recht, und auf ihrem Recht bestand sie, unbeschwert und ohne jedes Schuldgefühl. Sie war das Ergebnis einer generationenlangen Erziehung in dem ungeprüften und unbestrittenen Glauben, das Gesetz, das ihr gestattete, einen Untertanen zu töten, wenn es ihr beliebte, sei durchaus richtig und gerecht.

Nun, selbst dem Satan muß man lassen, was ihm zukommt. Für eins verdiente sie ein Kompliment, und ich bemühte mich, es ihr auszusprechen, aber die Worte blieben mir in der Kehle stecken. Es war ihr Recht gewesen, den Knaben zu töten, und sie war keineswegs verpflichtet, ihn zu bezahlen. Von einigen anderen Leuten verlangte es das Gesetz, von ihr aber nicht. Sie wußte sehr genau, daß es großzügig und nobel von ihr war, für den Knaben zu zahlen, und daß ich ihr um des gewöhnlichen Anstands willen etwas Nettes darüber sagen müßte, aber das konnte ich nicht – meine Zunge weigerte sich einfach. Es gelang mir nicht, das Bild der armen alten Großmutter mit dem gebrochenen Herzen aus meiner Vorstellung zu vertreiben, sowie das des hübschen jungen Geschöpfs, wie es hingeschlachtet dalag, sein seidener Pomp und Flitter mit Spitzen aus seinem goldenen Blut verbrämt. Wie konnte sie denn für den Knaben *zahlen! Wem* konnte sie ihn bezahlen? Deshalb gelang es mir trotz meines Wissens, daß diese Frau in Anbetracht der Erziehung, die sie genossen hatte, lobende, ja selbst schmeichelhafte Worte verdiente, eben meiner Erziehung wegen nicht, ihr dies zu sagen. Alles, was ich zu tun vermochte, war, ein Kompliment gewissermaßen von draußen herbeizuzerren – und das Schlimme war, daß es der Wahrheit entsprach:

»Madame, Ihr Volk wird Sie dafür verehren.«

Das stimmte schon, aber ich hatte die Absicht, sie eines

Tages dafür zu hängen, wenn ich es noch erleben sollte. Manche von diesen Gesetzen waren allzu schlimm, einfach allzu schlimm. Ein Herr durfte seinen Sklaven um nichts und wieder nichts töten, aus purer Bosheit, aus Gehässigkeit oder zum Zeitvertreib – genauso, wie es das gekrönte Haupt mit *seinem* Sklaven – das heißt mit jedermann – tun durfte, wie wir sahen. Ein Adliger konnte einen gemeinen Freien töten und für ihn bezahlen – in bar oder mit Grünkram. Ein Edelmann durfte einen anderen Edelmann kostenlos töten, was das Gesetz betraf, hatte aber eine Vergeltung in gleicher Münze zu erwarten. Jeder durfte irgend jemanden töten, mit Ausnahme des gemeinen Mannes und des Sklaven; sie hatten keine Vorrechte. Wenn sie töteten, dann war das Mord, und Mord ließ das Gesetz nicht zu. Es machte mit dem, der es versuchte, kurzen Prozeß, und wenn er jemanden ermordet hatte, der zu den oberen, dekorativen Schichten gehörte, auch mit seiner Familie. Brachte ein gemeiner Mann einem Adligen auch nur einen Damiens-Kratzer bei, der ihn nicht tötete und ihm noch nicht einmal weh tat, dann erhielt er trotzdem dafür Damiens-Lohn: mit Pferden zerrissen sie ihn zu kleinen Stükken und Fetzen, und alle Leute kamen, um sich das Schauspiel anzusehen, Witze zu reißen und sich zu amüsieren; und manche Äußerungen, welche die höchststehenden Leute unter den Anwesenden von sich gaben, waren so hartgesotten und so völlig ungeeignet für den Druck wie alle jene, die der muntere Casanova in seinem Kapitel über die Zerteilung des armen ungeschickten Feindes Ludwig XV. drucken ließ.

Ich hatte jetzt genug von diesem schaurigen Ort und wollte fort, konnte aber nicht, weil mir noch etwas auf der Seele lag, dessentwegen mir mein Gewissen ohne Unterlaß zusetzte und das ich nicht vergessen konnte. Wenn ich den Menschen neu zu erschaffen hätte, dann besäße er kein Gewissen. Es gehört zu den unangenehmsten Dingen, die mit einem verbunden sind, und obgleich es gewiß eine Menge Gutes schafft, so kann man doch nicht sagen, daß sich dies auf die Dauer auszahlt; es wäre viel besser, weniger Gutes und mehr Bequemlichkeit zu haben. Freilich ist das nur meine Meinung, und ich bin bloß ein einzelner; andere, die weniger Erfahrung haben, mögen darüber anders denken. Sie haben ein Recht auf ihre Ansicht. Ich aber vertrete folgende: viele Jahre lang habe ich mein Gewissen beobachtet und weiß, daß es mir mehr Mühe und Ärger bereitet, als sonst irgendwas, womit ich mich je eingelassen habe. Ich glaube, zuerst schätzte ich es, weil wir alles, was uns gehört, schätzen, aber wie töricht war doch diese Meinung. Betrachten wir die Sache anders, dann sehen wir, wie widersinnig das ist: wenn ich einen Amboß in mir hätte, schätzte ich den etwa? Natürlich nicht. Denkt man aber richtig darüber nach, dann besteht eigentlich gar kein Unterschied zwischen einem Gewissen und einem Amboß – ich meine, was die Bequemlichkeit betrifft. Tausendmal habe ich das festgestellt. Einen Amboß könnte man auch mit Säuren auflösen, wenn man ihn nicht länger ertrüge; ein Gewissen aber kann man mit keiner Methode loswerden – zumindest nicht so, daß man es endgültig los ist; mir ist jedenfalls keine bekannt.

Etwas wollte ich noch erledigen, bevor ich fortging, aber es war etwas Unangenehmes, und ich nahm es nur äußerst ungern in Angriff. Nun, die Sache setzte mir den ganzen Morgen zu. Ich hätte sie ja dem alten König gegenüber erwähnen können, aber was hätte das genützt? Er war nur ein ausgebrannter Vulkan, der früher einmal in Tätigkeit gewesen war; aber sein Feuer war schon seit geraumer Zeit erloschen und er jetzt nur noch ein stattlicher Aschenhaufen; zwar war er sanft und zweifellos auch gutmütig genug für meine Zwecke, aber doch unbrauchbar. Er galt nichts, dieser sogenannte König: die Königin war die einzige Macht dortzulande. Und sie war der reine Vesuv. Um jemandem einen Gefallen zu tun, mochte sie sich wohl bereit erklären, einen Schwarm Sperlinge aufzuwärmen, aber dann konnte sie auch diese Gelegenheit beim Schopfe fassen, um außer Rand und Band zu geraten und eine ganze Stadt zu begraben. Aber ich überlegte mir, daß man häufig das Schlimmste erwartet und es dann schließlich gar nicht so schlimm kommt.

So faßte ich mir also ein Herz und trug ihrer königlichen

Hoheit mein Anliegen vor. Ich erklärte, in Camelot und anderen benachbarten Burgen hätte ich eine allgemeine Ausleerung der Gefängnisse vorgenommen, und mit ihrer Erlaubnis wollte ich ihre Kollektion, ihre Kuriositäten, das heißt ihre Gefangenen, gern einmal überprüfen. Sie widersetzte sich, aber das hatte ich erwartet. Schließlich willigte sie ein. Auch das hatte ich erwartet, aber noch nicht so bald. Damit war mein Unbehagen so ziemlich beseitigt. Sie rief ihre Wachen und Fackelträger, und wir stiegen in ihr Verlies hinab. Es befand sich tief unter den Grundmauern der Burg und bestand zumeist aus kleinen, aus dem natürlichen Felsen gehauenen Zellen. Manche von diesen hatten überhaupt kein Licht. In einer saß eine Frau in verfaulten Lumpen auf der Erde, antwortete auf keine Frage und sprach kein Wort, sondern blickte nur ein-, zweimal durch ein Spinnennetz von verfilztem Haar zu uns auf, als wollte sie nachsehen, welches Ding da mit Geräusch und Licht den sinnlosen, dumpfen Traum störte, zu dem ihr Leben geworden war; dann saß sie gebückt da, hielt die schmutzverkrusteten Finger untätig im Schoß gefaltet und gab kein Lebenszeichen mehr. Dieses arme Knochengestell war scheinbar eine Frau mittleren Alters, aber nur scheinbar; sie war seit neun Jahren dort und im Alter von achtzehn hineingekommen. Es war ein Mädchen aus dem Volk, und in ihrer Brautnacht hatte Sir Breuse Sance Pité, ein Lord der Nachbarschaft, dessen Vasall ihr Vater war, sie hergeschickt; sie hatte dem besagten Edelmann das verweigert, was später *»Das Recht der ersten Nacht«* genannt wurde; darüber hinaus hatte sie Gewalt gegen Gewalt gesetzt und einen viertel Becher seines fast heiligen Blutes vergossen. An diesem Punkt hatte sich der junge Mann eingemischt, weil er das Leben der Braut in Gefahr glaubte; er hatte den adligen Herrn unter die demütigen, zitternden Hochzeitsgäste in die gute Stube hinausgeworfen, und ihn, der erstaunt über diese seltsame Behandlung und voll unversöhnlicher Erbitterung gegen Braut und Bräutigam war, dort sitzen lassen. Da im Verlies besagten Edelmannes Platzmangel herrschte, bat er die Königin, seine beiden Verbrecher unterzubringen, und so befanden sie sich seitdem hier in der Bastille Ihrer Hoheit; sie waren hergekommen, bevor ihr Verbrechen eine Stunde alt war, und hatten einander seitdem nicht wieder gesehen. Hier hockten sie wie Kröten in ein und demselben Felsen; sie hatten neun stockfinstere Jahre in fünfzig Fuß Entfernung von einander verbracht, und doch wußte keiner von beiden, ob der andere noch am Leben war. Die ersten Jahre über hatten sie flehend und unter Tränen, die mit der Zeit vielleicht Steine hätten erweichen können – aber Herzen sind keine Steine –, immer nur eines gefragt: »Lebt er noch?« – »Lebt sie noch?« Eine Antwort aber hatten sie nie erhalten, und endlich stellten sie die Frage nicht mehr.

Ich wollte den Mann sehen, nachdem ich all das erfahren hatte. Er war vierunddreißig Jahre alt und sah aus wie sechzig. Er saß auf einem viereckigen Steinblock, hielt den Kopf gesenkt und die Arme auf die Knie gestützt; sein langes Haar hing ihm wie Fransen vor dem Gesicht, und er murmelte im Selbstgespräch. Er hob das Kinn und betrachtete uns langsam auf eine matte, stumpfe Weise, blinzelte im quälenden Fackellicht, ließ den Kopf dann wieder sinken, murmelte weiter vor sich hin und nahm keine Notiz mehr von uns. Es gab einige tragisch-beredte stumme Zeugen. An Hand- und Fußgelenken hatte er Narben, alte, glatte Male, und an dem Stein, auf dem er saß, war eine Kette befestigt, an der Hand- und Fußschellen hingen. Der Apparat lag jedoch unbenutzt auf der Erde und war stark verrostet. Ketten sind nicht mehr nötig, wenn der Lebensmut einen Gefangenen verlassen hat.

Es gelang mir nicht, den Mann munter zu bekommen, darum sagte ich, wir wollten ihn zu ihr bringen, um zu sehen, was dann geschehe – zu der Braut, die einstmals das Schönste auf Erden für ihn war: Rosen, Perlen, Tautropfen, für ihn zu Fleisch und Blut geworden, ein Wunder, das Meisterwerk der Natur, mit Augen, wie es keine zweiten gab, einer Stimme, die keiner anderen glich, frisch, von geschmeidiger, jugendlicher Anmut, und einer Schönheit, wie sie eigentlich nur Traumbildern eigen sein konnten, so glaubte er. Ihr Anblick mußte sein stockendes Blut in Wallung setzen, ihr Anblick...

Aber es war eine Enttäuschung. Sie saßen zusammen auf der Erde und blickten einander eine Weile etwas erstaunt ins Gesicht, mit einer Art schwacher Neugier, wie der von Tieren; dann vergaßen sie die Gegenwart des anderen, ließen den Blick sinken, und es war zu sehen, daß ihre Gedanken sich wieder in irgendeinem fernen Land der Träume und Schatten verloren, von dem wir nichts wissen.

Ich ließ sie aus dem Verlies und zu ihren Freunden führen. Die Königin war nicht sehr erbaut davon. Nicht, als hätte sie ein persönliches Interesse an der Sache gehabt, aber sie hielt es für respektlos Sir Breuse Sance Pité gegenüber. Ich versicherte ihr jedoch, falls er der Meinung sei, er könne es nicht ertragen, dann wolle ich ihn schon dazu bringen.

Ich ließ siebenundvierzig Eingekerkerte aus diesen schrecklichen Rattenlöchern heraus, und nur einen ließ ich in Gefangenschaft. Es war ein Lord, und er hatte einen anderen Edelmann getötet, einen entfernten Verwandten der Königin. Der hatte ihm aufgelauert, um ihn zu ermorden, aber dieser Kerl hier hatte ihn überwältigt und ihm die Kehle durchgeschnitten. Das war jedoch nicht der Grund, weshalb ich ihn im Kerker ließ, sondern weil er böswillig den einzigen öffentlichen Brunnen in einem der elenden Dörfer zerstört hatte. Die Königin beabsichtigte, ihn zu hängen, weil er ihren Verwandten umgebracht hatte; das wollte ich aber nicht gestatten: es war ja kein Verbrechen, einen Mörder zu töten. Ich sagte jedoch, ich wollte ihr erlauben, ihn wegen der Zerstörung des Brunnens zu hängen; sie beschloß deshalb, sich damit zu begnügen, denn es war ja besser als gar nichts.

Du lieber Himmel, wegen welch geringfügiger Vergehen waren die meisten dieser siebenundvierzig Männer und Frauen dort eingesperrt! Einige waren sogar überhaupt nicht wegen eines bestimmten Vergehens da, sondern nur, um jemandes Gehässigkeit zu befriedigen, und zwar durchaus nicht immer die der Königin, sondern irgendeines ihrer Freunde. Das Verbrechen des zuletzt eingelieferten Gefangenen war eine bloße Bemerkung gewesen, die er geäußert hatte. Er hatte gesagt, er sei der Meinung, wenn man das ganze Volk nackt auszöge und einen Fremden durch die Menge schickte, dann könnte der den König nicht von einem Quacksalber und einen Herzog nicht von einem Hotelangestellten unterscheiden. Offensichtlich war das ein Mensch, dessen Gehirn nicht durch eine idiotische Erziehung zu einem unwirksamen Brei verdorben worden war. Ich ließ ihn frei und sandte ihn in die Fabrik.

Einige der in den natürlichen Stein gehauenen Zellen befanden sich dicht hinter der steil abfallenden Felswand, und in ihnen hatte man jeweils eine Schießscharte nach außen zum Tageslicht gebrochen, so daß den Gefangenen ein dünner Strahl des lieben Sonnenscheins tröstete. Das Schicksal eines dieser armen Teufel war besonders hart. Von seinem düsteren Schwalbenloch hoch oben in der riesigen natürlichen Felswand konnte er durch die Schießscharte hinausspähen und drüben im Tal sein eigenes Haus sehen; und seit zweiundzwanzig Jahren hatte er es voller Schmerz und Sehnsucht durch jenen Schlitz beobachtet. Nachts konnte er sehen, wie dort Licht brannte, und tags, wie Gestalten ein- und ausgingen, darunter gewiß auch seine Frau und seine Kinder, obgleich er sie aus dieser Entfernung nicht zu erkennen vermochte. Im Laufe der Jahre bemerkte er, wie dort Feste gefeiert wurden, versuchte, sich zu freuen, und fragte sich, ob es wohl Hochzeiten waren, oder was es sonst sein könnte. Er beobachtete auch Leichenbegängnisse, und sie zerrissen ihm das Herz. Er konnte den Sarg erkennen, aber nicht feststellen, wie groß er war, und er wußte deshalb nicht, ob seine Frau oder ein Kind darin lag. Er konnte sehen, wie der Leichenzug zusammentrat, mit Priestern und Trauergästen, sich dann feierlich davonbewegte und sein Geheimnis mitnahm. Fünf Kinder und eine Frau hatte er zurückgelassen, und in neunzehn Jahren hatte er fünf Trauerzüge aus dem Haus kommen sehen; keiner davon war bescheiden genug für einen Diener gewesen. Fünf seiner Lieben hatte er also verloren, einer mußte noch übriggeblieben sein – einer, der jetzt unendlich, unaussprechbar kostbar war – aber wer? War es die Frau oder ein Kind? Das war die Frage, die ihn Tag und Nacht, im Schlafen und Wachen quälte. Nun, irgendein Interesse und einen halben Lichtstrahl zu haben, wenn man im Kerker sitzt, hält den Körper aufrecht und bewahrt den Geist. Der Mann war noch in ziemlich gutem Zustand. Als er mir seine kummervolle Geschichte zu Ende erzählt hatte, befand ich mich in demselben Gemütszustand, in dem auch ihr gewesen wäret, wenn ihr mit einer durchschnittlichen menschlichen Neugier begabt seid; das heißt, ich brannte ebenso darauf wie er selbst, zu erfahren, welches Mitglied seiner Familie übriggeblieben war. Ich begleitete ihn deshalb persönlich zu seinem Haus, und es wurde ein erstaunliches Fest der Überraschung – wahre Taifune und Zyklone von tollen Freudenausbrüchen und ganze Niagarafälle von Tränen des Glücks, und bei Gott, wir trafen die ehemals junge Hausfrau ergrauend und fast an der Schwelle ihres zweiten halben Jahrhunderts, und die kleinen Kinder waren alle Männer und Frauen geworden; einige hatten geheiratet und versuchten sich schon als Familienväter und -mütter, denn nicht einer aus der ganzen Sippe war tot! Stellt euch nur die raffinierte Teufelei der Königin vor; sie empfand diesem Gefangenen gegenüber besonderen Haß und hatte alle diese Begräbnisse selbst *erfunden*, um sein Herz zu zerreißen, und der geistvollste Geniestreich der ganzen Geschichte war gewesen, ein Begräbnis auf der Familienliste *auszulassen*, damit sich der arme alte Mensch beim Raten verzehrte.

Ohne mich wäre er niemals hinausgekommen. Morgan le Fay haßte ihn von ganzem Herzen und hätte ihm gegenüber auch niemals Milde walten lassen. Dabei war sein Verbrechen eher aus Gedankenlosigkeit als bewußter Schlechtigkeit begangen worden. Er hatte gesagt, sie habe rotes Haar. Nun, das stimmte, aber es war keine Art und Weise, es so zu nennen. Wenn rothaarige Leute oberhalb einer gewissen gesellschaftlichen Stufe stehen, dann ist ihr Haar kupferfarben.

Denkt nur: unter den siebenundvierzig Gefangenen gab es fünf, bei denen Name, Vergehen und Tag der Inhaftierung nicht mehr bekannt waren! Es handelte sich dabei um eine Frau und vier Männer – lauter gebeugte, verrunzelte Patriarchen, deren Geist erloschen war. Sie selbst hatten diese Einzelheiten längst vergessen, zumindest hatten sie nur verschwommene Erklärungen darüber, nichts Bestimmtes und nichts, was sie zweimal auf die gleiche Weise wiederholt hätten. Unter der Folge von Priestern, deren Amt es gewesen war, täglich mit den Gefangenen zu beten und sie daran zu erinnern, daß Gott sie zu irgendeinem weisen Zwecke dorthin gesetzt habe, sowie sie zu lehren, daß Geduld, Demut und Unterwerfung unter die Unterdrückung gerade das waren, was er bei Leuten untergeordneten Standes liebte, unter diesen Priestern gab es Überlieferungen in bezug auf jene armen, betagten menschlichen Ruinen, mehr aber nicht. Die Überlieferungen gingen nicht sehr weit, denn sie betrafen nur die Länge der Haftzeit, nicht aber das Vergehen. Sogar mit ihrer Hilfe konnte nur bewiesen werden, daß keiner der fünf seit fünfunddreißig Jahren je das Tageslicht gesehen hatte; wieviel länger sie es entbehrt hatten, ließ sich nicht erraten. Der König und die Königin wußten nichts über diese armen Geschöpfe, außer, daß sie Erbstücke waren, zusammen mit dem Thron von der früheren Firma übernommene Aktiva. Von ihrer Geschichte wurde mit ihrer Person nichts übernommen, und so hatten die Erben sie als wertlos betrachtet und sich nicht für sie interessiert. Ich sagte zur Königin:

»Warum, um Himmels willen, haben Sie sie denn nicht freigelassen?«

Diese Frage war für sie eine harte Nuß. Sie wußte nicht, weshalb sie es nicht getan hatte, sie war nie auf den Gedanken gekommen. Da hatte sie nun die authentische Geschichte künftiger Gefangener des Chateau d'If vorweggenommen, ohne es zu wissen. Mir schien jetzt offensichtlich zu sein, daß die ererbten Gefangenen für die Königin bei ihrer Erziehung einfach nur ein Besitz waren – nicht mehr und nicht weniger. Nun, wenn wir einen Besitz erben, dann kommt es uns nicht in den Sinn, ihn wegzuwerfen, selbst wenn wir ihm keinen Wert beimessen.

Als ich meine Prozession menschlicher Fledermäuse in die freie Welt und die blendend helle Nachmittagssonne hinaufbrachte – zuvor hatte ich ihnen die Augen verbunden, aus Barmherzigkeit, da sie ja so lange nicht vom Licht gequält worden waren –, da boten sie vielleicht ein Schauspiel! Skelette, Vogelscheuchen, Kobolde, jeder einzelne ein mitleiderregendes Scheusal – so legitime Kinder der Monarchie wie nur möglich, von Gottes und der Staatskirche Gnaden. Ich murmelte geistesabwesend vor mich hin: »Ich wollte, ich könnte sie photographieren!«

Ihr kennt doch die Art Leute, die sich niemals anmerken lassen wollen, daß sie die Bedeutung eines neuen, eindrucksvoll klingenden Wortes nicht kennen. Je größer ihre Unwissenheit ist, um so jämmerlich gewisser ist es auch, daß sie so tun werden, als habt ihr sie nicht überfordert. Zu der Sorte gehörte die Königin, und sie beging aus diesem Grunde fortwährend die dümmsten Schnitzer. Einen Augenblick zögerte sie, dann leuchtete ihr Gesicht in plötzlichem Verständnis auf, und sie sagte, sie wolle es für mich tun.

Ich dachte: »Die? Was kann sie denn vom Photographieren wissen?« Es war aber zum Nachdenken ein ungeeigneter Augenblick. Als ich mich umsah, ging sie mit einer Axt auf den Zug los!

Nun, sie war bestimmt eine merkwürdige Person, diese Morgan le Fay. Ich habe zu meiner Zeit die verschiedensten Frauen kennengelernt, aber sie legte in bezug auf Vielseitigkeit alle aufs Kreuz! Und wie charakteristisch diese Episode doch für sie war. Vom Photographieren einer Prozession hatte sie soviel Ahnung wie ein Pferd, aber es sah ihr ähnlich, daß sie es im Zweifelsfalle mit einer Axt versuchen wollte.

NEUNZEHNTES KAPITEL

Fahrendes Rittertum als Gewerbe

Am nächsten Morgen waren Sandy und ich schon recht früh wieder unterwegs. Wie gut tat es doch, die Lungen vollzupumpen und faßweise die herrliche, unverdorbene, taufrische, nach Wald duftende Luft des lieben Herrgotts in sich aufzunehmen, nachdem Körper und Geist zwei Tage und zwei Nächte lang in dem moralischen und physischen Gestank jenes unerträglichen alten Habichtshorsts fast erstickt waren! Ich meine, was mich betrifft; Sandy hatte den Ort selbstverständlich als ganz in der Ordnung und angenehm empfunden, denn sie war ihr Lebtag an das vornehme Leben gewöhnt.

Das arme Mädchen; ihre Sprechmuskeln hatten jetzt eine ermüdende Ruhepause gehabt, und ich erwartete, die Folgen ertragen zu müssen. Ich behielt recht; aber sie hatte ja in der Burg zu mir gehalten und sich äußerst hilfreich gezeigt, hatte mich mit gigantischen Torheiten, die in diesem Fall mehr wert waren als doppelt so große Weisheiten, tüchtig unterstützt und gestärkt; deshalb war ich der Ansicht, sie habe sich das Recht verdient, ihre Plappermühle eine Weile laufen zu lassen, wenn sie es wünschte, und ich empfand nicht den kleinsten Schock, als sie loslegte:

»Jetzt aber wenden wir uns Sir Marhaus zu, der mit der Jungfrau von dreißig Wintern gen Süden ritt...«

»Willst du versuchen, ob du die Spur der Cowboys wieder mal ein Stück aufnehmen kannst, Sandy?«

»Das will ich, edler Herr.«

»Dann los. Diesmal werde ich dich nicht unterbrechen, wenn ich's vermeiden kann. Fang noch mal von vorn an, fang richtig an, setz alle Segel; ich will mir die Pfeife stopfen und aufmerksam zuhören.«

»Jetzt aber wenden wir uns Sir Marhaus zu, der mit der Jungfrau von dreißig Wintern gen Süden ritt. Und sie kamen in einen tiefen Wald, und unversehens überraschte sie die Nacht, und sie ritten durch einen Hohlweg, und endlich gelangten sie zu einem Hof, wo der Herzog von den Sümpfen des Südens wohnte; dort baten sie um Unterkunft. Am Morgen sandte der Herzog zu Sir Marhaus und forderte ihn auf, sich bereitzuhalten. Da nun erhob sich Sir Marhaus und wappnete sich, und es ward eine Messe für ihn gesungen; er beendete sein Fasten und stieg aufs Pferd, das im Schloßhof stand, wo sie den Kampf ausfechten sollten. Der Herzog aber saß bereits wohlgerüstet zu Roß, und seine sechs Söhne neben ihm, und ein jeglicher hielt eine Lanze in der Hand, und so trafen sie aufeinander, und der Herzog und seine zwei Söhne brachen ihre Lanzen an Sir Marhaus; er aber hielt seine Lanze in die Höhe und berührte keinen von ihnen. Da kamen die vier Söhne in zwei Paaren, und zwei brachen ihre Lanzen, und die anderen beiden ebenso. Und alles, ohne daß Sir Marhaus sie anrührte. Da ritt Sir Marhaus auf den Herzog zu und stieß seine Lanze wider ihn, so daß Roß und Mann zu Boden stürzten. Das tat er auch mit seinen Söhnen. Da nun stieg Sir Marhaus ab und forderte den Herzog auf, sich zu ergeben, sonst wolle er ihn erschlagen. Dann erholten sich ein paar von seinen Söhnen und wollten Sir Marhaus angreifen. Da aber sprach Sir Marhaus zum Herzog: gebiete deinen Söhnen Einhalt, sonst werde ich euch allen das Äußerste antun. Als der Herzog sah, daß er dem Tod nicht entrinnen konnte, rief er seinen Söhnen und gebot ihnen, sich Sir Marhaus zu ergeben. Und alle knieten nieder und reichten dem Ritter ihren Schwertknauf, und er nahm sie an. Da halfen sie ihrem Vater auf und gelobten Sir Marhaus einmütig, niemals wider König Artus Fehde zu führen und zum nächsten Pfingstfest, er und seine Söhne, zu erscheinen und sich der Gnade des Königs zu ergeben.*

Genauso geht die Geschichte, edler Sir Boss. Nun solltet Ihr wissen, daß es eben der nämliche Herzog und seine sechs Söhne sind, die Ihr vor ein paar Tagen gleichfalls überwältigt und an Artus' Hof gesandt habt!«

»Was, Sandy, das kann doch nicht dein Ernst sein!«

»Wenn ich nicht die Wahrheit spreche, möge es mir schlimm ergehen!«

»Ei der Tausend, wer hätte das je gedacht? Ein ganzer Herzog und sechs Herzöglein, tatsächlich, Sandy, das war mal ein prima Fang. Das fahrende Rittertum ist ein blödsinniges Gewerbe und dazu auch eine ermüdend schwere Arbeit, aber ich beginne einzusehen, daß doch Geld dabei zu holen ist, wenn man Glück hat. Nicht, als wollte ich es jemals geschäftlich betreiben, das würde ich nicht tun. Auf

* Die Geschichte ist mit Sprache und allem aus »Morte d'Arthur« übernommen. M. T.

Spekulation läßt sich kein solides und reelles Geschäft aufbauen. Ein Boom in der Branche des fahrenden Rittertums – was ist das schon, wenn man allen Unsinn wegbläst und zu den nackten Tatsachen kommt? Es ist weiter nichts, als kaufe man alle Aktien in Schweinefleisch auf, nichts anderes ist es. Man wird reich, jawohl, plötzlich reich – für etwa einen Tag oder vielleicht auch eine Woche, und dann ramscht wieder jemand anders alle Aktien an sich, und schon kracht dein Laden zusammen; stimmt's nicht, Sandy?«

»Was es also ist, daß mich mein Verstand trügt und einfache Sprache in allsolcher Weise aufnimmt, daß die Wörter verkehrt und überkreuz anzulangen scheinen...«

»Es hat keinen Zweck, wie die Katze um den heißen Brei zu schleichen und zu versuchen, auf diese Weise um die Sache herumzukommen, Sandy; es ist so, genau, wie ich sage. Ich weiß doch, daß es so ist. Ja, mehr noch, wenn du der Sache auf den Grund gehst, dann ist das fahrende Rittertum sogar noch schlimmer als Schweinefleisch, denn, was auch passiert, das Schweinefleisch bleibt, und kommt doch wenigstens irgendjemandem zugute, aber wenn der Markt nach einem Boom in fahrendem Rittertum zusammenbricht und alle Ritter, die zu dem Konsortium gehört haben, ins Gras beißen, was für Aktiva hast du dann? Nichts weiter als einen Abfallhaufen von zerhauenen Leichen und ein oder zwei Fässer voll Schrott. Kannst du die vielleicht Aktiva nennen? Da ziehe ich doch allemal Schweinefleisch vor. Habe ich nicht recht?«

»Ach, vielleicht ist mein Kopf von den mannigfaltigen Dingen verwirrt, zu welchen noch das Durcheinander dieser abenteuerlichen Geschehnisse und Umstände, die sich erst kürzlich zugetragen haben, und durch die nicht ich allein noch du allein, sondern ein jeglicher von uns, so scheint mir...«

»Nein, der Verstand ist es nicht, Sandy. Dein Verstand ist ganz in Ordnung, soweit er reicht, aber du verstehst nichts von Geschäften, das ist der wunde Punkt. Es liegt dir nicht, über Geschäfte zu sprechen, und du hast unrecht, es dauernd zu versuchen. Aber ganz abgesehen davon, jedenfalls war's ein guter Fang und wird in Artus' Hof einen hübschen Haufen Ruhm als Ernte einbringen. Und da wir gerade von den Cowboys sprechen, was ist dies doch für ein merkwürdiges Land, wo Frauen und Männer nie alt werden. Da ist Morgan le Fay, allem Anschein nach so frisch und jung wie ein Kücken vom Vassar College, und da der alte Herzog von den Sümpfen des Südens, der in seinem Alter noch immer mit Schwert und Lanze herumhaut, nachdem er eine so zahlreiche Familie großgezogen hat. Wenn ich richtig verstanden habe, dann hat Sir Gawein sieben von seinen Söhnen totgeschlagen, und er hat noch immer sechs übrig, damit Sir Marhaus und ich sie ins Lager einbringen können. Und dann diese Jungfrau von sechzig Wintern, die in ihrer bereiften Blütezeit noch immer in der Gegend herumreist... Wie alt bist eigentlich du, Sandy?«

Zum erstenmal traf ich bei ihr auf eine stumme Stelle. Die Plappermühle war wegen Reparatur oder etwas Ähnlichem geschlossen.

ZWANZIGSTES KAPITEL

Die Burg des Unholds

Von sechs bis neun Uhr legten wir zehn Meilen zurück, und das war allerhand für ein Pferd, das eine dreifache Last trug: Mann, Frau und Rüstung; dann hielten wir zu einer langen Mittagsrast unter ein paar Bäumen an einem klaren Bach.

Nach einer Weile kam unvermittelt ein Ritter dahergeritten; als er näher heran war, ließ er ein schmerzliches Klagen hören, und die Worte, die er dabei von sich gab, belehrten mich, daß er schimpfte und fluchte; trotzdem aber freute ich mich über sein Kommen, denn ich sah, daß er eine Plakattafel trug, auf der in güldenen Lettern geschrieben stand:

Petersons prophylaktische Zahnbürste
Der neue Schrei

Ich freute mich über sein Kommen, weil ich ihn an diesem Zeichen als einen meiner Ritter erkannte. Es war Sir Madok de la Montaine, ein stämmiger, großer Bursche, dessen Hauptkennzeichen war, daß er einmal um ein Haar Sir Lanzelot vom Pferde geworfen hätte. Befand er sich in Gegenwart eines Fremden, dann dauerte es nie lange, bis er den einen oder den anderen Vorwand benutzte, um diese wichtige Tatsache zu verraten. Es gab jedoch noch einen anderen, fast ebenso wichtigen Umstand, den er niemandem aufdrängte, aber, wenn er gefragt wurde, auch nie verschwieg, nämlich den, daß ihm die Sache deshalb nicht ganz gelang, weil er selbst vom Pferde geworfen wurde. Dieser unschuldige große Tolpatsch sah keinen besonderen Unterschied zwischen den beiden Tatsachen. Ich mochte ihn gern, denn er nahm seine Arbeit ernst und war sehr nützlich. Und er war auch so prachtvoll anzusehen mit seinen breiten, gepanzerten Schultern, seinem großartig löwenhaften, federgeschmückten Kopf und dem gewaltigen Schild, auf dem das drollige Wappen einer panzerbehandschuhten Hand, die eine prophylaktische Zahnbürste gepackt hielt, abgebildet war und der Sinnspruch »Versuch's mit Neintusnicht« stand. Dies war ein Mundwasser, das ich gerade einführte.

Er sagte, er sei ermattet, und man sah es ihm auch an, aber er wollte nicht absteigen. Er erklärte, er sei hinter dem Ofenpoliturmann her, und bei diesen Worten fing er wieder an zu schimpfen und zu fluchen. Der Reklametafelträger, von dem er sprach, war Sir Ossaise von Surluse, ein tapferer und ziemlich berühmter Ritter, der einmal bei einem Turnier den Endkampf gegen keine geringere Kanone als Sir Gaheris persönlich ausgefochten hatte, wenn auch ohne Erfolg. Er war von unbeschwertem, fröhlichem Wesen und nahm nichts auf dieser Welt ernst. Das war auch der Grund, weshalb ich ihn ausgewählt hatte, um Stimmung für Ofenpolitur zu machen. Es gab noch keine Öfen, und deshalb war Ofenpolitur keine ernstzunehmende Sache. Alles, was der Reisende zu tun hatte, war, das Publikum nach und nach geschickt auf die große Veränderung vorzubereiten und eine Neigung zur Sauberkeit bei ihm zu wecken, in Vorbereitung der Zeit, wo der Ofen seinen Einzug hielte.

Sir Madok war sehr verbittert und fluchte von neuem gar fürchterlich. Er sagte, er habe bereits seine Seele zuschanden geflucht, aber trotzdem wolle er nicht absteigen, sich auch nicht ausruhen und keine Trostworte hören, bis er Sir Ossaise gefunden und seine Rechnung mit ihm beglichen habe. Nach dem, was ich mir aus den nicht gottlosen Bruchstücken seines Berichts zusammenreimen konnte, war er wohl im frühen Morgengrauen zufällig auf Sir Ossaise gestoßen, und der hatte ihm mitgeteilt, wenn er, um den Weg abzukürzen, über Felder und Sümpfe, verstreute Hügel und Lichtungen ritte, dann könne er einer Gesellschaft von Reisenden zuvorkommen, die hervorragende Kunden für prophylaktische Zahnbürsten und Mundwasser seien. Mit charakteristischem Eifer war Sir Madok sofort losgestürmt, um dieses ritterliche Abenteuer zu suchen, und hatte nach dreistündigem, fürchterlichem Querfeldeinritt seine Beute überholt. Und siehe da, es waren die fünf Patriarchen, die am Abend zuvor aus dem Verlies entlassen worden waren! Die armen alten Geschöpfe – schon seit fast zwanzig Jahren wußte kein einziger von ihnen mehr, wie es war, auch nur einen Zahnstumpf oder einen Wurzelsplitter im Munde zu haben!

»Er soll Pünktchen, Pünktchen, Pünktchen«, sagte Sir Madok, »ich will ihn schon verofenpolieren, wenn ich ihn finden kann, darauf könnt Ihr Euch verlassen, denn kein Ritter, ob er nun Ossaise oder sonstwie heißt, kann mir diese Unbill antun und am Leben bleiben, wenn ich ihn finden kann, das habe ich heutigentags feierlich geschworen.«

Mit diesen und anderen Worten nahm er gar flugs seine Lanze auf und zog von dannen. Im Laufe des Nachmittags stießen wir ebenfalls am Rande eines ärmlichen Dorfes auf einen unserer Patriarchen. Er sonnte sich in der Liebe von Verwandten und Freunden, die er seit fünfzig Jahren nicht mehr gesehen hatte, und war auch von leiblichen Nachkommen, die er bisher noch nie erblickt hatte, umgeben und umhätschelt; für ihn waren es jedoch lauter

Fremde, sein Gedächtnis war erloschen, sein Geist stumpf geworden. Es schien unglaublich, daß ein Mensch, der ein halbes Jahrhundert wie eine Ratte in ein dunkles Loch gesperrt gewesen war, das überleben konnte, aber hier standen seine greise Frau und einige alte Kameraden, die es bezeugten. Sie konnten sich noch an ihn erinnern, wie er in der Frische und Kraft seiner jungen Mannesjahre gewesen war, als er sein Kind küßte, es in die Hände der Mutter übergab und fortging, in jene lange Vergessenheit. Die Leute auf der Burg vermochten nicht, auf eine halbe Generation genau zu sagen, wie lange der Mann für sein nicht in den Annalen vermerktes und in Vergessenheit geratenes Vergehen dort eingesperrt gewesen war, aber seine greise Frau wußte es, und auch deren betagte Tochter, die zwischen ihren verheirateten Söhnen und Töchtern stand und sich bemühte, den Gedanken zu erfassen, daß der Vater, der ihr ganzes Leben lang für sie ein Name, eine Vorstellung, ein gestaltloses Bild, eine Überlieferung gewesen, jetzt plötzlich Fleisch und Blut geworden war und vor ihr stand.

Eine merkwürdige Situation, aber nicht deshalb habe ich ihr hier Raum gewidmet, sondern wegen etwas anderem, was mir noch seltsamer erschien. Die schreckliche Geschichte löste nämlich bei diesen zu Boden getretenen Menschen keinerlei Ausbruch des Zornes über ihre Unterdrücker aus. Sie waren schon so lange Erben und Opfer von Grausamkeit und Schmach gewesen, daß nichts außer einer Freundlichkeit sie noch hätte überraschen können. Ja, hier enthüllte sich wahrhaftig auf merkwürdige Weise, wie tief dieses Volk in Sklaverei hinabgestoßen worden war. Das ganze Wesen dieser Menschen hatte sich auf eine eintönig-tote Ebene der Geduld, der Resignation, des dumpfen, klaglosen Hinnehmens von allem, was ihnen in diesem Leben auch immer geschehen mochte, verringert. Sogar ihre Phantasie war erstorben. Wenn man das von einem Menschen sagen kann, dann ist er meiner Meinung nach auf dem tiefsten Punkt angekommen; tiefer kann er nicht mehr sinken.

Ich wünschte, ich wäre eine andere Straße geritten. Das

Erlebnis war wohl kaum das Richtige für einen Staatsmann, der in Gedanken Pläne für eine friedliche Revolution ausarbeitete. Denn es mußte zwangsläufig an die Tatsache erinnern, um die man nicht herumkommen konnte, daß nämlich trotz aller frommen Phraseologie und allem das Gegenteil behauptenden Philosophierens noch kein Volk der Welt jemals seine Freiheit durch zuckersüßes Gerede und Moralpredigten gewonnen hat; denn es ist ein unumstößliches Gesetz, daß alle Revolutionen, die Erfolg haben wollen, im Blute *beginnen* müssen, was immer nachher auch genügen möge. Wenn die Geschichte uns irgend etwas lehrt, dann dies. Was jene Leute demnach brauchten, war eine Schreckensherrschaft und eine Guillotine, und da war ich nicht der geeignete Mann für sie.

Zwei Tage darauf begann Sandy gegen Mittag Anzeichen der Erregung und fieberhaften Erwartung zu zeigen. Sie sagte, wir näherten uns der Burg des Unholdes. Die Überraschung war so groß, daß mir vor Schreck ganz unbehaglich wurde. Das Ziel unserer Ritterfahrt war mir nach und nach ganz aus dem Gedächtnis entschwunden, sein plötzliches Wiederauftauchen ließ es für einen Augenblick sehr wirklich und beängstigend erscheinen und weckte lebhaftes Interesse in mir. Sandys Aufregung steigerte sich von einem Moment zum anderen und meine ebenfalls, denn so etwas ist ansteckend. Mein Herz begann stark zu klopfen. Seinem Herzen kann man mit Vernunftgründen nicht beikommen, es hat seine eigenen Gesetze und klopft um Dinge, über die der Verstand spottet. Bald darauf, als Sandy vom Pferde glitt, mir zu halten winkte und vorsichtig gebückt, wobei ihr Kopf fast ihre Knie berührte, auf eine Reihe von Büschen zuschlich, die einen Abhang säumten, wurde das Pochen lauter und schneller. So blieb es, als sie ihren Hinterhalt erreichte und den Abhang hinunterspähte, und auch während ich auf den Knien an ihre Seite kroch. Ihre Augen brannten jetzt, sie deutete mit dem Finger hinab und flüsterte atemlos:

»Die Burg! Die Burg! Seht, wie sie dort emporragt!«

Was für eine willkommene Enttäuschung wurde mir da zuteil! Ich sagte: »Eine Burg? Das ist doch nichts weiter als ein Schweinestall, ein Schweinestall mit einem aus Ruten geflochtenen Zaun darum.«

Sie sah überrascht und bekümmert aus. Die Lebhaftigkeit wich aus ihrem Gesicht; sie dachte minutenlang nach und schwieg. Dann erklärte sie: »Vorher war sie nicht verzaubert.« Sie sagte es nachdenklich, wie zu sich selbst. »Und wie seltsam dieses Wunder doch ist und wie schrecklich – daß sie für die Wahrnehmung des einen verzaubert und gar niedrig und schändlich anzusehen ist, für die des anderen aber nicht verwunschen ist und keine Veränderung erlitten hat, sondern noch immer fest und stattlich dasteht, umgürtet von ihrem Burggraben und mit ihren Bannern, die von ihren Türmen in die blaue Luft flattern. Und Gott schütze uns, es tut dem Herzen gar wehe, die huldreichen Gefangenen wiederzusehen, und wie der Kummer sich tiefer in ihre lieben Gesichter eingegraben hat! Wir haben zu lange gesäumt und sind zu tadeln!«

Ich erkannte mein Stichwort. Verzaubert war die Burg für mich, nicht etwa für sie. Es wäre Zeitverschwendung, wollte ich versuchen, ihr diese fixe Idee auszureden, das war unmöglich; ich mußte ihr einfach nachgeben. Darum sagte ich: »Das kommt doch oft vor – daß etwas für ein Auge verzaubert wird und für das andere seine richtige Form behält. Davon hast du doch schon gehört, Sandy, wenn du es auch noch nicht erlebt hast. Aber das schadet nichts. Es ist sogar ein Glücksfall, daß es so ist. Wenn diese Damen für alle und auch für sich selbst Schweine wären, dann müßte man den Zauber brechen, und das wäre vielleicht unmöglich, es sei denn, man fände die spezielle Methode heraus, nach der sie verzaubert worden sind. Und riskant wäre es auch, denn wenn man eine Entzauberung ohne den richtigen Schlüssel versucht, dann kann man sich irren und seine Sauen in Pfauen, die Pfauen in Katzen, die Katzen in Ratzen und so weiter verwandeln, und zum Schluß reduziert man sein Material zu einem Nichts oder zu einem geruchlosen Gas, das man nicht verfolgen kann – was natürlich aufs gleiche hinauskommt. Aber hier sind zum Glück niemandes Augen als nur meine verzaubert, und so spielt es keine Rolle, ob man den Zauber löst. Diese

Damen bleiben für dich, für sich selbst und für alle übrigen Damen, und sie werden durch meine Sinnestäuschung keinerlei Nachteil haben, denn wenn ich einmal weiß, daß ein scheinbares Schwein eine Dame ist, dann genügt mir das, und ich weiß, wie ich sie zu behandeln habe.«

»Ich danke Euch, o mein teurer Herr, Ihr sprecht wie ein Engel. Und ich weiß, daß Ihr sie befreien werdet, weil Ihr gesonnen seid, große Taten zu vollbringen, und ein Ritter mit starken Armen und tapfer im Wollen und Tun seid, wie nur irgendeiner, der am Leben ist.«

»Ich werde nicht eine Prinzessin im Stall lassen, Sandy. Sind jene drei dort drüben, die für meine in Unordnung geratenen Augen verhungernde Schweinehirten sind...«

»Die Unholde? Sind auch sie verwandelt? Das ist höchst sonderbar. Jetzt befällt mich Furcht, denn wie könnt Ihr sie denn mit Sicherheit treffen, wenn fünf von den neun Ellen ihrer Größe für Euch unsichtbar sind? Ach, laßt Vorsicht walten, edler Herr, dies ist ein gewaltigeres Abenteuer, als ich wähnte.«

»Mach dir nur keine Sorgen, Sandy. Ich brauche bloß zu wissen, wieviel von einem Unhold unsichtbar ist, dann weiß ich schon, wo ich seine edlen Teile suchen muß. Hab keine Angst, ich werde mit diesen Schwindelbrüdern schon kurzen Prozeß machen. Bleib du nur, wo du bist.«

Ich verließ Sandy, die dort mit leichenblassem Gesicht, aber mutig und hoffnungsvoll kniete, ritt hinunter zum Schweinestall und schloß mit den Hirten einen Handel ab. Ich erwarb mir ihre Dankbarkeit, indem ich die Schweine für den Globalpreis von sechzehn Pennies aufkaufte, was erheblich über den letzten Notierungen lag. Ich kam gerade zur rechten Zeit, denn am nächsten Tage wären die Kirche, der Grundherr und die übrigen Steuereinnehmer gekommen und hätten so ziemlich den ganzen Viehbestand einkassiert, und dann wären die Schweinehirten sehr knapp an Schweinen und Sandy ohne Prinzessinnen gewesen. Jetzt aber konnten die Leute von der Steuer in bar ausgezahlt werden, und es blieb sogar noch ein hoher Gewinn übrig. Einer der Männer hatte zehn Kinder; er berichtete, als letztes Jahr ein Priester gekommen sei und von seinen zehn Schweinen als Zehnten das fetteste genommen habe, da habe seine Frau ihrem Schmerz freien Lauf gelassen, ihm ein Kind hingehalten und geschrien: »Du Bestie ohne Erbarmen, warum läßt du mir mein Kind und raubst mir alles, womit ich es nähren kann?«

Wie merkwürdig. Die gleiche Sache war zu meiner Zeit in Wales vorgekommen, unter derselben alten Staatskirche, von der viele annahmen, sie habe ihren Charakter geändert, als sie ihre Verkleidung wechselte.

Ich schickte die drei Männer fort, öffnete dann die Stalltür und winkte Sandy, herbeizukommen; das tat sie, und zwar nicht etwa gemächlich, sondern so stürmisch wie ein Präriefeuer. Und als ich sah, wie sie sich auf diese Schweine stürzte, während ihr die Freudentränen über die Wangen liefen, und wie sie sie ans Herz drückte und sie küßte, sie streichelte und sie ehrfürchtig mit großartigen fürstlichen Namen nannte, da schämte ich mich für sie, schämte mich für das Menschengeschlecht.

Wir mußten die Schweine nach Hause treiben – zehn Meilen weit, und nie haben sich Damen so kapriziös und widerspenstig benommen. Sie wollten auf keiner Straße, auf keinem Wege bleiben, sie brachen auf allen Seiten durch die Büsche aus und stromerten in alle Richtungen davon, über Felsen und Hügel, über die unwegsamsten Stellen, die sie nur finden konnten. Man durfte sie nicht schlagen und sie nicht rauh anfahren; Sandy konnte nicht ertragen, wenn sie nicht ihrem Rang entsprechend behandelt wurden. Die lästigste alte Sau der ganzen Gesellschaft mußte wie alle übrigen Mylady und Eure Hoheit genannt werden. Es ist unerfreulich und schwierig, in Rüstung hinter Schweinen herzurennen. Eine kleine Gräfin war dabei, die einen Ring durch die Schnauze und fast keine Borsten auf dem Rücken hatte; die war von einer teuflischen Störrigkeit. Eine Stunde lang mußte ich ihr über Stock und Stein nachjagen, und dann befanden wir uns genau wieder an der Stelle, an der wir das Rennen begonnen hatten, und waren keine fünf Schritte vorangekommen. Schließlich packte ich sie beim Schwanz und zog die Quiekende hinter mir her. Als ich Sandy überholte, war sie entsetzt; sie sagte, es sei im höchsten Grade ungehörig, eine Gräfin an der Schleppe zu schleifen.

Wir bekamen die Schweine nach Hause, als es eben dunkelte – wenigstens die meisten von ihnen. Die Prinzessin Nerovens de Morganore fehlte, und zwei ihrer Hofdamen ebenfalls, nämlich Fräulein Angela Bohun und die Demoiselle Elaine Courtemains; jene war eine junge schwarze Sau mit einem weißen Stern auf der Stirn und diese eine braune mit dünnen Beinen, die auf dem Vorderlauf steuerbord ein bißchen hinkte – zum Treiben die beiden aufreibendsten Ekel, die ich je gesehen habe. Unter den Vermißten befanden sich auch ein paar einfache Baroninnen – ich wollte sie vermißt bleiben lassen, aber nein, das ganze Wurstfleisch mußte gefunden werden; wir schickten also Diener mit Fackeln aus, damit sie Wälder und Hügel zu diesem Zwecke absuchten. Natürlich wurde die ganze Herde im Haus untergebracht, und – du heiliges Kanonenrohr, so etwas habe ich noch nicht gesehen! Gehört auch noch nicht, noch je so etwas gerochen! Es war wie eine Revolte in einem Gasometer.

EINUNDZWANZIGSTES KAPITEL

Die Pilger

Als ich endlich ins Bett kam, war ich unsagbar müde; wie wohltuend, wie köstlich war es doch, sich zu strecken und die lange angespannten Muskeln zu lockern! Aber mehr wurde mir nicht zuteil – an Schlaf war vorläufig nicht zu denken. Der Adel, der außer Rand und Band mit Gequieke die Säle und Gänge hinauf und hinab raste, machte einen Höllenlärm und hielt mich hellwach. Da ich munter war, arbeiteten natürlich auch meine Gedanken, und am häufigsten kreisten sie um Sandys seltsame Sinnestäuschung. Sie war doch ein Mensch mit einem so gesunden Verstand, wie ihn das Königreich nur hervorzubringen vermochte, und trotzdem handelte sie von meinem Standpunkt aus gesehen, als sei sie irre. Du meine Güte, wie stark ist doch die Macht der Erziehung, wie stark die der Umwelt und der Schulung! Sie können einen dahin bringen, glatt alles zu glauben. Ich mußte mich an Sandys Stelle versetzen, damit mir klar wurde, daß sie nicht verrückt war. Ja, und sie an meine, um mir bewußt zu machen, wie leicht einem ein Mensch, dem nicht die gleichen Dinge gelehrt worden sind, wie einem selbst, verrückt scheinen kann. Hätte ich Sandy erzählt, daß ich einen Wagen, ohne daß Zauberei im Spiele war, mit einer Geschwindigkeit von fünfzig Meilen die Stunde hatte dahinrasen sehen, daß ich ferner Zeuge gewesen war, wie ein Mann, der nicht über magische Kräfte verfügte, in einen Korb stieg und den Blicken in den Wolken entschwand, und daß ich ohne die Hilfe eines Schwarzkünstlers einem Menschen zugehört hatte, der sich in mehreren hundert Meilen Entfernung befand, dann hätte Sandy nicht nur vermutet, ich sei geisteskrank, sondern sie hätte gemeint, sie wisse es mit Sicherheit. Jedermann in ihrer Umgebung glaubte an Zauberei, niemand zweifelte daran; zu bezweifeln, daß eine Burg in einen Stall und ihre Bewohner in Schweine verwandelt werden konnten, wäre das gleiche gewesen, als hätte ich unter Leuten aus Connecticut Zweifel über das Bestehen des Telefons und der Wunder, die es vollbringt, geäußert – in beiden Fällen wäre es ein absoluter Beweis eines kranken Hirns, eines gestörten Geistes gewesen. Jawohl, Sandy war bei gesundem Verstand, das mußte ich zugeben. Wenn auch ich – für Sandy – bei gesundem Verstande sein wollte, dann mußte ich meinen Aberglauben in bezug auf nicht verzauberte und keineswegs wunderbare Lokomotiven, Ballons und Telefone bei mir behalten. Ich glaubte auch, daß die Erde nicht flach sei, nicht auf stützenden Säulen ruhe und nicht von einem Baldachin überdacht sei, der ein wäßriges Universum abzuhalten habe, das den ganzen Raum über ihr einnehme; da ich aber der einzige Mensch im Königreich war, der von solchen ruchlosen verbrecherischen Ansichten befallen war, sah ich ein, daß es das Vernünftigste war, auch hierüber den Mund zu halten, wenn ich nicht wollte, daß mich plötzlich alle als einen Irren mieden und mich verließen.

Am nächsten Morgen versammelte Sandy die Schweine im Eßzimmer und servierte ihnen ihr Frühstück; sie bediente sie eigenhändig und bezeugte ihnen die tiefe Ehrfurcht, welche die Eingeborenen ihrer Heimatinsel, die der alten wie die der modernen Zeit, stets einem hohen Rang gegenüber empfunden haben, mochten seine äußere Verpackung und der darin enthaltene geistige und moralische Inhalt sein wie sie wollten. Ich hätte mit den Schweinen essen können, wenn meine Geburt meinem erhabenen offiziellen Rang annähernd entsprochen hätte; das war aber nicht der Fall, und so nahm ich die unvermeidliche Kränkung hin und beklagte mich nicht. Sandy und ich frühstückten am zweiten Tisch. Die Familie war nicht zu Hause. Ich fragte:

»Wie groß ist denn die Familie, Sandy, und wo steckt sie eigentlich?«

»Familie?«

»Ja.«

»Welche Familie, mein edler Herr?«

»Nun, die hiesige Familie, deine.«

»Wahrlich, ich verstehe Euch nicht. Ich habe keine Familie.«

»Keine Familie? Aber Sandy, bist du denn hier nicht zu Hause?«

»Wie könnte ich? Ich habe kein Zuhause.«

»Na, wem gehört denn das Haus hier?«

»Ach, Ihr wißt doch, wenn ich es selbst wüßte, wollte ich es Euch gewiß sagen!«

»Geh – du kennst die Leute nicht einmal? Wer hat uns denn hierher eingeladen?«

»Niemand hat uns eingeladen. Wir sind einfach gekommen, und fertig.«

»Aber Mädchen, das ist ja ein tolles Stückchen. Eine solche Unverschämtheit läßt sich nicht mal mehr bewundern. Wir spazieren einfach in das Haus eines Menschen und stopfen es voll von dem einzigen wertvollen Adel, den die Sonne bisher auf Erden beschienen hat, und dann stellt sich heraus, daß wir nicht mal wissen, wie der Mann heißt. Wie hast du nur wagen können, dir diese jedes Maß überschreitende Freiheit zu nehmen? Ich habe natürlich geglaubt, du seiest hier zu Hause. Was wird der Mann nur sagen?«

»Was er sagen wird? Wahrlich, was anders kann er denn sagen, als uns danken?«

»Danken? Wofür?«

Auf ihrem Gesicht lag verständnislose Überraschung.

»Wahrhaftig, Ihr quält mein Hirn mit seltsamen Worten. Könnt Ihr Euch auch nur im Traume vorstellen, daß einem seiner Güter zu seinen Lebzeiten ein zweites Mal die Ehre zuteil werden wird, eine Gesellschaft zu bewirten, die jener gleicht, mit der wir sein Haus begnadet haben?«

»Hm, nein – was das betrifft. Nein, man könnte wetten, daß er einen solchen Genuß zum erstenmal gehabt hat.«

»Dann soll er dankbar sein und sich auch durch erkenntliche Worte und gebührende Demut so erweisen, sonst wäre er ein Hundsfott und Erbe und Ahne von Hundsföttern.«

Für meine Begriffe war die Lage unerquicklich. Vielleicht würde sie noch unerquicklicher. Es mochte ein guter Gedanke sein, die Schweine zusammenzutreiben und sich auf die Beine zu machen. Darum sagte ich:

»Der Tag vergeht, Sandy. Es wird Zeit, die adligen Herrschaften zusammenzubringen und weiterzuziehen.«

»Wozu, edler Herr und Boss?«

»Wir wollen sie doch nach Hause begleiten, nicht?«

»Ha, so hört Euch nur an! Wo sie doch aus allen Gegenden der Erde stammen! Eine jegliche muß in ihre eigene Heimat eilen; glaubt Ihr denn, wir könnten all diese Reisen in einem so kurzen Leben vollbringen, wie Er uns zugemessen, der alles Leben geschaffen hat und dazu auch den Tod, mit Hilfe Adams, der auch die Sünde, die er begangen durch Überredung seiner Gehilfin, dieweil sie beeinflußt und verraten ward durch den Trug jenes großen Feindes der Menschheit, der Schlange, die da heißt Satan und einstmals geheiligt und auserwählt war, bis zu jener üblen Tat, begangen aus übermächtigem Trutz und Neid, die in seinem Herzen gezeugt ward durch gewaltigen Ehrgeiz, der eine Natur mit Mehltau überzogen und brandig gemacht, die einst so weiß und rein gewesen, da sie mit den strahlenden Heerscharen ihrer Brüder, die da geboren in den Gefilden und schattigen Hainen des hehren Himmels, wo alle, so von diesem fruchtbaren Gute stammen und ...«

»Heiliger Bimbam!«

»Edler Herr?«

»Nun, du weißt doch, daß wir für so was keine Zeit haben. Siehst du denn nicht ein, daß wir diese Leute in kürzerer Zeit rings um die Erde verteilen könnten, als du brauchst, um zu erklären, daß es nicht geht? Jetzt gilt es nicht zu reden, sondern zu handeln. Du mußt dich in acht nehmen, du darfst dir deine Plappermühle ausgerechnet jetzt nicht so davonlaufen lassen. Kommen wir also zum Geschäft – und zwar dalli. Wer soll die adligen Herrschaften nach Hause bringen?«

»Doch ihre Freunde. Sie werden aus den entferntesten Winkeln der Erde herbeikommen, um sie zu holen.«

Das war so völlig unerwartet wie ein Blitz aus heiterem Himmel und brachte mir eine ebenso große Erleichterung wie einem Sträfling die Begnadigung. Natürlich bliebe Sandy hier, um die Ware abzuliefern.

»Nun, Sandy, da unser Unternehmen so glücklich und erfolgreich beendet ist, werde ich heimkehren und Bericht erstatten, und wenn jemals wieder ein ...«

»Ich bin ebenfalls bereit; ich gehe mit Euch.«

Das bedeutete einen Widerruf der Begnadigung.

»Wieso? Du willst mit mir gehen? Warum das?«

»Meint Ihr denn, ich wollte treulos an meinem Ritter handeln? Das wäre unehrenhaft. Ich darf nicht von Euch scheiden, bis nicht ein Held Euch durch ritterlichen Kampf im Feld überwältigt und mich in Ehren gewinnt und in Ehren mit sich nimmt. Ich wäre zu tadeln, wenn ich dächte, daß dies jemals geschehen mag.«

»Also auf eine lange Wahlperiode gewählt«, seufzte ich insgeheim. »Ich muß eben das beste daraus machen.« Dann sagte ich laut: »Na schön, ziehen wir los.«

Während sie fort war, um tränenvollen Abschied von den Schweinen zu nehmen, schenkte ich diesen ganzen

Hochadel den Dienern. Ich bat sie auch, einen Staubwedel zu nehmen und dort, wo die edlen Herrschaften hauptsächlich übernachtet hatten und promeniert waren, ein bißchen Staub zu wischen; sie waren aber der Meinung, das lohne sich kaum und hieße darüber hinaus, ernstlich vom Brauch abzuweichen, und werde deshalb vermutlich Gerede verursachen. Ein Abweichen vom Brauch – das entschied die Sache; denn es handelte sich um eine Nation, die zu jedem Verbrechen fähig gewesen wäre, außer zu diesem. Die Diener sagten, sie wollten sich an die Sitte halten, eine Sitte, die seit undenklichen Zeiten befolgt worden und deshalb geheiligt war; sie wollten frische Binsen in alle Zimmer und Säle streuen, dann wäre das Zeugnis der aristokratischen Heimsuchung nicht mehr sichtbar. Das war eine Art Satire auf die Natur: es war die wissenschaftliche, die geologische Methode; sie lagerte die Familiengeschichte in einem schichtförmigen Register ab; der Altertumsforscher konnte sich dann durchgraben und an den Resten jeder Periode feststellen, welche Veränderungen die Familie im Laufe von hundert Jahren der Reihe nach in ihrer Diät eingeführt hatte.

Das erste, worauf wir an diesem Tage stießen, war ein Wallfahrtszug. Er zog zwar nicht unseres Weges, aber wir schlossen uns ihm trotzdem an, denn es wurde mir stündlich klarer, daß ich über die Einzelheiten des Lebens dieses Landes unterrichtet sein mußte, wenn ich es weise regieren wollte, und zwar nicht aus zweiter Hand unterrichtet, sondern durch persönliche Beobachtung und Untersuchung.

Diese Pilgergesellschaft ähnelte der von Chaucer insofern, als darin ein Muster so ziemlich aller höheren Gewerbe und Berufe, die das Land aufzuweisen hatte, und damit auch eine entsprechende Vielfalt der Kostüme vertreten waren. Es gab da jugendliche und alte Männer, junge Frauen und Greisinnen, lustige sowie auch ernsthafte Leute. Sie ritten auf Mauleseln und Pferden, und im ganzen Zug war nicht ein Damensattel zu sehen, denn diese Besonderheit sollte in England noch neunhundert Jahre lang unbekannt bleiben.

Es war eine angenehme, freundliche, gesellige Herde,

fromm, zufrieden, fröhlich und voll unbewußter Derbheit und unschuldiger Anstößigkeit. Was sie für eine lustige Geschichte hielten, machte unausgesetzt die Runde und rief nicht mehr Verlegenheit hervor, als sie zwölf Jahrhunderte später in der besten englischen Gesellschaft erregt hätte. Hier und dort wurde ein Schabernack die Reihen hinunter gespielt, wie ihn auch ein englischer Witzbold im ersten Viertel des fernen neunzehnten Jahrhunderts hätte spielen können, und rief begeisterten Applaus hervor; zuweilen, wenn an einem Ende der Prozession eine geistreiche Bemerkung gemacht wurde und sie zum anderen Ende hinunterreiste, konnte man sie unterwegs ständig an dem aufsprühenden Gelächter verfolgen, das ihren Bug auf ihrer Fahrt umspritzte, sowie auch an dem Erröten der Maulesel in ihrem Kielwasser.

Sandy kannte Ziel und Zweck dieser Pilgerfahrt und gab mir darüber Auskunft. Sie sagte:

»Sie ziehen ins Tal der Heiligkeit, um sich dort von den frommen Einsiedlern segnen zu lassen, das wundersame Wasser zu trinken und sich von der Sünde zu reinigen.«

»Wo ist denn dieser Kurort?«

»Er liegt zwei Tagereisen von hier am Rande des Landes, welches heißt das Kuckuckskönigreich.«

»Erzähl mir davon. Ist der Ort berühmt?«

»Oh, wahrlich, ja. Es gibt keinen berühmteren. In alten Zeiten lebten dort ein Abt und seine Mönche. Wahrscheinlich gab es in der ganzen Welt keine, die heiliger gewesen wären, denn sie widmeten sich dem Studium frommer Bücher und sprachen nicht miteinander noch zu sonst jemandem, und sie aßen verwelkte Kräuter und nichts dazu, und sie schliefen auf hartem Lager und beteten viel und wuschen sich nie; sie trugen auch dasselbe Gewand, bis es ihnen vor Alter und Morschheit vom Leibe fiel. So kam es, daß sie in der ganzen Welt durch diese heilige Enthaltsamkeit bekannt wurden und daß Arm und Reich sie aufsuchten und sie verehrten.«

»Fahre fort.«

»Aber immer herrschte dort Wassermangel. Darum

betete einst der heilige Abt, und als Antwort brach durch ein Wunder ein großer Strom klaren Wassers an einem dürren Ort hervor. Jetzt wurden die wankelmütigen Mönche vom Bösen in Versuchung geführt, und sie bestürmten ihren Abt ohne Unterlaß mit Bitten und Beschwörungen, ein Bad zu errichten; und als er dessen müde ward und nicht mehr zu widerstehen vermochte, da sprach er, Ihr mögt Euren Willen haben, und gewährte, was sie verlangten. Jetzt gebt acht, was es heißt, die Wege der Reinheit, die Er liebt, zu verlassen und unzüchtig jene aufzusuchen, die weltlich sind und ein Ärgernis. Diese Mönche gingen tatsächlich ins Bad und kamen von dort weiß wie Schnee gewaschen hervor, und siehe, in diesem Augenblick tat Er in wundersamem Tadel ein Zeichen! Denn Seine beleidigten Wasser hörten auf zu fließen und schwanden gänzlich dahin.«

»Da sind sie noch glimpflich davongekommen, Sandy, wenn man bedenkt, wie diese Art Verbrechen hierzulande angesehen wird.«

»Wahrscheinlich, aber es war ihre erste Sünde, und bis dahin hatten sie ein vollkommenes Leben geführt, das sich in nichts von dem der Engel unterschied. Gebete, Tränen, Kasteiungen des Fleisches, alles war umsonst, das Wasser ließ sich nicht verlocken, wieder zu fließen. Sogar Prozessionen, selbst Brandopfer, selbst geweihte Kerzen für die Heilige Jungfrau, alles verfehlte seine Wirkung, und jedermann im Lande verwunderte sich gar sehr.«

»Es mutet einen doch seltsam an, wenn man feststellt, daß sogar diese Industrie hier ihren Börsenkrach kennt und zuweilen ihre Assignaten und Dollars auf Null herabwelken und alles zum Stillstand kommen sieht. Erzähle weiter, Sandy.«

»Nach einiger Zeit, nach Jahr und Tag, ergab sich der Abt in Demut und zerstörte das Bad. Und siehe, in diesem Augenblick ward Sein Zorn besänftigt, und die Wasser sprudelten wieder reichlich hervor, und bis zum heutigen Tag haben sie nicht aufgehört, in so reichem Maße zu fließen.«

»Dann hat sich wohl seitdem niemand mehr gewaschen, nehme ich an.«

»Wer es versuchen wollte, könnte seinen Strick umsonst haben, jawohl, und er brauchte ihn auch schnell.«

»Ist es der Gemeinde seither gut gegangen?«

»Noch vom selbigen Tage an. Der Ruhm des Wunders verbreitete sich in alle Lande. Von überallher kamen Mönche, die in das Kloster eintreten wollten; sie kamen wie die Fische in ganzen Schwärmen, und das Kloster errichtete ein Gebäude nach dem anderen und immer noch weitere und breitete seine Arme aus und nahm sie auf. Auch Nonnen kamen und mehr und immer mehr und bauten gegenüber dem Mönchskloster auf der anderen Seite des Tales ein Haus nach dem anderen, bis es ein mächtiges Nonnenkloster ward. Und diese waren freundlich zu jenen, und gemeinsam vollbrachten sie Taten der Liebe, und gemeinsam bauten sie ein ziemlich großes Findlingsheim in der Mitte des Tales zwischen den Klöstern.«

»Du hast doch von einigen Einsiedlern gesprochen, Sandy.«

»Die kamen von allen Winkeln der Erde dort zusammen. Ein Einsiedler gedeiht da am besten, wo große Massen von Pilgern sind. Ihr werdet finden, daß es dort alle Arten von Eremiten gibt. Wenn jemand irgendeine Sorte von Einsiedler erwähnt und meint, sie sei neu und nur in einem fernen fremden Lande zu finden, dann laßt ihn nur ein wenig in den Löchern und Höhlen und Sümpfen kratzen, die jenes Tal der Heiligkeit überziehen, und von welchem Schlag der Eremit auch sein mag, es kommt nicht darauf an, dort wird er ein Muster davon finden.«

Ich holte einen kräftigen Burschen ein, der ein fettes, gutmütiges Gesicht hatte, und blieb neben ihm, in der Absicht, mich bei ihm beliebt zu machen und wieder ein paar Tatsachen aufzulesen, aber kaum hatte ich auch nur die geringste Bekanntschaft mit ihm angesponnen, als er eifrig und ungeschickt auf die seit undenklichen Zeiten gewohnte Weise zu jener uralten Anekdote hinlenkte – derselben, die mir Sir Dinadan erzählt hatte, damals, als ich Unannehmlichkeiten mit Sir Sagramor bekam und ihretwegen von ihm gefordert wurde. Ich entschuldigte mich und blieb zurück, bis das Ende des Pilgerzugs heran war, fühlte Trauer im Herzen und war gewillt, dieses sorgenvolle Leben, dieses Tal der Tränen, die kurze Spanne der unterbrochenen Ruhe, der Wolken und des Sturms, des ermüdenden Kampfes und der monotonen Niederlage aufzugeben, aber schreckte doch vor der Veränderung zurück, denn ich dachte daran, wie lang die Ewigkeit ist und wie viele bereits dorthin gegangen sind, die jene Anekdote kannten.

Am frühen Nachmittag überholten wir noch einen anderen Zug; in diesem aber gab es keinerlei Fröhlichkeit, keine Späße, kein Gelächter, keine Neckereien, keine glückliche Unbesonnenheit, weder bei den Jungen noch bei den Alten. Und dabei waren beide vertreten, sowohl das Alter wie die Jungen, grauhaarige Greise und Greisinnen, starke Männer und Frauen mittleren Alters, junge Gatten und Gattinnen, kleine Knaben und Mädchen und drei Säuglinge, die an der Brust lagen. Selbst die Kinder ließen kein Lächeln sehen, es gab bei diesem fast halben Hundert Menschen niemanden, dessen Gesicht nicht gesenkt war und nicht jenen starren Ausdruck der Hoffnungslosigkeit trug, der in langen, harten Prüfungen und in einer alten Bekanntschaft mit der Verzweiflung geboren wird. Es waren Sklaven. Ketten führten von ihren gefesselten Füßen und ihren mit Schellen versehenen Händen zu einem Gürtel aus derbem Sohlenleder, den sie um die Mitte trugen, und darüber hinaus waren alle, außer den Kindern, in einer Reihe, jeder sechs Fuß vom anderen entfernt, an eine lange Kette geschlossen, welche die Kolonne hinab von einem Halsring zum anderen führte. Sie gingen zu Fuß und hatten in achtzehn Tagen dreihundert Meilen zurückgelegt; dabei hatten sie als Nahrung die billigsten Speiseabfälle erhalten und auch die nur in spärlichen Rationen. Jede Nacht hatten sie in ihren Ketten geschlafen, auf einem Haufen, wie die Schweine. Am Körper trugen sie ein paar ärmliche Lumpen; man konnte sie jedoch nicht bekleidet nennen. Die Eisen hatten die Haut an ihren Fußgelenken abgeschürft und Schwären hervorgerufen, die eitrig und voller Würmer waren. Ihre nackten Füße waren wund gelaufen, und keiner lief, ohne zu hinken. Ursprünglich waren es hundert solcher Unglücklichen gewesen, aber die

Hälfte war unterwegs verkauft worden. Der Händler, dem sie unterstanden, saß zu Pferde und trug eine Peitsche mit kurzem Griff und langer, schwerer Schnur, die sich am Ende in mehrere geknotete Schwänze teilte. Mit dieser Peitsche schlug er auf den Rücken eines jeden ein, der vor Müdigkeit und Schmerz wankte, und brachte ihn dazu, sich wieder aufzurichten. Er sprach nicht; die Peitsche vermittelte seine Wünsche. Keines der armen Geschöpfe blickte auf, als wir vorbeiritten; sie schienen unsere Anwesenheit gar nicht zur Kenntnis zu nehmen. Nur ein einziger Laut war zu hören: das dumpfe, schreckliche Klirren der Ketten von einem Ende des langen Zuges zum anderen, wenn sich dreiundvierzig eisenbeladene Füße gleichzeitig hoben und senkten. Die Reihe bewegte sich in einer Staubwolke dahin.

Die Gesichter all dieser Menschen waren von einer grauen Staubschicht bedeckt. Wohl ein jeder hat eine solche Schicht von Staub schon in unbewohnten Häusern auf den Möbeln gesehen und mit dem Finger müßige Gedanken hineingeschrieben. Daran wurde ich erinnert, als ich das Antlitz einiger der Frauen betrachtete, junger Mütter, die Säuglinge trugen, welche dem Tode und der Freiheit nahe waren, und als ich sah, wie etwas aus ihrem Herzen in dem Staub auf ihren Gesichtern geschrieben stand, deutlich zu sehen und, mein Gott, wie deutlich zu lesen! Denn es war die Spur von Tränen. Eine dieser jungen Mütter war kaum erwachsen, und es schnitt mir ins Herz, diese Schrift zu lesen und darüber nachzudenken, daß sie aus der Brust eines so jungen Kindes kam, einer Brust, die noch keinen Kummer kennen sollte, sondern nur die Fröhlichkeit des erwachenden Lebens, und zweifellos...

In diesem Augenblick taumelte sie, schwindlig vor Müdigkeit, und die Peitsche sauste hernieder und fetzte ein Stück Haut aus ihrer nackten Schulter. Es tat mir weh, als sei ich statt ihrer geschlagen worden. Der Gebieter ließ die Kolonne halten und sprang vom Pferd. Er beschimpfte die junge Frau und fluchte über sie, wobei er sagte, sie habe ihm mit ihrer Faulheit genügend Ärger bereitet, und da jetzt die letzte Gelegenheit dazu sei, wolle er mit ihr abrechnen. Sie fiel auf die Knie, hob die Hände und begann, in leidenschaftlicher Angst zu bitten, zu weinen und zu flehen, aber der Sklavenhändler achtete nicht darauf. Er entriß ihr das Kind und zwang dann die männlichen Sklaven, die vor und hinter ihr angekettet waren, sie auf die Erde zu werfen, sie dort festzuhalten und ihren Körper zu entblößen; nun hieb er wie ein Verrückter auf sie ein, bis die Haut in Fetzen von ihrem Rücken hing, während sie jämmerlich schrie und sich wehrte. Einer der Männer, die sie hielten, wandte das Gesicht ab, und für diese menschliche Regung wurde auch er gescholten und gepeitscht.

All unsere Pilger sahen zu und sparten nicht mit Bemerkungen – über die fachmännische Weise, in der die Peitsche gehandhabt wurde. Sie waren durch eine lebenslängliche tägliche Vertrautheit mit der Sklaverei allzusehr verhärtet, um zu bemerken, daß irgend etwas anderes an diesem Vorfall erwähnenswert war. Soweit vermochte die Sklaverei das, was man die höheren Schichten des menschlichen Empfindungsvermögens nennen könnte, versteinern zu lassen; denn die Pilger waren gutmütige Leute, und sie hätten diesem Menschen nicht erlaubt, ein Pferd so zu mißhandeln.

Ich wollte der ganzen Sache Einhalt gebieten und die Sklaven freilassen, aber das ging nicht an. Ich durfte mich nicht allzuoft einmischen und mir nicht den Ruf verschaffen, mich willkürlich über die Gesetze des Landes und die Rechte der Bürger hinwegzusetzen. Wenn ich am Leben bliebe und Erfolg hätte, dann wollte ich der Sklaverei schon noch den Tod bringen, dazu war ich entschlossen; aber ich wollte es, wenn ich ihr Henker würde, so einrichten, daß es auf Befehl des Volkes geschähe.

Gerade an dieser Stelle stand eine Schmiede am Weg, und jetzt kam ein Grundbesitzer, der einige Meilen zuvor die junge Frau gekauft hatte, lieferbar nach hier, wo die Eisen abgenommen werden konnten. Sie wurden entfernt; dann gab es ein Gezänk zwischen dem Herrn und dem Händler darüber, wer den Schmied zu bezahlen hätte. Kaum war die junge Frau von ihren Eisenfesseln befreit, da warf sie sich tränenüberströmt und verzweifelt schluchzend dem Sklaven in die Arme, der das Gesicht abgewandt hatte, als sie ausgepeitscht wurde. Er drückte sie an seine Brust, bedeckte ihr Gesicht und das des Kindes mit Küssen und wusch sie mit dem Regen seiner Tränen. Mir kam ein Verdacht. Ich erkundigte mich. Jawohl, ich hatte recht, sie waren Mann und Frau. Man mußte sie gewaltsam auseinanderreißen; die junge Frau mußte fortgeschleift werden, und sie wehrte sich, schlug um sich und schrie wie eine irrsinnig Gewordene, bis eine Wegbiegung sie unseren Blikken entzog, aber selbst danach war noch die immer leiser werdende Klage der sich entfernenden Schreie zu hören. Und der Gatte und Vater, jetzt, da Frau und Kind fort waren und er sie nie im Leben wiedersehen sollte? Nun, sein Anblick war einfach nicht zu ertragen, und so wandte ich mich ab, aber ich wußte, daß ich dieses Bild nie würde vergessen können; bis zum heutigen Tage sehe ich es vor mir, und es zerreißt mir das Herz, wenn ich daran denke.

Bei einbrechender Dunkelheit stiegen wir in einer Dorfherberge ab, und als ich am nächsten Morgen aufstand und hinausblickte, gewahrte ich einen Ritter, der im goldenen Glanze des neuen Tages angeritten kam, und ich erkannte ihn als einen der meinen – Sir Ozana le Cure Hardy. Er war in der Herrenausstattungs-Branche tätig, und seine Spezialität waren Zylinderhüte. Er war ganz in Stahl gekleidet, in die herrlichste Rüstung jener Zeit – bis zu dem Punkt hinauf, wo der Helm hätte sitzen sollen; einen Helm aber hatte er nicht, er trug eine glänzende Angströhre und bot einen so lächerlichen Anblick, wie man sich ihn nur wünschen konnte. Dies war ebenfalls einer meiner hinterhältigen Pläne, das Rittertum zum Aussterben zu bringen, indem ich es grotesk und widersinnig machte. Sir Ozanas Sattel war mit ledernen Hutschachteln behangen, und jedesmal, wenn er einen fahrenden Ritter besiegte, dann ließ er ihn schwören, in meinen Dienst zu treten, rüstete ihn mit einer Angströhre aus und veranlaßte ihn, sie zu tragen. Ich zog mich an und lief hinunter, um Sir Ozana willkommen zu heißen und mich zu erkundigen, was es Neues bei ihm gab.

»Wie geht das Geschäft?« fragte ich.

»Ihr werdet bemerken, daß ich nur diese vier noch übrig habe; es waren aber sechzehn, als ich mich von Camelot fortbegab.«

»Na, da habt Ihr aber fein gearbeitet, Sir Ozana. Welche Gegend habt Ihr denn zuletzt abgegrast?«

»Ich komme eben aus dem Tale der Heiligkeit, wenn es Euch genehm ist, Herr.«

»Da will ich gerade auch hin. Gibt es in der Klostergesellschaft irgend etwas Besonderes?«

»Bei der heiligen Messe, daran ist nicht zu zweifeln!... Gib ihm gutes Futter, Knabe, und geize nicht damit, falls dir dein Haupt lieb ist, also begib dich flugs in den Stall und tu nach meinem Befehl ... Herr, die Kunde, die ich bringe, ist gefahrvoll, und ... sind dies Pilger? Dann, gute Leute, tätet ihr wohl daran, euch zu versammeln und den Bericht anzuhören, den ich euch zu geben habe, denn er betrifft euch insofern, als ihr auszieht, um zu finden, was ihr nicht finden werdet, und sucht, was ihr umsonst sucht; ich bürge mit meinem Leben für mein Wort, und mein Wort und meine Botschaft sind folgende: ein Geschehnis ist geschehen, desgleichen in zweihundert Jahren nur einmal zu sehen war, als es das erste und einzige Mal gewesen, daß besagtes Unheil in dieser Form das Heilige Tal betroffen, durch Gebot des Allerhöchsten, weil aus gerechten Gründen und dazu beitragenden Ursachen, worin die Angelegenheit...«

»Die wundersame Quelle hat aufgehört zu fließen!« Dieser Ruf erklang gleichzeitig aus dem Mund von zwanzig Pilgern.

»Ihr sagt die Wahrheit, gute Leute. Darauf wollte ich gerade zu sprechen kommen, als ihr es vorbrachtet.«

»Hat sich wieder jemand gewaschen?«

»Nein, es besteht der Verdacht, aber niemand glaubt es. Man nimmt an, daß irgendeine andere Sünde schuld ist, aber keiner weiß, welche.«

»Wie nehmen sie das Unglück auf?«

»Das kann niemand in Worten beschreiben. Die Quelle ist seit neun Tagen versiegt. Die Gebete, die sogleich begannen, das Wehklagen in Sack und Asche und die heiligen Prozessionen – all das hat Tag und Nacht nicht aufgehört; die Mönche, die Nonnen und die Findelkinder sind schon ganz erschöpft und hängen auf Pergament niedergeschriebene Gebete auf, weil die Menschen keine Kraft mehr haben, ihre Stimme zu erheben. Und endlich haben sie nach Euch ausgesandt, Sir Boss, daß Ihr es mit Magie und Zauberei versucht, und falls Ihr nicht kommen könntet, sollte der Bote Merlin holen, und er ist schon seit drei Tagen dort und sagt, er will das Wasser herbeischaffen, und wenn er den Erdball zersprengen und die Königreiche darauf in Trümmer legen müßte, um es zu erreichen, und er wirkt gar tapfer seinen Zauber und beschwört seine Höllengeister, sich dort einzustellen und ihm zu helfen, aber er hat noch keinen Hauch Feuchtigkeit hervorgebracht, noch nicht einmal so viel, um einen Kupferspiegel beschlagen zu lassen, wenn Ihr nicht das Faß Schweiß rechnet, das er zwischen einem Sonnenaufgang und dem anderen ob der schrecklichen Anstrengung bei seiner Aufgabe schwitzt, und wenn Ihr...«

Das Frühstück war bereit. Sobald es vorüber war, zeigte ich Sir Ozana die Worte, die ich in seinen Hut geschrieben hatte: *»Chemische Abteilung, Labor, Sektion G. Pxxp. Sendet zwei von Größe 1, zwei von Nr. 3, sechs von Nr. 4 sowie die dazu passenden Zubehörteile – und zwei meiner ausgebildeten Assistenten.«*

Und ich sagte: »Nun eilt nach Camelot, so rasch Ihr nur könnt, tapferer Ritter; zeigt diese Inschrift hier Clarence und sagt ihm, er soll die angeforderten Dinge schleunigst ins Tal der Heiligkeit schicken.«

»Das will ich wohl, Sir Boss.« Und fort war er.

ZWEIUNDZWANZIGSTES KAPITEL

Die heilige Quelle

Die Pilger waren Menschen. Sonst hätten sie anders gehandelt. Sie waren einen weiten und beschwerlichen Weg gereist, und jetzt, wo er beinahe zu Ende war und sie erfuhren, daß das Hauptziel, um dessentwillen sie gekommen waren, nicht mehr existierte, handelten sie nicht, wie es Pferde, Katzen oder Angelwürmer wahrscheinlich getan hätten – sie machten nicht kehrt, um sich etwas Nützlichem zu widmen –, nein, so begierig sie vorher auch gewesen waren, die Wunderquelle zu betrachten, so waren sie jetzt doch vierzigmal begieriger, die Stelle zu sehen, an der sie sich einst befunden hatte. Menschen sind unergründliche Wesen.

Wir kamen rasch voran, und zwei Stunden vor Sonnenuntergang standen wir auf den hohen Hügeln, die das Tal der Heiligkeit begrenzten, ließen unsere Blicke von einem Ende zum anderen schweifen und hefteten sie auf seine Besonderheiten, das heißt, auf seine hervorstechenden Besonderheiten. Dies waren die drei Gebäudekomplexe. Es waren ferne, isoliert dastehende Klostergüter, die aussahen, als seien sie zu Spielzeugbauten zusammengeschrumpft in der verlassenen Weite, die eine Einöde zu sein schien und auch eine war. Ein solches Bild ist immer traurig, weil es so feierlich still ist und aussieht, als sei es vom Tode gezeichnet. Hier aber erklang ein Laut, der die Stille nur unterbrach, um sie noch trostloser zu machen; es war das ferne, schwache Läuten von Glocken, das uns der Wind in abgerissenen Klangfetzen herüberwehte, so leise, so gedämpft, daß wir kaum wußten, ob wir es mit unseren Ohren oder nur in der Einbildung wahrnahmen.

Wir erreichten das Mönchskloster vor Einbruch der Dunkelheit, und die Männer erhielten dort Unterkunft; die Frauen aber wurden zum Nonnenkloster hinübergeschickt. Die Glocken ertönten jetzt ganz in der Nähe, und wie eine Botschaft des Verhängnisses dröhnte uns ihr feierliches Geläute in den Ohren. Abergläubische Verzweiflung hatte das Herz aller Mönche ergriffen und war in den verstörten Gesichtern zu lesen. Überall tauchten diese schwarzgewandeten, mit leisen Sandalen beschuhten, talggesichtigen Gespenster auf, flitzten umher und verschwanden wieder, so lautlos wie die Geschöpfe eines Alptraums und ebenso unheimlich.

Die Freude des alten Abtes, mich zu sehen, war rührend. Zu Tränen rührend sogar, aber er vergoß sie selbst. Er sagte:

»Säume nicht, mein Sohn, sondern begib dich an dein rettendes Werk. Falls wir das Wasser nicht zurückbringen, und zwar bald, sind wir ruiniert, und die löbliche Arbeit von zweihundert Jahren muß ein Ende nehmen. Aber sieh zu, daß du es mit Zauber vollbringst, der heilig ist, denn die Kirche duldet nicht, daß ein Werk mit Teufelsmagie für sie getan wird.«

»Wenn ich arbeite, Ehrwürden, dann kannst du sicher sein, daß kein Teufelswerk damit verbunden ist. Ich werde mich keiner Kunst bedienen, die vom Teufel stammt, und nichts verwenden, das nicht von Gottes Hand geschaffen wurde. Hält sich aber Merlin streng an die Linie der Frömmigkeit?«

»Ach, er hat gesagt, er wolle es tun, mein Sohn, hat uns versichert, er wolle es tun, und einen Eid geleistet, sein Versprechen zu halten.«

»Nun, in dem Fall laß ihn weitermachen.«

»Aber du wirst doch gewiß nicht müßig dabeisitzen, sondern helfen?«

»Es taugt nichts, die Methoden zu vermengen, Ehrwürden, und wäre auch nicht kollegial. Zwei Leute vom gleichen Beruf dürfen einander nicht unterbieten. Dann könnten wir ja gleich die Preise herabsetzen, denn darauf liefe es schließlich hinaus. Merlin hat den Kontrakt; kein anderer Zauberer darf die Sache anrühren, bis er sie aufgibt.«

»Aber ich werde sie ihm abnehmen; hier handelt es sich um eine schreckliche Notlage, daher ist dieser Schritt berechtigt. Und wäre das auch nicht der Fall – wer will der Kirche Gesetze vorschreiben? Die Kirche schreibt jedermann Gesetze vor, und was sie zu tun wünscht, das darf sie tun, wem es auch immer Schaden zufügt. Ich werde ihm den Auftrag abnehmen, du sollst noch diesen Augenblick beginnen.«

»Das darf nicht sein, Ehrwürden. Zweifellos ist es so, wie du sagst: wer die höchste Macht ausübt, der kann tun und lassen, was er will, ohne daß ihm etwas geschieht; wir armen Magier aber sind nicht in einer solchen Lage. Merlin ist auf seine bescheidene Art ein recht guter Zauberer und genießt in der Provinz einen ganz ordentlichen Ruf. Er strengt sich an, tut, was er kann, und es entspräche nicht der Etikette, wenn ich ihm sein Geschäft wegnehmen wollte, solange er es nicht selbst aufgibt.«

Das Gesicht des Abtes erhellte sich. »Ah, das ist einfach. Es gibt Wege, ihn davon zu überzeugen, daß er es aufgeben soll.«

»Nein, nein, Ehrwürden, es bewirkt keinen Unterschied, wie die Leute hier sagen. Wenn man ihn gegen seinen Willen überzeugt, dann füllt er den Brunnen mit einem boshaften Zauber, der mich hindern wird, bis ich sein Geheimnis entdeckt habe. Das kann einen Monat dauern. Ich könnte zwar eine meiner kleinen Zaubereien, die ich das Telefon nenne, veranstalten, ohne daß es ihm auch nur in hundert Jahren gelänge, ihr Geheimnis zu ergründen. Ja, verstehst du, einen Monat lang könnte er mich aufhalten. Möchtest du bei einer derartigen Trockenheit einen Monat riskieren?«

»Einen Monat! Schon der Gedanke allein bringt mich zum Schaudern. Möge es sein, wie du es wünschest, mein Sohn. Aber das Herz ist mir schwer von Enttäuschung. Geh von mir und laß mich meinen Geist mit Ungeduld und Warten quälen, wie ich es die letzten zehn langen Tage hindurch getan und das, was man Rast nennt, nachgeahmt habe, dieweil der liegende Körper die äußeren Zeichen der Ruhe vortäuscht, wo doch innerlich keine ist.«

Natürlich wäre es für alle das beste gewesen, wenn Merlin Etikette Etikette sein gelassen, die Sache aufgegeben und Schluß gemacht hätte, denn nie wäre er in der Lage gewesen, das Wasser zum Fließen zu bringen, weil er ein echter Magier seiner Zeit war; das heißt, die großen Wunder, diejenigen, welche ihm seinen Ruf verschafften, waren immer vom Glück so begünstigt, daß sie gerade dann vollbracht wurden, wenn außer Merlin niemand zugegen war; er konnte diesen Brunnen nicht zum Fließen bringen, während die Menge herumstand und zusah; eine Menschenmenge war zu jener Zeit für das Wunder eines Zauberers dás gleiche wie für das eines Spiritisten zu meiner Zeit; bestimmt war irgendein Skeptiker bei der Hand, der im entscheidenden Augenblick das Gaslicht aufdrehte und alles verdarb. Ich wollte jedoch nicht, daß sich Merlin vom Auftrag zurückzog, bis ich selbst bereit wäre, diesen zu übernehmen, und das konnte ich erst tun, wenn ich meine Materialien aus Camelot erhalten hatte, was noch zwei bis drei Tage dauern mußte.

Meine Gegenwart gab den Mönchen Hoffnung und heiterte sie ordentlich auf, so daß sie an jenem Abend zum erstenmal seit zehn Tagen ein kräftiges Mahl aßen. Sobald ihr Magen gebührend durch Nahrung gestärkt war, begann sich ihre Stimmung rasch zu heben, und als der Met herumgereicht wurde, hob sie sich noch rascher. Als alle geladen hatten, kam die heilige Gemeinschaft so recht in Form, die Nacht durchzuzechen, und so blieben wir an Bord und führten die Absicht aus. Die Sache wurde recht vergnügt. Die Brüder erzählten gute, alte zweideutige Geschichten, bei denen ihnen vor Lachen die Tränen flossen, die Münder weit offenstanden und die runden Bäuche wackelten; zweideutige Lieder wurden in schallendem Chore hinausgebrüllt, der das Dröhnen der läutenden Glocken übertönte.

Endlich unternahm ich es selbst, eine Geschichte zum besten zu geben, und ihr Erfolg war groß. Natürlich nicht sofort, denn für gewöhnlich taut der Einwohner jener Insel nicht bei der ersten Anwendung einer Dosis Humor auf; als ich sie aber zum fünftenmal erzählte, begannen die Mönche hier und da Risse aufzuweisen; und als ich sie das achtemal erzählte, fingen sie an, abzubröckeln, bei der zwölften Wiederholung zerbarsten sie in Blöcke und bei der fünfzehnten zerfielen sie in ihre Bestandteile, so daß ich einen Besen holte und sie auffegte. Das heißt, bildlich gesprochen. Diese Insulaner – nun, zuerst zahlen sie einem die investierte Mühe ja nur langsam zurück, aber zuletzt lassen sie die Rückzahlung aller anderen Völker klein und armselig erscheinen.

Ich stellte mich am nächsten Tag schon zeitig am Brunnen ein. Merlin war da und zauberte emsig wie ein Biber, brachte aber keine Feuchtigkeit zutage. Er war nicht gut gelaunt, und jedesmal, wenn ich andeutete, der Kontrakt sei für einen Neuling vielleicht eine Spur zu knifflig, löste sich seine Zunge und er fluchte wie ein Bischof – ich meine, wie ein französischer Bischof aus den Tagen der Regentschaft.

Die Dinge lagen ungefähr so, wie ich erwartet hatte. Die »Quelle« war ein gewöhnlicher Brunnen; er war auf die gewöhnliche Weise gegraben und auf die gewöhnliche Weise mit Steinen ausgemauert worden. Es war nichts Wunderbares daran. Sogar die Lüge, die ihren Ruf geschaffen hatte, war nicht wunderbar; ich hätte sie selbst erzählen können, sogar, wenn man mir die eine Hand auf den Rücken gebunden hätte. Der Brunnen lag in einer dunklen Kammer mitten in einer aus behauenen Steinen gebauten Kapelle; an ihren Wänden hingen fromme Bilder, deren Ausführung so war, daß sich ein Farbdruck daneben erhaben gefühlt hätte; es waren Bilder zum historischen Andenken an Heilwunder, die von dem Wasser bewirkt worden waren, als niemand zusah. Das heißt, niemand außer Engeln; sie sind immer an Deck, wenn ein Wunder voraus liegt – vielleicht, um mit aufs Bild zu kommen. Engel haben das ebensogern wie Feuerwehrleute; seht euch nur die Bilder der alten Meister an.

Die Brunnenkammer war matt erleuchtet; das Wasser zogen die Mönche mit Winde und Kette herauf und gossen es in Tröge, von wo es in Steinbecken floß, die sich draußen in der Kapelle befanden – falls es Wasser heraufzuziehen gab, meine ich –, und außer den Mönchen durfte keiner die Brunnenkammer betreten. Ich betrat sie, denn ich hatte durch die Gefälligkeit meines Berufskollegen und Untergebenen die zeitweilige Genehmigung dazu. Er selbst aber war nicht hineingegangen. Er tat alles mit Hilfe von Beschwörungen, niemals nahm er seinen Verstand in Anspruch. Wäre er dort eingetreten und hätte sich seiner Augen anstatt seines gestörten Geistes bedient, dann hätte er den Brunnen mit natürlichen Mitteln heilen und es dann auf die übliche Weise in ein Wunder verwandeln können; aber nein, er war ein alter Schwachkopf, ein Magier, der an seine eigene Zauberei glaubte: und kein Magier, der von einem solchen Aberglauben gehindert wird, kann es zu etwas bringen.

Ich vermutete, daß der Brunnen leck geworden war, daß sich in der Nähe des Grundes ein paar Mauersteine herausgelöst und Spalten freigelegt hatten, durch die das Wasser abfloß. Ich maß die Kette: achtundneunzig Fuß. Dann rief ich zwei Mönche herein, verriegelte die Tür, nahm eine Kerze und befahl den beiden, mich im Eimer hinabzulassen. Als die Kette ganz abgerollt war, bestätigte das Kerzenlicht meinen Verdacht; ein beträchtlicher Teil der Brunnenwand war eingestürzt und hatte eine recht große Spalte freigelegt.

Fast bedauerte ich, daß meine Theorie über den Schaden des Brunnens richtig war, denn ich hatte noch eine zweite, bei der es für ein Wunder ein oder zwei pompöse Nebenwirkungen gegeben hätte. Mir war eingefallen, daß man in Amerika viele Jahrhunderte später eine Erdölquelle, wenn sie zu fließen aufgehört hatte, gewöhnlich mit einer Dynamitladung freisprengte. Falls ich festgestellt hätte, daß der Brunnen versiegt war, ohne daß es eine Erklärung dafür gab, dann hätte ich die Leute hier prächtig in Erstaunen versetzen können, indem ich einen nicht besonders wertvollen Menschen eine Dynamitbombe hineinwerfen ließ. Ich hatte daran gedacht, Merlin hierzu zu ernennen. Es war jedoch offensichtlich, daß kein Anlaß für die Bombe bestand. Man kann nicht alles so haben, wie man es wünscht. Es gehört sich sowieso nicht, bei einer Enttäuschung den Kopf hängen zu lassen; man muß beschließen, auf seine Kosten zu kommen. Das tat ich. Ich sagte mir: ich habe es nicht eilig, ich kann warten, die Bombe wird schon noch zupaß kommen. Und so war es auch.

Als ich mich wieder über Tage befand, schickte ich die Mönche hinaus und ließ eine Fischschnur in den Brunnen hinab; er war hundertfünfzig Fuß tief und enthielt einundvierzig Fuß Wasser. Ich rief einen Mönch herein und fragte:

»Wie tief ist der Brunnen?«

»Das weiß ich nicht, Herr, denn es ist mir nie mitgeteilt worden.«

»Wie hoch steht das Wasser für gewöhnlich darin?«

»Bis nahe an den Rand, seit zwei Jahrhunderten, wie das Zeugnis besagt, das uns von unseren Vorgängern überkommen ist.«

Das stimmte, wenigstens, was die neuere Zeit betraf, denn es gab noch eine Aussage darüber, und zwar eine glaubwürdigere als die eines Mönches: nur zwanzig, dreißig Fuß der Kette zeigten Spuren von Abnutzung; der übrige Teil war unbenutzt und verrostet. Was war geschehen, als der Brunnen das erstemal versiegte? Zweifellos war irgendein praktisch veranlagter Mensch gekommen und hatte das Leck geflickt, war dann wieder heraufgestiegen und hatte dem Abt erzählt, er habe durch ein überirdisches Zeichen entdeckt, daß der Brunnen wieder fließen werde, wenn man das sündhafte Bad zerstörte. Jetzt war das Leck von neuem entstanden, und diese kindlichen Gemüter hätten um himmlischen Beistand gebetet, Prozessionen abgehalten und ihre Glocken geläutet, bis sie ganz und gar vertrocknet und davongeweht worden wären, und keines von diesen Unschuldslämmern wäre je auf den Gedanken gekommen, eine Angelleine in den Brunnen zu lassen oder hinunterzusteigen, um nachzusehen, was eigentlich los war. Alte Denkgewohnheiten gehören zu den Dingen, die einem am zähesten anhängen. Sie werden vererbt wie Körperbau und Gesichtszüge, und ein Mensch, der in jenen Zeiten einen Einfall hatte, den seine Ahnen noch nicht gehabt hatten, wäre in den Verdacht gekommen, unehelich zu sein. Ich sagte zu dem Mönch:

»Einen trockenen Brunnen wieder mit Wasser zu füllen, ist ein schwieriges Wunder, aber wir werden es versuchen, wenn meine Kollege Merlin Mißerfolg hat. Kollege Merlin ist ein ganz ordentlicher Künstler, aber nur für Salonzauberei, und vielleicht mißlingt es ihm; es wird ihm sogar wahrscheinlich mißlingen. Aber das soll ihn nicht in Mißkredit bringen; der Mann, der *diese* Art Wunder hier vollbringen kann, ist auch schlau genug, ein Hotel zu führen.«

»Ein Hotel? Ich erinnere mich nicht, etwas gehört zu haben ...«

»Von einem Hotel? Das ist, was ihr einen Gasthof nennt. Der Mann, der dieses Wunder vollbringen kann, ist imstande, ein Gasthaus zu führen. Ich kann dieses Wunder vollbringen, ich werde es vollbringen; aber ich will dir nicht verschweigen, daß es ein Wunder ist, bei dem die okkulten Kräfte bis aufs äußerste angespannt werden.«

»Niemand weiß ja besser als die Bruderschaft, wie wahr dies ist, denn es ist festgehalten worden, daß es einstmals gar schrecklich schwer war und ein Jahr gedauert hat. Möge Gott dir trotz alledem Erfolg senden, darum werden wir beten.«

Vom Geschäftsstandpunkt aus war es ein guter Gedanke, die Idee zu verbreiten, die Sache sei schwer. Schon viele kleine Dinge sind durch eine richtige Propaganda bedeutend geworden. Der Mönch war von der Schwierigkeit des Unternehmens ganz und gar erfüllt; er würde auch die anderen davon erfüllen. In zwei Tagen mußte die Sorge schwunghaft anwachsen.

Als ich mittags heimkehrte, traf ich Sandy. Sie hatte die Einsiedler einer Stichprobe unterzogen. Ich sagte:

»Das täte ich selbst gern. Heute ist Mittwoch. Findet da eine Matiné statt?«

»Eine was, bitte, edler Herr?«

»Eine Matiné. Haben sie nachmittags geöffnet?«

»Wer?«

»Die Einsiedler, natürlich.«

»Geöffnet?«

»Ja, geöffnet. Ist das nicht ganz klar verständlich? Verduften sie mittags?«

»Verduften?«

»Verduften? Ja, verduften; was stimmt denn nicht bei verduften? So was von einem Schwachkopf habe ich noch nicht gesehen; begreifst du denn überhaupt nichts? In einfachen Worten ausgedrückt, machen sie die Bude dicht, hauen sie ab, zittern sie los?«

»Machen sie die Bude dicht, hauen...«

»Ach, laß nur, bemüh dich nicht, du fällst mir auf die Nerven. Du scheinst auch das einfachste nicht zu begreifen.«

»Ich wollte, ich machte es Euch recht, Herr; es verursacht

mir Schmerz und Kummer, daß es mir nicht gelingt, weil ich nur eine einfache Maid und ungelahrt bin, weil ich von der Wiege an nicht mit jenen tiefen Wassern der Gelahrsamkeit getauft worden bin, die jene, die da solch edlen Sakraments teilhaftig werden, mit Hoheit salben und ihnen Ehrwürdigkeit verleihen vor dem inneren Auge des bescheidenen Sterblichen, der durch Mangel und Ausschluß von jener großen Weihe in seinem ungelahrten Zustand nur das Symbol sieht von jenem anderen Mangel und Verlust, den die Menschen dem mitleidigen Auge mit einem Schmuck von Sackleinen zur Schau stellen, auf die Asche des Kummers ausgebreitet und verstreut liegt, und also geschieht es, wenn ein solcher in der Finsternis seines Geistes den güldenen Sätzen des hohen Mysteriums begegnet, diesen ›die-Bude-dicht‹, ›hauen-sie-ab‹, ›zittern-sie-los‹, also geschieht es nur durch die Gnade Gottes, daß er nicht platzt vor Neid auf einen Geist, der so große wohlklingende Wunder der Sprechkunst zu zeugen und auf die Zunge, die sie auszusprechen vermag, und da sich nun in jenem bescheideneren Geiste Verwirrung einstellt und er die Bedeutung jener Wunder nicht auslegen kann, wo dem so ist, dann ist dieses Verständnis nicht leer, sondern echt und wahr, wisse wohl, es ist der eigentliche Kern anbetungsvoller, bewundernder Verehrung und darf nicht leichtfertig mißachtet werden, noch wäre das geschehen, wenn Ihr die Beschaffenheit von Stimmung und Geist bemerkt und verstanden hättet, daß ich, wenn ich wollte, nicht könnte, und wenn ich nicht könnte, nicht dürfte, und demnach weder dürfte noch könnte, noch auch dieses Dürfte-nicht und Könnte-nicht vorteilhaft in das gewünschte ›Würde‹ zu verwandeln wäre, und so bitte ich Euch um Nachsicht für meinen Fehler, und daß Ihr mir in Eurer Güte und Barmherzigkeit verzeiht, mein guter Herr und teurer Lord.«

Ich begriff nicht alles, das heißt, nicht alle Einzelheiten, aber die allgemeine Linie hatte ich erfaßt, und das genügte, damit ich mich schämte. Es war nicht anständig, diese Spezialausdrücke aus dem 19. auf das ungeschulte Kind des 6. Jahrhunderts abzufeuern und sie dann auszuschelten, weil sie ihre Bedeutung nicht verstand; wenn sie sich redlich Mühe gab, den Ball voranzutreiben, dann gelang es ihr auch, und es war ja nicht ihre Schuld, daß sie nicht bis zum Zielfeld gelangen konnte, also bat ich um Verzeihung. Danach schlenderten wir gemütlich zu den Eremitenlöchern, angenehm plaudernd und als bessere Freunde denn je.

Ich bekam nach und nach eine geheimnisvolle, schaudernde Ehrfurcht vor diesem Mädchen; jedesmal, wenn sie jetzt von der Station abfuhr und ihren Zug auf einen ihrer transkontinentalen, von keinem Horizont begrenzten Sätze in voller Fahrt hatte, mußte ich daran denken, daß ich mich in der erhabenen Gegenwart der Mutter der deutschen Sprache befand. Ich war davon so beeindruckt, daß ich unwillkürlich zuweilen, wenn sie begann, einen dieser Sätze über mich auszugießen, eine geradezu ehrerbietige Haltung einnahm und unbedeckten Hauptes dastand; wenn Worte Wasser wären, dann wäre ich bestimmt ertrunken. Sie hatte genau die deutsche Art, was immer sie die Absicht hatte von sich zu geben, ob es nun eine bloße Bemerkung, eine Predigt, eine ganze Enzyklopädie oder die Geschichte eines Krieges war – sie brachte es in einem Satz unter, und wenn es sie das Leben kosten sollte. Jedesmal, wenn der literaturkundige Deutsche in einen Satz taucht, bekommt man ihn nicht wieder zu sehen, bis er auf der anderen Seite seines Atlantischen Ozeans mit dem Verb zwischen den Zähnen wieder auftaucht.

Wir schlenderten den ganzen Nachmittag von einem Einsiedler zum anderen. Es war eine höchst seltsame Menagerie. Der Hauptwettbewerb zwischen ihnen schien darum zu gehen, welcher es fertigbrächte, der Unsauberste und Ungeziefferreichste von allen zu sein. Ihr Auftreten und ihre Haltung drückten das äußerste Maß eitler Selbstzufriedenheit aus. Einer dieser Eremiten sah seinen Stolz darin, nackt im Schlamm zu liegen und sich von den Insekten zerbeißen und zerstechen zu lassen, ohne sie zu stören; ein anderer, den ganzen Tag recht sichtbar für die Bewunderung der Pilgerscharen an einem Felsen zu lehnen und zu beten; wieder ein anderer, nackt auf allen vieren herumzukriechen; ein weiterer, jahrein, jahraus achtzig

Pfund Eisen mit sich herumzuschleifen; einer, sich zum Schlafen niemals hinzulegen, sondern in den Dornbüschen zu stehen und zu schnarchen, wenn Pilger da waren und zusahen; eine Frau, die das weiße Haar des Alters trug und sonst nichts, war vom Kopf bis zu den Füßen schwarz auf Grund einer siebenundvierzigjährigen heiligen Enthaltsamkeit von Wasser. Gruppen gaffender Pilger standen um jedes einzelne dieser seltsamen Wesen, in ehrfürchtiges Staunen versunken, und beneideten sie um die fleckenlose Heiligkeit, die jene fromme Askese ihnen von einem streng fordernden Himmel errungen hatte.

Nach einer Weile gingen wir uns einen der Allererhabensten ansehen. Er war eine große Berühmtheit, sein Ruf war durch die ganze Christenheit gedrungen; aus den fernsten Ländern der Erde kamen adlige und bekannte Leute herbei, um ihm Ehrerbietung zu erweisen. Er hatte seinen Stand mitten im breitesten Teil des Tales, und der Raum war auch nötig, um seine Zuschauermenge zu fassen.

Sein Stand war eine sechzig Fuß hohe Säule, auf deren oberem Ende sich eine große Plattform befand. Er tat, was er seit zwanzig Jahren jeden Tag dort oben getan hatte: er beugte seinen Körper unaufhörlich und schnell fast bis zu seinen Füßen. Das war seine Art zu beten. Ich nahm seine Zeit mit einer Stoppuhr – er vollführte zwölfhundertvierundvierzig Umdrehungen in vierundzwanzig Minuten sechsundvierzig Sekunden. Es schien mir ein Jammer zu sein, diese ganze Antriebskraft sich nutzlos ausgeben zu lassen. Seine Bewegung war eine der brauchbarsten in der Mechanik, nämlich die Pedalbewegung; ich machte also eine Notiz in mein Taschenbuch, in der Absicht, ihm eines Tages ein System von elastischen Schnüren anzulegen und eine Nähmaschine damit zu betreiben. Später führte ich diesen Plan aus, und fünf Jahre lang leistete mir der Heilige gute Dienste; er stellte in dieser Zeit über achtzehntausend erstklassige wergleinene Hemden her, nämlich zehn am Tag. Ich betrieb ihn alle Tage, auch sonntags, denn er war sonntags wie werktags im Gang, und es hatte keinen Sinn, die Antriebskraft zu vergeuden. Diese Hemden kosteten mich nichts als nur die Kleinigkeit für das Material – das lieferte ich selbst, es wäre nicht recht gewesen, ihn dazu zu veranlassen –, und sie verkauften sich wie warme Semmeln an die Pilger, zu anderthalb Dollar das Stück, und das war in Artusland der Preis für fünfzig Kühe oder ein Rasserennpferd. Die Hemden wurden als vollkommener Schutz gegen die Sünde angesehen, und in diesem Sinne machten meine Ritter auch überall mit Farbtopf und Schablone für sie Reklame, und zwar so gründlich, daß es in England keine Klippe, keinen Stein und keine fensterlose Wand gab, auf denen man nicht schon auf eine Meile Entfernung lesen konnte:

Kauft das einzig hl. Stylit
Vom Adel empfohlen – Patent angemeldet

Das Geschäft warf mehr Geld ab, als man überhaupt unterbringen konnte. Als es größer wurde, kam ich mit Modellen heraus, die für Könige geeignet waren sowie auch mit einem schicken Muster für Herzoginnen und ähnliche Leute, mit Rüschenbesatz entlang der Vorderluke, das laufende Gut mit Kettenstich leewärts gerefft, dann mit einem Backstag nach achtern geholt und mit einer halben Wendung vor der Wetterseising in der Haupttakelage festgemacht. Jawohl, es war ein Prachtstück.

Zu dieser Zeit bemerkte ich jedoch, daß der Antriebsmotor dazu übergegangen war, auf einem Bein zu stehen, und ich stellte fest, daß mit dem anderen etwas nicht in Ordnung war; so legte ich einen Vorrat für das Geschäft an und verkaufte dann den Laden, wobei ich Sir Bors de Ganis sowie einige seiner Freunde finanziell hineinlegte, denn ein Jahr später wurde der Betrieb eingestellt, und der gute Heilige legte sich zur Ruhe. Er hatte sie jedoch verdient. Das kann ich zu seinen Gunsten sagen.

Als ich ihn aber damals zum erstenmal sah, war sein Zustand so, daß man ihn hier nicht beschreiben kann. Ihr könnt darüber im »Leben der Heiligen«* nachlesen.

* Alle erwähnten Einzelheiten über die Einsiedler in diesem Kapitel

Die Wiederherstellung der Quelle

Am Sonnabend nachmittag ging ich zum Brunnen und sah eine Weile zu. Merlin war noch immer damit beschäftigt, Rauchpulver zu verbrennen, die Arme in der Luft herumzuschwenken und eifrig Kauderwelsch zu murmeln; er sah jedoch recht niedergeschlagen aus, denn natürlich hatte er den Brunnen noch nicht einmal zum Schwitzen gebracht. Endlich sagte ich:

»Wie ist denn jetzt die Aussicht, Kollege?«

»Siehe, ich bin soeben damit beschäftigt, den mächtigsten Zauber zu erproben, der den Prinzen der Schwarzkunst in den Ländern des Orients bekannt ist; wenn ich mit ihm keinen Erfolg habe, hilft nichts. Still, bis ich zu Ende damit bin!«

Diesmal ließ er einen Rauch aufsteigen, der die gesamte Gegend verdunkelte und den Eremiten das Leben unbehaglich machen mußte, denn der Wind blies in ihre Richtung und trieb den Qualm in dichten, nebligen Schwaden über ihre Höhlen dahin. Gleichzeitig gab Merlin einen dazu passenden bändefüllenden Wortschwall von sich, verrenkte seinen Körper und fuchtelte auf ganz erstaunliche Weise in der Luft herum. Nach zwanzig Minuten sank er keuchend und ganz erschöpft nieder. Jetzt erschienen der Abt und mehrere Hundert Mönche und Nonnen, dahinter kamen eine große Menge von Pilgern und zwei Morgen voll Findelkinder, die alle der kolossale Rauch angezogen hatte und die sich sämtlich in außerordentlicher Aufregung befanden. Der Abt erkundigte sich besorgt nach den Ergebnissen. Merlin erklärte:

»Wenn das Werk irgendeines Sterblichen den Zauber zu brechen vermöchte, der dieses Wasser bindet, hätte jenes es vollbracht, das ich eben erprobt habe. Es hat versagt, des-

stammen von Lecky, sind aber stark verändert worden. Da das vorliegende Buch kein Geschichtswerk, sondern nur eine Erzählung ist, waren die meisten der ungeschminkten Einzelheiten, die der Historiker berichtet hatte, zu stark, um hier wiedergegeben zu werden. M. T.

halb weiß ich: was ich befürchtet habe, ist erwiesene Wahrheit; das Zeichen, das durch dieses Mißlingen kundgetan wird, ist, daß der mächtigste Geist, den die Magier des Ostens kennen und des Name niemand auszusprechen vermag, ohne zu sterben, diesen Brunnen verzaubert hat. Der Sterbliche weilt nicht unter den Lebenden und wird auch nicht geboren werden, der das Geheimnis des Brunnens lösen kann, und ohne dieses Geheimnis vermag keiner den Zauber zu brechen. Das Wasser wird nie mehr fließen, guter Bruder. Ich habe getan, was menschenmöglich war. Erlaubt, daß ich von dannen gehe.«

Natürlich versetzte das den Abt in große Bestürzung. Sein Gesicht widerspiegelte sie, als er sich mir zuwandte und sagte: »Du hast es vernommen. Ist dem so?«

»Zum Teil, ja.«

»Nicht gänzlich demnach, nicht gänzlich. Welcher Teil ist wahr?«

»Daß der Geist mit dem russischen Namen den Brunnen verzaubert hat.«

»Allgütiger Himmel – dann sind wir ruiniert!«

»Möglicherweise.«

»Aber nicht gewißlich? Du meinst, nicht gewißlich?«

»Allerdings.«

»Demnach meinst du auch, daß, wenn er sagt, niemand könne den Zauber brechen...«

»Jawohl, wenn er das sagt, dann behauptet er etwas, was nicht unbedingt wahr sein muß. Es gibt gewisse Bedingungen, unter denen ein Versuch, den Bann zu brechen, eine Aussicht, das heißt, eine ganz leise kleine Aussicht auf Erfolg haben könnte.«

»Diese Bedingungen...«

»Oh, sie sind nicht schwer zu erfüllen. Es sind nur folgende: heute von Sonnenuntergang an, bis ich den Bann aufhebe, will ich den Brunnen und eine halbe Meile ringsum ganz für mich allein haben – niemand darf das Gebiet betreten, es sei denn, mit meiner Genehmigung.«

»Ist das alles?«

»Jawohl.«

»Und du fürchtest dich nicht, es zu versuchen?«

»Nicht im geringsten. Natürlich, vielleicht mißlingt es einem, aber vielleicht hat man auch Erfolg. Man kann es ja versuchen, und ich bin bereit, es zu riskieren. Wird meine Bedingung erfüllt?«

»Diese und alle übrigen, die du zu nennen beliebst. Ich werde den entsprechenden Befehl erlassen.«

»Warte noch«, sagte Merlin mit boshaftem Lächeln. »Ist dir bekannt, daß jener, der den Zauber brechen will, den Namen des Geistes kennen muß?«

»Ja, ich kenne seinen Namen.«

»Und weißt du auch, daß es nichts nützt, ihn nur zu kennen, sondern daß man ihn auch aussprechen muß? Ha, ha! Hast du das gewußt?«

»Ja, auch das habe ich gewußt.«

»Du weißt all das! Bist du denn ein Narr? Bist du willens, jenen Namen auszusprechen und zu sterben?«

»Ihn aussprechen? Aber ganz bestimmt. Ich würde ihn aussprechen, und wenn er walisisch wäre!«

»Dann bist du bereits ein toter Mann; ich gehe und teile das Artus mit.«

»Geh nur. Nimm deinen Koffer und verschwinde. Für *dich* ist das einzig richtige, nach Hause zu gehen und dich mit dem Wetter zu beschäftigen, John W. Merlin.«

Das saß, und er zuckte zusammen, denn was die Wettervoraussage betraf, so war er die größte Niete im Königreich. Jedesmal, wenn er befahl, an der Küste die Sturmsignale aufzuziehen, war bestimmt eine Woche absoluter Windstille zu erwarten, und sobald er gutes Wetter prophezeite, regnete es Schusterjungen. Ich hielt ihn aber weiter im Wetterbüro, um seinen Ruf zu untergraben. Bei diesem Volltreffer stieg ihm jedoch die Galle hoch, und anstatt sich heimwärts zu begeben, um meinen Tod zu melden, erklärte er nun, er wolle hierbleiben und ihn genießen.

Am Abend kamen meine beiden Experten an, ziemlich erschöpft, denn sie waren mit doppelter Geschwindigkeit gereist. Sie hatten Maultiere für das Gepäck bei sich und brachten alles mit, was ich brauchte – Werkzeug, Pumpen, Bleirohre, bengalisches Feuer, Bündel großer Raketen,

Feuertöpfe, farbige Sprühregen, elektrische Apparaturen und eine Menge Kleinigkeiten – alles, was zum stolzesten Wunder notwendig war. Sie erhielten ihr Abendbrot und legten sich ein bißchen aufs Ohr; gegen Mitternacht stürmten wir dann los, durch eine gänzlich menschenleere Einöde, die meine Forderungen durchaus übertraf. Wir ergriffen Besitz vom Brunnen und seiner Umgebung. Meine Jungen waren Experten auf allen möglichen Gebieten, vom Ausmauern eines Brunnens bis zur Konstruktion eines mathematischen Instruments. Eine Stunde vor Sonnenaufgang hatten wir das Leck tadellos geflickt, und das Wasser begann zu steigen. Dann verstauten wir unser Feuerwerk in der Kapelle, schlossen die Bude und gingen nach Hause, um zu schlafen.

Bevor die Mittagsmesse vorüber war, befanden wir uns wieder am Brunnen, denn es gab noch eine Menge zu tun, und ich war entschlossen, das Wunder vor Mitternacht losgehen zu lassen, aus Geschäftsgründen, denn während ein Wunder, das an einem Wochentag vollbracht wird, großen Wert hat, ist dieser doch sechsmal größer, wenn man es sonntags vollbringen kann. Innerhalb von 9 Stunden war das Wasser bis zu seiner gewohnten Höhe emporgestiegen, das heißt, es stand dreiundzwanzig Fuß unter dem Brunnenrand. Wir setzten eine kleine eiserne Pumpe an, eine der ersten, die von meinem Betrieb in der Nähe der Hauptstadt hergestellt worden war, bohrten ein Loch in einen Steinbehälter, der sich an der Außenwand der Brunnenkammer befand, und steckten ein Stück Bleirohr hinein, das bis zur Kapellentür reichte und über die Schwelle hinausragte, wo das herausströmende Wasser für die zweihundertfünfzig Morgen voll Menschen sichtbar sein würde, die ich auf der Ebene vor dem heiligen Hügelchen zur gegebenen Zeit zusammenbringen wollte.

Wir schlugen den Deckel von einem Faß ab und hievten es auf das flache Dach der Kapelle, wo wir es fest vertäuten; dann schütteten wir Schießpulver in das Faß, bis der Boden einen Zoll hoch locker damit bedeckt war, steckten Feuerwerkskörper hinein, so dicht sie frei stehen wollten – alle möglichen Abarten von Feuerwerkskörpern, die es nur gibt; und ich kann euch versichern, daß es ein beachtliches, imposantes Bündel war. Nun führten wir Draht von einer elektrischen Taschenbatterie in das Pulver, brachten auf allen vier Ecken des Dachs ein ganzes Lager von bengalischem Feuer unter – in einer Ecke blaues in einer anderen grünes, in der dritten rotes und in der letzten violettes – und legten zu jedem einen Draht.

In ungefähr zweihundert Yard Entfernung stellten wir auf dem flachen Feld einen etwa vier Fuß hohen Lattenpferch auf, legten Bretter darüber und errichteten so eine Plattform. Wir bedeckten sie mit prächtigen Wandteppichen, die wir uns für diesen Anlaß geborgt hatten, und krönten das Ganze mit des Abtes eigenem Thronsessel. Wenn man sich anschickt, für ein unwissendes Volk ein Wunder zu vollbringen, dann muß man alle Einzelheiten, die zählen, mit hinzutun und alles für das Auge des Zuschauers recht eindrucksvoll gestalten, sowie für die Bequemlichkeit seiner Spitzengäste sorgen; danach kann man dann losgehen und alle Effekte springen lassen. Ich weiß, was diese Dinge wert sind, denn ich kenne die menschliche Natur. Ein Wunder kann man gar nicht stilvoll genug aufziehen. Das kostet Mühe und Arbeit und zuweilen auch Geld, aber es macht sich am Ende bezahlt. Nun, wir führten die Drähte bei der Kapelle zum Erdboden und verlegten sie dann unterirdisch bis zur Plattform weiter; dort versteckten wir die Batterien. Hunderte Quadratfuß rings um die Tribüne sperrten wir mit Seilen ab, um die gemeine Menge von ihr fernzuhalten, und damit war die Arbeit beendet. Meine Absicht war: Öffnung der Türen um zehn Uhr dreißig, Beginn der Vorstellung Punkt elf Uhr fünfundzwanzig. Gern hätte ich Eintrittsgeld verlangt, aber das ging natürlich nicht. Ich wies meine Jungen an, schon um zehn Uhr in der Kapelle zu sein, bevor sich noch irgendjemand eingefunden hatte; sie sollten sich bereithalten, rechtzeitig die Pumpen zu besetzen und zu pumpen, was das Zeug hielte. Dann gingen wir zum Abendessen nach Hause.

Die Nachricht von dem Unheil, das den Brunnen betroffen hatte, war inzwischen schon weit verbreitet worden, und seit zwei, drei Tagen ergoß sich eine wahre Lawine von Menschen ins Tal. Dessen unterer Teil war zu einem riesigen Lagerplatz geworden; wir konnten mit einem ausverkauften Haus rechnen, das stand fest. Am frühen Abend machten Ausrufer die Runde und kündigten den bevorstehenden Versuch an, was alle Pulse in fiebriger Hitze schlagen ließ. Die Ausrufer gaben bekannt, daß der Abt und sein offizielles Gefolge in vollem Ornat herbeiziehen und um zehn Uhr dreißig die Tribüne besetzen werde, bis zu welchem Zeitpunkt das gesamte von mir gesperrte Gebiet nicht betreten werden dürfte; dann sollten die Glocken ihr Geläute einstellen, und das sei das Zeichen für die Menge, herbeizuströmen und die Plätze einzunehmen.

Ich stand bei der Tribüne und hielt mich bereit, die feierliche Prozession des Abtes zu empfangen, sobald sie in Sicht käme – was erst geschah, als sie schon fast an der Seilumzäunung angelangt war, denn die Nacht war sternenlos und finster, und Fackeln hatte ich untersagt. Mit der Prozession kam auch Merlin und nahm seinen Sitz vorn auf der Tribüne ein; ausnahmsweise hatte er Wort gehalten. Die Menge, die sich jenseits der Sperrzone zusammendrängte, war nicht sichtbar; trotzdem aber war sie anwesend. Sobald die Glocken schwiegen, brachen die angestauten Menschenmassen los und ergossen sich wie eine große schwarze Flutwelle über die Sperrlinie; eine halbe Stunde lang strömten sie so weiter; dann verdichteten sie sich, und man hätte auf einem Pflaster von Menschenköpfen schreiten können bis – nun, meilenweit.

Jetzt kam etwa zwanzig Minuten lang ein feierliches Warten auf den Beginn der Vorstellung – ich hatte mir Wirkung davon versprochen; es ist immer gut, wenn man seinen Zuschauern Gelegenheit gibt, ihre Erwartungen hochzuschrauben. Endlich ertönte aus dem Schweigen ein edler lateinischer Gesang – von Männerstimmen vorgetragen –, schwoll an und klang in die Nacht hinaus, ein majestätischer Strom von Melodie. Auch das hatte ich inszeniert, und es war einer der wirkungsvollsten Effekte, die ich je erdacht habe Als er zu Ende war, erhob ich mich auf der Tribüne, streckte zwei Minuten lang mit himmelwärts erhobenem Gesicht die Hände aus - das hat stets absolute Stille zur Folge – und sprach dann langsam mit einer so schrecklichen Erhabenheit, daß Hunderte erzitterten und viele Frauen in Ohnmacht fielen, das grauenhafte Wort:

Konstantinopolitanische-
dudelsackpfeifenmachergesellschaft

Als ich die letzten Brocken dieses Wortes hinausstöhnte, schaltete ich eine meiner elektrischen Leitungen ein, und diese ganze dunkle Welt voller Menschen wurde, in scheußliches blaues Licht getaucht, sichtbar! Er war gewaltig, dieser Effekt! Viele Leute schrien auf, Frauen krümmten sich und entflohen in alle Richtungen, die Findlinge brachen kompanieweise zusammen. Der Abt und die Mönche bekreuzigten sich hastig, und ihre Lippen erzitterten in aufgeregtem Gebet. Merlin beherrschte sich, aber offensichtlich hatte ihn vom Kopf bis in die Hühneraugen Staunen gepackt; noch nie hatte er gesehen, daß etwas so anfing. Jetzt war der Zeitpunkt gekommen, die Effekte zu steigern. Ich hob die Hände und ächzte wie im Todesschmerz das Wort hervor:

Nihilistendynamittheaterkästchensprengungsattentatsver-
suchungen

und schaltete die rote Beleuchtung ein! Ihr hättet diesen Ozean von Menschen stöhnen und heulen hören sollen, als diese scharlachfarbene Hölle sich der blauen beigesellte! Nach sechzig Sekunden brüllte ich:

Transvaaltruppentropentransporttrampeltiertreiber-
trauungstränentragödie

und entzündete das grüne Feuer! Nachdem ich diesmal nur vierzig Sekunden gewartet hatte, breitete ich die Arme aus und donnerte die vernichtenden Silben jenes Wortes aller Worte hinaus:

und ließ das violette Blendfeuer emporwirbeln. Da waren sie nun alle auf einmal: rot, blau, grün, violett – vier Vulkane, die wütend große Wolken leuchtenden Rauches ausspien und bis zur fernsten Ecke des Tales blendende, regenbogenfarbene Tageshelle verbreiteten. Weit fort war jener Kerl auf der Säule zu sehen, der stocksteif vor dem Hintergrund des Himmels stand: zum erstenmal seit zwanzig Jahren hielt er in seinem Auf und Ab inne. Ich wußte, daß die Jungen jetzt an den Pumpen standen und bereit waren. Ich sagte also zu dem Abt:

»Die Zeit ist gekommen, Ehrwürden. Ich werde nun den schrecklichen Namen aussprechen und dem Zauber befehlen, sich zu lösen. Du mußt dich jetzt stark machen und an irgend etwas festhalten.« Dann rief ich den Leuten zu: »Gebt acht, in einer Minute wird der Zauber gebrochen sein, oder aber kein Sterblicher kann ihn brechen. Wird er gebrochen, so werden es alle wissen, denn dann seht ihr das heilige Wasser aus der Tür der Kapelle strömen!«

Ein paar Minuten stand ich still, um den Zuhörern Gelegenheit zu geben, meine Ankündigung bis zu denen weiterzutragen, die sie nicht hatten hören können, und sie so bis in die letzten Reihen zu verbreiten; dann wartete ich mit großer Galapose und besonders eindrucksvollen Gesten auf und schrie:

»Wahrlich, ich befehle dem grimmen Geist, von dem die heilige Quelle besessen ist, jetzt alle Höllenfeuer, die noch in ihm wohnen, in den Himmel zu speien, sofort seinen Zauber zu lösen und von hier zur Hölle zu fahren, wo er tausend Jahre gebunden liegen soll. Ich befehle es bei seinem eigenen schrecklichen Namen: BGWJJILLIGKKK!«

Dann jagte ich das Faß voller Feuerwerkskörper in die Luft, und eine riesige Fontäne blendender Flammenlanzen schoß mit zischendem Geräusch zum Zenit empor und zerbarst hoch oben im Himmel in einem Wolkenbruch von funkelnden Juwelen! Ein einziges Aufstöhnen des Schrekkens entrang sich der Menschenmasse und verwandelte sich plötzlich in ein wildes Freudenhosianna, denn dort sahen sie, klar und deutlich in dem unheimlichen Lichtschein, das befreite Wasser hervorströmen! Der alte Abt brachte vor Tränen und Schlucken kein Wort hervor; er schloß mich, ohne etwas zu sagen, in die Arme und zerquetschte mich fast. Das war beredter als Worte – und außerdem auch schwerer zu überwinden, in einem Land, wo es wirklich keinen Arzt gab, der auch nur einen verbogenen Sechser wert gewesen wäre.

Ihr hättet dieses riesige Feld voll von Leuten sehen sollen, wie sie sich in das Wasser niederwarfen und es küßten, es immer wieder küßten, es streichelten und liebkosten, zu ihm sprachen, als sei es lebendig, und es mit Kosenamen, die sie ihren Lieblingen gaben, willkommen hießen, als sei es ein Freund, der sie vor langer Zeit verlassen hatte, verlorengegangen und nun heimgekehrt war. Ja, es sah hübsch aus und veranlaßte mich, mehr von ihnen zu halten als zuvor.

Merlin ließ ich auf einem Fensterladen nach Hause tragen. Er war zusammengebrochen und wie ein Erdrutsch zu Boden gegangen, als ich den schrecklichen Namen aussprach, und hatte seither das Bewußtsein nicht wiedererlangt. Er hatte diesen Namen noch nie vorher gehört – ich gleichfalls nicht –, für ihn aber war es der richtige. Jedes Kauderwelsch wäre der richtige Name gewesen. Später gab er zu, daß nicht einmal die eigene Mutter des Geistes seinen Namen hätte besser aussprechen können als ich. Er hat nie begreifen können, wie ich es angestellt habe, dabei am Leben zu bleiben, und gesagt habe ich es ihm auch nicht. Nur junge Zauberer verraten ein solches Geheimnis. Merlin verbrachte drei Monate mit Zauberversuchen, um den verborgenen Trick ausfindig zu machen, wie man jenen Namen aussprechen und dabei am Leben bleiben könnte. Es gelang ihm jedoch nicht.

Als ich mich zur Kapelle begab, entblößte das Volk sein Haupt und trat ehrerbietig zurück, um mir einen breiten Weg freizulassen, als sei ich ein höheres Wesen – und das war ich ja auch. Dessen war ich mir bewußt. Ich nahm eine Nachtschicht von Mönchen mit, lehrte sie das Geheimnis der Pumpe und ließ sie ans Werk gehen, denn es war klar, daß viele der Leute da draußen die ganze Nacht beim Wasser wachen würden, und so war es recht und billig, daß sie davon so viel bekamen, wie sie nur wollten. Für die Mönche war die Pumpe selbst schon ein bedeutendes Wunder, und es erfüllte sie mit Staunen und Achtung, zu sehen, wie außerordentlich wirksam sie arbeitete.

Es war eine große Nacht, eine erhabene Nacht. Sie war ruhmesschwanger. Ich konnte vor Frohlocken kaum Schlaf finden.

VIERUNDZWANZIGSTES KAPITEL

Ein Rivale in der Zauberkunst

Mein Einfluß im Tal der Heiligkeit war jetzt geradezu sagenhaft. Es schien der Mühe wert, zu versuchen, ihn zu einem nützlichen Zweck einzusetzen. Der Gedanke kam mir am nächsten Morgen, angeregt durch den Anblick eines meiner Ritter aus der Seifenbranche, der herbeigeritten kam. Wie die Geschichte berichtete, waren die Mönche dieses Ortes vor zwei Jahrhunderten so weltlich gesinnt gewesen, sich waschen zu wollen. Möglicherweise war auch jetzt noch ein Sauerteigrest dieser Sündhaftigkeit vorhanden. Ich fühlte deshalb einem Bruder auf den Zahn:

»Möchtest du nicht gern mal ein Bad nehmen?«

Ihm schauderte bei dem Gedanken – dem Gedanken, welche Gefahr das für den Brunnen bedeuten würde; er sagte jedoch inbrünstig: »Das braucht man einen armen Menschen, der diese gesegnete Erfrischung seit seiner Knabenzeit nicht mehr gekannt hat, wohl kaum zu fragen. Wollte Gott, ich dürfte mich waschen! Es kann jedoch nicht sein, edler Herr; führet mich nicht in Versuchung, es ist verboten.«

Dann seufzte er so kummervoll, daß ich beschloß, er sollte zumindest eine Schicht seines Besitzes an Grund und Boden loswerden, und wenn ich meinen ganzen Einfluß dafür aufbieten und dessen gesamten Vorrat erschöpfen müßte. Ich ging also zum Abt und bat um eine Waschlizenz für diesen Bruder. Bei dem Gedanken erbleichte er – ich will nicht sagen, man hätte ihn erbleichen sehen können, denn natürlich war es nicht zu sehen, es sei denn, man hätte ihn abgeschabt, und so wichtig war es mir nicht, daß ich ihn abschaben wollte, aber ich wußte trotzdem, daß er erbleichte, und zwar einen Buchdeckel tief unter der Oberfläche –, erbleichte und zitterte.

»Ach, mein Sohn, verlange alles andere, was du willst, und es soll dein sein, soll dir aus dankbarem Herzen gern gewährt sein – dies aber, ach, dies! Willst du denn das gesegnete Wasser wieder vertreiben?«

»Nein, Ehrwürden, ich will es nicht vertreiben. Ich habe geheime Kenntnis, die mich lehrt, daß damals ein Irrtum vorgelegen hat, als man annahm, die Einrichtung eines Bades habe die Quelle verbannt.« Das Gesicht des alten Mannes begann großes Interesse widerzuspiegeln. »Meine Kenntnis belehrt mich, daß das Bad an jenem Unglück, das durch eine ganz andere Sünde hervorgerufen wurde, unschuldig war.«

»Das sind ergötzliche Worte – aber – aber sehr willkommen, wenn sie der Wahrheit entsprechen.«

»Sie sind wahr, ganz gewiß. Laßt mich das Bad wiederaufbauen, Ehrwürden. Laßt es mich wiederaufbauen, und die Quelle wird für immer fließen.«

»Versprichst du das? Versprichst du es? Sage es – sage, daß du es versprichst.«

»Freilich, ich verspreche es.«

»Dann will ich selbst als erster ein Bad nehmen! Geh, mach dich an die Arbeit. Zögere nicht, zögere nicht, sondern geh!«

Ich und meine Jungen, wir befanden uns schon gleich darauf am Werk. Die Ruinen des alten Bades im Kellergeschoß des Klosters waren noch vorhanden; nicht ein Stein fehlte. Die Mönche hatten sie all die Generationen hindurch dort gelassen und mit frommer Scheu als fluchbeladen gemieden. In zwei Tagen war alles geschafft und das Becken gefüllt – ein geräumiges Becken mit klarem, reinem Wasser, in dem man schwimmen konnte. Es war sogar fließendes Wasser. Durch die alten Röhren lief es ein und aus. Der greise Abt hielt Wort und versuchte es als erster. Schwarz und zitternd ging er hinunter und ließ droben seine ganze schwarze Gemeinde besorgt, ängstlich und voll böser Ahnungen zurück, aber weiß und froh kehrte er wieder, und das Spiel war gewonnen, ein neuer Triumph errungen!

Wir hatten in jenem Tal der Heiligkeit gut operiert; ich war sehr zufrieden und nun bereit, weiterzuziehen, aber ich erlitt eine Enttäuschung. Ich zog mir eine schwere Erkältung zu, die mein altes, ständig lauerndes Rheuma aufleben ließ. Natürlich machte der Rheumatismus meine schwächste Stelle ausfindig und setzte sich dort fest. Es war die, wo der Abt seine Arme um mich gelegt und mich fast zerquetscht hatte, weil er mir seine Dankbarkeit mit einer Umarmung ausdrücken wollte.

Als ich endlich aufstand, war ich nur noch ein Schatten. Alle verhielten sich aber voller Aufmerksamkeit und Freundlichkeit zu mir, und das brachte wieder Freude in mein Leben und war die rechte Medizin, um einem Rekonvaleszenten rasch zu neuer Gesundheit und Kraft zu verhelfen, und so nahm ich schnell wieder zu.

Sandy war von der Pflege ganz erschöpft, und deshalb entschloß ich mich, loszuziehen und mich allein auf die Fahrt zu begeben, während ich sie im Nonnenkloster zurückließ, damit sie sich ausruhen konnte. Meine Absicht war, mich als Freier aus dem Bauernstand zu verkleiden und ein, zwei Wochen lang zu Fuß durch das Land zu wandern. Das sollte mir die Möglichkeit geben, mit der niedrigsten und ärmsten Klasse der freien Bürger auf gleichem Fuß zu speisen und zu wohnen. Einen anderen Weg, mich vollständig über ihr tägliches Leben und die Art, wie sich die Gesetze darauf auswirkten, zu informieren, gab es nicht. Ginge ich als Gentleman unter sie, dann riefe das Zurückhaltung und Förmlichkeit hervor, die mich aus ihren privaten Freuden und Sorgen ausschlössen, und es gelänge mir dann nicht, weiter vorzudringen als nur bis zur äußeren Schale.

Eines Morgens unternahm ich einen langen Spaziergang, um meine Muskeln für meine Reise zu trainieren, und hatte die Höhe, die das nördliche Ende des Tals umrahmte, erklommen, als ich auf eine künstliche Öffnung in der Wand einer niedrigen Schlucht stieß; an ihrer Lage erkannte ich sie als eine Einsiedelei, die mir häufig von weitem als die Höhle eines Eremiten gezeigt worden war, der wegen seines Schmutzes und seiner Enthaltsamkeit einen großen Ruf genoß. Ich wußte, daß ihm vor kurzem eine Stellung in der Wüste Sahara angeboten worden war, wo Löwen und Sandflöhe das Einsiedlerleben besonders anziehend und schwierig machten, und daß er nach Afrika gegangen war, um die Stelle anzunehmen; ich beschloß also, mal einen Blick hineinzuwerfen und nachzusehen, wieweit die Atmosphäre der Höhle ihrem Ruf entsprach.

Meine Überraschung war groß: der Ort war frisch gefegt und gescheuert. Dann kam noch eine zweite Überraschung. Hinten in der dunklen Höhle hörte ich eine leise Klingel läuten und dann den Ruf: *»Hallo, Amt, ist dort Camelot?* Siehe, dein Herz mag sich freuen, wenn du an das Wunderbare glaubst, weil es in unerwarteter Form kommt und sich an den unmöglichsten Plätzen offenbart: hier steht in Fleisch und Blut Seine Mächtigkeit, der Boss, und mit deinen eigenen Ohren sollst du ihn sprechen hören!«

Welch eine radikale Umkehrung der Dinge war das doch – welch ein tolles Gemisch von unvereinbaren Elementen, welche phantastische Verbindung von Gegensätzen und Widersprüchen: das Heim des unechten Wunders war zum Heim des echten geworden, die Höhle des mittelalterlichen Eremiten zur Fernsprechzelle!

Der Telefonist trat ans Licht, und ich erkannte einen meiner jungen Burschen. Ich fragte:

»Seit wann ist denn die Sprechstelle hier eingerichtet, Ulfius?«

»Erst seit Mitternacht, edler Herr Boss, wenn es Euch beliebt. Wir sahen viele Lichter im Tal, und so hielten wir es für angebracht, eine Station einzurichten, denn wo so viele Lichter brennen, müssen sie eine Stadt von beachtlicher Größe künden.«

»Ganz recht. Es ist zwar keine Stadt im üblichen Sinne, aber es ist doch ein guter Standort. Weißt du, wo du dich befindest?«

»Mich darüber zu erkundigen, hatte ich keine Zeit, denn als meine Kameraden weiterzogen, um ihre Arbeit zu verrichten, und mich zur Aufsicht hier ließen, legte ich mich zur benötigten Ruhe nieder, in der Absicht, mich zu erkundigen, wenn ich aufwache, und den Namen des Ortes zur Registrierung nach Camelot zu übermitteln.«

»Nun, dies hier ist das Tal der Heiligkeit «

Es wirkte nicht, ich meine, er fuhr bei diesem Namen nicht auf, wie ich angenommen hatte. Er sagte nur: »Ich werde es berichten.«

»Nanu, die ganze Umgebung ist voller Lärm über Wunder, die kürzlich hier geschehen sind! Hast du denn nicht davon gehört?«

»Oh, Ihr werdet Euch erinnern, daß wir nachts weiterziehen und jedes Gespräch vermeiden. Wir erfahren nur das, was uns per Telefon von Camelot berichtet wird.«

»Na, dort wissen sie doch darüber genau Bescheid. Haben sie dir nichts über das große Wunder der Wiederherstellung eines heiligen Quells mitgeteilt?«

»Ach so, das? Wahrlich ja. Aber der Name dieses Tales unterscheidet sich gewaltiglich von jenem; ein größerer Unterschied wäre tatsächlich gar nicht mög...«

»Wie hieß es denn?«

»Das Tal der höllischen Verdammnis.«

»Das erklärt freilich alles. Verdammtes Telefon. Es hat eine teuflische Art, ähnlich klingende Dinge zu übermitteln, die wahre Wunder an entgegengesetzter Bedeutung sind. Aber egal, du kennst jetzt den Namen des Ortes. Ruf Camelot an.«

Dies geschah, und er ließ Clarence an den Apparat holen. Es tat gut, die Stimme meines Jungen zu hören. Es war, als sei ich wieder zu Hause. Nachdem wir einige herzliche Worte gewechselt und ich ihm von meiner kürzlich überstandenen Krankheit berichtet hatte, fragte ich: »Was gibt es Neues?«

»Der König, die Königin und viele vom Hofe brechen

zur Stunde auf, um sich in dein Tal zu begeben und dem Wasser, das du wieder zum Fließen gebracht hast, ihre fromme Ehrerbietung zu zollen, sich von der Sünde zu reinigen und sich den Ort anzusehen, wo der höllische Geist echte Höllenflammen zu den Wolken emporgespien hat – wenn du die Ohren spitzt, kannst du hören, wie ich ein Auge zukneife und auch, wie ich schmunzele, denn ich war es ja, der die Flammen aus unserem Vorrat ausgewählt und sie dir auf deinen Befehl hin gesandt hat.«

»Kennt der König den Weg hierher?«

»Der König? Nein, und vermutlich auch nicht zu irgendeinem anderen Ort in seinem Reich, aber die Jungen, die dir mit deinem Wunder geholfen haben, werden seine Führer sein und ihm voranziehen; sie werden auch jeweils die Plätze für Mittagrast und Nachtruhe festlegen.«

»Wann werden sie also hier sein?«

»Am dritten Tag um die Mitte des Nachmittags oder später.«

»Gibt es sonst etwas Neues?«

»Der König hat begonnen, ein stehendes Heer aufzustellen, wie du es ihm vorgeschlagen hast; ein Regiment ist schon vollzählig und mit Offizieren versehen.«

»Wie dumm! Darüber wollte ich doch hauptsächlich selbst verfügen. Es gibt im ganzen Königreich nur eine Gruppe von Menschen, die fähig ist, das Offizierskorps einer regulären Armee zu bilden.«

»Ja, und jetzt wirst du erstaunt sein zu erfahren, daß nicht ein einziger Absolvent von West Point in dem Regiment ist.«

»Was sagst du da? Ist das dein Ernst?«

»Es ist wahrlich also, wie ich sage.«

»Na, das beunruhigt mich. Wer ist denn ausgewählt worden und mit welcher Methode? Durch eine Auswahlprüfung der Bewerber?«

»Über die Methode weiß ich gar nichts. Aber ich weiß folgendes: die Offiziere stammen alle aus adligen Familien und sind die geborenen – wie nennst du es doch? – Strohköpfe.«

»Da ist was faul, Clarence.«

»Dann tröste dich, denn zwei Kandidaten für einen Leutnantsposten reisen mit dem König – beides junge Adlige –, und wenn du nur wartest, wo du bist, wirst du hören, wie sie befragt werden.«

»Das ist eine brauchbare Nachricht. Da werde ich wenigstens einen Mann aus West Point hineinbekommen. Setz einen Mann aufs Pferd und schick ihn mit einer Botschaft zur Akademie; wenn nötig, soll er ein paar Pferde zu Tode reiten, aber er muß noch heute vor Sonnenuntergang dort sein und bestellen...«

»Nicht nötig. Ich habe ein Erdkabel zu der Anstalt verlegen lassen. Wenn es dir beliebt, laß mich dich mit ihr verbinden.«

Das klang gut! In dieser Atmosphäre der Telefone und der Blitzverbindung mit fernen Gegenden atmete ich nach langer Zeit des Erstickens wieder Lebensluft. Nun wurde mir bewußt, welch ein schleichender, dumpfer, starrer Alpdruck dieses Land all die Jahre hindurch gewesen war und in was für einer Verfassung der geistigen Lähmung ich mich befunden hatte, so daß ich schon derart daran gewöhnt war, daß ich es kaum noch zu bemerken vermochte.

Ich gab meine Befehle dem Direktor der Akademie persönlich. Ich bat ihn auch, mir etwas Papier, einen Füllfederhalter und eine Schachtel Streichhölzer mitzuschicken. Ich hatte es satt, mich ohne diese Annehmlichkeiten zu behelfen. Jetzt konnte ich sie bei mir haben, denn ich wollte vorläufig keine Rüstung mehr tragen und konnte deshalb an meine Taschen heran.

Als ich ins Kloster zurückkehrte, stellte ich fest, daß eine interessante Sache im Gange war. Der Abt und seine Mönche hatten sich im großen Saal versammelt und sahen mit kindlichem Staunen und voller Gläubigkeit den Darbietungen eines neuen Zauberers zu, der frisch eingetroffen war. Seine Kleidung sah aufs höchste phantastisch, auffallend und albern aus wie die eines indianischen Medizinmannes. Er schnitt Grimassen, mummelte, gestikulierte und zeichnete geheimnisvolle Figuren in die Luft und auf den Fußboden – das übliche, ihr wißt schon. Er war eine Berühmtheit aus Asien – so behauptete er wenigstens, und das genügte. Diese Art Beweis war so gut wie Gold und wurde überall entgegengenommen.

Wie leicht und billig war es doch, ein großer Zauberer zu sein, wenn man es so machte wie dieser Kerl! Seine Spezialität war, einem zu erzählen, was irgendein Individuum an einem beliebigen Punkt der Erdoberfläche im gegenwärtigen Augenblick gerade tat, sowie, was es irgendwann in der Vergangenheit getan hatte und irgendwann in der Zukunft tun werde. Er fragte, ob jemand zu wissen wünschte, was der Kaiser des Ostens eben tat? Blitzende Augen und begeistertes Händereiben gaben beredte Antwort – die ehrwürdige Menge hätte tatsächlich gern gewußt, was jener Monarch gerade jetzt trieb. Der Schwindler veranstaltete noch ein bißchen Theater und verkündete dann feierlich:

»Der großmächtige Kaiser des Ostens legt in diesem Augenblick Geld in die Handfläche eines heiligen Bettelmönches – eine, zwei, drei Münzen, und alle aus Silber.«

Ein Durcheinander bewundernder Ausrufe erhob sich ringsum: »Es ist fabelhaft!« – »Großartig!« – »Welches Studium, welche Mühe gehören dazu, eine so erstaunliche Macht zu erlangen!«

Wollten sie gern wissen, was der Höchste Herr von Indien augenblicklich tat? Jawohl. Er erzählte ihnen, was der Höchste Herr von Indien eben tat. Dann erzählte er ihnen, was der Sultan von Ägypten gegenwärtig anstellte, sowie auch, worauf der König der Fernen Meere zur Zeit aus war. Und so weiter, und so fort; bei jedem neuen Wunder aber wuchs das Erstaunen über die Genauigkeit des Magiers. Sie dachten, gewiß müsse er doch einmal auf eine Stelle stoßen, wo er ungewiß sei, aber nein, er brauchte nie zu zögern, er wußte es immer, und immer mit unbeirrbarer Genauigkeit. Ich sah, daß ich meine Vorherrschaft verlieren mußte, wenn die Sache so weiterginge, und daß mir dieser Kerl meinen Anhang ausspannen würde, und dann stände ich da. Ich mußte ihm einen Knüppel zwischen die Beine werfen, und zwar sofort. Ich sagte also:

»Wenn ich mal fragen darf: ich wüßte gar zu gern, was eine bestimmte Person gerade eben tut.«

»Sprecht nur ohne Zaudern; ich werde es Euch sagen.«

»Es wird schwierig sein, vielleicht unmöglich.«

»Meine Kunst kennt jenes Wort nicht. Je schwieriger die Sache ist, um so gewisser werde ich sie Euch enthüllen.«

Versteht ihr, ich steigerte die Spannung. Sie stieg auch tüchtig, das konnte man daran feststellen, wie sich ringsum die Hälse streckten und alle den Atem anhielten. Darum trieb ich sie jetzt auf den Höhepunkt: »Wenn du dich nicht irrst – wenn du mir tatsächlich mitteilst, was ich wissen möchte, dann gebe ich dir zweihundert Silberpennies.«

»Dieses Vermögen gehört mir! Ich will Euch sagen, was Ihr zu wissen wünscht.«

»Dann sage mir, was ich gerade mit meiner rechten Hand mache.«

»Ah!« Alle schnappten vor Überraschung nach Luft. Niemand in der Zuschauermenge war er in den Sinn gekommen – dieser einfache Trick, nach jemanden zu fragen, der nicht zehntausend Meilen weit fort war. Den Magier traf es hart; das war eine Notlage, die ihm noch nie vorgekommen war, und es stopfte ihm den Mund; er wußte nicht, wie er ihr begegnen sollte. Er sah verblüfft und verwirrt aus und konnte kein Wort hervorbringen. »Na los«, sagte ich, »worauf wartest du denn? Sollte es etwa möglich sein, daß du sofort sagen kannst, was irgend jemand am anderen Ende der Welt unternimmt, und doch nicht zu sagen imstande bist, was jemand tut, der keine drei Schritte von dir entfernt steht? Die Leute hinter mir wissen, was ich mit meiner rechten Hand mache – sie werden es bestätigen, wenn du das Richtige nennst.« Er war noch immer stumm. »Nun gut, ich will dir sagen, warum du nicht redest und es uns mitteilst: weil du es nicht weißt. Du willst ein Zauberer sein! Liebe Freunde, dieser Landstreicher ist weiter nichts als einfach bloß ein Betrüger und Lügner!«

Das bekümmerte und erschreckte die Mönche. Sie waren nicht gewöhnt, daß man diese unheimlichen Wesen beschimpfte, und sie wußten nicht, was die Folgen sein mochten. Jetzt herrschte Totenstille, alle hegten abergläubische Befürchtungen. Der Magier begann seinen Witz zusammenzunehmen, und als er gleich darauf ein lässiges, unbekümmertes Lächeln zeigte, brachte das ringsum große Erleichterung, denn es zeigte an, daß er nicht in vernichtender Laune war.

Er sagte: »Die Leichtfertigkeit der Worte dieses Menschen hat mich sprachlos gemacht. Mögen alle wissen, dieweil vielleicht jemand hier weilt, dem es nicht bekannt ist, daß sich ein Zauberer meines Ranges nur mit dem zu befassen geruht, was Könige, Prinzen, Kaiser tun – jene, die in Purpur geboren wurden und nur selbige allein. Hättet Ihr mich gefragt, was Artus, der große König, tut, dann wäre das etwas anderes gewesen, und ich hätte es Euch berichtet, aber das Tun eines Untertanen interessiert mich nicht.«

»Oh, ich habe dich mißverstanden. Ich dachte, du hättest gesagt ›irgend jemand‹, und so nahm ich an, mit ›irgend jemand‹ sei auch, nun, irgend jemand gemeint, das heißt, jeder.«

»Dem ist auch so – jeder, der von hoher Geburt und um so besser, wenn er von königlicher ist.«

»Das, also scheint mir, ist wohl möglich«, sagte der Abt, der die Gelegenheit gekommen sah, die Dinge auszugleichen, um eine Katastrophe zu verhindern, »weil es unwahrscheinlich ist, daß eine so wunderbare Gabe verliehen werde, um das zu enthüllen, was niedrigere Wesen betrifft als solche, die nahe dem Gipfel der Größe geboren wurden. Unser Artus der König...«

»Wollt Ihr etwas über ihn erfahren?« fiel ihm der Schwarzkünstler ins Wort.

»Sehr gern, jawohl, wir wären dankbar dafür.«

Alle waren sofort wieder voller Ehrerbietung und Interesse, diese unverbesserlichen Dummköpfe. Sie beobachteten hingerissen die Beschwörungen und sahen mich mit einem Ausdruck an, als wollten sie sagen: ›Da siehst du, was sagst du nun?‹, als die Verkündung kam: »Der König ist müde von der Jagd und liegt schon seit zwei Stunden in seinem Palast in traumlosem Schlaf.«

»Gottes Segen über ihn!« sagte der Abt und bekreuzigte sich, »möge dieser Schlaf ihm Körper und Seele erquicken.«

»Das sollte er tun, wenn der König tatsächlich schliefe«, bemerkte ich, »aber der König schläft nicht, er reitet.«

Hier gab es wieder Unannehmlichkeiten – ein Konflikt zwischen den Autoritäten. Keiner wußte, wem von uns er glauben sollte, denn ich hatte ja immerhin noch einigen Ruf.

Den Zauberer aber ergriff jetzt zornige Verachtung, und er sagte: »Siehe, ich habe in meinem Leben gar viele wundersame Wahrsager, Propheten und Magier gesehen, aber noch nie einen, der müßig dasitzen und in das Herz der Dinge sehen konnte, ohne eine einzige Zauberformel zu Hilfe zu nehmen.«

»Du hast in den Wäldern gelebt, und dadurch ist dir viel entgangen. Ich selbst benutze auch Zauberformeln, wie diese guten Brüder wissen – aber nur bei wichtigen Gelegenheiten.«

Wenn es darum geht, Sarkasmen auszutauschen, dann, so denke ich, weiß ich meinen Mann zu stehen. Der Stich ließ den Kerl zusammenzucken.

Der Abt erkundigte sich nach der Königin und dem Hofstaat; er erhielt folgende Antwort: »Alle schlafen, da die Müdigkeit sie überwältigt hat, wie den König.«

Ich sagte: »Das ist wieder eine Lüge. Die eine Hälfte des Hofstaates geht ihren Belustigungen nach, und die Königin sowie die andere Hälfte schlafen nicht, sondern sie reiten. Jetzt kannst du vielleicht ein bißchen genauer berichten und uns mitteilen, wohin der König, die Königin und alle diejenigen sich begeben, die augenblicklich mit ihnen reiten?«

»Gegenwärtig schlafen sie, wie ich gesagt habe, aber am morgigen Tage werden sie reiten, denn sie begeben sich auf eine Reise zur See.«

»Und wo werden sie übermorgen zur Vesperzeit sein?«

»Fern im Norden von Camelot, und ihre Reise wird halb vorüber sein.«

»Das ist wieder eine Lüge, und zwar eine hundertundfünfzig Meilen lange. Ihre Reise wird nicht nur halb, sondern ganz vorüber sein, und hier, in diesem Tal, werden sie sich befinden.«

Der Schuß war ein Treffer! Er stürzte den Abt und die Mönche in einen Strudel von Erregung und erschütterte den Zauberer bis auf die Grundfesten.

Ich hieb gleich weiter in die Kerbe: »Wenn der König nicht herkommt, dann könnt ihr mich auf einer Stange reiten lassen, kommt er aber an, dann lasse ich dich statt dessen darauf reiten.«

Am nächsten Tag ging ich zur Fernsprechstelle hinauf und erfuhr, daß der König durch zwei Städte gekommen war, die Telefonanschluß hatten. Am nächsten Tag verfolgte ich sein Voranrücken auf die gleiche Weise. Ich behielt diese Angelegenheit für mich. Der Bericht des dritten Tages zeigte, daß er, wenn er sein Tempo einhielt, gegen vier Uhr nachmittags ankommen mußte. Noch immer gab es nirgends ein Zeichen von Interesse für sein Kommen; niemand schien Vorbereitungen zu treffen, um ihn in aller Feierlichkeit zu empfangen, und das war wahrhaftig seltsam. Das ließ sich nur auf eine Weise erklären: bestimmt hatte der andere Zauberer hinter meinem Rücken gewühlt. So war es auch. Ich fragte einen mir befreundeten Mönch danach, und er sagte, jawohl, der Magier habe weitere Beschwörungen versucht und ausfindig gemacht, daß der Hof beschlossen habe, überhaupt nicht zu reisen, sondern zu Hause zu bleiben. Stellt euch das vor! Da könnt ihr mal sehen, was ein Ruf in einem solchen Lande wert war. Diese Leute hatten mich das blendendste Zauberkunststück der Geschichte vollbringen sehen und das einzige, soweit ihre Erinnerung reichte, das irgendeinen positiven Wert hatte, und trotzdem waren sie nun bereit, sich mit einem Abenteurer einzulassen, der keinen anderen Beleg für seine Fähigkeiten liefern konnte als nur allein sein unbewiesenes Wort.

Es wäre jedoch unklug gewesen, den König ohne jedes Tamtam ankommen zu lassen, und so ging ich hinunter, trommelte einen Prozessionszug von Pilgern zusammen, räucherte einen Stoß Eremiten heraus und ließ sie um zwei Uhr dem König entgegenziehen. Darin bestand nun der feierliche Empfang bei seiner Ankunft. Der Abt war hilflos vor Wut und Demütigung, als ich ihn auf einen Balkon hinausführte und ihm zeigte, wie das Oberhaupt des Staates einmarschierte und nicht ein einziger Mönch zur Hand war, um ihn willkommen zu heißen, kein Lebenszeichen, kein Läuten einer Freudenglocke, um ihn froh zu stimmen. Er warf einen Blick hinunter und stürzte davon, um seine Truppen aufzujagen. In der nächsten Minute erklang wütendes Glockengeläute, und die verschiedenen Gebäude spien Mönche und Nonnen aus, die in großer Hast dem ankommenden Zug entgegenschwärmten; mit ihnen zog der Magier – und zwar auf einer Stange reitend, auf Befehl des Abtes; sein Ruf lag im Dreck und meiner stand wieder hoch am Himmel. Jawohl, man kann in einem solchen Lande seine Fabrikmarke gängig halten, aber wenn man nur herumsitzt, schafft man das nicht; man muß auf Draht sein und sich ständig um das Geschäft kümmern.

FÜNFUNDZWANZIGSTES KAPITEL

Eine Auswahlprüfung

Wenn der König reiste, um sich Luftveränderung zu verschaffen, wenn er eine Staatsreise unternahm oder irgendeinen entfernt wohnenden Adligen besuchte, den er durch die Unkosten seines Unterhalts bankrott machen wollte, dann zog ein Teil der Verwaltung mit ihm. Das war zu jener Zeit so üblich. Die Kommission, die damit beauftragt war, Kandidaten für Stellungen in der Armee zu prüfen, kam mit dem König ins Tal, obwohl sie ihr Geschäft ebensogut hätte zu Hause erledigen können. Und obgleich diese Expedition ein reiner Ferienausflug für den König war, ließ er doch einige seiner geschäftlichen Funktionen weitergehen. Wie sonst auch, heilte er durch Handauflegen, hielt bei Sonnenaufgang im Tor Gericht und fällte Urteile, denn er war selbst Oberster Richter des Königlichen Oberhofgerichts.

In diesem Amt machte er eine sehr gute Figur. Er war ein weiser und menschlicher Richter, tat offensichtlich ehrlich sein Bestes und war so gerecht wie möglich – soweit sein Begriffsvermögen reichte. Das ist eine große Einschränkung. Sein Begriffsvermögen – ich meine, seine Erziehung – färbte häufig seine Entscheidungen. Jedesmal, wenn es einen Streit zwischen einem Adligen oder einem Angehörigen des Herrenstandes und einem Menschen niedrigerer Klasse gab, dann waren des Königs Neigung und Sympathie, ob bewußt oder unbewußt, stets auf der Seite der oberen Klasse. Es konnte ja auch gar nicht anders sein. Die abstumpfende Wirkung der Sklaverei auf das Moralbewußtsein des Sklavenhalters ist bekannt und wird auf der ganzen Welt zugegeben; und eine privilegierte Klasse, eine Aristokratie ist weiter nichts als eine Bande von Sklavenhaltern mit anderem Namen. Das klingt hart, sollte aber niemand beleidigen – nicht einmal den Adligen selbst –, es sei denn, die Tatsache an sich wäre eine Beleidigung, denn die Feststellung drückt eine Tatsache einfach nur in Worten aus. Das Abstoßende an der Sklaverei ist die Sache, nicht ihr Name. Man braucht nur zu hören, wie ein Aristokrat von den Klassen, die unter ihm stehen, spricht, um Art und Ton des echten Sklavenhalters zu erkennen – und zwar in nur unwesentlich abgewandelter Form; dahinter steckt die Denkweise des Sklavenhalters, steckt das abgestumpfte Gefühl des Sklavenhalters. Sie sind in beiden Fällen das Ergebnis derselben Ursache: die alte und eingefleischte Gewohnheit des Besitzers, sich als höheres Wesen zu betrachten. Die Urteile des Königs brachten häufig Ungerechtigkeiten mit sich, aber das war nur die Schuld seiner Erziehung, seiner natürlichen und unveränderlichen Sympathien. Er war so ungeeignet für das Amt eines Richters, wie es die durchschnittliche Mutter während einer Hungersnot für das Amt wäre, an darbende Kinder Milch zu verteilen; ihren eigenen Kindern ginge es dabei um eine Kleinigkeit besser als den übrigen.

Ein sehr kurioser Fall kam vor den König. Ein junges Mädchen, eine Waise, die beträchtlichen Landbesitz hatte, heiratete einen prächtigen jungen Burschen, der nichts besaß. Das Gut des Mädchens lag innerhalb einer kirchlichen Lehnsherrschaft. Der Bischof der Diözese, ein arroganter Sproß des Hochadels, forderte den Besitz des Mädchens mit der Begründung ein, sie habe heimlich geheiratet und so die Kirche um eines ihrer Rechte als Lehnsherrn betrogen – nämlich um das, was als »das Recht der ersten Nacht« bezeichnet wird. Die Strafe für die Weigerung, dieser Verpflichtung nachzukommen, oder für ihre Umgehung war Beschlagnahme. Die Verteidigung des Mädchens lautete, der Bischof habe das Lehnsherrenrecht inne, und das besondere Recht, um das es sich hier handele, sei nicht übertragbar, sondern müsse vom Herrn selbst ausgeübt werden, oder aber es verfiele, und ein älteres Gesetz, ein Gesetz der Kirche selbst, schließe den Bischof streng von der Ausübung dieses Rechts aus. Es war wirklich ein merkwürdiger Fall.

Er erinnerte mich an etwas, was ich in meiner Jugend darüber gelesen hatte, auf welch einfallsreiche Art die Londoner Ratsherren das Geld für den Bau des Mansion House aufbrachten. Wer das Abendmahl nicht nach anglikanischem Ritus genommen hatte, durfte nicht für das Amt eines Sheriffs von London kandidieren. Nichtanglikaner waren daher unwählbar, sie durften weder kandidieren, wenn sie dazu aufgefordert, noch amtieren, wenn sie gewählt wurden. Die Ratsherren, die ohne Zweifel verkappte Yankees waren, kamen auf folgenden findigen Einfall: sie erließen eine Bestimmung, wonach jeder, der sich weigerte, für das Amt des Sheriffs zu kandidieren, vierhundert Pfund Sterling, und jeder, der sich weigerte zu amtieren, nachdem er zum Sheriff gewählt worden war, sechshundert Pfund Sterling Strafe zu zahlen habe. Dann machten sie sich ans Werk und wählten eine Menge Nichtanglikaner, einen nach dem anderen, und so trieben sie es, bis sie fünfzehntausend Pfund an Strafen eingenommen hatten, und da steht nun das stattliche Mansion House bis auf den heutigen Tag, um den errötenden Bürger an einen längst vergangenen und betrauerten Tag zu erinnern, an dem sich eine Bande von Yankees in London einschlich und dort ihr Spiel trieb, das ihrer Nation einen einzigartigen und dunklen Ruf unter allen wahrhaft guten und frommen Völkern der Erde eingetragen hat.

Das Recht schien auf der Seite des Mädchens zu sein, aber auch der Bischof schien es für sich zu haben. Ich konnte mir nicht vorstellen, wie sich der König aus der Klemme ziehen wollte. Aber er zog sich hinaus. Ich füge sein Urteil hier bei:

»Ich finde darin wahrlich keine Schwierigkeit, zumal die Sache ein Kinderspiel ist. Wenn die junge Braut, wie es ihr die Pflicht geboten, dem Bischof, ihrem Lehnsherrn und rechtmäßigen Gebieter und Beschützer, Mitteilung gemacht hätte, wäre ihr nichts verlorengegangen, denn besagter Bischof hätte einen Dispens erlangen können, so ihn zeitweilig aus Gründen der Zweckmäßigkeit zur Ausübung besagten Rechts berechtigte, und dann wäre alles, was sie besaß, ihr Eigentum geblieben. Wohingegen sie sich, weil sie sich ihrer ersten Pflicht nicht entledigt hat, durch diese Unterlassung von allem entledigt hat, denn wer an einem Strick hängt und ihn über seinen Händen abschneidet, muß fallen, weil es keine Entschuldigung ist zu sagen, der übrige Teil des Stricks sei in gutem Zustand, und es kann ihn auch nicht aus der Gefahr befreien, wie er selbst erfahren soll. Wahrlich, die Sache der Frau ist von Ursprung an verrottet. Der Gerichtshof beschließt, daß sie an besagten Herrn Bischof alle ihre Güter bis zum letzten Farthing, den sie besitzt, verlieren und die Kosten des Verfahrens zu tragen hat. Der nächste.«

Das war ein tragisches Ende für herrliche Flitterwochen, die noch keine drei Monate dauerten. Die armen jungen Menschen! Während dieser drei Monate hatten sie, bis zum Halse von weltlichem Komfort umhüllt, dahingelebt. Die Kleidung und der Schmuck, den sie trugen, waren so zierlich und erlesen wie die geschickteste Auslegung der Gesetze über den Aufwand es Leuten ihres Standes gestattete, und in dieser schönen Kleidung gingen sie – während die junge Frau an der Schulter ihres Mannes weinte und er versuchte, sie mit Worten der Hoffnung zu trösten, die zur Melodie der Verzweiflung gesetzt waren – vom Richterstuhl hinaus in die Welt, ohne Heim, ohne Bett, ohne Brot; selbst die Bettler am Wegrand waren nicht so arm wie sie.

Nun, der König war aus der Klemme heraus, und zwar

auf eine Weise, die für die Kirche und die übrige Aristokratie gewiß zufriedenstellend war. Viele schöne und einleuchtende Argumente werden zur Unterstützung der Monarchie geschrieben, aber es bleibt doch Tatsache, daß dort, wo in einem Staat jedermann das Stimmrecht hat, brutale Gesetze unmöglich sind. Natürlich waren Artus' Leute ungeeignetes Material für eine Republik, weil sie so lange durch die Monarchie entwürdigt worden waren; trotzdem aber wären selbst sie intelligent genug gewesen, mit dem Gesetz, das der König soeben angewandt hatte, kurzen Prozeß zu machen, hätten sie darüber frei und ungehindert abstimmen können. Es gibt eine Phrase, die alle Welt jetzt so geläufig im Munde führt, daß es scheint, als habe sie Sinn und Bedeutung angenommen, nämlich den Sinn und die Bedeutung, den man bei ihrem Gebrauch andeuten will – die Phrase, diese oder jene Nation sei möglicherweise »fähig, sich selbst zu regieren«, und man will damit andeuten, es habe irgendwo und irgendwann einmal ein Volk gegeben, das dazu *nicht* fähig gewesen sei – nicht ebenso tauglich, sich selbst zu regieren, wie irgendwelche selbsternannten Spezialisten es seien oder gegebenenfalls wären, dieses Volk zu regieren. Zu allen Zeiten sind die besten Köpfe in reichlichem Maße aus der Masse des Volkes hervorgegangen – einzig und allein aus der Masse und nicht aus seinen privilegierten Klassen, gleichgültig, auf was für einem intellektuellen Niveau sich die Nation befand, ob auf einem hohen oder auf einem niedrigen; der Hauptteil ihrer Talente kam aus den langen Reihen ihrer Namenlosen und Armen, und deshalb erlebte sie niemals den Tag, an dem sie nicht einen Überfluß an Menschen gehabt hätte, durch die sie sich hätte selbst regieren können. Hiermit soll eine Tatsache festgestellt werden, die sich immer wieder selbst bewiesen hat, daß nämlich auch die bestregierte, freieste und aufgeklärteste Monarchie immer noch hinter dem vorteilhaftesten Zustand zurückbleibt, den ihr Volk erreichen könnte, und daß dies auch auf entsprechende Verwaltungen niedrigeren Ranges zutrifft bis hinab zur untersten Leitersprosse.

König Artus hatte die Heeresangelegenheit über alle

meine Berechnungen hinaus beschleunigt. Ich hatte nicht angenommen, daß er in der Sache etwas unternähme, während ich fort war, und deshalb hatte ich kein Schema zur Feststellung der Verdienste von Offizieren ausgearbeitet; ich hatte nur bemerkt, es wäre klug, jeden Anwärter einer strengen und gründlichen Prüfung zu unterziehen, und insgeheim hatte ich vorgehabt, eine Liste militärischer Befähigungsnachweise zusammenzustellen, die niemand als nur meine Absolventen von West Point bringen konnten. Ich hätte das vor meiner Abreise erledigen müssen, denn der König war von dem Gedanken eines stehenden Heeres so eingenommen, daß er es gar nicht abwarten konnte, sondern unbedingt sogleich damit beginnen und seine Prüfungsordnung aufstellen mußte, so gut sie sein Kopf selbständig zu erfinden vermochte.

Ich war ungeduldig, sie kennenzulernen und auch zu beweisen, um wieviel bewunderungswürdiger diejenige war, die ich der Prüfungskommission vorlegen wollte. Ich machte dem König gegenüber vorsichtig Andeutungen darüber, und sie entfachten seine Neugier. Als die Kommission zusammengetreten war, folgte ich dem Monarchen in den Sitzungsraum, und hinter uns kamen die Kandidaten. Unter ihnen war einer meiner Leute von West Point, ein intelligenter junger Mensch, und ihn begleiteten zwei meiner Professoren von West Point.

Als ich die Kommission sah, wußte ich nicht, ob ich weinen oder lachen sollte. Der Vorsitzende war der Offizier, den spätere Jahrhunderte den Dritten Wappenkönig nannten! Die beiden anderen Mitglieder waren Abteilungsleiter in seinem Amt, und natürlich waren alle drei Priester, denn sämtliche Beamte, die des Lesens und Schreibens kundig sein mußten, waren Priester.

Mein Kandidat wurde als erster hereingerufen, aus Höflichkeit mir gegenüber, und der Vorsitzende begann seine Befragung mit feierlicher Amtswürde:

»Euer Name?«

»Mal-ease.«

»Sohn des ...«

»Webster.«

»Webster, Webster. Hm – ich – meinem Gedächtnis ist dieser Name entfallen. Euer Stand?«

»Weber.«

»Weber! Gott bewahre uns!«

Der König war vom Gipfel bis in die Grundfesten erschüttert; ein Schreiber fiel in Ohnmacht, und die anderen waren nahe daran. Der Vorsitzende riß sich zusammen und sagte entrüstet: »Das genügt. Hebe dich von dannen.«

Ich appellierte jedoch an den König. Ich bat darum, daß mein Kandidat geprüft werde. Der König war auch bereit, aber die Kommission, die nur aus hochgeborenen Leuten bestand, flehte ihn an, ihnen die Entwürdigung zu ersparen, den Sohn des Webers zu prüfen. Ich wußte, daß sie sowieso viel zu unwissend waren, ihn zu prüfen, deshalb schloß ich mich ihrer Bitte an, und so übertrug der König den Auftrag meinen Professoren. Ich hatte eine Wandtafel bereitstellen lassen; jetzt wurde sie aufgehängt, und die Vorstellung begann. Es war großartig, wie der Junge die Kriegswissenschaft darlegte und in Einzelheiten schwelgte von Schlachten und Belagerungen, des Versorgungs- und Transportwesens, des Anlegens von Stollen und Gegenstollen, der großen Taktik, der großen Strategie, der kleinen Strategie, des Nachrichtenwesens, der Infanterie, Kavallerie und Artillerie sowie von allem, was Belagerungsgeschütze, Feldgeschütze, Gatling-Revolvergeschütze, Gewehre mit gezogenen Läufen, mit glatten Läufen, Musketenschießen und Revolverschießen betrifft – und nicht ein einziges Wort von all dem konnten diese Stockfische begreifen, versteht ihr –, und es war hübsch, wie er mit Kreide mathematische Alpträume, die selbst die Engel in die Enge getrieben hätten, an die Tafel schrieb, als sei es gar nichts, alles über Sonnenfinsternisse, Kometen, Sonnenwende, Konstellationen, mittlere Sonnenzeit, Sternzeit, Mittagszeit und Schlafenszeit sowie jedes andere vorstellbare Ding über oder unter den Wolken, mit dem man einen Feind quälen oder reizen konnte, bis er wünschte, er wäre nicht gekommen; und als der Junge schließlich militärisch grüßte und beiseite trat, war ich so stolz auf ihn, daß ich ihn am liebsten umarmt hätte, und die übrigen so benommen, daß sie halb versteinert, halb betrunken, aber ganz und gar geschlagen und eingedeckt aussahen. Ich nahm an, daß wir den Preis gewonnen hatten, und zwar mit großer Stimmenmehrheit.

Bildung ist doch eine großartige Sache. Dies war derselbe junge Mensch, der so unwissend gewesen war, als er nach West Point kam, daß er auf meine Frage: »Was soll ein General tun, wenn auf dem Schlachtfeld das Pferd unter ihm totgeschossen wird?« naiv geantwortet hatte: »Aufstehen und sich abklopfen.«

Jetzt wurde einer der jungen Adligen aufgerufen. Ich hatte Lust, ihm selbst ein paar Fragen zu stellen. Ich sagte:

»Kann Eure Lordschaft lesen?«

Er wurde rot vor Entrüstung und schleuderte mir entgegen:

»Haltet Ihr mich etwa für einen Schreiberling? Ich nehme an, ich bin nicht von einem Blute, das...«

»Beantworte die Frage.«

Er würgte seinen Zorn hinunter, und es gelang ihm zu antworten: »Nein.«

»Kannst du schreiben?«

Auch das wollte er übelnehmen, aber ich sagte: »Beschränke dich gefälligst auf die Beantwortung der Fragen und unterlasse jeden Kommentar. Du bist nicht hier, um dein Blut oder deine Begünstigungen zur Schau zu stellen, nichts dergleichen wird gestattet. Kannst du schreiben?«

»Nein.«

»Kannst du das Einmaleins?«

»Ich weiß nicht, worauf Ihr Euch bezieht.«

»Wieviel ist neun mal sechs?«

»Dies ist ein Geheimnis, das mir verborgen ist, weil die Notlage, die mich veranlaßt hätte, es zu ergründen, mir in meinem Leben noch nicht begegnet ist; da ich das Ding also nicht zu wissen brauchte, blieb ich der Kenntnis bar.«

»Wenn A an B ein Faß Zwiebeln zum Preis von zwei Pennies das Scheffel eintauscht gegen ein Schaf, das vier Pennies und einen Hund, der einen Penny wert ist, und C den Hund vor der Lieferung tötet, weil er von ihm gebissen wurde, da der Hund ihn für D hielt, welche Summe muß dann B noch an A zahlen, und wer zahlt für den Hund – C oder D, und wer erhält das Geld? Wenn A, genügt dann ein Penny, oder kann er Schadenersatz in Form einer Nachzahlung für den etwaigen Gewinn verlangen, den er aus dem Hund gezogen haben könnte und der als verdienter Zuwachs, das heißt als Nutzungsgewinn, zu buchen wäre?«

»Wahrlich, bei der allweisen und unerforschlichen Vorsehung Gottes, der auf geheimnisvolle Weise seine Wunder vollbringt, habe ich noch niemals etwas vernommen, das Eurer Frage, was Verwirrung der Sinne und Stauung in Gedankenkanälen betrifft, ebenbürtig wäre. Weshalb ich Euch inständig bitte, laßt die Zwiebeln, den Hund und die Leute mit jenen seltsamen und gottlosen Namen die verschiedenen Lösungen für ihre jämmerlichen und erstaunlichen Schwierigkeiten selbst und ohne meine Hilfe finden, denn ihre Sorgen sind gewißlich schon jetzt groß genug, und wenn ich ihnen helfen wollte, brächte ich ihrer Sache nur Schaden und überlebte dabei vielleicht selbst nicht, um die angerichtete Verwüstung zu sehen.«

»Was weißt du über die Gesetze der Anziehungs- und Schwerkraft?«

»Falls es solche gibt, hat sie vielleicht Seine Gnaden der König erlassen, da ich zu Beginn des Jahres krank darniederlag und deshalb womöglich seine Proklamation nicht vernommen habe?«

»Was weißt du über die Wissenschaft der Optik?«

»Ich kenne Gouverneure von Orten, Seneschalle von Burgen, Sheriffs von Grafschaften und viele ähnliche geringe Ämter und Ehrentitel; von ihm aber, den Ihr Wissenschaft der Optik nennt, habe ich noch nie gehört; vielleicht ist es eine neue Würde.«

»Allerdings, hierzulande.«

Versucht nur, euch vorzustellen, daß ein solches Insekt sich ernsthaft für irgendeinen amtlichen Posten unter der Sonne bewarb! Er hatte wirklich alle Kennzeichen eines Schreibmaschinenkopisten, wenn ihr von der Neigung abseht, unerwünschte Korrekturen eurer Grammatik und Interpunktion vorzunehmen. Es war unerklärlich, weshalb er nicht versuchte, ein bißchen Hilfe dieser Art zu leisten, wo er doch über ein so stolzes Maß an Unfähigkeit für dieses Amt verfügte. Das bewies ja keineswegs, daß er dazu nicht das Zeug gehabt hätte, sondern es bewies nur, daß er gegenwärtig noch kein Schreibmaschinenkopist war. Nachdem ich ihn noch ein bißchen gepiesackt hatte, ließ ich die Professoren auf ihn los; sie kehrten ihn, was Kriegswissenschaft betraf, um und um und fanden ihn natürlich leer. Er wußte ein wenig über die zeitgenössische Kriegsführung – über das Herumstreunen im Busch, um Unholde aufzustöbern, über Stierkämpfe im Turnierring und dergleichen Dinge –, sonst aber war er leer und nicht zu gebrauchen. Dann nahmen wir uns den anderen jungen Adligen vor, und er war, was Unwissenheit und Unfähigkeit betrifft, der Zwillingsbruder des ersten. Ich übergab sie dem Vorsitzenden der Kommission, mit dem angenehmen Bewußtsein, daß sie geliefert waren. Sie wurden in der gleichen Reihenfolge wie zuvor geprüft.

»Euer Name, bitte?«

»Pertipole, Sohn des Sir Pertipole, Baron von Gerstenbrei.«

»Name des Großvaters?«

»Ebenfalls Sir Pertipole, Baron von Gerstenbrei.«

»Der des Urgroßvaters?«

»Der gleiche Name und Rang.«

»Der des Ururgroßvaters?«

»Wir hatten keinen, ehrenwerter Herr, da die Linie abbrach, ehe sie so weit zurückreichte.«

»Das schadet nichts. Es sind gute vier Generationen und genügt den Anforderungen der Vorschrift.«

»Welcher Vorschrift denn?« fragte ich.

»Der Vorschrift, die vier Adelsgenerationen fordert; ansonsten kommt der Kandidat nicht in Frage.«

»Ein Mann kommt für einen Leutnantsposten in der Armee nicht in Frage, wenn er nicht vier Generationen adlige Vorfahren aufweisen kann?«

»Gewiß; weder ein Leutnant noch irgendein anderer Offizier kann ohne diesen Befähigungsnachweis bestallt werden.«

»Ach, geht, das ist aber mal eine merkwürdige Sache. Wozu nützt denn ein solcher Befähigungsnachweis?«

»Wozu er nützt? Das ist eine kühne Frage, teurer Herr und Boss, denn sie geht weit dahin, die Weisheit unserer heiligen Mutter Kirche selbst anzufechten.«

»Wieso?«

»Alldieweil sie die nämliche Regel in bezug auf die Heiligen festgelegt hat. Ihrem Gesetz entsprechend kann niemand heiliggesprochen werden, wenn er nicht seit vier Generationen tot ist.«

»Aha, ich verstehe – das ist dasselbe. Großartig. In einem Fall liegt ein Mensch seit vier Generationen als lebendiger Toter da – durch Unwissenheit und Faulheit zur Mumie geworden –, und das befähigt ihn dazu, lebenden Menschen zu befehlen sowie ihr Wohl und Wehe in seine untauglichen Hände zu nehmen, und im anderen Fall liegt einer seit vier Generationen tot bei den Würmern, und das befähigt ihn zu einem Amt bei den himmlischen Heerscharen. Billigt Seine Königliche Gnaden dieses sonderbare Gesetz?«

Der König antwortete: »Wie denn, ich sehe wahrlich nichts Sonderbares daran. Alle Stellen, die Ehre und Gewinn einbringen, gehören durch natürliches Recht denen von adligem Blut, weshalb die Würden im Heer ihr Eigentum sind und es auch ohne diese oder überhaupt eine Regel wäre. Die Regel ist nur da, um eine Grenze zu ziehen. Der Zweck ist, allzu frisches Blut draußenzuhalten, das diese Ämter in Verruf brächte, also daß Leute von erhabener Abstammung ihnen den Rücken kehrten und es verschmähten, sie zu nehmen. Ich wäre zu tadeln, wenn ich solches Unheil zuließe. Du freilich kannst es erlauben, da du so gesonnen bist, denn dir ist die Autorität übertragen; daß aber der König es täte, wäre eine höchst seltsame Narrheit und niemandem verständlich.«

»Ich füge mich. Fahre fort, Herr Chef der Hohen Schule der Wappenkunde.«

Der Vorsitzende setzte sein Examen folgendermaßen fort: »Durch welche glanzvolle Tat zu Ehren des Thrones und des Staates hat sich der Gründer Eures erlauchten

Geschlechts zur geheiligten Würde des britischen Adels erhoben?«

»Er baute eine Brauerei.«

»Sire, die Kommission befindet den Kandidaten in allen Erfordernissen und Befähigungsnachweisen für das Amt eines militärischen Befehlshabers als fürtrefflich und läßt den Fall bis nach der gebührenden Prüfung seines Mitbewerbers zur Entscheidung offen.«

Der Mitbewerber trat vor und wies ebenfalls genau vier adlige Generationen nach. So stand es also bisher in bezug auf die militärischen Qualifikationen unentschieden.

Er trat für einen Augenblick beiseite, und Sir Pertipole wurde weitergeprüft:

»Von welchem Stand war die Gattin des Gründers Eures Geschlechts?«

»Sie entstammte der höchsten Stufe des landbegüterten Gentry, war jedoch nicht adlig; sie war huldreich, rein und mildtätig, von fleckenloser Lebensführung und ebensolchem Charakter, so daß sie es in dieser Hinsicht mit der fürtrefflichsten Dame des Landes aufnehmen konnte.«

»Das genügt. Tretet zurück.« Er rief den konkurrierenden Lordsproß von neuem und fragte: »Welches waren Rang und Stand der Urgroßmutter, die Eurem edlen Hause den britischen Adel überlieferte?«

»Sie war die Geliebte eines Königs und erhob sich ganz allein und durch eigenes Verdienst aus der Gosse, in der sie geboren worden war, zu dieser glanzvollen Höhe.«

»Ah, das ist wahrlich echter Adel, das ist die rechte, vollkommene Mischung. Der Leutnantsposten gehört Euch, edler Lord. Verachtet ihn nicht; er ist der bescheidene erste Schritt zu Höhen, die einer glanzvollen Herkunft wie der Euren würdiger sind.«

Ich war in einen bodenlosen Abgrund der Demütigung gestürzt. Einen leichten, himmelstürmenden Triumph hatte ich mir versprochen, und das war nun das Ergebnis!

Fast schämte ich mich, meinem armen, enttäuschten Kadetten ins Gesicht zu sehen. Ich sagte ihm, er solle heimkehren und sich gedulden, das sei noch nicht das letzte Wort.

Ich hatte eine Privataudienz beim König und machte ihm einen Vorschlag. Ich sagte, es sei ganz richtig, dieses Regiment mit adligen Offizieren zu versehen, und er hätte nichts Klügeres tun können. Es wäre auch ein guter Gedanke, ihm noch fünfhundert Offiziere beizugeben, ja, sogar so viele Offiziere, wie es Adlige und deren Verwandte im Lande gab, selbst wenn zum Schluß fünfmal soviel Offiziere wie Gemeine im Regiment wären, und auf diese Weise zum Eliteregiment, zum beneideten Regiment, zu des Königs eigenem Regiment zu machen, welches das Recht hätte, auf eigene Faust und Verantwortung auf seine eigene Weise zu kämpfen, zu gehen, wohin es ihm beliebte, in Kriegszeiten zu kommen, wann es ihm behagte, und ganz piekfein und unabhängig zu sein. So würde es zum Herzenswunsch aller Adligen, in diesem Regiment zu dienen, und sie alle wären zufrieden und glücklich. Dann wollten wir den übrigen Teil des stehenden Heeres aus gewöhnlichem Material bilden und ihn mit Offizieren versehen, die alle nichts darstellten, so, wie es sich gehörte – Offiziere, die auf Grund ihres bloßen Könnens ausgewählt würden; dieses Regiment wollten wir dann an die Kandare nehmen, ihm keinerlei aristokratische Freiheiten gewähren, wollten es zwingen, die ganze Schwerarbeit zu verrichten und das beharrliche Dreinhauen zu besorgen, damit des Königs eigenes Regiment immer dann, wenn es die Sache satt hätte und mal woanders eine Abwechslung suchen, unter Unholden herumstöbern und es sich angenehm machen wollte, auch ohne Sorge gehen könnte, da es ja wüßte, daß hinter ihm die Sache in guten Händen liege und das Geschäft seinen gewohnten Gang weiterginge. Der König war von dem Gedanken begeistert.

Als ich das bemerkte, brachte es mich auf eine ausgezeichnete Idee. Ich glaubte, jetzt endlich einen Ausweg aus einer alten und schwer zu überwindenden Schwierigkeit zu sehen. Ihr müßt wissen, das königliche Geschlecht der Pendragon war langlebig und sehr fruchtbar. Immer, wenn einem daraus ein Kind geboren wurde – und das geschah recht oft –, dann äußerte das Volk mit dem Mund helle Begeisterung und weinte im Herzen jämmerlich. Die

Begeisterung war fragwürdig, der Kummer aber war echt. Das Ereignis bedeutete nämlich eine neue Forderung nach einer königlichen Apanage. Lang war die Liste der königlichen Personen, und sie waren für die Schatzkammer eine schwere und ständig größer werdende Bürde und für die Krone eine Gefahr. Die zweite Tatsache wollte Artus jedoch nicht glauben und er lehnte es ab, meine verschiedenen Projekte, wie man die königlichen Jahrgelder durch etwas anderes ersetzen könnte, anzuhören. Wäre es mir gelungen, ihn zu überreden, daß er dann und wann den Unterhalt für einen dieser Sprößlinge seiner entfernten Verwandten aus seiner eigenen Tasche beisteuerte, dann hätte ich die Sache groß aufmachen können, und es hätte beim Volk Anklang gefunden, aber nein, davon wollte er nichts hören. Er hatte eine Art religiöse Leidenschaft für Apanagen; er schien sie als eine Art geheiligte Beute zu betrachten, und man konnte ihn nicht schneller und mit größerer Gewißheit reizen, als durch einen Angriff auf diese ehrwürdige Einrichtung. Wenn ich vorsichtig anzudeuten wagte, daß es in ganz England keine zweite achtbare Familie gebe, die sich dazu herablasse, den Bettlerhut hinzuhalten – dann kam ich nie weiter als bis hierher; immer verbot er mir den Mund, und zwar ganz energisch.

Nun aber glaubte ich endlich eine Gelegenheit zu sehen. Ich wollte dieses Eliteregiment ausschließlich aus Offizieren bilden – kein einziger Gemeiner sollte ihm angehören. Die Hälfte sollten Adlige sein, die alle Chargen bis hinauf zum Generalmajor innehätten, unentgeltlich dienen und ihre Ausgaben selbst bestreiten müßten, und das täten sie mit Freuden, wenn sie erführen, daß die übrigen Angehörigen des Regiments ausschließlich Prinzen von Geblüt seien. Die Prinzen von Geblüt sollten jeweils den Rang vom Generalleutnant bis zum Feldmarschall innehaben und vom Staat großartig entlohnt, ausgerüstet und ernährt werden. Darüber hinaus – und dies war das Meisterstück bei der Sache – sollte verordnet werden, daß diese prinzlichen Granden stets mit einem so pompösen und ehrfurchtgebietenden Titel, daß es einen umwarf, angeredet werden müßten (ich wollte ihn noch erfinden), und nur sie allein in ganz England sollten mit ihm angesprochen werden. Schließlich hätten alle Prinzen von Geblüt die freie Wahl, ob sie dem Regiment beitreten, den großartigen Titel erhalten und auf die Apanage verzichten oder ob sie draußenbleiben und ein Jahrgeld beziehen wollten. Der Glanzpunkt war jedoch: noch ungeborene, aber alsbald erwartete Prinzen von Geblüt könnten in das Regiment *hineingeboren* werden und auf diese Weise gleich richtig anfangen, mit gutem Lohn und dauerhafter Stellung, nach ordnungsgemäßer elterlicher Anmeldung.

Alle Jungen träten dem Regiment bei, dessen war ich sicher; damit mußten alle laufenden Zuwendungen entfallen; und ebenso sicher war, daß auch stets alle neugeborenen Prinzen dem Regiment beiträten. Innerhalb von sechzig Tagen würde diese verschrobene und absonderliche Anomalie, die königliche Apanage, aufhören, lebendige Tatsache zu sein, und ihren Platz unter den Merkwürdigkeiten der Vergangenheit einnehmen.

SECHSUNDZWANZIGSTES KAPITEL

Die erste Zeitung

Als ich dem König erzählte, daß ich als ein geringer Freier durch das Land streifen und mich mit dem Leben des einfachen Volkes vertraut machen wollte, war er im Nu ganz Feuer und Flamme für die Neuartigkeit der Sache und wollte unbedingt auch selbst das Abenteuer wagen – nichts sollte ihn daran hindern, er wollte alles stehen- und liegenlassen und mitmachen; es sei der hübscheste Gedanke, der ihm seit langem vorgekommen sei. Er wollte zur Hintertür hinausschlüpfen und sich sogleich auf den Weg machen; ich bewies ihm jedoch, daß das nicht ginge. Er war nämlich für die Skrofulose angekündigt, ich meine, sie durch Handauflegen zu heilen, und es wäre nicht recht, das Publikum zu enttäuschen, zumal die Vorstellung keine nennenswerte Verzögerung mit sich brächte, da es sich ja um ein einmaliges Auftreten handelte. Ich war auch der Meinung, er müsse doch der Königin mitteilen, daß er fortgehe. Als ich das erwähnte, umwölkte sich seine Stirn, und er sah traurig aus. Mir tat es leid, daß ich darüber gesprochen hatte, besonders, als er gramvoll sagte:

»Du vergißt, daß Lanzelot hier ist, und wo Lanzelot ist, dort bemerkt sie nicht, daß der König von dannen geht, noch an welchem Tage er wiederkehrt.«

Natürlich wechselte ich das Thema. Freilich, Ginevra war schön, das stimmte, aber alles in allem war sie ziemlich leichtfertig. Ich mischte mich nie in diese Dinge ein, sie gingen mich nichts an, aber es war mir zuwider, mit anzusehen, was vor sich ging, soviel sage ich ganz offen. Wie häufig hatte sie mich doch gefragt: »Sir Boss, hast du Sir Lanzelot nicht gesehen?«; aber wenn sie jemals herumging und sich um den König sorgte, dann war ich zufällig gerade nicht zur Stelle.

Die Inszenierung der Sache mit der Skrofulose war recht gut – sauber ausgearbeitet und anerkennenswert. Der König saß unter einem Baldachin, und rings um ihn drängte sich ein Haufen Priester in vollem Ornat. An auffälligem Platz stand in auffälliger Aufmachung Marinel dort, ein Eremit von der Gattung der Quacksalber, um die Kranken vorzuführen. Ringsum auf dem Fußboden des ganzen großen Raumes lagen oder saßen in dichtem Gedränge und vom hellen Licht beschienen bis zu den Türen die Skrofulösen. Es wirkte wie ein lebendes Bild und sah tatsächlich aus, als sei es gestellt, obgleich das nicht der Fall war. Achthundert Kranke waren anwesend. Die Arbeit ging langsam voran, die Sache hatte für mich nicht mehr den Reiz der Neuheit, denn ich hatte diese Zeremonie schon miterlebt, und sie wurde mir bald langweilig; der Anstand forderte jedoch, daß ich durchhielt. Der Arzt war deshalb da, weil es in allen derartigen Menschenmengen viele gab, die sich nur einbildeten, mit ihnen stimme etwas nicht, und viele, die wohl wußten, daß sie gesund waren, aber die unsterbliche Ehre begehrten, von einem König körperlich berührt zu werden, und wieder andere, die taten, als seien sie krank, um die Münze zu erhalten, die mit der Berührung vergeben wurde. Bisher war diese Münze ein winzig kleines Goldstück gewesen, das etwa einen Wert von einem drittel Dollar hatte. Zieht ihr in Betracht, wieviel man in jenem Zeitalter und jenem Lande für diese Summe kaufen konnte und wie verbreitet es war, die Skrofulose zu haben, solange man lebte, dann versteht ihr, daß die alljährliche Geldbewilligung für die Skrofulose einfach das »Gesetz über die Flüsse und Häfen« jener Regierung war, was ihren Griff in die Staatskasse und die Möglichkeit betraf, den Überschuß abzurahmen. Deshalb hatte ich mich insgeheim entschlossen, um die Staatskasse selbst von ihrer Skrofulose zu heilen, die Hand auf sie zu legen. Eine Woche, bevor ich Camelot auf der Suche nach Abenteuern verließ, versteckte ich sechs Siebentel des Skrofulosegeldes in der Schatzkammer und befahl, daß das übrige Siebentel inflatorisch in Fünf-Cent-Nickelstücken zu prägen und dem Bürovorsteher des Skrofuloseamtes auszuhändigen sei; versteht ihr, anstelle einer Goldmünze sollte jeweils ein Nickelstück ausgegeben werden und die gleiche Wirkung tun. Das hieß vielleicht, die Nickelmünze ein wenig dehnen, aber ich war der Meinung, sie hielte das aus. Im allgemeinen bin ich nicht dafür, Kapital zu verwässern, aber in diesem Falle war ich der Meinung, es sei recht und billig, denn es handelte sich ja sowieso nur um ein Geschenk. Ein Geschenk kann man natürlich verwässern, soviel man will, und gewöhnlich tue ich das auch. Die alten Gold- und Silbermünzen des Landes waren zumeist von antiker, unbekannter Herkunft, und einige stammten von den Römern; sie waren mißgestaltet und selten runder als die Mondscheibe eine Woche nach Vollmond, gehämmert anstatt geprägt und derartig abgegriffen, daß die Wahlsprüche darauf so unleserlich waren wie Pusteln und auch so aussahen. Ich dachte, eine scharf geprägte, glänzende neue Nickelmünze mit einem erstklassigen Porträt des Königs auf der einen und Ginevras auf der anderen Seite sowie einem blumigen, frommen Spruch werde der Skrofulose genau so wirksam wie eine edlere Münze ihre Heftigkeit nehmen und der Phantasie des Skrofulösen besser zusagen, und ich behielt recht. Bei diesem Schub wurde es zum erstenmal ausprobiert, und es wirkte hervorragend. Die Beschränkung der Ausgaben bedeutete eine bemerkenswerte Einsparung. Folgende Zahlen werden das beweisen: wir legten Hand auf etwas über siebenhundert von den achthundert Patienten; nach dem früheren Tarif hätte das die Regierung etwa zweihundertvierzig Dollar gekostet, nach dem neuen aber kamen wir mit etwa fünfunddreißig Dollar zurecht und sparten so mit einem Schlag über zweihundert Dollar. Um das volle Ausmaß dieses Unternehmens zu würdigen, muß man folgende Zahlen bedenken: die Jahresausgaben der Regierung eines Staates entsprechen dem Betrag, den eine Steuer im Gegenwert des durchschnittlichen Lohnes von drei Arbeitstagen jedes Landesbewohners einbrächte, wenn man alle zählte, als seien sie erwachsene Männer. Nimmt man ein Volk von sechzig Millionen, bei dem der Durchschnittslohn zwei Dollar pro Tag beträgt, dann ergibt der von jedem einzelnen erhobene Dreitageslohn dreihundertsechzig Millionen Dollar und deckt die Ausgaben der Regierung. Zu meiner Zeit und in meinem Lande wurde dieses Geld durch Einfuhrzölle erhoben; der Bürger bildete sich ein, der ausländische Importeur bezahle sie, und dieser Gedanke bereitete ihm Behagen, während sie in Wirklichkeit durch das amerikanische Volk bezahlt wurden und derartig einheitlich und gleichmäßig auf alle verteilt waren, daß die jährlichen Kosten für den hundertfachen Millionär wie für den Säugling des Tagelöhners genau die gleichen waren – jeder zahlte sechs Dollar. Noch gleicher konnte doch wohl nichts sein, schätze ich. Nun, Schottland und Irland waren Artus tributpflichtig, und zusammen bestand die Bevölkerung der britischen Inseln aus knapp einer Million Menschen. Der Durchschnittstageslohn eines Schlossers betrug drei Cent pro Tag, wenn er für seinen Unterhalt selbst aufkam. Nach dieser Regel beliefen sich die Ausgaben des Staates auf neunzigtausend Dollar jährlich oder etwa zweihundertfünfzig Dollar pro Trag. Indem ich also an einem Skrofulosetag Nickelmünzen die Stelle von Goldstücken einnehmen ließ, tat ich nicht nur keinem weh und rief bei niemandem Unzufriedenheit hervor, sondern ich machte vielmehr allen Betroffenen eine Freude und sparte dazu noch vier Fünftel der staatlichen Ausgaben dieses Tages ein – eine Ersparnis, die zu meiner Zeit in Amerika einer Summe von achthunderttausend Dollar gleichgekommen wäre. Als ich diesen Austausch vornahm, schöpfte ich aus einer sehr weit entfernt liegenden Quelle der Weisheit – nämlich der Weisheit meiner Knabenjahre –, denn der echte Staatsmann mißachtet keinerlei Weisheit, wie gering ihr Ursprung auch sein mag: in meinen Knabenjahren hatte ich stets meine Pennies gespart und statt ihrer in die Sammelbüchsen der ausländischen Mission Knöpfe gespendet. Knöpfe täten den unwissenden Wilden genauso gute Dienste wie Münzen, und die Münze täte mir bessere Dienste als Knöpfe, und so waren alle zufrieden und niemand geschädigt.

Marinel nahm die Patienten in der Reihenfolge vor, wie sie kamen. Er untersuchte den Kandidaten; bestand der die Prüfung nicht, dann wurde er mit einer Verwarnung entlassen, bestand er sie jedoch, wurde er an den König weitergereicht. Ein Priester sprach die Worte: »Sie sollen die Hände den Kranken auflegen, und die sollen genesen.« Dann strich der König über die Geschwüre, während weiter vorgelesen wurde; endlich erhielt der Patient seinen Titel zuerkannt und bekam die Nickelmünze – der König selbst hängte sie ihm um den Hals –, dann war er entlassen. Sollte man glauben, daß er dadurch geheilt wurde? Und ob er geheilt wurde. Jeder Mummenschanz wird heilen, wenn der Patient in genügendem Maße daran glaubt. Droben bei Astolat gab es eine Kapelle, wo die Jungfrau einmal einem Mädchen erschienen war, das dort in der Nähe Gänse hütete – das Mädchen hat es selbst berichtet; an der Stelle baute man die Kapelle und hing darin ein Bild auf, auf dem die Begebenheit dargestellt war – ein Bild, von dem man denken sollte, es wäre für einen Kranken gefährlich, sich ihm zu nähern; es kamen aber ganz im Gegenteil jedes Jahr Tausende von Lahmen und Kranken, beteten davor und gingen heil und gesund wieder fort; sogar die Gesunden konnten es betrachten, ohne daß ihnen etwas passierte. Als man mir das berichtete, glaubte ich es natürlich nicht; als ich aber hinging und es sah, mußte ich klein beigeben. Ich sah mit eigenen Augen, wie die Heilungen stattfanden, und es waren echte, durchaus nicht fragwürdige Heilungen. Ich war Zeuge, wie Krüppel, die ich in der Gegend von Camelot seit Jahren auf Krücken gesehen hatte, ankamen, vor dem Bild beteten, ihre Krücken niederlegten und ohne zu hinken davongingen. Dort lagen Berge von Krücken, die solche Kranke als Zeugnis zurückgelassen hatten.

An anderen Orten wirkte man auf das Bewußtsein des Patienten ein, ohne ihm ein Wort davon zu sagen, und heilte ihn. In wieder anderen versammelten Fachleute die Kranken in einem Raum, beteten für sie und riefen ihren Glauben an; die Patienten gingen geheilt davon. Wo immer ihr einen König findet, der die Skrofulose nicht zu heilen vermag, dort könnt ihr gewiß sein, daß der wertvollste Aberglaube zur Stütze seines Thrones – der Glaube des Untertanen an das Gottesgnadentum des Monarchen – verschwunden ist. In meiner Jugend hatten die Könige von England aufgehört, die Skrofulose durch Handauflegen zu heilen; es lag aber für ihre schüchterne Bescheidenheit gar kein Grund vor: in neunundvierzig von fünfzig Fällen hätten sie die Krankheit heilen können.

Als nun drei Stunden lang der Priester vor sich hin gemurmelt und der gute König die Beweisstücke poliert hatte, während sich immer noch so viele Kranke wie nur je nach vorn drängten, fing ich an, mich unerträglich zu langweilen. Ich saß an einem offenen Fenster nicht weit vom Prunkbaldachin entfernt. Zum fünfhundertstenmal trat ein Kranker vor, um sich seine abstoßenden Stellen streicheln zu lassen; wieder wurden die Worte »Sie sollen die Hände den Kranken auflegen« gemurmelt, als draußen so hell wie ein Fanfarenstoß ein Laut ertönte, der meine Seele entzückte und dreizehn wertlose Jahrhunderte über mir zum Einsturz brachte: »Cameloter ›Wochenzeitschrift Hosianna und literarischer Vulkan‹! Neuester Ausbruch – nur zwei Cents – alles über das erstaunliche Wunder im Tal der Heiligkeit!« Einer, der größer war als Könige, hatte seinen Einzug gehalten – der Zeitungsjunge. Ich war jedoch der einzige Mensch in dieser ganzen großen Menge, der wußte, was diese folgenreiche Geburt bedeutete und was alles zu vollbringen dieser gebieterische Zauberer in der Welt erschienen war.

Ich ließ ein Fünfcentstück aus dem Fenster fallen und erhielt meine Zeitung; der Adam der Zeitungsjungen der Welt ging um die Ecke, wo er mein Wechselgeld holen wollte, und dort ist er noch heute. Es war ein Genuß, wieder mal eine Zeitung zu sehen; trotzdem aber war ich mir bewußt, daß ich insgeheim einen Schock erlitt, als mein Blick auf die ersten paar Schlagzeilen fiel. Ich hatte so lange in einer muffigen Atmosphäre der Ehrerbietung, des Respekts und der Unterwürfigkeit gelebt, daß mich bei der Lektüre des Blattes eine leichte Gänsehaut überlief.

TOLLE EREIGNISSE IM TAL
DER HEILIGKEIT

**DIE WASSERMERKE
VERSTOPFT!**

*Koll. Merlin versucht seine Kunst,
erlebt jedoch eine Pleite?*

Der Boss aber siegt
in der ersten Runde!

**Der Wunderbrunnen entkorkt, unter
schrecklichen Ausbrüchen von**

HÖLLENFEUER RAUCHUND
DONNER!

Der Krähenhorst baff!

*NIE DAGEWESENE
FREUDENAUSBRÜCHE!*

und so weiter und so fort. Ja, es war zu knallig. Früher hätte ich Spaß daran gehabt und nichts Besonderes dabei gefunden, jetzt aber war mir der Ton zu schrill. Es war gute Arkansas-Journalistik, aber hier befanden wir uns nicht in Arkansas. Außerdem war die vorletzte Zeile geeignet, die Eremiten zu beleidigen, und dadurch gingen uns vielleicht ihre Inserate verloren. Tatsächlich herrschte in der ganzen Zeitung ein leichtsinniger, vorwitziger Ton. Offensichtlich hatte ich mich, ohne es zu merken, sehr verändert. Ich stellte fest, daß mich die frechen kleinen Respektlosigkeiten, die ich in einem früheren Zeitabschnitt meines Lebens nur für nette, spritzige Redewendungen gehalten hätte, jetzt unangenehm berührten. Es gab eine Unzahl von Nachrichten folgender Sorte, und sie bereiteten mir Unbehagen:

Lokaler Rauch und Asche

Sir Lanzelot traf letzte Weche im Moor südlich von der Schweinemeide des Sir Balmoral le Merveilleuse unerwartet auf den alten König Vgrivance von Irland. die Witwe wurde benachrichtigt.

Um den ersten mächsten Mgnats startet Expedition Nr. 3 auf der Buche n8ch Sir Sagramour, dem Begierigen. Sie wird von dem berühmten Ritter des Roten Rasens befehligt, dem Sir Persant von Inde zur Seite steht. Dieser ist fähig, intelligent, aufmerksam und in jeder Hibsicht ein dufter Junge, ferNer Sir Palamides, der Sarazene, der auch kein Kind von Traubigkeit ist. Die Sache wird durchaus kein Spaziergang, denn diese Jungen wollen ordentlich rangehen.

Die Leser des "Hosianna" werden mit Bedauern hören, daß der hübüsche und beliebte Sir Charolais von Gallien, der während seines vierwöchentlichen Aufenthalts im hiesigen Wirtshaus "Zum Bullen und zum Heilbutt" durch seine guten Manieren und seine elegante Konversation alle Herzen gewonnen hat, heute Anker hIeven und heimreisen will. Besuch uns mal wieder, Karlchen!

Die technische Durchfühlung der Beerdigung des verstorbenen Sir Dalliance, des Herzogs Sohn von Cornwell, der in einem Gefecht mit dem Riesen von der Knotigen Keule letzten Dienstag am Rande der Zauberebene getötet wurde, lag in den Händen des stets zuvorkommenden und tɥpn̈tigen[redacted]Mummel, Fürst der Leʒchenbestatter, wie welchen es keinen gibt, durch den die letzten traurigen Dienste ausführen zu lassen ein größeres Vergnügen wäre. Versuchen Sie seine Dienste.

Der herliche Dank der Redaktion des Hosianna vom Chefredakteur bis hinab zum Setzerjungen gebührt dem stets leibenswürdigen und aufmerksamen Großhofmeister des Dritten Hilfska[redacted]dieners des Palasts für mehrere Scholen SpeiseEis von einer G[redacted] die darauf berechnet war, die Augen der Empfänger vor Dankb[redacted] feucht werden zu laʒen und sie wurden es. F*a*lls die Regie[redacted] einen Na*m*en baldige Beförderung vormerken möchte, w[redacted] der "Hosianna" gern einen Vorschlag machen dürfen.

Dje Demoiselle[redacted]Irene auschoß von Süd-𝔄stolat weilt gegenwürtig zu Besuch bei ihrem Onkel,dem beliebten Wirt der Rindertreiber-He8cberge in der Lebergasse unserer Stadt.

Der junge Berker, der Blasebalgflicker, ist wieden zu haUse und sieht sehr erholt aus nach seiner Urlaubsrundfahrt zu den auswärtigen Schmieden. ѕiehe sein Inserat.

Natürlich war das für den Anfang eine ganz gute journalistische Leistung, das wußte ich wohl, und doch enttäuschte es mich irgendwie. Die Hofchronik gefiel mir besser; ihre einfache und würdige Ehrerbietung war nach all diesen schändlichen Vertraulichkeiten eine Erholung für mich. Aber auch sie hätte noch besser sein können. Man mag freilich anstellen, was man will, es ist unmöglich, Abwechslung in eine Hofchronik zu bringen. Das gab ich zu. Ihren Tatsachen haftet eine tiefe Eintönigkeit an, die auch der ehrlichsten Bemühungen, sie sprühend und begeisternd zu gestalten, spottet und diese zum Scheitern bringt. Die beste – tatsächlich die einzig vernünftige – Methode ist, die Wiederholung der Tatsachen unter einer Vielfalt der Form zu verbergen: häute deine Tatsache jedesmal und zieh ihr ein neues Fell von Worten über. Das täuscht das Auge; man glaubt, es sei eine neue Tatsache und kommt auf den Gedanken, bei Hofe sei ordentlich was los; das bringt einen in Spannung, man nimmt mit gutem Appetit die ganze Spalte in sich auf und merkt vielleicht nie, daß es sich um ein Faß Suppe handelt, die aus einer einzigen Bohne gekocht worden ist. Clarences Methode war gut; sie war einfach, sie war würdig, geradezu und sachlich; ich sage nur, es war nicht die bestmögliche Methode:

Hofchronik

Am	Montag	ritt	der	ꓘönig	in	den	Park.
„	Dienstag	„	„	„	„	„	„
„	Mittwoch	„	„	„	„	„	„
„	Donnerstag	„	„	„	„	„	„
„	Freitag	„	„	„	„	„	„
„	Sonnabend	„	„	„	„	„	„
„	Sonntag	„	„	„	„	„	„

Im ganzen genommen aber war ich sehr zufrieden mit der Zeitung. Kleine Unebenheiten technischer Art waren hier und da zu bemerken, es waren jedoch nicht so viele, daß sie ins Gewicht fielen, und das Korrekturlesen hätte den Ansprüchen von Arkansas genügt; es war also besser, als es für Artus' Zeit und sein Reich erforderlich war. Im allgemeinen war die Grammatik anfechtbar und der Satzbau einigermaßen lahm, aber diese Dinge machten mir nicht viel aus. Mir selbst unterlaufen diese Fehler auch häufig, und man soll andere nicht auf einem Parkett kritisieren, auf dem man selbst leicht mal ausrutscht.

Mich hungerte so nach Literatur, daß ich am liebsten die ganze Zeitung auf einmal verschlungen hätte, aber ich konnte nur ein paar Brocken zu mir nehmen und mußte die Lektüre dann verschieben, weil mich die Mönche ringsum mit neugierigen Fragen belagerten: »Was ist denn das für ein merkwürdiges Ding? Wozu dient es? Ist es ein Taschentuch? Eine Satteldecke? Teil eines Hemds? Woraus ist es gemacht? Wie dünn es ist, wie zart und leicht zerreißbar, und wie es raschelt! Wird es sich denn tragen, glaubt Ihr, und wird ihm der Regen nichts anhaben? Ist, was darauf steht, Schrift, oder ist es nur Ornament?« Sie vermuteten, es sei Schrift, denn diejenigen unter ihnen, die Latein lesen konnten und eine leise Ahnung von Griechisch hatten, erkannten einige Buchstaben, aber sie wußten mit dem Ergebnis nichts anzufangen. Ich kleidete meine Erklärung in die einfachste Form, die ich finden konnte:

»Das hier ist eine öffentliche Zeitung; ich werde euch ein andermal erklären, was das ist. Sie ist nicht aus Tuch, sondern aus Papier; was Papier ist, erkläre ich euch irgendwann mal. Die Zeilen darauf sind zum Lesen; sie sind nicht handgeschrieben, sondern gedruckt; mit der Zeit werde ich euch erklären, was Drucken ist. Von diesen Blättern sind tausend gemacht worden, alle genau wie das hier, in jeder kleinsten Einzelheit – man kann sie nicht voneinander unterscheiden.«

Nun brachen alle in Rufe des Erstaunens und der Bewunderung aus: »Tausend Stück! Wahrlich eine gewaltige Arbeit – die Arbeit eines Jahres für viele Menschen.«

»Nein – einfach bloß eine Tagesarbeit für einen Mann und einen Jungen.«

Sie bekreuzigten sich und hauchten rasch ein paar schützende Gebete hervor.

»Ah – ein übernatürliches Ding, ein Wunder! Ein dunkles Werk der Zauberkunst!«

Dabei ließ ich's bewenden. Dann las ich mit leiser Stimme so vielen, wie ihren geschorenen Kopf in Hörweite strecken konnten, einen Teil des Berichts über das Wunder der Wiederherstellung des Brunnens vor und wurde während der ganzen Lektüre von verwunderten, ehrfürchtigen Ausrufen begleitet: »A-h-h!« – »Wie wahr!« – »Erstaunlich, erstaunlich!« – »Dies sind buchstäblich die Geschehnisse, so wie sie geschehen sind, in wunderbarer Genauigkeit!« Ob sie das seltsame Ding in die Hand nehmen, es befühlen und untersuchen dürften? Sie wollten auch ganz vorsichtig sein. Freilich. Also nahmen sie es so behutsam und so andächtig, als sei es ein Heiligtum, das aus übernatürlichen Regionen stammte, rieben es sacht zwischen den Fingern, streichelten mit zögernder Berührung seine angenehm glatte Oberfläche und prüften fasziniert die geheimnisvollen Schriftzeichen. Diese Gruppe gebeugter Köpfe, diese entzückten Gesichter, diese sprechenden Augen – wie schön empfand ich sie doch! Denn handelte es sich hier nicht um mein Lieblingskind, und waren nicht dieses stumme Staunen, das Interesse und die Ehrfurcht ein sehr beredtes Lob, ein ihm aus freien Stücken gezolltes Kompliment? Nun wußte ich, was eine Mutter empfindet, wenn Frauen, ob Fremde oder Freundinnen, ihr neugeborenes Kind aufnehmen, es in gemeinsamem Impuls umringen und in so entrückter Bewunderung die Köpfe darüber neigen, daß das ganze übrige Universum aus ihrem Bewußtsein schwindet, als existiere es wenigstens für diese Zeitspanne nicht. Ich wußte, was sie empfindet, und auch, daß es keine zweite Art des Ehrgeizes gibt – sei es der eines Königs, eines Eroberers oder eines Dichters –, dessen Befriedigung einen Menschen jemals auch nur halbwegs auf einen so heiterglücklichen Gipfel führt oder ihn mit einem halb so göttlichen Behagen erfüllt.

Während des ganzen restlichen Teils der Séance ging meine Zeitung von einer Gruppe zur anderen, die ganze riesige Halle auf und ab und hin und her; immer waren meine beglückten Blicke auf ihr, und ich saß regungslos da, ganz Zufriedenheit, trunken von diesem Genuß. Jawohl, so mußte es im Himmel sein; einmal wenigstens kostete ich dies aus, und wenn es vielleicht nie wieder geschehen sollte.

SIEBENUNDZWANZIGSTES KAPITEL

Der Yankee und der König reisen inkognito

Zur Schlafenszeit führte ich den König in mein Privatgemach, um ihm das Haar zu schneiden und ihm die nötigen Kunstgriffe beizubringen, so daß er mit der armseligen Kleidung fertig würde, die er anziehen sollte. Die Leute aus den oberen Klassen trugen das Haar über der Stirn im Ponyschnitt und im übrigen ringsum bis auf die Schultern herabhängend, während die aus den untersten Schichten der Gemeinen vorn sowohl wie achtern Ponyschnitt trugen; die Sklaven aber hatten überhaupt keinen Ponyschnitt und ließen ihr Haar frei wachsen. Ich stülpte also eine Schüssel über seinen Kopf und schnitt alle Locken ab, die darunter hervorhingen. Ich stutzte ihm auch Backenbart und Schnurrbart, bis sie nur noch etwa einen halben Zoll lang waren; ich versuchte, das möglichst unkünstlerisch zu tun, und es gelang mir. Er sah scheußlich entstellt aus. Als er seine plumpen Sandalen und sein langes Gewand aus grobem braunen Leinen anhatte, das vom Hals bis zu den Fußknöcheln gerade herunterhing, war er nicht mehr der bestaussehende Mann in seinem Reich, sondern einer der unansehnlichsten, gewöhnlichsten und reizlosesten. Wir waren gleich gekleidet und gleich balbiert und konnten für Kleinbauern, Gutsverwalter, Hirten oder Fuhrleute gelten, auch als Dorfhandwerker, wenn wir wollten, denn unser Kostüm wurde allgemein von den Armen getragen, da es widerstandsfähig und billig war. Ich will nicht sagen, es sei für einen sehr armen Menschen wirklich preiswert gewesen, sondern nur, daß es aus dem billigsten Stoff war, den es für Männerkleidung gab – Dutzendware, versteht ihr.

Eine Stunde vor Sonnenaufgang stahlen wir uns davon, und als die Sonne emporstieg, waren wir schon acht oder zehn Meilen weit gewandert und befanden uns in einer dünnbesiedelten Gegend. Ich trug einen ziemlich schweren Rucksack; er war mit Vorräten vollgeladen – Vorräte für den König, von denen er nach und nach immer weniger zu sich nehmen sollte, bis er ohne Schaden zu der groben landesüblichen Kost übergehen konnte.

Am Wegrand fand ich einen bequemen Sitzplatz für den König und gab ihm ein paar Happen zu essen, um seinen knurrenden Magen zu besänftigen. Dann sagte ich, ich wolle ihm Wasser suchen, und schlenderte davon. Meine Nebenabsicht dabei war, außer Sicht zu gelangen, mich hinzusetzen und selbst auch ein bißchen auszuruhen. Ich hatte stets in seiner Gegenwart gestanden, sogar bei Staatsratstagungen, außer bei den seltenen Gelegenheiten, wo die Sitzung sehr lange dauerte und sich über Stunden hinzog; dann hatte ich ein winzig kleines Ding ohne Rükkenlehne, das wie ein umgekehrt stehendes Rohrknie aussah und ebenso bequem war wie Zahnweh. Ich wollte ihn nicht plötzlich, sondern nach und nach abrichten. Wenn wir in Gesellschaft waren, mußten wir jetzt beide sitzen, sonst fiele es den Leuten auf; es wäre jedoch unklug von mir, wollte ich den ihm Gleichberechtigten spielen, wenn es nicht nötig war.

Ich fand das Wasser in etwa dreihundert Yard Entfernung und hatte mich wohl ungefähr zwanzig Minuten lang ausgeruht, als ich Stimmen hörte. ›Das macht nichts‹, dachte ich, ›es sind Bauern, die zur Arbeit gehen, so früh ist sicher sonst niemand unterwegs.‹ Im nächsten Augenblick aber bogen die Ankömmlinge mit Gerassel um eine Wegbiegung und befanden sich nun in Sicht – es waren elegant gekleidete Leute von hohem Stand mit Packeseln und Dienern in ihrem Gefolge! Ich sauste wie ein Pfeil auf dem kürzesten Wege durch die Büsche. Eine Zeitlang schien es, als müßte die Gesellschaft an dem König vorbeiziehen, bevor ich bei ihm wäre, aber ihr wißt ja, die Verzweiflung verleiht einem Flügel, und ich beugte den Körper vor, füllte die Brust tief mit Luft, hielt dann den Atem an und flog nur so dahin. Endlich kam ich an. Es war sogar noch früh genug.

»Verzeihen Sie, mein König, aber für Zeremonien ist keine Zeit – auf! Springen Sie auf – da kommen vornehme Leute!«

»Ist das vielleicht etwas Außergewöhnliches? Laß sie nur kommen.«

»Aber, Hoheit! Man darf Sie doch nicht sitzend sehen! Erheben Sie sich, und stehen Sie ehrerbietig da, wenn diese Leute vorbeiziehen, Sie sind ein Bauer, Sie wissen doch.«

»Richtig, das hatte ich ganz vergessen, so vertieft war ich in einen Plan für einen großen Krieg wider Gallien« – jetzt hatte er sich erhoben, aber ein Bauernhof wäre schneller hochgekommen, wenn es auf dem Grundstücksmarkt auch nur ein bißchen Konjunktur gegeben hätte –, »und da stellt sich mir ein Gedanke ein, angeregt durch dieses erhabene Traumbild, desgleichen...«

»Eine demütigere Haltung, mein Herr König – schnell! Ducken Sie den Kopf! Tiefer! Immer noch tiefer! Lassen Sie ihn hängen!«

Er tat ehrlich sein Bestes, aber du liebe Güte, es war keine besonders großartige Leistung. Er sah so demütig aus wie der schiefe Turm von Pisa – das war das äußerste, was sich darüber sagen läßt. Ja, es war ein so hervorragend jämmerlicher Erfolg, daß es auf der ganzen Linie erstauntes Stirnrunzeln hervorrief und ein prunkvoll aussehender Lakai am Schwanzende des Zuges die Peitsche hob; ich sprang jedoch noch rechtzeitig dazwischen, so daß sie mich traf, als sie herniedersauste, und unter Deckung der derben Lachsalve, die darauf folgte, ermahnte ich den König in scharfem, warnendem Ton, keine Notiz davon zu nehmen. Für den Augenblick bezwang er sich, aber es kostete ihn große Überwindung; am liebsten hätte er den ganzen Zug verschlungen. Ich sagte:

»Das wäre schon gleich zu Anfang das Ende unseres Abenteuers, und da wir waffenlos sind, könnten wir gegen diese bewaffnete Bande nichts ausrichten. Wenn wir mit unserem Unternehmen Erfolg haben wollen, dann dürfen wir nicht nur wie Bauern aussehen, sondern müssen uns auch so benehmen.«

»Das ist weise, dawider kann niemand etwas sagen. So laß uns denn weiterziehen, Sir Boss. Ich will es mir merken, daraus lernen und mein Bestes tun.«

Er hielt Wort. Er tat sein Bestes, aber ich habe schon Besseres erlebt. Wenn ihr jemals ein lebhaftes, unbesonnenes, unternehmungslustiges Kind gesehen habt, das den ganzen Tag emsig eine Dummheit nach der anderen begeht, und eine besorgte Mutter, die ihm ständig auf den Fersen ist und es bei jedem neuen Unternehmen um Haaresbreite davor bewahrt, sich zu ertränken oder sich das Genick zu brechen, dann habt ihr den König und mich vor Augen.

Hätte ich vorausgesehen, was kommt, dann hätte ich gesagt: ›Nein, wenn jemand sein Brot damit verdienen will, einen König als Bauern auszustellen, dann soll er den Kram ruhig übernehmen. Ich komme mit einer Menagerie weiter und halte dabei länger durch.‹ Dabei erlaubte ich ihm die ersten drei Tage nicht, eine Hütte oder irgendeine andere Behausung zu betreten. Wenn er während der ersten Zeit seines Noviziats überhaupt irgendwo bei einer Musterung bestehen konnte, dann in kleinen Schenken und auf der Landstraße, und deshalb beschränkten wir uns auf diese Orte. Jawohl, er tat wirklich sein Bestes, aber wenn schon? Er besserte sich nicht um so viel, daß etwas zu merken war.

Dauernd versetzte er mich in Ängste, dauernd kam er mit neuen erstaunlichen Überraschungen, und das immer wieder an anderen, unwahrscheinlichen Orten. Am Abend des zweiten Tages holte er doch in aller Unschuld einen Dolch unter dem Gewand hervor!

»Heiliges Kanonenrohr, Hoheit, wo haben Sie denn den her?«

»Von einem Schmuggler in der Schenke, gestern zur Abendzeit.«

»Welcher Teufel hat Sie denn bloß geritten, ihn zu kaufen?«

»Wir sind mehrfach durch Gewitztheit – deine Gewitztheit – Gefahren entronnen; aber ich habe mir überlegt, es wäre vorsichtiger, wenn ich ebenfalls eine Waffe trüge. Deine mag dich in irgendeiner Notlage einmal im Stich lassen.«

»Aber Leute unseres Standes dürfen doch gar keine Waffen bei sich führen. Was würde denn wohl ein Lord – jawohl, oder sonst irgend jemand, gleich welchen Standes – sagen, wenn er solch einen Emporkömmling von Bauern erwischte, der einen Dolch bei sich trägt?«

Ein Glück, daß gerade niemand kam. Ich überredete ihn, das Messer fortzuwerfen, aber das war ebenso leicht, als wollte man ein Kind überreden, es solle auf eine großartige neue Methode, sich umzubringen, verzichten. Schweigend und gedankenvoll gingen wir weiter.

Endlich sagte der König: »Wenn du weißt, daß ich über ein Vorhaben nachsinne, das untunlich ist oder Gefahr in sich birgt, weshalb warnst du mich dann nicht, damit ich von dem Plan ablasse?«

Das war eine verblüffende Frage, eine zum Kopfzerbrechen. Ich wußte nicht recht, wie ich sie anpacken sollte und was darauf zu sagen war, und so gab ich schließlich die allernatürlichste Antwort: »Aber Majestät, woher kann ich denn wissen, was Sie denken?«

Der König blieb wie angewurzelt stehen und starrte

mich an. »Ich glaubte, du seiest größer als Merlin, und wahrlich, in der Zauberei bist du es auch. Die Kunst der Prophezeiung aber ist größer als die der Zauberei. Merlin ist ein Prophet.«

Ich erkannte, daß ich einen Schnitzer gemacht hatte. Ich mußte die Scharte wieder auswetzen. Nachdem ich scharf nachgedacht und mir sorgfältig den Plan zurechtgelegt hatte, sagte ich: »Sire, Sie haben mich mißverstanden. Ich will das erklären. Es gibt zwei Arten von Prophetenkunst. Die eine ist die Gabe, Dinge zu weissagen, die nur kurze Zeit vorausliegen, und die andere die Fähigkeit, Dinge zu prophezeien, die ganze Zeitalter und Jahrhunderte vorausliegen. Welches ist Ihrer Meinung nach die größere Gabe?«

»Oh, gewiß die zweite.«

»Richtig. Besitzt Merlin sie?«

»Zum Teil, ja. Er prophezeite Geheimnisse über meine Geburt und mein künftiges Königstum, als es noch zwanzig Jahre vorauslag.«

»Ist er je darüber hinausgegangen?«

»Mehr würde er, glaube ich, nicht für sich in Anspruch nehmen.«

»Wahrscheinlich liegt dort seine Grenze. Jeder Prophet hat seine Grenze. Die einiger großer Propheten lag bei hundert Jahren.«

»Deren sind wenige, glaube ich.«

»Es hat zwei noch größere gegeben, deren Grenzen bei vierhundert und sechshundert Jahren lagen, und bei einem umfaßten sie sogar siebenhundertzwanzig Jahre.«

»Potztausend, das ist gar wundersam!«

»Was aber sind sie im Vergleich zu mir? Nichts sind sie.«

»Wie? Kannst du wahrlich über einen noch größeren Zeitraum hinausblicken als...«

»Siebenhundert Jahre? Freilich, Hoheit, so scharf wie das Auge eines Adlers vermag mein prophetischer Blick die Zukunft dieser Welt über fast dreizehneinhalb Jahrhunderte hinweg zu durchdringen und sie zu offenbaren!«

Du liebe Güte, da hättet ihr mal sehen sollen, wie die

Augen des Königs langsam immer größer wurden und die gesamte Lufthülle der Erde glatt um einen Zoll emporhoben. Damit war Kollege Merlin erledigt. Bei diesen Leuten brauchte man seine Behauptungen nie zu beweisen, es genügte, sie aufzustellen. Niemandem kam je in den Sinn, sie anzuzweifeln.

»Nun«, so fuhr ich fort, »ich könnte wohl beide Arten der Prophezeiung ausüben – die langfristige sowohl wie die kurzfristige –, wenn ich mir die Mühe machte, in Übung zu bleiben, aber ich betreibe selten eine andere als nur die langfristige, weil die andere unter meiner Würde ist. Für einen wie Merlin paßt sie ja – für so einen Stummelschwanzpropheten, wie wir in der Fachsprache sagen. Natürlich poliere ich mich hin und wieder mal auf und werfe eine kleinere Prophezeiung hin, aber nicht oft – praktisch fast nie. Sie werden sich daran erinnern, wieviel darüber geredet wurde, als Sie in das Tal der Heiligkeit einzogen, daß ich Ihre Ankunft und sogar die Stunde Ihres Eintreffens zwei, drei Tage vorher prophezeit hatte.«

»Allerdings, es kommt mir wieder in den Sinn.«

»Nun, ich hätte es vierzigmal leichter tun und als Zugabe tausendmal mehr Einzelheiten liefern können, wenn das Ereignis erst in fünfhundert Jahren anstatt schon in zwei, drei Tagen zu erwarten gewesen wäre.«

»Wie erstaunlich, daß es so ist!«

»Jawohl, ein richtiger Fachmann kann eine Sache, die in fünfhundert Jahren geschehen wird, immer leichter voraussagen als eine, die sich in fünfhundert Sekunden ereignen wird.«

»Dabei sollte man vernunftgemäß meinen, es wäre umgekehrt, also daß es fünfhundertmal leichter wäre, das zweite zu prophezeien als das erste, denn wahrlich, es liegt so nahe vor uns, daß auch einer, der nicht begnadet ist, es fast erkennen könnte. Tatsächlich widersprechen die Gesetze der Prophetenkunst jeder Wahrscheinlichkeit und machen auf höchst seltsame Weise das Schwere leicht und das Leichte schwer.«

Er hatte einen weisen Kopf, für den eine Bauernmütze eine keine Sicherheit bietende Verkleidung war; sogar unter einer Taucherglocke hätte man ihn als den eines Königs erkennen können, wäre es einem möglich gewesen, zu hören, wie er seinen Verstand arbeiten ließ.

Ich hatte jetzt einen neuen Beruf und laufend Aufträge. Der König war so darauf erpicht, alles zu erfahren, was in den nächsten dreizehn Jahrhunderten geschähe, als erwarte er, sie zu erleben. Von diesem Augenblick an prophezeite ich mir die Haare vom Kopf, um die Nachfrage zu befriedigen. Ich habe zwar zu meiner Zeit so manche Unbedachtsamkeit begangen, aber diese hier, mich als Propheten auszugeben, war die schlimmste. Immerhin, die Sache hatte auch ihre besseren Seiten. Ein Prophet braucht keinen Verstand zu haben. Zwar ist es natürlich gut, ihn für die gewöhnlichen Anforderungen des Lebens zu besitzen, aber bei der beruflichen Arbeit ist er völlig nutzlos. Es ist der geruhsamste Beruf, den es gibt. Wenn der Geist der Prophezeiung über einen kommt, dann packt man einfach seinen Verstand zusammen und legt ihn an einem kühlen Platz zur Ruhe, macht sein Mundwerk los und überläßt es sich selbst; es läuft ganz allein, und das Ergebnis ist Prophezeiung.

Täglich zog der eine oder andere fahrende Ritter an uns vorüber, und jedesmal entflammte bei ihrem Anblick des Königs kriegerischer Geist. Sicher hätte er sich vergessen und ihnen irgend etwas zugerufen, was in der Ausdrucksweise für seinen angeblichen Stand eine verdächtige Spur zu hoch war; deshalb zog ich ihn immer rechtzeitig weit genug von der Straße weg. Dann stand er da und betrachtete sie begierig; stolz blitzten seine Augen, seine Nüstern blähten sich wie bei einem Streitroß, und ich wußte, er sehnte sich danach, einen Strauß mit ihnen auszufechten. Am dritten Tag gegen Mittag aber hatte ich auf der Straße haltgemacht, um eine Vorsichtsmaßnahme zu treffen, zu der mich jener Peitschenhieb angeregt hatte, der mir vor zwei Tagen zuteil geworden war; später hatte ich beschlossen, doch lieber darauf zu verzichten, da ich sie so ungern traf; jetzt aber wurde ich von neuem daran erinnert: Während ich mit laufendem Mundwerk und abgeschaltetem Verstand sorglos dahinzog, denn ich prophezeite gerade wieder, stolperte ich und fiel der Länge nach hin. Ich war so schreckensbleich, daß ich im ersten Augenblick gar nicht denken konnte; dann stand ich sachte und vorsichtig auf und schnallte meinen Rucksack ab. Ich hatte ja die Dynamitbombe darin, in Wolle gepackt in einem Kasten. Es war gut, sie mitzuhaben, vielleicht käme der Augenblick, wo ich ein nützliches Wunder damit vollbringen könnte, aber es machte mich nervös, das Ding bei mir zu tragen und den König wollte ich nicht bitten, es zu nehmen. Ich mußte die Bombe also entweder fortwerfen oder aber mir eine Methode einfallen lassen, wie wir gefahrlos in ihrer Gesellschaft weiterziehen konnten. Ich nahm sie heraus und steckte sie in einen kleinen Beutel, und gerade in diesem Moment kamen zwei Ritter des Wegs. Der König stand so majestätisch da wie eine Statue und starrte sie an – natürlich hatte er sich schon wieder vergessen –, und bevor ich noch ein Wort der Warnung äußern konnte, war es Zeit für ihn, sich zu verkrümeln, und glücklicherweise tat er es auch. Er hatte angenommen, sie würden ausweichen. Ausweichen, um einen dreckigen Bauern nicht zu zertrampeln? Wann war denn er selbst jemals ausgewichen – oder wann hatte er überhaupt dazu Gelegenheit gehabt, wenn ein Bauer ihn oder einen anderen edlen Ritter rechtzeitig genug sah, um ihm vorsichtshalber diese Mühe zu ersparen? Die Ritter beachteten den König überhaupt nicht; es war ja seine Sache aufzupassen; wäre er nicht beiseitegesprungen, dann hätten sie ihn seelenruhig niedergeritten und ihn dazu noch ausgelacht.

Der König schäumte vor Wut und schleuderte ihnen mit äußerst königlichem Nachdruck seine Herausforderung und einige Beiworte nach. Die Ritter waren inzwischen schon ein Stück weiter. Sehr überrascht hielten sie an, wandten sich im Sattel um und blickten zurück, als überlegten sie, ob es überhaupt die Mühe lohne, sich mit solchem Abschaum, wie wir es waren, einzulassen. Dann machten sie kehrt und ritten auf uns los. Kein Augenblick war zu verlieren. Jetzt war ich es, der auf sie zu lief. Ich rannte im Galopp an ihnen vorbei und rief ihnen dabei eine haarsträubende, die Seele empörende, saft- und kraftstrotzende Schmähung zu, neben der die Leistung des Königs ärmlich und billig erschien. Ich bezog sie aus dem 19. Jahrhundert, wo die Leute sich darauf verstehen. Die Ritter waren so in Fahrt, daß sie schon fast beim König angelangt waren, bevor sie haltmachen konnten; dann aber ließen sie, toll vor Wut, ihre Pferde sich aufbäumen, rissen sie herum und kamen im nächsten Augenblick Brust an Brust auf mich zugerast. Ich war in diesem Moment siebzig Yard von ihnen entfernt und kletterte eben auf einen großen Felsbrocken, der neben der Straße lag. Als sie nur noch dreißig Yard von mir waren, senkten sie ihre langen Lanzen, duckten die gepanzerten Köpfe, und mit waagerecht nach hinten wehenden Roßhaarbüschen, sehr stattlich anzusehen, kam dieser rasende Expreßzug auf mich zu gebraust! Als sie nur noch fünfzehn Yard weit fort waren, warf ich mit sicherer Hand die Bombe, und sie ging unter der Nase der Pferde auf dem Boden nieder.

Ja, es war saubere Arbeit, sehr sauber und hübsch anzusehen. Es war, als explodiere auf dem Mississippi ein Dampfer, und während der nächsten fünfzehn Minuten standen wir unter einem anhaltenden Sprühregen mikroskopisch kleiner Fragmente von Rittern, Eisenwaren und Pferdefleisch. Ich sage, wir, denn natürlich gesellte sich der König dem Publikum bei, sobald er wieder Luft bekam. Da war nun ein Loch, das allen Bewohnern dieser Gegend mehrere Jahre laufend Arbeit geben mußte – mit dem Versuch, es zu erklären, meine ich; es wieder aufzufüllen, ginge vergleichsweise rasch und fiele ein paar Auserwählten zu – Bauern der dortigen Lehnsherrschaft, und die bekämen nichts dafür.

Dem König aber erklärte ich es selbst. Ich sagte, es sei mit einer Dynamitbombe gemacht worden. Diese Information schadete ihm nicht, weil sie ihn so klug ließ wie zuvor. In seinen Augen handelte es sich hierbei aber um ein erstaunliches Wunder, und es war wieder mal ein vernichtender Schlag für Merlin. Ich hielt es für angebracht, ihm zu erklären, es sei ein so seltenes Wunder, daß man es nur vollbringen könne, wenn die atmosphärischen Bedingungen genau richtig seien. Sonst hätte er jedesmal, wenn wir ein gutes Objekt fanden, ein Dakapo verlangt, und das wäre unzweckmäßig gewesen, weil ich ja keine Bomben mehr dahatte.

ACHTUNDZWANZIGSTES KAPITEL

Der König wird abgerichtet

Am Morgen des vierten Tages, als eben die Sonne aufging und wir schon eine Stunde lang in der kühlen Morgendämmerung dahertrabten, faßte ich einen Entschluß: der König mußte unbedingt abgerichtet werden; so konnte es nicht weitergehen, man mußte ihn fest in die Hand nehmen und ihn planmäßig und sorgfältig abrichten, sonst könnten wir niemals wagen, eine Behausung zu betreten; selbst die Katzen wüßten, daß dieser Verkleidete ein Windbeutel und kein Bauer war. Ich schlug also vor, haltzumachen und sagte:

»Sire, zwischen Ihrer Kleidung und Ihrem Gesicht besteht kein Widerspruch, da geht die Sache in Ordnung, was aber das Verhältnis zwischen Ihrer Kleidung und Ihrem Benehmen betrifft, so ist da bei Ihnen alles verkehrt, es besteht ein sehr auffälliger Widerspruch. Ihr soldatischer Gang, Ihre herrische Haltung – so geht das nicht. Sie stehen zu aufrecht, Sie blicken zu gerade, zu selbstsicher. Die Sorgen des Königtums beugen nicht die Schultern, bringen den Kopf nicht zum Sinken, drücken den Blick nicht zu Boden, säen im Herzen nicht Zweifel und Furcht, die sich dann in gebückter Haltung und unsicherem Gang nach außen hin kundtun könnten. Das bewirken nur die gemeinen Sorgen der Niedriggeborenen. Sie müssen den Trick erlernen. Sie müssen die Siegel der Armut, des Elends, der Unterdrückung, der Beleidigung und der übrigen verschiedenen und häufig vorkommenden Unmenschlichkeiten nachahmen, die einem Manne seine Männlichkeit aussaugen und ihn zu einem treuen, richtigen, die Billigung seiner Herren findenden und sie zufriedenstellenden Untertanen machen, sonst wird selbst ein Säugling erkennen, daß Sie mehr sind, als Ihre Verkleidung vorgibt, und wir sind bei der ersten Hütte, in der wir einkehren, geplatzt. Belieben Sie, sich zu bemühen so zu gehen.«

Der König beobachtete mich genau und versuchte dann, mich nachzuahmen.

»Ganz ordentlich, ganz ordentlich. Das Kinn bitte ein wenig tiefer – so, ausgezeichnet. Die Augen blicken noch zu hoch, sehen Sie bitte nicht den Horizont an, sondern den Boden zehn Schritte vor Ihnen. Ah, das ist besser, das ist sehr gut. Warten Sie, bitte – Sie verraten noch zuviel Schwung, zuviel Entschlossenheit, Sie müssen schlottriger gehen. Sehen Sie bitte mich an – so, meine ich... Jetzt kommen Sie dahin, so ist's richtig, oder zumindest annähernd... Jawohl, das ist ganz ordentlich. *Aber!* Irgend etwas Wichtiges fehlt, ich weiß nicht recht, was. Gehen Sie bitte dreißig Yard weit, damit ich es besser überblicken kann... Tja, Ihre Kopfhaltung ist richtig, das Tempo auch, die Schulterhöhe stimmt, Blickhöhe gleichfalls, Kinnhaltung ist in Ordnung, Gang, Körperhaltung, allgemeiner Ausdruck – alles richtig! Und trotzdem bleibt die Tatsache bestehen – die Summe der Einzelheiten stimmt nicht. Das Gesamtergebnis geht nicht auf. Noch einmal, bitte – ich glaube, jetzt sehe ich langsam, woran es liegt. Ja, jetzt hab ich's. Verstehen Sie, die echte Hoffnungslosigkeit fehlt, daran hapert's. Es ist alles zu laienhaft – die technischen Einzelheiten stimmen, fast aufs Haar; alles an der Täuschung stimmt, nur, sie täuscht nicht.«

»Was muß man denn tun, um Erfolg zu haben?«

»Lassen Sie mich nachdenken – ich weiß nicht recht. Eigentlich kann nur Übung die Sache in Ordnung bringen. Der Ort hier ist geeignet: der Boden ist voller Wurzeln und Steine, die Ihren stolzen Gang behindern; eine Störung ist in dieser Gegend wohl nicht zu erwarten, denn nur ein einziger Acker und eine Hütte sind in Sicht, und die sind so weit entfernt, daß uns von dort niemand sehen kann. Es wäre gut, wenn wir ein bißchen von der Straße abgingen und den ganzen Tag dazu benutzten, mit Ihnen zu exerzieren, Sire.«

Nachdem wir eine Weile exerziert hatten, sagte ich: »Stellen Sie sich jetzt vor, Sire, wir ständen drüben vor der Tür jener Hütte und hätten die Familie vor uns. Fahren Sie bitte fort: sprechen Sie das Familienhaupt an.«

Unbewußt straffte sich der König, als sei er ein Denkmal, und sagte mit eisiger Strenge: »Knecht, bringe mir einen Sitz und tische mir auf, was du an Nahrung hast.«

»Oh, Euer Gnaden, so ist es nicht gut.«

»Woran fehlt es denn?«

»Diese Leute nennen einander nicht ›Knecht‹.«

»Nein, tatsächlich nicht?«

»Nein, nur von denjenigen, die über ihnen stehen, werden sie so genannt.«

»Dann muß ich es noch einmal versuchen. Ich will ihn ›Leibeigener‹ nennen.«

»Nein, nein, denn er könnte ja ein Freisasse sein.«

»Ach so. Dann sollte ich ihn vielleicht ›guter Mann‹ nennen?«

»Das ginge, Euer Gnaden, aber noch besser wäre, wenn Sie ›Freund‹ oder ›Bruder‹ zu ihm sagten.«

»Bruder! Zu solchem Pack?«

»Oh, aber wir geben doch vor, auch solches Pack zu sein.«

»Das stimmt freilich. Ich will es also sagen. ›Bruder, bringe mir einen Stuhl und dazu, was du an Nahrung besitzest.‹ Jetzt ist es richtig.«

»Nicht ganz, noch nicht völlig richtig. Sie haben nur für einen gebeten, aber nicht für *uns*, für einen, nicht für beide: Essen für einen, einen Stuhl für einen.«

Der König sah verwirrt aus – geistig gehörte er nicht gerade zu den Schwergewichtlern. Sein Kopf war wie eine Sanduhr: er konnte einen Gedanken aufnehmen, aber immer nur körnchenweise und nicht das Ganze auf einmal.

»Möchtest du denn ebenfalls einen Stuhl haben – und dich niederlassen?«

»Wenn ich mich nicht hinsetzte, würde der Mann doch merken, daß wir nur so tun, als seien wir gleich – und noch dazu die Täuschung ziemlich schlecht spielen.«

»Das ist gut und wahr gesprochen! Wie wunderbar ist

doch die Wahrheit, wie unerwartet die Form auch sein mag, in der sie sich zeigt! Wahrlich, er muß Stühle und Nahrung für beide herausbringen, und wenn er uns bedient, darf er Kanne und Handtuch dem einen nicht mit größerer Ehrerbietung reichen als dem anderen.«

»Auch hierbei gibt es noch eine Einzelheit, die richtigzustellen ist. Er muß überhaupt nichts herausbringen; wir werden hineingehen – hinein in den Schmutz und vielleicht noch andere abstoßende Dinge und zusammen mit der Familie das Essen einnehmen nach der Sitte des Hauses, und alle werden völlig gleichberechtigt mit uns sein, es sei denn, der Mann gehört zur Leibeigenenklasse, und schließlich wird es weder Kanne noch Handtuch geben, ganz gleich, ob er nun Leibeigener oder Freisasse ist. Gehen Sie bitte noch einmal, Hoheit. So, das ist besser – das ist bisher das beste, aber immer noch nicht vollkommen. Diese Schultern haben keine unedlere Last als einen Eisenpanzer kennengelernt und wollen sich nicht beugen.«

»Dann reiche mir den Sack. Ich will den Gemütszustand erlernen, der Bürden begleitet, die keine Ehre einbringen. Der Gemütszustand ist es, der die Schultern beugt, und nicht die Bürde, glaube ich; denn eine Rüstung wiegt schwer, doch sie ist eine stolze Last, und ein Mann steht darin aufrecht... Nein, keine Wenns und Abers, widersprich mir nicht. Ich will das Ding haben. Schnalle es mir auf den Rücken.«

Jetzt, wo er den Rucksack trug, war er vollständig ausgerüstet und sah so unköniglich aus wie nur irgend etwas. Die Schultern aber waren eigensinnig; sie schienen den Trick nicht lernen zu wollen, sich mit auch nur einem bißchen täuschender Natürlichkeit zu beugen. Das Abrichten wurde fortgesetzt; ich trieb an und verbesserte:

»Tun Sie nun, als seien Sie verschuldet und würden von erbarmungslosen Gläubigern verfolgt; Sie haben keine Arbeit – sagen wir, Sie sind Hufschmied – und können auch keine bekommen; Ihre Frau ist krank, Ihre Kinder weinen vor Hunger...«

Und so weiter, und so fort. Ich exerzierte mit ihm, nacheinander alle möglichen Leute darzustellen, die Unglück gehabt hatten und furchtbare Entbehrungen und Not litten. Ach, du lieber Himmel, es waren für ihn einfach Worte, nur Worte – sie bedeuteten ihm nichts auf der Welt; ebensogut hätte ich auch pfeifen können. Worte machen einem Menschen nichts wirklich, nichts lebendig, wenn er nicht selbst das erlitten hat, was diese Worte zu beschreiben suchen. Es gibt kluge Leute, die immer sehr weise und selbstgefällig von den »arbeitenden Klassen« sprechen und sich einreden, ein Tag angestrengter geistiger Arbeit sei viel anstrengender als ein Tag schwerer körperlicher Arbeit und habe völlig zu Recht Anspruch auf viel höhere Bezahlung. Tatsächlich, das glauben sie wirklich, denn die eine kennen sie genau, aber die andere haben sie noch nie versucht. Ich dagegen kenne beide, und was mich betrifft, so gibt es im ganzen Universum nicht genug Geld, für das man mich anwerben könnte, dreißig Tage lang die Spitzhacke zu schwingen; die schwierigste geistige Arbeit will ich jedoch fast umsonst tun – und auch damit zufrieden sein.

Geistige »Arbeit« ist ein falscher Ausdruck – sie ist ein Vergnügen, ist Zerstreuung und selbst ihr eigener höchster Lohn. Der niedrigstbezahlte Architekt, Ingenieur, General, Schriftsteller, Bildhauer, Maler, Redner, Rechtsanwalt, Abgeordnete, Schauspieler, Prediger oder Sänger ist auf schöpferische Weise im Himmel, wenn er bei der Arbeit ist; und der Musiker, der mit dem Geigenbogen in der Hand inmitten eines großen Orchesters sitzt und das Auf und Ab der göttlichen Töne über sich fluten läßt, nun gewiß, er ist bei der Arbeit, wenn man es so nennen will, aber Herrgott nochmal, trotzdem ist es der reine Hohn. Das Gesetz der Arbeit scheint äußerst ungerecht zu sein – aber so ist es nun einmal, und niemand kann es ändern: je mehr Freude sie dem Arbeitenden bereitet, desto mehr bringt sie ihm auch in barer Münze ein. Genau das gleiche Gesetz gilt ebenfalls für jenen durchsichtigen Schwindel, den erblichen Adel und das Königtum.

Die Pockenhütte

Als wir am hellen Nachmittag zu jener Hütte kamen, sahen wir ringsum nirgends ein Lebenszeichen. Der in der Nähe liegende Acker war schon vor einiger Zeit von seiner Frucht entblößt worden und sah wie gehäutet aus, so gründlich war er abgeerntet und auch die letzte Ähre gelesen worden. Zäune, Schuppen – alles machte den Eindruck der Verkommenheit und sprach beredt von Armut. Nirgends gab es ein Tier, kein Lebewesen war zu sehen. Die Stille wirkte schrecklich, sie glich der des Todes. Es war eine einstöckige Hütte, ihr Strohdach war altersgeschwärzt und zerrissen, da es schon lange niemand ausgebessert hatte.

Die Tür stand einen Spalt offen. Wir schlichen uns zu ihr hin – auf Zehenspitzen und mit angehaltenem Atem, denn dazu treibt einen in solch einem Augenblick das Gefühl. Der König klopfte an. Wir warteten. Keine Antwort. Er klopfte noch einmal. Keine Antwort. Ich stieß sacht die Tür auf und blickte hinein. Ich unterschied undeutlich einige Umrisse; eine Frau fuhr vom Boden auf und starrte mich an wie jemand, der eben aus dem Schlaf geweckt wird. Endlich war sie ihrer Stimme mächtig:

»Habt Erbarmen!« flehte sie. »Alles ist bereits genommen worden, nichts ist mehr übrig.«

»Ich bin nicht gekommen, um etwas zu nehmen, arme Frau.«

»So seid Ihr kein Priester?«

»Nein.«

»Und kommt auch nicht vom Lehnsherrn?«

»Nein, ich bin ein Fremder.«

»Oh, um der Furcht Gottes willen, der die Harmlosen heimsucht mit Elend und Tod, verweilt hier nicht, sondern flieht! Dieser Ort ist verflucht – von ihm und seiner Kirche!«

»Laß mich eintreten und dir helfen – du bist krank und in Not.«

Ich hatte mich jetzt an das Halbdunkel gewöhnt. Ich konnte ihre eingesunkenen Augen sehen, mit denen sie mich starr anblickte. Ich konnte sehen, wie abgemagert sie war.

»Ich sage Euch doch, der Kirchenbann liegt auf diesem Ort. Rettet Euch – geht von hinnen; ehe denn ein zufällig Vorbeikommender Euch hier erblickt und es berichtet.«

»Mach dir um mich keine Sorgen; mir ist der Fluch der Kirche gleichgültig. Laß mich dir helfen.«

»Alle guten Geister – falls es solche gibt – mögen Euch um dieser Worte willen segnen! Wollte Gott, ich hätte einen Schluck Wasser. Aber, halt, halt, vergeßt, daß ich das gesagt habe und flieht, denn hier ist, was selbst der, der den Fluch der Kirche nicht fürchtet, fürchten muß: die Krankheit, an der wir sterben. Laßt uns, o tapferer, guter Fremder, und nehmt so rückhaltlosen und so aus ehrlichem Herzen kommenden Segen mit Euch, als Verfluchte ihn nur geben können.«

Noch bevor sie mit diesen Worten zu Ende war, hatte ich bereits eine Holzschale aufgenommen und stürzte am König vorbei zum Bach hinunter. Der lag zehn Schritte weit entfernt. Als ich zurückkam und ins Haus trat, war der König drinnen und öffnete eben, um Luft und Licht hereinzulassen, den Laden, der das Fensterloch verschloß. Der Raum war von widerlichem Gestank erfüllt. Ich hielt der Frau die Schale an die Lippen, und als sie sie mit gierig zupackenden Händen ergriff, öffnete sich der Laden, und helles Licht fiel auf ihr Gesicht. Pocken!

Ich sprang zum König und flüsterte ihm ins Ohr: »Sofort zur Tür hinaus, Sire! Die Frau stirbt an der Krankheit, die vor zwei Jahren die Außenbezirke von Camelot entvölkert hat.«

Er rührte sich nicht vom Fleck. »Wahrlich, ich werde bleiben und gleichfalls helfen!«

Ich antwortete ihm flüsternd: »König, es darf nicht sein, Sie müssen gehen.«

»Du meinst es gut und sprichst nicht unweise. Es wäre aber eine Schande, wenn der König sich fürchtete, und eine Schande, wenn der gegürtete Ritter seine Hand verweigern wollte, da es Hilfsbedürftige gibt. Still, ich gehe nicht.

Gehen mußt du. Auf mir liegt nicht der Bann der Kirche, dir aber verbietet sie, hier zu weilen, und sie wird mit harter Hand wider dich verfahren, wenn ihr Kunde von deiner Übertretung kommt.«

Es war Verwegenheit von ihm, an einem solchen Ort zu bleiben, und konnte ihn das Leben kosten, aber es hatte keinen Zweck, mit ihm zu streiten. Wenn er der Ansicht war, seine ritterliche Ehre stehe hier auf dem Spiel, dann entschied das die Sache; er bliebe, und nichts würde ihn daran hindern können, das wußte ich. So ließ ich das Thema fallen.

Die Frau sagte: »Edler Herr, wollt Ihr in Eurer Güte die Leiter dort hinaufsteigen und mir mitteilen, was Ihr seht? Habt keine Angst, es mir zu sagen, denn der Augenblick kann kommen, da selbst das Herz einer Mutter nicht mehr brechen kann – weil es schon gebrochen ist.«

»Verweile«, sagte der König, »und gib der Frau zu essen. Ich werde gehen.« Er setzte den Rucksack ab.

Ich wandte mich, um hinaufzusteigen, aber der König war schon auf dem Weg. Er blieb stehen und blickte auf einen Mann hinab, der im Halbdunkel lag und bisher weder uns beachtet noch gesprochen hatte.

»Ist das dein Mann?« fragte der König.

»Ja.«

»Schläft er?«

»Gott habe Dank für diese eine Wohltat – ja, schon seit drei Stunden. Wie soll ich nur meiner Dankbarkeit Ausdruck geben! Denn mein Herz zerspringt wegen des Schlafes, den er jetzt schläft.«

Ich sagte: »Wir werden achtgeben. Wir wecken ihn nicht auf.«

»Oh, nein, das werdet ihr nicht tun, denn er ist tot.«

»Tot?«

»Ja, welch ein Triumph, das zu wissen! Niemand kann ihm mehr ein Leid antun, niemand mehr ihn demütigen. Er ist jetzt im Himmel und glücklich, oder falls er nicht dort ist, weilt er in der Hölle und ist zufrieden, denn da wird er weder einen Abt noch einen Bischof finden. Wir verbrachten schon die Kindheit miteinander; seit fünfundzwanzig Jahren sind wir Mann und Frau und haben uns bis zum heutigen Tage nie getrennt. Bedenkt nur, welch eine lange Zeit, sich zu lieben und gemeinsam zu leiden. Heute morgen hat er phantasiert, und in seinem Wahn waren wir wieder Knabe und Mädchen und wanderten glücklich durch die Felder; in diesem unschuldig-heiteren Gespräch wanderte er immer weiter, unter sorglosem Geplauder, gelangte in jene Gefilde, von denen wir nichts wissen, und war den Blicken der Sterblichen entrückt. So gab es keine Trennung, denn in seiner Vorstellung ging ich mit ihm – er wußte nichts und meinte, ich ginge mit ihm, meine Hand in seiner, meine junge, weiche Hand, nicht diese welke Klaue. Ach ja, sich auf den Weg zu machen und es nicht zu wissen, sich zu trennen und es nicht zu wissen – kann man friedlicher von dannen gehen? Es war sein Lohn für ein grausames Leben, das er in Geduld ertragen hat.«

Aus der dunklen Ecke, in der die Leiter stand, kam ein leises Geräusch. Der König stieg herab. Ich sah, daß er auf einem Arm etwas trug und sich mit dem anderen stützte. Er trat ans Licht: an seiner Brust ruhte ein schlankes, fünfzehnjähriges Mädchen. Es war nur halb bei Bewußtsein und im Begriff, an den Pocken zu sterben. Hier war Heldentum in seiner letzten und erhabensten Möglichkeit, in seiner höchsten Vollkommenheit; dies hieß, den Tod unbewaffnet auf offenem Feld herauszufordern, wobei der Herausforderer alle Aussichten gegen sich hatte, einen Preis zu gewinnen, und keine in Seide und Goldbrokat gekleidete Menge anwesend war, ihm zuzusehen und Beifall zu spenden; trotzdem aber zeigte der König eine ebenso ruhige, tapfere Haltung wie stets bei jenen billigeren Proben, wo der Ritter dem Ritter in schützenden Stahl gehüllt mit gleicher Aussicht zum Kampf gegenübertritt. Jetzt war er groß, war er erhaben. Zu den kunstlosen Statuen seiner Ahnen in seinem Palast sollte ein Denkmal hinzukommen, dafür wollte ich sorgen, und zwar nicht das eines gepanzerten Königs, der einen Riesen oder einen Drachen tötete wie die übrigen, sondern das eines Königs in der Kleidung des einfachen Mannes, der den Tod auf den Armen trug, damit eine Bauernmutter zum letztenmal auf ihr Kind blicken konnte und getröstet sei.

Er legte das Mädchen neben der Mutter nieder, die es aus überströmendem Herzen mit zärtlichen Worten und Liebkosungen überschüttete, und in den Augen des Kindes war ein schwaches Aufleuchten der Erwiderung zu sehen; das war jedoch alles. Die Mutter hing über ihm, küßte es, streichelte es und flehte es an zu sprechen, aber seine Lippen bewegten sich, ohne einen Laut von sich zu geben. Ich riß meine Schnapsflasche aus dem Rucksack, die Frau aber wehrte ab und sagte:

»Nein, sie leidet nicht, es ist besser so. Es könnte sie ins Leben zurückrufen. Niemand, der gut und freundlich ist wie Ihr, wollte ihr eine solche Grausamkeit antun. Denn seht – wofür sollte sie noch leben? Ihre Brüder sind dahin, ihr Vater ist dahin, ihre Mutter ist im Begriff dahinzugehen, der Fluch der Kirche liegt auf ihr, und niemand darf ihr Obdach geben noch freundlich zu ihr sein, selbst dann nicht, wenn sie sterbend auf der Straße läge. Sie ist völlig einsam. Ich habe Euch nicht gefragt, Ihr gute Seele, ob ihre Schwester dort oben noch am Leben ist; das brauchte ich nicht zu tun, denn Ihr wärt zurückgekehrt und hättet das arme Ding nicht dort verlassen liegen...«

»Sie ruht in Frieden«, unterbrach sie mit gedämpfter Stimme der König.

»Ich möchte es nicht anders haben. Was für ein Tag des Glückes ist dies doch! Ach, meine Annis, bald wirst du bei deiner Schwester sein, du bist schon auf dem Wege zu ihr, und dieses hier sind barmherzige Freunde, die ihn dir nicht verwehren werden.«

Sie begann wieder vor sich hin zu murmeln, über das Mädchen gebeugt, zärtliche Worte zu stammeln, ihm sanft Gesicht und Haar zu streicheln, es zu küssen und mit Kosenamen zu nennen, aber in den brechenden Augen war jetzt kaum noch ein erwiderndes Zeichen zu lesen. Ich sah Tränen aus den Augen des Königs strömen und sein Gesicht hinabrinnen. Die Frau bemerkte sie ebenfalls und sagte:

»Ach, dieses Zeichen kenne ich: du hast zu Hause eine Frau, armer Mensch, und oft seid ihr beide hungrig zu

Bett gegangen, damit die Kleinen eure Brotkrusten haben konnten; du kennst die Armut, die täglichen Beleidigungen durch die, die höher gestellt sind als du, und die schwere Hand von Kirche und König.«

Der Monarch zuckte unter diesem Zufallstreffer zusammen, schwieg jedoch; er war im Begriff, seine Rolle zu lernen, und er spielte sie für einen ziemlich schwer begreifenden Anfänger sogar gut. Ich lenkte ab. Ich bot der Frau Essen und Schnaps an, aber sie lehnte beides ab. Sie wollte nicht gestatten, daß irgend etwas zwischen sie und den erlösenden Tod trat. Dann ging ich fort, holte das tote Kind von oben und legte es neben sie. Da verlor sie erneut die Fassung, und wieder gab es eine herzzerreißende Szene. Nach einiger Zeit lenkte ich noch einmal ab und brachte sie dazu, uns kurz ihre Geschichte zu berichten.

»Ihr kennt sie ja selbst gut genug, da auch ihr sie erlitten habt – denn wahrlich entgeht ihr in England keiner unseres Standes. Es ist die alte, ermüdende Geschichte. Wir kämpften, mühten uns und hatten Erfolg; damit will ich sagen, daß wir am Leben blieben und nicht starben; mehr kann man nicht verlangen. Es stellten sich keine Sorgen ein, die wir nicht überstehen konnten, bis dieses Jahr sie uns brachte, und da kamen sie alle auf einmal, könnte man sagen, und überwältigten uns. Vor Jahren pflanzte der Gutsherr Obstbäume auf unseren Acker, und zwar auf den besten Boden – ein bitteres Unrecht und eine Schande...«

»Aber das war sein Recht«, unterbrach sie der König.

»Das bestreitet auch niemand, und wenn das Gesetz etwas bedeutet, gehört dem Herrn was sein ist, und was mein ist, gehört ihm auch. Wir hatten den Hof gepachtet, und also war er ebenfalls sein, damit zu tun, was ihm beliebte. Vor kurzem fanden wir drei dieser Bäume abgehauen. Voller Schrecken rannten unsere drei erwachsenen Söhne zum Herrn, um das Verbrechen zu melden. Nun, im Verlies des gnädigen Herrn liegen sie, und er sagt, dort sollen sie liegen und verfaulen, bis sie gestehen. Sie haben aber nichts zu gestehen, weil sie unschuldig sind, deshalb werden sie bis zu ihrem Tode dort bleiben. Ihr wißt das wohl, glaube ich. Bedenkt, in welcher Lage wir uns nun befanden: ein Mann, eine Frau und zwei Kinder waren übriggeblieben, um eine Ernte einzubringen, die von viel mehr Händen gesäet worden war, jawohl, und um sie Tag und Nacht vor den Tauben und dem räuberischen Getier zu schützen, das geheiligt ist und von keinem unseres Standes verletzt werden darf. Als die Ernte des gnädigen Herrn fast schnittreif war, da war auch unsere soweit, und als seine Glocke läutete, um uns auf seine Felder zu rufen, ihm umsonst seine Ernte einzubringen, da wollte er nicht zulassen, daß meine beiden Mädchen für unsere drei gefangenen Söhne zählten, sondern er zählte uns nur für zwei, und so mußten wir täglich für den Fehlenden Strafe zahlen. Während dieser Zeit verkam unsere eigene Ernte, weil sich niemand darum kümmerte, und sowohl der Priester wie auch der gnädige Herr erlegten uns eine Strafe auf, weil ihr Anteil Schaden gelitten hatte. Schließlich fraßen die Strafen unsere Ernte auf, und sie nahmen sie ganz – sie nahmen sie ganz und zwangen uns, sie ohne Lohn und ohne Nahrung für sie einzubringen, und wir waren am Verhungern. Dann kam das Schlimmste, da ich, wahnsinnig vor Hunger und durch den Verlust meiner Jungen und vor Kummer, meinen Mann und meine beiden kleinen Mädchen in Lumpen, Elend und Verzweiflung zu sehen, eine schwere Lästerung aussprach – ach, tausend waren es – wider die Kirche und ihre Handlungsweise. Das geschah vor zehn Tagen. Ich war von dieser Krankheit befallen und sprach sie dem Priester gegenüber aus, denn er war gekommen, um mich zu schelten, darum daß es mir vor der strafenden Hand Gottes an Demut mangelte. Er teilte meine Verfehlung seinen Oberen mit; ich blieb eigensinnig und deshalb fiel kurz darauf auf meinen Kopf und auf die Köpfe aller, die mir teuer waren, der Fluch Roms.

Seit jenem Tage geht man uns aus dem Wege, meidet uns voller Schrecken. Niemand kommt dieser Hütte nahe, um festzustellen, ob wir noch am Leben sind oder nicht. Alle übrigen Familienmitglieder erkrankten. Nun riß ich mich zusammen und stand auf, wie eine Frau und Mutter es eben tut. Sie hätten sowieso nur wenig essen können, aber es war so gut wie nichts für sie zu essen da. Wasser war vorhanden, und das gab ich ihnen. Wie sie danach schmachteten, und wie sie es segneten! Gestern aber kam das Ende, meine Kräfte verließen mich. Gestern sah ich meinen Mann und mein jüngstes Kind zum letztenmal lebend. Diese vielen Stunden – diese Ewigkeit, könntet ihr sagen – habe ich nur immer dagelegen und gelauscht, gelauscht, ob von dort droben irgendein Laut käme, der...«

Sie warf einen kurzen scharfen Blick auf ihre älteste Tochter, rief: »Ach, mein Liebling!« und nahm mit ihren schwachen Kräften die erstarrende Gestalt in ihre schützenden Arme. Sie hatte das Todesröcheln erkannt.

DREISSIGSTES KAPITEL

Die Tragödie des Herrenhauses

Um Mitternacht war alles vorüber, und wir saßen bei vier Leichen. Wir bedeckten sie mit den Lumpen, die wir finden konnten, gingen fort und schlossen die Tür hinter uns. Die Hütte mußte diesen Menschen als Grab dienen, denn sie konnten keine christliche Beerdigung erhalten und auch nicht in geweihtem Boden begraben werden. Wie Hunde waren sie, wie wilde Tiere, wie Aussätzige, und keine Seele, die ihre Hoffnung auf ein ewiges Leben schätzte, hätte diese leichtsinnig aufgegeben, indem sie sich auf irgendeine Weise mit jenen gescholtenen und gezüchtigten Ausgestoßenen einließ.

Wir waren noch keine vier Yards weit gegangen, als ich ein Geräusch hörte, das wie Schritte auf Kies klang. Mein Herz schlug bis zum Halse. Man durfte uns ja nicht aus dem Hause kommen sehen. Ich zupfte den König am Gewand, wir zogen uns zurück und versteckten uns hinter der Ecke der Hütte.

»Jetzt sind wir in Sicherheit«, sagte ich, »aber es war sozusagen der letzte Augenblick. Wäre die Nacht heller gewesen, dann hätte er uns vermutlich gesehen, denn er schien so nahe zu sein.«

»Möglich, daß es nur ein Tier ist und gar kein Mensch.«

»Das stimmt. Aber, ob Mensch oder Tier – die Vernunft gebietet uns, einen Augenblick hier zu bleiben und zu warten, bis es vorbei und aus dem Weg ist.«

»Horch! Es kommt hierher!«

Das stimmte wieder. Die Schritte kamen auf uns zu – direkt auf die Hütte zu. Also mußte es ein Tier sein, und wir hätten uns unsere ängstliche Hast ersparen können. Ich wollte gerade vortreten, aber da legte mir der König die Hand auf den Arm. Für einen Moment herrschte Schweigen, dann vernahmen wir, daß leise an die Hüttentür geklopft wurde. Es lief mir kalt über den Rücken. Das Klopfen wiederholte sich, und dann hörten wir, wie mit gedämpfter Stimme gerufen wurde:

»Mutter! Vater! Öffnet – wir sind freigekommen, und wir bringen euch Nachrichten, die eure Wangen erbleichen lassen, aber eure Herzen erfreuen werden! Wir dürfen nicht verweilen, wir müssen fliehen! Und... Aber sie antworten nicht. Mutter! Vater!«

Ich zog den König zum anderen Ende der Hütte und flüsterte: »Kommen Sie, jetzt können wir die Straße erreichen.«

Der König zögerte und wollte widersprechen, aber da hörten wir die Tür aufgehen und wußten, daß diese verzweifelten Männer vor ihren Toten standen.

»Kommen Sie, Hoheit. Sie werden gleich Licht machen, und was dann folgt, bräche Ihnen das Herz, wenn Sie es anhören müßten.«

Diesmal zögerte er nicht. Sobald wir auf der Straße waren, rannte ich; einen Augenblick darauf ließ er die Würde fallen und folgte mir. Ich wollte nicht an das denken, was jetzt in der Hütte geschah – ich vermochte es nicht zu ertragen, ich wollte es mir aus dem Sinn schlagen und griff deshalb das Thema auf, das mir nach diesem am nächsten lag: »Ich habe die Krankheit schon gehabt, an der diese Leute gestorben sind, und brauche deshalb nichts zu befürchten; aber wenn Sie noch nicht daran erkrankt sind...«

Er unterbrach mich, um mir zu sagen, er sei bedrückt,

und zwar sei es sein Gewissen, das ihn bedrücke: »Diese jungen Menschen sind freigekommen, wie sie sagen – aber auf welche Weise? Es ist unwahrscheinlich, daß ihr Herr sie freigelassen hat.«

»Durchaus; ich zweifle nicht daran, daß sie geflohen sind.«

»Das gerade bedrückt mich; ich fürchte, daß es der Fall ist, und dein Verdacht bestätigt es, denn du hegst dieselbe Furcht.«

»Ich würde es aber nicht so nennen. Ich vermute, daß sie entflohen sind, und wenn dem so ist, dann tut es mir ganz gewiß nicht leid.«

»Leid tut es mir nicht, *glaube* ich – aber...«

»Was gibt es denn? Was kann einen denn dabei bedrücken?«

»Wo sie nun wirklich geflohen sind, müßten wir sie pflichtgemäß festnehmen und sie ihrem Herrn wieder ausliefern, denn es ziemt sich nicht, daß jemandem seines Standes solch hochfahrende und anmaßende Beleidigung von Leuten ihrer niedrigen Klasse widerfährt.«

Da war es wieder. Er vermochte nur die eine Seite der Sache zu sehen. So war er geboren und erzogen worden, und in seinen Adern floß das von dieser Form unbewußter Grausamkeit verdorbene Blut seiner Ahnen, ihm vererbt von einer langen Reihe von Herzen, von denen jedes einzelne seinen Teil dazu beigetragen hatte, den Strom zu vergiften. Daß man diese Menschen ohne Beweis ins Gefängnis geworfen und ihre Angehörigen dem Verhungern ausgesetzt hatte, war nicht schlimm, denn sie waren ja nur Bauern und somit dem Willen und der Laune ihres Herrn unterworfen, gleichgültig, in welch schrecklicher Form sich diese auch äußern mochten, aber daß sie aus einer ungerechten Gefangenschaft entflohen waren, das bedeutete Beleidigung und Schmach, und kein gewissenhafter Mensch, der sich seiner Pflicht der geheiligten Klasse, welcher er angehörte, gegenüber bewußt war, durfte es unterstützen.

Ich mühte mich über eine halbe Stunde ab, bis ich den König veranlassen konnte, das Thema zu wechseln – und selbst dann gelang es nur durch ein Ereignis von außen.

Es war etwas, auf das unsere Blicken fielen, als wir auf die Spitze eines kleinen Hügels gelangten; ein ziemlich weit entfernter roter Schein.

»Das ist ein Feuer«, sagte ich.

Brände interessierten mich sehr, denn ich hatte begonnen, ein ziemlich umfangreiches Versicherungsgeschäft aufzubauen sowie auch ein paar Pferde abzurichten und Dampffeuerwehrwagen herzustellen, in der Absicht, mit der Zeit eine Berufsfeuerwehr zu entwickeln. Die Priester waren sowohl gegen meine Feuer- wie auch gegen meine Lebensversicherung, mit der Begründung, sie seien ein frecher Versuch, in Gottes Ratschluß einzugreifen, und wenn man erklärte, daß es in keiner Weise in seinen Ratschluß eingriff, sondern nur dessen schlimme Folgen milderte, wenn man eine Versicherung abschloß und Glück hatte, dann antworteten sie, das hieße, mit dem Ratschluß Gottes ein Glücksspiel treiben, und das sei ebenso verwerflich. Es gelang ihnen daher, diese Geschäftszweige mehr oder minder zu schädigen, aber ich machte das durch meine Unfallversicherung wieder wett. Im allgemeinen sind Ritter Tölpel und manchmal sogar Trottel; deshalb sind sie für ziemlich dürftige Argumente zugänglich, wenn ein Verbreiter von Aberglauben sie ihnen nur beredt vorträgt, aber selbst sie vermochten hin und wieder die praktische Seite einer Sache zu sehen, und so konnte man in letzter Zeit nach keinem Turnier aufräumen und das Ergebnis auf einen Haufen schichten, ohne in jedem Helm einen meiner Unfallversicherungsscheine zu finden.

Wir blieben dort oben in der tiefen Dunkelheit und Stille eine Weile stehen, blickten zu dem fernen Feuerschein hinüber und bemühten uns zu erraten, was das weitab in der Nacht periodisch auf und ab schwellende Gemurmel wohl bedeutete. Zuweilen stieg es an und schien für einen Augenblick weniger entfernt zu sein; wenn wir dann aber erwartungsvoll hofften, jetzt werde es seine Natur und seine Ursache verraten, wurde es dumpfer, bis es erstarb und sein Geheimnis mit sich nahm. Wir stiegen in der Richtung, aus der das Geräusch kam, den Hügel hinab, und die sich windende Straße tauchte uns sogleich in fast greifbare Dunkelheit – eine Dunkelheit, die zwischen zwei hohe Wände aus Wald gepackt und dort zusammengepreßt war. Wir tasteten uns etwa eine halbe Meile voran, und das Gemurmel wurde immer deutlicher, während das sich ankündigende Gewitter immer näher kam und sich hin und wieder ein Windstoß erhob, fahle Blitze aufzuckten und ferner Donner grollte. Ich ging voran. Da lief ich gegen etwas – etwas Weiches, Schweres, das beim Anprall meines Gewichtes ein wenig nachgab; im selben Augenblick leuchtete grell ein Blitz auf, und einen Fuß weit vor meinem Gesicht verzerrte sich krampfhaft das Antlitz eines Mannes, der an einem Ast hing! Das heißt, es schien sich zu verzerren, aber es war nicht der Fall. Ein schrecklicher Anblick. Gleich darauf erklang ein ohrenbetäubender Donnerschlag, und der Boden des Himmels schien zu bersten; wie eine Sturzflut prasselte der Regen hernieder. Trotzdem aber mußten wir versuchen, den Mann wegen der Möglichkeit abzuschneiden, daß vielleicht noch Leben in ihm war, oder etwa nicht? Die Blitze folgten einander jetzt rasch und blendend hell, so daß abwechselnd mittägliche Helle und mitternächtliches Dunkel herrschten. Einen Augenblick lang hing der Mann in grellem Licht vor mir, und im nächsten wurde er wieder von der Dunkelheit verschluckt. Ich erklärte dem König, wir müßten ihn abschneiden. Der König widersprach sogleich:

»Wenn er sich selbst erhängt hat, war er willens, seinen Besitz an seinen Gutsherrn zu verlieren; laß ihn also. Wenn ihn andere gehängt haben, war es wohl ihr gutes Recht – laß ihn hängen.«

»Aber …«

»Keine Wenns und Abers, sondern laß ihn, wo er ist. Und das noch aus einem anderen Grunde. Wenn wieder ein Blitz kommt – da, sieh dich um.«

Dort, in fünfzig Yards Entfernung vor uns, hingen noch zwei!

»Das Wetter ist nicht dazu geeignet, toten Leuten zwecklose Höflichkeiten zu erweisen. Sie danken es dir nicht mehr. Komm – es gereicht uns nicht zum Nutzen, hier zu verweilen.«

Was er sagte, war vernünftig, und so gingen wir weiter. Im Laufe der nächsten Meile zählten wir beim Schein der Blitze noch sechs hängende Gestalten; unsere Wanderung war grausig. Das Gemurmel war jetzt keines mehr, sondern Gebrüll – Gebrüll von Männerstimmen. Nun kam ein Mann vorbeigerannt, er war in der Dunkelheit nur undeutlich zu sehen, und andere Männer jagten ihm nach. Sie verschwanden. Kurz darauf geschah das Gleiche noch einmal, dann noch ein zweites und noch ein drittes Mal. Da sahen wir nach einer scharfen Wegbiegung die Feuersbrunst vor uns – was brannte, war ein großes Herrenhaus, und es war wenig oder nichts davon übriggeblieben; überallhin flohen Menschen, während andere ihnen hinterherjagten und sie verfolgten.

Ich warnte den König und sagte ihm, an diesen Orten seien Fremde nicht sicher. Es sei besser, wenn wir uns vom Licht entfernten, bis sich die Lage gebessert habe. Wir gingen ein wenig zurück und verbargen uns am Waldrand. Von unserem Versteck aus sahen wir, wie Männer und Frauen von dem Mob gehetzt wurden. Dieses schreckliche Tun dauerte fast bis zum Morgengrauen. Dann, als der Brand erloschen war und sich das Gewitter ausgetobt hatte, verloren sich die Stimmen und die fliehenden Schritte; nun herrschten wieder Dunkelheit und Stille.

Wir wagten uns hervor und eilten vorsichtig davon, und obgleich wir erschöpft und schlafbedürftig waren, hasteten wir weiter, bis wir uns einige Meilen von jenem Ort entfernt hatten. Dann baten wir in der Hütte eines Köhlers um Gastfreundschaft und erhielten, was zu vergeben war. Die Frau hatte sich bereits erhoben, aber der Mann schlief noch auf einer Strohschütte, die auf dem Lehmboden lag. Die Frau schien unruhig zu sein, bis ich erklärte, daß wir Reisende seien, uns verlaufen hätten und die ganze Nacht über im Wald umhergeirrt seien. Da wurde sie gesprächig und fragte, ob wir von den schrecklichen Dingen gehört hätten, die im Herrenhaus von Abblasoure geschehen seien. Ja, wir hätten davon gehört, aber jetzt brauchten wir Ruhe und Schlaf.

Der König mischte sich ins Gespräch: »Verkauft uns das

Haus und begebt euch von hinnen, denn unsere Gesellschaft ist gefährlich, weil wir von Leuten kommen, die am gefleckten Tod gestorben sind.«

Das war nett von ihm, aber unnötig. Eine der häufigsten Zierden der Nation war das Waffeleisengesicht.. Ich hatte schon bald bemerkt, daß die Frau und auch der Mann damit geschmückt waren. Sie hieß uns aufrichtig willkommen und fürchtete sich nicht im geringsten; offenbar war sie vom Angebot des Königs ungeheuer beeindruckt, denn natürlich war es ein bemerkenswertes Ereignis in ihrem Leben, auf einen Menschen von des Königs bescheidenem Aussehen zu stoßen, der bereit war, um der Unterkunft für eine Nacht willen jemandem sein Haus abzukaufen. Es erfüllte sie mit großer Achtung für uns, und sie beanspruchte die mageren Möglichkeiten ihrer Hütte bis zum äußersten, um es uns behaglich zu machen.

Bis zum späten Nachmittag schliefen wir und standen dann so hungrig auf, daß dem König die Häuslerkost ganz schmackhaft schien, besonders, da es nur eine spärliche Menge davon gab. Auch an Abwechslung war sie nicht reich, denn sie bestand einzig und allein aus Zwiebeln, Salz und dem landesüblichen Schwarzbrot – das aus Pferdefutter gebacken wurde. Die Frau berichtete uns von den Vorfällen der vergangenen Nacht. Gegen zehn oder elf Uhr abends, als bereits alle im Bett lagen, brach im Herrenhaus Feuer aus. Die ganze Umgebung eilte herbei, um zu helfen, und die Familie wurde gerettet, mit Ausnahme des gnädigen Herrn. Er war verschwunden. Jedermann war rasend über diesen Verlust, und zwei tapfere Freisassen opferten ihr Leben, indem sie das brennende Haus nach seiner wertvollen Person durchsuchten. Einige Zeit darauf wurde er jedoch gefunden – oder vielmehr, was von ihm übrig war, nämlich seine Leiche. Sie lag dreihundert Yards entfernt in einem Gebüsch, gefesselt, mit einem Knebel versehen und einem Dutzend Stichwunden im Leib.

Wer hatte das getan? Der Verdacht fiel auf eine bescheidene Familie der Nachbarschaft, die der Baron in der letzten Zeit mit besonderer Härte behandelt hatte, und von diesen Leuten breitete sich der Verdacht ohne weiteres auch auf ihre Verwandten und Freunde aus. Ein Verdacht genügte; die Vasallen des gnädigen Herrn riefen auf der Stelle einen Kreuzzug gegen diese Menschen aus, und die ganze Gemeinde nahm unverzüglich daran teil. Der Mann unserer Gastgeberin war mit der Horde tätig gewesen und erst kurz vor Morgengrauen heimgekehrt. Er war jetzt fortgegangen, um festzustellen, wie das Ergebnis aussah. Während wir noch darüber sprachen, kehrte er von seinem Erkundungsgang zurück. Sein Bericht war empörend. Achtzehn Menschen waren gehängt oder abgeschlachtet worden, zwei Freisassen und dreizehn Gefangene im Feuer umgekommen.

»Und wie viele Gefangene befanden sich insgesamt im Verlies?«

»Dreizehn.«

»Dann sind sie alle umgekommen?«

»Jawohl alle.«

»Aber die Leute sind doch rechtzeitig erschienen, um die Familie zu retten; wie kommt es, daß sie keinen von den Gefangenen retten konnten?«

Der Mann sah verwirrt drein und sagte: »Öffnet man denn in einem solchen Moment das Verlies? Wahrlich, dann wären doch etliche entflohen!«

»Willst du damit sagen, daß es tatsächlich niemand geöffnet hat?«

»Niemand ging in die Nähe, weder zum Ab- noch zum Aufschließen. Es ist anzunehmen, daß die Riegel fest zu waren, deshalb war es nur nötig, eine Wache davor aufzustellen, damit, falls einer seine Bande zerbrach, er nicht entkäme, sondern ergriffen würde. Keiner wurde ergriffen.«

»Trotzdem aber sind drei entflohen«, sagte der König, »und du tätest gut daran, es bekannt zu geben und die Gerechtigkeit auf ihre Spur zu setzen, weil diese den Baron ermordeten und das Haus in Brand setzten.«

Ich hatte ja erwartet, daß er damit kommen werde. Für einen Augenblick zeigten Mann und Frau lebhaftes Interesse für die Nachricht und gaben ihrer Ungeduld Ausdruck, loszugehen und sie zu verbreiten; dann aber war plötzlich etwas anderes auf ihren Gesichtern zu lesen, und sie begannen Fragen zu stellen. Ich antwortete selbst darauf und beobachtete scharf die Wirkung meiner Auskünfte. Ich war bald davon überzeugt, daß das Wissen, wer diese drei Gefangenen waren, die Atmosphäre irgendwie verwandelt hatte und daß die auch weiterhin geäußerte Bereitschaft unserer Gastgeber, loszugehen und die Nachricht zu verbreiten, jetzt nur vorgetäuscht und nicht echt war. Der König bemerkte die Veränderung nicht, und darüber war ich froh. Ich lenkte das Gespräch auf andere Einzelheiten der nächtlichen Vorgänge und stellte fest, daß die Leute erleichtert waren, als es diese Richtung nahm.

Das Schmerzliche an dieser ganzen Angelegenheit war die muntere Bereitschaft, mit der die unterdrückte Gemeinde im Interesse des gemeinsamen Unterdrückers grausam die Hand gegen Angehörige ihrer eigenen Klasse erhoben hatte. Dieser Mann und diese Frau schienen der Meinung zu sein, bei einem Streit zwischen einem Menschen ihrer Klasse und seinem Herrn sei es ganz natürlich, richtig und gerecht, daß sich die gesamte Kaste des armen Teufels auf die Seite des Herrn stellte und die Schlacht für diesen ausfocht, ohne auch nur zu fragen, auf welcher Seite in dieser Sache Recht oder Unrecht lag. Der Mann war draußen gewesen, um zu helfen, seine Nachbarn aufzuhängen, und hatte sein Werk voller Eifer getan, obwohl er wußte, daß nichts weiter als nur ein Verdacht gegen sie vorlag, hinter dem auch nicht das geringste stand, das man Beweis hätte nennen können, und doch schienen weder er noch seine Frau etwas Schreckliches darin zu sehen.

Das war niederdrückend für einen Menschen, der den Traum von einer Republik im Kopf herumtrug. Es erinnerte mich an die Zeit, die dreizehn Jahrhunderte entfernt lag, wo die »armen Weißen« unseres Südens, die von den Sklavenhaltern rings um sie her immer verachtet und häufig beleidigt wurden und die ihre schlechte Lage einfach der Tatsache verdankten, daß in ihrer Umgebung die Sklaverei herrschte, trotzdem kleinmütig bereit waren, sich bei allen politischen Aktionen zur Aufrechterhaltung und Verewigung der Sklaverei auf die Seite der Sklavenhalter zu stellen, schließlich das Gewehr schulterten und ihr Leben hingaben in dem Versuch, die Abschaffung eben der Einrichtung zu verhindern, die sie selbst erniedrigte. Und in diesem jammervollen Abschnitt der Geschichte gab es nur einen versöhnenden Zug, nämlich, daß der »arme Weiße« insgeheim den Sklavenhalter haßte und seine eigene Schande empfand. Dieses Gefühl wurde nach außen hin nicht zum Ausdruck gebracht, aber schon allein die Tatsache, daß es bestand und sich unter günstigen Umständen hätte äußern können, war etwas wert – tatsächlich genügte es bereits, denn es bewies, daß ein Mensch im Grunde doch ein Mensch bleibt, selbst wenn er es nach außen hin nicht zeigt.

Nun, es stellte sich heraus, daß dieser Köhler ein Zwillingsbruder des »armen Weißen« der fernen Zukunft war.

Der König wurde bald ungeduldig und sagte: »Wenn ihr hier den ganzen Tag schwatzt, wird der Gerechtigkeit nicht Genüge geschehen. Seid ihr vielleicht der Meinung, die Verbrecher werden im Hause ihres Vaters bleiben? Sie sind auf der Flucht und warten nicht. Ihr solltet dafür sorgen, daß berittene Verfolger ihre Spur aufnehmen.«

Die Frau erblaßte leicht, aber ganz deutlich, und der Mann sah erregt und unschlüssig aus.

Ich sagte: »Komm, Freund, ich will ein Stück mit dir gehen und dir erklären, welche Richtung sie vermutlich einschlagen werden. Wenn sie nur gegen die Salzsteuer oder eine ähnliche Unsinnigkeit Widerstand geleistet hätten, dann wollte ich ja versuchen, sie vor der Gefangennahme zu bewahren; aber wenn Leute einen Menschen von hohem Stand ermorden und dazu noch sein Haus niederbrennen, dann ist das etwas anderes.«

Die letzte Bemerkung war für den König – um ihn zu beruhigen. Als wir uns auf der Straße befanden, nahm der Mann seine Entschlußkraft zusammen und begann sicher auszuschreiten, aber Eifer lag nicht darin.

Nach einer Weile sagte ich: »Wie sind denn diese Leute mit dir verwandt – seid ihr Vettern?«

Er wurde so bleich, wie es die Schicht Holzkohle auf seinem Gesicht zuließ, und blieb zitternd stehen. »O mein Gott, woher wißt Ihr das?«

»Ich habe es nicht gewußt, ich habe es aufs Geratewohl erraten.«

»Die armen Jungen, sie sind verloren. Und es waren gute Jungen.«

»Wolltest du tatsächlich dort hinübergehen und sie verraten?«

Er wußte nicht recht, wie er das aufnehmen sollte, aber er antwortete zögernd: »Ja-a.«

»Dann bist du meiner Ansicht nach ein ganz verdammter Schuft.«

Das machte ihn so froh, als hätte ich ihn einen Engel genannt.

»Sag diese guten Worte noch einmal, Bruder! Denn bestimmt meinst du damit, daß du mich nicht verraten wirst, wenn ich meine Pflicht nicht erfülle.«

»Pflicht? Pflicht ist bei der Sache gar nicht im Spiel, außer der, den Mund zu halten und die Männer entkommen zu lassen. Sie haben eine aufrechte Tat vollbracht.«

Er sah erfreut aus, erfreut und gleichzeitig besorgt. Er blickte die Straße hinauf und hinab, um festzustellen, ob auch niemand kam, und sagte dann mit vorsichtig gedämpfter Stimme: »Aus welchem Lande kommst du, Bruder, daß du so gefährliche Worte sprichst und dich nicht zu fürchten scheinst?«

»Es sind keine gefährlichen Worte, so nehme ich doch an, wenn ich sie zu einem Menschen meines eigenen Standes sage. Du wirst keinem erzählen, daß ich sie gesprochen habe?«

»Ich? Eher wollte ich mich von wilden Pferden zerreißen lasse.«

»Nun, dann laß mich sagen, was ich zu sagen habe. Ich fürchte nicht, daß du es weiterträgst. Ich denke, an diesen armen, unschuldigen Menschen wurde letzte Nacht teuflisch gehandelt. Der alte Baron hat nur erhalten, was er verdient hat. Wenn ich bestimmen könnte, dann ginge es allen seiner Sorte ebenso.«

Furcht und Niedergeschlagenheit wichen aus dem Verhalten des Mannes; Dankbarkeit und eine beherzte Lebhaftigkeit waren an ihre Stelle getreten: »Selbst, wo du vielleicht ein Spitzel bist und deine Worte eine Falle zu meinem Verderben sind, erfrischen sie einen doch so sehr, daß ich, um sie und andere ihresgleichen zu hören, fröhlich zum Galgen gehen wollte, als einer, der in seinem hungrigen Leben wenigstens einmal ein üppiges Mahl genossen hat. Und ich will jetzt meine Meinung aussprechen; du kannst mich anzeigen, wenn du willst. Ich habe geholfen, meine Nachbarn aufzuhängen, weil mein eigenes Leben in Gefahr gewesen wäre, wenn ich mangelhaften Eifer in der Sache des gnädigen Herrn gezeigt hätte; aus keinem anderen Grunde haben auch die anderen geholfen. Heute freuen sich alle, daß er tot ist, aber alle gehen umher und tun, als trauerten sie und vergießen Tränen der Heuchelei, denn darin liegt Sicherheit. Ich habe sie ausgesprochen, habe sie ausgesprochen, die einzigen Worte, die mir jemals angenehm im Munde geschmeckt haben, und dieser Geschmack ist Lohn genug. Führe mich, wohin du willst, und sei es selbst auf das Schafott, ich bin bereit.«

Seht ihr, da war es. Ein Mensch bleibt eben im Grunde ein Mensch. Auch ganze Zeitalter der Mißhandlung und Unterdrückung können seine menschliche Natur nicht ganz und gar aus ihm herauspressen. Wer glaubt, dies sei ein Irrtum, der irrt selbst. Jawohl, es gibt genügend gutes Material für eine Republik auch im geknechtetsten Volk der Welt – sogar im russischen; in ihm steckt genügend menschliche Natur – sogar in den Deutschen –, wenn man diese menschliche Natur nur zwingen könnte, aus ihrer mißtrauischen Verborgenheit hervorzutreten, um jeden Thron, der je errichtet wurde, zu stürzen und in den Schmutz zu treten und auch jeden Adel, der ihn jemals gestützt hat. Gewiß würden wir bestimmte Dinge noch erleben, das durften wir hoffen und glauben. Zuerst einmal eine gemäßigte Monarchie, bis Artus' Tage vorüber waren, dann der Sturz des Thrones, die Abschaffung des Adels; hierauf wäre jedes seiner Mitglieder verpflichtet, einen nützlichen Beruf auszuüben, das allgemeine Wahlrecht würde eingeführt und die gesamte Regierungsgewalt in die Hände des Volkes gelegt, wo sie auch blieb. Ja, für eine Weile gab es noch keinen Grund, meinen Traum aufzugeben.

Marco

Jetzt schlenderten wir ziemlich gemütlich dahin und plauderten. Wir mußten soviel Zeit verstreichen lassen, wie man gebraucht hätte, um zu dem kleinen Weiler Abblasoure zu gelangen, die Justiz auf die Spur jener Mörder zu setzen und wieder nach Hause zurückzukehren. Inzwischen half mir mein Interesse, das nie verblaßt war und nie den Reiz der Neuheit für mich verloren hatte, seit ich mich in Artus' Reich befand, nämlich das für das gegenseitige Verhalten der zufällig einander Begegnenden – ein Verhalten, das peinlich genauer Kasteneinteilung entsprang. Dem glattrasierten Mönch gegenüber, der mit zurückgeschlagener Kapuze dahertrabte, während ihm der Schweiß die fetten Wangen hinabrann, verhielt sich der Köhler zutiefst ehrerbietig; vor dem Gentleman gab er sich unterwürfig, dem Kleinbauern und dem freien Handwerkern gegenüber war er freundschaftlich und geschwätzig, und wenn mit respektvoll gesenktem Kopf ein Sklave vorbeiging, dann hielt der Kerl die Nase in die Luft – er sah ihn überhaupt nicht. Ja, zuweilen möchte man am liebsten das ganze Menschengeschlecht aufhängen und Schluß machen mit der Komödie.

Bald darauf hatten wir einen Zwischenfall. Erschreckt und angstvoll schreiend kam ein kleiner Trupp halbnackter Jungen und Mädchen aus dem Wald gerannt. Die ältesten von ihnen waren kaum zwölf bis vierzehn Jahre alt. Sie flehten um Hilfe, befanden sich aber so in Aufregung, daß wir nicht herausbekommen konnten, was eigentlich los war. Wir stürzten jedoch hinter ihnen her in den Wald, und bald stellte sich heraus, worin ihr Kummer bestand: mit einem Bastseil hatten sie einen kleinen Knaben aufgehängt; er strampelte und schlug um sich, während ihn das Seil zu Tode würgte. Wir befreiten ihn und brachten ihn wieder zu sich. Auch das war ein Teil der menschlichen Natur: die bewundernden Kleinen ahmten die Erwachsenen nach, sie spielten erregte Volksmenge und hatten einen Erfolg erzielt, der viel ernster zu werden drohte, als sie gewollt hatten.

Für mich war es kein langweiliger Spaziergang. Ich wußte die Zeit gut auszunutzen. Ich schloß Bekanntschaft mit verschiedenen Leuten und konnte als Fremder so viele Fragen stellen, wie ich nur wollte. Eine Sache, die mich als Staatsmann natürlich interessierte, war das Lohnproblem. Ich sammelte im Laufe des Nachmittags so viele Informationen zu diesem Thema, wie ich nur konnte. Ein Mensch, der nicht viel Erfahrung hat und nicht nachdenkt, neigt dazu, den Wohlstand oder Mangel an Wohlstand eines Volkes nur an der Höhe der ausgezahlten Löhne zu messen: sind diese hoch, dann lebt die Nation im Wohlstand, sind sie niedrig, dann ist das nicht der Fall. Dies aber ist ein Irrtum. Es kommt nicht darauf an, welche Geldsumme man erhält, sondern das Entscheidende ist, was man sich dafür kaufen kann; hieran ist zu sehen, ob der Lohn tatsächlich oder nur nominell hoch ist. Ich erinnere mich noch, wie es zur Zeit unseres großen Bürgerkrieges im 19. Jahrhundert war. Im Norden bekam ein Zimmermann drei Dollar in Gold pro Tag, im Süden fünfzig, zahlbar in konföderierten Papierfetzen, die einen Dollar das Scheffel wert waren. Im Norden kostete ein Overall drei Dollar – einen Tageslohn, im Süden aber fünfundsiebzig – das entsprach zwei Tageslöhnen. Mit anderen Dingen verhielt es sich entsprechend. Infolgedessen waren die Löhne im Norden doppelt so hoch wie im Süden, weil die einen um soviel mehr Kaufkraft hatten als die anderen.

Jawohl, ich schloß im Weiler mehrere Bekanntschaften, und zu meiner Genugtuung stellte ich fest, daß unsere neuen Münzen im Umlauf waren – massenhaft Milreis, massenhaft Mills, eine große Menge Cents, viele Nickel- und einige Silbermünzen, all das unter den Handwerkern und dem übrigen gemeinen Volk, ja, und sogar auch etwas Gold – aber das befand sich auf der Bank, das heißt beim Goldschmied. Dort trat ich ein, während Marco, Marcos Sohn, mit einem Händler um ein Viertelpfund Salz feilschte, und wollte mir eine Zwanzig-Dollar-Goldmünze wechseln lassen. Die Leute dort taten es, das heißt, nachdem sie darauf herumgebissen, die Münze auf den Ladentisch fallen gelassen, sie einer Säureprobe unterzogen und mich gefragt hatten, woher ich sie habe, wer ich sei und woher ich stamme, wohin ich ginge und wann ich dort anzukommen gedenke, sowie noch etwa zweihundert weitere Fragen, und als sie auf Grund liefen, berichtete ich weiter und lieferte ihnen freiwillig viele Informationen; ich sagte, ich besäße einen Hund namens Wächter, meine erste Frau habe der Sekte der »freiwilligen Baptisten« angehört, ihr Großvater sei Anhänger eines gesetzlichen Alkoholverbotes gewesen, und ich hätte einmal einen Menschen gekannt, der an jeder Hand zwei Daumen und an der Innenseite seiner Oberlippe eine Warze gehabt habe; er sei mit der Hoffnung auf eine glorreiche Wiederauferstehung gestorben und so weiter und so weiter und so fort, bis selbst dieser wissensdurstige dörfliche Fragesteller auszusehen begann, als sei er zufriedengestellt, und auch ein wenig verärgert wirkte; aber einem finanziell so kräftigen Menschen wie mir mußte er mit Achtung begegnen, und so gab er mir keine frechen Antworten; ich bemerkte jedoch, daß er seinen Zorn an seinen Untergebenen ausließ, was eine ganz natürliche Handlungsweise war. Ja, dort wurde mir der Zwanziger gewechselt; ich hatte allerdings den Eindruck, daß es die Bank ein bißchen anstrengte, aber das war zu erwarten gewesen, denn es war ja das gleiche, als betrete man im 19. Jahrhundert einen Dorfkramladen und verlange vom Besitzer, er solle einem mir nichts, dir nichts eine Zweitausend-Dollar-Note wechseln. Das könnte er vielleicht tun, aber gewiß fragte er sich dabei, wie wohl ein Kleinbauer dazu komme, soviel Geld in der Tasche mit sich herumzutragen, und das dachte wahrscheinlich auch dieser Goldschmied, als er mir voll bewundernder Ehrfurcht nachblickte.

Unser neues Geld war nicht nur tüchtig im Umlauf, sondern seine Sprache war den Leuten auch schon ganz geläufig, das heißt, sie hatten die Bezeichnungen für das frühere Geld aufgegeben und sprachen jetzt davon, daß die Dinge soundsoviel Dollar, Cent, Mill oder Milreis wert seien. Dies war sehr erfreulich. Wir machten Fortschritte, das war gewiß. Ich lernte mehrere Handwerkermeister kennen; so ziemlich der interessanteste von ihnen aber war Dowley, der Schmied. Er war ein lebhafter Mensch und temperamentvoller Erzähler; er hatte zwei Gesellen und drei Lehrlinge, und sein Geschäft ging glänzend. Tatsächlich war er im Begriff, in stürmischem Tempo reich zu werden, und genoß große Achtung. Marco war sehr stolz, einen solchen Mann zum Freund zu haben. Er hatte mich dorthin mitgenommen, angeblich, damit ich mir das große Unternehmen ansehen könnte, das ihm so viel von seiner Holzkohle abkaufte, in Wirklichkeit aber, um mir zu zeigen, auf wie gutem, ja fast vertraulichem Fuß er mit dem großen Manne stand. Dowley und ich empfanden sogleich Sympathie für einander; ebensolche ausgesuchten Leute, prachtvolle Kerle, hatte ich in der Colt-Waffenfabrik unter mir gehabt. Ich wollte ihn unbedingt wiedersehen, und so lud ich ihn ein, am Sonntag in Marcos Haus zu kommen und mit uns zu Mittag zu essen. Marco verschlug es vor Schreck den Atem, und als der hohe Herr die Einladung annahm, war er so dankbar, daß er fast vergaß, erstaunt über diese Herablassung zu sein.

Marcos Freude war überschwänglich – aber nur für einen Augenblick; dann wurde er nachdenklich und schließlich betrübt; als er hörte, wie ich zu Dowley sagte, ich wolle auch den Maurermeister Dickon und den Stellmachermeister Smug einladen, verwandelte sich der Kohlenstaub auf seinem Gesicht in Kreide, und er verlor die Fassung. Ich wußte aber, was ihm auf dem Magen lag: es waren die Unkosten. Er sah sich schon vor dem Ruin, er war der Meinung, die Tage seiner Finanzkraft seien gezählt. Als wir auf dem Wege zu den anderen waren, um sie einzuladen, beruhigte ich ihn jedoch. Ich sagte:

»Du mußt mir gestatten, die Freunde kommen zu lassen, und du mußt mir auch erlauben, die Kosten zu tragen.«

Sein Gesicht erhellte sich, und er antwortete voller Lebhaftigkeit: »Aber nicht alle, nicht alle; eine solche Bürde kannst du doch nicht allein tragen.«

Ich unterbrach ihn und sagte: »Verstehen wir uns gleich richtig, alter Freund. Ich bin zwar nur ein Gutsverwalter, das stimmt, aber trotzdem nicht arm. Ich habe dieses Jahr großes Glück gehabt – du würdest staunen, wenn du wüßtest, wie gut es mir geht. Ich sage dir die reine Wahrheit, wenn ich dir erkläre, daß ich das Geld für ein Dutzend solcher Feste hinauswerfen könnte, ohne daß es mir auch nur soviel ausmachte!« Ich schnippte mit den Fingern. Ich sah, wie ich fußweise in Marcos Achtung wuchs, und als ich die letzten Worte aussprach, war ich für ihn, was Stil und Höhe betraf, ein wahrer Turm geworden. »Du siehst also, du mußt mir meinen Willen lassen. Du darfst zu diesem Gelage nicht einen Cent beisteuern, das ist abgemacht.«

»Das ist großzügig und gütig von dir...«

»Nein, keineswegs. Du hast Jones und mir großmütig dein Haus geöffnet; Jones hat zu mir davon gesprochen, kurz bevor du aus dem Dorf zurückkamst; denn obwohl er so etwas zu dir nicht sagen würde – Jones ist nicht gesprächig und in Gesellschaft schüchtern –, so hat er doch ein gutes Herz und ist dankbar; er weiß es zu schätzen, wenn man ihn gut behandelt; jawohl, du und deine Frau, ihr seid sehr gastfreundlich zu uns gewesen...«

»Ach, Bruder, das zählt doch überhaupt nicht, eine solche Gastfreundschaft!«

»Sie ist aber viel wert; das Beste, was ein Mensch zu bieten hat, ohne Rückhalt gegeben, ist immer etwas, und zwar ebensoviel, wie ein Fürst zu bieten vermag; es hat den gleichen Wert, denn auch ein Fürst kann nur sein Bestes tun. Wir wollen also einkaufen und jetzt alles Notwendige zusammenholen; mach dir über die Ausgaben nur keine Sorgen. Ich gehöre zu den schlimmsten Verschwendern, die je geboren wurden. Weißt du, es ist schon vorgekommen, daß ich in einer einzigen Woche... Aber egal, du würdest es ja sowieso nicht glauben.«

So schlenderten wir dahin, traten hier und dort ein, erkundigten uns nach den Preisen, schwatzten mit den Händlern über den Aufruhr und trafen hin und wieder auf ein tragisches Erinnerungsmal in Gestalt von gemiedenen, tränenüberströmten und obdachlosen Überbleibseln einer Familie, denen man das Heim genommen und die Eltern niedergemetzelt oder erhängt hatte. Die Kleidung Marcos und seiner Frau waren aus grober Wergleinwand beziehungsweise aus Halbwolle, und ihre Sachen sahen aus, als seien es Bezirkslandkarten, da sie so ziemlich ausschließlich aus kleinen Flicken bestanden, die, ein Distrikt nach dem anderen, im Laufe von fünf oder sechs Jahren hinzugefügt worden waren, bis kaum eine Handbreit vom ursprünglichen Kleidungsstück überlebt hatte und noch vorhanden war. Ich wollte diese Leute nun wegen der eleganten Gäste neu einkleiden und wußte nicht, wie ich das taktvoll anfangen sollte, bis mir schließlich einfiel, daß ich schon auf sehr großzügige Weise Worte der Dankbarkeit des Königs erfunden hatte und es angebracht sei, sie mit ein paar greifbaren Belegen zu stützen; deshalb sagte ich:

»Und Marco, noch etwas anderes mußt du gestatten – Jones zuliebe, denn du möchtest ihn doch nicht beleidigen. Er wollte unbedingt auf irgendeine Weise seine Anerkennung zeigen, aber er ist so schüchtern, daß er es selbst nicht wagte, und so bat er mich, ein paar Kleinigkeiten zu kaufen und sie dir und deiner Frau Phyllis zu geben; er wollte sie bezahlen und es euch nie erfahren lassen, daß sie von ihm kommen – du weißt ja, was ein zartfühlender Mensch bei solchen Dingen empfindet –, und so sagte ich zu und erklärte, wir wollten darüber den Mund halten. Nun, er hat sich vorgestellt, neue Kleidung für euch beide...«

»Oh, das ist doch Verschwendung, das kann nicht sein, Bruder, das kann nicht sein. Denk doch nur an die gewaltige Höhe der Summe...«

»Zum Teufel mit der gewaltigen Höhe der Summe! Versuch doch mal, einen Augenblick lang den Mund zu halten, und stell dir vor, wie es aussehen muß, man kommt bei dir ja gar nicht zu Wort, du redest zuviel. Das solltest du dir abgewöhnen, Marco, es gehört sich nicht, weißt du, und es wird immer schlimmer, wenn du nichts dagegen tust. Ja, wir wollen mal hier hineingehen und uns nach den Preisen des Mannes erkundigen, und vergiß nicht, du darfst Jones nicht merken lassen, daß du weißt, er hat etwas damit zu tun. Du kannst dir gar nicht vorstellen, wie merkwürdig empfindlich und stolz er ist. Bauer ist er – ein ziemlich wohlhabender Bauer, und ich bin sein Verwalter, aber diese Phantasie, die der Mensch hat! Manchmal, wenn er sich vergißt und losdonnert, sollte man tatsächlich meinen, er sei einer der Großmogule dieser Erde, und du könntest ihm hundert Jahre lang zuhören, ohne daß dir der Gedanke käme, ihn für einen Bauern zu halten – besonders wenn er über die Landwirtschaft spricht. Er glaubt, er sei ein ganz verteufelt guter Bauer, hält sich für ein großes As; aber unter uns gesagt, von der Landwirtschaft hat er noch viel weniger Ahnung als davon, wie man ein Königreich zu regieren hat; trotzdem aber mußt du, egal, wovon er redet, das Maul aufreißen und zuhören, als hättest du in deinem ganzen Leben noch nicht solche unglaublichen Weisheiten gehört und hättest Angst, du könntest sterben, bevor du genug davon mitbekommen hast. Das gefällt Jones.«

Marco fand es höchst spannend, von solch einem merkwürdigen Charakter zu hören, aber es bereitete ihn auch auf Zwischenfälle vor, und meiner Erfahrung gemäß kann man auf der Reise mit einem König, der tut, als sei er jemand anders und sich nur die halbe Zeit daran zu erinnern vermag, gar nicht genug Vorsichtsmaßregeln treffen.

Hier waren wir nun in dem besten Laden, den wir bisher gefunden hatten; da gab es in kleinen Mengen alles, vom Amboß über Textilien bis zu Fisch und Talmischmuck. Ich beschloß, meine sämtlichen Einkäufe hier zu tätigen und nicht länger Preise zu vergleichen. Ich schaffte mir also Marco vom Hals, indem ich ihn fortschickte, den Maurer und den Stellmacher einzuladen; das ließ mir freie Bahn. Es macht mir nämlich keinen Spaß, etwas unauffällig zu tun; theatralisch muß es sein, sonst interessiert es mich nicht. Ich zog auf sorglose Weise genügend Geld hervor, um die Achtung des Händlers zu gewinnen; dann schrieb ich eine Liste von Waren auf, die ich haben wollte, und überreichte sie ihm, um festzustellen, ob er lesen konnte. Er konnte lesen und war stolz, es zu zeigen. Er sagte, er sei von einem Priester erzogen worden und könne sowohl lesen als auch schreiben. Er las die Liste durch und bemerkte voll Zufriedenheit, daß sie eine ganz gesalzene

Rechnung ergab. Ja, das tat sie auch wirklich für eine so geringfügige Angelegenheit. Ich lieferte nicht nur ein üppiges Mahl, sondern nebenbei auch noch ein paar Kleinigkeiten dazu. Ich befahl, daß die Sachen hinausgefahren und bis Sonnabend ins Haus Marcos, des Sohns Marcos, geliefert werden sollten; die Rechnung forderte ich für Sonntag mittag. Der Händler sagte, ich könne mich auf schnelle und korrekte Bedienung verlassen, sie sei bei seiner Firma üblich. Er bemerkte auch, er wolle als Zugabe für die Marcos ein paar Penny-Revolver mitliefern – da jedermann sie jetzt benutze. Ich hatte von dieser klugen Erfindung eine hohe Meinung und sagte:

»Und füll sie bitte bis zur Mitte; setz das auf die Rechnung.«

Das wollte er mit Vergnügen tun. Er füllte sie, und ich nahm sie mit. Ich konnte nicht wagen, ihm zu erzählen, daß die Penny-Revolver eine meiner kleinen Erfindungen waren und daß ich amtlich befohlen hatte, jeder Krämer im Königreich müsse sie auf Lager haben und zu dem von der Regierung vorgeschriebenen Preis verkaufen – der nur eine Kleinigkeit betrug, und die erhielt der Krämer, nicht die Regierung. Wir lieferten sie unentgeltlich.

Als wir beim Einbruch der Dunkelheit zurückkehrten, hatte uns der König kaum vermißt. Er hatte sich schon bald wieder seinem Traum von einem großartigen Einfall in Gallien hingegeben, für den die gesamte Streitmacht seines Reichs aufgeboten werden sollte, und der Nachmittag war vergangen, ohne daß er wieder zu sich gekommen war.

ZWEIUNDDREISSIGSTES KAPITEL

Dowleys Demütigung

Nun, als die Warenladung am Sonnabend nachmittag gegen Sonnenuntergang eintraf, hatte ich alle Hände voll zu tun, um zu verhindern, daß die Marcos ohnmächtig wurden. Sie waren sicher, daß Jones und ich hoffnungslos ruiniert seien, und machten sich Vorwürfe, an diesem Bankrott die Mitschuld zu tragen. Ich hatte nämlich neben den Lebensmitteln für das Mahl, die eine ganz hübsche Summe kosteten, eine Menge zusätzliche Dinge gekauft, die für das künftige Wohlleben der Familie bestimmt waren; zum Beispiel einen großen Bestand an Weizen, eine Leckerei, die auf dem Tisch von ihresgleichen so selten war wie Sahneeis auf dem eines Eremiten; dazu einen Eßtisch von ansehnlicher Größe aus Fichtenholz, ferner ganze zwei Pfund Salz, was in den Augen dieser Leute gleichfalls eine verschwenderische Ausgabe bedeutete, sowie Geschirr, einige Hocker, die Kleidungsstücke, ein kleines Faß Bier und so weiter. Ich schärfte den Marcos ein, über diesen ganzen Prachtaufwand zu schweigen, damit ich Gelegenheit hatte, die Gäste zu überraschen und mich ein bißchen aufzuspielen. Wegen der neuen Kleidung benahmen sich diese beiden einfachen Menschen wie Kinder; die ganze Nacht über standen sie immer wieder auf, um nachzusehen, ob der Tag noch nicht bald anbreche, damit sie sie anlegen könnten, und schließlich schlüpften sie bereits eine Stunde vor Sonnenaufgang hinein. Nun war ihr Vergnügen – um nicht zu sagen ihr Rausch des Entzückens – so frisch, so neu und begeisternd, daß mich der Anblick für die Unterbrechungen, die mein Schlummer erlitten hatte, reichlich entschädigte. Der König hatte, wie gewöhnlich, einem Toten gleich geschlafen. Danken durften die Marcos ihm für die Kleidungsstücke nicht, das war verboten, aber sie bemühten sich, ihm auf jede erdenkliche Weise zu zeigen, wieviel Dankbarkeit sie empfanden. Die Mühe war jedoch vergebens: er bemerkte gar nicht, daß sich etwas verändert hatte.

Es wurde einer jener seltenen und schönen Herbsttage, die wie gedämpfte Junitage sind, so daß es ein Genuß ist, sich im Freien aufzuhalten. Die Gäste trafen gegen Mittag ein; wir versammelten uns unter einem großen Baum und benahmen uns bald so ungezwungen wie alte Bekannte. Selbst die Zurückhaltung des Königs schmolz ein wenig, obgleich es ihm etwas schwer fiel, sich an den Namen Jones zu gewöhnen. Ich hatte ihn gebeten, er möge sein Bestes tun, um nicht zu vergessen, daß er ein Bauer sei, hatte es jedoch für ratsam gehalten, ihm auch nahezulegen, daß er es dabei bewenden lasse und die Sache nicht zu weit treibe. Er war nämlich genau der Typ eines Menschen, der eine solch kleine Angelegenheit mit Sicherheit verdarb, wenn man ihn nicht warnte, weil seine Zunge so locker, sein Geist so willig und sein Wissen so unzuverlässig war.

Dowley befand sich in ausgezeichneter Stimmung, und ich kurbelte ihn bald an, lenkte ihn dann geschickt auf das Thema seiner Geschichte und seiner Person als Helden, und es war eine Freude, dazusitzen und ihn losschnurren zu hören. Er war durch eigene Kraft emporgekommen, müßt ihr wissen. Diese Leute verstehen zu reden. Freilich verdienen sie mehr Anerkennung als sonst irgend jemand, das stimmt schon, aber sie gehören auch zu den allerersten, die das feststellen. Er erzählte, wie er sein Leben als Waisenjunge ohne Geld noch Freunde, die ihm hätten helfen können, begonnen, wie er gleich den Sklaven des geizigsten Sklavenhalters gelebt hatte und der Arbeitstag sechzehn bis achtzehn Stunden lang gewesen war, ohne ihm mehr einzubringen als nur eben genügend Schwarzbrot, um sich in halbverhungertem Zustand zu erhalten; wie er durch seinen redlichen Eifer schließlich die Aufmerksamkeit eines gütigen Schmiedes auf sich zog, der ihn durch seine Freundlichkeit fast umwarf, indem er ihm plötzlich, als er darauf gänzlich unvorbereitet war, anbot, ihn für neun Jahre als vertraglich gebundenen Lehrling anzustellen, ihm Kost und Kleidung zu geben und ihn das Handwerk oder »das Geheimnis«, wie Dowley es nannte, zu lehren. Das war sein erster großer Schritt nach oben, sein erster toller Glücksfall, und ganz offensichtlich vermochte er noch immer nicht davon zu sprechen, ohne beredt seinem Erstaunen und seiner Begeisterung darüber, daß einem gewöhnlichen Sterblichen eine so glanzvolle Beförderung zuteil geworden war, Ausdruck zu geben. Während seiner Lehrzeit erhielt er keinen neuen Anzug, aber zum Tage seiner Gesellenprüfung ließ ihn sein Meister in funkelnagelneue Wergleinwand kleiden, weshalb er sich unaussprechlich reich und schmuck vorkam.

»An jenen Tag erinnere ich mich gar gut!« rief der Stellmacher begeistert aus.

»Ich ebenfalls«, setzte der Maurer hinzu. »Ich wollte nicht glauben, das solches dein Eigentum sei und konnte es auch gar nicht glauben!«

»Andere Leute gleichfalls nicht!« rief Dowley mit blitzenden Augen. »Fast hätte ich meinen guten Ruf verloren, weil die Nachbarn meinten, ich hätte vielleicht gestohlen. Das war ein großer Tag, ein gar großer Tag, einer, den man nicht vergißt.«

Jawohl, und sein Meister sei ein prächtiger Mensch gewesen und wohlhabend; zweimal im Jahr habe er ein großes Festmahl veranstaltet, auf dem es Fleisch und dazu auch Weißbrot gab, richtiges Weißbrot; er habe tatsächlich sozusagen wie ein Lord gelebt. Mit der Zeit sei Dowley sein Nachfolger im Geschäft geworden und habe die Tochter des Hauses geheiratet.

»Und seht, wie es nun gekommen ist«, sagte er mit eindrucksvoller Betonung. »Zweimal jeden Monat steht frisches Fleisch auf meinem Tisch.« Hier machte er eine Pause, damit wir diese Tatsache so richtig erfassen konnten, und fügte dann hinzu: »Und achtmal Salzfleisch.«

»Es ist die reine Wahrheit!« rief der Stellmacher mit verhaltenem Atem.

»Ich weiß es aus eigener Erfahrung«, bemerkte der Maurer auf die gleiche ehrfürchtige Weise.

»Auf meinem Tisch liegt das ganze Jahr über jeden Sonntag Weißbrot«, fuhr der Schmiedemeister feierlich fort. »Ich überlasse es euch, Freunde, eurem Gewissen entsprechend festzustellen, ob nicht auch das Tatsache ist.«

»Bei meinem Kopf, jawohl«, sagte der Maurer.

»Ich kann es bezeugen und bezeuge es«, sprach der Stellmacher.

»Und was die Möbel betrifft, so sollt ihr selbst sagen, wie ich eingerichtet bin.« Er machte mit der Hand eine großzügige, wirkungsvolle Bewegung, mit der er ungehinderte und unbegrenzte Redefreiheit gewährte, und setzte hinzu: »Sprecht nur, wie ihr wünscht, sprecht, als sei ich nicht hier.«

»Du hast fünf Hocker, und zwar von feinster Tischlerarbeit, obwohl deine Familie nur aus drei Häuptern besteht«, sagte der Stellmacher voll tiefer Achtung.

»Und sechs hölzerne Becher, auch sechs hölzerne und zwei zinnerne Teller, von denen ihr eßt und trinkt«, berichtete der Maurer sehr beeindruckt. »Das sage ich im vollen Bewußtsein dessen, daß Gott mein Richter ist und wir nicht ewiglich hier sein werden, sondern am Jüngsten Tage das, was wir gesagt haben, als wir auf Erden weilten, verantworten müssen, es sei nun unwahr oder wahr gewesen.«

»Jetzt weißt du, was für ein Mann ich bin, Bruder Jones«, sagte der Schmied mit schöner, freundlicher Herablassung, »und gewiß erwartest du in mir einen Menschen zu finden, der eifersüchtig auf dem ihm gebührenden Respekt besteht und sich Fremden gegenüber sehr zurückhaltend verhält, bis erwiesen ist, von welchem Rang und Stand sie sind; aber sorge dich derhalben nicht, denn wisse, du wirst in mir einen Mann finden, der diese Dinge nicht so wichtig nimmt und bereit ist, jeden als seinesgleichen und als ebenbürtig zu betrachten, der das Herz am richtigen Flecke trägt, wie bescheiden sein weltlich Gut auch immer sein mag. Und zum Zeichen dafür: hier ist meine Hand: ich sage mit eigenem Mund, daß wir gleich sind, gleich!« Und er lächelte ringsum allen Anwesenden zu, so befriedigt wie ein Gott, der sich huldvoll und gnädig verhält und sich dessen sehr wohl bewußt ist.

Der König nahm mit schlecht verhohlenem Zögern die Hand und ließ sie so gern wieder los wie eine Dame einen Fisch; das machte einen guten Eindruck, denn es wurde irrtümlicherweise für Verlegenheit gehalten, weil sie bei einem Menschen, auf den ein Großer sein Licht erstrahlen läßt, nur natürlich ist.

Jetzt brachte die Hausfrau den Tisch heraus und stellte ihn unter den Baum. Er rief sichtbare Überraschung hervor, da er funkelnagelneu und ein prachtvolles Stück aus Fichtenholz war. Die Verblüffung wurde jedoch noch größer, als die Dame, deren ganzer Körper aus jeder Pore Gleichgültigkeit ausstrahlte, aber deren vor Eitelkeit flammende Augen sie verrieten, langsam ein richtiges, echtes Tischtuch entfaltete und es ausbreitete. Das überbot sogar den häuslichen Staat des Schmiedes noch um eine Stufe und traf diesen hart; das war zu sehen. Marco aber befand sich geradezu im siebenten Himmel; auch das war zu sehen. Dann brachte die Dame zwei schöne neue Hocker heraus – Donnerwetter, eine Sensation, wie in den Augen eines jeden der Gäste zu lesen stand. Danach trug sie zwei weitere herbei – so gleichmütig sie nur konnte; wieder eine Sensation begleitet von ehrerbietigem Gemurmel. Noch einmal brachte sie zwei – sie war so stolz, daß sie auf Luft zu wandeln schien.

Die Gäste waren wie versteinert, und der Maurer sagte vor sich hin: »Dies freilich hat der irdische Pomp an sich, daß er einen stets zur Ehrerbietung bewegt.«

Als sich die Hausfrau fortwandte, konnte Marco sich nicht verkneifen, den Knalleffekt anzubringen, solange die Sache noch brühwarm war, und so sagte er mit gewünschter, aber schlecht gespielter ruhiger Gelassenheit: »Die reichen; laß die übrigen dort.«

So waren also noch mehr vorhanden! Die Wirkung war ausgezeichnet. Ich hätte diese Karte nicht besser ausspielen können.

Hiernach türmte die Hausfrau die Überraschungen mit einer Geschwindigkeit aufeinander, die das allgemeine Erstaunen auf fünfundsechzig Grad im Schatten anheizte und gleichzeitig die Fähigkeit der Anwesenden, es auszudrükken, soweit lähmte, daß es sich nur in gehauchten Ohs und Ahs sowie in stumm erhobenen Händen und Blicken äußerte. Sie holte Geschirr – ganz neues, in Hülle und Fülle; neue Holzbecher und andere Tischgeräte, Bier, Fisch, eine Gans, Eier, Roastbeef, einen Hammelbraten, einen Schinken, ein gebratenes Spanferkerl und einen Überfluß an echtem weißen Weizenbrot. Insgesamt genommen stellte das Bankett alles, was diese Gesellschaft je gesehen hatte, weit in den Schatten. Und während sie vor Staunen und Bewunderung geradezu betäubt dasaß, winkte ich wie zufällig mit der Hand und nun erschien von irgendwoher der Sohn des Händlers und erklärte, er komme, um zu kassieren.

»In Ordnung«, sagte ich gleichgültig. »Wie hoch ist denn der Betrag? Zähl uns mal die Posten auf.«

Nun las er die Rechnung vor; sprachlos hörten die drei Männer zu, während erhebende Wogen der Befriedigung meine Seele überspielten und abwechselnde Wogen des Schreckens und der Bewunderung Marcos Seele überfluteten:

2 Pfund Salz	200 Milreis
48 l Bier im Faß	800 Milreis
3 Scheffel Weizen	2700 Milreis
2 Pund Fisch	100 Milreis
3 Hennen	400 Milreis
1 Gans	400 Milreis
3 Dutzend Eier	150 Milreis
1 Roastbeef	450 Milreis
1 Hammelbraten	400 Milreis
1 Schinken	800 Milreis
1 Spanferkel	500 Milreis
2 Tafelservice, Steingut	6000 Milreis
2 Männeranzüge mit Unterwäsche	2800 Milreis
1 Woll- und 1 halbwollenes Kleid mit Unterwäsche	1600 Milreis
8 Holzbecher	800 Milreis
Verschiedene Tafelgeräte	10000 Milreis
1 Fichtenholztisch	3000 Milreis
8 Hocker	4000 Milreis
2 Penny-Revolver	3000 Milreis

Er hielt inne. Angst- und schreckerfülltes Schweigen herrschte. Niemand rührte ein Glied. Kein Beben der Nasenflügel verriet einen Atemzug.

»Ist das alles?« fragte ich mit vollkommen ruhiger Stimme.

»Alles, edler Herr, bis auf ein paar unbedeutende Kleinigkeiten, die unter der Bezeichnung ›Verschiedenes‹ zusammengefaßt sind. Wenn Ihr wollt, werde ich sie aufzäh...«

»Es spielt keine Rolle«, antwortete ich und begleitete

meine Worte mit einer Handbewegung, die höchste Gleichgültigkeit ausdrückte; »nenne mir bitte die Gesamtsumme.«

Der Gehilfe lehnte sich gegen den Baum als Stütze und sagte: »Neununddreißigtausendeinhundertundfünfzig Milreis!«

Der Stellmacher fiel vom Hocker, die übrigen hielten sich am Tisch fest, um das Gleichgewicht zu bewahren, und alle stießen aus tiefstem Herzen aus: »Gott stehe uns bei an diesem Tage des Unsterns!«

Der Gehilfe beeilte sich zu erklären: »Mein Vater hat mich beauftragt, Euch mitzuteilen, daß er um des Anstandes willen nicht gleich alles von Euch fordern kann und Euch derhalben nur bittet...«

Ich beachtete seine Worte nicht mehr als wären sie ein Windhauch, holte mit einer Gleichgültigkeit, die schon an Langeweile grenzte, mein Geld hervor und warf vier Dollar auf den Tisch. Ach, ihr hättet nur sehen sollen, wie sie da die Augen aufrissen!

Der Gehilfe war erstaunt und entzückt. Er bat mich, einen Dollar als Sicherheit zu behalten, bis er zur Stadt zurückgehen und...

Ich unterbrach ihn. »Was, um neun Cent wiederzubringen? Unsinn! Nimm alles. Behalte das Kleingeld.«

»Wahrlich, der Mensch ist ja aus Geld gemacht. Er wirft es fort als sei es Dreck!«

Der Schmied war ein geschlagener Mann.

Der Gehilfe nahm sein Geld und taumelte davon, trunken vor Glück.

Ich sagte zu Marco und seiner Frau: »Ihr guten Leute, hier ist eine Kleinigkeit für euch.« Damit überreichte ich ihnen die Penny-Revolver, als sei es etwas Bedeutungsloses, obgleich jeder fünfzehn Cent in barer Münze enthielt, und während die armen Geschöpfe vor Überraschung und Dankbarkeit außer sich gerieten, wandte ich mich den anderen zu und sagte so beiläufig, als erkundigte ich mich nach der Uhrzeit:

»Nun, wenn wir alle bereit sind, so ist es wohl, denke ich, auch das Essen. Kommt, haut rein.«

Ach, nun, es war gewaltig, ja, es war eine Pracht. Ich

wüßte nicht, daß ich jemals eine Sache besser in Szene gesetzt oder aus dem vorhandenen Material auf glücklichere Weise einen dramatischen Effekt erzielt hätte. Der Schmied – nun, der war einfach niedergeschmettert. Du große Güte, nicht um alles in der Welt hätte ich durchmachen mögen, was dieser Mann durchmachte. Hier hatte er sich aufgeplustert und mit seinem großartigen Fleischessen zweimal im Jahr, seinem Frischfleisch zweimal im Monat, seinem Salzfleisch zweimal in der Woche und seinem Weißbrot jeden Sonntag, das ganze Jahr über – all das für eine dreiköpfige Familie – geprahlt, wobei die Gesamtkosten jährlich nicht 62.2.6 (zweiundsechzig Cent, zwei Mill und sechs Milreis) überstiegen, und da kam plötzlich ein Mensch, der mit einem Schlag fast vier Dollar auf den Tisch haute und nicht nur das, sondern der auch noch tat, als langweile es ihn, sich mit solchen kleinen Summen abzugeben. Jawohl, Dowley sah ziemlich mitgenommen, verschrumpelt und zusammengefallen aus; er glich einer Schweinsblase, auf die eine Kuh getreten ist.

DREIUNDDREISSIGSTES KAPITEL

Politische Ökonomie des 6. Jahrhunderts

Ich nahm ihn jedoch aufs Korn, und bevor das erste Drittel des Mahles vorüber war, hatte ich ihn soweit, daß er sich wieder wohl in seiner Haut fühlte. Das war leicht – in einem Land, wo Rang und Kaste galten. Denn, seht ihr, in einem Land, wo es nach Rang und Kaste geht, ist ein Mann niemals ein Mann, sondern nur Teil eines solchen – er kann nie seine volle Größe erreichen. Sobald ihr nachweist, daß ihr ihm in bezug auf Stellung, Rang oder Vermögen überlegen seid, genügt das – er duckt sich. Danach kann man ihn nicht mehr beleidigen. Nein, ganz so meine ich es nicht; natürlich kann man ihn beleidigen, ich will nur sagen, es ist schwer, und der Versuch lohnt nicht, wenn man nicht gerade viel überschüssige Zeit zur Verfügung hat. Ich genoß jetzt die Hochachtung des Schmieds, weil ich anscheinend unendlich erfolgreich und wohlhabend war; seine Anbetung wäre mir zuteil geworden, wenn ich nur ein ganz kleines Flitterding von einem Adelstitel gehabt hätte. Und nicht nur seine Anbetung, sondern die eines jeden gemeinen Mannes im Lande, auch wenn er an Verstand, Edelsinn und Charakter die gewaltigste Größe aller Zeiten und ich in allen drei Punkten eine Niete gewesen wäre. Daran würde sich auch nichts ändern, solange England bestehen bliebe. Da mich der Geist der Prophezeiung beherrschte, vermochte ich in die Zukunft zu schauen und zu sehen, wie dieses Land den unaussprechlichen Georgs und anderen königlichen und adligen Kleiderständern Statuen und Denkmäler errichtete, während es die Schöpfer – nach Gott – dieser Welt ohne Ehren ausgehen ließ: Gutenberg, Watt, Arkwright, Whitney, Morse, Stephenson, Bell.

Der König nahm tüchtig Fracht an Bord, und da sich das Gespräch nicht um Schlachten, Eroberungen und gepanzert ausgefochtene Zweikämpfe drehte, wurde er immer schläfriger und zog sich dann zu einem Nickerchen zurück. Frau Marco räumte den Tisch ab, stellte das Bierfäßchen zur Hand und ging fort, um in demütiger Zurückgezogenheit ihr aus Resten bestehendes Mahl zu verzehren; wir übrigen kamen bald auf Dinge zu sprechen, die unseresgleichen am Herzen liegen – Geschäfts- und Lohnfragen natürlich. Auf den ersten Blick schien in diesem kleinen tributpflichtigen Königreich, dessen Herr König Bagdemagus war, im Vergleich zur Lage in meinem eigenen Gebiet Wohlstand zu herrschen. Hier war das Schutzzollsystem voll entwickelt, während wir nach und nach auf den Freihandel zustrebten und gegenwärtig etwa halb dorthin gelangt waren. Es dauerte nicht lange, bis Dowley und ich das Gespräch allein führten und die anderen begierig zuhörten. Dowley wurde warm, witterte einen Vorteil und begann, Fragen zu stellen, die mich seiner Meinung nach ziemlich in Verlegenheit brachten; sie hatten auch wirklich den Anschein, als täten sie es:

»Wieviel verdient in deiner Heimat ein Verwalter, Bruder, und wieviel ein Altknecht, ein Fuhrmann, ein Schäfer, ein Schweinehirt?«

»Fünfundzwanzig Milreis pro Tag, das heißt, einen viertel Cent.«

Der Schmied strahlte vor Vergnügen. Er sagte: »Bei uns erhalten sie das Doppelte! Und was bekommt ein Handwerker – ein Tischler, ein Faßbinder, ein Maurer, ein Maler, ein Schmied, ein Stellmacher oder dergleichen?«

»Im Durchschnitt fünfzig Milreis; einen halben Cent pro Tag.«

»Ho – ho! Bei uns verdienen sie hundert! Bei uns verdient jeder gute Handwerker einen ganzen Cent pro Tag. Den Schneider nehme ich aus, die anderen aber nicht – alle verdienen einen Cent pro Tag und in Spitzenzeiten sogar noch mehr – jawohl, bis zu hundertzehn und sogar hundertfünfzehn Milreis pro Tag. Ich habe selbst noch diese Woche hundertfünfzehn gezahlt. Ein Hoch auf die Schutzzölle – zum Teufel mit dem Freihandel!«

Er blickte sich, über das ganze Gesicht strahlend, in der Runde um. Mich aber ließ das kalt. Ich baute meine Ramme auf und gab mir fünfzehn Minuten Zeit, um ihn in die Erde zu hämmern – ganz und gar in die Erde zu hämmern, so tief, daß nicht einmal mehr seine Schädeldecke zu sehen wäre. Ich ging folgendermaßen zu Werke. Ich fragte:

»Was zahlt ihr für ein Pfund Salz?«

»Hundert Milreis.«

»Wir zahlen vierzig. Was zahlt ihr für Rind- und Hammelfleisch, wenn ihr welches kauft?« Das war ein gut gezielter Schlag, er saß.

»Das ist verschieden, aber nicht sehr; man kann sagen, fünfundsiebzig Milreis das Pfund.«

»Wir dagegen zahlen dreiunddreißig. Was zahlt ihr denn für Eier?«

»Fünfzig Milreis das Dutzend.«

»Wir zahlen zwanzig. Was zahlt ihr für Bier?«

»Es kostet uns achtundeinenhalben Milreis der halbe Liter.«

»Wir bekommen es für vier; fünfundzwanzig Flaschen für einen Cent. Was zahlt ihr für Weizen?«

»Die Summe von neunhundert Milreis für einen Scheffel.«

»Bei uns kostet er vierhundert. Was zahlt ihr für einen wergleinenen Männeranzug?«

»Dreizehn Cent.«

»Wir zahlen sechs. Was kostet bei euch ein Wollkleid für die Frau des Landarbeiters oder des Handwerkers?«

»Acht Cent und vier Mill.«

»Nun sieh dir mal den Unterschied an: ihr zahlt acht Cent und vier Mill, wir aber zahlen nur vier Cent.« Ich holte jetzt aus, um ihn umzulegen. Ich sagte: »Da hast du's, lieber Freund, *was ist denn nun aus deinen hohen Löhnen geworden, mit denen du vor ein paar Minuten so geprahlt hast?«* und blickte mich mit ruhiger Zufriedenheit im Kreise um, denn ich hatte mich unversehens an ihn herangeschlichen und ihm Hände und Füße gebunden, versteht ihr, ohne daß er es überhaupt bemerkt hatte. »Was ist aus deinen großartigen hohen Löhnen geworden? Mir scheint, ich habe die Korsettstangen aus ihnen herausgeballert.«

Glaubt es mir oder nicht, er sah nur erstaunt aus, das war alles. Er erfaßte die Situation überhaupt nicht, wußte nicht, daß er in eine Falle gegangen war, entdeckte nicht, daß er in dieser Falle festsaß. Ich hätte ihn vor lauter Ärger erschießen können.

Mit nach innen gekehrtem Blick und heftig sich abmühendem Verstand brachte er hervor: »Potzblitz, mir scheint, ich verstehe nicht. Es ist doch bewiesen, daß unsere Löhne doppelt so hoch sind wie deine, wie ist es dann möglich, daß du die Korsettstangen aus ihnen herausgeballert hast, falls ich diesen gar wunderlichen Ausdruck nicht falsch wiederhole, weil dies durch die Gnade und die Vorsehung Gottes das erstemal ist, daß es mir vergönnt war, ihn zu hören.«

Nun, ich war baff, zum Teil wegen seiner unerwarteten Dummheit und zum Teil, weil seine Kollegen so offensichtlich auf seiner Seite standen und seine Meinung teilten – falls man das Meinung nennen kann. Mein Standpunkt war ja so leicht verständlich, so klar, wie konnte er nur noch einfacher dargelegt werden? Ich mußte es immerhin versuchen:

»Nun sieh doch mal, Bruder Dowley, begreifst du denn nicht? Eure Löhne sind ja nur dem Namen nach höher als unsere, aber nicht in Wirklichkeit.«

»So hört ihn nur – sie sind doppelt so hoch – du hast es ja selbst zugegeben.«

»Ja doch, ja. Das leugne ich gar nicht. Das hat aber nichts damit zu tun; die Lohnsumme, in bloßen Münzen mit bedeutungslosen Namen ausgedrückt, um sie zu kennzeichnen, hat nichts damit zu tun. Die Sache ist die: wieviel kann man mit seinem Geld kaufen? Darauf kommt's doch an. Es stimmt zwar, daß ein guter Handwerker bei euch ungefähr dreiundeinenhalben Dollar erhält, und bei uns nur etwa einen Dollar fünfundsiebzig...«

»Da – du gibst es ja wieder zu, du gibst es wieder zu!«

»Verdammt noch mal, ich habe es nie bestritten, sage ich dir doch! Ich behaupte nur folgendes: bei uns kann man für einen halben Dollar mehr kaufen als bei euch für einen ganzen Dollar – und deshalb ergibt sich logischerweise und entsprechend dem einfachen gesunden Menschenverstand, daß unsere Löhne höher sind als eure.«

Er sah völlig verwirrt aus und sagte verzweifelt: »Wahrlich, ich kann es mir nicht erklären. Eben hast du gesagt, unsere sind höher, und mit demselben Atemzug nimmst du es zurück.«

»Ach, du gerechter Strohsack, ist es denn ganz und gar nicht möglich, eine so einfache Sache in deinen Schädel zu bekommen? Paß mal auf, ich will es dir durch ein Beispiel erklären. Wir zahlen für ein Frauenkleid aus Wolle vier Cent, und ihr zahlt acht Cent vier Mill, das heißt vier Mill mehr als das Doppelte. Was gebt ihr einer Landarbeiterin auf einem Bauernhof?«

»Zwei Mill pro Tag.«

»Gut; wir geben ihr halb soviel, wir zahlen ihr nur einen zehntel Cent pro Tag, und...«

»Du gestehst es wie...«

»Warte! Siehst du, die Sache ist ganz einfach, diesmal wirst du sie begreifen. Eure Frau braucht zum Beispiel neunundvierzig Tage, um sich ihr Kleid zu verdienen, bei einem Lohn von zwei Mill pro Tag – das sind sieben

Wochen Arbeit; unsere verdient ihres aber in vierzig Tagen – das sind zwei Tage weniger als sieben Wochen. Eure Frau hat ein Kleid, und der ganze Lohn von sieben Wochen ist draufgegangen; unsere hat ein Kleid und dazu den Lohn von zwei Tagen, der übriggeblieben ist; damit kann sie sich noch etwas anderes kaufen. Da – jetzt verstehst du es doch!«

Er sah, nun, zweifelnd drein, mehr läßt sich nicht sagen, und die anderen ebenfalls. Ich wartete, damit das Argument seine Wirkung tat.

Endlich sprach Dowley – und verriet die Tatsache, daß er von seinem tiefverwurzelten und verhärteten Aberglauben noch nicht losgekommen war. Ein wenig zögernd sagte er: »Aber – aber – du mußt doch zugeben, daß zwei Mill pro Tag besser sind als nur einer!«

Zum Donnerwetter noch mal! Nun wollte ich natürlich nicht klein beigeben. So setzte ich auf ein neues Pferd: »Nehmen wir mal einen bestimmten Fall an. Nehmen wir an, einer eurer Gesellen geht hinaus und kauft folgende Artikel ein:

1 Pfund Salz,
1 Dutzend Eier,
1 Scheffel Weizen,
1 Wergleinenanzug,
5 Pfund Rindfleisch,
5 Pfund Hammelfleisch.

Das ganze kostet ihn zweiunddreißig Cent. Um diese Summe zu verdienen, muß er zweiunddreißig Tage lang arbeiten – fünf Wochen und zwei Tage. Wenn er zu uns kommt und zweiunddreißig Tage zum *halben* Lohn arbeitet, dann kann er alle diese Waren zu etwas weniger als vierzehnundeinenhalben Cent einkaufen, das heißt, sie kosten ihn etwas weniger als den Verdienst von neunundzwanzig Tagen Arbeit und er hat noch den Lohn einer halben Woche übrig. Wende das auf das ganze Jahr an: er sparte alle zwei Monate fast einen Wochenlohn, euer Mann aber nichts; auf diese Weise sparte er im Jahr fünf oder sechs

Wochenlöhne, *euer* Mann dagegen nicht einen Cent. Ich nehme an, jetzt wirst du wohl begreifen, daß ›hohe Löhne‹ und ›niedrige Löhne‹ einfach nur Ausdrücke sind, die nicht die geringste Bedeutung haben, solange man nicht festgestellt hat, welche die *größere Kaufkraft* haben.«

Das war ein vernichtender Treffer.

Aber ach, er vernichtete nicht. Nein, ich mußte die Sache aufgeben. Was diese Menschen schätzten, waren hohe Löhne; es schien für sie keinerlei Bedeutung zu haben, ob man für diese hohen Löhne auch etwas kaufen konnte oder nicht. Sie waren für »Schutzzölle« und schworen darauf; das war auch ganz verständlich, weil Leute, die ein Interesse daran hatten, ihnen eingeredet hatten, die Schutzzölle seien die Ursache für ihre hohen Löhne. Ich bewies ihnen, daß ihre Löhne in einem Vierteljahrhundert nur um dreißig Prozent gestiegen, während die Lebenshaltungskosten um hundert Prozent höher geworden waren, und daß bei uns in kürzerer Zeit die Löhne um vierzig Prozent gestiegen, die Lebenshaltungskosten aber laufend gesunken waren. Es nützte jedoch keineswegs. Nichts vermochte ihren verschrobenen Glauben zu erschüttern.

Nun, ich litt brennend unter dem Bewußtsein meiner Niederlage. Zwar war es eine unverdiente Niederlage, aber wenn auch. Das milderte mein brennendes Unbehagen nicht. Und wenn man die Umstände bedachte! Der erste Staatsmann des Zeitalters, der fähigste Mann, der bestinformierte Mensch der ganzen Erde, das erhabenste ungekrönte Haupt, das sich in Jahrhunderten durch die Wolken irgendeines politischen Firmaments bewegt hatte, saß hier und war von den Argumenten eines unwissenden Dorfschmiedes scheinbar geschlagen! Und ich sah, wie ich den anderen leid tat. Das trieb mir derartig die Hitze ins Gesicht, daß ich geradezu riechen konnte, wie mein Bart ansengte. Versetzt euch einmal an meine Stelle, fühlt euch so gedemütigt, so beschämt, wie ich mich fühlte – hättet ihr dann nicht ebenfalls einen Tiefschlag geführt, um die Rechnung auszugleichen? Freilich, das hättet ihr getan, es entspricht einfach der menschlichen Natur. Nun, auch ich tat es. Ich versuche nicht, es zu rechtfertigen, ich sage nur, daß ich wütend war, und daß ein jeder an meiner Stelle es auch getan hätte.

Nun, wenn ich mal beschließe, jemandem eins zu versetzen, dann wird es keine Liebkosung, nein, das liegt nicht in meiner Art; wenn ich ihm überhaupt einen Schlag verpasse, dann einen, der ihn umhaut. Ich springe ihn auch nicht plötzlich an, wobei ich Gefahr liefe, die Sache zu verpatzen, o nein, ich gehe abstandnehmend zur Seite und arbeite mich dann langsam an ihn heran, damit er gar nicht vermutet, daß ich ihm überhaupt eins versetzen will; schließlich, blitzschnell, liegt er auf dem Rücken und wäre um alles in der Welt nicht imstande, zu sagen, wie das gekommen ist. So lauerte ich auch Bruder Dowley auf. Ich begann damit, lässig und gemütlich zu schwatzen, als rede ich nur, um die Zeit totzuschlagen, und auch nicht der älteste Mann der Welt hätte meinen Ansatzpunkt auspeilen noch sagen können, auf welches Ziel ich lossteuerte:

»Leute, mit dem Gesetz, dem Brauch, der Gewohnheit und all diesen Dingen ist das recht merkwürdig, wenn man es richtig betrachtet, ja, und auch mit der Strömung und dem Fortschritt menschlicher Ansichten und Handlungen. Es gibt geschriebene Gesetze – sie vergehen; aber es gibt auch ungeschriebene Gesetze – die sind ewig. Nehmt das ungeschriebene Gesetz über die Löhne: es schreibt vor, daß sie zwangsläufig nach und nach im Laufe der Jahrhunderte höher werden. Und seht euch an, wie die Sache vor sich geht. Wir wissen, wie hoch die Löhne hier und da und dort augenblicklich sind; daraus errechnen wir den Durchschnitt und sagen, das sind die heutigen Löhne. Wir wissen, wie hoch die Löhne vor hundert Jahren waren und wie hoch vor zweihundert Jahren; weiter können wir nicht zurückgehen, aber es genügt, um das Gesetz des Fortschritts erkennen zu lassen, sowie Maß und Tempo der periodischen Erhöhungen; deshalb können wir, auch ohne daß uns schriftliche Aufzeichnungen dabei helfen, mit ziemlich annähernder Genauigkeit feststellen, wie hoch die Löhne vor drei-, vier- und fünfhundert Jahren gewesen sind. So weit, so gut. Lassen wir es dabei bewenden? Nein, wir hören auf, in die Vergangenheit zu blicken; wir drehen uns um und wenden das Gesetz auch auf die Zukunft an. Meine Freunde, ich kann euch sagen, wie hoch die Löhne der Leute zu irgendeiner Zeit in der Zukunft sein werden, von der ihr sie wissen wollt, Hunderte und aber Hunderte von Jahren im voraus.«

»Was, Bruder, was!«

»Jawohl. In siebenhundert Jahren werden die Löhne sechsmal so hoch sein wie augenblicklich in eurer Gegend; Landarbeiter werden drei Cent pro Tag erhalten und Handwerker sechs.«

»Ich wollte, ich könnte jetzt sterben und zu jenem Zeitpunkt leben!« unterbrach mich Smug, der Stellmacher, mit listig-habgierigem Glanz in den Augen.

»Und das ist nicht alles; dazu kommt auch noch freie Kost in der landläufigen Qualität – fett werden sie freilich nicht davon. Zweihundertundfünfzig Jahre danach – jetzt paßt mal auf – wird der Lohn eines Handwerkers – wohlgemerkt, das ist gesetzmäßig festgestellt und nicht etwa geraten – wird der Lohn eines Handwerkers *zwanzig* Cent pro Tag betragen!«

Alle schnappten ehrfürchtig staunend nach Luft. Der Maurer Dickon murmelte mit erhobenen Händen und aufwärts gerichtetem Blick: »Der Lohn von mehr als drei Wochen für die Arbeit eines Tages!«

»Reichtümer! Wahrlich, ja, Reichtümer!« murmelte Marco, vor Erregung heftig und kurz atmend.

»Die Löhne werden allmählich, ganz allmählich, so stetig, wie ein Baum wächst, immer weiter steigen, und nach wiederum dreihundertundvierzig Jahren wird es zumindest ein Land geben, in dem der Durchschnittslohn eines Handwerkers *zweihundert* Cent pro Tag beträgt!«

Das verschlug ihnen gänzlich die Sprache. Zwei Minuten lang vermochten alle kaum zu atmen. Dann sagte der Köhler andächtig: »Wenn ich das erleben könnte!«

»Das Einkommen eines Grafen!« äußerte Smug.

»Eines Grafen, sagst du?« antwortete Dowley, »du könntest weitergehen, ohne zu lügen; im ganzen Reich Bagdemagus gibt es nicht einen einzigen Grafen, der ein solches Einkommen hätte. Einkommen eines Grafen – pah! Ein geradezu überirdisches Einkommen ist das!«

»Nun, so wird es in bezug auf die Löhne sein. In jenen fernen Tagen wird der Mann mit der Arbeit *einer* Woche die gleichen Waren verdienen wie ihr jetzt in *fünfzig* Wochen. Noch einige andere überraschende Dinge werden sich ereignen. Bruder Dowley, wer bestimmt jeweils im Frühjahr, wie hoch die Löhne aller Handwerker, Landarbeiter und Diener für das kommende Jahr sein werden?«

»Manchmal die Gerichte, manchmal der Stadtrat, meistens aber der Richter. Man kann ganz allgemein ausgedrückt sagen, daß der Richter die Löhne festsetzt.«

»Er fordert keinen von den armen Teufeln auf, ihm dabei zu helfen, wenn er die Löhne für sie festlegt, nicht wahr?«

»Hm! Das wäre ja noch schöner! Der Herr, der ihm das Geld zu bezahlen hat, ist doch der, der zu Recht mit der Sache befaßt werden muß, wirst du zugeben.«

»Ja – aber ich dachte, der andere wäre vielleicht ebenfalls ein kleines bißchen mit dabei im Spiel, und sogar auch seine Frau und seine Kinder, die Ärmsten. Die Herren sind: Adlige, reiche Leute, Wohlhabende überhaupt. Diese wenigen, die keine Arbeit leisten, bestimmen, welche Bezahlung das große Volk der Arbeitsbienen erhalten soll. Verstehst du? Sie bilden eine Vereinigung, einen Gewerksverband, um einen neuen Ausdruck zu prägen, indem sie sich zusammenschließen, um die niedriger gestellten Brüder zu zwingen, das zu nehmen, was sie ihnen zu geben geruhen. In dreizehnhundert Jahren, so bestimmt es das ungeschriebene Gesetz, wird die Vereinigung in umgekehrter Richtung stattfinden, und wie werden dann die Nachfahren dieser feinen Leute schimpfen und toben und mit den Zähnen knirschen aus Zorn über die freche Tyrannei der Gewerksverbände! Ja, tatsächlich. Der Richter wird von jetzt bis hinein ins 19. Jahrhundert in aller Ruhe die Löhne festlegen; und dann wird der Lohnempfänger plötzlich der Meinung sein, etwa zweitausend Jahre dieses einseitigen Verfahrens seien genug; er wird sich erheben und bei der Festsetzung seines Lohnes selbst ein Wörtchen mitreden.

Ach, er wird eine lange, bittere Rechnung des Unrechts und der Demütigung zur Begleichung vorzuweisen haben.«

»Glaubst du…«

»Daß er tatsächlich bei der Festlegung seines eigenen Lohnes mitwirken wird? Ja, allerdings. Und er wird zu jener Zeit stark und dazu fähig sein.«

»Eine großartige Zeit, eine großartige Zeit, wahrlich!« höhnte der wohlhabende Schmied.

»Oh, und noch etwas gehört dazu. In jenen Tagen kann ein Meister einen Mann für nur einen einzigen Tag, für eine Woche oder für einen Monat einstellen, wenn er es wünscht.«

»Was?«

»Es stimmt. Darüber hinaus: kein Richter wird jemanden zwingen können, ein ganzes Jahr lang hintereinander, ob er will oder nicht, für einen Meister zu arbeiten.«

»Wird es in jenen Tagen denn gar kein Gesetz und keine Vernunft geben?«

»Beides wird es geben, Dowley. In jenen Tagen wird jedermann sich selbst gehören und nicht einem Richter oder einem Meister. Er wird auch die Stadt verlassen können, wann er will, wenn ihm die Löhne nicht behagen – und man kann ihn dafür nicht an den Pranger stellen.«

»Zum Teufel mit einem solchen Zeitalter!« rief Dowley in höchster Entrüstung. »Das ist ein gemeines Zeitalter, ein Zeitalter, das bar jeder Ehrerbietung vor Höhergestellten und jeden Respekts vor der Autorität ist! Der Pranger…«

»Oh, warte, Bruder; sag kein gutes Wort zugunsten dieser Einrichtung. Ich bin der Meinung, der Pranger sollte abgeschafft werden.«

»Was für eine merkwürdige Idee. Weshalb denn?«

»Nun, ich will dir sagen, weshalb. Wird ein Mensch jemals wegen eines Kapitalverbrechens an den Pranger gestellt?«

»Nein.«

»Ist es richtig, einen Menschen wegen eines kleinen Vergehens zu einer geringen Strafe zu verurteilen und ihn dann zu töten?«

Eine Antwort erfolgte nicht. Ich hatte meinen ersten Punktsieg erzielt! Zum erstenmal hatte der Schmied nicht sofort eine Antwort bereit. Die Gesellschaft bemerkte es. Die Wirkung war gut.

»Du antwortest ja nicht, Bruder. Eben wolltest du den Pranger noch in den Himmel heben und für ein zukünftiges Zeitalter, das sich seiner nicht bedienen würde, ein paar Tränen des Mitleids vergießen. Ich bin der Meinung, der Pranger sollte abgeschafft werden. Was geschieht denn gewöhnlich, wenn ein armer Kerl für irgendein kleines Vergehen, das nicht die geringste Bedeutung hat, an den Pranger gestellt wird? Der Pöbel versucht, sich sein Vergnügen mit ihm zu bereiten, nicht wahr?«

»Ja.«

»Die Leute beginnen damit, ihn mit Erdklumpen zu bewerfen, und lachen sich krank, wenn sie sehen, wie er sich bemüht, einem Klumpen auszuweichen, und vom nächsten getroffen wird?«

»Ja.«

»Danach werfen sie tote Katzen nach ihm, oder?«

»Ja.«

»Nun, nimm mal an, er habe in dem Mob ein paar persönliche Feinde – hier und da einen Mann oder eine Frau, die ihm heimlich etwas nachtragen –, und nimm besonders einmal an, er sei in der Gemeinde unbeliebt wegen seines Stolzes, seines Wohlstandes oder aus sonst irgendeinem Grunde – dann treten doch bald Steine und Ziegel an die Stelle der Erdklumpen und der toten Katzen, nicht wahr?«

»Daran besteht kein Zweifel.«

»Gewöhnlich wird er lebenslänglich zum Krüppel gemacht, oder? Die Kiefer werden ihm gebrochen, die Zähne werden ihm ausgeschlagen? Oder die Beine werden ihm zerschmettert, der Wundbrand setzt ein, schließlich muß man sie ihm amputieren? Oder ein Auge wird ihm ausgeschlagen, vielleicht auch beide?«

»Das stimmt, weiß Gott.«

»Und wenn er unbeliebt ist, dann kann er sich darauf verlassen, daß er gleich dort am Pranger stirbt, vielleicht nicht?«

»Gewiß kann er das, es läßt sich nicht leugnen.«

»Ich nehme an, daß von euch niemand unbeliebt ist, etwa wegen seines Stolzes oder seiner Überheblichkeit, wegen seines auffallenden Wohlstandes oder irgendwelcher anderen Dinge, die unter dem niedrigen Abschaum eines Dorfes Neid und Mißgunst erwecken. Ihr würdet es doch wohl nicht für ein Risiko halten, es mal am Pranger zu versuchen?«

Dowley zuckte sichtlich zusammen. Ich schätzte, er war getroffen. Er verriet es aber durch kein Wort. Die anderen machten jedoch ihren Gefühlen deutlich Luft. Sie sagten, sie hätten häufig genug gesehen, wie es am Pranger zugehe, um zu wissen, was einen Mann dort erwarte, und sie wollten niemals dahin, wenn sie einen Kompromiß abschließen und einen schnellen Tod am Galgen wählen könnten.

»Nun, um von etwas anderem zu reden – ich denke, ich habe meine Behauptung begründet, daß der Pranger abgeschafft werden müßte. Ich glaube, manche unserer Gesetze sind ziemlich ungerecht. Wenn ich zum Beispiel eine Tat vollbringe, die mich an den Pranger bringen müßte, und ihr wißt davon, schweigt still und zeigt mich nicht an, dann werdet ihr an den Pranger gestellt, falls euch jemand verrät.«

»Ah, aber das geschähe einem recht«, sagte Dowley, »denn man muß doch Anzeige erstatten. So schreibt es das Gesetz vor.«

Die anderen pflichteten ihm bei.

»Nun gut, lassen wir das, da ihr mich überstimmt. Eins aber ist gewiß nicht gerecht. Der Richter setzt den Lohn eines Handwerkers auf einen Cent pro Tag fest, zum Beispiel. Das Gesetz schreibt vor, daß ein Meister, der es, selbst wenn die Arbeit noch so drängt, wagt, ihm mehr als diesen einen Cent pro Tag zu zahlen, und sei es nur für einen Tag, deswegen eine Geldstrafe entrichten muß und an den Pranger gestellt wird, und wer davon weiß und es nicht anzeigt, soll ebenfalls Strafe zahlen und an den Pranger gestellt werden. Das nun halte ich für ungerecht, Dowley, und es bedeutet für uns alle eine tödliche Gefahr, weil du leichtsinnigerweise vor eine Weile eingestanden hast, daß du erst diese Woche einen Cent und fünfzehn Mil...«

O, ich sage euch, das war ein niederschmetternder Schlag! Ihr hättet mal sehen sollen, wie die ganze Bande die Fassung verlor. Ich hatte mich so hübsch sacht und leise an den armen, lächelnden, selbstzufriedenen Dowley herangepirscht, daß er nicht erwartet hatte, irgend etwas werde geschehen, bis der Schlag auf ihn herniedersauste und ihn in Stücke hieb.

Ein prächtiger Effekt. Er war so prächtig, wie ich nur je einen bei so kurzer Vorbereitungszeit erzielt hatte.

Ich sah aber sofort, daß ich ein bißchen zu weit gegangen war. Ich hatte erwartet, ihnen einen Schrecken einzujagen, aber ich hatte sie nicht zu Tode erschrecken wollen. Sie waren jedoch recht nahe daran. Versteht ihr, das ganze Leben lang hatten sie gelernt, den Pranger zu schätzen; und daß ihnen das Ding jetzt ins Gesicht starrte und jeder einzelne von ihnen mir, einem Fremden, ausgeliefert war, wenn ich hinzugehen und sie anzuzeigen beliebte – nun, das war entsetzlich; sie konnten sich von dem Schreck gar nicht mehr erholen, konnten sich nicht wieder fassen. Ob sie blaß und stumm waren, zitterten und jämmerlich aussahen? Ach, sie glichen eher Toten als Lebenden. Es war sehr ungemütlich. Natürlich dachte ich, sie würden mich anflehen, sie nicht zu verpfeifen; dann könnten wir einander die Hände schütteln, eine Lage trinken, darüber lachen und Schluß. Aber nein; seht ihr, ich war ein Unbekannter bei einem grausam unterdrückten und mißtrauischen Volk, ein Volk, welches seit jeher daran gewöhnt war, daß man sich seine Hilflosigkeit zunutze machte, und von niemandem außer von den eigenen Familienmitgliedern und nächsten Freunden eine wohlwollende Behandlung erwartete. *Mich* sollten sie anflehen, milde, gerecht, großmütig zu sein? Natürlich, das wollten sie gern tun, aber sie konnten es doch gar nicht wagen.

Der Yankee und der König als Sklaven verkauft

Nun, was sollte ich tun? Gewiß nichts Übereiltes. Ich mußte eine Ablenkung finden, irgend etwas, was mich beschäftigte, während ich Gelegenheit hatte, darüber nachzudenken, und diese armen Kerle, sich zu erholen. Da saß Marco wie erstarrt bei dem Versuch, mit dem Penny-Revolver zurechtzukommen, zu Stein geworden in der Haltung, in der er sich gerade befunden hatte, als meine Ramme zuhämmerte, und hielt noch immer unbewußt das Spielzeug in den Händen. Ich nahm es ihm also fort und schlug vor, das Geheimnis zu erklären. Geheimnis! Eine so einfache kleine Sache, und doch war sie für diese Menschen und dieses Zeitalter geheimnisvoll.

Ich habe noch nie Leute gesehen, die mit mechanischen Dingen so ungeschickt umgingen wie sie; versteht ihr, sie waren überhaupt nicht daran gewöhnt. Der Penny-Revolver war ein kleines Doppelrohr aus verstärktem Glas mit einer geschickt angebrachten kleinen Feder, die bei Druck einen Schuß freigab. Der verletzte jedoch niemanden, sondern fiel einem nur in die Hand. Der Revolver enthielt Munition in zwei Größen: winzig kleine senfkorngroße Schrotkugeln und eine zweite Art, die um das mehrfache größer war. Es war Geld. Die Senfkörner stellten Milreis dar, die größeren Mills. Der Revolver war also eine Börse, und zwar eine sehr praktische; man konnte mit ihr auch im Dunkeln mit größter Genauigkeit Geld auszahlen, und man konnte es im Munde tragen, oder in der Westentasche, falls man eine besaß. Ich hatte diese Revolver in verschiedenem Format hergestellt – eines so groß, daß der Gegenwert von einem Dollar darin Platz hatte. Schrotkugeln als Geld zu benutzen, war vorteilhaft für die Regierung; das Metall kostete nichts, und das Geld konnte nicht gefälscht werden, denn ich war der einzige Mensch im Königreich, der einen Schrotturm zu betreiben verstand. Jemandem »Geld vorschießen« wurde bald zu einem allgemein üblichen

Ausdruck. Jawohl, und ich wußte, daß er sogar noch im fernen 19. Jahrhundert über die Lippen der Menschen kommen würde, ohne daß irgend jemand eine Ahnung hätte, woher und aus welcher Zeit er stammte.

Jetzt gesellte sich der König wieder zu uns; er war vom Schlaf sehr erquickt und fühlte sich wieder in Form. Jede Kleinigkeit war jetzt geeignet, mich nervös zu machen, weil ich so unsicher war, denn unser Leben befand sich ja in Gefahr, und so machte es mir Sorge, ein selbstgefälliges Blitzen in den Augen des Königs festzustellen, welches anzudeuten schien, daß er für irgendeine Leistung Schwung gesammelt hatte; zum Teufel noch mal – weshalb mußte er ausgerechnet einen solchen Zeitpunkt wählen?

Ich hatte recht. Er begann sogleich, auf eine unschuldiglistige, durchsichtige und ungeschickte Weise, das Gespräch auf die Landwirtschaft zu lenken. Mir brach am ganzen Körper der kalte Schweiß aus. Ich wollte ihm ins Ohr flüstern: ›Mann, wir schweben in schrecklicher Gefahr! Jeder Augenblick ist ein Fürstentum wert, bis wir das Vertrauen dieser Leute wiedergewonnen haben; verschwende doch die kostbare Zeit nicht.‹ Das konnte ich natürlich nicht tun. Ihm etwas zuflüstern? Das sähe ja aus, als schmiedeten wir ein Komplott. So mußte ich dasitzen und ruhig und zufrieden aussehen, während der König auf der Dynamitmine stand und von seinen verdammten Zwiebeln und ähnlichem Zeug faselte. Zuerst verursachte der Tumult meiner eigenen Gedanken, die durch das Gefahrensignal herbeigerufen worden waren und aus allen Winkeln meines Gehirns zu Hilfe eilten, ein solches Getöse und einen solchen Wirrwarr, ein solches Getrommel und Gepfeife, daß ich kein Wort in mich aufnehmen konnte; bald darauf aber, als mein wilder Haufe herbeistürmender Pläne feste Formen anzunehmen begann und sich in Kampflinie formierte, wurden Ruhe und Ordnung annähernd wiederhergestellt, und ich vernahm das Dröhnen der Geschütze des Königs, als käme es aus weiter Ferne:

»...wäre nicht die beste Methode, also däucht mich, weil es nicht zu leugnen ist, daß die Fachleute, was diesen Punkt betrifft, verschiedener Meinung sind, weil etliche behaupten, die Zwiebel sei nur eine unbekömmliche Beere, wenn man sie früh vom Baume schlägt...«

Die Zuhörer zeigten Anzeichen von Bewegung und suchten überrascht und beunruhigt einer des anderen Blick.

»...während andere mit guten Gründen versichern, daß solches nicht notwendigerweise der Fall ist, wofür sie anführen, daß Pflaumen und ähnliches Getreide immerdar im unreifen Zustand ausgegraben werden...«

Das Publikum ließ deutlich Bedrängnis, jawohl, und auch Furcht erkennen.

»...und doch sind sie offensichtlich bekömmlich, insbesondere, wenn man die Herbheit ihrer Natur durch Beimischung des beruhigenden Saftes des unbeständigen Kohls mildert...«

Wilder Schrecken begann in den Augen der Männer aufzuglimmen, und einer murmelte: »Lauter Irrtümer, jedes einzelne Wort; gewiß hat Gott den Verstand dieses Bauern heimgesucht.« Ich schwebte in schrecklicher Angst und saß wie auf Kohlen.

»...und sie führen des weiteren die bekannte Wahrheit an, daß bei den Tieren das Junge, wie die unausgereifte Frucht der Kreatur genannt werden könnte, besser schmeckt, und alle geben zu, daß bei einer Ziege, wenn sie reif ist, das Fell das Fleisch erhitzt und gar sehr faulen läßt, welcher Mangel es in Verbindung mit ihren etlichen übelriechenden Geflogenheiten, widerlichen Freßgewohnheiten, ihrem gottlosen Verhalten und dem galligen Charakter ihrer Moral verdirbt...«

Sie sprangen vom Sitz und gingen auf ihn los! Mit dem wütenden Ruf: »Der eine will uns verraten und der andere ist wahnsinnig! Schlagt sie tot! Schlagt sie tot!« stürzten sie sich auf uns. Welche Freude flammte da in den Augen des Königs auf! In der Landwirtschaft mochte er zwar schwach sein, aber dies hier fiel genau in sein Fach. Er hatte lange gefastet und dürstete nach einem Kampf. Dem Schmied versetzte er einen Kinnhaken, der den Mann glatt vom Boden hob und ihn flach auf den Rücken streckte. »Sankt Georg für Britannien!«, und er legte den Stellmacher um. Der Maurer war groß, aber ich warf ihn nieder, als sei es nichts. Die drei rafften sich auf und kamen von neuem an, gingen wieder nieder, kamen von neuem und wiederholten das mit angeborener britischer Courage immerzu, bis sie zu Brei geklopft waren, vor Erschöpfung schwankten und so blind geschlagen waren, daß sie uns nicht mehr voneinander unterscheiden konnten, und doch kamen sie immer wieder und hämmerten weiter mit dem bißchen Kraft, das noch in ihnen war. Hämmerten aufeinander los, denn wir traten zur Seite und sahen zu, während sie umherrollten, miteinander rangen, sich die Augen auskratzten, aufeinander einhieben und sich gegenseitig bissen, mit der sachlichen, lautlosen Hingabe von Bulldoggen. Wir sahen furchtlos zu, denn sie erreichten bald einen Zustand, in dem sie längst nicht mehr fähig waren, gegen uns Hilfe herbeizuholen, und die Kampfarena lag weit genug von der öffentlichen Landstraße entfernt, um Sicherheit vor ungebetenen Gästen zu bieten.

Nun, während sie allmählich ermatteten, kam es mir plötzlich in den Sinn, mich zu fragen, was denn eigentlich aus Marco geworden sei. Ich blickte mich um – er war nirgends zu sehen. Oh, das war ein böses Zeichen. Ich zupfte den König am Ärmel; wir schlichen uns fort und rannten zur Hütte. Auch dort kein Marco, keine Phyllis! Gewiß waren sie zur Landstraße gelaufen, um Hilfe zu holen. Ich sagte dem König, er solle die Beine in die Hand nehmen, ich wolle ihm später erklären, warum. Wir sausten in gutem Tempo über das freie Feld, und als wir in den schützenden Wald tauchten, blickte ich zurück und sah, wie eine Meute erregter Bauern, die von Marco und seiner Frau angeführt wurden, in Sicht schwärmten. Sie machten einen furchtbaren Lärm, aber das konnte niemandem schaden; der Wald war dicht, und sobald wir uns tief drinnen befanden, wollten wir auf einen Baum klettern und sie auf den Busch klopfen lassen. Ach, aber bald darauf kam ein neuer Ton – Hunde! Ja, das war freilich etwas anderes, Dadurch erweiterte sich unser Aufgabengebiet: wir mußten fließendes Wasser finden.

Mit schöner Geschwindigkeit brausten wir dahin und ließen die Laute bald weit hinter uns, so daß sie zu einem leisen Murmeln geworden waren. Wir trafen auf einen Wasserlauf und sprangen hinein. Schnell wateten wir im dämmrigen Waldlicht ganze dreihundert Yards weit bachabwärts und kamen dann zu einer Eiche, die einen dicken Ast über das Wasser streckte. Daran kletterten wir empor und arbeiteten uns auf ihm entlang zum Stamm hinüber; jetzt begannen wir die Laute deutlicher zu hören; der Haufe war uns also auf der Spur. Eine Weile näherten sich die Geräusche ziemlich rasch. Dann geschah eine Zeitlang nichts mehr. Gewiß hatten die Hunde die Stelle gefunden, an der wir in den Bach gegangen waren, und hopsten jetzt am Ufer auf und ab, um zu versuchen, die Spur wieder aufzunehmen.

Als wir gemütlich auf dem Baum untergebracht waren und uns ein Blättervorhang verdeckte, war der König beruhigt; ich aber hatte Zweifel. Ich glaubte, wir könnten einen Ast entlangkriechen und auf den nächsten Baum gelangen; ich hielt es der Mühe wert, die Sache zu versuchen. Das taten wir und hatten Erfolg, obgleich der König am Umsteigepunkt abrutschte und beinahe den Anschluß verpaßte. Wir fanden einen bequemen Sitz und zufriedenstellende Deckung im Laub; dann hatten wir nichts weiter zu tun, als nur auf die Jagd zu lauschen.

Bald darauf hörten wir sie kommen, und zwar mit großer Geschwindigkeit, jawohl – auf beiden Seiten des Bachs kommen. Die Geräusche wurden lauter, immer lauter, und in der nächsten Minute schwollen sie rasch zu einem Sturm von Rufen, Bellen und Getrampel an und fegten wie ein Zyklon vorbei.

»Ich hatte Angst, daß der überhängende Ast ihnen einen Gedanken eingeben könnte«, sagte ich, »aber ich bin nicht traurig darüber, daß sie mich enttäuscht haben. Kommen Sie, Hoheit, es wäre gut, wenn wir die Zeit nutzen wollten. Wir sind seitlich ausgewichen. Es wird bald dunkel werden. Wenn wir den Wasserlauf überqueren, einen guten Vorsprung gewinnen und von irgendeiner Weide für ein paar Stunden zwei Pferde ausborgen können, dann sind wir einigermaßen in Sicherheit.«

Wir kletterten hinab und waren schon beinahe auf dem

untersten Ast angelangt, da schien uns, wir hörten die wilde Jagd zurückkehren. Wir hielten an, um zu lauschen.

»Jawohl«, sagte ich, »sie wissen nicht mehr weiter, haben es aufgegeben und sind auf dem Heimweg. Wir wollen wieder zu unserem Horst hinaufsteigen und sie vorbeilassen.«

So kletterten wir also wieder zurück. Der König lauschte einen Augenblick und sagte dann: »Sie suchen noch immer – ich kenne die Zeichen. Wir taten gut daran, zu verweilen.«

Er hatte recht. Von der Jagd verstand er mehr als ich. Der Lärm näherte sich stetig, aber nicht allzu schnell. Der König bemerkte: »Sie sagen sich, daß wir keinen so gewaltig großen Vorsprung vor ihnen haben, und da wir zu Fuß sind, noch nicht gar weit von der Stelle sein können, an der wir ins Wasser gegangen sind.«

»Ja, Sire, ich fürchte, ungefähr so ist es, obgleich ich Besseres gehofft hatte.«

Der Lärm kam immer näher, und schon bald zog die Vorhut zu beiden Seiten des Wassers unter uns vorbei. Am anderen Ufer gebot eine Stimme Halt und sagte: »Wenn es ihnen beliebt, könnten sie mit Hilfe jenes überhängenden Astes auf den Baum dort gelangen, ohne den Boden zu berühren. Ihr tätet gut daran, einen Mann hinaufzuschikken.«

»Wahrlich, das wollen wir tun.«

Ich war genötigt, meinen Scharfsinn zu bewundern, genau das vorausgesehen und die Bäume ausgewechselt zu haben, um dem zuvorzukommen. Aber, ist euch nicht bekannt, daß es Dinge gibt, die Klugheit und Voraussicht schlagen können? Ungeschicklichkeit und Dummheit sind dazu fähig. Der beste Fechter der Welt braucht sich vor dem zweitbesten nicht zu fürchten, nein; der Mensch, vor dem er sich hüten muß, ist vielmehr irgendein stümperhafter Gegner, der noch nie zuvor einen Degen in der Hand gehalten hat, denn er tut nicht, was er tun müßte, und so ist der Könner auf sein Verhalten unvorbereitet; er tut, was er nicht tun dürfte, und das trifft den Meister häufig unversehens und erledigt ihn auf der Stelle. Nun, wie konnte ich denn mit all meinen Gaben wirksame Vorkehrungen gegen einen kurzsichtigen, schielenden, schwachköpfigen Hanswurst treffen, der auf den falschen Baum zusteuerte und so den rechten anlief? Genau das tat er. Er ging zum falschen Baum, der natürlich aus Versehen der richtige war, und begann hinaufzusteigen.

Jetzt wurde die Sache ernst. Wir verhielten uns still und harrten der Dinge. Der Bauer mühte sich seinen schwierigen Weg hinauf. Der König erhob sich und stand aufrecht; er hielt ein Bein bereit, und als der Kopf des Ankömmlings in Reichweite gelangte, gab es einen dumpfen Knall, und zappelnd ging der Mann zu Boden. Unten brach wildes Wutgeschrei aus, der Haufen schwärmte von allen Seiten herbei, und da hockten wir nun als Gefangene auf unserem Baum. Ein zweiter Mann begab sich nach oben, der verbindende Ast wurde entdeckt, und ein Freiwilliger kletterte den Baum hinauf, der die Brücke lieferte. Der König befahl mir, Horatius zu spielen und die Brücke zu halten. Eine Zeitlang kam der Feind in dichter Folge, aber das schadete nicht, denn der Spitzenmann eines jeden Zuges erhielt jeweils einen Puff, der ihn ausquartierte, sobald er in Reichweite gelangte. Die Stimmung des Königs hob sich, seine Freude war grenzenlos. Er erklärte, wenn nichts dazwischenkäme, was die Aussichten verdürbe, dürften wir eine angenehme Nacht erleben, denn mit dieser Taktik könnten wir den Baum gegen die ganze Landbevölkerung halten.

Die Meute kam jedoch auch bald selbst zu diesem Schluß, weshalb sie den Angriff abblies und über neue Pläne beratschlagte. Waffen hatten sie keine, aber es lagen genügend Steine herum, und die erfüllten vielleicht ihren Zweck. Wir hatten nichts dagegen. Hin und wieder mochte ja möglicherweise ein Stein zu uns durchdringen, aber sehr wahrscheinlich war es nicht; wir waren von Zweigen und Blättern wirksam geschützt und von keiner guten Abschußbasis aus sichtbar. Wenn sie nur eine halbe Stunde damit vertrödelten, Steine zu werfen, dann käme uns die Dunkelheit zu Hilfe. Wir waren sehr zufrieden. Wir hätten lächeln, ja, fast lachen können.

Das taten wir jedoch nicht, und es war auch gut so, denn

wir wären unterbrochen worden. Bevor noch die Steine fünfzehn Minuten lang durch die Blätter gesaust und von den Ästen abgeprallt waren, begannen wir etwas zu riechen. Zweimal schnüffelten wir, und das genügte zur Erklärung: Es war Rauch! Unser Spiel hatten wir nun endlich verloren. Wir gaben das zu. Wenn Rauch einen einlädt, dann muß man kommen. Die Bauern schichteten ihren Haufen von trockenem Reisig und feuchtem Unkraut immer höher, und als sie sahen, daß eine dichte Wolke aufzuwallen und den Baum zu verqualmen begann, brachen sie in lautes Freudengeheul aus. Ich konnte noch genug Luft schnappen, um zu sagen:

»Bitteschön, Hoheit, nach Ihnen, wie es sich geziemt.«

Der König keuchte: »Folge mir hinab, stelle dich dann mit dem Rücken wider des Baumstamms eine Seite und überlasse mir die andere. Dann werden wir kämpfen. Ein jeglicher soll seine Toten auf seine Art und nach seinem Geschmack zu Haufen legen.«

Dann stieg er hustend und krächzend hinab, und ich folgte. Ich gelangte einen Augenblick nach ihm auf den Boden, wir sprangen auf unsere vorbestimmten Plätze und begannen, mit ganzer Kraft zu geben und zu nehmen. Das Durcheinander und der Lärm waren gewaltig, es war ein Orkan von verworrenem Aufruhr und dicht herniederhagelnden Schlägen. Plötzlich sprengten ein paar Reiter mitten in die Menge, und eine Stimme schrie:

»Halt – oder ihr seid des Todes!«

Wie gut das klang! Der Besitzer dieser Stimme wies alle Merkmale eines Gentleman auf: malerische und kostbare Kleidung, ein herrisches Wesen, ein hartes Gesicht, dessen Hautfarbe und Züge von Ausschweifungen gezeichnet waren. Der Haufe zog sich demutsvoll zurück wie eine Meute Wachtelhunde. Der Gentleman musterte uns kritisch und sagte dann in scharfem Ton zu den Bauern:

»Was tut ihr mit diesen Leuten?«

»Es sind Wahnsinnige, wohledler Herr, die herbeigezogen sind, wir wissen nicht woher, und...«

»Ihr wißt nicht, woher? Wollt ihr vorgeben, ihr kennt sie nicht?«

»Gnädiger Herr, wir sagen die Wahrheit. Es sind Fremde und in dieser Gegend einem jeglichen unbekannt, es sind die gewalttätigsten und blutdürstigsten Irren, die je...«

»Ruhe! Ihr wißt nicht, was ihr sagt. Sie sind nicht irre. Wer seid ihr, woher kommt ihr? Erklärt das.«

»Wir sind friedliche Fremde, Herr«, antwortete ich, »und reisen in eigener Angelegenheit. Wir kommen aus fernem Lande und sind hier unbekannt. Wir haben keine bösen Absichten, trotzdem aber hätten diese Leute uns ohne Euer tapferes Dazwischentreten und Euren Schutz totgeschlagen. Wie Ihr erraten habt, sind wir nicht wahnsinnig, Herr, und auch weder gewalttätig noch blutdürstig.«

Der Gentleman wandte sich zu seinem Gefolge um und sagte ruhig: »Peitscht mir diese Köter in ihre Hütten.«

Im Nu verschwand der Haufe; die Reiter setzten ihm nach, schlugen mit den Peitschen um sich und ritten erbarmungslos jeden nieder, der so töricht war, auf dem Weg zu bleiben, anstatt sich ins Dickicht zu schlagen. Das Geschrei und das Flehen erstarben in der Ferne, und bald darauf kamen die Reiter einer nach dem anderen zurück. Inzwischen hatte der Gentleman uns eingehender befragt, aber keine Einzelheiten aus uns herausgeholt. Wortreich gaben wir unserer Dankbarkeit über den Dienst, den er uns geleistet hatte, Ausdruck, enthüllten jedoch nur, daß wir Fremde ohne alle Freunde und aus einem fernen Land seien. Als die Begleitmannschaft vollzählig zurückgekehrt war, sagte der Gentleman zu einem seiner Diener:

»Bring die Handpferde und laß diese Leute aufsteigen.«

»Jawohl, edler Lord.«

Uns wurden hinten im Zug unter den Dienern Plätze zugewiesen. Wir ritten ziemlich schnell und zügelten die Pferde schließlich kurz nach Einbruch der Dunkelheit vor einer Schenke, die zehn oder zwölf Meilen vom Schauplatz unseres Leidens entfernt an der Landstraße stand. Mylord begab sich sogleich in sein Zimmer, nachdem er sein Abendbrot bestellt hatte, und wir bekamen ihn nicht mehr zu Gesicht. Als der Morgen graute, frühstückten wir und machten uns reisefertig.

In diesem Augenblick schlenderte der Oberaufseher Mylords mit lässiger Grazie herbei und sagte:

»Ihr habt erwähnt, daß ihr auf dieser Straße weiterziehen werdet, die gleichfalls in unsere Richtung führt; deshalb hat mein Herr, der Graf Griff, befohlen, ihr sollt die Pferde behalten und weiterreiten; etliche von uns sollen zwanzig Meilen weit mit euch reiten, bis zu einer ziemlich großen Stadt, die da heißt Cambenet; dort werdet ihr außer Gefahr sein.«

Wir konnten nur unseren Dank aussprechen und das Angebot annehmen. Wir trabten zu sechst in ruhiger, bequemer Gangart dahin und erfuhren im Gespräch, daß Lord Griff in seinem Gebiet, welches eine Tagesreise hinter Cambenet lag, eine sehr gewichtige Persönlichkeit war. Wir ließen uns so viel Zeit, daß wir erst am späten Vormittag auf den Marktplatz der Stadt gelangten. Dort stiegen wir ab, hinterließen noch einmal unseren Dank für den Herrn Grafen und näherten uns dann einer Menschenmenge, die sich mitten auf dem Platz versammelt hatte, da wir feststellen wollten, was sie so interessierte. Es war der Rest jenes alten wandernden Sklavenzuges! Diese Leute hatten also die ganze lange Zeit über ihre Ketten herumgeschleppt. Der arme Ehemann war nicht mehr da, und viele andere gleichfalls nicht; einige Neuankäufe waren hinzugekommen. Den König interessierte die Sache nicht, und er wollte weitergehen, ich aber war ganz versunken und voller Mitleid. Ich konnte den Blick nicht von diesen abgemagerten menschlichen Ruinen wenden. Dort saßen sie in einer Gruppe auf dem Boden, schweigend, ohne zu klagen, mit gesenktem Kopf, ein ergreifender Anblick. In scheußlichem Kontrast dazu hielt ein feister Redner eine Ansprache an eine zweite Versammlung, die keine dreißig Schritte davon entfernt stattfand, und pries aus voller Kehle »unsere glorreiche britische Freiheit«!

Ich kochte. Ich hatte vergessen, daß ich Plebejer war. Ich dachte nur daran, daß ich ein Mensch war. Koste es, was es wolle, ich würde die Rednertribüne besteigen und...

Klick! Der König und ich waren mit Handschellen aneinandergefesselt. Unsere Begleiter, jene Diener, hatten dies getan; Lord Griff stand daneben und sah zu. Der König schrie wutentbrannt:

»Was soll dieser ungehörige Scherz bedeuten?«

Der Herr Graf sagte nur kühl zu seinem Oberschuft: »Stelle diese Sklaven aus und verkaufe sie.«

Sklaven! Das Wort hatte einen neuen Klang – und welch unaussprechlich schrecklichen! Der König hob seine Handfesseln und ließ sie mit tödlicher Kraft herniedersausen. Mylord aber war bereits aus dem Weg, als sie herabkamen. Ein Dutzend Diener des Schurken sprang herbei, und im nächsten Augenblick waren wir wehrlos, die Hände auf den Rücken gebunden. Wir erklärten so laut und so nachdrücklich, Freie zu sein, daß wir die Aufmerksamkeit jenes so lauthals die Freiheit rühmenden Redners und seiner patriotischen Zuhörerschaft auf uns zogen; sie umringten uns und nahmen eine sehr entschlossene Haltung ein. Der Redner sagte:

»Wenn ihr tatsächlich Freie seid, habt ihr nichts zu fürchten – die von Gott gewährte Freiheit Britanniens umgibt euch als euer Schild und Schutz!« (Beifall) »Ihr werdet das bald sehen. Bringt eure Beweise vor.«

»Was für Beweise?«

Ah – ich erinnerte mich. Ich kam zu mir; ich sagte nichts. Der König aber tobte: »Du bist ja wahnsinnig, Mann. Es wäre besser und vernünftiger, daß dieser Dieb und Galgenvogel hier bewiese, daß wir *keine* Freien sind.«

Versteht ihr, er kannte seine eigenen Gesetze auf die gleiche Art, wie auch andere Leute häufig die Gesetze kennen, nämlich dem Wortlaut nach, aber nicht in ihren Auswirkungen. Die Gesetze erhalten erst dann Bedeutung und werden sehr lebendig, wenn sie auf einen selbst angewandt werden.

Alle schüttelten den Kopf und sahen enttäuscht aus; manche wandten sich ab, denn ihr Interesse war erloschen. Der Redner erklärte – und diesmal in geschäftsmäßigem, nicht gefühlvollem Ton: »Wenn ihr die Gesetze eures Landes nicht kennt, ist es Zeit, daß ihr sie kennenlernt. Ihr seid Fremde für uns, das werdet ihr nicht leugnen. Ihr mögt Freie sein, das leugnen wir nicht, aber ihr mögt auch Sklaven sein. Das Gesetz ist eindeutig: es verlangt nicht den Beweis dafür, daß ihr Sklaven seid, sondern es verlangt von euch, zu beweisen, daß ihr keine seid.«

Ich antwortete: »Werter Herr, gebt uns nur Zeit, nach Astolat zu senden, oder gebt uns nur genügend Zeit, ins Tal der Heiligkeit zu senden...«

»Still, guter Mann, das sind außergewöhnliche Forderungen, und ihr könnt nicht erwarten, daß man sie euch zugesteht. Es würde gar viel Zeit kosten und eurem Herrn unverantwortlich viel Unannehmlichkeiten bereiten...«

»Unserem Herrn, du Idiot!« wetterte der König. »Ich habe keinen Herrn. Ich selbst bin der H...«

»Still, um Gottes willen!«

Ich brachte die Worte noch rechtzeitig hervor, um den König zum Schweigen zu veranlassen. Wir saßen schon genügend in der Tinte; es konnte uns nicht helfen, wenn wir bei diesen Leuten den Eindruck erweckten, wir seien Irre.

Es ist zwecklos, alle Einzelheiten aufzuzählen. Der Graf stellte uns zum Verkauf aus und verauktionierte uns. Das gleiche teuflische Gesetz hatte zu meiner Zeit im Süden meines eigenen Landes geherrscht, über dreizehnhundert Jahre später, und nach ihm waren Hunderte von Freien, die nicht beweisen konnten, daß sie Freie waren, in lebenslängliche Sklaverei verkauft worden, ohne daß dieser Umstand besonderen Eindruck auf mich gemacht hatte; im selben Augenblick aber, wo das Gesetz und der Auktionsblock zu meiner persönlichen Erfahrung wurden, nahm etwas, was bis dahin nur ungehörig gewesen war, einen teuflischen Charakter an. Nun, so sind wir nun einmal.

Jawohl, wie Schweine wurden wir auf der Auktion verkauft. In einer großen Stadt und auf einem belebten Markt hätten wir einen guten Preis erzielt, aber hier war das Geschäft ziemlich flau, und so gingen wir für eine Summe fort, die mich schamrot werden läßt, sobald ich daran denke. Der König von England brachte sieben Dollar ein und sein Premierminister neun, wo doch der König ohne weiteres zwölf Dollar und ich ebenso ohne weiteres fünfzehn wert waren. So aber ist es immer: wenn man bei unlustigem Markt mit Gewalt abstoßen will, dann schließt man, wie die Ware auch immer sein mag, ein schlechtes Geschäft ab, damit muß man gleich rechnen. Hätte der Graf Verstand genug gehabt, um...

Auf jeden Fall habe ich keine Ursache, mich seinetwegen zu erhitzen und ihn zu bedauern. Lassen wir ihn für jetzt; ich habe mir sozusagen seine Nummer gemerkt.

Der Sklavenhändler kaufte uns beide und schloß uns an seine lange Kette an; wir bildeten das Ende seines Zuges. Wir stellten uns in Marschlinie auf und verließen Cambenet am Mittag; es erschien mir unendlich befremdend und seltsam, daß der König von England und sein erster Minister, die mit Handschellen, Fußfesseln und dem Joch versehen in einem Sklavenzug dahinmarschierten, an allen möglichen Müßiggängern und -gängerinnen sowie unter Fenstern, hinter denen die Hübschen und Lieblichen saßen, vorbeiziehen konnten, ohne auch nur einen neugierigen Blick auf sich zu lenken, ohne Anlaß zu einer einzigen Bemerkung zu geben. Du liebe Güte, das beweist, daß schließlich doch nichts Göttlicheres an einem König ist als an einem Landstreicher. Er ist nur eine billige und hohle Künstlichkeit, wenn man nicht weiß, daß er ein König ist. Erfährt man jedoch seine Eigenschaft als solcher, du lieber Gott, dann verschlägt es einem den Atem, ihn anzusehen. Ich schätze, wir sind alle Narren. Von Geburt an, wahrscheinlich.

FÜNFUNDDREISSIGSTES KAPITEL

Ein trauriger Zwischenfall

Die Welt ist voller Überraschungen. Der König brütete vor sich hin; das war natürlich. Worüber, meint ihr, brütete er wohl nach? Nun, selbstverständlich doch über seinen ungeheuren Sturz vom erhabensten Platz der Welt zum tiefsten, von der glanzvollsten Stellung der Welt zur niedrigsten, vom großartigsten Beruf unter den Menschen zum verächtlichsten. Nein, ich schwöre: das, was ihn von Anfang an am meisten störte, war nicht dies, sondern der Preis, den er eingebracht hatte! Er konnte und konnte über diese sieben Dollar nicht hinwegkommen. Als ich das feststellte, war ich zuerst so verblüfft, daß ich es gar nicht glauben wollte; es schien mir unnatürlich. Sobald ich aber wieder klar sah und die Sache richtig betrachtete, wußte ich, daß ich mich geirrt hatte; tatsächlich war es ganz natürlich. Und das aus folgendem Grunde: ein König ist eine künstliche Figur, und deshalb sind seine Gefühle gleich den Impulsen eines Puppenautomaten auch rein künstlicher Natur; als Mensch aber ist er Wirklichkeit, und seine Gefühle als Mensch sind echte Empfindungen und keine Vorspiegelungen. Den Durchschnittsmenschen beschämt es, wenn er niedriger bewertet wird, als er selbst sich einschätzt, und der König war gewiß nur ein Durchschnittsmensch, wenn er überhaupt so viel war.

Zum Kuckuck mit ihm, er machte mich schwach mit Argumenten, die beweisen sollten, daß er auf einem einigermaßen vernünftigen Markt sicherlich fünfundzwanzig Dollar eingebracht hätte – ein offensichtlicher Blödsinn und nackte Eitelkeit; so viel war ja noch nicht einmal ich wert. Es war jedoch ein kitzliger Punkt, darüber zu streiten. Tatsächlich mußte ich der Debatte aus dem Weg gehen und statt dessen den Diplomaten spielen. Ich mußte mein Gewissen beiseite schieben und schamlos bestätigen, daß er fünfundzwanzig Dollar hätte einbringen müssen, obwohl ich ganz genau wußte, daß die Welt, solange sie bestand, noch nie einen König gesehen hatte, der auch nur die Hälfte dieser Summe wert gewesen wäre, und während der nächsten dreizehn Jahrhunderte auch keinen sähe, der mit einem Viertel davon nicht schon vollauf bezahlt wäre. Ja, er machte mich schwach. Wenn er über die Ernte zu sprechen begann oder über das in der letzten Zeit herrschende Wetter, über den Zustand, in dem sich die Politik befand, über Hunde oder Katzen, Moral oder Theologie – gleichgültig, über was –, dann seufzte ich, denn ich wußte, was kommen sollte; er wollte daraus ein Linderungsmittel für diesen mir auf die Nerven gehenden Verkauf zu sieben Dollar machen. Wo immer wir in Anwesenheit der Menge hielten, stets sah er mich mit einem Blick an, der deutlich sagte: ›Wenn die Sache hier, mit diesem Publikum, noch einmal versucht werden könnte, dann würdest du ein anderes Ergebnis erleben.‹ Nun, als er verkauft worden war, hatte es mir zuerst insgeheim Spaß bereitet, zu sehen, daß er für nur sieben Dollar wegging, aber als er mit seinem Grübeln und seiner Sorge darüber nicht aufhören wollte, wünschte ich, er hätte hundert eingebracht. Die Sache geriet nie in Vergessenheit, denn täglich musterten uns an diesem oder jenem Ort Interessenten, und häufig genug lautete ihr Urteil über den König etwa folgendermaßen:

»Das hier ist ein Dummkopf, der zweieinhalb Dollar wert ist, mit einem Auftreten wie für dreißig Dollar. Schade, daß ein Auftreten nicht auf dem Markt verkäuflich ist.«

Schließlich hatte diese Art von Bemerkungen unerquickliche Folgen. Unser Besitzer war ein praktisch denkender Mensch und erkannte, daß dieses Gebrechen des Königs geheilt werden mußte, wenn er einen Käufer für ihn finden wollte. So begab er sich also daran, Seiner geheiligten Majestät dessen Auftreten abzugewöhnen. Ich hätte dem Mann einige wertvolle Ratschläge geben können, unterließ es jedoch; man darf einem Sklaventreiber keine Ratschläge anbieten, wenn man der Sache, für die man eine Lanze bricht, nicht schaden will. Ich hatte es schon als recht schwierige Aufgabe empfunden, das Auftreten des Königs zu dem eines Bauern hinabzuschrauben, obgleich er ein bereitwilliger und eifriger Schüler gewesen war; nun aber das Auftreten des Königs zu dem eines Sklaven hinabzudrücken, und das mit Gewalt – na, viel Vergnügen! Das war eine stolze Aufgabe. Übergehen wir die Einzelheiten – es erspart mir Mühe, wenn ich es euch überlasse, sie euch vorzustellen. Ich will nur bemerken: nach Ablauf einer Woche gab es genügend Beweise dafür, daß Peitsche, Knüppel und Fäuste kräftige Arbeit getan hatten; der Körper des Königs bot einen Anblick, den zu sehen sich lohnte – und über den man hätte weinen können; seine Moral aber? Die war nicht mal angeknackt. Sogar dieser beschränkte Kerl von Sklavenhändler war in der Lage zu sehen, daß es so etwas geben kann wie einen Sklaven, der bis zu seinem Tode Mensch bleibt und dem man zwar die Knochen brechen kann, seine menschliche Natur aber nicht. Dieser Mensch stellte das von seinem ersten Versuch bis zu seinem letzten fest; er konnte sich nie in Reichweite des Königs wagen, ohne daß dieser bereit war, sich auf ihn zu stürzen, und sich auch auf ihn stürzte. So gab er schließlich auf und ließ ihm sein Auftreten unbeschnitten. Tatsache ist, daß der König viel mehr war als nur ein König: er war ein Mensch, und wenn jemand ein Mensch ist, dann kann man es ihm nicht ausprügeln.

Einen Monat über hatten wir es schwer, zogen kreuz und quer durch das Land und litten. Welcher Engländer interessierte sich nach Ablauf dieser Zeit wohl am meisten für die Frage der Sklaverei? Seine Gnaden, der König! Ja, vom Allergleichgültigsten war er zum Allerbeflissensten geworden. Er war nun der erbittertste Feind dieser Einrichtung, den ich je reden gehört hatte. So wagte ich, eine Frage noch einmal zu stellen, die ich schon vor Jahren gestellt und auf die ich eine so scharfe Antwort bekommen hatte, daß ich es für ratsam gehalten hatte, mich nicht weiter einzumischen: wollte er die Sklaverei abschaffen?

Seine Antwort war ebenso scharf wie damals, aber diesmal klang sie wie Musik; ich werde nie eine lieblichere zu hören wünschen, obgleich die Kraftausdrücke ungekonnt wirkten, weil sie ungeschickt aneinandergereiht waren; die stärkste Verwünschung stand in der Mitte, anstatt am Ende, wo sie natürlich hingehörte.

Jetzt war ich bereit und willens, die Freiheit zu gewinnen; zuvor hatte ich es nicht gewollt. Nein, das kann ich eigentlich nicht sagen, gewollt hatte ich unsere Befreiung wohl, aber ich war nicht bereit gewesen, die äußerste Gefahr auf mich zu nehmen, und hatte dem König immer davon abgeraten. Jetzt aber – oh, jetzt war die ganze Atmosphäre verändert! Jetzt wäre die Freiheit jeden Preis wert, den sie kosten mochte. Ich legte mir einen Plan zurecht und war gleich ziemlich von ihm begeistert. Seine

Ausführung forderte zwar Zeit, ja, und auch Geduld – von beiden eine ganze Menge. Es ließen sich Wege ausdenken, die schneller zum Ziel führten und ganz und gar ebensoviel Sicherheit boten, aber keinen, der so romantisch war, keinen, der mit so viel Dramatik erfüllt werden konnte. Deshalb wollte ich diesen hier nicht aufgeben. Er kostete uns zwar vielleicht Monate, aber das machte nichts, ich wollte ihn auf Biegen oder Brechen ausführen.

Hin und wieder hatten wir besondere Erlebnisse. Eines Nachts überraschte uns ein Schneesturm, als wir noch eine Meile von dem Dorf entfernt waren, dem wir zustrebten. Fast augenblicklich schien uns Nebel einzuschließen, so dicht war das Schneetreiben. Man konnte die Hand nicht vor Augen sehen, und bald hatten wir uns verirrt. Der Sklavenhändler peitschte verzweifelt auf uns ein, denn er sah sich vor dem Ruin, aber seine Hiebe machten die Sache nur noch schlimmer, denn sie trieben uns immer weiter ab von der Straße und von der Aussicht auf Hilfe. So mußten wir schließlich haltmachen und sanken dort, wo wir uns gerade befanden, in den Schnee. Der Sturm dauerte bis gegen Mitternacht an und hörte dann auf. Zu diesem Zeitpunkt waren zwei unserer schwächeren Männer sowie drei unserer Frauen bereits tot, andere nicht mehr fähig, sich zu bewegen und dem Tode nahe. Unser Besitzer war außer sich. Er jagte die Lebenden empor und ließ uns stehen, springen, die Arme gegen den Körper schlagen, um das Blut wieder in Umlauf zu bringen, und er half, so gut er konnte, mit der Peitsche nach.

Da wurden wir abgelenkt. Wir hörten gellende Schreie, und kurz darauf kam eine weinende Frau angerannt; als sie uns sah, warf sie sich mitten in unsere Gruppe und flehte um Schutz. Ein Menschenhaufe kam hinter ihr her gejagt; einige trugen Fackeln, und sie erklärten, sie sei eine Hexe, die mehrere Kühe an einer seltsamen Krankheit habe sterben lassen und die ihre Künste mit Hilfe eines Teufels in Gestalt eines schwarzen Katers ausgeübt hatte. Die arme Frau war gesteinigt worden, bis sie kaum noch wie ein Mensch aussah, so zerschlagen und blutig war sie. Die Meute wollte sie verbrennen.

Nun, was meint ihr wohl, was unser Besitzer tat? Als wir uns um das arme Wesen drängten, um es zu schützen, sah er eine Gelegenheit gekommen. Er sagte, die Leute sollten sie gleich hier verbrennen, sonst lieferte er sie ihnen nicht aus. Stellt euch das vor! Sie waren bereit! Sie banden sie an einen Pfosten, brachten Holz herbei, häuften es rings um sie auf und setzten es mit den Fackeln in Brand, während sie schrie und flehte und ihre beiden jungen Töchter an den Busen drückte; unser Scheusal, dessen Herz nur für den Geschäftsprofit schlug, peitschte uns in einen Kreis rings um den Scheiterhaufen und wärmte uns wieder zum Leben und zum Marktwert – mit demselben Feuer, welches das unschuldige Leben dieser armen, harmlosen Mutter verzehrte.

Solch einen Besitzer hatten wir! Auch ihn merkte ich mir vor. Der Schneesturm kostete ihn neun aus seiner Herde, und danach behandelte er uns viele Tage lang mit größerer Brutalität als je zuvor, so wütend war er über seinen Verlust.

Immer wieder hatten wir Abenteuer. Eines Tages stießen wir auf eine Prozession, und auf was für eine! Das ganze Gesindel des Königreichs schien hier zusammengekommen zu sein, und dazu noch alle betrunken. Die Vorhut bildete ein Karren, auf dem ein Sarg stand; auf diesem saß eine hübsche, etwa achtzehnjährige junge Frau, die einen Säugling stillte; von Zeit zu Zeit preßte sie ihn voll leidenschaftlicher Liebe an ihre Brust, und immer wieder wischte sie ihm die Tränen vom Antlitz, die auf ihn hinabgeflossen waren; stets lächelte dann das törichte Wesen froh und zufrieden zu ihr auf, patschte mit seiner fetten kleinen Hand voller Grübchen auf ihrer Brust herum, und sie streichelte und liebkoste dieses Händchen, unmittelbar über ihrem brechenden Herzen.

Männer und Frauen, Knaben und Mädchen trabten neben oder hinter dem Karren her; sie johlten und schrien gemeine und zotige Bemerkungen, sangen Verse aus unanständigen Liedern, hüpften und tanzten – ein wahres Fest von Ausgeburten der Hölle, ein widerlicher Anblick. Wir waren in eine Vorstadt von London gelangt, die außerhalb der Stadtmauer lag, und dies waren Muster einer gewissen Art der Londoner Gesellschaft. Ein Priester stand bereit; er half der jungen Frau hinaufzusteigen, sagte ihr tröstende Worte und veranlaßte den Untersheriff, ihr einen Hokker zu geben. Dann stellte er sich dort oben am Galgen neben sie, sah für einen Augenblick hinab auf die Masse von aufwärtsgewandten Gesichtern zu seinen Füßen und schaute über das dichte Pflaster von Köpfen, das sich weithin nach allen Seiten erstreckte und jeden freien Platz füllte; dann begann er die Geschichte der Verurteilung zu erzählen. Aus seiner Stimme klang Mitleid – welch ein seltener Ton in diesem unwissenden, barbarischen Land! Ich erinnere mich noch an jede Einzelheit dessen, was er sagte, nur nicht an die Worte, mit denen er es berichtete, und so gebe ich es mit meinen eigenen wieder:

»Das Gesetz soll dazu dienen, Gerechtigkeit walten zu lassen. Zuweilen gelingt es ihm nicht. Das läßt sich nicht ändern. Dann können wir nur trauern, uns darein ergeben und für die Seele dessen, der ungerechterweise durch den Arm des Gesetzes fällt, beten, sowie auch dafür, daß es nur wenige seinesgleichen geben möge. Ein Gesetz schickt dieses arme junge Ding in den Tod – und das ist richtig. Ein anderes Gesetz aber hat sie in eine solche Lage versetzt, daß sie entweder ihr Verbrechen begehen oder mitsamt ihrem Kinde verhungern mußte – und vor Gott trägt dieses Gesetz die Verantwortung sowohl für ihr Verbrechen als auch für ihren schändlichen Tod!

Vor kurzem war dieses junge Ding, dieses Kind von achtzehn Jahren, als Gattin und Mutter so glücklich wie nur irgendeine in England; von ihren Lippen erklang Gesang – die natürliche Sprache des frohen und unschuldigen Herzens. Ihr junger Gatte war ebenso glücklich wie sie, denn er tat in vollem Maße seine Pflicht, arbeitete von früh bis spät in seinem Handwerk und verdiente sein Brot auf anständige, ehrliche Weise; es ging ihm gut, er sicherte seiner Familie Obdach und Lebensunterhalt und trug sein Scherflein zum Wohlstand des Landes bei. Weil ein heimtückisches Gesetz es erlaubte, wurde das fromme Heim von einem Augenblick zum anderen vernichtet und hinweggefegt!

Dem jungen Gatten lauerte man auf, man preßte ihn zur Seefahrt und sandte ihn aufs Meer! Die Frau wußte nichts davon. Sie suchte ihn überall, rührte die verhärtetsten Herzen mit ihren Tränen, ihrem Flehen, der beredten Sprache ihrer Verzweiflung. Wochen vergingen, während sie wachte, wartete, hoffte und unter der Bürde ihres Elends langsam den Verstand verlor. Allmählich gingen ihre kleinen Besitztümer für Nahrung drauf. Als sie ihre Miete nicht mehr bezahlen konnte, wurde sie aus dem Hause gejagt. Sie bettelte, solange sie noch die Kraft dazu hatte; als sie endlich am Verhungern war und ihre Milch zu versiegen begann, stahl sie ein Stück Leinen im Werte von einem viertel Cent, mit der Absicht, es zu verkaufen und so ihr Kind zu retten. Der Eigentümer der Leinwand beobachtete sie jedoch. Sie wurde ins Gefängnis gebracht und vor Gericht gestellt. Der Mann trat als Zeuge auf. Man bat um Milde für sie und berichtete ihre traurige Geschichte. Auch sie erhielt Erlaubnis zu sprechen und sagte, sie habe das Leinen tatsächlich gestohlen, ihr Verstand sei aber in der letzten Zeit durch den Kummer so getrübt gewesen, daß ihr, als der Hunger sie übermannte, alle Handlungen, verbrecherische und nichtverbrecherische, sinnlos im Gehirn verschwommen seien, und sie habe nichts mehr richtig gewußt, außer daß sie so hungrig gewesen sei! Für einen Augenblick waren alle bewegt, und es bestand Neigung, Gnade vor Recht ergehen zu lassen, weil sie jung und schutzlos, ihr Fall so erbarmenswert und das Gesetz, das sie ihres Ernährers beraubt hatte, als die erste und einzige Ursache ihres Vergehens zu tadeln war; der Staatsanwalt aber erwiderte, zwar stimme all das und es sei jammervoll, aber in letzter Zeit seien viele kleine Diebstähle begangen worden, und Gnade zur unrechten Zeit bedeute eine Gefahr für den Besitz – o mein Gott, sind denn dem britischen Gesetz zerstörte Heime, zu Waisen gewordene Kinder und gebrochene Herzen nicht auch kostbarer Besitz? –, und so müsse er eine Verurteilung fordern.

Als der Richter sein schwarzes Barett aufsetzte, erhob sich zitternd der Eigentümer des gestohlenen Leinens, seine Lippen bebten, sein Antlitz war aschgrau, und als die furchtbaren Worte erklungen waren, rief er: ›O, du armes Kind, du armes Kind, ich wußte nicht, daß es die Todesstrafe bedeuten werde!‹ und fiel wie ein gefällter Baum zu Boden. Als sie ihn aufhoben, war er irrsinnig geworden; noch bevor die Sonne unterging, nahm er sich das Leben. Er war ein freundlicher Mensch, ein Mann mit einem im Grunde guten Herzen; rechnet den Mord an ihm zu dem, der jetzt hier begangen werden soll, und schreibt beide auf das Konto, auf das sie gehören: auf das Konto der Herrscher und der harten Gesetze Englands. Deine Zeit ist gekommen, mein Kind, laß mich ein Gebet über dir sprechen – nicht für dich, du armes, betrogenes und unschuldiges Herz, sondern für jene, die an deinem Untergang und deinem Tode schuldig sind und die es nötiger brauchen.«

Nachdem er gebetet hatte, legten sie der jungen Frau den Strick um den Hals und hatten große Mühe damit, den Knoten unter ihrem Ohr zurechtzuziehen, weil sie die ganze Zeit über ihr Kind mit wilden Küssen bedeckte, es an ihr Gesicht und an ihre Brust preßte, mit ihren Tränen netzte und dabei ununterbrochen halb stöhnte, halb schrie, während der Säugling krähte, lachte und vor Vergnügen über das vermeintliche Spiel und Getolle mit den Beinen strampelte. Sogar der Henker vermochte es nicht zu ertragen und wandte sich ab. Als alles bereit war, zog und wand der Priester mit sanfter Gewalt das Kind aus den Armen der Mutter und trat schnell aus ihrer Reichweite fort; aber sie rang die Hände und sprang schnell mit einem wilden Schrei auf ihn zu; der Strick – und der Untersheriff – hielten sie jedoch zurück. Dann sank sie auf die Knie und flehte mit ausgestreckten Händen:

»Noch einen einzigen Kuß – o mein Gott, nur noch einen einzigen – eine Sterbende bittet darum!«

Ihre Bitte wurde erfüllt; fast hätte sie das Kleine erstickt. Als sie es ihr wieder fortnahmen, schrie sie: »Ach, mein Kind, mein Liebling, es wird sterben! Es hat kein Heim, keinen Vater, keinen Freund, keine Mutter...«

»Es hat sie alle!« antwortete der gute Priester. »Ich will sie ihm ersetzen bis zu meinem Tode.«

Hättet ihr doch ihr Gesicht gesehen! Dankbarkeit? Du lieber Himmel, wie soll man das nur mit Worten ausdrücken. Worte sind nur gemaltes Feuer; ein Blick aber ist das Feuer selbst. Diesen Blick gab sie ihm und nahm ihn mit sich in die Schatzkammer des Himmels, wohin alle göttlichen Dinge gehören.

SECHSUNDDREISSIGSTES KAPITEL

Ein Zusammenstoß im Dunkeln

London war für einen Sklaven ein recht interessanter Ort. Es war nur ein großes Dorf und bestand zumeist aus Lehm und Schilf. Die Straßen waren schlammig, krumm, ungepflastert. Die Bevölkerung bot das Bild eines ewig dahintreibenden Schwarms von Lumpen und von Glanz, von wippenden Federn und schimmernden Panzern. Der König besaß hier ein Schloß, er sah es von außen. Der Anblick ließ ihn seufzen, jawohl, und auch ein bißchen fluchen – auf die stümperhafte, unreife Weise des 6. Jahrhunderts. Wir sahen Ritter und große Herren, die wir kannten; sie aber erkannten uns nicht in unseren Lumpen und unserem Schmutz, mit unseren Striemen und blauen Flecken; sie hätten es auch dann nicht getan, wenn wir sie angerufen hätten, und wären nicht stehengeblieben, um zu antworten, denn es verstieß gegen das Gesetz, mit Sklaven zu sprechen, die an der Kette gingen. Sandy zog in zehn Schritt Entfernung auf einem Maulesel an mir vorbei – wohl auf der Suche nach mir, vermutete ich. Einfach das Herz brach mir aber etwas, was sich auf einem Platz vor unserer alten Baracke ereignete, während wir das Schauspiel ertragen mußten, wie ein Mann, der Pennies gefälscht hatte, in Öl gesotten wurde. Dort erschien ein Zeitungsjunge – und ich konnte ihn nicht erreichen! Einen Trost jedoch hatte ich: hier war der Beweis, daß Clarence noch am Leben war und lustig weitermachte. Ich beabsichtigte, bald wieder bei ihm zu sein; der Gedanke war sehr erfreulich.

Eines Tages konnte ich auf noch etwas anderes, was mich sehr ermutigte, einen kurzen Blick werfen. Es war ein Draht, der sich von einem Dachfirst zum anderen hinzog. Sicher ein Telegrafen- oder ein Telefondraht. Ich wünschte sehr, ich hätte nur ein kleines Stück davon. Es war genau, was ich brauchte, um meinen Fluchtplan auszuführen. Meine Absicht war, mich eines Nachts zusammen mit dem König freizumachen, dann unseren Besitzer zu knebeln und zu fesseln, die Kleidung mit ihm zu tauschen, ihn so zu prügeln, daß er unkenntlich wurde, ihn an der Sklavenkette festzuschließen, uns deren Besitz anzueignen, nach Camelot zu marschieren und...

Aber ihr könnt wohl meinen Gedanken folgen; ihr begreift, mit was für einer überwältigend dramatischen Überraschung ich im Palast erschienen wäre. All das war durchführbar, wenn ich nur ein dünnes Stückchen Draht erwischte, das ich zu einem Dietrich biegen konnte. Dann wäre ich in der Lage, die plumpen Vorhängeschlösser, mit denen unsere Ketten verschlossen waren, zu öffnen, wann immer es mir beliebte. Ich hatte aber kein Glück, nie kam mir etwas Derartiges in den Weg. Dennoch bot sich mir endlich eine günstige Gelegenheit. Ein Herr, der bereits zweimal erschienen war, um meinen Preis herunterzuhandeln, ohne dabei Erfolg oder auch nur etwas Ähnliches zu haben, kam noch einmal. Ich erwartete keineswegs, ihm jemals zu gehören, denn der Preis, der von Beginn meiner Sklavenzeit an für mich gefordert wurde, war unverschämt hoch und rief stets Ärger oder Spott hervor; trotzdem blieb mein Besitzer eigensinnig darauf bestehen: zweiundzwanzig Dollar. Nicht einen Cent wollte er nachlassen. Der König fand wegen seiner großartigen Körperkonstitution viel Bewunderung, aber sein königliches Auftreten sprach gegen ihn, und er »blieb liegen«; einen solchen Sklaven wollte niemand haben. Wegen meines außergewöhnlichen Preises glaubte ich mich sicher davor, von ihm getrennt zu werden. Nein, ich erwartete nicht, dem bereits erwähnten Herrn jemals zu gehören; er besaß aber etwas, von dem ich erwartete, daß es schließlich mir gehören werde, wenn er uns oft genug besuchen kam. Es war ein stählernes

Ding, mit einer langen Nadel daran, das seinen langen Tuchumhang vorn befestigte. Er hatte drei davon. Zweimal schon hatte er mich enttäuscht, weil er nicht nahe genug zu mir herangekommen war, damit ich meine Absicht ungefährdet ausführen konnte; diesmal aber gelang es mir; ich erbeutete die unterste der drei Spangen, und als er sie vermißte, nahm er an, er habe sie unterwegs verloren.

Ich hatte etwa eine Minute lang Gelegenheit, mich zu freuen, gleich darauf aber wieder Ursache, betrübt zu sein. Denn als der Kauf, wie gewöhnlich, zu scheitern drohte, tat der Sklavenhändler plötzlich einen Ausspruch, der in modernem Englisch etwa folgendermaßen lauten würde:

»Ich will Ihnen sagen, was ich tun werde. Ich habe es satt, die beiden da für nichts und wieder nichts zu füttern. Geben Sie mir zweiundzwanzig Dollar für den hier, dann bekommen Sie den anderen gratis dazu.«

Dem König verschlug es den Atem, so wütend war er. Er begann zu husten und nach Luft zu schnappen, und währenddessen entfernten sich der Händler und jener Herr im Gespräch.

»Wenn Ihr das Angebot aufrechterhaltet...«

»Bis morgen um die gleiche Stunde halte ich es aufrecht.«

»Dann will ich Euch um diese Zeit antworten«, sagte der Herr und verschwand; der Händler folgte ihm.

Es kostete mich schreckliche Mühe, den König zu beruhigen, es gelang mir jedoch. Ich flüsterte ihm zu diesem Zweck ins Ohr:

»Euer Gnaden werden tatsächlich gratis fortgehen, aber auf eine andere Weise. Ich ebenfalls. Heute nacht werden wir beide frei sein.«

»Ah! Wieso das?«

»Mit dem Ding hier, das ich gestohlen habe, werde ich heute nacht diese Schlösser öffnen und die Ketten abwerfen. Wenn er gegen neun Uhr dreißig hereinkommt, um uns für die Nacht zu inspizieren, dann packen wir ihn, knebeln ihn, schlagen ihn zusammen, und am frühen Morgen ziehen wir als Besitzer der Sklavenkarawane aus der Stadt.«

Weiter sagte ich nichts, aber der König war begeistert und hatte sich beruhigt. An diesem Abend warteten wir geduldig darauf, daß unsere Mitsklaven Schlaf fanden, und es durch das übliche Zeichen erkennen ließen, denn bei diesen armen Kerlen darf man nicht viel aufs Spiel setzen, wenn man es vermeiden kann. Das beste ist, man behält seine Geheimnisse für sich. Gewiß warfen sie sich nicht mehr als gewöhnlich herum, aber mir kam es anders vor. Mir schien, es dauere eine Ewigkeit, bis sie wie sonst zu schnarchen anfingen. Als sich die Zeit hinzog, wurde ich nervös und fürchtete, sie werde für unseren Zweck nicht ausreichen; so machte ich mehrere vorzeitige Versuche und verzögerte damit nur die Sache, denn anscheinend konnte ich in der Dunkelheit nicht eins der Vorhängeschlösser berühren, ohne ihm ein Klirren zu entlocken, das jemanden aus dem Schlaf weckte, ihn veranlaßte, sich umzudrehen und noch etliche aus der Bande aufzustöbern.

Endlich aber entledigte ich mich auch meiner letzten Fessel und war wieder ein freier Mensch. Ich atmete tief und erleichtert auf und griff dann nach den Eisen des Königs. Zu spät! Herein kam unser Besitzer, ein Licht in der einen und den schweren Knotenstock in der anderen Hand. Ich schmiegte mich dicht an den Wall von Schnarchenden, um soweit wie möglich zu verbergen, daß ich von allen Fesseln entblößt war; ich gab scharf Obacht und hielt mich bereit, meinen Mann anzuspringen, sobald er sich über mich beugte.

Er näherte sich uns jedoch nicht. Er blieb stehen, sah geistesabwesend einen Augenblick lang zu unserem dunkel sich abhebenden Haufen herüber und dachte offensichtlich an etwas anderes; dann stellte er sein Licht ab, ging in Gedanken versunken zur Tür, und bevor noch jemand erraten konnte, was er vorhatte, war er draußen und hatte sie hinter sich geschlossen.

»Schnell«, sagte der König, »hol ihn zurück!«

Natürlich, das war das einzig richtige, und im Nu war ich auf und zur Tür hinaus. Aber, du liebe Güte, in jenen Tagen gab es keine Straßenlaternen, und die Nacht war finster. Ein paar Schritte vor mir erkannte ich jedoch undeutlich eine Gestalt. Ich schoß darauf zu, warf mich auf sie, und dann war da was los, kann ich euch sagen! Wir rangen und boxten und prügelten uns; im Handumdrehen hatten wir eine Zuschauermenge angezogen. Die Leute fanden glühendes Interesse an dem Kampf und feuerten uns mit allen Kräften an; sie hätten tatsächlich nicht netter und herzlicher sein können, wenn es ihr eigener Kampf gewesen wäre. Dann brach hinter uns ein entsetzlicher Lärm aus, und glatt die Hälfte unseres Publikums stürmte davon, um nun dort ein bißchen Sympathie zu investieren. Aus allen Richtungen begannen Laternen herbeizuschaukeln; es war die Wache, die sich von fern und nah versammelte. Bald darauf fiel eine Hellebarde auf meinen Rücken, und ich wußte, was das bedeutete. Ich war verhaftet. Mein Gegner ebenfalls. Wir wurden ins Gefängnis geführt, zu jeder Seite des Wächters einer. Das war die Katastrophe; ein schöner Plan war plötzlich zunichte! Ich versuchte mir vorzustellen, was geschehen werde, wenn mein Besitzer entdeckte, daß ich es war, der sich mit ihm geprügelt hatte, was geschehen werde, wenn sie uns zusammen in das Massenquartier für Raufbolde und kleine Gesetzesverletzer sperrten, wie das üblich war, und was...

In diesem Augenblick wandte mein Gegner das Gesicht in meine Richtung; das fleckige Licht aus der Blechlaterne des Wächters fiel darauf, und, beim Himmel, er war der Falsche!

SIEBENUNDDREISSIGSTES KAPITEL

Eine scheußliche Lage

Schlafen? Unmöglich. In dieser lärmenden Höhle von Gefängnis mit seiner räudigen Horde von betrunkenen, streitsüchtigen, Lieder grölenden Lumpenkerlen wäre es sowieso unmöglich gewesen. Was aber an Schlaf auch nur zu denken gänzlich ausgeschlossen machte, war meine quälende Ungeduld, hier hinauszukommen und das ganze Ausmaß dessen zu erfahren, was infolge meines unverzeihlichen Irrtums drüben im Sklavenquartier geschehen sein mochte.

Die Nacht war lang, aber endlich wurde es doch Morgen. Ich gab vor Gericht eine ausführliche, offenherzige Erklärung ab. Ich sagte, ich sei Sklave und Eigentum des großen Grafen Griff, der kurz nach Einbruch der Dunkelheit drüben im Dorf jenseits des Flusses in der Tabard-Schenke eingetroffen sei und dort gezwungenermaßen die Nacht verbracht habe, da er plötzlich von einem merkwürdigen Leiden befallen worden und todkrank sei. Ich hätte Befehl erhalten, unverzüglich zur Stadt hinüberzueilen und den besten Arzt herbeizuholen; habe mein Bestes getan und sei natürlich aus Leibeskräften gerannt; da die Nacht finster war, sei ich mit diesem Gemeinen hier zusammengeprallt, der mich an der Gurgel gepackt und auf mich eingeprügelt habe, obgleich ich ihm meinen Auftrag mitgeteilt und ihn angefleht habe, angesichts der tödlichen Gefahr, in der mein Herr, der große Graf, schwebe...

Der Gemeine unterbrach mich und sagte, das sei gelogen; er wollte berichten, wie ich mich auf ihn geworfen und ihn ohne ein Wort angegriffen hatte...

»Ruhe, Kerl!« ertönte es vom Richterstuhl. »Bringt ihn hinaus und zieht ihm ein paar mit der Peitsche über, damit er lernt, das nächstemal den Diener eines Edelmannes anders zu behandeln. Hinaus!«

Dann bat mich der Hohe Gerichtshof um Verzeihung und erklärte, er hoffe, ich werde nicht verfehlen, Seiner Lordschaft zu berichten, daß der Gerichtshof in keiner Weise an diesem Akt der Willkür schuld sei. Ich sagte, ich wolle die Sache schon wieder in Ordnung bringen, und verabschiedete mich. Verabschiedete mich eben zur richtigen Zeit, denn er begann, mich zu fragen, weshalb ich diese Tatsachen nicht im Augenblick meiner Verhaftung vorgebracht habe. Ich antwortete, das hätte ich wohl getan, wenn es mir eingefallen wäre – und das entsprach der Wahrheit –, dieser Mensch aber habe mich so verdroschen, daß mein ganzes Denkvermögen betäubt gewesen sei, und so weiter und so fort; dann begab ich mich, noch immer vor mich hin murmelnd, hinaus.

Ich wartete nicht erst auf das Frühstück. Ich ließ keineswegs Gras unter meinen Füßen wachsen. Im Nu war ich im Sklavenquartier. Es war leer – nicht eine Seele mehr da! Nicht eine Seele, nur noch ein Entseelter – der Sklavenhändler. Zu Brei erschlagen lag er da, ringsum gab es Spuren eines schrecklichen Kampfes. Auf einem Karren vor der Tür stand ein roher Brettersarg, und mit Unterstützung der Polizei bahnten sich ein paar Arbeiter einen Weg durch die gaffende Menge, damit sie ihn hineintragen konnten.

Ich wählte mir einen Mann aus, der im Leben bescheiden genug dastand, um sich herabzulassen, mit einem so schäbig aussehenden Menschen wie mir zu sprechen, und erhielt von ihm einen Bericht über das Geschehene.

»Sechzehn Sklaven lagen hier. In der Nacht haben sie sich gegen ihren Besitzer erhoben, und du siehst gar wohl, wie es geendet hat.«

»Ja. Wie hat's denn begonnen?«

»Es gibt keine Zeugen, außer den Sklaven. Sie sagen, der wertvollste unter ihnen habe sich von seinen Fesseln befreit und sei auf irgendeine wundersame Weise entflohen – durch Zauberei, wird angenommen, dieweil er keinen Schlüssel hatte und die Schlösser weder aufgebrochen noch sonstwie beschädigt sind. Als der Sklavenhändler seinen Verlust entdeckte, tobte er vor Verzweiflung und warf sich mit seinem schweren Knüppel auf seine Leute; die leisteten Widerstand, brachen ihm das Rückgrat und verletzten ihn noch auf verschiedene andere Weise, was seinen schnellen Tod herbeiführte.«

»Das ist ja furchtbar. Die Sklaven werden es beim Prozeß gewiß schwer haben.«

»Potzblitz, der Prozeß ist doch schon vorüber!«

»Vorüber!«

»Meinst du denn, sie brauchten eine Woche dazu – wo doch die Sache so einfach liegt! Nicht die Hälfte einer Viertelstunde hat es gedauert.«

»Aber, ich verstehe nicht, wie sie in so kurzer Zeit feststellen konnten, welche die Schuldigen sind.«

»Welche? Mit solchen Einzelheiten haben sie sich nicht

abgegeben. Sie verurteilten sie alle miteinander. Kennst du nicht das Gesetz, das, wie man sagt, die Römer hier gelassen haben, als sie von dannen zogen, und das bestimmt, daß, wenn ein Sklave seinen Herrn tötet, alle Sklaven dieses Mannes dafür sterben müssen?«.

»Richtig. Das hatte ich vergessen. Und wann werden die hier sterben?«

»Wahrscheinlich innerhalb von vierundzwanzig Stunden, wiewohl etliche sagen, sie werden noch zwei Tage länger warten, für den Fall, daß sie inzwischen den Fehlenden finden.«

Den Fehlenden! Mir war unbehaglich zumute.

»Ist es wahrscheinlich, daß sie ihn finden werden?«

»Noch ehe der Tag vorüber ist, gewiß. Sie suchen ihn allerorts. Sie stehen mit etlichen Sklaven, die ihn erkennen werden, wenn er kommt, an allen Stadttoren, und niemand kann hinausgehen, ohne daß er zuvor angesehen wird.«

»Kann man sich den Ort anschauen, an dem die übrigen festgehalten werden?«

»Von außen, ja. Von innen – aber von dort wirst du ihn nicht anschauen wollen.«

Ich ließ mir für künftigen Gebrauch die Adresse dieses Gefängnisses geben und schlenderte davon. Im ersten Altkleiderladen, an dem ich in einer Seitengasse vorbeikam, kaufte ich mir grobe Kluft, die zu einem einfachen Seemann paßte, der vielleicht eine Fahrt in kalte Gewässer unternehmen wollte, und band mir ein nicht zu kleines Tuch ums Gesicht, mit der Erklärung, ich habe Zahnschmerzen. Es verbarg meine schlimmsten blauen Flecke. Ich war völlig verwandelt. Meinem früheren Ich glich ich in keiner Weise mehr. Dann ging ich auf die Suche nach jenem Draht, fand ihn und folgte ihm bis zu seiner Höhle. Es war eine kleine Kammer über einem Fleischerladen – was bedeutete, daß das Geschäft, was Telegramme betraf, nicht sehr florierte. Der junge Bursche vom Dienst döste am Tisch. Ich verschloß die Tür und steckte den großen Schlüssel in meine Bluse. Das beunruhigte den Jungen, und er wollte Krach schlagen, aber ich sagte:

»Spar deine Puste; wenn du den Mund aufmachst, bist

du unter Garantie erledigt. Bedien dein Instrument. Ein bißchen flott jetzt! Ruf Camelot.«

»Das erstaunt mich aber. Wie kann denn einer wie du überhaupt von dergleichen Dingen wissen wie...«

»Rufe Camelot an! Ich bin zum Äußersten entschlossen. Ruf Camelot oder geh von dem Instrument da fort, und dann tue ich es selbst.«

»Was, du?«

»Ja, gewiß. Hör jetzt auf zu schwatzen. Rufe den Palast an.«

Er tat es.

»So, nun laß Clarence holen.«

»Clarence wie noch?«

»Was kümmert's dich, Clarence wie noch? Sag, du willst Clarence haben, du wirst eine Antwort bekommen.«

Er gehorchte. Wir warteten fünf nervenzerrüttende Minuten – wie lang kamen sie mir doch vor! –, und dann kam ein Ticken, das mir so vertraut war wie eine menschliche Stimme, denn Clarence war ja mein eigener Schüler gewesen.

»So, mein Junge, nun mach mal Platz. Meinen Stil hätten sie vielleicht erkannt, und deshalb war es sicherer, dich die Verbindung herstellen zu lassen, aber jetzt geht die Sache in Ordnung.«

Er räumte mir seinen Platz ein und spitzte die Ohren, um zuzuhören, aber er hatte keinen Erfolg. Ich benutzte einen Geheimcode. Ich verschwendete mit Clarence nicht erst Zeit auf Höflichkeitsfloskeln, sondern ging gleich aufs Ziel los, folgendermaßen:

»Der König ist hier und in Gefahr. Wir sind gefangen und als Sklaven hergebracht worden. Wir werden wohl unsere Idendität nicht nachweisen können – und außerdem bin ich nicht in der Lage, es zu versuchen. Schick ein Telegramm, das überzeugend wirkt, an den hiesigen Palast.«

Seine Antwort kam sogleich:

»Sie verstehen noch nichts vom Telegrafen, sie haben noch keine Erfahrung damit, die Linie nach London ist ganz neu. Riskieren wir das lieber nicht. Sonst hängen sie euch vielleicht noch. Denk dir was anderes aus.«

Sonst hängten sie uns vielleicht! Er hatte keine Ahnung, wie nahe er der Wirklichkeit kam. Mir fiel im Augenblick nichts ein. Dann kam mir ein Gedanke, und ich drahtete ihn durch: »Schicke fünfhundert ausgesuchte Ritter her unter der Führung von Lanzelot, und zwar im Eiltempo. Sie sollen zum Südwesttor hereinreiten und nach einem Mann mit einem weißen Tuch um den rechten Arm Ausschau halten.«

Die Antwort kam sofort: »In einer halben Stunde reiten sie los.«

»In Ordnung, Clarence. Teile jetzt dem Jungen hier mit, daß ich ein Freund von dir bin und ein Anrecht auf Gratisbedienung habe, auch, daß er verschwiegen sein muß und niemandem etwas von meinem Besuch verraten darf.«

Das Instrument begann, zu dem jungen Burschen zu sprechen, und ich eilte fort. Ich begann zu rechnen. In einer halben Stunde wäre es neun Uhr. Ritter und Rosse in schwerem Panzer konnten sich nicht sehr schnell fortbewegen. Sie täten aber ihr Bestes und schafften jetzt, wo der Boden fest und weder schneebedeckt noch morastig war, wahrscheinlich sieben Meilen die Stunde; zweimal müßten sie die Pferde wechseln; sie kämen um sechs Uhr oder etwas später hier an, dann wäre es noch immer hell genug, sie könnten das weiße Tuch erkennen, das ich mir um den rechten Arm binden wollte, und dann übernähme ich das Kommando. Wir wollten das Gefängnis umzingeln und den König im Handumdrehen herausholen. Die Sache wäre alles in allem genommen, auffallend und theatralisch genug, obgleich ich die Mittagszeit vorgezogen hätte, weil dann alles noch dramatischer gewesen wäre.

Nun, um mehrere Eisen im Feuer zu haben, wollte ich ein paar von den Leuten aufsuchen, die ich zuvor wiedergesehen hatte, und mich ihnen zu erkennen geben. Das hülfe uns aus der Patsche, auch ohne die Ritter. Ich mußte aber vorsichtig zu Werke gehen, denn es war gefährlich. Ich mußte mir eine prunkvolle Kleidung besorgen; dabei ginge es nicht an, daß ich losrannte und gleich hineinsprang. Nein, ich mußte mich nach und nach zu ihr hinaufarbeiten, indem ich in weit auseinanderliegenden Läden einen Anzug nach dem anderen kaufte, jedesmal einen, der ein wenig besser war als der vorhergehende, bis ich schließlich in Samt und Seide gekleidet und bereit wäre, meinen Plan auszuführen. Ich begab mich also auf den Weg.

Mein Plan fiel mit Pauken und Trompeten durch. Als ich um die erste Ecke bog, traf ich genau auf einen unserer Sklaven, der dort mit einem Häscher herumschnüffelte. In diesem Augenblick hustete ich, und er warf mir einen plötzlichen Blick zu, der mir durch Mark und Bein ging. Ich nehme an, er dachte wohl, diese Art zu husten komme ihm bekannt vor. Ich trat sogleich in ein Geschäft und schob mich langsam den Ladentisch entlang, sah mir die Preise an und beobachtete aus den Augenwinkeln die Straße. Jene Leute waren stehengeblieben, sprachen miteinander und sahen zur Tür herein. Ich beschloß, durch die Hintertür zu verschwinden, falls es eine gab, und fragte die Händlerin, ob ich nicht dort hinten hinausgehen und mich nach dem entlaufenen Sklaven umsehen könne, von dem man annehme, er halte sich dort irgendwo verborgen; ich erklärte, ich sei ein verkleideter Häscher, mein Kollege stehe dort an der Tür und bewache einen der Mörder; ob sie nicht so gut sein und hinausgehen wolle, um ihm zu sagen, er brauche nicht zu warten, sondern solle sich sofort zum unteren Ende der hinteren Gasse begeben und sich bereithalten, ihn einzufangen, wenn ich ihn aufstöberte.

Sie brannte vor Neugier, einen der schon berühmten Mörder zu sehen, und ging sogleich die Botschaft bestellen. Ich schlüpfte zur Hintertür hinaus, schloß sie hinter mir zu, steckte den Schlüssel in die Tasche und machte mich schmunzelnd und vergnügt auf den Weg.

Aber ich hatte wieder alles verdorben, hatte einen neuen Fehler gemacht, einen doppelten sogar. Es gab genügend Methoden, um den Häscher loszuwerden, aber nein, eine theatralische mußte ich auswählen; das ist mein hervorstechendster Charakterfehler. Außerdem hatte ich mein Vorgehen auf das abgestimmt, was der Häscher, der ja ein Mensch war, selbstverständlicherweise täte, während die Leute doch zuweilen gerade dann, wenn man es am wenigsten erwartet, genau das tun, was nicht das Selbstverständliche für sie ist. In diesem Fall wäre es für den Häscher das Selbstverständliche gewesen, mir auf den Fersen zu folgen; er hätte sich dann einer starken Eichentür gegenübergesehen, die sich, fest verschlossen, zwischen ihm und mir befunden hätte; bevor er sie hätte einschlagen können, wäre ich schon über alle Berge und damit beschäftigt gewesen, in eine Reihe von Verkleidungen zu schlüpfen, wobei ich bald zu der Art von Ausstaffierung gelangt wäre, die in Britannien ein sichererer Schutz vor aufdringlichen Spürhunden des Gesetzes war, als ihn bloße Unschuld und Lauterkeit des Charakters boten. Anstatt aber das Selbstverständliche zu tun, nahm mich der Häscher beim Wort und folgte meinen Anweisungen. Als ich daher, zufrieden über meine Schlauheit, aus jener Sackgasse getrabt kam, bog er eben um die Ecke, und ich lief geradenwegs in seine Handschellen. Hätte ich gewußt, daß es eine Sackgasse war – aber es gibt keine Entschuldigung für einen solchen Schnitzer; lassen wir das also. Schreibt es auf das Blatt, auf dem Gewinn und Verlust verzeichnet stehen.

Natürlich tat ich entrüstet und schwor, ich sei nach einer langen Seereise soeben erst gelandet und dergleichen mehr, nur weil ich sehen wollte, versteht ihr, ob das den Sklaven wohl täuschen werde. Es täuschte ihn jedoch nicht. Er hatte mich erkannt. Dann machte ich ihm Vorwürfe, weil er mich verraten hatte. Er war eher überrascht als beleidigt. Er riß die Augen auf und sagte:

»Was, du wünschst, daß ich ausgerechnet dich entkommen lasse, so daß du nicht mit uns hängst, da du doch die Ursache dafür bist, daß wir gehängt werden? Geh hin!«

»Geh hin« war ihr Ausdruck für »daß ich nicht lache!« oder »das wäre ja noch schöner!« Merkwürdig drückten sie sich aus, diese Leute.

Nun, in der Weise, wie er den Fall betrachtete, lag eine Art Aftergerechtigkeit, und so ließ ich das Thema fallen. Wenn man ein Unheil durch Streit nicht gutmachen kann, wozu dann streiten? Das ist nicht meine Art.

Deshalb sagte ich nur: »Du wirst nicht gehängt. Keiner von uns.«

Beide lachten, und der Sklave antwortete: »Vorher galtest du nicht für einen Narren. Wahre lieber deinen Ruf, zumal es dich ja keine lange Anstrengung mehr kostet.«

»Ich werde es aushalten, schätze ich. Noch vor dem morgigen Tag sind wir aus dem Gefängnis heraus und können außerdem gehen, wohin es uns beliebt.«

Der humorvolle Häscher hob mit dem Daumen sein linkes Ohr an, gab dabei ein röchelndes Geräusch von sich und sagte dann: »Aus dem Gefängnis, jawohl, da sagst du die Wahrheit. Frei, zu gehen, wohin du beliebst, wirst du sein, solange du nicht aus dem schwülen Reich seiner Gnaden des Teufels hinauswanderst.«

Ich beherrschte mich und sagte in gleichgültigem Ton: »Ich nehme an, du glaubst tatsächlich, daß wir innerhalb von ein oder zwei Tagen hängen werden.«

»Noch vor wenigen Minuten habe ich das geglaubt, denn so wurde es beschlossen und verkündet.«

»Ah, dann hast du also deine Meinung geändert, das willst du wohl sagen?«

»Ebendas. Vorhin habe ich es *geglaubt*, jetzt aber *weiß* ich es!«

Ich war zum Sarkasmus aufgelegt, deshalb antwortete ich: »O du wissender Diener des Gesetzes, dann laß dich dazu herab, uns mitzuteilen, was du eigentlich weißt.«

»Daß ihr alle noch heute um die Mitte des Nachmittags gehängt werdet! Oho, der Schlag hat gesessen. Stütze dich ruhig auf mich.«

Ich brauchte tatsächlich eine Stütze. Meine Ritter konnten gar nicht rechtzeitig eintreffen. Sie kämen ganze drei Stunden zu spät. Nichts in der Welt vermochte den König von England zu retten; mich auch nicht, und das war wichtiger. Wichtiger nicht nur für mich, sondern für das Land – das einzige Land auf Erden, das sich anschickte, zur Zivilisation aufzublühen. Mir war übel. Ich sagte nichts mehr, denn da gab es nichts zu sagen. Ich wußte, was der Mensch meinte: daß der Aufschub, sobald der noch fehlende Sklave gefunden wäre, widerrufen würde und die Hinrichtung noch heute stattfände. Nun, der fehlende Sklave war gefunden.

Sir Lanzelot kommt mit den Rittern zum Entsatz

Es war fast vier Uhr nachmittags. Der Schauplatz der Szene lag dicht vor den Stadtmauern von London. Der Tag war kühl, angenehm und wunderschön, die Sonne schien strahlend; ein Tag, an dem man Lust zu leben, nicht aber zum Sterben empfand. Die Zuschauermenge war riesengroß und erstreckte sich weithin; wir fünfzehn armen Teufel jedoch hatten nicht einen einzigen Freund darunter. In diesem Gedanken lag etwas Schmerzliches, wie man es auch ansehen mochte. Dort saßen wir nun auf unserem hohen Gerüst, ein Ziel des Hasses und des Spottes aller unserer Feinde. Man benutzte uns, um ein festliches Schauspiel zu veranstalten. Für den Adel und die angesehenen Leute war eine Art Tribüne gebaut worden, und darauf saßen sie vollzählig mit ihren Damen. Wir erkannten viele von ihnen.

Die Menge erhielt durch den König eine kurze und unerwartete Gelegenheit zur Belustigung. Sobald wir unserer Fesseln ledig waren, sprang er, in seine phantastischen Lumpen gekleidet und mit seinem zur Unkenntlichkeit zerschundenen Gesicht auf, verkündete, er sei Artus, König von England, und bedrohte jeden Anwesenden mit den schrecklichen Strafen, die auf Hochverrat standen, wenn ein Haar seines geheiligten Hauptes gekrümmt würde. Es bestürzte und überraschte ihn, als die Zuhörer in brüllendes Gelächter ausbrachen. Er fühlte sich in seiner Würde verletzt und hüllte sich in Schweigen, obgleich die Menge ihn bat, doch weiterzureden, und versuchte, ihn mit Johlen und höhnischem Geschrei herauszufordern und mit Rufen wie:

»Er soll sprechen! Der König! Der König! Seine demütigen Untertanen hungern und dürsten nach weisen Worten aus dem Munde ihres Herrn, Seiner Erhabenen und Heiligen Zerlumptheit!«

Das verfehlte jedoch seine Wirkung. Er hüllte sich in seine ganze Majestät und saß ungerührt unter dem Sturm von Verachtung und Beleidigung. Auf seine Art war er wirklich groß. In Gedanken verloren, hatte ich meinen weißen Verband abgenommen und wand ihn um meinen rechten Arm. Als die Menge es bemerkte, fiel sie nun über mich her. Sie rief: »Gewiß ist der Matrose dort sein Minister – seht nur sein kostbares Amtszeichen!«

Ich ließ sie weiterjohlen, bis sie müde wurden, und dann sagte ich: »Jawohl, ich bin sein Minister, der Boss, und morgen werdet ihr von Camelot hören, was ...«

Weiter kam ich nicht. Sie übertönten mich mit ihrem fröhlichen Spottgeschrei. Bald darauf aber wurde es still, denn die Sheriffs von London in ihren Amtsgewändern und ihre Gehilfen begannen geschäftig zu werden, was bedeutete, daß es jetzt losgehen sollte. In dem Schweigen, das nun folgte, wurde unser Verbrechen noch einmal bekanntgegeben, das Todesurteil verlesen, und dann entblößten alle die Köpfe, während ein Priester ein Gebet sprach.

Danach wurden einem Sklaven die Augen verbunden, und der Henker entrollte seinen Strick. Dort unter uns lag die ebene Landstraße, auf deren einer Seite wir standen und auf deren anderer die dichtgedrängte Menge eine Mauer bildete – eine schöne, offene Straße, die von den Bütteln freigehalten wurde; wie angenehm wäre es doch, wenn meine fünfhundert Ritter auf ihr angebraust kämen! Aber nein, das war ausgeschlossen. Meine Blicke folgten dem immer schmaler werdenden Band bis in die weite Ferne – nicht ein Reiter war zu sehen, nicht die Spur eines solchen.

Es gab einen Ruck, und der Sklave baumelte – baumelte und zappelte gräßlich, denn seine Glieder waren nicht gefesselt.

Wieder wurde ein Seil entrollt, und im nächsten Augenblick baumelte der zweite Sklave.

Eine Minute darauf zappelte ein dritter in der Luft. Es war entsetzlich. Ich wandte einen Moment mein Gesicht ab, und als ich wieder zurückblickte, vermißte ich den König! Sie verbanden ihm eben die Augen! Ich war wie gelähmt, ich konnte mich nicht rühren, ich war am Ersticken, meine Zunge versagte den Dienst. Sie wurden mit dem Umlegen der Binde fertig und führten ihn unter den Strick. Ich vermochte die nicht weichen wollende Ohnmacht nicht abzuschütteln. Als ich aber sah, wie sie ihm die Schlinge um den Hals legten, löste sich der Bann, ich sprang vor, um ihm zu helfen, und während des Sprungs warf ich noch einmal einen Blick hinunter – und beim Himmel, da kamen sie an, mit gefällter Lanze, fünfhundert gepanzerte und gegürtete Ritter, auf Fahrrädern!

Es war der großartigste Anblick, den je einer gesehen hat. Herrgott, wie doch die Federbüsche wehten, und wie die Sonne in dem fast endlosen Zug von Speichenrädern flammte und blitzte!

Ich schwenkte meinen rechten Arm, als Lanzelot herbeisauste – er kannte mein Tuch, ich riß dem König Schlinge und Binde ab und rief:

»Auf die Knie, jeder einzelne von euch Schuften, und begrüßt den König! Wer es unterläßt, soll noch heute in der Hölle schmoren!«

Ich bediene mich immer dann dieses erhabenen Stils, wenn ich zum Höhepunkt eines Effekts gelange. Nun, es war prachtvoll, wie Lanzelot und seine Jungens auf das Schafott heraufschwärmten und Sheriffs und dergleichen über Bord hievten. Es war auch ein hübscher Anblick, wie die überraschte Menge auf die Knie fiel und den König, den sie soeben erst verhöhnt und beleidigt hatte, um ihr Leben anflehte. Als er dort abgesondert stand und in seinen Lumpen diese Huldigung entgegennahm, dachte ich bei mir, es liege schließlich doch etwas Großartiges in der Haltung und dem Gebaren eines Königs.

Ich war unendlich zufrieden. Alles in allem genommen ergab die ganze Situation einen der prachtvollsten Effekte, den ich je inszeniert hatte.

Da kommt doch plötzlich Clarence in höchsteigener Person an, zwinkert mit den Augen und sagt auf ganz moderne Weise: »War 'ne schöne Überraschung, nicht? Ich wußte ja, daß sie dir gefallen würde. Hab die Jungens schon lange heimlich dafür trainieren lassen, und sie brannten auf eine Gelegenheit, sich zu produzieren.«

Der Kampf des Yankees gegen die Ritter

Wieder daheim in Camelot. Ein oder zwei Tage darauf fand ich morgens auf dem Frühstückstisch neben meinem Teller die Zeitung, die noch feucht vom Druck war. Ich blätterte zum Anzeigenteil um, denn ich wußte, daß ich dort etwas fände, was mich persönlich anging. Es war folgendes:

De Par le Rot

Misset, daß der große Herr und berühmte
8itter SIR SAGRAMOR, der BEGIEꓤIGE,
gerugen wird, um die vierte Stunde des
sechzehnten Tages kommenden Monats dem
Minister des Königs, der gennnt wird
Der BOss, zur Dühne Früherer Beleidugung
im Turnierring zu Camelot zu begegnen.
Der Kempf wird à !-outrance veführet,
dieweil genannte Beleidigung töttlicher
Natur war und jegliche VerSöhnung ausschließt.

De Par le ꓤo:

Der Leitartikel, in dem Clarence sich auf die Ereignisse bezog, lautete:

urückgezogen	Wer einen Bl7ck auf den Anzeigen-	unseres
rbeit aufrecht	teil unserer Zeitung wirft, wird fest-	und Sof
sehen schon	stellen, daß der hiesigen Gemeinde	zwe! von
on allge	das Λergnügen einer ungewöhnlich	nerling
sind	interessanten VOrstellung auf dem	säwtlich
an	Gebiete des Turniers bevorsteht. Die	gesprodh
wir	Namen der KÜnstler bieten Gewähr	berei!g
tzung	für gute UnterHaltung. Díe Kasse wird	gut Er
auch um	ab 13. um 12 Uhr mittags geöffnet sein;	am
junge nner	Eintrittspreis 3 Cent, reservier!e Plätze	kann
vin un en un-	5 Cent. Der Erlös geht in die Kasse	die ∀rt
g des be	desHospitals ɑas Königliche Paar und	machen

Hilfe des bes-
großzügiges
einzuwaschen
ɯnɐʞ noch je
ksicht darau!
ursprünglich
jemals zuvor
en unseren
den 8erg
andere.
cht den
haben,
gern
den
eu
d
ei
der
selbe
vertrete
Hörensagen,
icht organisch
Missionen die
damit beide n
rückzuziehen
mer beɹıəʇen,
allen Gebie-
kaum nüßlich
aswegen der
aller Art
solcher
guter
eine
nur
so
e
ui
mit
ganze

der gesamte HOf werden anwesend sein. Mit Ausnahme der genannten Personen sowie der Presse und der Geistlichkeit er8cält niemand freien Eintritt. Hiermit wird gewarnt, Billetts bei Schwindlern zu erwerben, da sie am Eingang nicht berücksichtigt werden. Jebermann kennt und schätzt den Boss, jedermann kennt und schätzt Sir Sag. wir bitten also um zahlreiches Erscheinen, um die Jungens würdig zu verabschieden. VerGeßt bitte nicht daß der Erlös für ein großes und unabhängiges Berk der BarmHerzigkeit bestimmt ist, ein Werk, das mit großzügiger Hilfsbereitschaft seine helfende Hand, die warm ist vom Blut eines libenden Herzen, allen denen hinstreckt, die da lıəden, ohne Ansehen der Rasse, d es Glaubens, der Lebensumstände oder der Hautfarbe, bisher die einzige Barmherzigkeit der Welt, deren WohlTätigkeit keinen politisch-religiösen Haken hat, sondern verkündet: Hier fließt der Strom, laßt *alle* kommen und sich laben! HeRaus, allesamt! Bringt Pfannkuchen und Gummibonbons mit und amüsiert euch. KUchen an Ort und Stelle erhältlich, sowie auch Steine, um ihn zu Knacken, und Zirkuslimonade, bestehend aus 3 Tropfen Limonadensaft auf 1 Faß Wasser.

PS. Es handelt sich hierbei um das erste Turnier, *as entsprechend den neuen Gesetzen abgehalten wird, wonach jeder Teilnehmer die Waffe benutzen darf, die ihm zusa"t.* Bitte ·uəʇɥɔɐəq nz sɐp

natürlich
che Breun
solche G
liebenswu
hinterher:
von und
es ist
nun k
kan
ei
nen
mitt
kann so
alles au
noch unte
Legionenv
ähnlich
und der
kann k
und
da
e
zu
nen
mitb
um für
gefragz
ausgenom
natürlich
nicht m
niema.s
vergoßen
etwas k
nichz
bber
aufger
keinesme
mehr in
sənden

Bis zu dem festgesetzten Tage wurde in ganz Britannien von nichts anderem als nur von diesem Zweikampf gesprochen. Alle übrigen Gesprächsthemen büßten jede Bedeutung ein, schwanden aus dem Gedächtnis der Menschen und verloren ihr Interesse. Das geschah nicht, weil etwa ein Turnier ein großes Ereignis gewesen wäre oder weil vielleicht Sir Sagramor den Heiligen Gral gefunden hatte; er hatte ihn nicht gefunden, sondern Mißerfolg gehabt; auch nicht, weil die (offiziell) zweithöchste Persönlichkeit des Reiches einer der beiden Duellanten war – nein, alle diese Dinge waren nichts Ungewöhnliches. Es gab jedoch gewichtige Gründe für das außergewöhnliche Interesse, das der kommende Zweikampf hervorrief. Sie bestanden in der Tatsache, daß das ganze Land wußte: hier handelte es sich sozusagen nicht um ein Duell zwischen gewöhnlichen Menschen, sondern um einen Kampf zwischen zwei mächtigen Zauberern, ein Duell, bei dem nicht Muskelkraft, sondern Geisteskräfte, nicht menschliche Gewandtheit, sondern übermenschliche List und Verschlagenheit den Ausschlag geben sollten; dies wäre das Finale um die Vorherrschaft, das zwischen den beiden größten Magiern der Zeit ausgetragen würde. Allen war klar, daß die hervorragendsten Leistungen der berühmtesten Ritter im Vergleich mit einem solchen Schauspiel nichts bedeuteten, daß sie neben dieser geheimnisvollen Schlacht der Götter nur ein Kinderspiel wären. Ja, alle Welt wußte, daß es sich in Wahrheit um ein Duell zwischen Merlin, der seine Zauberkunst mit der meinen messen wollte, und mir handelte. Es war bekannt, daß Merlin ganze Tage und Nächte damit verbracht hatte, Sir Sagramors Rüstung und Waffen mit übernatürlichen Offensiv- und Defensivkräften zu durchtränken, und daß er ihm von den Geistern der Luft einen flauschigen Schleier besorgt hatte, der seinen Träger für dessen Gegner unsichtbar machte, während er für andere Menschen sichtbar blieb. Gegen den so gewappneten und geschützten Sir Sagramor konnten tausend Ritter nichts ausrichten, keine der bekannten Zauberkünste vermochte ihn zu besiegen. Das waren feststehende Tatsachen, darüber gab es keinen Zweifel und auch keinen Grund zum Zweifeln. Nur eine Frage erhob sich: mochten wohl noch andere magische Künste existieren, die Merlin *unbekannt* waren und Sir Sagramors Schleier für mich durchsichtig, seinen verhexten Panzer für meine Waffen verwundbar machten? Das war das große Rätsel, das erst auf dem Turnierring gelöst werden würde. Bis dahin mußte die Welt in Spannung verharren.

Alle Welt dachte also, hier stehe etwas Bedeutendes auf dem Spiel, und alle Welt hatte recht; es war aber nicht das, was sie meinten. Nein, über etwas viel Bedeutenderes sollten die Würfel fallen: über das *Fortbestehen des fahrenden Rittertums.* Ich war ein Vorkämpfer, das stimmte freilich, aber nicht Vorkämpfer der frivolen schwarzen Kunst, sondern des harten, unsentimentalen gesunden Menschenverstandes und der Vernunft. Ich betrat den Turnierring, um entweder das fahrende Rittertum zu vernichten oder aber sein Opfer zu werden.

So groß das Gelände auch war, es gab am 16. ab zehn Uhr morgens keinen freien Platz mehr. Die Mammuttribüne war mit Flaggen, Wimpeln sowie mit kostbaren Teppichen geschmückt und vollgestopft mit mehreren Morgen unbedeutender tributpflichtiger Zaunkönige, ihrem Gefolge und der britischen Aristokratie; unsere eigene königliche Bande saß auf dem Ehrenplatz, und jeder einzelne davon glich einem glitzernden Prisma, prunkend in Samt und Seide – nun, es gibt meines Wissens nichts, was dem gleichkäme, außer dem Wettkampf zwischen einem Sonnenuntergang am Oberen Mississippi und dem Nordlicht. Das riesige Lager der flaggengeschmückten, bunten Zelte an einem Ende des Turnierrings, jedes mit einem stocksteif dastehenden Wachtposten vor dem Eingang, neben dem als Herausforderung ein blanker Schild hing, bot gleichfalls einen prächtigen Anblick. Versteht ihr, alle Ritter, die auch nur ein bißchen Ehrgeiz und Standesbewußtsein hatten, waren erschienen, denn meine Einstellung dieser Kaste gegenüber war kein Geheimnis, und hier bot sich ihnen ihre Gelegenheit. Gewann ich meinen Kampf gegen Sir Sagramor, dann hatten andere das Recht, mich herauszufordern, solange ich nur gewillt war, die Fehde anzunehmen.

An unserem Ende des Rings standen nur zwei Zelte: eins

für mich und eins für meine Diener. Zur festgesetzten Stunde gab der König ein Zeichen; nun erschienen die Herolde in ihren Heroldsröcken, kündigten die Teilnehmer des Zweikampfes an und gaben die Ursache für den Streit bekannt. Dann entstand eine Pause, danach erklang schallend ein Hornstoß, das Signal für uns herauszukommen. Die gesamte Zuschauermenge hielt den Atem an, und in jedem Antlitz spiegelte sich lebhafte Neugier.

Aus seinem Zelt ritt der große Sir Sagramor, ein achtunggebietender Eisenturm, hoheitsvoll und steif; seine starke Hand hielt den senkrecht im Halter stehenden Speer; Kopf und Brust seines stattlichen Rosses waren stahlgepanzert und dessen Körper mit reichen Schabracken verziert, die fast auf dem Boden schleiften – oh, es war ein sehr edles Bild. Ein lauter Ruf des Willkommens und der Bewunderung erscholl.

Heraus kam nun auch ich. Kein Ruf aber begrüßte mich. Einen Augenblick lang herrschte erstauntes und beredtes Schweigen, und dann fegte eine brausende Woge des Gelächters über dieses Menschenmeer; ein warnender Hornstoß gebot ihr jedoch Einhalt. Ich trug einfachste und bequemste Turnkleidung – fleischfarbenes Trikot vom Hals bis zu den Füßen, kurze blaue Seidenpumphose um die Lenden und keinerlei Kopfbedeckung. Mein Pferd war nur mittelgroß, aber sehr wendig, feingliedrig, mit Muskeln, die Sprungfedern glichen – der reinste Windhund. Es war ein Prachttier, glänzend wie Seide und so nackt, wie es geboren worden war, mit Ausnahme des Zügels und eines Cowboysattels.

Der Eisenturm und die prachtvolle Steppdecke kamen schwerfällig aber in eleganten Pirouetten den Ring heran, und wir tänzelten ihnen leichtfüßig entgegen. Wir hielten, der Turm grüßte, ich antwortete; dann wandten wir die Pferde und ritten Seite an Seite zur Ehrentribüne; dort nahmen wir vor unserem König und unserer Königin Aufstellung und huldigten ihnen. Die Königin rief:

»Wehe, Sir Boss, willst du denn nackt kämpfen und ohne Lanze, noch Schwert, noch ...«

Der König unterbrach sie jedoch und gab ihr mit einem

oder zwei höflichen Sätzen zu verstehen, daß sie die Sache nichts anging. Wieder schmetterten die Hörner; wir trennten uns, ritten jeder zu einem anderen Ende der Schranken und nahmen Aufstellung. Nun trat der alte Merlin in Sicht und warf ein zartes Gewebe von Spinnwebfäden über Sir Sagramor, das ihn in Hamlets Geist verwandelte; der König gab ein Zeichen, die Hörner erklangen, Sir Sagramor legte seine lange Lanze ein, und im nächsten Augenblick kam er auch schon die Bahn entlanggedonnert, mit wehendem Schleier; ich zischte wie ein Pfeil durch die Luft, um ihm zu begegnen, und spitzte dabei die Ohren, als stellte ich Standort und Bewegung des unsichtbaren Ritters mit Hilfe des Gehörs, ohne ihn zu sehen, fest. Ein Chor von ihn anspornenden Rufen erklang, und eine einzelne tapfere Stimme rief auch für mich ein ermunterndes Wort:

»Immer ran, Yankee-Jim!«

Ich hätte ohne weiteres wetten können, daß Clarence diese Gunstbezeigung für mich organisiert und auch die Ausdrucksweise geliefert hatte. Als die furchterregende Lanzenspitze noch anderthalb Yards von meiner Brust entfernt war, riß ich mühelos mein Pferd zur Seite, und der große Ritter fegte vorbei, was ihm null Punkte einbrachte. Diesmal erhielt ich ziemlich viel Beifall. Wir wendeten, nahmen unseren Schneid zusammen, und von neuem sausten wir die Bahn hinunter. Wieder null Punkte für den Ritter und Beifallsgebrüll für mich. Noch einmal wiederholte sich das Gleiche, und diesmal erhob sich ein solcher Wirbelsturm von Applaus, daß Sir Sagramor in Wut geriet, sogleich seine Taktik änderte und es sich zur Aufgabe machte, mir nachzujagen. Nun, damit hatte er ja nun überhaupt keine Aussicht; es war ein Fangspiel, bei dem alle Vorteile auf meiner Seite lagen; ich wirbelte spielend leicht aus seinem Weg, wann immer es mir beliebte, und einmal klopfte ich ihm auf den Rücken, als ich nach hinten stob. Endlich nahm ich die Jagd selbst in die Hand, und danach mochte er sich drehen und wenden oder tun was er nur wollte, es gelang ihm nicht mehr, hinter mich zu kommen – immer fand er sich am Ende seines Manövers wieder vorn. So gab er auch das auf und zog sich an seine Seite der

Schranken zurück. Offensichtlich hatte er jetzt die Geduld verloren, denn er schleuderte mir ein Schimpfwort entgegen, das auch meiner ein Ende setzte. Ich streifte mein Lasso vom Sattelknauf und packte die Seilrolle mit der rechten Hand. Das hättet ihr sehen sollen, wie er diesmal angestürmt kam! Offensichtlich meinte er es ernst; seinem Tempo nach zu urteilen, sah er rot vor Wut. Ich saß bequem auf meinem Pferd und schwang die große Schlinge meines Lassos in weiten Kreisen über meinem Kopf; sobald er auf dem Weg war, ritt ich ihm entgegen; als die Entfernung zwischen uns nur noch vierzig Fuß betrug, sandte ich die Schlangenspirale meines Seils sausend durch die Luft, schoß dann zur Seite, wandte mich um und brachte mein gut abgerichtetes Tier plötzlich zum Stehen, wobei es sich mit allen Vieren gegen den Boden stemmte, um dem Ruck zu widerstehen. Im nächsten Augenblick spannte sich das Seil und riß Sir Sagramor aus dem Sattel. Heiliges Kanonenrohr, das war vielleicht eine Sensation!

Zweifellos sind Neuheiten das Allerbeliebteste, was es auf dieser Welt gibt. Die Leute dort hatten dieses Cowboykunststück noch nie gesehen und gerieten vor Entzücken ganz außer sich. Von allen Seiten erklang der Ruf: »Dakapo! Dakapo!«

Ich wunderte mich, woher sie den Ausdruck wohl hatten, aber mir blieb keine Zeit, über philologische Fragen nachzugrübeln, denn jetzt war der ganze Bienenstock von fahrenden Rittern in Aufruhr geraten und summte erregt; meine Aussicht, ins Geschäft zu kommen, hätte nicht besser sein können. Sobald mein Lasso gelöst war und man Sir Sagramor zu seinem Zelt geleitet hatte, holte ich das lose Seil ein, bezog wieder Stellung und begann die Schlinge von neuem um meinen Kopf kreisen zu lassen. Ich war gewiß, daß ich sie wieder gebrauchen könnte, sobald die Ritter einen Nachfolger für Sir Sagramor gewählt hatten, und das dauerte gewiß nicht lange, wo so viele Kandidaten vorhanden waren, die darauf brannten. Sie wählten auch tatsächlich sofort einen: Sir Hervis de Revel.

Bsss! Da kam er angesaust wie ein brennendes Haus; ich wich zur Seite, er schoß vorbei wie ein Blitz, und meine

Roßhaarschlinge legte sich ihm um den Hals; ein paar Sekunden später – fst! Sein Sattel war leer.

Ich erhielt wieder ein Dakapo und dann noch eins, darauf wieder eins und noch mal eins. Als ich fünf Mann aus dem Sattel geholt hatte, begann die Sache den Eisengepanzerten ernst zu erscheinen; sie machten eine Pause und hielten eine Beratung ab. Sie kamen zu dem Schluß, es sei wohl an der Zeit, Etikette Etikette sein zu lassen und ihre Größten und Besten gegen mich loszuschicken. Zum Erstaunen jener kleinen Welt lassote ich auch Sir Lamorak de Galis und danach Sir Galahad. Ihr seht also, daß ihnen nun nichts mehr weiter übrigblieb, als ihren Trumpfbuben auszuspielen und den Wunderbarsten der Wunderbaren, den Mächtigsten der Mächtigen, den großen Sir Lanzelot höchstselbst antreten zu lassen!

War das ein stolzer Augenblick für mich? Das sollte ich wohl meinen! Dort drüben saß Artus, der König von Britannien, dort saßen Ginevra und, jawohl, ganze Stämme von kleinen Provinzkönigen und -königlein; in dem Zeltlager dort hinten hielten sich berühmte Ritter aus vielen Landen auf sowie auch der ausgesuchteste Kreis der ganzen Ritterschaft, nämlich die von der Tafelrunde, die erlauchtesten Ritter der Christenheit; das großartigste von allem aber war die Tatsache, daß dort die Sonne ihres strahlenden Sternensystems in eigener Person erschienen war und die Lanze fällte – Brennpunkt der Blicke von vierzigtausend anhimmelnden Augen, während hier ich stand, ganz allein, und ihm auflauerte. Blitzartig kam mir das liebe Bild eines gewissen Fräuleins vom Amt in West Hartfordshire in den Sinn, und ich wünschte, sie könnte mich jetzt sehen! In diesem Augenblick kam der Unbesiegbare angebraust wie ein Wirbelsturm – die höfische Welt erhob sich und beugte sich vor – die verhängnisvolle Schlinge kreiste in der Luft – und bevor man auch nur mit den Augen zwinkern konnte, schleifte ich Sir Lanzelot auf dem Rücken durch den Ring und warf Kußhände rings umher, zur Antwort auf die stürmisch wehenden Tücher und den donnernden Applaus, der mich grüßte!

Da sagte ich mir, während ich mein Lasso aufrollte, es

über den Sattelknauf hängte und trunken vor Ruhm dasaß: ›Der Sieg ist vollkommen – niemand wird mehr wagen, sich mit mir zu messen – das fahrende Rittertum ist tot.‹ Nun stellt euch mein Erstaunen – und auch das aller übrigen – vor, als jener besondere Hornstoß ertönte, der ankündigt, daß ein neuer Wettstreiter sich anschickt, in die Schranken zu reiten! Hier ging etwas Rätselhaftes vor, ich konnte mir die Sache nicht erklären. Als nächstes bemerkte ich, wie sich Merlin von mir fortschlich, und dann stellte ich fest, daß mein Lasso nicht mehr da war! Gewiß hatte der alte Taschenkünstler es gestohlen und unter seinem Gewand verborgen.

Das Horn klang von neuem. Ich sah auf, und da kam Sir Sagramor wieder angeritten, hatte sich den Staub abgewischt und den Schleier wieder schön um sich drapiert. Ich trabte ihm entgegen und tat, als lasse ich mich, um ihn zu finden, vom Geräusch der Hufe seines Pferdes leiten.

Er sagte: »Du bist hellhörig, das wird dich aber vor dem da nicht retten!« Er berührte den Griff seines großen Schwertes. »Wenn du es durch die Wirkung des Schleiers nicht sehen kannst, so wisse denn, daß es keine schwerfällige Lanze, sondern ein Schwert ist – und ich weiß, daß du ihm nicht zu entkommen vermagst.«

Er hatte das Visier aufgeklappt; sein Lächeln verhieß Tod. Seinem Schwert konnte ich nicht ausweichen, das war klar. Diesmal mußte jemand sterben. Falls er sich meinen Nachteil zunutze machte, konnte ich schon jetzt sagen, wer die Leiche wäre. Wir ritten gemeinsam vor, um die Hoheiten zu begrüßen. Jetzt war der König beunruhigt. Er fragte: »Wo ist deine seltsame Waffe?«

»Gestohlen, Sire.«

»Hast du noch eine zur Hand?«

»Nein, Sire, ich habe nur diese eine mitgebracht.«

Da mischte sich Merlin ins Gespräch: »Er hat nur die eine mitgebracht, weil er nur die eine mitbringen konnte. Eine zweite wie sie existiert nicht. Sie gehört dem König der Dämonen des Meeres. Der Mann ist ein Betrüger und dazu noch unwissend, sonst wäre ihm bekannt, daß man diese Waffe nur in acht Treffen benutzen kann; danach verschwindet sie in ihre Heimatstatt unter dem Meere.«

»Dann ist er doch ohne Waffe«, sagte der König. »Sir Sagramor, du wirst ihm gestatten, sich eine auszuleihen.«

»Und ich will sie ihm borgen!« rief Sir Lanzelot und hinkte herbei. »Der Ritter ist so tapfer wie nur irgendeiner, der da lebt, und soll meine Waffe haben.«

Er legte die Hand auf sein Schwert, um es aus der Scheide zu ziehen, aber Sir Sagramor bemerkte: »Halt, das kann nicht sein. Er soll mit seinen eigenen Waffen kämpfen; er hatte das Vorrecht, sie auszuwählen und mitzubringen. Wenn er sich getäuscht hat, kommt es auf sein Haupt.«

»Ritter!« sagte der König. »Du bist vor Leidenschaft ganz außer dir; es verwirrt dir den Verstand. Willst du einen nackten Mann töten?«

»Wenn er das tut, soll er es mir verantworten«, sagte Sir Lanzelot.

»Ich will es vor jedem, der es wünscht, verantworten«, erwiderte Sir Sagramor hitzig.

Merlin fiel ihm ins Wort, rieb sich die Hände und lächelte sein schuftigstes Lächeln voll boshafter Schadenfreude:

»Gut gesprochen, gar gut gesprochen! Genug nun der Verhandlungen, laßt unseren Herrn, den König, das Zeichen zum Kampfe geben!«

Der König mußte sich fügen. Das Horn schmetterte seine Ankündigung hinaus; wir wandten uns um und ritten jeder an seinen Platz. Dort standen wir in hundert Yards Entfernung einander gegenüber, so starr und bewegungslos wie Reiterstatuen. In lautlosem Schweigen verharrten wir so eine ganze Minute lang, alle blickten uns an, niemand rührte sich. Es schien, als könne der König es nicht übers Herz bringen, das Signal zu geben. Endlich aber hob er die Hand, der helle Klang des Horns ertönte. Sir Sagramors lange Klinge beschrieb einen blitzenden Bogen in der Luft, und dann war es prächtig, ihn herbeistürmen zu sehen. Ich saß still. Er kam immer näher. Ich rührte mich nicht. Die Leute waren so aufgeregt, daß sie mir zuriefen:

»Flieht, flieht, rettet Euch! Dies hier ist Mord!«

Ich bewegte mich nicht einen Zoll breit vom Fleck, bis

die herandonnernde Gestalt nur noch fünfzehn Schritte weit von mir entfernt war; dann riß ich einen Dragonerrevolver aus dem Halfter, es gab einen Blitz und einen Knall, und schon war der Revolver wieder im Halfter, bevor noch jemand sagen konnte, was geschehen war.

Hier jagte ein reiterloses Pferd vorbei, und dort lag Sir Sagramor, mausetot.

Die Leute, die zu ihm hinrannten, waren sprachlos, als sie feststellten, daß tatsächlich kein Leben mehr in dem Manne war, obwohl sie keinen Grund dafür finden konnten – keine Verletzung an seinem Körper, nichts, was wie eine Wunde aussah. Das Bruststück seines Kettenpanzers hatte zwar ein Loch, aber einer solchen Kleinigkeit maßen sie keine Bedeutung bei, und da bei einer Schußwunde an dieser Stelle kaum Blut fließt, war auch wegen der Kleidung und der Polster, die er unter der Rüstung trug, keins zu sehen. Die Leiche wurde zum König geschleift, damit er und die Großmächtigen auf sie hinunterblicken konnten. Sie waren natürlich fassungslos vor Staunen. Ich wurde aufgefordert, zu kommen und das Wunder zu erklären. Ich blieb jedoch so unbeweglich wie eine Statue dort, wo ich mich befand, und sagte:

»Wenn es ein Befehl ist, dann komme ich, aber mein Herr und König weiß, daß ich da stehe, wo ich dem Gesetz des Kampfes zufolge bleiben muß, solange noch irgendjemand gegen mich anzutreten wünscht.«

Ich wartete. Niemand forderte mich heraus.

Nun rief ich: »Falls irgendwelche Leute daran zweifeln, daß ich rechtmäßig und auf ehrliche Weise Sieger auf diesem Feld geblieben bin, so warte ich nicht, bis sie mich herausfordern, sondern ich fordere hiermit sie heraus.«

»Das ist ein tapferes Angebot«, sagte der König, »und steht dir wohl an. Wen nennst du zuerst?«

»Ich nenne keinen, ich fordere alle heraus! Hier stehe ich und stelle mich der Ritterschaft von England, damit sie gegen mich in die Schranken tritt – nicht einzeln, sondern in Massen!«

»Was!« riefen ein paar Dutzend Ritter.

»Ihr habt die Herausforderung gehört. Nehmt sie an,

sonst erkläre ich euch zu feigen Rittern und jeden einzelnen von euch für besiegt!«

Das war Bluff, versteht ihr. In einer solchen Lage ist es geraten, eine kühne Miene aufzusetzen und seine Karten so auszuspielen, als hätte man hundertmal bessere: in neunundvierzig von fünfzig Fällen wagt niemand zu fordern, daß ihr eure »Hand« vorweist, und ihr streicht den Gewinn ein. Dieses eine Mal aber – nun, die Sache sah mau aus! Im Nu kletterten fünfhundert Ritter in den Sattel, und bevor man sich's versah, war schon ein weithin ausschwärmender Haufe auf dem Weg und polterte auf mich los. Ich riß beide Revolver aus den Halftern, begann die Entfernung abzuschätzen und meine Chancen zu berechnen.

Peng! Ein Sattel war leer. Peng! Ein zweiter. Peng – peng, ich hatte zwei erwischt. Nun, die Sache stand auf des Messers Schneide, das wußte ich. Wenn ich die elfte Kugel verschoß, ohne diese Leute dort überzeugt zu haben, dann mußte mich der zwölfte Mann ganz sicher töten. Deshalb fühlte ich mich so froh wie noch nie, als mein neunter Schuß seinen Mann niederstreckte und ich bemerkte, daß die Menge unsicher zu werden begann – ein Vorzeichen der Panik. Wenn ich jetzt auch nur einen Augenblick verlor, dann mochte es um meine letzte Chance geschehen sein. Ich verlor aber keinen. Ich hob die Revolver und zielte auf sie – das Heer, das stehengeblieben war, hielt noch einen Augenblick stand, stob dann auseinander und floh.

Ich war der Sieger des Tages. Das fahrende Rittertum war nun dem Untergang geweiht. Der Vormarsch der Zivilisation hatte begonnen. Was ich empfand? Ach, das könnt ihr euch gar nicht vorstellen. -

Und Kollege Merlin? Seine Aktien standen wieder ganz flau. Jedesmal, wenn die Zauberei des hohlen Wortschwalls versuchte, eine Entscheidung zwischen sich und der Zauberei der Wissenschaft herbeizuführen, dann zog jene irgendwie den kürzeren.

Drei Jahre später

Als ich nun dem fahrenden Rittertum das Rückgrat gebrochen hatte, hielt ich es nicht mehr für notwendig, im geheimen zu arbeiten. Schon am nächsten Tag enthüllte ich deshalb meine verborgenen Schulen, meine Bergwerke und mein weitverzweigtes Netz von getarnten Fabriken und Werkstätten einer erstaunten Welt. Das heißt, ich enthüllte das 19. Jahrhundert vor den Blicken des 6.

Nun, es ist immer zweckmäßig, einen einmal gewonnenen Vorteil rasch zu nutzen. Die Ritter waren zeitweilig niedergeschlagen; wenn ich aber dafür sorgen wollte, daß sie es blieben, dann mußte ich sie einfach lähmen – unter dem ginge es nicht. Versteht ihr, ich hatte bei jener letzten Gelegenheit auf dem Turnierring geblufft; es wäre ganz natürlich, daß sie auch zu diesem Schluß kämen, wenn ich ihnen Gelegenheit dazu gäbe. Ich durfte ihnen also keine Zeit lassen und ließ sie ihnen auch nicht.

Ich wiederholte meine Herausforderung, ließ sie in Messing gravieren und anschlagen, wo jeder Priester sie ihnen vorlesen konnte; dazu brachte ich sie auch laufend im Anzeigenteil der Zeitung.

Ich wiederholte sie nicht nur, sondern ich erweiterte sie noch. Ich erklärte, sie sollten den Tag ruhig nennen, dann wollte ich mir fünfzig Gehilfen nehmen, *gegen die gesamte Ritterschaft der Welt ins Feld ziehen und sie vernichten.*

Diesmal war es kein Bluff. Ich meinte wirklich, was ich behauptete, ich konnte ausführen, was ich verhieß. Die Sprache dieser Herausforderung war nicht mißzuverstehen. Selbst der dümmste Ritter begriff, daß es sich hier ganz offensichtlich darum handelte, sich entweder zu stellen oder aufhören zu bellen. Sie waren vernünftig und taten das zweite. In den ganzen darauffolgenden drei Jahren verursachten sie mir keinerlei nennenswerten Verdruß.

Stellt euch vor, die drei Jahre sind vergangen. Nun seht euch nur einmal in England um. Ein glückliches, wohlhabendes Land war es jetzt, seltsam verändert. Überall gab es Schulen, auch mehrere Hochschulen, dazu eine Anzahl recht guter Zeitungen. Sogar die Schriftstellerei begann sich zu entfalten; Sir Dinadan, der Spaßvogel, war der erste auf dem Gebiet; er brachte einen Band graubärtiger Witze heraus, die mir bereits seit dreizehnhundert Jahren vertraut waren. Hätte er jenen alten, abgestandenen von dem Vortragskünstler weggelassen, dann hätte ich nichts gesagt; den aber konnte ich nicht ertragen. Ich ließ das Buch einstampfen und den Verfasser hängen.

Die Sklaverei war tot und vergessen, alle Menschen waren vor dem Gesetz gleich, und die Steuern hatte man gerecht verteilt. Der Telegraf, das Telefon, das Grammophon, die Schreibmaschine, die Nähmaschine und all die tausend anderen und willigen geschickten Diener des Dampfes und der Elektrizität waren auf dem Wege, sich die allgemeine Gunst zu erobern. Wir hatten einen oder zwei Dampfer auf der Themse, wir besaßen Dampfkriegsschiffe und die Anfänge einer Handelsdampfschifflotte; ich machte Anstalten, eine Expedition zur Entdeckung Amerikas auszusenden.

Wir bauten auch mehrere Eisenbahnlinien; unsere Strecke von Camelot nach London war bereits fertiggestellt und in Betrieb. Ich war klug genug, alle Posten, die mit dem Passagierdienst zu tun hatten, zu hohen Ämtern zu machen, die große Ehre einbrachten. Meine Absicht dabei war, die Ritterschaft und den Adel anzulocken, damit sie sich nützlich machten und dumme Streiche unterließen. Der Plan war sehr erfolgreich, die Posten waren heiß umstritten. Der Zugführer des D-Zuges 4 Uhr 33 war ein Herzog, und auf der ganzen Strecke gab es keinen Schaffner, der unter dem Rang eines Grafen gestanden hätte. Es waren brauchbare Leute, alle miteinander, aber sie hatten zwei Fehler, die ich nicht zu heilen vermochte und bei denen ich deshalb ein Auge zudrücken mußte: Sie wollten ihre Rüstungen nicht ablegen, und sie bestanden darauf, Fahrgelder »einzustecken«, ich meine, die Eisenbahngesellschaft zu betrügen.

Es gab im ganzen Land kaum noch einen Ritter, der nicht zu irgendeiner nützlichen Tätigkeit angestellt war.

Sie durchstreiften in allen möglichen nutzbringenden Missionen das Land von einem Ende bis zum anderen; ihr Hang zum Herumziehen und die Erfahrung, die sie darin besaßen, machten sie zu den weitaus wirksamsten Verbreitern der Zivilisation, die wir hatten. Sie reisten in Stahl gekleidet und mit Schwert, Lanze und Streitaxt ausgerüstet umher, und wenn sie jemanden nicht bereden konnten, eine Nähmaschine auf Abzahlung, ein Harmonium, einen Stacheldrahtzaun, eine Abstinenzlerzeitschrift oder irgendeinen der tausendundeinen Artikel, in denen sie reisten, auszuprobieren, dann machten sie ihm den Garaus und zogen weiter.

Ich war sehr froh. Die Dinge entwickelten sich langsam aber sicher meinem insgeheim ersehnten Ziel entgegen. Versteht ihr, ich hatte zwei Pläne im Kopf, die weitreichendsten von allen meinen Projekten. Der eine war der, die katholische Kirche zu stürzen und auf ihren Trümmern den protestantischen Glauben einzuführen – nicht in Form einer Staatskirche, sondern mit dem Prinzip »Je nach Wunsch«; der zweite Plan bestand darin, nach und nach auf einen Erlaß hinzuarbeiten, in dem verfügt wurde, daß nach Artus' Tode das allgemeine Wahlrecht einzuführen sei, sowohl für Männer als auch für Frauen – jedenfalls für sämtliche Männer, ob sie nun weise oder unklug waren, sowie auch für alle Mütter, von denen man feststellte, daß sie in mittlerem Alter fast so viel wußten wie ihre einundzwanzigjährigen Söhne. Artus machte es wohl noch dreißig Jahre lang, denn er war ungefähr in meinem Alter – das heißt vierzig –, und ich nahm an, daß ich im Laufe dieser Zeit den aktiven Teil der Bevölkerung jener Tage ohne Schwierigkeiten für ein Ereignis, welches das erste seiner Art in der Weltgeschichte sein sollte, begeistern und bereit machen konnte, nämlich eine vollständige und abgeschlossene Revolution der Regierungsform ohne alles Blutvergießen. Das Ergebnis sollte eine Republik sein. Nun, ich gestehe es lieber, wenn mich der Gedanke daran auch beschämt: ich fing an, ein unedles Verlangen zu spüren, selbst deren erster Präsident zu werden. Ja, es lag doch allerlei Menschliches in meiner Natur, das mußte ich feststellen.

Clarence stimmte mir zu, was die Revolution betraf, freilich in gemäßigter Form. Er wünschte sich eine Republik, in der es keine privilegierten Stände geben, an deren Spitze aber anstelle eines gewählten Staatsoberhauptes eine erbliche Königsfamilie stehen sollte. Er war der Meinung, einer Nation, der jemals die Freude zuteil geworden war, eine Königsfamilie anzubeten, könne man sie nie wieder rauben, ohne daß diese Nation dahinwelke und am Trübsinn einginge. Ich erklärte mit Nachdruck, Könige seien etwas Gefährliches. Er sagte, dann solle man statt dessen Katzen nehmen. Er sei sicher, daß eine königliche Familie von Katzen allen Zwecken genüge. Sie wären genauso nützlich wie jede andere Königsfamilie auch, wüßten ebensoviel, hätten die gleichen Tugenden und Falschheiten, den gleichen Hang, mit anderen königlichen Familien Krach anzufangen, sie wären lächerlich, eitel und widersinnig, ohne es zu ahnen, und dazu wären sie äußerst billig zu halten und hätten schließlich ein ebenso begründetes, von Gott verliehenes Recht wie jedes andere königliche Haus, und »König Murr VII., Murr XI. oder Murr XIV. von Gottes Gnaden« klänge ebenso gut, als wende man die Bezeichnung auf den gewöhnlichen behosten Kater an. »Und in der Regel«, sagte er in seinem präzisen modernen Englisch, »wäre der Charakter dieser Katzen dem des Durchschnittskönigs erheblich überlegen; das aber wäre ein riesiger moralischer Vorteil für die Nation, weil sie ihre Moralbegriffe stets nach denen ihres Monarchen formt. Da die Verehrung von Königen auf der Unvernunft beruht, würden diese graziösen und harmlosen Katzen sehr bald ebenso geheiligt sein wie königliche Personen, ja sogar noch mehr, denn man müßte bald feststellen, daß sie niemanden erhängen, niemanden köpfen, niemanden einkerkern ließen und auch keinerlei andere Grausamkeiten und Ungerechtigkeiten begingen und deshalb einer tieferen Liebe und Verehrung würdig wären als der gewöhnliche menschliche König; deshalb brächte man sie ihnen gewiß auch entgegen. Die Augen der ganzen gequälten Welt wären schon bald auf dieses menschliche, milde System gerichtet, und die königlichen Schlächter begännen dann bald, zu verschwinden; ihre Untertanen gingen dazu über, die freigewordenen Posten mit Katzenjungen aus unserem königlichen Hause zu besetzen, wir würden zu einer Faktorei und versorgten nun sämtliche Throne der Welt; innerhalb von vierzig Jahren würde ganz Europa von Katzen regiert, und die lieferten wir. Danach begänne das Zeitalter des allgemeinen Friedens und dauerte bis in alle Ewigkeit... Mi-i-i-auuau-uau-uau-fsst-uau!«

Hole ihn der Kuckuck, ich dachte, er meinte es ernst und ließ mich schon fast von ihm überzeugen, bis er plötzlich das Katzengejammer von sich gab, so daß ich vor Schreck beinah aus den Schuhen kippte. Er konnte aber auch niemals ernst sein. Er wußte nicht einmal, was dieses Wort bedeutete. Er hatte sich eine sichtbare, völlig vernünftige und durchführbare Verbesserung der konstitutionellen Monarchie ausgemalt, aber er war viel zu leichtsinnig, das zu wissen oder sich darum zu scheren. Ich wollte ihn schon ausschelten, aber in diesem Augenblick kam Sandy hereingestürzt; sie war ganz außer sich vor Angst und erstickte fast vor Schluchzen, so daß sie eine Minute lang gar nicht sprechen konnte. Ich lief zu ihr hin, nahm sie in die Arme, streichelte sie zärtlich und sagte beschwörend:

»Sprich, Liebling, so sprich doch, was gibt es?«

Ihr Kopf sank mir an die Brust, und sie brachte fast unhörbar hervor: »Hallo-Amt!«

»Schnell!« rief ich Clarence zu, »telefoniere dem Homöopathen des Königs, er soll herkommen!«

Zwei Minuten darauf kniete ich vor dem Kinderbett, und Sandy schickte die Diener hierhin, dorthin und überallhin, im ganzen Palast umher. Ich erfaßte die Lage auf den ersten Blick: Schwere Bronchitis!

Ich beugte mich hinab und flüsterte: »Wach auf, mein Schatz! Hallo-Amt!«

Sie öffnete matt die sanften Augen, und es gelang ihr zu sagen: »Papa!«

Das war immerhin ein Trost. Tot war sie noch lange nicht. Ich ließ Schwefelpräparate holen und stöberte selbst den Inhalierkessel auf, denn ich setze mich nicht untätig hin und warte auf die Ärzte, wenn Sandy oder das Kind krank sind. Ich wußte, wie ich beide zu pflegen hatte, ich besaß darin Erfahrung. Das kleine Ding hatte einen guten Teil seines kurzen Lebens in meinen Armen verbracht, und oft vermochte ich seinen Kummer zu besänftigen und es unter Tränen, die ihm noch an den Wimpern hingen, zum Lachen zu bringen, wenn das selbst der Mutter nicht gelingen wollte.

Eben schritt Sir Lanzelot in seiner kostbaren Rüstung den großen Saal hinunter, um zum Börsenausschuß zu gehen; er war dessen Vorsitzender und hatte den »gefahrvollen Sitz« inne, den er Sir Galahad abgekauft hatte, denn der Börsenausschuß bestand aus Rittern der Tafelrunde, und sie benutzten den runden Tisch jetzt zu Geschäftszwecken. Ein Sitz an diesem Tisch kostete – nun, ihr würdet die Summe nie für möglich halten, und so hat es keinen Zweck, sie zu nennen. Sir Lanzelot war ein Baissespekulant und hatte unter der Hand alle verfügbaren Aktien einer der neuen Eisenbahnlinien kaufen lassen; gerade heute hatte er die Blankoverkäufer in die Zange nehmen wollen, aber wenn auch? Er war der alte Lanzelot geblieben, und als er an der Tür vorbeiging, warf er einen Blick herein und stellte fest, daß sein Liebling krank war; das genügte – mochten Haussiers und Baissiers es seinethalben untereinander auskämpfen, wie sie wollten, er käme herein und stünde mit ganzer Kraft der kleinen Hallo-Amt bei. Das tat er auch. Er warf den Helm in die Ecke, und innerhalb einer halben Minute hatte er einen neuen Docht in den Spiritusbrenner gezogen und heizte den Inhalierkessel. Inzwischen hatte Sandy aus Decken einen Himmel über das Kinderbett gebaut, und alles war bereit.

Sir Lanzelot erzeugte Dampf; er und ich füllten ungelöschten Kalk und Karbolsäure in den Kessel, setzten eine Spur Milchsäure hinzu, gossen dann das Ding voll Wasser und steckten das Dampfrohr unter den Betthimmel. Nun war alles, wie es sich gehörte, und wir setzten uns zu beiden Seiten des Kinderbettes nieder, um Wache zu halten. Sandy war so dankbar und so getröstet, daß sie ein paar Tonpfeifen mit Weidenrinde und Sumachtabak für uns stopfte und sagte, wir sollten nur ruhig rauchen, soviel wir wollten, unter den Betthimmel dringe doch kein Rauch, und sie als erste Dame des Landes, die je einen Menschen eine Rauchwolke hatte paffen sehen, sei ja daran gewöhnt. Nun, man konnte sich keinen zufriedeneren und gemütlicheren Anblick vorstellen, als ihn Sir Lanzelot bot, wie er dort in seiner prachtvollen Rüstung freundlich und heiter am Ende einer yardlangen schneeweißen Tonpfeife saß. Er war ein schöner Mann, ein angenehmer Mann und wie geschaffen, um Frau und Kinder glücklich zu machen. Aber natürlich, Ginevra – es hat jedoch keinen Sinn darüber zu jammern, was geschehen und nicht mehr zu ändern ist.

Nun, er hielt abwechselnd mit mir Krankenwache, die ganze Zeit über, drei Tage und drei Nächte lang, bis das Kind außer Gefahr war, dann nahm er die Kleine in seine langen Arme, küßte sie, wobei die Federn seines Helmbusches um ihr goldenes Köpfchen fielen, legte sie sanft in Sandys Schoß zurück und schritt würdevoll davon, den großen Saal hinunter durch die Reihen der bewundernden Bewaffneten und des Gesindes und verschwand. Kein Instinkt warnte mich, daß ich ihn nie im Leben wiedersehen sollte. Mein Gott, in was für einer Welt des Jammers leben wir doch!

Die Ärzte erklärten, wir müßten mit dem Kind verreisen, wenn es wieder ganz gesund und kräftig werden sollte. Seeluft brauche es. Wir nahmen also ein Kriegsschiff sowie zweihundert Personen Gefolge und kreuzten umher; nach vierzehn Tagen landeten wir an der französischen Küste, und die Ärzte sagten, es wäre nicht übel, ein bißchen dort zu bleiben. Der Zaunkönig jener Gegend bot uns seine Gastfreundschaft an, und wir nahmen sie gern entgegen. Hätte es bei ihm ebenso viel Komfort gegeben, wie ihm fehlte, dann wäre es dort sehr gemütlich gewesen, aber selbst so richteten wir uns mit Hilfe der Bequemlichkeiten und Luxusgegenstände vom Schiff ganz gut in seinem wunderlichen alten Schloß ein.

Nach einem Monat sandte ich das Schiff heim, um uns mit neuen Vorräten und mit Nachrichten zu versorgen. Wir erwarteten es in drei bis vier Tagen zurück. Unter anderem sollte es mir Bericht bringen, wie ein gewisses Experiment, das ich begonnen hatte, angelaufen war. Es handelte sich um einen Plan, die Turniere durch etwas zu ersetzen, was als Ablaßventil für die überschüssige Kraft der Ritterschaft dienen könnte, was diese Hengste unterhielte und sie daran hinderte, Unfug zu treiben, gleichzeitig aber ihren besten Charakterzug, nämlich ihren kühnen Geist des Wettkampfes, bewahrte. Bereits seit einiger Zeit hatte ich eine ausgewählte Meute von ihnen heimlich trainieren lassen, und der Tag ihres ersten öffentlichen Auftretens rückte jetzt heran.

Dieses Experiment war das Baseballspiel. Um die Sache von Anfang an in Mode zu bringen und sie über jede Kritik erhaben zu machen, wählte ich meine Neunermannschaften nach Rang und nicht nach Fähigkeit aus. In keinem der beiden Teams gab es auch nur einen Ritter, der nicht ein gekrönter Potentat gewesen wäre. Was Material von dieser Sorte betraf, so war es in Artus' Nähe stets in Hülle und Fülle greifbar. Man konnte keinen Ziegelstein in irgendeine Richtung werfen, ohne einen König zum Krüppel zu machen. Natürlich gelang es mir nicht, diese Leute zu bewegen, ihre Rüstung abzulegen, nicht mal, wenn sie badeten, taten sie das. Sie erklärten sich bereit, unterschiedliche Rüstungen anzulegen, damit eine Mannschaft von der anderen zu unterscheiden war; mehr wollten sie nicht tun. So trug das eine Team also Ulster aus Kettengewebe und das andere Plattenharnische aus meinem neuen Bessemerstahl. Ihr Training auf dem Spielfeld war das Sonderbarste, was ich je gesehen habe. Da sie ballfest waren, wichen sie nie aus, sondern blieben stehen und warteten die Wirkung des Wurfs ab; war ein Bessemer am Schlagholz und wurde er von einem Ball getroffen, dann prallte der manchmal hundertfünfzig Yards weit zurück. Wenn ein Mann rannte und sich auf den Bauch warf, um ins Mal zu schlittern, dann war es, als laufe ein Panzerschiff in den Hafen ein. Zuerst machte ich rang- und titellose Leute zu Schiedsrichtern, aber damit mußte ich aufhören. Die Mannschaften waren nicht leichter zufriedenzustellen als andere Teams. Die erste Entscheidung eines

Schiedsrichters war gewöhnlich auch seine letzte; sie schlugen ihn mit einem Schlagholz in Stücke, und seine Freunde schleppten ihn dann auf einem Fensterladen nach Hause. Als bemerkt wurde, daß keiner von ihnen jemals ein Spiel überlebte, wurde das Schiedsrichtern unbeliebt. Deshalb war ich gezwungen, jemand zu ernennen, dessen Rang und hohe Stellung bei der Regierung ihn schützten.

Das war die Aufstellung:

Bessemer	*Ulster*
König Artus	Kaiser Luzius
König Lot von Lothian	König Logris
König von Nordgälien	König Marhalt von Irland
König Marsil	König Morganor
König von Klein-Britannien	König Mark von Cornwall
König Labor	König Nentres von Garlot
König Pellan von Listengese	König Melodias von Liones
König Bagdemagus	König vom See
König Tolleme la Feintes	Der Saudan von Syrien

Schiedsrichter: Clarence

Das erste Spiel mußte sicher fünfzigtausend Zuschauer anziehen und würde ein Spaß, den zu sehen eine Weltreise lohnte. Alle Umstände waren günstig; jetzt herrschte mildes, wunderschönes Frühlingswetter, und die Natur hatte ihr neugeschneidertes Kleid angelegt.

Das Interdikt

Meine Aufmerksamkeit wurde jedoch plötzlich von derartigen Dingen abgelenkt; unserem Kind begann es wieder schlechter zu gehen, und wir mußten bei ihm wachen, so ernst wurde sein Zustand. Wir erlaubten nicht, daß uns jemand bei dieser Aufgabe half, und so wechselten wir einander tagein, tagaus in der Krankenwache ab. Ach, was für ein rechtschaffenes Herz hatte doch Sandy, wie einfach war sie, wie ehrlich und gütig! Sie war eine musterhafte Gattin und Mutter, und dabei hatte ich sie aus keinem besonderen Grunde geheiratet, außer daß sie dem Brauch des Rittertums entsprechend mein war, bis irgendein Ritter sie mir im Zweikampf abgewann. Sie hatte in ganz Britannien nach mir gesucht, mich vor London bei der Henkersrunde gefunden und sogleich seelenruhig, als sei es ihr Recht, ihren alten Platz an meiner Seite wiedereingenommen. Ich stammte aus Neuengland, und nach meinen Begriffen mußte diese Partnerschaft sie früher oder später kompromittieren. Sie sah nicht ein, wieso, aber ich machte Schluß mit der Diskussion, und wir heirateten.

Nein, damals wußte ich nicht, daß ich das große Los zog, aber eben das tat ich. Innerhalb von zwölf Monaten wurde ich zu ihrem Anbeter, und unsere Kameradschaft war die liebevollste und vollkommenste, die es nur geben kann. Man redet viel über schöne Freundschaften zwischen zwei Menschen des gleichen Geschlechts. Was ist aber eine solche Freundschaft, selbst die schönste, gegen die zwischen Mann und Frau, wenn das lauterste Streben und die höchsten Ideale beider übereinstimmen? Man kann diese zwei Arten der Freundschaft gar nicht miteinander vergleichen, denn die eine ist irdischer, die andere aber göttlicher Natur.

Im Traum wanderte ich in der ersten Zeit noch immer dreizehn Jahrhunderte weit fort, und mein friedloser Geist schweifte rufend und auf Antwort lauschend hin und her durch die stumme Leere einer verschwundenen Welt. Viele Male hörte Sandy, wenn ich schlief, diesen flehenden Ruf von meinen Lippen. Mit edler Großzügigkeit heftete sie ihn an unser Kind, weil sie annahm, er sei der Name einer verlorenen Liebe. Es rührte mich zu Tränen und ließ mich vor Verblüffung auch beinahe die Fassung verlieren, als sie in Erwartung einer verdienten Belohnung zu mir auflächelte und ihre sonderbare und hübsche Überraschung an den Mann brachte:

»Der Name eines Menschen, der dir teuer war, ist hier erhalten und geheiligt, und die Musik dieses Namens wird immer in unseren Ohren klingen. Jetzt wirst du mich küssen, denn du weißt ja, wie ich das Kind genannt habe.«

Ich wußte es jedoch nicht. Keine Ahnung hatte ich; es wäre aber grausam gewesen, das zu bekennen und ihr die Freude an dem schönen Namen zu verderben; so ließ ich es mir nicht anmerken und sagte:

»Freilich, ich weiß es, mein Herz – wie lieb und gut das doch von dir ist. Ich möchte es aber zuerst von deinen Lippen hören, die ja auch mein sind – dann wird seine Musik mir vollkommen klingen.«

Selig murmelte sie: »Hallo-Amt!«

Ich lachte nicht – darüber werde ich ewig froh sein –, aber die Anstrengung, mich zu beherrschen, sprengte mir alle Gelenkknorpel, und noch Wochen danach konnte ich beim Gehen meine Knochen knacken hören. Sie erfuhr ihren Irrtum nie. Als sie diesen Gruß zum erstenmal am Telefon hörte, war sie überrascht und nicht erfreut; ich sagte jedoch, ich habe Befehl dazu gegeben: von nun an und in alle Ewigkeit müsse das Telefon stets in dieser ehrerbietigen Formel angerufen werden, zur ehrenden und bleibenden Erinnerung an meine verlorene Freundin und ihre kleine Namensschwester. Das war unwahr, aber es erfüllte seinen Zweck.

Nun, zweieinhalb Wochen lang wachten wir am Kinderbett, und in unserer großen Sorge nahmen wir von der Welt außerhalb des Krankenzimmers keine Notiz. Dann wurden wir belohnt: der Mittelpunkt unserer Welt gelangte über den kritischen Punkt hinaus, und es ging ihm wieder besser. Ob wir froh waren? Das ist nicht das richtige Wort. Es gibt überhaupt kein Wort dafür. Das wißt ihr ja selbst, wenn ihr jemals über eurem Kinde gewacht habt, während es das Tal der Schatten durchwanderte, und dann seht, wie es zum Leben zurückkehrte mit einem einzigen alles erhellenden Lächeln auf dem Gesichtchen, das ihr mit einer Hand bedecken könntet, die Nacht von der Erde fegte.

Da waren wir im Nu wieder in der uns umgebenden Welt. Im selben Moment und mit dem gleichen erschrekkenden Gedanken sahen wir einander in die Augen: über zwei Wochen waren vergangen, und das Schiff war noch immer nicht zurückgekehrt!

Eine Minute darauf trat ich zu meinem Gefolge. Meine Leute waren die ganze Zeit über von bösen Ahnungen erfüllt gewesen – ihre Gesichter verrieten es. Ich rief meine Begleitmannschaft zusammen, und wir galoppierten fünf Meilen weit zu einer Hügelkuppe hinauf, von der wir einen Ausblick auf das Meer hatten. Wo war nur meine große Handelsflotte, die noch vor kurzem diese glitzernden Weiten mit ihren weißbeschwingten Schwärmen belebt und verschönt hatte? Verschwunden, alle miteinander! Von einem Horizont zum anderen kein Segel, keine Rauchwolke – nichts als tote, leere Einsamkeit anstelle jenes regen, rastlosen Lebens.

Ich kehrte rasch zurück, ohne zu jemandem ein Wort zu sprechen. Ich brachte Sandy die schreckliche Nachricht. Wir konnten keine Erklärung dafür finden, die auch nur den geringsten Aufschluß gegeben hätte. Hatte eine Invasion stattgefunden? Ein Erdbeben? War die Pest ausgebrochen? War die Nation ausgetilgt worden? Das Herumraten war jedoch sinnlos. Ich mußte mich dorthin begeben – und zwar sofort. Ich lieh mir die königliche Flotte aus – ein »Schiff«, das nicht größer war als eine Dampfbarkasse – und war bald startbereit.

Der Abschied – ach, freilich, der war schwer. Als ich das Kind mit meinen letzten Küssen bedeckte, wurde es lebhaft und plapperte die Worte, die es kannte – zum erstenmal seit mehr als zwei Wochen, und wir waren vor Freude ganz närrisch. Wie reizend sind doch die kindlichen Wortentstellungen – du meine Güte, keine Musik kommt ihnen gleich, und wie betrübt es einen, wenn sie allmählich verschwinden und sich in eine korrekte Sprachweise auflösen, denn man weiß, nie wieder wird sie das ärmer gewordene Ohr vernehmen. Ach, wie schön war es doch, diese reizende Erinnerung mit mir nehmen zu können!

Am nächsten Morgen näherte ich mich der englischen Küste, und die breite Straße von Salzwasser gehörte mir ganz allein. In Dover lagen Schiffe im Hafen, aber sie waren von allen Segeln entblößt, und kein Leben zeigte sich auf ihnen. Es war Sonntag, jedoch in Canterbury waren die Straßen verlassen, und das Merkwürdigste war, daß sich kein einziger Priester sehen ließ, und kein Glokkenschlag traf mein Ohr. Überall herrschte die Freudlosigkeit des Todes. Es war mir unerklärlich. Endlich sah ich im äußersten Stadtrand einen kleinen Leichenzug – nur die Familie und ein paar Freunde folgten dem Sarg, kein Priester; es war ein Begräbnis ohne Glocken, ohne Bibel, ohne Kerzen; in der Nähe stand eine Kirche, aber weinend gingen sie daran vorbei, ohne einzutreten; ich blickte zum Glockenturm empor, und da hing die Glocke, schwarzverkleidet und mit festgebundenem Klöppel. Jetzt wußte ich Bescheid! Nun verstand ich, welches erstaunliche Unheil über England gekommen war. Eine Invasion? Mit diesem hier verglichen wäre eine Invasion etwas Geringfügiges gewesen. Ein *Interdikt* war es!

Ich stellte keine Fragen, ich brauchte keine zu stellen. Die Kirche hatte zugeschlagen; was ich jetzt tun mußte, war, mich in einer Verkleidung zu verbergen und auf der Hut zu sein. Einer meiner Diener gab mir seinen Anzug, und als wir jenseits der Stadt in Sicherheit waren, legte ich ihn an; von nun ab reiste ich allein – ich durfte die Gefahr, die eine Begleitung bedeutet hätte, nicht auf mich nehmen.

Eine elende Reise war das. Überall trostloses Schweigen. Sogar in London. Jeder Verkehr hatte aufgehört; die Leute sprachen nicht und lachten nicht, gingen nicht in Gruppen und nicht einmal zu Paaren einher; ziellos schritten sie dahin, jeder für sich, mit gesenktem Kopf, Kummer und Schrecken im Herzen. Am Tower waren kürzlich entstandene Spuren des Krieges zu sehen. Tatsächlich, viel war geschehen.

Natürlich wollte ich den Zug nach Camelot nehmen. Den Zug! Der Bahnhof war so verlassen wie eine leere Höhle. Ich zog weiter. Auf der Reise nach Camelot nahm ich all das wieder wahr, was ich bereits gesehen hatte. Montag und Dienstag unterschieden sich in keiner Weise vom Sonntag. Spät in der Nacht kam ich an. Von der elektrisch besterleuchteten Stadt des Königreichs, die einer ruhenden Sonne so sehr glich wie nur irgend etwas, was ihr je erblickt habt, war es einfach zu einem Flecken geworden – einem Flecken auf der Dunkelheit, das heißt, es war dunkler und dichter als die übrige Dunkelheit, und so konnte man es ein wenig erkennen; ich hatte das Gefühl, daß dies vielleicht symbolisch sei – so etwas wie ein Sinnbild, daß die Kirche jetzt die Oberhand behalten und meine ganze herrliche Zivilisation einfach ausblasen werde. Nichts rührte sich in den finsteren Straßen. Mit schwerem Herzen tastete ich mich voran. Schwarz ragte das große Schloß auf dem Hügel empor; kein Lichtfünkchen war zu sehen. Die Zugbrücke hatte man heruntergelassen, das große Tor stand offen. Ich trat ein, ohne angerufen zu werden; meine eigenen Absätze verursachten das einzige Geräusch, das ich hörte – und es hallte in den riesigen leeren Höfen wie in einer Gruft wider.

ZWEIUNDVIERZIGSTES KAPITEL

Krieg!

Ich fand Clarence allein in seinen Gemächern, er war in Melancholie versunken; anstelle des elektrischen Lichts hatte er die alte Tranlampe wieder aufgehängt und saß da in trübseligem Dämmerlicht hinter dicht zugezogenen Vorhängen. Er sprang auf, eilte mir freudig entgegen und rief:

»Oh, es ist eine Milliarde Milreis wert, wieder einen lebenden Menschen zu sehen!«

Er hatte mich so mühelos erkannt, als sei ich überhaupt nicht verkleidet. Das erschreckte mich sehr, das könnt ihr mir glauben.

»Rasch, berichte mir, was diese schreckliche Katastrophe bedeutet«, sagte ich. »Wie ist das gekommen?«

»Nun, wenn es keine Königin Ginevra gegeben hätte, dann wäre es nicht schon so früh geschehen, aber geschehen wäre es auf jeden Fall. Mit der Zeit wäre es deinetwegen gekommen; durch schieres Glück aber hat sich's nun so ergeben, daß es wegen der Königin gekommen ist.«

»Und auch Sir Lanzelots wegen?«

»Genau das.«

»Laß mich die Einzelheiten wissen.«

»Ich schätze, du wirst zugeben, daß es schon seit mehreren Jahren nur ein einziges Paar Augen im Königreich gegeben hat, die nicht mit ständigem Mißtrauen auf die Königin und Sir Lanzelot blickten...«

»Ja, das des Königs; ein Herz, das unfähig ist, Böses über einen Freund zu denken.«

»Nun, vielleicht hätte der König auch weiterhin glücklich und ahnungslos bleiben können bis ans Ende seiner Tage, wenn nicht eine deiner modernen Verbesserungen gewesen wäre – der Börsenausschuß. Als du abfuhrst, waren drei Meilen der Linie London–Canterbury–Dover schienenfertig und damit auch fertig und bereit für Börsenmanipulationen. Es war ein Schwindelgeschäft, und alle wußten es. Die Aktien wurden für ein Butterbrot verkauft. Was tut da Sir Lanzelot, was...«

»Ja, ich weiß, er hat unter der Hand zu Schleuderpreisen fast alles an sich gebracht und dann noch ungefähr doppelt soviel auf Abruf gekauft, und er wollte sie gerade abrufen, als ich fortreiste.«

»Nun gut, er rief sie ab. Die Jungens konnten sie nicht liefern. Oh, er hielt sie am Kragen – und er packte sie einfach noch ein bißchen fester und drückte zu. Sie hatten sich ihrer Schlauheit wegen ins Fäustchen gelacht, weil sie ihm zu fünfzehn, sechzehn und mehr noch Aktien verkauft hatten, die noch nicht einmal auf zehn standen. Na, und als sie genug gelacht hatten, verging ihnen das Grinsen. Das war, als sie sich bei einem Kurs von zweihundertdreiundachtzig mit dem Unbesiegbaren einigten.«

»Du heiliger Bimbam!«

»Er zog ihnen das Fell über die Ohren, und sie verdienten es nicht besser – jedenfalls freute sich das ganze Königreich. Nun, und unter den so Geschundenen befanden sich auch Sir Agravaine und Sir Mordred, Neffen des Königs. Ende des ersten Aktes. Zweiter Akt, erste Szene: Eine Zimmerflucht im Schloß Carlisle, wohin sich der Hof für einige Tage zur Jagd begeben hat. Anwesende Personen: die ganze Sippe der Neffen des Königs. Mordred und Agravaine schlagen vor, die Aufmerksamkeit des arglosen Artus auf Ginevra und Sir Lanzelot zu lenken. Sir Gawein, Sir Gareth und Sir Gaheris wollen damit nichts zu tun haben. Ein Streit bricht aus, ein lauter Wortwechsel entsteht, und mittendrin tritt der König auf. Mordred und Agravaine bringen ihm die niederschmetternde Geschichte bei. Bild: auf Befehl des Königs wird Lanzelot eine Falle gestellt, in die dieser hineingeht. Sir Lanzelot machte aber die Sache für die im Hinterhalt liegenden Zeugen ziemlich unerquicklich – nämlich für Mordred, Agravaine und zwölf Ritter niedereren Ranges, denn er brachte alle außer Mordred um; aber natürlich war das nicht geeignet, die Angelegenheit zwischen Lanzelot und dem König zu bereinigen, und bereinigte sie auch nicht.«

»Ach, du meine Güte, daraus konnte nur eins entstehen, das sehe ich wohl: Krieg und eine Spaltung der Ritter des Reichs in eine Königspartei und eine Sir-Lanzelot-Partei.«

»Ja, so kam es. Der König sandte die Königin auf den Scheiterhaufen, in der Absicht, sie durch Feuer zu läutern. Lanzelot und seine Ritter retteten sie und erschlugen bei der Gelegenheit so manche alten Freunde von dir und mir – sogar einige der besten, die wir hatten, nämlich Sir Belias le Orgulous, Sir Sagwarides, Sir Griflet le Fils de Dieu, Sir Brandiles, Sir Aglovale...«

»Ach, du zerreißt mir das Herz!«

»Warte, ich bin noch nicht am Ende... Sir Tor, Sir Gauter, Sir Gillimer...«

»Die besten Leute in meiner Ersatzmannschaft. Was für ein geschickter rechter Feldfänger er doch war!«

»...Sir Reynolds' drei Brüder, Sir Damus, Sir Priamus, Sir Kay, der Fremdling...«

»Mein allerbester Fänger von kurzen Bällen! Ich habe einmal gesehen, wie er einen ganz flachen Ball mit den Zähnen schnappte. Geh – das ertrage ich nicht!«

»...Sir Driant, Sir Lambegus, Sir Herminde, Sir Pertolope, Sir Perimones und wen noch, meinst du wohl?«

»Schnell! Sprich weiter.«

»Sir Gaheris und Sir Gareth – alle beide!«

»Ach, das ist ja nicht zu glauben! Ihre Zuneigung zu Lanzelot war doch unzerstörbar.«

»Nun, das war ein unglücklicher Zufall. Sie befanden sich einfach als Zuschauer dabei, waren unbewaffnet und nur gekommen, um sich die Bestrafung der Königin anzusehen. Sir Lanzelot schlug jeden nieder, der ihm in seiner blinden Wut in den Weg kam, und er tötete diese beiden, ohne zu bemerken, wer sie waren. Hier ist eine Momentaufnahme, die einer unserer Jungen von der Schlacht gemacht hat; sie liegt in jedem Zeitungsstand zum Verkauf aus. Da siehst du, die Gestalten, die am nächsten bei der Königin stehen, sind Sir Lanzelot mit erhobenem Schwert und Sir Gareth, der den letzten Atemzug tut. Du kannst die Todesangst auf dem Gesicht der Königin durch den kräuselnden Rauch erkennen. Es ist ein fabelhaftes Schlachtenfoto!«

»Wirklich. Wir müssen es gut aufbewahren, sein historischer Wert ist unermeßlich. Weiter.«

»Nun, der übrige Teil der Geschichte ist eben Krieg, einfach Krieg. Lanzelot zog sich in seine Stadt und Burg Joyous Gard zurück und sammelte dort eine zahlreiche Gefolgschaft von Rittern um sich. Dorthin zog der König mit einem großen Heer; mehrere Tage lang wurde verzweifelt gekämpft, und im Ergebnis war die ganze Ebene ringsum mit Leichen und Gußeisenteilen übersät. Nun flickte die Kirche einen Frieden zwischen Artus, Lanzelot, der Königin und allen übrigen zusammen – allen außer Sir Gawein. Er war verbittert, weil seine Brüder Gareth und Gaheris erschlagen worden waren, und ließ sich nicht besänftigen. Er forderte Lanzelot auf, sich von hinnen zu begeben, rasch Vorbereitungen zu treffen und einen baldigen Angriff zu erwarten. So segelte Lanzelot also mitsamt seiner Gefolgschaft in sein Herzogtum Guienne; Gawein folgte ihm schon bald mit einem Heer nach und beredete Artus, mit ihm zu ziehen. Artus ließ das Königreich in den Händen Sir Mordreds bis zu deiner Rückkehr...«

»Aha – die übliche Weisheit der Könige!«

»Freilich. Sir Mordred begab sich sogleich ans Werk, seine Königswürde zu einer ständigen zu machen. Als ersten Zug wollte er Ginevra heiraten, aber sie floh und schloß sich in den Tower von London ein. Mordred griff an, da schlug der Bischof von Canterbury mit dem Interdikt gegen ihn zu. Der König kehrte zurück. Mordred lieferte ihm Schlachten vor Dover, vor Canterbury und noch einmal bei den Hügeln von Barham. Dann wurde von Frieden und Versöhnung gesprochen. Die Bedingungen waren, Mordred sollte, solange Artus lebte, Cornwall und Kent haben, und nach seinem Tode das ganze Königreich.«

»Na, das ist ja die Höhe! Mein Traum von einer Republik soll also ein Traum sein und bleiben.«

»Jawohl. Die beiden Armeen lagen bei Salisbury. Gawein – sein Kopf befindet sich im Schloß von Dover, er fiel dort im Kampf –, Gawein also erschien Artus im Traum, wenigstens sein Geist, und warnte ihn, er solle sich einen Monat lang jedes Kampfes enthalten, was der Aufschub auch immer kosten möge. Die Schlacht wurde aber durch einen Zufall jählings ausgelöst. Artus hatte Befehl gegeben, falls während der Verhandlungen über den vorgeschlagenen Vertrag mit Mordred ein Schwert erhoben würde, sollten die Trompeten geblasen werden und der Angriff erfolgen, denn er traute Mordred nicht. Mordred aber hatte seinen Leuten den gleichen Befehl gegeben. Nun, nach einer Weile biß eine Otter einen Ritter in die Ferse; der Ritter vergaß den Befehl und hieb mit dem Schwert nach der Otter. Innerhalb einer halben Minute stießen diese beiden gewaltigen Heere mit Getöse aufeinander. Den ganzen Tag über schlachteten sie sich gegenseitig ab. Dann blickte der König – aber wir haben in deiner Abwesenheit mit etwas Neuem angefangen, in unserer Zeitung.«

»Tatsächlich? Womit denn?«

»Kriegsberichterstattung!«

»Das ist ja ausgezeichnet.«

»Gewiß, die Zeitung ging die ganze Zeit über glänzend, denn das Interdikt machte keinerlei Eindruck, ging den Leuten nicht an die Nieren, solange der Krieg dauerte. Bei beiden Armeen hielt ich Kriegsberichterstatter. Ich werde die Schlacht zu Ende beschreiben, indem ich dir vorlese, was einer der Jungen geschrieben hat:

›Da sah der König sich um, da aber gewahrte er, daß von seinem ganzen Heer und allen seinen guten Rittern nur noch zwei Ritter am Leben waren, Sir Lucan de Butlere und sein Bruder Sir Bedivere; und sie waren gar schwer verwundet. Jesus habe Mitleid, sprach da der König, wo sind all meine edlen Ritter? Wehe, daß ich diesen kummervollen Tag erleben muß. Denn jetzt, sprach Artus, naht mein Ende. Wollte aber Gott, daß ich wüßte, wo jener Verräter Sir Mordred sich aufhält, der all das Unheil veranlaßt hat. Da sah König Artus Sir Mordred, der auf seinem Schwerte lehnte inmitten eines großen Haufens von Toten. Nun gib mir meinen Speer, sprach Artus zu Sir Lucan, denn dort habe ich erspäht den Verräter, der da ist schuld an all diesem Leid. Sir, laßt ihn, sprach da Sir Lucan, denn er ist unglücklich, und wenn Ihr diesen Unglückstag überlebt, werdet Ihr an ihm gerächt sein. Guter Herr, erinnert Euch an den Traum, der Euch geträumt hat in der Nacht, und was der Geist Sir Gaweins zu Euch gesprochen hat in der Nacht, daß Gott in seiner Güte Eurer bisher verschont hat. Darum, um Gottes Willen, mein Herr, laßt ab von diesem. Denn Gott sei gelobt, Ihr habt gewonnen diese Schlacht, weil wir drei hier am Leben sind, bei Sir Mordred aber ist keiner mehr am Leben. Und wenn Ihr jetzt von ihm ablaßt, ist dieser schlimme Tag des Schicksals vorüber. Falle mir Tod oder Leben zu, sprach der König, jetzt, da ich ihn dort allein sehe, soll er meinen Händen nimmer entkommen, denn nimmer werde ich größeren

Vorteil über ihn haben. Gott möge Euch Erfolg verleihen, sprach Sir Bedivere. Da faßte aber der König seinen Speer mit seinen zwei Händen, rannte wider Sir Mordred und rief: Verräter, jetzt ist deines Todes Tag gekommen. Und da Sir Mordred Artus hörte, rannte er wider ihn mit dem Schwert in der Hand. Und dann stieß König Artus Sir Mordred unter dem Schild mit einem Stoß seinen Speer mehr als klaftertief durch den Leib. Und als Sir Mordred spürte, daß er seine Todeswunde empfangen hatte, warf er sich mit aller Kraft, die noch in ihm war, wider den Schaft von König Artus' Speer. Und so schlug er mit dem Schwert in beiden Händen seinen Vater König Artus an den Kopf, daß es durch Helm und Hirnschale drang, und damit fiel Sir Mordred tot zur Erden. Der edle Artus fiel ohnmächtig zur Erden, dort verlor er noch oft die Besinnung.‹«

»Das ist ein guter Kriegsbericht, Clarence, du bist ein erstklassiger Zeitungsredakteur. Nun, ist der König wieder in Ordnung? Hat er sich erholt?«

»Der Ärmste, nein, er ist tot.«

Ich war äußerst bestürzt, denn es hatte mir irgendwie geschienen, als sei er gegen Todeswunden gefeit.

»Und die Königin, Clarence?«

»Ist Nonne in Almesbury.«

»Wie hat sich doch alles verändert, und das in so kurzer Zeit! Unvorstellbar. Was tun wir jetzt, frage ich mich?«

»Das kann ich dir sagen.«

»Nun?«

»Unser Leben aufs Spiel setzen und es verteidigen.«

»Wie meinst du das?«

»Jetzt ist die Kirche Herr. Das Interdikt betrifft dich zusammen mit Mordred; es wird nicht aufgehoben, solange du am Leben bist. Die Adelssippen sind im Begriff sich zu sammeln. Die Kirche hat alle Ritter zusammengerufen, die noch am Leben sind, und sobald man dich entdeckt, werden wir alle Hände voll zu tun haben.«

»Unsinn! Mit unserem todbringenden wissenschaftlichen Kriegsmaterial, unserem Heer von geschulten ...«

»Du kannst dir deine Worte sparen. Wir haben keine sechzig Getreuen übrigbehalten.«

»Was sagst du da? Unsere Schulen, unsere Hochschulen, unsere riesigen Werkstätten, unsere ...«

»Wenn die Ritter kommen, dann werden sich all diese Stätten leeren und die Menschen zum Feind überlaufen. Hast du etwa geglaubt, du hättest diesen Leuten den Aberglauben ausgetrieben?«

»Der Meinung war ich allerdings.«

»Na, dann mußt du deine Meinung ändern. Sie haben allen Belastungen mit Leichtigkeit widerstanden – bis das Interdikt kam. Seitdem tun sie nur nach außenhin, als seien sie kühn – im Herzen zittern sie. Bereite dich darauf vor – wenn die Heere kommen, dann fällt die Maske.«

»Das sind ja schlimme Nachrichten. Dann sind wir verloren. Sie werden unsere eigene Wissenschaft gegen uns anwenden.«

»Nein, das werden sie nicht.«

»Wieso nicht?«

»Weil ich ihnen mit einer Handvoll von Getreuen das Spiel verdorben habe. Ich will dir sagen, was ich getan habe und wie ich dazu gekommen bin. So klug du auch bist, die Kirche war klüger. Sie war's, die dich auf die Reise geschickt hat – durch ihre Diener, die Doktoren.«

»Clarence!«

»Es stimmt. Ich weiß es. Jeder einzelne Offizier auf deinem Schiff war ein eigens ausgesuchter Diener der Kirche und ebenso auch jeder Mann der Besatzung.«

»Erzähl mir keinen Unsinn!«

»Es ist, wie ich's dir sage. Ich habe all das nicht gleich ausfindig gemacht, aber schließlich habe ich es doch herausbekommen. Hast du mir vielleicht mündlich durch den Kapitän deines Schiffes Nachricht geschickt, daß du, sobald er mit Vorräten zu dir zurückgekehrt sei, Cadiz verlassen wolltest ...«

»Cadiz! Ich bin überhaupt nicht in Cadiz gewesen!«

»... Cadiz verlassen wolltest und um der Gesundheit deiner Familie willen für unbegrenzte Zeit in fernen Gewässern kreuzen wolltest? Hast du mir diese Nachricht ausrichten lassen?«

»Natürlich nicht. Da hätte ich doch geschrieben, oder?«

»Selbstverständlich. Ich war beunruhigt und hegte Verdacht. Als der Kapitän wieder davonsegelte, gelang es mir, einen Kundschafter mit ihm einzuschiffen. Ich habe seitdem weder von dem Schiff noch von dem Kundschafter etwas gehört. Ich stellte mir eine Frist von zwei Wochen, um von dir zu hören. Dann beschloß ich, ein Schiff nach Cadiz zu senden. Es gab jedoch einen triftigen Grund, weshalb ich es unterließ.«

»Und der wäre?«

»Unsere Flotte war plötzlich auf geheimnisvolle Weise verschwunden! Auf ebenso geheimnisvolle Weise stellten Eisenbahn, Telegraf und Telefon ebenso plötzlich ihren Betrieb ein, die Leute liefen alle fort, die Masten wurden gefällt, die Kirche sprach über das elektrische Licht den Bann aus! Ich mußte mich daranhalten und etwas unternehmen, und zwar schleunigst! Dein Leben war in Sicherheit – mit Ausnahme von Merlin würde es niemand im ganzen Königreich wagen, einem Zauberer wie dir ein Haar zu krümmen, ohne zehntausend Mann hinter sich zu haben –, ich brauchte mir also über weiter nichts den Kopf zu zerbrechen als darüber, wie ich alles für die Zeit nach deiner Rückkehr aufs beste vorbereiten könnte. Ich selbst fühlte mich ungefährdet – niemand dürfte es danach gelüsten, deinen Liebling anzurühren. Ich tat also folgendes: aus unseren verschiedenen Einrichtungen wählte ich alle diejenigen Leute aus – Jungen meine ich –, auf deren Treue, selbst unter den größten Belastungen, ich schwören konnte; ich rief sie heimlich zusammen und gab ihnen Anweisungen. Zweiundfünfzig sind es; einer von ihnen ist unter vierzehn und keiner über siebzehn Jahre alt.«

»Warum hast du denn Knaben ausgewählt?«

»Weil alle übrigen in einer Atmosphäre des Aberglaubens geboren wurden und darin aufgewachsen sind. Er ist ihnen in Fleisch und Blut übergegangen. Wir hatten uns eingebildet, sie durch unsere Erziehung davon befreit zu haben; sie glaubten das auch, aber das Interdikt hat sie wie ein Donnerschlag zu sich gebracht. Es bewirkte, daß sie sich selbst erkannten, und auch ich erkannte sie. Bei den Jungen stand die Sache anders. Solche, die schon sieben bis zehn Jahre lang von uns erzogen worden sind, haben die Angst vor der Kirche gar nicht kennengelernt, und unter ihnen fand ich meine zweiundfünfzig. Als nächsten Zug besuchte ich heimlich Merlins alte Höhle – nicht die kleine, die große...«

»Ja, die, in der wir heimlich unser erstes bedeutendes Elektrizitätswerk einrichteten, als ich ein Wunder plante.«

»Richtig. Und weil sich damals das Wunder erübrigte, hielt ich es für einen guten Gedanken, das Werk jetzt zu benutzen. Ich habe die Höhle für eine Belagerung mit Vorräten versehen...«

»Ein guter Einfall, ein erstklassiger Einfall.«

»Das glaube ich auch. Ich schickte vier unserer Jungen dorthin, damit sie Wache halten – drinnen, außer Sicht. Niemandem sollte etwas geschehen, solange er sich draußen befand; aber jeder Versuch, dort einzudringen – nun, wir sagten, es solle nur einmal einer versuchen! Dann ging ich hinaus in die Berge, legte die geheimen Drähte frei, die dein Schlafzimmer mit den Dynamitladungen unter all unseren großen Fabriken, Anlagen, Werkstätten, Magazinen und dergleichen verband, schnitt sie durch, und um Mitternacht ging ich mit meinen Jungen hinaus und verband den Draht mit der Höhle; außer dir und mir hat niemand eine Ahnung, wohin das andere Ende dieses Drahtes führt. Wir verlegten ihn natürlich unterirdisch, und in etwa zwei Stunden war alles geschafft. Wir brauchen die Festung jetzt nicht zu verlassen, wenn wir unsere Zivilisation in die Luft jagen wollen.«

»Das war die einzig richtige Maßnahme – und ganz folgerichtig, eine militärische Notwendigkeit unter den veränderten Verhältnissen. Ja, wirklich, was hat sich nicht alles verändert! Wir erwarteten, früher oder später einmal im Palast belagert zu werden, aber ... wie dem auch sei, berichte weiter.«

»Als nächstes zogen wir einen Drahtzaun.«

»Einen Drahtzaun?«

»Ja. Du selbst hast so etwas mal vor ein, zwei Jahren erwähnt.«

»Oh, ich erinnere mich – damals, als die Kirche zum erstenmal versuchte, ihre Kraft an unserer zu messen, es aber bald für klüger hielt, eine günstigere Saison abzuwarten. Nun, wie hast du den Zaun angelegt?«

»Ich habe zwölf außerordentlich starke Drähte – blank, nicht isoliert – von einer großen Dynamomaschine in der Höhle ausgehen lassen, einer Dynamomaschine, die nur zwei Bürsten hat, eine positive und eine negative ...«

»Ja, das ist richtig.«

»Die Drähte gehen von der Höhle aus und zäunen einen Kreis von hundert Yards Durchmesser ebener Erde ein; sie bilden zwölf voneinander unabhängige Zäune, einer immer zehn Fuß vom anderen entfernt – das heißt also zwölf ineinanderliegende Kreise –, und ihre Enden laufen wieder zur Höhle.«

»Richtig. Weiter.«

»Die Zäune sind an schweren Eichenpfosten befestigt, die in nur drei Fuß Abstand von einander stehen und fünf Fuß tief in den Boden eingelassen sind.«

»Das ist schön stabil.«

»Ja. Die Drähte haben außerhalb der Höhle keine Erdung. Sie gehen von der positiven Bürste der Dynamomaschine aus; Erdkontakt besteht über die negative Bürste; die anderen Enden der Drähte laufen in die Höhle zurück, und jeder hat gesondert Erdschluß.«

»Nein, nein – das taugt nichts.«

»Warum nicht?«

»Es ist zu kostspielig – es verbraucht nutzlos Energie. Du benötigst keinen Erdschluß außer dem durch die negative Bürste. Das andere Ende der Drähte muß in die Höhle zurückgeführt und unabhängig voneinander *ohne* Erdschluß befestigt werden. Jetzt paß auf, wieviel das einspart. Eine Kavallerieabteilung galoppiert gegen den Zaun; du verbrauchst keinen Strom, du gibst kein Geld aus, denn es existiert nur ein einziger Erdkontakt, bis die Pferde gegen den Draht laufen; in dem Augenblick, wo sie ihn berühren, sind sie ja durch den Boden mit der negativen Bürste verbunden und fallen tot um. Verstehst du? Du verbrauchst keine Energie bis zu dem Moment, wo es nötig ist; dein

Blitz ist vorhanden und bereit, wie die Ladung in einem Geschütz, aber er kostet dich keinen Cent, bis du ihn auslöst. O ja, der einfache Erdkontakt ...«

»Natürlich! Ich verstehe gar nicht, wie ich das übersehen konnte. Es ist nicht nur billiger, sondern auch wirksamer als die andere Methode, denn wenn irgendwelche Drähte zerrissen werden oder sich verwickeln, dann schadet es nichts.«

»Nein, besonders dann nicht, wenn wir einen Strommesser in der Höhle haben und den beschädigten Draht abschalten. Nun, erzähle weiter. Die Gatling-Revolvergeschütze?«

»Ja, dafür habe ich gesorgt. Im Mittelpunkt des inneren Kreises auf einer geräumigen sechs Fuß hohen Plattform habe ich eine Batterie von achtzehn Gatling-Geschützen aufgestellt und reichlich Munition dorthingeschafft.«

»So ist's richtig. Da beherrschen sie alle Anmarschwege, und wenn die Ritter der Kirche kommen, dann empfangen wir sie mit Musik. Der Kamm der Felswand über der Höhle ...«

»Dort habe ich einen Drahtzaun angebracht und ein Gatlinggeschütz aufgestellt. Sie werden keine Felsbrocken auf uns herabwerfen.«

»Gut. Und wie ist's mit den Glaszylinderdynamitminen?«

»Darum habe ich mich gekümmert. Sie geben den hübschesten Garten ab, der je gepflanzt worden ist. Er besteht aus einem vierzig Fuß breiten Gürtel, der rings um den äußeren Zaun liegt, eine Art neutraler Boden, dieses Gebiet. In diesem ganzen Gürtel gibt es nicht einen einzigen Quadratmeter Boden, in dem nicht eine Mine untergebracht wäre. Wir haben sie auf die Oberfläche gelegt und eine Sandschicht darübergestreut. Es ist ein unschuldig aussehender Garten, aber laß nur mal jemanden anfangen, ihn mit der Hacke zu bearbeiten, dann wirst du sehen.«

»Hast du die Minen ausprobiert?«

»Nun, das wollte ich, aber ...«

»Aber was? Das ist doch eine schwere Unterlassungssünde, sie nicht ...«

»Auszuprobieren? Ja, ich weiß, aber sie funktionieren;

ich habe ein paar auf die Landstraße außerhalb unserer Verteidigungslinie gelegt, und jemand hat sie ausprobiert.«

»Ach so, das ist etwas anderes. Wer hat es denn getan?«

»Ein Kirchenausschuß.«

»Wie liebenswürdig.«

»Ja. Die Leuten kamen, um uns zu befehlen, wir sollten uns unterwerfen. Verstehst du, sie waren eigentlich nicht gekommen, um die Minen auszuprobieren, das war nur ein Zufall.«

»Hat der Ausschuß Bericht erstattet?«

»Ja, das hat er. Du hättest ihn eine Meile weit hören können.«

»Einstimmig?«

»So fiel der Bericht aus. Danach stellte ich ein paar Schilder auf, zum Schutz zukünftiger Ausschüsse, und seitdem haben wir keine ungebetenen Gäste mehr gehabt.«

»Clarence, du hast unendlich viel Arbeit geleistet und hast sie hervorragend ausgeführt.«

»Wir hatten reichlich Zeit zur Verfügung, wir brauchten nicht zu hetzen.«

Eine Weile saßen wir schweigend da und dachten nach. Dann war mein Entschluß gefaßt, und ich sagte: »Ja, alles ist so weit, alles ist einwandfrei, keine Einzelheit fehlt. Ich weiß, was jetzt getan werden muß.«

»Ich ebenfalls. Uns hinsetzen und warten.«

»Nein, mein Bester, aufstehen und zuschlagen!«

»Ist das dein Ernst?«

»Allerdings! Die *Defensive* liegt mir nicht, die *Offensive* aber sehr. Das heißt, wenn ich ein einigermaßen gutes Blatt in der Hand halte, zwei Drittel so gut wie das meines Gegners. Jawohl, wir werden aufstehen und zuschlagen; so müssen wir unsere Karten ausspielen.«

»Hundert gegen eins, daß du recht hast. Wann fängt die Vorstellung an?«

»Jetzt gleich. Wir rufen die Republik aus.«

»Na, das wird den Stein wirklich ins Rollen bringen, das ist mal sicher!«

»Es wird sie aufschwirren lassen, das sage ich dir. Morgen wird England noch vor Mittag ein einziges Wespennest sein, in das man hineingestochen hat, es sei denn, die Hand der Kirche hätte ihre Geschicklichkeit eingebüßt – und wir wissen ja, daß dies nicht der Fall ist. Schreib du jetzt, ich diktiere dir:

PROKLAMATION

Allen kund und zu wissen: Da der König verstorben ist, ohne einen Erben zu hinterlassen, ist es meine Pflicht, die mir übertragene Exekutivgewalt weiter auszuüben, bis eine Regierung gebildet worden ist und die Amtsgeschäfte übernommen hat. Die Monarchie ist erloschen und besteht nicht mehr. Infolgedessen ist die gesamte politische Macht zu ihrem Ausgangspunkt, dem Volk des Landes, zurückgekehrt. Zusammen mit der Monarchie sind auch die mit ihr verbundenen Einrichtungen erloschen; daher gibt es keinen Adel, keine privilegierte Klasse und keine Staatskirche mehr; alle Menschen sind völlig gleich geworden, sie stehen auf gleicher Ebene, und die Religion ist frei. *Hiermit wird eine Republik ausgerufen,* da sie die natürliche Ordnung einer Nation ist, wenn jede andere Form der öffentlichen Gewalt zu bestehen aufgehört hat. Deshalb ist es die Pflicht des britischen Volkes, sich sofort zu versammeln, durch Stimmabgabe Vertreter zu wählen und die Regierunggewalt auf sie zu übertragen.«

Ich unterzeichnete »Der Boss« und datierte den Aufruf aus Merlins Höhle.

Clarence sagte: »Nun, das teilt ihnen mit, wo wir sind, und lädt sie ein, uns dort unverzüglich zu besuchen.«

»So soll es sein. Wir führen den ersten Schlag – durch die Proklamation –, und dann sind sie an der Reihe. Laß das Ding jetzt gleich setzen, drucken und anschlagen, das heißt, gib dazu Befehl, und dann, wenn du am Fuße des Hügels zwei Fahrräder zur Hand hast, auf, zu Merlins Höhle!«

»In zehn Minuten bin ich soweit. Was für ein Wirbelsturm wird sich morgen erheben, wenn dieses Stück Papier seine Wirkung tut! ... Das hier ist doch ein gemütlicher alter Palast; ich frage mich, ob wir ihn wohl jemals wieder ... aber laß nur, das macht nichts.«

Die Schlacht am Sandgürtel

In Merlins Höhle befanden sich Clarence, ich und zweiundfünfzig frische, aufgeweckte, gut ausgebildete, aufrechtgesinnte junge britische Burschen. Bei Tagesanbruch sandte ich an alle Fabriken und großen Unternehmen Befehl, die Arbeit einzustellen und sämtliche Lebewesen in sichere Entfernung zu bringen, da durch geheime Minen alles in die Luft gesprengt würde, »*ohne daß der Zeitpunkt vorauszusehen ist; laßt deshalb sofort alles räumen*«. Die Leute kannten mich und vertrauten meinem Wort. Sie würden sich entfernen, ohne erst noch lange zu überlegen, und ich konnte den Zeitpunkt der Explosion nach Belieben festlegen. Nicht einen von ihnen hätte man durch Geld und gute Worte dazu bringen können, im Laufe dieses Jahrhunderts dorthin zurückzukehren, solange die Explosion noch ausstand.

Wir verbrachten eine Woche mit Warten. Mir wurde die Zeit nicht lang, weil ich ständig schrieb. Während der ersten drei Tage führte ich die Arbeit zu Ende, meinem alten Tagebuch die hier vorliegende erzählende Form zu geben; ich brauchte nur etwa noch ein Kapitel hinzuzufügen, um es aufs laufende zu bringen. Den übrigen Teil der Woche beschäftigte ich mich damit, Briefe an meine Frau zu schreiben. Es war immer meine Gewohnheit, Sandy täglich zu schreiben, wenn wir getrennt waren, und jetzt blieb ich dabei, aus Liebe zur Gewohnheit und zu Sandy, obgleich ich natürlich mit den Briefen nichts anfangen konnte, nachdem ich sie einmal geschrieben hatte. Aber es vertrieb die Zeit und war beinahe, als sprächen wir miteinander; es war fast, als sagte ich: »Sandy, wenn du und Hallo-Amt hier in der Höhle wäret und ich nicht nur eure Fotos bei mir hätte, wie angenehm verbrächten wir da die Zeit miteinander!« Ich konnte mir vorstellen, wie das Kleine zur Antwort etwas lallte, das Fäustchen im Mund, rücklings auf dem Schoß der Mutter liegend, während Sandy lachte, es bewunderte und anbetete, es hin und wieder unter dem Kinn kitzelte, damit es zu kichern anfing, und dann selbst vielleicht ein Wort hinwarf, um mir zu antworten – nun, wißt ihr, ich konnte dort in der Höhle mit der Feder in der Hand sitzen und mich auf diese Weise stundenlang mit ihnen unterhalten. Es war tatsächlich fast, als wären wir wieder alle beisammen.

Natürlich schickte ich jede Nacht Kundschafter aus, um Nachrichten einzuholen. Mit jedem Bericht sah die Sache ernster aus. Die Heere sammelten sich, wuchsen; auf allen Straßen und Pfaden von England ritten die Ritter herbei, und mit ihnen zogen Priester, um diesen Urkreuzfahrern Mut zuzusprechen, denn es war der Krieg der Kirche. Der ganze Adel, der hohe wie der niedrige, hatten sich auf den Weg gemacht sowie auch die gesamte Gentry. All das war so, wie wir es vorausgesehen hatten. Wir wollten die Reihen dieser Sorte Leute derartig lichten, daß das Volk nichts weiter zu tun hatte, als nur mit seiner Republik in Erscheinung zu treten und...

Ach, was war ich doch für ein Esel! Gegen Ende der Woche begann ich die wichtige und ernüchternde Tatsache zu begreifen, daß die große Masse des Volkes ungefähr einen Tag lang die Mützen geschwenkt und die Republik hatten hochleben lassen, und dann war Schluß! Die Kirche, die Adligen und die Gentry blickten sie mit einem einzigen großen, alles mißbilligenden Stirnrunzeln an, und sie schrumpften zur Schafherde zusammen! Von diesem Moment an hatten die Schafe begonnen, sich wieder unter die Obhut ihrer Hirten, das heißt in die Feldlager zu begeben, um ihr wertloses Leben und ihre wertvolle Wolle für die »gerechte Sache« anzubieten. Tatsächlich gehörten sogar die Leute, die vor kurzem noch Sklaven gewesen waren, der »gerechten Sache« an und verherrlichten sie, beteten für sie, schwatzten sentimentales Zeug darüber, genau wie alle übrigen Gemeinen. Stellt euch solch einen menschlichen Abfall vor, ist ein solcher Wahnsinn zu fassen!

Jawohl, jetzt hieß es überall »Nieder mit der Republik!« – nicht eine abweichende Stimme erklang. Ganz England marschierte gegen uns! Das war nun wahrhaftig mehr, als ich mir hatte träumen lassen.

Ich beobachtete meine zweiundfünfzig jungen Burschen scharf, beobachtete ihre Gesichter, ihren Gang, ihre unbewußten Bewegungen – denn all dies ist eine Sprache, eine, die uns absichtlich gegeben wurde, damit sie uns in schwierigen Augenblicken verrät, wenn wir Geheimnisse haben, die wir gern hüten möchten. Ich wußte, daß die Jungen in ihrem Herzen und ihrem Hirn immerzu den Gedanken wiederholten: *›Ganz England marschiert gegen uns!‹* Immer bohrender mußte er sich Aufmerksamkeit verschaffen, immer deutlicher nähme er in ihrer Vorstellung Gestalt an, bis sie sogar im Schlaf keine Ruhe mehr vor ihm fänden, sondern die schemenhaften, flüchtigen Gestalten ihrer Träume würden sie sagen hören: *›Ganz England* – GANZ ENGLAND! – *marschiert gegen euch.‹* Ich wußte, daß all dies geschah, und ich wußte auch, daß der Druck schließlich so groß werden würde, daß er sie zwänge, davon zu sprechen, und darum mußte ich zu diesem Zeitpunkt eine Antwort bereithalten – eine gut ausgewogene, beruhigende Antwort.

Ich behielt recht. Der Zeitpunkt kam. Sie konnten einfach nicht mehr schweigen. Die armen Jungen, sie boten ein jammervolles Bild, so bleich, so zergrübelt, so beunruhigt sahen sie aus. Zuerst vermochte ihr Sprecher kaum seine Stimme zu beherrschen, noch Worte zu finden, bald aber gebot er über beides. Er sagte folgendes, und zwar drückte er es in dem klaren, modernen Englisch aus, das er in meinen Schulen gelernt hatte:

»Wir haben uns bemüht, zu vergessen, wer wir sind – englische Jungen! Wir haben uns bemüht, den Verstand höher zu stellen als das Gefühl, die Pflicht höher als die Liebe; unsere Köpfe stimmen dem zu, unsere Herzen aber machen uns Vorwürfe. Solange es nur der Adel, nur die Gentry, nur die fünfundzwanzig- oder dreißigtausend Ritter, welche die letzten Kriege überlebt haben, zu sein schienen, waren wir uns einig, und kein quälender Zweifel suchte uns heim; jeder einzelne der zweiundfünfzig Jungen, die hier vor Ihnen stehen, sagten: ›Jene haben es so gewollt, den Schaden haben sie.‹ Aber bedenken Sie! Die Lage hat sich verändert: *Ganz England marschiert gegen uns!*

O Sir! Lassen Sie das nicht außer acht! Überlegen Sie! Diese Leute sind unsere Leute, Fleisch von unserem Fleisch, Blut von unserem Blut, wir lieben sie – verlangen Sie nicht von uns, unser Volk auszurotten!«

Nun, das beweist, wie wertvoll es ist, vorauszuschauen und auf ein Ereignis vorbereitet zu sein, wenn es kommt. Hätte ich dieses hier nicht vorausgesehen und mich nicht dagegen gewappnet, dann wäre ich von dem jungen Burschen aus dem Sattel gehoben worden! Nicht ein Wort hätte ich erwidern können. So aber war ich gewappnet. Ich antwortete:

»Jungen, ihr habt das Herz auf dem rechten Fleck, euer Denken ist edel und euer Handeln eurer würdig. Ihr seid englische Jungen; ihr werdet englische Jungen bleiben und eurer Nation keine Schande bereiten. Quält euch nicht länger, macht euch keine Sorgen mehr. Überlegt folgendes: zwar stimmt es, daß ganz England gegen uns marschiert, wer aber bildet denn die Vorhut? Wer wird, nach den allergewöhnlichsten Regeln der Kriegsführung, voranmarschieren? Antwortet.«

»Das berittene Heer der geharnischten Ritter.«

»Richtig. Es ist dreißigtausend Mann stark. Ihre marschierenden Kolonnen werden mehrere Morgen Land füllen. Aber, paßt auf: nur sie werden auf den Sandgürtel stoßen! Dann gibt es einen Zwischenfall! Sofort danach wird sich die Masse der in der Nachhut marschierenden Zivilisten zurückziehen, um anderswo geschäftliche Verabredungen einzuhalten. Nur Adlige und Angehörige der Gentry sind Ritter, und nach jenem Zwischenfall werden *nur sie* dableiben, um nach unserer Musik zu tanzen. Es entspricht völlig den Tatsachen, daß wir gegen niemanden zu kämpfen haben werden außer gegen diese dreißigtausend Ritter. Nun äußert euch, und was ihr beschließt, wird geschehen. Sollen wir der Schlacht aus dem Wege gehen, das Feld räumen?«

»NEIN!«

Der Ruf kam einstimmig und von Herzen.

»Habt ihr – habt ihr – nun, Angst vor diesen dreißigtausend Rittern?«

Dieser Scherz löste schallendes Gelächter aus; die Jungen waren ihrer Sorgen ledig und gingen fröhlich auf ihre Posten. Ach, die zweiundfünfzig waren prachtvolle Burschen, so hübsch wie Mädchen!

Ich war jetzt bereit, den Feind zu empfangen. Der sich nähernde große Tag mochte nur ruhig kommen – uns fände er auf Deck.

Schließlich kam der große Tag. Als der Morgen graute, erschien der Posten, der auf dem umzäunten Platz Wachdienst hatte, in der Höhle und meldete eine sich bewegende schwarze Masse am Horizont und ein leises Geräusch, das er für Militärmusik hielt. Das Frühstück war gerade fertig; wir setzten uns nieder und aßen.

Nachdem es vorüber war, hielt ich den Jungen eine kurze Ansprache und sandte dann eine von Clarence befehligte Abordnung hinaus, um den Geschützstand zu besetzen.

Bald danach ging die Sonne auf und sandte ungehindert ihren strahlenden Glanz über das Land; da sahen wir ein riesiges Heer langsam auf uns zukommen, mit einer so steten Strömung und einer so ausgerichteten Front wie eine Meereswoge. Es rückte näher und immer näher, und von immer erhabener Großartigkeit war der Anblick, den es bot; jawohl, ganz England schien dort zu sein. Bald konnten wir die zahllosen Banner flattern sehen, und dann schien die Sonne auf dieses Meer von Rüstungen und ließ es aufflammen. Ja, es war ein prächtiger Anblick, wie ich noch keinen zweiten gesehen hatte.

Endlich vermochten wir Einzelheiten zu erkennen. Sämtliche vorderen Reihen – wie viele Morgen tief, ließ sich nicht feststellen – bestanden aus Rittern, mit Helmbusch geschmückten, gepanzerten Rittern. Plötzlich hörten wir Trompetengeschmetter; der langsame Schritt wurde zum Galopp, und dann – nun, es war wunderbar! Herbei fegte diese riesige hufeisenförmige Welle – näherte sich dem Sandgürtel – mir stockte der Atem; näher – immer näher – der Grünstreifen jenseits des gelben Gürtels wurde schmaler, wurde zu einem einfachen Band vor den Pferdehufen und verschwand dann unter ihnen. Du heiliger Bimbam! Da schoß die ganze Front dieses Heeres mit

Donnergetöse zum Himmel empor und verwandelte sich in einen Wirbelsturm von Fetzen und Teilchen; über dem Boden lag eine dichte Rauchwand, die vor unseren Blicken verbarg, was von der Menschenmenge übriggeblieben war.

Die Zeit für den zweiten Schritt, den der Feldzugsplan vorsah, war gekommen! Ich drückte auf den Knopf und erschütterte England, daß es in allen Fugen krachte!

In dieser Explosion flogen unsere sämtlichen herrlichen Zivilisationsfabriken in die Luft und verschwanden von der Erde. Es war ein Jammer, aber notwendig. Wir konnten es uns nicht leisten, dem Feind die Möglichkeit zu geben, unsere eigenen Waffen gegen uns zu kehren.

Jetzt folgte eine der langweiligsten Viertelstunden, die ich durchgemacht habe.

In stummer Abgeschlossenheit warteten wir, umgeben von unseren Drahtkreisen sowie von einem Rauchkreis, der sie umschloß. Wir konnten nicht über diese Rauchwand blicken und auch nicht durch sie hindurchsehen. Endlich aber begann sie träge in Schwaden davonzutreiben, und nachdem noch eine Viertelstunde vergangen war, hatten wir klare Sicht und konnten unsere Neugier befriedigen. Keine lebende Seele war zu sehen! Jetzt bemerkten wir, daß zu unseren Verteidigungslinien noch eine weitere hinzugekommen war. Das Dynamit hatte einen über hundert Fuß breiten Graben rings um uns ausgehoben und zu dessen beiden Seiten je einen etwa fünfundzwanzig Fuß hohen Wall aufgeworfen. Seine lebensvernichtende Wirkung war erstaunlich gewesen. Sie übertraf auch alle Erwartungen. Zählen konnten wir die Toten natürlich nicht, da sie als einzelne nicht mehr existierten, sondern nur noch als homogene Masse von Protoplasma, mit einer Legierung von Eisenteilen und Knöpfen.

Nichts Lebendes war zu sehen, aber selbstverständlich mußte es in den hinteren Reihen einige Verwundete gegeben haben, die man wohl unter dem Schutz der Rauchwand vom Feld getragen hatte; von den übrigen war gewiß etlichen schlecht – nach einem derartigen Zwischenfall ist das immer so. Verstärkung aber käme nicht, denn dies war die letzte Streitmacht der Ritterschaft Englands; es war alles, was nach den jüngsten vernichtenden Kriegen von diesem Stand übriggeblieben war. Darum glaubte ich mit Sicherheit annehmen zu können, daß das Äußerste, was künftig gegen uns aufgeboten werden könnte, nur ein kleines Heer sein dürfte, wenigstens, soweit es sich um Ritter handelte. Deshalb erließ ich eine Glückwunscherklärung an meine Armee, die folgendermaßen lautete:

Soldaten, Kämpfer für menschliche Freiheit und Gleichheit! Euer General beglückwünscht euch! Voller Stolz auf seine Stärke und voller Eitelkeit auf seinen Ruf zog ein anmaßender Feind gegen euch aus. Ihr wart bereit. Der Kampf war kurz und für euch glorreich. Dieser gewaltige Sieg, der ohne jeglichen Verlust errungen wurde, steht in der Geschichte einzigartig da. Solange die Planeten ihre Bahnen ziehen, wird die *Schlacht am Sandgürtel* nicht aus dem Gedächtnis der Menschheit schwinden.

Der Boss

Ich las sie gut vor, und der Applaus, den ich erhielt, war sehr befriedigend für mich. Ich endete mit folgenden Bemerkungen:

»Der Krieg gegen die englische Nation als solche ist beendet. Die Nation hat sich vom Schlachtfeld und aus dem Krieg zurückgezogen. Bevor sie dazu überredet werden kann, zurückzukehren, wird der Krieg zu Ende sein. Dieser Feldzug wird der einzige bleiben. Er wird kurz sein – der allerkürzeste der Geschichte. Er wird auch die meisten Todesopfer fordern, vergleicht man die Verluste mit der Zahl der eingesetzten Kräfte. Mit der Nation sind wir fertig; von jetzt an haben wir nur noch mit den Rittern zu schaffen. Englische Ritter können getötet, nicht aber besiegt werden. Wir wissen, was uns bevorsteht. Solange noch einer dieser Leute am Leben bleibt, ist unsere Aufgabe nicht erfüllt, ist der Krieg nicht beendet. Wir werden sie alle töten.« (Lauter und langanhaltender Beifall.)

Ich stellte eine Wache auf die hohen Wälle, welche die Dynamitexplosion um unsere Stellungen aufgeworfen hatte

– nur einen Beobachtungsposten von zwei Jungen, die uns den Feind melden sollten, wenn er sich wieder zeigte.

Als nächstes schickte ich einen Ingenieur und vierzig Mann an einen südlich unmittelbar außerhalb unserer Stellung gelegenen Punkt, damit sie einen Bergbach ableiteten, der dort floß, ihn in unsere Stellung und unter unser Kommando brachten und Vorkehrungen trafen, damit ich mich seiner notfalls innerhalb eines Augenblicks bedienen konnte. Die vierzig Mann wurden in zwei Schichten von je zwanzig Leuten eingeteilt und sollten einander alle zwei Stunden ablösen. In zehn Stunden war die Arbeit beendet.

Jetzt brach die Nacht herein, und ich zog meine Wache zurück. Der Posten, der den Norden beobachtet hatte, meldete, daß ein Feldlager in Sicht sei, jedoch könne man es nur mit dem Fernglas erkennen. Er berichtete auch, einige Ritter hätten in unserer Richtung vorgefühlt und ein paar Rinder in unsere Stellung getrieben, die Ritter selbst aber seien nicht sehr nahe herangekommen. Das hatte ich erwartet. Sie tasteten uns ab, versteht ihr, sie wollten wissen, ob wir wieder diese rote Hölle auf sie losließen. Während der Nacht mochten sie vielleicht kühner werden. Ich glaubte zu wissen, mit welchem Plan sie es versuchen wollten, denn es war offensichtlich genau die Sache, die auch ich ausprobiert hätte, wenn ich an ihrer Stelle und ebenso unwissend wie sie gewesen wäre. Ich erwähnte meine Vermutung Clarence gegenüber.

»Ich glaube, du hast recht«, sagte er, »es liegt auf der Hand, daß sie es versuchen werden.«

»Nun gut«, antwortete ich, »wenn sie das tun, sind sie verloren.«

»Freilich.«

»Sie werden nicht die geringste Aussicht haben.«

»Natürlich nicht.«

»Schrecklich, Clarence. Was für ein Jammer das ist.«

Die Sache setzte mir so zu, daß ich keine Ruhe finden konnte, weil ich immerzu darüber nachdenken mußte und sie mir Kopfschmerzen bereitete. Endlich setzte ich, um mein Gewissen zu beruhigen, folgende Botschaft an die Ritter auf:

An den Hochwohlgeborenen Befehlshaber der aufständischen Ritterschaft von England. Ihr kämpft umsonst. Wir kennen eure Stärke, wenn man es so nennen kann. Wir wissen, daß ihr im Höchstfall etwas über fünfundzwanzigtausend Ritter gegen uns aufbieten könnt. Darum habt ihr keine Aussicht – nicht die geringste. Überlegt doch: wir sind wohlausgerüstet, unsere Stellungen sind gut befestigt und wir zählen vierundfünfzig. Vierundfünfzig was? Leute? Nein, *Gehirne* – die fähigsten der Welt, eine Macht, gegen die rein animalische Kraft ebensowenig Aussicht auf einen Sieg hat wie die Wogen der See Aussicht haben, über die Granitbarriere der Küste Englands den Sieg davonzutragen. Laßt euch raten! Wir bieten euch euer Leben an; um eurer Familien willen: verwerft dieses Geschenk nicht. Wir bieten euch diese Chance, und es ist eure letzte: legt die Waffen nieder, ergebt euch bedingungslos der Republik, und alles wird vergeben.

Der Boss

Ich las die Botschaft Clarence vor und sagte, ich beabsichtige, sie unter Parlamentärsflagge überbringen zu lassen. Er lachte das sarkastische Lachen, mit dem er wohl geboren wurde, und sagte:

»Aus irgendeinem Grunde scheint es dir unmöglich zu sein, jemals in vollem Ausmaß zu begreifen, was für Leute die Adligen sind. Laß uns jetzt mal ein bißchen Zeit und Mühe sparen. Nimm an, ich sei der Befehlshaber der Ritter dort drüben. So, du bist die ›Parlamentärsflagge‹; komm her und übergib mir deine Botschaft; ich werde dir deine Antwort erteilen.«

Ich ging auf den Gedanken ein. Ich schritt in Begleitung einer imaginären Wache von feindlichen Soldaten auf ihn zu, zog mein Schriftstück hervor und las es laut.

Als Antwort schlug mir Clarence das Blatt Papier aus der Hand, verzog geringschätzig die Lippen und sagte voll majestätischer Verachtung: »Zerteilt mir dieses Vieh in Stücke und bringt es in einem Korb dem niedriggeborenen Buben zurück, der es hergesandt hat; eine andere Antwort habe ich nicht!«

Wie hohl ist doch alle Theorie angesichts der Tatsachen! Und dies war einfach Tatsache, nichts anderes. Genau das wäre geschehen, es ließ sich nicht leugnen. Ich zerriß die Botschaft und gönnte meiner unzeitgemäßen Gefühlsduselei endgültig Ruhe.

Dann ging es an die Arbeit. Ich prüfte die elektrische Signalanlage, die von den Gatling-Geschützen in die Höhle führte, und überzeugte mich, daß sie in Ordnung war; ich prüfte auch die, welche über die Zäune gebot, und prüfte sie dann noch ein zweites Mal – es war die Signalanlage, mit der ich den elektrischen Strom in jedem einzelnen Zaun unabhängig von den übrigen nach Belieben unterbrechen und einschalten lassen konnte. Ich stellte die Verbindungsstelle des Baches unter Schutz und Aufsicht von drei meiner besten Jungen, die einander während der ganzen Nacht alle zwei Stunden bei der Wache ablösen und meinem Signal unverzüglich gehorchen würden, wenn ich Anlaß hätte, es zu geben: drei rasch aufeinanderfolgende Revolverschüsse. Der Wachdienst wurde für die Nacht aufgehoben, und der umzäunte Platz gänzlich menschenleer gelassen; ich befahl, in der Höhle Ruhe zu halten und die elektrische Beleuchtung auf ein Notlicht zu beschränken.

Sobald es richtig dunkel war, ließ ich den Strom in allen Zäunen abschalten und tastete mich dann hinaus zu dem Wall, der unsere Seite des großen Dynamitgrabens begrenzte. Ich schlich hinauf und legte mich auf die Böschung des Erdhaufens nieder, um zu beobachten. Es war jedoch zu dunkel, um irgend etwas zu sehen. Geräusche waren nicht zu hören. Grabesstille herrschte. Wohl erklangen die üblichen ländlichen Nachtgeräusche – das Vorbeifegen der Nachtvögel, das Summen der Insekten, das Bellen von Hunden in der Ferne, das sanfte Muhen von Kühen weit fort –, aber sie schienen die Stille nicht zu unterbrechen, sondern steigerten sie nur noch und erfüllten sie dazu mit schauerlicher Schwermut.

Bald gab ich das Spähen auf, die Nacht senkte sich schwarz herab; aber ich lauschte angestrengt, um auch das leiseste verdächtige Geräusch aufzufangen, denn ich glaubte, ich brauchte nur zu warten, dann würde ich nicht enttäuscht. Ich mußte mich jedoch lange Zeit gedulden. Endlich vernahm ich etwas, was man die leise Spur eines Geräuschs hätte nennen können – eines gedämpften metallischen Geräuschs. Nun spitzte ich die Ohren und hielt den Atem an, denn gerade auf etwas Derartiges hatte ich gewartet. Das Geräusch verstärkte sich und kam näher – vom Norden her. Bald hörte ich es aus gleicher Höhe – von der Kuppe des gegenüberliegenden Walls, etwas über hundert Fuß von mir entfernt – kommen. Dann war es mir, als sähe ich eine Reihe schwarzer Punkte auf dieser Kuppe erscheinen – menschliche Köpfe? Ich vermochte es nicht zu sagen; vielleicht war es überhaupt nichts; man kann sich auf seine Augen nicht verlassen, wenn die Einbildung sie unscharf werden läßt. Die Frage war jedoch bald geklärt. Ich hörte, wie sich das metallische Geräusch in den großen Graben hinabbewegte. Es wurde rasch vernehmbarer, breitete sich ringsum aus und teilte mir unverkennbar die Tatsache mit, daß ein bewaffnetes Heer im Graben Aufstellung nahm. Ja, diese Leute bereiteten uns eine kleine Überraschung vor. Wir konnten uns für Tagesanbruch, vielleicht auch schon für früher, auf Unterhaltung gefaßt machen.

Ich tastete mich jetzt in die Umzäunung zurück, denn ich hatte genug gesehen. Ich ging zur Plattform und gab Signal, in den beiden inneren Zäunen den Strom einzuschalten. Dann trat ich in die Höhle und fand dort alles zu meiner Zufriedenheit vor – außer der Arbeitswache schliefen alle. Ich weckte Clarence und berichtete ihm, daß sich der große Graben mit Leuten fülle und daß ich annähme, die Ritter kämen alle auf einmal, um uns anzugreifen. Ich war der Meinung, sobald der Tag anbreche, könnten wir damit rechnen, daß die im Graben im Hinterhalt liegenden Tausende über die Böschung heraufschwärmten und einen Sturmangriff unternähmen und daß ihnen der übrige Teil ihrer Armee auf dem Fuß folgen werde.

Clarence sagte: »Sicher möchten sie gern einen oder zwei Späher in die Dunkelheit vorsenden, um einleitende Erkundigung einzuholen. Sollen wir nicht einen Blitz aus den äußeren Zäunen herausnehmen und ihnen eine Aussicht auf Erfolg geben?«

»Das habe ich bereits getan, Clarence. Hast du mich jemals ungastlich gekannt?«

»Nein, du bist ein guter Kerl. Ich möchte hinausgehen und...«

»Empfangskomitee spielen? Da gehe ich mit.«

Wir überquerten den eingezäunten Platz und legten uns zwischen den beiden inneren Zäunen nebeneinander nieder. Sogar das schwache Licht der Höhle hatte unsere Augen etwas geblendet, aber sie begannen sich bereits umzustellen und waren schon bald den gegebenen Umständen angepaßt. Zuvor hatten wir uns vorantasten müssen, jetzt aber konnten wir die Pfosten des Zaunes unterscheiden. Wir unterhielten uns flüsternd, plötzlich aber brach Clarence das Gespräch ab und sagte:

»Was ist das?«

»Was ist was?«

»Das Ding da drüben.«

»Welches Ding wo?«

»Dort, etwas hinter dir – ein dunkles Etwas – irgendeine undeutlich zu sehende Gestalt – da, am zweiten Zaun.«

Ich starrte hinüber und er starrte hinüber. Ich sagte: »Kann das wohl ein Mann sein, Clarence?«

»Nein, ich glaube nicht. Wie du vielleicht bemerken wirst, sieht es ein biß... aber ja, ist ist doch ein Mann – er lehnt gegen den Zaun.«

»Ich glaube sicher, daß es einer ist; gehen wir hin und sehen wir nach.«

Wir krochen auf Händen und Knien dorthin, bis wir ganz nahe daran waren, und blickten dann auf. Ja, es war ein Mann – eine undeutlich sich abzeichnende hohe Gestalt in Rüstung, die aufrecht dastand, beide Hände am oberen Draht – und natürlich, es roch nach verbranntem Fleisch. Der arme Kerl, er war mausetot und hatte nicht einmal erfahren, was ihm geschehen war. Wie eine Statue stand er dort – völlig unbeweglich, nur die Federn des Helmbuschs wehten ein bißchen im Nachtwind hin und her. Wir erhoben uns und blickten durch das Gitter seines

Visiers, konnten aber nicht feststellen, ob wir ihn kannten oder nicht – sein Gesicht war nicht deutlich zu sehen, es war zu sehr beschattet. Wir hörten gedämpfte Geräusche näher kommen und ließen uns dort, wo wir uns befanden, auf den Boden gleiten. Undeutlich unterschieden wir einen zweiten Ritter; er kam vorsichtig herbeigeschlichen und tastete sich voran. Jetzt war er nahe genug, daß wir sehen konnten, wie er eine Hand ausstreckte, einen oberen Draht fand, sich dann bückte, unter diesem hindurch und über den unteren Draht hinwegstieg. Jetzt kam er bei dem ersten Ritter an – und fuhr leicht zusammen, als er ihn entdeckte. Er blieb einen Augenblick stehen – sicher wunderte er sich, weshalb der andere nicht weiterging; dann sagte er mit leiser Stimme: »Warum träumst du hier, guter Sir Mar...«, legte die Hand auf die Schulter der Leiche, gab nur einen kurzen, leisen Klagelaut von sich und sank tot um. Getötet von einem Toten, versteht ihr– tatsächlich von einem toten Freund getötet. Darin lag etwas Grausiges.

Diese dem Schwarm vorausfliegenden Vögel kamen einer nach dem anderen im Abstand von fünf Minuten in unserer Nähe angeflattert, eine halbe Stunde lang; außer ihren Schwertern brachten sie keine Angriffswaffen mit; gewöhnlich hielten sie das Schwert in der Hand und bereit, streckten es vor und fanden mit ihm die Drähte. Hin und wieder nahmen wir nur einen blauen Funken wahr, wenn der Ritter, der ihn ausgelöst hatte, so weit von uns entfernt stand, daß wir ihn nicht sehen konnten; trotzdem aber wußten wir, was geschehen war; der arme Kerl hatte mit dem Schwert einen stromgeladenen Draht berührt und war zu den Auserwählten abberufen worden. Wir erlebten kurze Pausen schrecklicher Stille, die mit jammervoller Regelmäßigkeit von einem Klirren, das der Fall eines Eisengepanzerten verursacht hatte, unterbrochen wurde, und so ging es immerfort weiter und war sehr gruselig in der Dunkelheit und der Einsamkeit.

Wir beschlossen, einen Rundgang zwischen den inneren Zäunen zu machen. Der Bequemlichkeit halber wollten wir aufrecht gehen; wir sagten uns, wenn man uns bemerkte, hielte man uns eher für Freunde als für Feinde, und auf jeden Fall wären wir ja für ihre Schwerter außer Reichweite, und diese Herren schienen keine Speere bei sich zu haben. Nun, es war ein eigenartiger Ausflug. Überall lagen außerhalb des zweiten Zaunes Tote – nicht deutlich sichtbar aber doch zu erkennen, und wir zählten fünfzehn dieser tragischen Statuen – tote Ritter, die mit den Händen am oberen Draht dastanden.

Etwas schien zur Genüge erwiesen: unser Strom war so stark, daß er tötete, bevor das Opfer schreien konnte. Bald darauf hörten wir ein undeutliches, dumpfes Geräusch, und im nächsten Augenblick errieten wir, was es war. Der Überraschungsangriff einer starken Streitmacht stand bevor! Ich flüsterte Clarence zu, hineinzugehen, die Armee aufzuwecken und sie schweigend in der Höhle warten zu lassen, bis weitere Befehle kämen. Er kehrte schon bald zurück; wir blieben am inneren Zaun stehen und sahen zu, wie der stumme Blitz sein schreckliches Werk an dem heranschwärmenden Heer verrichtete. Nur wenige Einzelheiten waren zu erkennen, aber wir konnten feststellen, daß sich jenseits des zweiten Drahtes eine schwarze Masse auftürmte. Dieser wachsende Haufen bestand aus Toten! Unser Lager war von einem kompakten Wall von Toten eingeschlossen – ein Bollwerk, eine Brustwehr von Leichen sozusagen! Schrecklich an der Sache war das Fehlen jedes Lautes einer menschlichen Stimme, kein Hurrageschrei, keine Schlachtrufe erklangen; da diese Männer uns überraschen wollten, bewegten sie sich so lautlos sie nur konnten, und jedesmal, wenn die vorderste Reihe nahe genug an ihr Ziel herangekommen war, daß sie fast schon zu einem Schlachtruf ansetzten, trafen sie natürlich auf die verhängnisvolle Leitung und fielen, ohne Zeugnis abzulegen.

Ich sandte jetzt den Strom durch den dritten Drahtzaun und fast gleich darauf auch durch den vierten und fünften, so schnell füllten sich die Zwischenräume. Ich dachte, jetzt sei die Zeit für den Höhepunkt meiner Aktion gekommen, denn ich vermutete, daß das gesamte Heer in unserer Falle steckte. Es war jedoch höchste Zeit, sich darüber Gewißheit zu verschaffen. Ich drückte also auf einen Knopf und ließ auf dem Kamm unserer Feldswand fünfzig elektrische Sonnen aufflammen.

Himmel, was für ein Anblick! Wir waren von drei Wällen toter Männer eingeschlossen! Die übrigen Zäune waren fast überall voll von Lebenden, die sich leise zwischen den Drähten hindurcharbeiteten. Der plötzliche blendende Glanz lähmte dieses Heer, ließ es vor Erstaunen gewissermaßen zu Stein erstarren; ich hatte nur einen einzigen Augenblick zur Verfügung, um ihre Bewegungslosigkeit auszunutzen, und ich versäumte die Chance nicht. Versteht ihr, im nächsten Moment wären sie wieder zu sich gekommen, hätten ein Hurrageschrei angestimmt, wären losgestürmt, und meine Drähte wären zu Boden gegangen; in diesem einen Augenblick aber ließen sie ihre Gelegenheit unwiderruflich vorübergehen; denn noch bevor dieses winzige Zeitteilchen verflogen war, sandte ich den Strom durch alle Zäune und erschlug das ganze Heer dort, wo es sich befand! Diesmal erklang ein Stöhnen, das zu hören war! Es gab dem Todeskampf von elftausend Mann Stimme. Mit schauerlichem Pathos scholl es in die Nacht hinaus.

Ein Blick zeigte uns, daß sich der Rest des feindlichen Heeres – es waren vielleicht zehntausend Mann – zwischen uns und dem uns umgebenden Graben befand und zum Angriff vorwärtsdrängte. Infolgedessen hatten wir alle gefangen, sie waren rettungslos verloren. Jetzt war die Zeit für den letzten Akt der Tragödie gekommen. Ich gab die drei verabredeten Revolverschüsse ab, die bedeuteten: »Laßt das Wasser fließen!«

Ein plötzliches Rauschen und Brausen erklang, und in einer Minute schoß der Bergbach durch den großen Graben und schuf einen hundert Fuß breiten und fünfundzwanzig Fuß tiefen Fluß.

»An die Geschütze Leute! Feuer!«

Die dreizehn Gatling-Geschütze begannen, Tod unter die verurteilten Zehntausend zu speien. Sie standen, sie hielten ihre Stellung einen Augenblick gegen diesen sengenden Feuerregen, dann brachen ihre Reihen auseinander, sie wandten sich um und trieben auf den Graben zu wie Spreu im Sturmwind. Ein gutes Viertel von ihnen gelangte nic auf den Kamm des hohen Deichs; die übrigen drei Viertel erreichten ihn und tauchten von dort hinab – in den Tod durch Ertrinken.

Zehn Minuten, nachdem wir das Feuer eröffnet hatten, war der bewaffnete Widerstand vollständig gebrochen und der Feldzug beendet; wir vierundfünfzig waren die Herren Englands! Fünfundzwanzigtausend Mann lagen als Leichen rings um uns!

Wie unzuverlässig aber ist doch das Glück! Nach ganz kurzer Zeit – etwa nach einer Stunde – geschah durch meine eigene Schuld etwas, was... aber ich habe nicht das Herz, es niederzuschreiben. Mag der Bericht hier enden.

VIERUNDVIERZIGSTES KAPITEL

Ein Postskriptum von Clarence

Ich, Clarence, muß es für ihn niederschreiben. Er schlug vor, wir beiden sollten hinausgehen und nachsehen, ob man den Verwundeten nicht helfen könne. Ich war entschieden gegen diesen Plan. Ich sagte, wenn es viele gebe, dann könnten wir nur wenig für sie tun, und es sei auf keinen Fall klug, uns unter sie zu wagen. Er ließ sich jedoch selten von einem einmal gefaßten Vorsatz abbringen, und so schalteten wir den elektrischen Strom in den Zäunen ab, nahmen eine Begleitmannschaft mit, kletterten über die uns umschließenden Wälle von toten Rittern und begaben uns aufs Feld hinaus. Der erste Verwundete, der um Hilfe bat, saß mit dem Rücken gegen einen toten Gefährten gelehnt. Als sich der Boss über ihn beugte und ihn ansprach, erkannte ihn der Mann und versetzte ihm eine Stichwunde. Jener Ritter war Sir Meliagraunce, wie ich feststellte, indem ich ihm den Helm herunterriß. Er wird nicht mehr um Hilfe bitten.

Wir trugen den Boss in die Höhle und behandelten seine Wunde, die nicht sehr gefährlich war, so gut wir konnten.

Hierbei hatten wir die Hilfe Merlins; freilich wußten wir das nicht. Er war als Frau verkleidet und schien ein einfaches altes Bauernweib zu sein. Mit braungefärbtem und glattrasiertem Gesicht stellte er sich in dieser Verkleidung ein paar Tage, nachdem der Boss verwundet worden war, bei uns ein und erbot sich, für uns zu kochen; »sie« sagte, ihre Leute seien fortgezogen, um sich in die neuen Feldlager zu begeben, von denen der Feind einige aufbaute, und sei am Verhungern. Dem Boss ging es schon recht gut, er hatte sich damit die Zeit vertrieben, seinen Bericht fertigzuschreiben.

Wir waren froh, die Frau bei uns zu haben, denn uns mangelten Arbeitskräfte. Wir befanden uns in einer Falle, nicht wahr – eine Falle, die wir uns selbst gestellt hatten. Blieben wir dort, wo wir waren, dann mußten uns die Toten umbringen; verließen wir aber unsere Verteidigungsstellung, dann waren wir nicht länger unbesiegbar. Wir hatten gesiegt, jetzt waren wir unsererseits besiegt. Der Boss erkannte das, wir erkannten es alle. Wenn wir zu einem dieser neuen Heerlager gehen und irgendein Abkommen mit dem Feind zurechtflicken könnten – ja, aber der Boss war nicht in der Lage zu gehen und ich auch nicht, denn ich war unter den ersten, die infolge der von Tausenden Leichen verpesteten Luft krank wurden. Andere erkrankten ebenfalls, danach noch weitere. Morgen...

Morgen. Dieser Tag ist gekommen. Mit ihm das Ende. Ich erwachte gegen Mitternacht und sah, wie jene Hexe über Kopf und Gesicht des Bosses seltsame Zeichen in der Luft beschrieb, und fragte mich, was das wohl bedeutete. Außer der Wache an der Dynamomaschine lagen alle in tiefem Schlummer, kein Laut war zu hören. Die Frau ließ von ihren geheimnisvollen Albernheiten ab und näherte sich auf Zehenspitzen der Tür. Ich rief: »Halt! Was hast du da gemacht?«

Sie blieb stehen und sagte im Tone boshafter Befriedigung: »Ihr wart Sieger, jetzt seid ihr besiegt! Jene anderen liegen im Sterben – auch du. Alle werdet ihr hier sterben – jeder einzelne von euch – alle außer *ihm.* Er schläft nun – und wird dreizehn Jahrhunderte lang schlafen. Ich bin Merlin!«

Dann schüttelte ihn ein solcher Krampf törichten Gelächters, daß er wie betrunken umhertaumelte und kurz darauf an einen unserer Drähte stieß. Sein Mund steht noch immer offen, er scheint noch zu lachen. Ich vermute, das Gesicht der Leiche wird dieses erstarrte Lächeln bewahren, bis sie in Staub zerfällt.

Der Boss hat sich nicht gerührt – er schläft, als sei er aus Stein. Wenn er heute nicht aufwacht, dann werden wir wissen, was für ein Schlaf das ist, und sein Körper wird an irgendeinen Ort in einem der abgelegenen Gänge der Höhle getragen, wo ihn niemals jemand finden wird und keiner ihn entweihen kann. Was uns übrige betrifft – nun, wir sind übereingekommen: wenn je einer von uns lebend aus der Höhle entkommt, dann wird er diese Tatsache hier niederschreiben und das Manuskript neben dem Boss verbergen – unserem lieben, guten Chef, dessen Eigentum es ist, sei er nun am Leben oder tot.

Der Morgen dämmerte schon, als ich das Manuskript beiseitelegte. Es hatte fast aufgehört zu regnen, die Welt sah grau und trübe aus, der Sturm hatte ausgetobt und seufzte und schluchzte sich nun in Schlaf. Ich ging zum Zimmer des Fremden und lauschte an seiner Tür, die einen Spalt offenstand. Ich hörte seine Stimme, und so klopfte ich an. Eine Antwort kam nicht, aber ich hörte noch immer seine Stimme. Ich lugte hinein. Der Mann lag auf dem Rücken im Bett, sprach abgerissen, aber lebhaft und unterstrich seine Worte mit rastlos herumfuchtelnden Armen, wie es kranke Menschen im Fiebertraum tun. Leise schlüpfte ich ins Zimmer und beugte mich über ihn. Er fuhr mit seinem Gemurmel und seinen Ausrufen fort. Ich sprach ihn an – nur mit einem Wort, um seine Aufmerksamkeit zu erregen. Sogleich leuchteten seine glasigen Augen und sein aschgraues Gesicht auf vor Freude und Erleichterung, vor Glück und Wiedersehensfreude.

»O Sandy, endlich bist du da – wie habe ich mich nach dir gesehnt. Setz dich zu mir – verlaß mich nicht – verlaß mich nie wieder, Sandy, nie wieder. Wo ist deine Hand? Gib sie mir, Liebste, laß mich sie halten – so – jetzt ist alles gut, ist alles Frieden, und ich bin wieder glücklich – *wir* sind wieder glücklich, nicht wahr, Sandy? Du bist so verschwommen, so undeutlich zu sehen, du bist nur ein Nebel, eine Wolke, aber du bist da, das bedeutet Seligkeit genug, und ich halte deine Hand; nimm sie nicht fort – es ist nur für eine kurze Weile, lange brauche ich sie nicht... War das das Kind? ... Hallo Amt! ... Sie antwortet nicht. Vielleicht schläft sie? Bring sie her, wenn sie aufwacht und laß mich ihre Hände, ihr Gesicht, ihr Haar berühren und ihr Lebewohl sagen ... Sandy! ... Ja, du bist da. Ich war für einen Augenblick nicht bei dir und dachte, du wärest fort... Bin ich schon lange krank? Wahrscheinlich, mir scheint, als seien es Monate. Und was für Träume ich hatte, so merkwürdige, schreckliche Träume, Sandy! Träume, die so wirklich schienen, wie die Wirklichkeit selbst – Fieberphantasien, natürlich, aber sie schienen so wirklich! Ich dachte tatsächlich, der König sei tot, und ich dachte, du seist in Gallien und könntest nicht heimkommen; ich dachte, eine Revolution habe stattgefunden; in diesen phantastischen, wahnsinnigen Träumen glaubte ich, Clarence und ich sowie eine Handvoll meiner Kadetten bekämpften die ganze Ritterschaft Englands und rotteten sie aus! Aber auch das war noch nicht das Merkwürdigste. Mir war, als sei ich ein Geschöpf, das aus einem fernen, noch ungeborenen Zeitalter stammte, das erst in Jahrhunderten kommen wird, und sogar das schien ebenso wirklich zu sein wie alles übrige. Ja, mir war, als sei ich aus jenem Zeitalter in unseres zurückgeflogen und dann wieder vorwärts in das andere und als wäre ich, fremd und einsam, in jenem merkwürdigen England abgesetzt worden, mit einem Abgrund von dreizehnhundert Jahren zwischen mir und dir, zwischen mir, meinem Heim und meinen Freunden, zwischen mir und allem, was mir teuer ist, allem, was das Leben lebenswert macht! Es war schrecklich – schrecklicher, als du dir überhaupt vorstellen kannst, Sandy. Ach, halte Wache bei mir, Sandy, bleib jeden Augenblick bei mir – laß mich nur nicht wieder das Bewußtsein verlieren; der Tod ist nichts, er soll nur kommen, aber nicht mit diesen Träumen, nicht mit der Qual dieser scheußlichen Träume – das kann ich nicht wieder ertragen... Sandy...?«

Er murmelte noch eine Weile unzusammenhängende Dinge vor sich hin, dann lag er eine Zeitlang schweigend da und schien dem Tode entgegenzusinken. Bald darauf begannen seine Finger ruhelos an der Bettdecke zu zupfen, und an diesem Zeichen erkannte ich, daß sein Ende bevorstand. Als die ersten Spuren des Todesröchelns aus seiner Kehle drangen, richtete er sich ein wenig auf, schien zu lauschen und sagte:

»Ein Horn? ... Es ist der König! Die Zugbrücke, da. Bemannt die Zinnen, heraus mit den...«

Er bereitete seinen letzten »Effekt« vor, aber er vollendete ihn nie.

Ein Yankee aus Connecticut an König Artus' Hof (A Connecticut Yankee in King Arthur's Court), 1889 erschienen, ist pure und phantastische Satire; Satire aus der Sicht des fortschrittlichen 19. Jahrhunderts auf die feudale Ritterkultur des 6. Jahrhunderts. Mark Twains spöttische Ablehnung von Geist und Genre des Rittertums und der »Romance« zieht sich leitmotivisch durch sein Werk: das 46. Kapitel von ›Leben auf dem Mississippi‹ (»Bunter Zauber und fauler Zauber« – gegen Scott), die Schlußkapitel von ›Huckleberry Finns Abenteuer‹ (mit Tom Sawyers romantischen, den literarischen Vorbildern entnommenen Befreiungsplänen für den Neger Jim) und ›Fenimore Coopers Verstöße gegen die Literatur‹ sind nur einige, besonders markante Beispiele für diese Antipathie. Im ›Yankee aus Connecticut‹ kann Mark Twain seiner Idiosynkrasie nun vollen Lauf lassen; er ist in dieser Hinsicht eine »tour de force«. Es darf jedoch nicht übersehen werden, daß, besonders gegen Ende hin, der Roman zunehmend pessimistische Untertöne aufweist, daß die anfangs so sehr gepriesene Zivilisation des 19. Jahrhunderts in Krieg und Massenvernichtung ausartet. Der Roman, der – ähnlich Daniel Defoes ›Robinson Crusoe‹ (1719) – unter dem Eindruck aufklärerischer Fortschrittsgläubigkeit begonnen wurde, endet im utopisch-destruktiven Grundton moderner »Science Fiction«. Dieser Zwiespalt im ›Yankee aus Connecticut‹ kommt auch in dem ihm zugrundeliegenden, zutiefst melancholischen »Zauberberg«-Motiv zum Ausdruck: die Vertreibung aus einer verzauberten Welt, aus einem »Paradies«. Eng verwandt mit diesem Motiv ist die in der Weltliteratur immer wiederkehrende Fabel des in eine längst vergangene Zeit zurückversetzten »modernen« Menschen; aus der amerikanischen Literatur war Mark Twain Washington Irvings Kurzgeschichte ›Rip Van Winkle‹ (1819–20) mit ihrem ähnlichen Thema – Manipulation von Mensch und Zeit – vertraut. Daß Mark Twain für seine Konfrontation der Moderne mit dem »dunklen« Mittelalter ausgerechnet den oft bearbeiteten

Artus-Stoff wählte, findet seine Erklärung in der oben erwähnten anti-romantischen, anti-ritterlichen Einstellung; hier bot sich ihm *der* romantisch-ritterliche Sagenkreis *par excellence,* den er ganz nach Belieben für seine satirischen Absichten ausbeuten konnte. Der sagenumwobene, halbmythische Stoff erlaubte es ihm auch, mit dichterischer Freiheit und ohne den Anspruch, als Historiker aufzutreten, sein Thema zu gestalten. Der ›Yankee aus Connecticut‹ ist – in seiner eigenwilligen Mischung von exotisch anmutendem Stoff und zivilisationskritischer Aussage – eines der wichtigsten und auch einflußreichsten Werke Mark Twains geworden; in jüngster Zeit ist z. B. Saul Bellows ›Henderson the Rain King‹ (1959) dem ›Yankee aus Connecticut‹ stark verpflichtet.

S. 9 Tafelrunde: der mythische Keltenkönig Artus (englisch: Arthur) – seine historische Existenz ist umstritten – verteidigte im 6. Jahrhundert mit den Rittern seiner Tafelrunde England gegen die ein- und vordringenden Sachsen. Seine legendäre Gestalt und sein aussichtsloser Kampf spielen in der walisischen Sage und in der frühen englischen Literatur eine beherrschende Rolle (s. Anmerkung zu S. 10), außerdem begründeten sie den mittelalterlichen Kult des Rittertums; die Suche nach dem Heiligen Gral und die Liebe Tristan und Isoldes gehören zu den bekannteren Legenden aus dem Artus-Mythos. Von den hier bereits genannten Rittern der Tafelrunde sind Lanzelot und sein Sohn Galahad die bekanntesten; Lanzelot (Launcelot) ist der – Artus gleichzeitig treu ergebene – Liebhaber der Frau von König Artus, Ginevra (Guinevere). Beide, Lanzelot und Galahad, gehören zu den Gralssuchern, ebenso wie Parzival (Perceval), der allerdings dem Kreis um Artus fernersteht. Im Gegensatz zu Lanzelot sind Galahad, Parzival und der hier ebenfalls erwähnte Bors erfolgreich.

S. 10 Cromwells Soldaten: der republikanische englische Lordprotektor Oliver Cromwell (1599–1658). – *Sir Thomas Malorys bezauberndes Buch:* von Malory (um 1470) stammt »Morte d'Arthur«, eine Übersetzung der Artus-Legenden aus dem Französischen, die auf die spätere Literatur am nachhaltigsten eingewirkt hat; ihr Schwergewicht liegt auf der Gralssuche und auf dem Ende von Artus' Herrschaft sowie der Auflösung der Tafelrunde. Der Ursprung des romantischen Helden Artus findet sich bereits bei Geoffrey of Monmouth (1100? bis 1154), in dessen ›Historia Regum Britanniae‹. Wace (›Roman de Brut‹, ca. 1154) und Layamon (›Brut‹, um 1200) bearbeiteten den Stoff weiter. (›Brut‹: nach Brutus, dem Urgroßenkel Aeneas' und legendären Begründer Britanniens, wo er ein neues Troja – das spätere London – gründete.)

S. 12 Sir Kay: der Seneschall des Königs, der den Yankee gefangennimmt.

S. 13 Hartford im Staate Connecticut: hier lebte Mark Twain seit 1870 mit seiner reichen Frau. Der Einfluß dieser bürgerlich-prüden Umwelt auf sein Werk und auf sein Wesen ist umstritten; es ist jedoch bezeichnend, daß der Autor seinen Yankee – ebenfalls aus Hartford – in einer Traumwelt Zuflucht finden läßt, eine Art Eskapismus, mit dem Mark Twain selber hin und wieder gespielt haben dürfte. Die Flucht aus der amerikanischen Realität auf ein Schiff (›Die Arglosen im Ausland‹), ein Floß (›Huckleberry Finns Abenteuer‹) oder – wie hier und auch in der ›Jeanne d'Arc‹ – in eine bei aller Satire und Kritik doch nostalgisch verklärte Vergangenheit, in eine versunkene Welt ist für Mark Twain jedenfalls charakteristisch. – *Ein waschechter Yankee:* ein Spitzname, ursprünglich für die Einwohner Neu-Englands geprägt, außerhalb der U.S.A. jedoch auf *den* Amerikaner allgemein übertragen; praktische Veranlagung und Unsentimentalität zählt »der Fremde« hier selbst zu seinen Yankee-Eigenschaften; eine gewisse, unfreiwillig sich selbst karikierende Komik müssen wir ihnen noch hinzufügen.

S. 15 Camelot: die Stadt, in der Artus und seine Tafelrunde Hof hielten. Die Musical-Komponisten Alan Jay Lerner und Frederick Loewe, die auch das schottische Märchenmotiv von der versunkenen und nur alle hundert Jahre wieder auftauchenden Stadt ›Brigadoon‹ für ein Musical verwendeten (1947), schrieben 1960 das Musical ›Camelot‹, in dem sie sich des Dreiecksverhältnisses Artus-Ginevra-Lanzelot annehmen. Auch Camelot ist eine versunkene sagenumwobene Stadt, die von Mark Twain entsprechend unwirklich geschildert wird (S. 19) – ein »verlorenes Land« (S. 17), wie Atlantis oder Vineta.

S. 16 Palimpsest: ein mehrmals beschriebenes Pergament o. ä., auf dem unter der neuen Schrift noch die alte(n) Beschriftung(en) erkennbar ist (sind).

S. 20 Knappe . . . knapp: das Wortspiel beruht im Englischen (page/paragraph) auf der doppelten Bedeutung von »page«: Page und Seite. Der Page Clarence ist für den Yankee in dem Wortspiel keine ganze »Seite«, sondern nur ein »Absatz«.

S. 26 Ich kann dich unterkriegen: s. das 1. Kapitel von ›Tom Sawyers Abenteuer‹.

S. 28 in Arkansas: dies ist ein von Mark Twain gern gebrauchter Vergleich, mit dem er Hinterwäldlertum bezeichnen will (vgl. ›Huckleberry Finns Abenteuer‹, wo Arkansas in mehreren Episoden beinahe synonym mit »Dummheit« verwendet wird, besonders Kapitel 21 und 22; im 32. Kapitel von ›Bummel durch Europa‹ schildert Mark Twain ›Eine Jungvermählte aus Arkansas‹).

S. 29 Merlin: Zauberer und Wahrsager am Hofe von Artus; es ist bezeichnend, daß der Yankee gerade mit ihm in Wettstreit tritt.

S. 31 Pellinore: bei Malory ist König Pellinore Vater u. a. von Parzival. – *Carlion:* bei Malory die Stadt, in der Artus gekrönt wurde.

S. 33 Minstrel: ursprünglich der fahrende Sänger bzw. Spielmann des Mittelalters; im 19. Jahrhundert Mitglied einer oft von Negern bestrittenen Musik- und Varieté-Show.

S. 34 Das Wort »anstößig«: die erwähnten Romane – ›Tom Jones‹ (1749) von Henry Fielding und ›The Adventures of Roderick Random‹ (1748) von Tobias Smollett – galten in der Zeit und Gesellschaft, in der Mark Twain lebte, als recht »frei«. Diese Stelle ist – in der Wahl der Beispiele und in ihrer Aussage – nahezu identisch mit dem Anfang des 50. Kapitels von ›Bummel durch Europa‹.

S. 35 Sir Walter: gemeint ist natürlich Mark Twains Lieblings-Widersacher Sir Walter Scott (1771–1832), über den er sich besonders in ›Leben auf dem Mississippi‹ mokiert (s. die obenstehende Vorbemerkung zu ›Ein Yankee aus Connecticut‹). Rebecca, Ivanhoe und Lady Rowena bilden das Dreiecksverhältnis in der Liebeshandlung von Scotts ›Ivanhoe‹ (1819).

S. 50 selbst Raffael: vgl. Mark Twains Spott über die »alten Meister« in ›Die Arglosen im Ausland‹ (besonders Kapitel 23 und 28) und ›Bummel durch Europa‹ (Kapitel 48 und 50). Die Einwände, die er hier gegen Raffaels Wahrheitstreue vorbringt (das Kanu müsse kentern), ähneln seinen Argumenten in ›Fenimore Coopers Verstöße gegen die Literatur‹ und demonstrieren einmal mehr Mark Twains Hang zu komisch wirkender Übertreibung. Die »berühmten Zeichnungen von Hampton Court« sind – obwohl Raffael zur Zeit der Entstehung dieses englischen Königsschlosses westlich Londons (1515) seine großen Gemälde schuf – Fiktion.

S. 51 ein neuer Robinson Crusoe: s. die obige Vorbemerkung zu ›Ein Yankee aus Connecticut‹.

S. 54 Römerzeit: im Jahre 407 zogen die Römer ihre letzte Garnison aus Britannien zurück und überließen die eingesessenen Kelten dem Ansturm der Angeln und Sachsen, denen sich ca. 100 Jahre später u. a. Artus entgegenstellte. (449 gilt als das Jahr der Besetzung Britanniens durch die Germanen unter ihren mythischen Anführern Hengist und Horsa.) Britannien war seit 43 n. Chr. römische Provinz gewesen; und schon Cäsar hatte Feldzüge nach Britannien unternommen (55 v. Chr.).

S. 62 Schrägbalken: englisch »bar sinister« (oder »bend sinister«) bezeichnet in der Heraldik uneheliche Abkunft; der deutsche »Schrägbalken« insinuiert dagegen eine mögliche Anspielung auf den Galgen – ein Wortspiel, das den Leser von Mark Twains ›Burlesker Autobiographie‹ kaum überrascht hätte.

S. 66 Reportage: die gewollt-naive Rekonstruktion längst vergangener Ereignisse in der Form eines Zeitungsberichts – hier die eines Ritterturniers – war eine besondere Spezialität Mark Twains; s. z. B. die Erzählung ›Die Ermordung Julius Cäsars in der Lokalpresse‹ oder die Gladiatoren-Rezension in ›Die Arglosen im Ausland‹. Hier spottet der ehemalige Journalist über seinen Stand und über die provinzielle »Lokalpresse«. Dasselbe gilt auch vom 26. Kapitel des

›Yankee‹: ›Die erste Zeitung‹ (S. 217–228) sowie vom 39. Kapitel (S. 328–329).

S. 69 Artemus Ward: eigentlich Charles Farrar Browne, von Mark Twain oft zitierter amerikanischer Humorist (1834–67). Die so folgenreiche Anekdote, von der hier die Rede ist, spielt eine ähnliche Rolle wie die über Horace Greeley im 20. Kapitel von ›Durch Dick und Dünn‹. – *Lactantius:* Lucius Cäcilius Lactantius, um 300 Lehrer der Beredsamkeit und Kirchenschriftsteller in Kleinasien (der »christliche Cicero«).

S. 70 die Nord-West-Passage jener Zeit: die Seeverbindung zwischen Atlantik und Pazifik entlang der Nordküste des nordamerikanischen Kontinents wurde zuerst (1903–6) von Amundsen befahren.

S. 73 West Point: Militärakademie der U.S.A.

S. 85 Buchanans Präsidentschaft: James Buchanan (1791 – 1868) war der 15. Präsident der U.S.A. (1857–61).

S. 88 wo es einen juckt: der Yankee befindet sich in einem ähnlichen Dilemma wie Tom Canty am Königshof (›Der Prinz und der Bettelknabe‹), den die Nase juckt und der nicht weiß – der Oberzeremonienmeister ist abwesend –, ob er sich selber kratzen darf; s. auch S. 91–92, wo weitere Qualen des Yankee geschildert werden.

S. 94 in ehemals amerikanischen Ohren: die Schilderung der Lebensbedingungen der Freisassen könnte sich auf ähnliche Verhältnisse in den zeitgenössischen U.S.A. (etwa auf die freigelassenen Negersklaven) beziehen, auch wenn sie dem Yankee angeblich »sonderbar« klingen.

S. 98 Seite meiner Natur, die sich für Zirkusvorstellungen begeistert: diese Vorliebe zieht sich durch das ganze Werk Mark Twains (s. z. B. das 22. Kapitel von ›Huckleberry Finns Abenteuer‹); der Zirkus als Institution spielt für ihn eine ähnliche Rolle wie Lotse und Postillion als Berufe. Um so erstaunlicher, daß sich ihm die Faszination des Zirkus (oder auch der Minstrel Show) nicht auf Gladiatorenkämpfe und Ritterturniere übertragen hat; auch von anderen Veranstaltungen der zweiten – blutigeren – Gattung hielt Mark Twain bekanntlich nicht viel, etwa von Hahnenkämpfen (›Leben auf dem Mississippi‹) oder vom Stierkampf (›Die Geschichte eines Pferdes‹). – *Jack Cade oder . . . Wat Tyler:* ein irischer

Rebell (um 1450) und der Führer eines Bauernaufstandes (um 1380).

S. 106 Sir Gawein: Gawein (Gawain) war der perfekte Ritter der Tafelrunde, doch ist er (bei Malory) mit Lanzelot verfeindet; er ist der Held einer bedeutenden mittelenglischen Verserzählung, ›Sir Gawain and the Green Knight‹. – *Sir Owein:* gemeint ist wohl ein weiterer Ritter der Tafelrunde, Ywain, der von der Sage mit Gawein in Zusammenhang gebracht wird.

S. 107 Ein Mann mit Gehirn: Tom Sayers, John C. Heenan und John L. Sullivan waren berühmte Boxer des 19. Jahrhunderts; der Kampf zwischen dem Amerikaner Heenan und dem englischen Meister Sayers endete 1860 unentschieden.

S. 109 die altertümlichen Erzähler sind ein bißchen gar zu anspruchslos: ein weiterer Seitenhieb auf den Ritterroman à la Scott und den Abenteuerroman à la Cooper.

S. 115 Corporation Act und der Testeid: Gesetze, die das religiöse Leben Englands regeln sollten; die »Testakte« (1672; Corporation Act: 1661) schloß die Katholiken von Staatsämtern aus; erst die »Roman Catholic Relief Act« (1829) hob diese Gesetzgebung wieder auf.

S. 116 Morgan le Fay: Schwester Artus', den sie (nach Malory) ermorden lassen will; sie gab der Fata Morgana ihren Namen (ihrer Zauberkräfte wegen schrieb man ihr diese Erscheinung zu). – *District of Columbia:* der flächenmäßig kleine Bezirk der amerikanischen Bundeshauptstadt Washington.

S. 117 Mount Washington: höchster Berg Neu-Englands (in New Hampshire). Über das Matterhorn schreibt Mark Twain im 41. Kapitel von ›Bummel durch Europa‹.

S. 123 Margarete von Navarra: Schwester Franz' I. von Frankreich und Königin von Navarra, Dichterin der französischen Frührenaissance (1492–1549) mit dem an Boccaccio angelehnten Werk ›Heptameron‹ (Liebesgeschichten).

S. 126 Er war von einem ungenannten Denunzianten beschuldigt worden: ähnliche Justizfälle finden sich in ›Der Prinz und der Bettelknabe‹, 27. Kapitel (›Im Gefängnis‹).

S. 135 Damiens-Kratzer . . . Damiens-Lohn: nach Robert François Damiens (1714–57), einem Geisteskranken, der

Ludwig XV. ermorden wollte und dafür gefoltert wurde; Casanova (1725–98) schrieb darüber.

S. 142 Chateau d'If: über seinen Besuch im Kerker des Grafen von Monte Christo berichtete Mark Twain im 11. Kapitel der ›Arglosen im Ausland‹.

S. 147 Vassar College: 1861 gegründetes Mädchen-College in Poughkeepsie, New York; Mary McCarthy machte hier 1933 Examen und schilderte in ›The Group‹ (1963) die Schicksale anderer Absolventinnen.

S. 166 Sklaverei: die Parallele mit den U.S.A. von vor 1865 liegt auf der Hand; die gewaltsame Trennung von Mann und Frau, von ganzen Familien war auch dort keine Seltenheit gewesen, wie Mark Twain am Schicksal des Negers Jim in ›Huckleberry Finns Abenteuer‹ selber gezeigt hat. (S. auch S. 302.)

S. 167 einer meiner hinterhältigen Pläne, das Rittertum zum Aussterben zu bringen, indem ich es grotesk und widersinnig machte: das war in der Tat eine der Absichten Mark Twains.

S. 173 der Einwohner jener Insel: gemeint ist natürlich England; die Einwohner (Kelten!) haben schon typisch englische Eigenschaften angenommen und sprechen bereits Englisch – ein für Mark Twains satirisch-historische Fiktion bezeichnender Anachronismus.

S. 179 Mutter der deutschen Sprache: auch ein weiteres Lieblingsobjekt seines Spottes, die deutsche Sprache mit ihren vielen Fallstricken, kann Mark Twain im ›Yankee‹ nicht verschonen; vgl. z. B. den Anhang ›Die schreckliche deutsche Sprache‹ im ›Bummel durch Europa‹. Auch in den Erzählungen ›Mrs. McWilliams und das Gewitter‹ und ›Die Geschichte des Hausierers ‹ verspottet Mark Twain die deutsche Sprache. Überhaupt dienen ihm Sprachschwierigkeiten immer wieder zu Zwecken der Komik, etwa im 10. Kapitel der ›Arglosen im Ausland‹, wo die »Arglosen« französisch zu sprechen versuchen.

S. 182 Lecky: der irische Historiker William Edward Hartpole Lecky (1838–1903).

S. 184 und wenn er walisisch wäre: das in Wales noch heute gesprochene Walisisch – bekannt für seine schwierige Aussprache – geht gerade auf das Keltische zurück, das zur Zeit von Artus gesprochen wurde; im übrigen vgl. die Anmerkung zu S. 179. – Die Episode der Brunnenreparatur diente Saul Bellow deutlich als Vorbild für seinen ›Henderson the Rain King‹ (1959).

S. 222 Wochenzeitschrift: s. Anmerkung zu S. 66

S. 227 mein Lieblingskind: s. Anmerkung zu S. 66

S. 228 Der Yankee und der König reisen inkognito: hier liegt wohl die stärkste Parallele zwischen ›Ein Yankee aus Connecticut‹ und ›Der Prinz und der Bettelknabe‹; auch der Prinz reist – allerdings unfreiwillig – inkognito durch sein Land und lernt dabei die sozialen und juristischen Ungerechtigkeiten kennen, unter denen seine Untertanen zu leiden haben. (Weitere Parallelen s. auch S. 302 und 308.)

S. 258 die »armen Weißen« unseres Südens: wieder nimmt Mark Twain auf die zeitgenössische Situation in den U.S.A. unmittelbaren Bezug.

S. 263 zur Zeit unseres großen Bürgerkrieges: 1861 bis 1865.

S. 278 die Schöpfer . . . dieser Welt: die Namen sprechen für sich selbst; für die amerikanische Baumwollproduktion besonders wichtig waren Richard Arkwright (1775 Erfinder der Spinnmaschine) und Eli Whitney (1793 Erfinder des Baumwollentkörners). Daß auch Gutenberg in der Aufzählung relativ »moderner« Erfinder nicht fehlt, zeigt, wie wichtig die Druckerlehre für Mark Twains literarische Entwicklung im weitesten Sinne gewesen ist.

S. 279 Fünfundzwanzig Milreis: der Lohn-und Kaufkraftvergleich und die Umrechnung von Milreis in Cent erinnert an das 5. Kapitel der ›Arglosen im Ausland‹.

S. 292 Landwirtschaft: des Königs Auslassungen erinnern an Mark Twains Erzählung ›Wie ich eine landwirtschaftliche Zeitung herausgab‹.

S. 295 Schnell wateten wir . . . bachabwärts: dies ist eine deutliche Parodie auf Cooper (vgl. ›Fenimore Coopers Verstöße gegen die Literatur‹).

S. 297 Horatius: Anspielung auf den Römer Publius Horatius Cocles, der allein eine Brücke gegen eine etrurische Übermacht hielt.

S. 339 Ich war der Sieger des Tages: Mark Twains Wunschtraum vom Untergang des Rittertums und vom Sieg der

Zivilisation scheint in Erfüllung gegangen.

S. 344 Schwere Bronchitis: Kind, Krankheit und Ehe ähneln jenen in der Erzählung ›Das Erlebnis der McWilliamses mit der Rachendiphtherie‹; in beiden Fällen dürfte es sich um eine Karikatur von Mark Twains eigenem Familienleben handeln.

S. 379 Darin lag etwas Grausiges: diese technisch-perfekte Massenvernichtung von Menschen hat in der Tat etwas von einer apokalyptischen Vision an sich, die wahrscheinlich nur der technologischen Phantasie Mark Twains entschlüpft ist, aber doch – losgelöst von den etwaigen Intentionen ihres Autors – das Eigenleben alles Visionären annimmt.